MINETTE
WALTERS

In der
MITTE
der
NACHT

HISTORISCHER ROMAN

Aus dem Englischen von
Sabine Lohmann und Peter Pfaffinger

WILHELM HEYNE VERLAG
MÜNCHEN

Die Originalausgabe THE TURN OF MIDNIGHT
erschien erstmals 2018 bei
Allen & Unwin/Atlantic Books, UK.

Sollte diese Publikation Links auf Webseiten Dritter enthalten,
so übernehmen wir für deren Inhalte keine Haftung,
da wir uns diese nicht zu eigen machen, sondern lediglich
auf deren Stand zum Zeitpunkt der Erstveröffentlichung verweisen.

Penguin Random House Verlagsgruppe FSC® N001967

Vollständige Taschenbuchausgabe 10/2021
Copyright © 2018 by Minette Walters
Copyright © by Wilhelm Heyne Verlag, München,
in der Penguin Random House Verlagsgruppe GmbH,
Neumarkter Str. 28, 81673 München
Redaktion: Angelika Lieke
Printed in Germany
Umschlaggestaltung: Eisele Grafik Design, München,
unter Verwendung von Abbildungen aus dem Archiv
der Universitätsbibliothek Heidelberg, deckorator/Shutterstock,
sabelskaya/Bigstock und Gessner, Conrad:
Schlangenbuch/Zentralbibliothek Zürich, NNN 45/F,
https://www.e-rara.ch/doi/10.3931/e-rara-4134
Satz: Leingärtner, Nabburg
Druck und Bindung: GGP Media GmbH, Pößneck
ISBN: 978-3-453-42351-0

www.heyne.de

Für meine großartigen Durham-Freunde in Dorset:
Amber, David, Geoffrey, Huw, Isobel,
Jill, Josh, Les, Mike C, Mike W, Richard

und für Patrick und Lynden in Australien

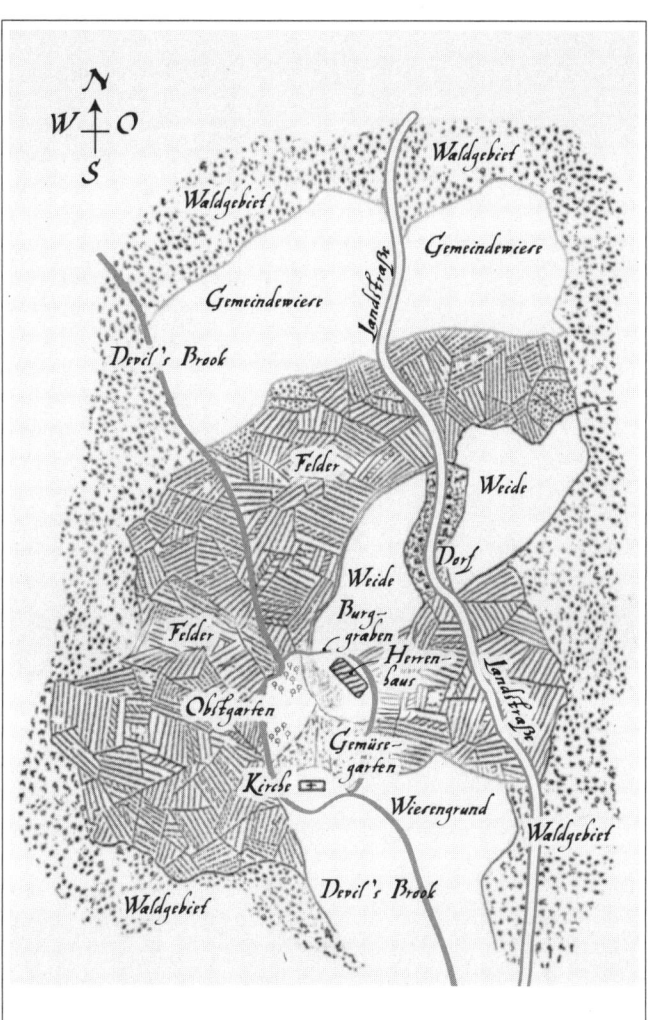

Develish, 1348

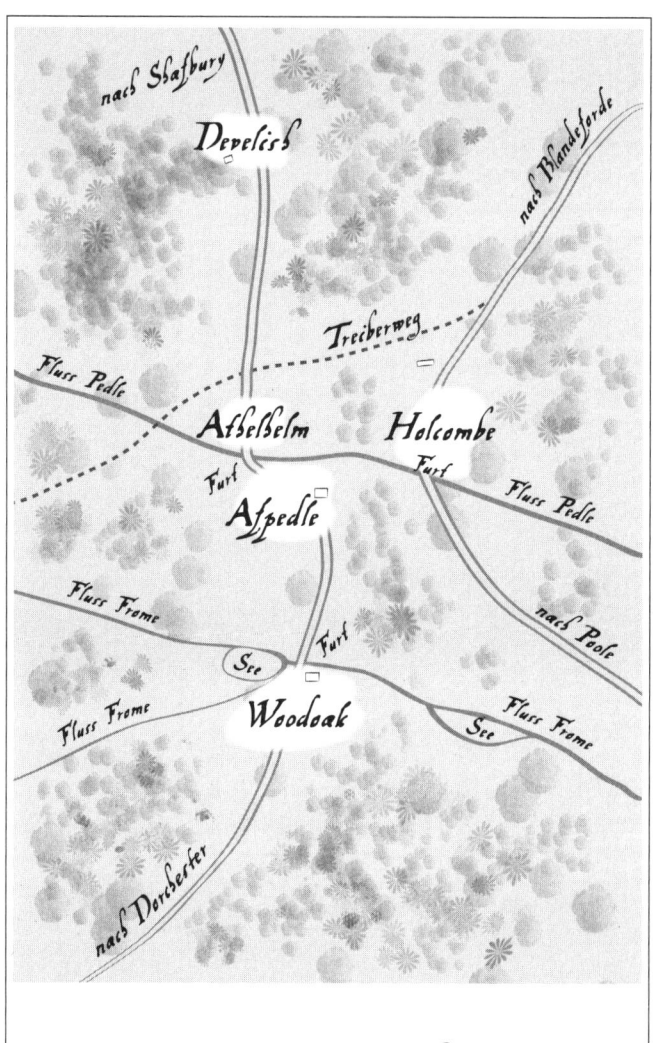

Mittel–Dorfeteshire, 1348

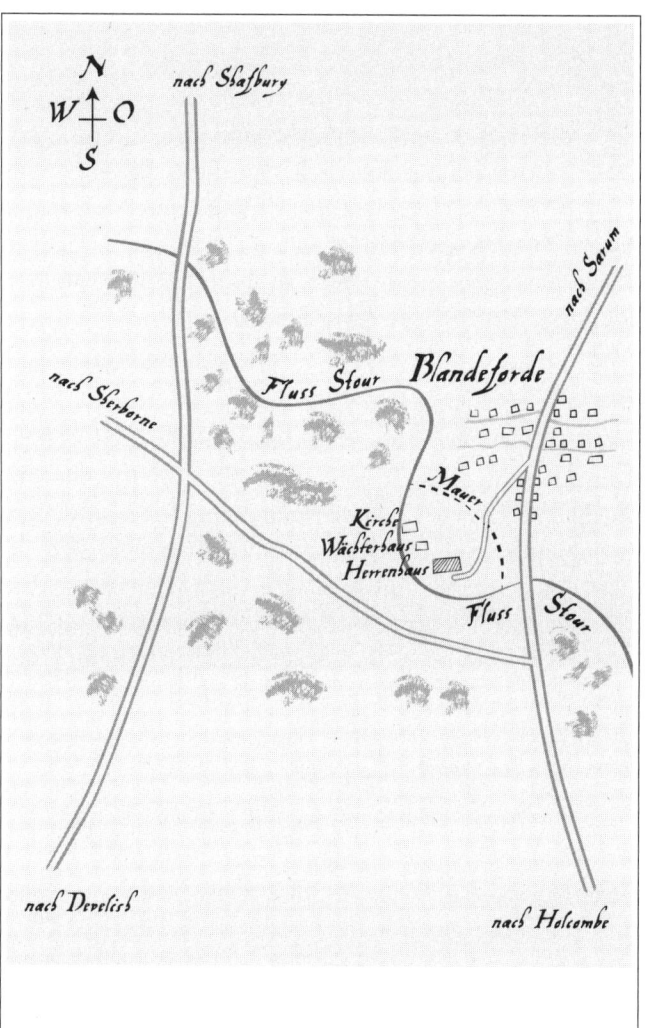

nach Shasbury

N
W ← → O
S

nach Sarum

nach Sherborne

Fluss Stour

Blandeforde

Mauer

Kirche
Wächterhaus
Herrenhaus

Fluss Stour

nach Develish

nach Holcombe

Blandeforde, 1349

Eine solch vernichtende Heimsuchung hatte es von Anbeginn der Welt bis zum heutigen Tage nicht gegeben ... Die Seuche befiel die Menschen allenthalben ... und verbreitete solches Grauen, dass Kinder sich nicht zu den sterbenden Eltern hinwagten, noch Eltern zu ihren Kindern, sondern aus Angst vor Ansteckung flüchteten.

John of Fordun, *Scotichronicon*

Städte, die einst voller Menschen waren, entleerten sich ihrer Einwohner, und die Pest breitete sich mit einer solchen Macht aus, dass die Lebenden kaum fähig waren, die Toten zu begraben. In einigen Klöstern überlebten nicht mehr als zwei von zwanzig. Von manchen wurde berechnet, dass kaum ein Zehntel der Menschheit am Leben blieb ... Zinszahlungen schwanden, und Ackerland blieb unbestellt, aus Mangel an Pächtern (die nirgends mehr zu finden waren). Und so unermessliches Elend folgte auf diese Übel, dass die Welt danach nie mehr die gleiche sein konnte wie zuvor.

Thomas Walsingham, St. Albans Abbey, *Chronicle*

Viele Dörfer und Weiler wurden menschenleer ... Schafe und Rinder streiften über die Felder und das Ackerland, und es war niemand mehr da, sie zu hüten ... In dem Herbst [der auf die Pest folgte] war kein Schnitter für weniger als 8 Pence zu bekommen oder ein Mäher für weniger als 12 Pence. So gingen vielerorts die Feldfrüchte zugrunde, weil es niemanden mehr gab, der sie hätte ernten können.

Henry Knighton, *Chronicle*

Orte, Menschen und Ereignisse aus
»Die letzte Stunde«

ORTE

Melcombe, der Hafen in Dorseteshire, wo der Schwarze Tod am 24. Juni 1348 zum ersten Mal auf englischen Boden traf. Innerhalb kürzester Zeit waren viele der Einwohner verstorben; in kaum mehr als ein paar Wochen hatte die Seuche sich über den Rest des Landes ausgebreitet. Ein Chronist beschrieb sie als »eine Pestilenz, die sich mit der Geschwindigkeit eines galoppierenden Pferdes voranbewegte«. Alle, die sich ansteckten, starben.

Bradmayne, ein Landsitz mit etwa vierhundertfünfzig Bewohnern, einen halben Tagesritt von Melcombe entfernt und frühzeitig von der Pest erfasst. Mehr als hundert Menschen erlagen ihr in der zweiten Juliwoche 1348, unter ihnen Lord Peter, der Verlobte von Lady Eleanor of Develish.

Develish, ein Landsitz mit etwa zweihundert Bewohnern in Mittel-Dorseteshire, Lehnsgut von Sir Richard, einem Tyrannen, der es bis zu seinem Pesttod im Juli 1348 beherrschte. Um Develish mächtiger erscheinen zu lassen, als es war, ließ Sir Richard im Jahr 1338 von seinen Leibeigenen einen Burggraben rings um sein Anwesen ausheben. Dieser ermöglichte es, das Haus und ein paar Morgen Umland von dem restlichen Gebiet abzuriegeln, als die Pest kam.

DIE ADLIGEN

Sir Richard of Develish (48), ein ungebildeter Normanne, von Schulden erdrückt und von seiner Familie verstoßen. Um sich zu sanieren, heiratete er 1334 eine vierzehnjährige Angelsächsin mit großzügiger Mitgift. Zwanzig Jahre älter als sie und seiner Braut wenig zugetan, behandelt er sie – die selbst von adliger Herkunft ist – so schlecht wie seine Leibeigenen. Um einer Entschädigungszahlung für Notzucht zu entgehen, zwang er seine junge Braut nach den ersten Ehemonaten, ein neugeborenes Mädchen, das er mit der dreizehnjährigen Halbschwester seines Schwagers gezeugt hatte, als ihr eigenes Kind anzunehmen. Lady Eleanor genannt, ist dies sein einziges Kind. Auf Besuch in Bradmayne, um Eleanors Verlobung mit Lord Peter vertraglich abzusichern, steckt Sir Richard sich mit der Pest an.

Lady Anne of Develish (28), gebildet und heilkundig, wurde aus der Klosterschule heraus verheiratet und befolgt die Weisungen des Heilands, nicht der Kirche. Seit sie als junge Braut nach Develish kam, wirkt sie in aller Stille darauf hin, Gesundheit, Lebensbedingungen und Wissensstand ihrer Leibeigenen durch Unterweisung und Pflege zu verbessern. Um sie vor der Pest zu bewahren – und in Zuwiderhandlung zu den Lehren der Kirche –, versammelt sie ihre Leute innerhalb des Burggrabens und verbrennt die Zugbrücke, damit niemand mehr herüberkommt. Auch ihr pestbefallener Gemahl muss draußen bleiben und im Bauerndorf außerhalb der Einfriedung sterben. Dadurch macht Lady Anne sich Sir Richards Verwalter, seine Tochter und den Priester zu Feinden, sichert sich aber die Loyalität und Dankbarkeit ihrer Leute. Nach Sir Richards Ableben übernimmt sie die Herrschaft über Develish.

Lady Eleanor of Develish (14), einziges Kind von Sir Richard und Adoptivtochter von Lady Anne. In Unkenntnis ihrer wahren Herkunft vergöttert sie ihren Vater, der sie verwöhnt, und hasst ihre Mutter, die versucht, sie zu erziehen. Böswillig und grausam, neigt sie nach dem Tod ihres Vaters mehr und mehr zu Tobsuchtsanfällen und bezichtigt Lady Anne der Ketzerei, nachdem sie erfahren hat, dass diese nicht ihre leibliche Mutter ist.

Lord Bourne (Mitte 60), ein königlicher Schatzmeister aus Wiltshire, der die Goldreserven von Dorseteshire mithilfe von elf Gardesoldaten plündert. Bei seinem ersten Besuch in Develish brennt er das Bauerndorf nieder; bei seinem zweiten wird sein Überfall auf das Anwesen vereitelt, und er schwört, Rache zu nehmen.

FREIE

Pater Anselm (Mitte 60), ein trunksüchtiger Priester. Er und Lady Anne misstrauen sich gegenseitig. Sie hält ihn für seines Amtes unwürdig; er hält sie für eine Ketzerin. Lady Anne kann ihm nicht verzeihen, dass er Sir Richard 1338 nach dessen brutaler Vergewaltigung einer Zehnjährigen die Absolution erteilte. Das kleine Mädchen war verblutet.

Hugh de Courtesmain (29), ein doppelzüngiger Normanne, von Sir Richard als Verwalter angeheuert, um den Leibeigenen noch mehr Steuern abzupressen. Nach Develish kam er auf Empfehlung von Sir Richards Schwester, Lady Beatrix of Foxcote, die seinen Eifer beim Auspeitschen Straffälliger lobt. Arrogant und selbstgefällig, ist es ihm bis zu Sir Richards Tod nicht gelungen, seine Autorität durchzusetzen, und nach Lady Annes Herrschaftsübernahme findet er sich ohne Freunde wieder. Seines Postens enthoben und voller Groll auf Thaddeus Thurkell, der an seine Stelle getreten ist, versucht er, Lady Eleanors Hass auf Lady Anne und Thaddeus für seine Zwecke zu nutzen, um wieder an die Macht zu gelangen.

LEIBEIGENE

Thaddeus Thurkell (21), unehelich geborener Sklave, der von seinem Ziehvater gehasst wird. Dunkelhäutig, schwarzhaarig und einen Kopf größer als die anderen Männer, wortkarg und allein Lady Anne Respekt zollend, die ihn mehr als zehn Jahre lang heimlich unterwies und ihn nach Sir Richards Tod zu ihrem Verwalter ernennt. Ebenso gewitzt und kundig wie sie, ist er ihr in unwandelbarer Loyalität und Hochachtung verbunden, und gemeinsam sind sie bestrebt, Develish vor der Pest zu bewahren, die draußen wütet. Ihre Bemühungen drohen zu scheitern, als Thaddeus die Leiche seines jüngeren Halbbruders Jacob entdeckt, der von einem Stich in die Brust getötet wurde. Da er Lady Eleanor für die Schuldige hält und überzeugt ist, dass diese die Söhne von Lady Annes Hauptbauern der Tat bezichtigen will, gibt er Jacobs Tod als Unfall aus und schafft die Jungen heimlich aus dem Anwesen fort. Er hinterlässt einen Brief, in dem er ihr Fehlen damit erklärt, dass sie die schwindenden Vorräte des Anwesens auffüllen müssen, bevor der Winter einsetzt.

Eva Thurkell (37), Thaddeus' Mutter, die es ihrem Sohn übel nimmt, dass ihr Mann voller Zorn darüber ist, von einem geschwängerten Flittchen als Gatte geködert worden zu sein. Als Lady Anne Thaddeus zu ihrem Verwalter ernennt und Eva erfährt, wie viel ihr Sohn ihr verschwiegen hat – vor allem seine Bewunderung für Lady Anne –, entflammt sie in bitterer Eifersucht.

Will Thurkell (44), ein aggressiver Schläger, dessen größter Verdruss der Erkenntnis entstammt, dass der Bankert eines unbekannten Mannes klüger ist als er. Ebenso wie seine Frau voller Groll wegen der heimlichen Unterweisung, die Thaddeus durch Lady Anne erfahren hat, unterstützt er Eva in ihren Versuchen, ihn aus seinem Posten zu drängen.

Gyles Startout (48), ein englischer Leibeigener, der 1338 zum besoldeten Gardesoldaten in Sir Richards Gefolge befördert wurde, auf Lady Annes Forderung hin, dass ihr Gatte ihn für die Vergewaltigung seiner Tochter Abigail zu entschädigen habe. Diese Vorrangstellung erlaubt es Gyles, seinen verhassten Herrn überallhin zu begleiten, was er bereitwillig tut, um Lady Anne Bericht erstatten zu können. Als einziger Überlebender von Sir Richards unglückseligem Besuch in Bradmayne wartet er vierzehn Tage, um zu beweisen, dass er frei von der Pest ist, bevor Lady Anne ihm erlaubt, den Burggraben zu überqueren. Sie ernennt ihn zu ihrem Gardehauptmann, und er bildet die Männer von Develish in der Waffenkunst aus, damit sie das Anwesen vor Angriffen verteidigen können.

John Trueblood, *James Buckler*, **Adam Catchpole** und **Alleyn Startout** (Bruder von Gyles), Hauptbauern unter den Leibeigenen und Mitglieder von Lady Annes Ältestenrat.

Martha Startout (Frau von Gyles) und **Clara Trueblood** (Frau von John), Vorsteherinnen der Hausmägde.

Isabella Startout (13), Tochter von Gyles und Martha Startout und jüngere Schwester von Abigail, Zofe von Lady Anne und Lady Eleanor. Da sie ihre Intelligenz erkennt, lehrt Lady Anne das Mädchen lesen und schreiben, und Isabella bringt diese Fertigkeiten dann der restlichen Dienerschaft bei. Lady Annes Zuneigung für sie macht Eleanor eifersüchtig. Am Ende von »Die letzte Stunde« nimmt Eleanor Isabella gefangen und quält die Magd, bevor Lady Anne sie schließlich retten kann.

Robert Startout (11), Sohn von Alleyn und Susan Startout, Vetter von Isabella und Neffe von Gyles. Weil sie ihm gefällt, setzt er sich für Eleanor ein, als die Leute sie wegen der Quälerei von Isabella zur Verantwortung ziehen. Seine Fürsprache wird von Isabella gutgeheißen, da sie versteht, warum ihre junge Herrin so verstört ist.

DIE FÜNF JUNGEN MÄNNER, DIE MIT THADDEUS DAS ANWESEN VERLASSEN

Naiv und gelangweilt, lassen sie sich alle von Eleanor zu einem heimlichen Stelldichein in der Kirche verführen. Ohne deren Motive zu hinterfragen, lassen sie sich auf ihre sexuellen Spielchen ein und finden sich kurz darauf in die

Suche nach dem Schuldigen an Jacobs Tod hineingezogen. Zunächst nur widerwillig bereit, Thaddeus zu begleiten, machen sie es sich schließlich zur Aufgabe, Vorräte für Develish aufzutreiben.

Ian und *Olyver Startout* (15), Zwillingssöhne von Gyles und Martha Startout und ältere Brüder von Isabella. Ian ist der geborene Anführer, Olyver der Mitläufer.

Edmund Trueblood (15), Sohn von John und Clara Trueblood. Am Ende von »Die letzte Stunde« verrät er Thaddeus das Geheimnis um Eleanors Geburt, das er von seiner Mutter erfahren hat, die damals als Eleanors Amme fungierte.

Peter Catchpole (16), Sohn von Adam und Rosa Catchpole. Von Natur aus träge, kann er Thaddeus' Autorität besser akzeptieren als die seines Vaters, obwohl er sich nie ganz als so zuverlässig erweist wie seine Freunde.

Joshua Buckler (15), Sohn von James und Jenny Buckler, hat von den Jugendlichen am wenigsten Selbstvertrauen. Er gewinnt an Sicherheit, als Thaddeus ihm sieben Jagdhunde anvertraut, die ihnen zuvor beim Streunen über menschenleeres Land begegneten.

HERBST UND WINTER 1348

Die Nacht des elften Tages im September 1348

Wenn das Stundenglas umschlägt, wird Mitternacht vorüber und ein neuer Tag angebrochen sein. Und noch immer kann ich mich nicht überwinden, es anzugehen. Wenn es erst getan ist, gibt es kein Zurück mehr, und ich werde die Schuld tragen müssen. Ich hätte Eleanor eine bessere Mutter sein sollen, wusste ich doch mehr als jeder andere um die Bösartigkeit ihres Vaters. Aber hätte sie denn auf mich gehört, wenn ich sie gewarnt hätte, dass seine Liebe zu ihr widernatürlich sei? Wird sie jetzt auf mich hören?

Ich muss meine Unentschlossenheit abschütteln. Trotz der grausamen Verletzungen, die Eleanor ihr zufügte, suchte Isabella Startout ihr zu helfen, und die milde Großmut der Magd sollte mir ein Vorbild sein. Tief im Innersten weiß ich, dass ich handeln muss. Nichts zu tun käme einem Verrat an dem Mädchen gleich, das ich all diese Jahre Tochter geheißen habe.

Gott vergebe mir. Gewiss kann ich Eleanors Hass besser ertragen als sie den schändlichen Inzestvorwurf, wenn dieses in Sünde gezeugte Kind geboren wird.

Mea culpa.

EINS

Develish, Dorseteshire

*D*ie Nacht wirkte noch dunkler, als Lady Anne Abschied von Eleanor nahm und aus der Hütte trat. Vielleicht hatte sie sich länger dort aufgehalten, als sie vorhatte, um ihrer Tochter die schwere Entscheidung begreiflich zu machen, die ihr bevorstand. Die Uhrzeit ließ sich nicht einschätzen, da der Mond hinter dichten Wolken verborgen war. Sie zog ihr Cape fest um sich, zum Schutz gegen den auffrischenden Wind, und tastete sich blind auf dem Pfad zum Herrenhaus voran. Hinter ihr war die Kirche im Dunkel versunken. Das Licht der sechs Kerzen, die sie jeden Abend im Südfenster ihrer Kemenate anzündete, war durch die Scheiben, die auf den Vorplatz des Hauses hinausblickten, gerade noch auszumachen. Ihr schwacher Schimmer war das Einzige, das noch sichtbar war in der allumfassenden Finsternis.

Allein John Trueblood wusste von ihrem Besuch, weil er das Vorhängeschloss an der Tür zu Eleanors Kerker hatte aufsperren müssen. Sie zweifelte nicht daran, dass er es Clara sagen würde, hoffte aber, beide würden glauben, dass es die Trauer über die Abtrünnigkeit ihrer Adoptivtochter war, die sie zu diesem Besuch bewogen hatte. Sicher hatte John bemerkt, wie bedrückt sie war, als sie fortging; er hatte ihr unbeholfen den Arm getätschelt und sie inständig gebeten, sich Eleanors gehässige Worte an jenem Nachmittag nicht so zu Herzen zu nehmen. Wenn der seltsame Wahnzustand des Mädchens abflaute, würde sie wieder erkennen, dass Milady ihre wahre Mutter war. Lady Anne dankte ihm für seine Freundlichkeit, doch die Tränen standen ihr in den Augen, als sie sich auf den Rückweg zum Haus machte. Sie bezweifelte, dass Eleanor das Abtreibungsmittel aus Engelwurz, Wermut und Flohkraut als mütterliche Liebesgabe annehmen würde.

Sie hatte ihr den Absud dagelassen, aber ob sie ihn auch trank, musste das Mädchen selbst entscheiden. Falls Eleanor beschloss, das Baby zu behalten, würde sie mit den Folgen leben müssen, denn Lady Anne konnte sie nicht vor Klatsch und Tratsch schützen, wenn ihr Bauch anschwoll. Sie hatte Eleanor gewarnt, die frechen Lügen, sie sei von Bauernjungen vergewaltigt worden, nicht zu wiederholen, weil alle die Wahrheit erraten würden, wenn das Kind erst geboren war. Es gab keine Frau in Develish, die nicht imstande wäre, den wahren Erzeuger zu nennen, wenn sie das Gesicht des Kindes erblickten und vom Tag der Geburt darauf schließen konnten, dass Sir Richard, der eigene Vater des Mädchens, sich zum Zeitpunkt der Zeugung noch in Develish aufgehalten hatte. Mochte er auch tot sein, er hatte doch immer noch die Macht, seiner Tochter jede Chance auf einen unbefleckten Leumund zu ruinieren.

Vorsichtig näherte Lady Anne sich dem Vorplatz, denn keiner sollte sie aus der Richtung von Eleanors Kerker kommen sehen, doch ihre Schritte brachten lose Steine ins Rollen, und ihr Herz setzte einen Schlag aus, als der Lichtstrahl einer Laterne ihr Gesicht streifte. Es war nicht auszumachen, wer sie hochhielt; erst als er sie ansprach, erkannte sie Robert Startouts Stimme. Der Junge klang verängstigt. »Mi… Milady, Milady«, stammelte er. »Mein O-onkel Gyles bedarf Eurer. Er … er hat meine Mutter zu Euren Gemächern gesandt, aber Ihr wart nicht da – und sie konnte Euch auch nirgendwo sonst finden.«

Um ihn zu beruhigen, legte sie ihm freundlich die Hand an die Wange. »Jetzt bin ich da, Robert. Wo ist dein Onkel denn?«

Der Junge ergriff ihre Hand und zog sie in Richtung Wassergraben. »Er bewacht die nördliche Mauerbrüstung, Milady. Räuber sind von Süden her über die Hügel gekommen. Mein Vater und Master Catchpole sagen, dass sie das Tal umzingeln, um von allen Seiten über uns herzufallen.«

Es dauerte einen Moment, bis Lady Anne die Bedeutung dieser Kunde erfasste. Ihre Gedanken drehten sich immer noch unentwegt um Eleanors Kummer, sodass in ihrem Kopf kaum Platz für anderes blieb. Sie verlangsamte ihre Schritte. »Räuber?«

»Ja, Milady. Mein Vater bewacht die östliche Mauerbrüstung, von wo man zur Straße schauen kann, und er hat dort vor vielleicht einer halben Stunde Männer gesehen. Und Master Catchpole hat von seinem Posten im Süden dasselbe beobachtet …« Robert seufzte erleichtert, als ein Schatten auf sie zuhuschte. »Mein Onkel kann Euch das besser erklären als ich.«

Gyles begrüßte Lady Anne mit einem Nicken, während er Robert begütigend eine Hand auf die Schulter legte. »Gräme dich erst, wenn wir keine Hoffnung mehr haben, Junge. Sag, möchtest du noch einmal mein Botschafter sein? Dann warte am Stützpfeiler, bis du mein Signal hörst. Wenn ich pfeife, weckst du die Männer und schickst sie hierher zu mir. Sie müssen alles mitbringen, was an Waffen zur Hand ist, und ihren Weg ohne Laternen und Kerzen finden. Verstanden?«

Lady Anne wartete, bis der Junge außer Hörweite war. Plötzlich schien die Angst ihr Herz zu umklammern, so sehr, dass sie kaum noch Luft bekam. »Ist das alles wahr, Gyles?«

»Ja, Milady. Alleyn und Adam sind sich ganz sicher. Etwas weiter im Süden ist auf der Straße eine Fackel aufgeflackert. Sie wurde gleich wieder gelöscht, aber man konnte erkennen, dass dort eine Horde von Männern unterwegs ist. Es bestätigt genau das, was wir schon immer befürchtet haben – eine Armee von Leibeigenen auf Nahrungssuche.« Er sah, dass Lady Anne einen kurzen Moment ins Wanken geriet, und stützte sie eilig am Ellbogen. »Jetzt müssen wir auf den Regen als Verbündeten zählen. Es wird ihnen nicht gelingen, uns auszuräuchern, wenn Gott uns einen kräftigen Schauer schickt.«

»Und wenn nicht?«

»Dann müssen wir kämpfen, auch wenn ich mir nicht sicher bin, ob unsere Leute es übers Herz bringen werden, Landsleute zu töten. Ich fürchte, dass sie zögern werden, wenn jemand aus unserem Landesteil um Gnade fleht.« Er spürte, wie Lady Anne erbebte. »Ihr müsst tapfer sein, Milady. Unsere Männer werden den Mut verlieren, wenn sie sehen, dass Ihr Angst habt.«

Er verlangte zu viel von ihr. »Aber ich *habe* Angst«, wisperte sie. »Ich dachte, ich könne die Rolle des Lehnsherren spielen, aber das war ein Irrtum. Ich bin zu schwach, um all die Bürden zu schultern, die diese Stellung mir auferlegt.«

Gyles hatte keinen Zweifel, dass Eleanor die Ursache von Lady Annes Verzagtheit war, und insgeheim verfluchte er das Mädchen. Anscheinend hatte sie der Schmerz, den sie

Isabella zugefügt hatte, noch nicht genug zufriedengestellt. Legte sie es jetzt etwa darauf an, Lady Anne zu zerstören – und mit ihr die Bevölkerung von Develish? Unwillkürlich legte er Lady Anne einen Arm um die Taille und drückte sie mit der gleichen beschützenden Zärtlichkeit an sich, wie er sie auch seiner Tochter gegenüber zeigte.

»Ich erinnere mich, wie Ihr als junge Braut zum ersten Mal nach Develish kamt«, murmelte er. »Ihr wart kaum älter als meine Isabella heute. Ich stand auf diesem Vorhof und musste auf Befehl des Lords bei einer Auspeitschung zuschauen. Den Ausdruck in Euren Augen, als Ihr vom Wagen herabgestiegen seid und den armen Kerl saht, der da gequält wurde, habe ich nicht vergessen. In dem Moment wusste ich, dass wir eine Freundin gefunden hatten. Und nach zwei Monaten war es tatsächlich vorbei mit den brutalen Züchtigungen. Dafür habt Ihr Euch Sir Richards Zorn zugezogen. Wollt Ihr Euch nun heute Nacht gegenüber einer zerlumpten Diebesbande wirklich weniger entschlossen zeigen?«

Lady Anne hob den Saum ihres Umhangs und rieb sich damit über die Augen. Der letzte Mann, der sie auf diese Weise gehalten hatte, war ihr Vater gewesen. Mit zitternden Nasenflügeln atmete sie tief durch, dann reckte sie das Kinn. »Ich werde mein Bestes geben, Gyles. Sag mir, was du von mir brauchst, und ich werde es tun.«

Gyles zweifelte nicht einen Moment an ihrem Wort. Sein Vertrauen zu ihr war unerschütterlich. »Helft Robert, die Leute zu wecken, und verbarrikadiert Euch dann drinnen mit den Frauen und Kindern. Unsere Männer werden umso besser kämpfen, wenn sie die Gewissheit haben, dass ihre Familien geschützt sind.« Er spähte zum Wassergraben hinüber, doch die dicken, schwarzen Regenwolken türmten sich jetzt mit solcher Geschwindigkeit auf, dass man die Straße, die zum Dorf führte, nicht mehr sehen konnte, und erst recht nicht das Land links und rechts davon. »Ihr werdet erst in der Morgendämmerung erfahren, ob wir gesiegt haben. Achtet also streng darauf, dass die Tür verbarrikadiert bleibt. In dieser Dunkelheit werdet Ihr Freund und Feind nicht voneinander unterscheiden können.«

Lady Anne widersprach nicht. Gyles wusste so gut wie sie, dass auch seine Männer nicht sehen würden, gegen wen sie kämpften. Sich blind in eine Schlacht zu stürzen war schierer Wahnsinn, aber was blieb ihnen anderes übrig? Wenn seine Mauern erst einmal durchbrochen waren, gab es für Develish keine Zukunft mehr. Sie schickte ein stummes Stoßgebet gen Himmel, dass Alleyn und Adam sich getäuscht haben mochten, doch ihre Hoffnung erlosch sogleich, als in der Dunkelheit vor ihnen ein stecknadelkopfgroßer Punkt aufglomm. Der Richtung nach musste er sich am Rand des Dorfes befinden, doch dann bewegte er sich, wurde größer und heller und kam direkt auf sie zu.

»Was ist das?«, flüsterte Lady Anne.

»Eine brennende Fackel, Milady.«

»Wer trägt sie?«

Gyles starrte die verzerrten Gestalten an, die in diesem gespenstisch flackernden Licht wie Dämonen zu wirbeln schienen. Seufzend ließ er Lady Anne los und nahm mit einem Griff über die Schulter den Bogen in die Hand. Er hatte zu lange gewartet. »Die Leute, die wir befürchtet haben, Milady. Sie haben das Dorf schneller umstellt, als ich dachte. Allein diese Gruppe scheint fünf oder sechs zu zählen.«

»Warum lenken sie unsere Aufmerksamkeit auf sich?«

»Als ein Signal an die anderen im Tal, dass sie im Begriff sind anzugreifen.« Gyles hielt in Richtung Westen Ausschau nach Anzeichen von Bewegungen auf den Äckern. Doch die Dunkelheit war undurchdringbar. »Ihr müsst jetzt gehen«, drängte er. »Ermutigt unsere Männer und benutzt Eure Klugheit, um diese Diebe von unseren Frauen und Kindern fernzuhalten. Selbst unter Belagerung können im Inneren des Hauses hundert Personen mit den Vorräten, die wir haben, noch eine gute Weile überleben.«

Da sie sich die Kapuze tief in die Stirn gezogen hatte, konnte Gyles ihre Gefühle nicht in ihrem Gesicht ablesen, doch den leichten Druck ihrer Fingerkuppen an seiner Wange spürte er sehr wohl. »Du bist mein liebster Freund«, flüsterte sie. »Pass heute Nacht gut auf dich auf.«

Gyles zwang sich zu einem zuversichtlichen Ton. »Seid dessen gewiss, Milady.«

Seid dessen gewiss ... Lady Anne kannte Gyles zu gut, um sich von einer solchen Floskel in Sicherheit wiegen zu lassen. Er nahm von ihr Abschied; und Panik befiel sie bei dem Gedanken, ganz allein für den Schutz der Leute von Develish sorgen zu müssen. War Gott denn noch nicht zufrieden mit all den Pesttoten, dass Er auch noch die Überlebenden aufeinanderhetzte, bis kein Menschenleben mehr übrig war? Wo war Seine Liebe in dieser schrecklichen Welt geblieben?

Eine kleine Hand schlüpfte in die ihre. »Nehmt etwas von meiner Kraft, Milady«, wisperte Robert. »Sonst werdet Ihr fallen. Glaubt Ihr, Thaddeus hat gemerkt, dass Banditen im Tal sind?«

Die Frage wunderte sie, wusste Robert doch sehr wohl, dass Thaddeus, den er zutiefst verehrte, das Anwesen schon vor zwei Wochen verlassen hatte. Die beiden Zwillingsvettern des Jungen und drei ihrer Freunde waren mit ihm fortgegangen, aber noch war keiner von ihnen zurückgekehrt. »Vermisst du Thaddeus, Robert?«

»Ja, Milady, aber ich finde es dumm von ihm, dass er sein Pferd am Zügel führt, anstatt es zu reiten. Zu Fuß kann er doch viel leichter angegriffen werden. Mein Onkel sollte ihm eine Warnung zurufen.«

Sie drückte ihm beruhigend die Hand. »Dein Onkel wird schon das Richtige tun. Wie immer.«

»Glaub ich nicht, Milady, sonst hätte er es schon getan. Er tut so, als könnte er im Dunkeln sehen, aber das kann er nicht. Mein Vater ist genauso. Ich würde Thaddeus sagen, er soll sich vorsehen. So, wie er da herumläuft, könnte ja sogar ich ihm einen Pfeil ins Herz schießen.«

Sicher waren es nur Fantastereien eines ängstlichen Kindes, sagte sich Lady Anne. Dennoch blieb sie stehen und drehte den Jungen in Richtung Burggraben. »Jetzt schau noch einmal genau hin«, ermunterte sie ihn. »Beschreib mir, was du siehst. Einen Mann oder viele?«

»Es ist nur einer, Milady. Er geht mit weit ausgebreiteten Armen, wie Jesus am Kreuz. In der rechten Hand hält er die Zügel und eine Fackel in der linken. Ich glaube, er will vermeiden, dass die Flamme das Pferd erschreckt. Er trägt einen hohen Hut und einen langen Mantel.«

»Kannst du das alles wirklich erkennen? Bist du sicher, dass es Thaddeus ist?«

»Wenn nicht, ist es jemand Großes, der sich genauso bewegt wie er, Milady. Jetzt ist er stehen geblieben, um das Pferd am Straßenrand grasen zu lassen … und er starrt so vor sich hin, wie Thaddeus es immer tut, wenn er grübelt.«

Lady Anne sehnte sich danach, ihm glauben zu können. »Dann hat er eine sonderbare Stunde für seine Rückkehr gewählt. Er weiß besser als jeder andere, dass ganz Develish um diese Zeit schläft.«

»Bis auf die Wachtposten, Milady«, antwortete Robert

nüchtern. »Falls meine Vettern tot sind, wird Thaddeus es als Erstes meinem Onkel sagen wollen.«

Derselbe Gedanke war ihr auch schon gekommen. Aber wem sollte sie vertrauen, wo sich ihre Augen doch so viel besser für das Lesen von Schriftstücken als für das Spähen in dunkle Ferne eigneten? »Gib mir deine Laterne«, sagte sie plötzlich entschlossen. »Und dann nimm deinen Posten am Stützpfeiler ein. Ich verlasse mich auf dich, Robert. Wenn du dich irrst und dein Onkel recht hat, bleiben nur noch wenige Minuten, um unsere Männer zu den Waffen zu rufen.«

»Ich irre mich nicht, Milady«, entgegnete der Junge selbstsicher und ließ ihre Hand los, »aber gebt nicht mir die Schuld, wenn es da draußen außer ihm auch noch Banditen gibt.«

Gyles ließ den Bogen sinken, als er im flackernden Licht der Fackel erkannte, dass sein Neffe recht gehabt hatte. Auf fünfzig Schritt waren Thaddeus' mächtige Statur und sein wiegender Gang unverkennbar, auch wenn er in einem schwingenden pelzgefütterten Mantel daherkam wie ein Lord, einen Hut aus Biberfell über die Kapuze gestülpt. »Meine alten Augen haben mir einen Streich gespielt, Milady. Ich hab das Pferd für einen Trupp Männer gehalten.«

Lady Anne unterdrückte ein Lächeln. »Ich auch, mein Freund. Es gibt also weniger zu fürchten, als wir dachten.«

»Außer schlechte Nachrichten«, murmelte Gyles. »Er würde sich nicht zu nachtschlafender Stunde hier einschleichen, wenn er uns etwas Gutes mitzuteilen hätte.«

Lady Anne reichte ihm die abgeblendete Laterne. »Sollen wir sie aufleuchten lassen, um ihm zu zeigen, dass wir hier sind?«

»Lieber nicht, Milady. Lasst uns erst hören, was er zu sagen hat.« Er hob die Stimme, als Thaddeus sich dem Burggraben auf zwanzig Schritt genähert hatte. »Geht es dir gut, Thaddeus?«

Die vertraute Stimme schallte von der anderen Seite zurück. »Bist du das, Gyles? Ich bin geblendet von der Fackel, aber ich fürchtete, einen Pfeil abzubekommen, wenn ich gänzlich unangemeldet daherkäme.« Er bückte sich, um die Flamme im Straßenstaub auszuklopfen. »Bist du allein, mein Freund?«

Die vorsichtige Frage veranlasste Lady Anne, hinter Gyles zu treten. Sie war so schmal, dass sein Körper sie mühelos verdeckte. »Sag ihm, du bist allein«, wisperte sie. »Sonst erzählt er dir nichts.«

»Die Wachen stehen auf ihren Posten«, antwortete Gyles vernehmlich. »Wenn du nicht willst, dass man dich hört, musst du ans Ufer kommen und deine Stimme dämpfen. Was hast du auf dem Herzen?«

Lady Anne hörte das Hufestampfen, als Thaddeus das Pferd am Ufer zum Stehen brachte, und das Klirren des Halfters, als es den Kopf zum Trinken senkte. »Gib mir erst Nachricht von Develish«, sagte er. »Ist es noch so, wie es war, als ich fortging? Ich sah Kerzen in Lady Annes Fenster. Hofft sie auf unsere Rückkehr?«

»Natürlich«, antwortete Gyles verwundert. »Das tun wir alle. Wie könnte es anders sein?«

Thaddeus schien zu zögern. »Schon recht – ich hatte nur deinen Söhnen versprochen, dass ich danach fragen würde. Sie fürchten, du könntest es ihnen übel nehmen, dass sie sich ohne deinen Segen davongemacht haben.«

»Den hätte ich ihnen auch verweigert.«

»Das haben sie sich gedacht.«

Gyles schnaubte belustigt. »Du hast mir eine Heidenangst eingejagt mit deiner nächtlichen Rückkehr. Ich dachte schon, du wärst hier, um mir zu sagen, dass sie tot sind.«

»Weit davon entfernt. Alle Jungen sind wohlauf. Develish kann stolz auf sie sein. Ich hätte mir keine mutigeren Begleiter wünschen können. Ihre Tapferkeit angesichts der Pest war ebenso groß wie deine, und wir haben jede Menge Vorräte gefunden, um unsere Bestände hier aufzufüllen. Wo die Menschen sterben, gedeiht das Vieh, und das Korn wird nicht verbraucht.«

»Ist es sehr schlimm dort draußen, mein Freund?«

Lady Anne vernahm ein müdes Seufzen. »Es ist eine Ödnis, Gyles. Der Tod fegt alles dahin. Ich kann mich weder von seinem Geruch befreien noch die Erinnerung auslöschen an das Grauen, das er hinterlässt. Überleben heißt, die Verdammnis erfahren. Heute Nacht bin ich durch die Hölle gegangen.«

Die Worte waren so düster, dass Gyles die Laterne aufblendete und sie hochhielt. Thaddeus hatte den Hut abgenommen und die Kapuze zurückgeschoben, und der Lichtstrahl traf sein hohlwangiges, erschöpftes Gesicht. Gyles sah ihn vor der Helligkeit zurückzucken und senkte den Strahl zum Wasser hinab. »Vor ein paar Stunden hat es im Süden einen hellen Widerschein am Himmel gegeben«, sagte er. »Ich nahm an, dass es Athelhelm war, das da abbrannte. War das euer Tun?«

»Ja.«

»Und wozu?«

»Um für die Jungen und zweihundert Schafe einen sicheren Durchgangsweg von Afpedle nach Develish zu schaffen. Ich hätte das Abbrennen lieber noch etwas aufgeschoben, aber es steht Regen bevor, und der hätte es verhindert.«

Gyles brauchte seine Fantasie nicht anzustrengen, um zwischen den Zeilen zu lesen. »Ist die Pest in Athelhelm? Sind alle befallen?«

Thaddeus nickte. »Alle, die dageblieben sind.«

»Und die Toten lagen unbestattet?«

»Einige waren in einem Gemeinschaftsgrab verscharrt, die meisten aber in ihren Hütten zurückgelassen. Die Leiche eines Mönchs, der sich ihrer angenommen hatte, lag über einer Türschwelle, von Aasfressern ausgeweidet. Ich sah keinen anderen Ausweg, als das Dorf durch Feuer zu reinigen. Ich habe eine laute Warnung gerufen, aber niemand antwortete oder zeigte sich.«

»Und was bedrückt dich dann?«

Eine lange Pause trat ein. »Ein Mann flehte um Gnade, als ich gerade ausholte, um die Fackel auf sein Strohdach zu werfen. Ich sah ihn durch die offene Tür. Er lag auf einer Binsenmatte und drehte den Kopf zu mir hin. Ich hätte noch innehalten können, aber ich tat es nicht.«

»Hat er versucht, sich aufzurichten?«

»Nein.«

»Dann war wohl der Tod die Gnade, die er erflehte.«

»Er dachte, ich sei der Teufel, der gekommen sei, ihn zu verbrennen. Ich hab's in seinen Augen gelesen.« Thaddeus fluchte leise vor sich hin. »Bitte achte nicht auf mich. Ich hatte mir geschworen, nicht davon anzufangen. Du hast noch Schlimmeres mitgemacht, als Sir Richard und deine Kameraden gestorben sind.«

Gyles erinnerte sich, wie Thaddeus nachts den Burggraben durchschwommen hatte, um ihm Gesellschaft zu leisten, während er den Kranken beistand und sie dann beerdigte. Der Jüngere hatte stets Abstand gehalten, aber seine Anwesenheit war tröstlich gewesen. »Und ich war dir dankbar, dass du mir zugehört hast. Geteiltes Leid ist halbes Leid.« Gyles sah auf. »Waren meine Söhne dabei?«

»Nein. Ihr Gewissen war schon genug mit dem belastet, was ich ihnen in Afpedle zu tun aufgab.« Thaddeus schilderte kurz, was sich während der vergangenen vierzehn Tage zugetragen hatte, erwähnte die Landgüter, die sie besucht, die Vorräte, die sie gefunden hatten. Er erzählte von dem Wagen voller Korn in Holcombe und von den zweihundert Schafen in Afpedle, aber seine Beschreibung des überall die Luft vergiftenden Verwesungsgeruchs ließ seine Zuhörer vor Ekel erschauern, ebenso wie seine Warnungen vor der Rattenplage, die in den verödeten Dörfern herrschte. »Die Kornspeicher ziehen sie an, und mit reichlich Nahrung vermehren sie sich schneller. Ich weiß nicht, ob sie die Seuche übertragen – und wie –, aber wir fanden eine Handvoll Überlebende in Woodoak, die glauben, dass sie die Seuche verbreiten. Ihr tut gut daran, im Burggraben immer nach ihnen Ausschau zu halten.«

»In Bradmayne gab es Ratten.«

»Ich erinnere mich, dass du es mir damals erzählt hast.« Thaddeus schwieg einen Moment, um seine Gedanken zu ordnen. »Ian sagte, du bist niemals von Flöhen gebissen worden. Stimmt das?«

»Ja.«

»Die Überlebenden in Woodoak sprachen davon, dass die Befallenen sich kratzten, bevor sie krank wurden, und wie es die Lebenden juckte und graulte, nachdem sie die Toten berührt hatten. Nur ein völliges Eintauchen in irgendein Gewässer konnte Erleichterung bringen, wie deine Bäder im Devil's Brook, und ich frage mich, ob das Wasser nicht die Flöhe abgespült hat. Erinnerst du dich, ob Sir Richard oder deine Kameraden sich über Juckreiz beklagten?«

»Das taten sie alle. Bradmayne war ein Drecksnest. Es wimmelte von Flöhen und Läusen, genauso wie von Ratten. Sir Richard wusste nicht, ob er mich um meine dicke Haut beneiden sollte oder verfluchen, weil ich um meinen Anteil an Bissen herumkam. Die Idee mit den Flöhen als Überträger ist einleuchtend, Thaddeus, aber hast du einen Beweis?«

Noch ein müder Seufzer. »Nein, aber es ist die einzige Erklärung, die mir dafür einfällt, dass die Pest sich so rasant von einem Landgut zum anderen bewegt. Ratten bleiben in der Nähe ihrer Nahrung, aber Flöhe reisen mit ihren Wirten. Besprich es mit Lady Anne. Sie wird besser wissen als ich, ob so etwas möglich ist. Wir haben oft überlegt, wie ein Händler oder Hausierer die Seuche mit sich herumtragen könnte, ohne ihr zum Opfer zu fallen.«

Gyles erwartete fast, dass Lady Anne sich nun zu erkennen geben würde, denn wozu hätte sie noch länger verborgen bleiben sollen? Doch sie tat es nicht. »Lass sie mich kurz rufen, dann kannst du es selbst mit ihr besprechen.«

Aber Thaddeus winkte ab. »Keine Zeit. Ich muss innerhalb einer Stunde zurück. Ich bin nur das Pferdegeschirr und ein paar Stricke holen gekommen, um den Wagen aus Holcombe herzukarren. Ich glaube, wir hatten alles Gerät in Sir Richards Schlafgemach gelagert. Wie ich sehe, habt ihr das Floß im Wasser liegen lassen, also könnt ihr wohl Zaumzeug für zwei Pferde rüberschicken? Und überleg dir mal, welchen Weg wir von Holcombe aus nehmen sollten. Erinnerst du dich aus der Zeit, als du mit Sir Richard durch die Lande zogst, noch gut genug an die Landstraßen, um sagen zu können, ob es einen direkten Weg nach Afpedle gibt? Es wäre hilfreich, wenn wir die Schafe zugleich mit dem Wagen mitführen könnten.«

Gyles rief sich das Netz der Straßen ins Gedächtnis. »Ich erinnere mich an einen Treiberpfad, der nach etwa fünf Meilen auf der Landstraße südlich von Holcombe gen Westen führt, und an noch einen etwa eine Meile nordwärts, der oberhalb von Athelhelm herauskommt … aber die würde ich beide nicht empfehlen. Da versinkt ihr im Schlamm, wenn der Regen kommt. Am besten, ihr schafft den Wagen nach Athelhelm und versammelt die Schafe dort. Wie weit ist das von eurem Lager entfernt?«

»Dreitausend Schritt … vielleicht viertausend, aber der Saumpfad ist kaum breit genug für ein Pferd. Ein Wagen kommt da nie und nimmer durch.«

»Aber vielleicht durch den Fluss. Er ist nicht tief und hat ein Kiesbett, wenn ich mich recht entsinne. Ich weiß noch, wie Sir Richard einmal dort entlanggeritten ist und staunte, wie viele Forellen vor ihm herschwammen.« Gyles zuckte die Schultern. »Es wird ein mühsamer Weg, aber dafür sicherer als die Durchfahrt durch verlassene Landgüter, wo man nie wissen kann, was einen erwartet. Möchtest du, dass ich dir dabei zur Seite stehe? Gewiss wird Milady mir gestatten, dich zu begleiten.«

Lady Anne hörte ein leises Lachen. »Nichts würde deinen Söhnen weniger gefallen, mein Alter. Sie möchten den ganzen Ruhm selbst einheimsen.« Wieder ein kurzes Zögern. »Geht es Milady denn gut?«

»O ja, und sie gelobte, euch groß zu feiern, wenn ihr zurückkehrt. Sie nennt euch Helden und zündet jeden Abend sechs Kerzen zu eurem Gedenken an. Du hast sie in ihrem Fenster gesehen, als du die Straße entlanggekommen bist.«

»Das habe ich sehr wohl«, sagte Thaddeus. »Es ist eine herzerwärmende Geste, aber vielleicht ein wenig unklug, weist es doch auf die Anwesenheit von Menschen hier im Hause hin. Und Lady Eleanor? Wie geht es ihr?«

Gyles wusste nicht recht, was er sagen sollte, bis Lady Anne ihm zuraunte, ehrlich zu sein. »Nicht gut. Sie scheint den Verstand verloren zu haben. Innerhalb weniger Stunden hat sie heute meine Isabella attackiert und verwundet, sich von Lady Anne losgesagt und behauptet, ihre wahre Mutter sei ein Schützling Milord of Foxcotes gewesen; außerdem hat sie gedroht, uns alle auf den Scheiterhaufen zu bringen, weil wir sie nicht als die wahre Herrin von Develish anerkennen. Am meisten in Rage gebracht hat sie Lady Annes Vorhaben, uns unsere Freiheit zu gewähren. Lieber würde sie uns an der Pest krepieren als unsere Ketten abwerfen sehen.«

Thaddeus erkundigte sich, wie schlimm Isabellas Verletzungen seien. »Ich mag sie mir nicht Schmerzen leidend vorstellen, Gyles.«

»So geht es uns allen. Sie ist sehr blass und schwach, aber sie kann sich auf den Beinen halten. Fünfzehn Stiche mit der Schnürnadel hat sie abbekommen, aber keiner war allzu tief. Milady und Martha kümmern sich um sie und sagen, sie wird sich in einer Woche wieder erholt haben.«

»Das freut mich zu hören, wie es auch ihre Brüder freuen wird. Hat Lady Eleanor denn irgendeinen Grund für ihr Verhalten genannt?«

»Nichts als wüste Beschuldigungen. Sie behauptete, Lady Anne reiße die Macht an sich, die in Wahrheit ihr, Eleanor, zukommen müsse. Sie scheint nicht zu begreifen, dass sie ihre Legitimität einzig Lady Anne verdankt, die das Geheimnis um ihre Geburt während all der Jahre für sich behielt. Dein Stiefvater war es, der ihr das gesteckt hat. Du hättest ihn nicht wiedererkannt, Thaddeus. Er hat dich sogar gepriesen, stell dir vor, er sagte, lieber beuge er das Knie vor dir als vor dem undankbaren Bastard, den Lady Anne da aufgezogen hat.«

Wieder erklang ein leises Lachen. »Ich kann nur staunen über das, was du mir erzählst, Gyles. Wie lange weiß Eleanor nun schon, dass Milady nicht ihre Mutter ist?«

»Heute Nachmittag hat unsere Herrin es ihr schonend beigebracht, in der Hoffnung, ihren Wahn zu bezähmen. Seit dem Tod ihres Vaters führt sie sich unmöglich auf, aber so verrückt wie heute war sie noch nie. Sie schwört, sie werde Milady als Ketzerin anprangern, sobald sie die Gelegenheit dazu bekommt.«

»Ist sie eingesperrt worden?«

»Ja, in der Hütte neben der von John Trueblood. Ihr Wehgeheul hallte im ganzen Gelände wider.«

»Worüber beklagt sie sich?«

Gyles schnaubte. »Na, über alles, was ihr nur einfällt. Am schlimmsten zieht sie über die Männer auf dem Anwesen her – dich eingeschlossen. Mal sind wir gemeine Diebe und Feiglinge, mal Drecksgesindel mit hündischen Gelüsten.«

»Hat irgendjemand Mitleid mit ihr?«

»Nur meine Tochter und der kleine Robert. Sie sehen das Menschliche in ihr, das sonst keiner sieht, auch wenn Isabella zu Recht eine strengere Strafe forderte als Roberts Vorschlag, ihr für jeden Nadelstich einen Tag Kerker aufzubrummen. Niemand will sie wieder frei sehen, bevor der Wahn von ihr gewichen ist. Sie ist bösartig genug, um nächstes Mal wirklich zu morden, und sie kann keine Gnade von mir erwarten, wenn sie Isabella noch einmal irgendetwas antut.«

»Dann haltet sie in Gewahrsam, bis deine Zwillinge zurückkehren. Sie haben an Mut und Entschlossenheit gewonnen, seit sie so viel Tod und Elend sehen mussten, und sie werden nicht zulassen, dass eine wie Lady Eleanor ihrer Schwester auch nur ein Haar krümmt. Sieh zu, dass sie wenigstens das begreift.«

»Du verlangst Unmögliches. Sie weigert sich, Leibeigene anzuhören.«

»Würde sie Master de Courtesmain anhören?«

»Der fürchtet sich doch vor seinem eigenen Schatten! Er zittert wie Espenlaub bei dem Gedanken an die Vergeltung, die der High Sheriff an uns üben wird, weil wir es gewagt haben, Sir Richards Tochter zur Rechenschaft zu ziehen dafür, dass sie eine Leibeigene misshandelt hat. Du hast Milady einen schlechten Dienst erwiesen, Thaddeus, als du ihm deine Stellung überlassen hast. John Trueblood hätte einen besseren Verwalter abgegeben als dieser doppelzüngige Franzose.«

»Ich fand es klüger, ihn an Lady Annes Seite zu halten. Er hat ein missgünstiges Wesen und wäre jedem, der diese Stellung bekleidet, in den Rücken gefallen.«

Gyles nickte zögernd. »Da hast du wohl recht. Aber sag mir, wie lange wird es dauern, bis wir euch wiedersehen?«

»In drei Tagen schicke ich dir deine Söhne und die Söhne deiner Freunde mit den Schafen aus Afpedle. Sie werden Gehege auf dieser Seite des Burggrabens benötigen und einen Unterstand, um sie vor dem Regen zu schützen. Können die Männer von Develish so viel in so kurzer Zeit zusammenzimmern? Und wird Milady ihnen erlauben, den Burggraben zu überqueren?«

»Ich wüsste keinen Grund, weshalb nicht. Sie hat es dir damals doch auch erlaubt, als ich mit Sir Richard zurückkam. Wirst du die Jungen begleiten?«

»Nein, ich komme später mit dem Wagen nach, wenn ich herausgefunden habe, wie ich ihn herschaffen kann. Lasst die Jungen zwei Wochen auf dieser Seite des Burggrabens warten. Ich bin überzeugt, dass sie sich die Pest nicht eingefangen haben, aber sicher ist sicher. Sie können die Zeit nutzen, um die Schafe zu schlachten und die Kadaver mit dem Floß zu euch rüberzuschicken.«

»Schafe lassen sich nicht leicht durch den Regen treiben. Das ist ein Unternehmen für einen gestandenen Mann. Lass mich mitgehen und die Sache in die Hand nehmen.«

Ein kurzes Schweigen trat ein. »Ich sage nicht, dass es keine gute Idee ist, aber deine Söhne haben schwere Arbeit geleistet, um sich zu beweisen. Betrachte sie nicht mehr als Knaben, Gyles. Begrüße sie als Männer, und du wirst nicht enttäuscht sein.« Er drängte Gyles, ihm so schnell wie möglich Stricke und Zaumzeug zu bringen und auch Hafer für das Pferd, falls noch welcher übrig war. »Die Leute werden Antworten erwarten, wenn sie mich hier finden, und ich hab es nicht so mit dem Reden. Jeder meiner Gefährten kann unsere Geschichte besser wiedergeben als ich.«

Gyles unternahm einen letzten Versuch, Lady Anne zum Vortreten zu bewegen. Sie hatte es doch gar nicht erwarten können, mit Thaddeus zu reden, als er dort am Burggraben aufgetaucht war. »Lass mich wenigstens Lady Anne wecken und sie hierherbringen. All die Zeit hat sie deinen Rat so vermisst, Thaddeus.«

»Und ich den ihren ... aber ich möchte keine süße Erinnerung daran, was mir fehlt, wo sogar deine brummige Altmännerstimme mich verleitet, länger als nötig hier zu verweilen. Versichere sie meiner unwandelbaren Treue, wenn du ihr von meinem Besuch berichtest, aber reiße sie meinetwegen nicht aus dem Schlaf.«

»Gibt es sonst noch etwas, das ich ihr sagen soll?«

»Nichts, was du ohne zu erröten übermitteln könntest,

alter Freund. Ich habe gemerkt, dass ich mehr an Develish hänge, als ich dachte. Es ist nicht leicht, die Bande zu sprengen, die uns an die Menschen und Orte fesseln, die uns vertraut sind.«

In Gyles' Schatten eilte Lady Anne zurück zum Haus, schlüpfte durch die Tür hinein und wies ihn an, Stricke und Zaumzeug zu holen, während sie sich auf die Suche nach Hafer machte. In der Küche packte sie Brot zusammen, mit einem Rest Suppe angefeuchtet – alles, was vom Vorabend übrig war –, und fügte ein kostbares hartes Ei hinzu, in Salzlake eingelegt. Bevor sie die Zipfel des Bündels zusammenknotete, lief sie ins Kontor des Verwalters, zündete eine Kerze an und verfasste eine kurze Nachricht. Den gefalteten Zettel legte sie über das Ei, wo Thaddeus ihn finden würde.

Schwer zu sagen, was Gyles von diesem nächtlichen Besuch halten mochte, aber Lady Anne hatte das Gefühl, Thaddeus zu verstehen. Fast jede seiner Fragen zielte letztlich darauf ab herauszufinden, ob Eleanor seine Gefährten der Notzucht oder des Mordes bezichtigt hatte, und Lady Anne wusste, er würde die Jungen nicht zurückkehren lassen, wenn dies der Fall war. Sie wünschte, sie könnte alles mit ihm teilen, denn er verdiente eine Erklärung für Eleanors Verhalten, aber sie durfte das Geheimnis des Mädchens nicht verraten. Stattdessen betete sie, dass die Nachricht, die sie ihm geschrieben hatte, ihn überzeugen würde, sie habe die Wahrheit über Jacobs Tod aufgedeckt und Eleanor werde ihm und seinen Gefährten nichts mehr anhaben können.

Würde er ihr Bedürfnis nach seiner Unterstützung zu schätzen wissen? Sie hoffte inständig, es möge so sein. Ihr Herz war schwer, denn sie hatte seine Unentschlossenheit gespürt, ob er selbst den Burggraben überqueren solle, wenn die Schafe und das Korn erst abgeliefert wären. Er war so standfest gewesen in seiner Weigerung, sie zu sehen, dass sie fürchtete, trotz seiner Beteuerung, an Develish zu hängen, hege er in Wahrheit die Absicht, die Bande endgültig zu lösen.

Mein teurer Freund,
in Eile schreibe ich diesen Brief, während Gyles das
Nötige für euren Rückweg zusammensucht. Ich hoffe,
Du wirst ihn finden und Zuversicht aus meinen Worten
schöpfen, wenn die Sonne aufgeht. Ich glaube, Du hast
Dich und die Jungen heimlich aus Develish entfernt, um
den Frieden dort zu erhalten, und ich danke Dir dafür.
Die Art, wie Jacob von uns gehen musste, tut mir
unendlich leid – mir ist bekannt, wie es geschah –, aber
sei versichert, er ruht in Frieden, und die Probleme, die
Du vorhersahst, haben sich nicht ergeben. Niemand
bezweifelt, dass sein Tod ein Unfall war oder dass Euer
Unterfangen, Vorräte für Develish zu finden, ein höchst
edelmütiges ist.
Ich beneide Dich um Deine Freiheit, teurer Freund,
und möchte sie Dir um keinen Preis nehmen, aber
gedenke der Herzen, die in Develish für Dich schlagen.
Ich glaube, Du willst uns wieder verlassen, wenn Du
Dein Versprechen wahr gemacht hast, uns mit Nahrung
zu versorgen, aber ich bitte Dich, es nicht zu übereilen.
Es wird mich schrecklich betrüben, wenn Du ein
weiteres Mal nächtens zurückkehrst, um gleich wieder
davonzugehen, und nur ein Wagen mit Korn bezeugt,
dass Du wieder da warst. Kannst Du Dir überhaupt
vorstellen, wie sehr Du vermisst wirst?

*Du und ich haben so viel zusammen erreicht, und ich
glaube, mein Rat erscheint Dir weise. Bitte verschwinde
nicht wieder, ohne mir zu erlauben, Dir meine Gedanken
mitzuteilen. Du und ich hegen seit Langem gemeinsame
Träume von der Freiheit für unser Volk. Aber sie werden
keine Bedeutung mehr haben, wenn Du nicht unter
uns bist, sobald die Zeit gekommen ist, die Ketten zu
sprengen, die uns hier festhalten. Wir sind abhängiger
von Deiner Kraft, als Dir bewusst ist.*

*Vielleicht hältst Du Dein Leben für weniger unent-
behrlich für das Anwesen als das von Ehemännern und
Vätern wie Gyles Startout und John Trueblood? Wenn
ja, dann befindest Du Dich im Irrtum. Ich brauche
Dich sehr.*

Die Deine in aller Wahrhaftigkeit,

Anne

Es dauerte eine Stunde, bis Gyles im Kontor des Verwalters
nach Lady Anne schauen kam, um ihr zu sagen, dass Thaddeus wieder davongezogen war. Sie saß bei Kerzenschein
und zeichnete Pläne für die Schafgehege jenseits des Burggrabens und lächelte, als er von seiner Erleichterung darüber sprach, dass seine Söhne wohlauf waren. »Ich freue
mich für dich, Gyles.«

»Aber jetzt habe ich noch mehr Grund, mir Sorgen um
sie zu machen, Milady. Ich habe Thaddeus von Milord of
Bournes Attacke erzählt, und er hat mich mit der Nachricht
schockiert, dass Milord und seine Soldaten vor zwei Tagen
in Holcombe gewesen sind, kaum achtundvierzig Stunden,
nachdem sie sich hier davongemacht hatten. Er hat mir versichert, dass er und unsere Söhne dort nicht gesehen wurden, aber Develish wird schwer zu leiden haben, wenn er

sich irrt. Bourne braucht die sechs nur in Ketten hier vorzuführen, dann seid Ihr gezwungen, ihr Leben gegen das der zweihundert auf dem Anwesen einzutauschen.«

Lady Anne überlegte. Im Tumult der Ereignisse hatte sie den garstigen Alten schon fast vergessen; doch sie zweifelte nicht daran, dass er sich an Develish rächen würde, wenn er die Möglichkeit dazu bekam. Seine Normannen von englischen Bauern davongejagt zu sehen hatte seinen Stolz arg angekratzt, und seine Gier nach dem Gold, das er in Develish wähnte, hatte sich gewiss nicht vermindert. »Wir haben ihn gen Norden abziehen sehen. Wie konnte er da so schnell nach Holcombe gelangen? Dazu haben wir vier von seinen Pferden getötet und noch mehr verwundet.«

»Aber nicht seine Zugpferde, Milady. Ich nehme an, er hat genau das getan, wovon ich Thaddeus abgeraten hatte, und einen Treiberpfad eingeschlagen. Das sind die kürzesten Verbindungen zwischen den Landstraßen, und mit genügend Männern, die sich ins Zeug legen, könnte sein Wagen das gut schaffen. Als Dieb bevorzugt er natürlich die Schleichwege. Da wird er weniger leicht entdeckt und womöglich angegriffen als auf den öffentlichen Straßen.«

»Aber wieso Holcombe?«

»Thaddeus sagt, es ist so gut wie verlassen, Milady. Er hat es vor einigen Tagen beobachtet und meint, dass nur ein paar Leibeigene auf dem Gut verblieben sind. Er hat Pferde in den Feldern gesehen, also wird Milord sie sich wohl geschnappt haben, um die verlorenen zu ersetzen. Und Waffen auch, da kein Bauer den Mut hätte, es ihm zu verwehren, wenn er sich aus der Waffenkammer ihres Herrn bedient. Ich fürchte, unser Triumph über ihn war recht kurzlebig und es wird nicht lange dauern, bis wir ihn wiedersehen – mit oder ohne Thaddeus und unseren Söhnen.«

»Hast du Thaddeus das erklärt?«

»Habe ich, und mein Angebot wiederholt, ihn zu begleiten, hab sogar vorgeschlagen, James Buckler und Adam Catchpole mitzunehmen. Mit mehr Wächtern haben wir eine bessere Chance, die Vorräte sicher nach Hause zu bringen.«

»Und was hat er geantwortet?«

»Er sagte, Ihr würdet es nicht erlauben, Milady. Die Verteidigung von Develish ist wichtiger als Schafetreiben. Er hat natürlich recht, aber Sorgen mache ich mir trotzdem.«

»Ich mir auch, Gyles. Ich hatte gehofft, dieser Tag würde glücklich enden, jetzt, wo wir wissen, dass alle sechs am Leben sind. Doch offenbar müssen wir noch eine Weile um ihr Wohlergehen fürchten.«

»Thaddeus verlässt sich aufs Wetter als Schutz, Milady. Er wollte mit mir wetten, dass die Leibeigenen aus Develish und die Schafe aus Afpedle besser mit peitschendem Regen zurechtkommen als Milord of Bourne und seine Mannen.«

Lady Anne lächelte. »Dann werde ich um Sturm beten.«

Gyles musterte sie nachdenklich. »Ihr seid schnell hinter mich getreten, Milady, als Thaddeus näher kam. Was bewog Euch zu der Annahme, er würde nicht frei sprechen, wenn er wüsste, dass Ihr da seid?«

»Er hat gefragt, ob du allein bist. Ich habe verstanden, warum, als er dir erzählte, wie er Athelhelm in Brand gesteckt hat. Er wird nicht wollen, dass es sonst noch jemandem zu Ohren kommt.«

»War das Euer Eindruck, Milady? Ich dachte, er sorgt sich vielleicht mehr darum, wie unsere Söhne hier wieder aufgenommen werden.«

Lady Anne stützte den Ellbogen auf das Schreibpult und die Wange in die Hand. Wenn sie sich je irgendwem anvertraute, dann wäre es Gyles. Seit zehn Jahren war er ihr ein väterlicher Freund und Berater, und ihre Zuneigung zu ihm und seiner Familie ging tief. Aber wie konnte sie ehrlich sein, ohne zu offenbaren, warum Thaddeus seine Söhne aus dem Anwesen entfernt hatte? Gyles wäre sehr geknickt, würde er erfahren, wie bereitwillig Ian und Olyver sich von Eleanor hatten peitschen lassen, nur um ihre Brüste berühren zu dürfen.

Sie erinnerte sich an einen Brief von Thaddeus, den Isabella ihr unbedingt hatte zeigen wollen, als sie kam, um ihr von Eleanors Schwangerschaft zu erzählen – *Bitte glaube mir, dass ich all dies tue, um Deine Brüder und ihre Freunde aus dem Netz der Intrige zu befreien, und nicht, um sie noch mehr darin zu verstricken –,* und dieses Motiv galt heute noch ebenso wie vor zwei Wochen.

»Du musst mir die Schuld an Thaddeus' Heimlichtuerei geben«, sagte sie. »Ich wollte ihn nicht während Jacobs Begräbnis gehen lassen, weil ich es pietätlos gegenüber seinem Bruder fand. Wahrscheinlich kam er zurück, um sich zu vergewissern, ob ich meine Drohung wahr gemacht habe, ihn und deine Söhne als Abtrünnige anzuprangern.«

Gyles' Blick verriet Ungläubigkeit. »Ihr seid in vielem bewandert, Milady, aber nicht darin, die Unwahrheit zu sprechen. Vielleicht wäre es besser, den Leuten zu sagen, dass er kam, um Zaumzeug zu holen und anzukündigen, dass wir mehr Schafgehege brauchen.«

»Das ist sicher weise.«

Bereits im Begriff, sich abzuwenden, überlegte er es sich doch anders. »Habe ich irgendetwas falsch gemacht, Milady, Euch in irgendeiner Weise enttäuscht, dass Ihr meint, Ihr könntet mir nicht die Wahrheit zumuten? Wenn ich Euch mit meinem Gerede von Banditen geängstigt habe, bitte ich demütigst um Vergebung. Der kleine Robert hat recht, meine Augen sind nicht mehr, was sie waren.«

Lady Anne schüttelte den Kopf. »Du bist mein engster Freund, ich würde dir mein Leben anvertrauen.« Sie blickte ihm forschend ins Gesicht. »Lass mich dir ein anderes Rätsel stellen. Würdest du die Herzensgeheimnisse deiner Frau von mir erfahren wollen, falls ich davon Kenntnis hätte?«

Gyles lächelte schief. »Dann würde ich nichts Gutes über mich zu hören bekommen.«

»Aber das wäre nicht die Wahrheit – nur flüchtige Worte aus einem Moment der Gereiztheit –, und mein Verrat wäre umso schlimmer, weil ich Ärger aufrühren würde, wo vorher keiner war.«

Gyles war viel zu scharfsinnig, um sich mit einer so banalen Erklärung abspeisen zu lassen. »Aber was, wenn der Ärger doch schon da gewesen wäre, Milady? Wäre es nicht ein größerer Verrat, nichts zu sagen, wenn man wüsste, dass man anderen durch sein Schweigen schadet?«

Lady Anne breitete entschuldigend die Arme aus und betete im Stillen, er möge nicht denken, sie habe von Eleanors Plan gewusst, Isabella Gewalt anzutun. »Ich bin noch weniger im Gedankenlesen bewandert als im Lügen, Gyles. Wenn ich wüsste, wo das Unheil lauert, würde ich es dir ganz bestimmt nicht verschweigen.«

Er quittierte ihre Worte mit einem Nicken und wandte sich zur Tür, wo er mit der Hand auf der Klinke noch einmal innehielt. »Thaddeus bat mich noch, Euch für das Bündel mit Essen zu danken. An der Art, wie es geschnürt war, erkannte er, dass es von Euch stammen musste. Er dankt Euch auch für die Kerzen, die Ihr jeden Abend ins Fenster stellt.«

Sie lächelte wieder. »Ich habe gehört, wie er sagte, es sei eine törichte Geste.«

»Er hat nur gescherzt. Ich glaube, er wusste genau, wozu sie aufgestellt sind, sobald er sie sah – wie auch ich es von Anfang an hätte begreifen sollen.«

»Was genau meinst du, Gyles?«

Er öffnete die Tür. »Als Zeichen, dass unseren Söhnen hier eine sichere Rückkehr winkt, Milady … obwohl ich mich frage, weshalb sie oder Thaddeus überhaupt einer solchen Versicherung bedürfen.«

Zwei Meilen weiter auf der Landstraße wünschte Thaddeus, er wäre so schlau gewesen, ein Packpferd mitzubringen, um das Kummet zu tragen, das ihm auf den Schultern lastete, und die fest aufgerollten Stricke, Zaumzeug und Riemen, die er quer über dem Sattel und den Schenkeln balancierte. So bedächtig Killer sich seinen Weg durch die Furchen auch suchen mochte, das Kummet scheuerte an seinem Hals, und die Rolle mit dem Zaumzeug stieß ihn bei jedem Hufschlag in die Leiste.

Der Regen, der als feines Nieseln begonnen hatte, als Thaddeus das Tal von Develish verließ, nahm an Heftigkeit zu, je weiter er und Killer gen Süden vorankamen. Beide waren so nass, als hätten sie den Burggraben durchschwommen, als sie schließlich die Lichtung erreichten, wo er und die Jungen vor vierzehn Tagen von der Landstraße abgebogen waren. Kurz erwog er, unter den Bäumen am Devil's Brook Schutz zu suchen, aber er fürchtete, danach würden weder er noch das Ross sich wieder aufraffen können. Stattdessen biss er die Zähne zusammen und versuchte, das Unbehagen zu verdrängen, indem er an den Brief dachte, den er in Miladys Bündel gefunden hatte.

Während Gyles ihm erzählt hatte, wie die Leibeigenen von Develish Milord of Bournes Attacke abwehrten, hatte er das Brot und das Ei verschlungen. Beide schmeckten umso köstlicher, als sie schon seit Wochen nicht mehr auf seinem Speiseplan gestanden hatten; und nun waren die einzigen schmerzfreien Stellen an ihm sein halb voller Bauch und das trockene Fleckchen Haut unter seinem Kittel, das von dem Stück Pergament an seiner Brust bedeckt wurde. Ohne Licht hatte er nicht lesen können, was Milady ihm geschrieben hatte, doch er war sicher, dass ihre Worte voller Zuneigung waren, da sie ihm eigentlich gar keine Botschaft hätte senden müssen.

Gyles hatte sich bemüht, die Laterne an seiner Seite zu halten, als er zum Haus zurückging, aber Thaddeus' Augen waren zu sehr an die Dunkelheit gewöhnt, als dass ihm das leise Schwingen eines Capes hinter Gyles' Beinen entgangen wäre, ebenso wie die Ehrerbietung, mit der er einen kleinen, schmalen Schatten hineinleitete.

Erst hatte er sich ein wenig verletzt gefühlt, dass Lady Anne sich vor ihm verborgen hielt, bis er sich erinnerte, dass er Gyles gefragt hatte, ob er allein sei. Auch machte er sich einen Moment Sorgen, er könne *sie* vielleicht verletzt haben, indem er Gyles' Angebot, sie zu holen, ablehnte – aber dann hatte das Floß das Zaumzeug und die Stricke mit dem Bündel obendrauf herübergebracht.

»Ich hab dich beiseitetreten sehen, um sie vorzulassen«, gestand er Gyles, während er das Ei aß. »Hätte ich gewusst, dass sie hinter dir stand, hätte ich meine Ausdrucksweise gemäßigt. Ich hatte nicht vor, ihr Angst einzujagen.«

»Das hat sie erraten, und darum hat sie sich versteckt«, gab Gyles zurück. »Aber du irrst dich, wenn du denkst, dass man ihr so leicht Angst einjagen kann, Thaddeus. Milord of Bournes Hauptmann hatte klargestellt, dass die Frauen von Develish, da frei von der Pest, seinen Männern so viel wie

Gold gelten würden, also hat Milady unsere Frauen und Töchter in der Kirche versammelt und sich mit einem Dolch bewaffnet, um den ersten Soldaten abzustechen, der dort hereinkommen würde. Sie wusste, sie würde dafür leiden müssen, aber sie wollte so tapfer kämpfen wie die Männer.«

Und gelitten hätte sie, sagte Thaddeus sich jetzt. Er konnte sich keinen schnelleren Weg vorstellen, ihren Mut zu brechen – und den Mut ihrer Leute –, als ihr die Kleider herunterzureißen und sie zu zwingen, sich einer Reihe von Soldaten zu unterwerfen, vor den Augen ihrer Leibeigenen. Das Gleiche würde passieren, falls er und die Jungen gefangen genommen und nach Develish gebracht würden, um am Galgen zu landen. Gyles hatte ganz recht, als er sagte, dass Milady – all ihrer Seelenstärke zum Trotz – das Anwesen lieber aufgeben würde, als zuzulassen, dass sechs ihrer Leute auf der anderen Seite des Burggrabens aufgehängt würden.

Dennoch hielt Thaddeus Gyles' Befürchtungen eher für Schwarzseherei, denn die Wahrscheinlichkeit, dass Bourne ihr Lager am Fluss Pedle aufspürte, war nur gering. Develish war weit mehr bedroht, denn es bot Geborgenheit und Zuflucht vor dem Sturm. Wenn Thaddeus sich schon ausmalte, wie angenehm es sein musste, warm, trocken und satt in der Halle am Kamin zu sitzen, wie viel mehr würden erst Milord und seine Mannen danach gieren?

Mit plötzlicher Ungeduld verscheuchte er Bourne aus seinen Gedanken. Zu schnell gab man sich eingebildeten Ängsten hin, wenn man müde war. Drängender war das Problem, wie das Korn von ihrem Lager aus nach Develish zu befördern war. Gyles' Vorschlag, den Wagen durch den Fluss zu ziehen, leuchtete ihm ein, obwohl die Gefahr bestand, dass das Wasser zu hoch stieg, wenn es weiter so schüttete. Er und die Pferde würden sich darin auf den Beinen halten können, aber die Jungen nicht. Sie waren noch zu schmächtig und klein von Wuchs.

Er erinnerte sich, wie er sie in der vorigen Nacht voller Zorn gescholten hatte. Seine Stimmung hatte sich verdüstert, nachdem Edmund die Geschichte von Eleanors Geburt erzählt hatte – ein Geheimnis, das nur Clara kannte, bis sie sich entschlossen hatte, es mit ihrem Sohn zu teilen –, und schließlich hatte er die Geduld verloren, als die Jungen begannen, mit den Schwertern herumzufuchteln, die sie in Holcombe gestohlen hatten. Ihre sorglosen Possen gemahnten ihn bitter an die Kindheit, die er nie gehabt hatte, und die ganze Demütigung seiner eigenen Geburt quälte seinen Kopf. Aber es war falsch gewesen, aus der Haut zu fahren, und er wünschte jetzt, er hätte sich besser in der Gewalt gehabt. Die Jungen waren nicht schuld daran, dass er sich so furchtbar verraten fühlte, weil Milady ihn in dem Glauben belassen hatte, er sei der einzige Bastard in Develish.

Im langsamen, wiegenden Rhythmus von Killers Schritt nickte er ein, und das Tier, der Unaufmerksamkeit seines Reiters nicht gewahr, suchte in aller Ruhe weiter seinen Weg durch die Spurrillen und Furchen der Straße. Das war, was es gelernt hatte; selten war Sir Richard nüchtern genug gewesen, um noch sehen zu können, wo es langging.

Und so war keiner der beiden auf Wachtposten am Ende des Treiberpfades oberhalb von Athelhelm gefasst oder in der Lage, dem plötzlichen Lichtstrahl von einer Laterne auszuweichen, der Thaddeus ins Gesicht schien und ihn als Leibeigenen aus Develish offenbarte.

ZWEI

Thaddeus' Lager am Fluss Pedle

*I*an Startout saß niedergeschlagen da und fragte sich, ob der Morgen je anbrechen würde. Dank des Unterstands, den sie zwischen den Bäumen errichtet hatten, und des gestohlenen Wagens, der ihnen als Bollwerk am Flussufer diente, waren er und seine vier Gefährten halbwegs vor dem Wetter geschützt, doch ihre Unfähigkeit, ein Feuer zu entfachen, hatte sie der Dunkelheit ausgeliefert. Eng aneinandergedrückt in dem begrenzten Raum, den die zwölf Fässer mit gehamstertem Korn ihnen noch ließen, starrten sie blicklos ins Nichts; lieber hatten sie sich in ihre eigenen Gedanken zurückgezogen, statt sich über den trommelnden Regen hinweg anzuschreien.

Ians Stimmung schwankte zwischen Liebe zu Thaddeus und Gekränktheit, dass der Mann, den er für seinen Freund hielt, ohne eine Erklärung fortgegangen war. Hatte er denn nicht klaglos alles getan, was Thaddeus verlangte, als sie auf Vorratssuche gewesen waren? War er nicht der Pflichtbewussteste von allen gewesen und hatte es doch am wenigsten gelohnt bekommen? Und was sollte er tun, wenn Thaddeus nicht zurückkam? Diese nutzlosen Rüpel zwingen, die Schafe durch den Regen zu treiben? Er hatte nicht die Kraft, ihnen ihre dümmlichen Visagen einzuschlagen, wenn sie sich seinen Anweisungen nicht fügen wollten. Der einzige Anführer, den sie respektierten, war Thaddeus.

Keiner der Jungen hätte es Thaddeus übel genommen, wenn er Develish den Rücken kehrte, falls Edmunds Geschichte, dass Lady Anne nicht Eleanors Mutter sei, der Wahrheit entsprach. Jeder Mann, der als Bastard geboren war, würde einiges daran auszusetzen haben, dass er gezwungen war, als Sklave zu leben, während Sir Richards Tochter, mit dem gleichen Makel behaftet, als Lady ausstaffiert wurde. Ian verstand sehr wohl, dass es Thaddeus geschmerzt haben musste, die Geschichte von Edmund statt von Lady Anne selbst zu hören, aber waren verletzte Gefühle denn ein ausreichender Grund dafür, ihn und seine Gefährten ohne ein Wort zu verlassen?

Das geisterhafte Aufschimmern von Gesichtern vor dem Regenvorhang, der aus dem geflochtenen Dach aus Weidenruten und Farn herabtriefte, vermittelte Ian eine erste Ahnung, dass die Nacht langsam zu Ende ging. Als das Licht allmählich heller wurde, sah er seine eigenen Gefühle in den Augen seiner Freunde widergespiegelt. Elend. Erbärmlichkeit. Unsicherheit. Angst. Aber mit der Morgendämmerung trat auch die Vernunft zutage. Es ergab einfach keinen Sinn, dass Thaddeus nicht zurückgekommen war. Er hatte sich viel zu sehr bemüht, Vorräte für Develish aufzutreiben, um das Unternehmen jetzt auf einmal aufzugeben, und er hätte sein Gewissen nicht damit belastet, Athelhelm niederzubrennen, wenn er nicht vorgehabt hätte, Schafe über die Landstraße zu treiben, die mitten hindurchführte.

Mit plötzlicher Entschlossenheit kam Ian auf die Beine und begann, zwischen den Waffen, Kleidern und Sätteln zu kramen, die auf den Kornfässern aufgehäuft lagen. Sie hatten alles in den Unterstand geworfen, als es zu gießen anfing, und da das Licht noch immer zu schwach war, tastete er sich auf der Suche nach dem, was er brauchte, durch die Stapel hindurch.

Sein Zwillingsbruder Olyver erhob die Stimme, um sich über das Trommeln auf dem Dach hinweg Gehör zu verschaffen. »Willst du nach ihm suchen?«

»Ja.«

»Ich komme mit.«

»Ich auch«, riefen die anderen drei einstimmig.

Ian schüttelte den Kopf. »Nur Olyver. Wenn wir bis zum Einbruch der Nacht nicht zurück sind, muss einer von euch morgen nach Develish reiten, um Lady Anne zu sagen, dass es hier Korn gibt und Schafe in Afpedle. Die anderen zwei müssen den Regen von den Fässern fernhalten, bis Hilfe herbeikommt.«

»Das geht doch gar nicht«, protestierte Edmund Trueblood. »Wir können das Dach ja immer wieder neu ausstopfen, aber wenn der Boden sich vollsaugt, wird das Wasser von unten hochsteigen.«

»Dann überlegt euch halt eine Methode, die Fässer anzuheben«, knurrte Ian. »Baut irgendwas … nehmt die verdammten Dinger auf den Schoß, wenn's sein muss. Benehmt euch wie Männer, so wie Thaddeus es von uns erwartet, und findet eine Lösung für das Problem, statt zu klagen. Develish wird es uns nicht danken, wenn wir schimmeliges Korn heimbringen.«

Joshua Buckler legte Edmund beruhigend die Hand auf den Arm. »Es gibt Betten in dem Gasthof in Holcombe«, sagte er. »Sie sind niedrig und stabil genug, um als Unterlage zu dienen, wenn wir sie herbringen können.«

Peter Catchpole sah zu, wie Ian sich eine zweite Tunika überzog und auch seinem Bruder eine hinhielt. »Hoffentlich wisst ihr, was ihr tut«, unkte er. »Was, wenn Thaddeus bis auf die Knochen durchgefroren zurückkommt und euch nicht mehr hier vorfindet?«

»Dann leg ihn hin und wärm ihn auf«, sagte Olyver.

»Er wird euch suchen gehen.«

»Das ist nicht seine Aufgabe. Ihr könnt auch mal den Arsch hochkriegen und es selber tun.«

»Es hat ja keinen Sinn, wenn wir alle erfrieren.«

»Dann seht zu, dass ihr ein Feuer in Gang bekommt und Essen ranschafft«, wies Ian ihn an. »Egal, was passiert, essen müssen wir – oder willst du vielleicht Joshuas Hunde umbringen und roh verschlingen?« Er zog eine Lederweste aus dem Kleiderhaufen und warf Olyver auch eine zu. »Wir teilen die Pfeile, die wir gestern angefertigt haben, unter uns auf und legen sie gebündelt quer über unsere Sättel«, sagte er, während er seinem Bruder ein Schwert und einen Bogen reichte. »Sie fliegen vielleicht nicht sehr gerade, aber sie sehen wenigstens bedrohlich aus.«

»Wo, glaubst du, ist Thaddeus hin?«, fragte Joshua.

»Wir fangen in Athelhelm an zu suchen und reiten dann nach Afpedle, danach weiter nach Woodoak. Wenn er ohne uns zurückkommt, folgt dieser Route. Irgendwo werdet ihr uns schon aufgabeln.« Ian zog zwei Sättel vom Stapel. »Sicher ist nur, dass er nach uns suchen würde, wenn er glaubte, dass wir in Schwierigkeiten stecken. Also ist es nur recht und billig, dass wir das Gleiche für ihn tun.«

Er warf einen Blick auf Joshuas Jagdhunde und fragte sich, ob sie wohl fähig wären, Thaddeus' Fährte zu verfolgen, doch er spürte sogleich Olyvers Widerstand. Besser, sie beide zogen allein los, als dass sie sich von Joshuas Ängstlichkeit bremsen ließen. Er nickte, wie um sich seine Entscheidung noch einmal zu bestätigen, während er sich Schwert und Bogen über die Schulter schlang und nach dem Bündel Pfeile langte.

»Tut euer Bestes, genau wie wir auch«, verabschiedete er sich von den anderen und folgte seinem Bruder in den Regen hinaus.

Sie fanden die Pferde unter den Bäumen, wo sie triefnass zusammenstanden. Den Jungen taten die Tiere leid, die sie sich aussuchten, wohl wissend, dass sie Druckstellen bekommen würden, wo das harte Leder der Sättel auf dem nassen Fell hin und her rutschte. »Wir müssen es tun«, rief Olyver. »Zu Fuß kommen wir nirgendwohin.«

Ian nickte. »Wir sollten sie erst einmal am Zügel führen. Aufsteigen bringt nichts, bis wir die Landstraße bei Athelhelm erreichen. Sie werden sich die Beine brechen, wenn sie auf dem nassen Gras ausrutschen.«

Sobald sie aufgebrochen waren, verfielen sie in Schweigen, doch während Ian hinter seinem Bruder herstapfte, den reißenden, angeschwollenen Fluss zur einen Seite und dunklen Wald zur anderen, fragte er sich, ob sie sich jemals zuvor so einig gewesen waren. Er fühlte, was Olyver fühlte, es waren dieselben Ängste. Das Licht war zu schwach. Der Regen zu stark. Das Hochwasser … Sie würden die Furt bei Athelhelm nicht überqueren können … Seltsam. Ihr ganzes Leben lang hatten sie sich gestritten, nie hatten sie sich gleichen wollen – und doch wusste er heute genau, was in Olyvers Kopf vorging. *Bitte, lieber Gott, mach mich mutig.*

Keiner von beiden war auf das gefasst, was sie in Athelhelm vorfanden. Der Sturm war zu früh gekommen, als dass sich das abgebrannte Dorf vollends zu Schutt und Asche hätte wandeln können, und verkohlte Leichen lagen überall zwischen den Ruinen. Einer hatte sich bis an seine Tür geschleppt und lag quer über der Schwelle, und den Jungen wurde übel beim Anblick des grausig aufgedunsenen Körpers. Es war nicht zu erkennen, ob er schwarz vom Ruß oder vom verseuchten Pestblut war, doch allein schon der Anblick der panisch hervorquellenden Augäpfel war ein Albtraum.

Der unaufhörliche Regen hatte den Devil's Brook über die Ufer treten lassen, und ein Strom aus Schlamm und Steinen hatte die Furt überspült. Vor Ians und Olyvers Augen reckte sich der Arm einer Leiche aus dem Wasser, als ob sie noch lebte. Beide fragten sich im Stillen, wie lange es wohl dauern würde, bevor die Überschwemmung alle Leichen davontrug oder sie unter dem Schlamm begrub. Vielleicht hatte Gott diese Sintflut aus gutem Grund über sie gebracht.

Als sie an der Stelle, wo der Devil's Brook in den Fluss mündete, das Wildwasser gewahrten, bogen sie vom Saumpfad ab und irrten zwischen den Bäumen hindurch, bis sie schließlich an der Landstraße oberhalb des Dorfes herauskamen. Von diesem Aussichtspunkt aus konnten sie erkennen, dass die Furt nach Afpedle unpassierbar war. Der Fluss bildete hier einen See, der den Verlauf der Straße überdeckte.

»Das könnte der Grund sein, weshalb Thaddeus nicht zurückgekommen ist«, rief Olyver. »Vielleicht hat er beschlossen, in Afpedle zu übernachten.«

Ian wandte sich um und spähte die Straße nach Develish hinab. Die Sicht war so eingeschränkt, dass er kaum bis zur ersten Kurve blicken konnte, aber die Idee, dass Thaddeus in Richtung Heimat aufgebrochen sein könnte, gefiel ihm. Bloß warum sollte er das getan haben? Was war denn so dringend, dass er unbedingt bei Nacht losreiten musste, statt auf das Tageslicht zu warten? Und wer würde ihn dort bemerken, bis auf die Wachtposten an der Mauer?

»Ich glaube, er ist dort entlang«, sagte er, mit einer vagen

Armbewegung zur Linken. »Vater und John Trueblood wechseln sich auf dem Wachtposten ab, um die Straße vom Dorf her im Blick zu behalten. Wahrscheinlich wollte Thaddeus mit einem von ihnen was besprechen, während alle anderen schliefen. Er wird uns nicht dahin zurückbringen, wenn Eleanor uns der Vergewaltigung und des Mordes beschuldigt.«

Olyver folgte dem Blick seines Bruders und fragte sich, ob Thaddeus überhaupt noch genug für seine Gefährten übrighatte, um sie weiterhin zu beschützen. Gestern Abend war er übelster Laune gewesen, hatte sie regelrecht zusammengestaucht. »Was, wenn es Thaddeus ist, den sie beschuldigt?«, fragte er, sein Pferd neben dem von Ian am Zügel führend. »Sie hasst ihn schließlich genug. Könnte Vater ihn festgenommen haben?«

Ian schüttelte den Kopf. »Er hängt doch viel zu sehr an Thaddeus. Er hätte ihn wieder fortgeschickt. Und John Trueblood genauso.«

»Aber wo ist er dann? Es ist ja nicht weit bis Develish … und er hätte vor Tagesanbruch wieder aufbrechen müssen, wenn er nicht wollte, dass alle von seiner Anwesenheit erfahren.«

Ian setzte den Fuß in den Steigbügel und schwang sich in den Sattel. »Finden wir's raus. Er wird uns zum Teufel jagen, wenn er gleich hinter der nächsten Kurve auftaucht, und dann werden wir uns schön blöd vorkommen, dass wir uns solche Sorgen gemacht haben, aber nasser, als wir schon sind, können wir ja nicht mehr werden.«

Diese Worte sollte er bald bereuen, als er vor Kälte mit den Zähnen klapperte. Die Sonne war schon seit zwei Stunden aufgegangen, aber das Licht, das sich durch die schweren dunklen Wolken kämpfte, war so grau, als ob bereits der Abend dämmerte. Es war keine Wärme darin, und der Wind schnitt Ian wie ein Dolch durch die Joppe und die doppelte Tunika. Er kniff die Augen gegen den stechenden Regen zusammen, während er Ausschau nach irgendeinem Anzeichen von Bewegung hielt, aber er konnte nichts entdecken. Er war nah daran aufzugeben, sicher, dass er Thaddeus' Absichten falsch gedeutet hatte, als Olyver ihm in den Zügel griff und beide Pferde zum Stehen brachte. Mit dem Kinn wies er zum Wald rechts von ihnen.

»Da ist was zwischen den Bäumen. Sieh mal, die Pferdeohren. Sie können es hören.«

Ian legte den Kopf schief und lauschte. Ein leises Wiehern, kaum vernehmbar durch den Wind, drang an sein Ohr. »Glaubst du, es ist Killer?«

»Ganz bestimmt.« Olyver nickte. »Wie viele Pferde sollen denn bei solch einem Wetter noch da draußen herumstrolchen?« Er glitt von seinem Tier. »Wir gehen besser zu Fuß weiter.« Olyver rückte Schwert und Bogen über der Schulter zurecht und hob das Bündel Pfeile, das Ian ihm gegeben hatte, vom Sattel. »Beten wir, dass wir die hier nicht brauchen werden.«

Sie banden die Pferde an Bäume am Straßenrand und schlichen behutsam voran, auf jedes noch so kleine Geräusch horchend, das ihnen die Richtung weisen könnte. Aber falls noch ein Wiehern ertönte, so drang es nicht bis an ihre Ohren. Immer wieder hörten sie ein dumpfes Wummern am Boden. Wären sie nicht zu zweit gewesen, so wäre jeder von ihnen in abergläubischer Furcht umgekehrt, denn solch ein Beben in der Erde war nicht normal, aber gemeinsam wagten sie sich vorwärts. Sie konnten kaum weiter als ein paar Yards durchs Laub sehen, so dunkel war es unter den Bäumen, und beide Jungen rissen den Mund auf vor Schreck, als plötzlich etwas Riesiges, Schwarzes vor ihnen aufstieg.

Der Mut hätte sie verlassen, hätten sie nicht das Klirren des Zaumzeugs und das Schnauben gehört, als die Vorderhufe des Tiers wieder zu Boden krachten. »Lob und Preis der Muttergottes und allen Heiligen!«, keuchte Ian, ehe er vortrat und die Hand ausstreckte. »Hey, Jungchen, hey! Was hast du denn?«

»Pass auf, dass er nicht noch mal steigt«, warnte Olyver. »Er ist außer sich vor Angst.« Er bedeutete seinem Bruder mit einer Geste, dass er sich dem Tier von der anderen Seite nähern wollte. »Er scheint die Zügel verloren zu haben, also müssen wir ihn beim Halfter erwischen. Wir werden unsere ganze Kraft brauchen, damit er uns nicht durchgeht.«

Vielleicht hatte Thaddeus' Reitpferd ihre Stimmen erkannt, denn es widersetzte sich nur noch mit halbherzigem Buckeln, als sie es an den Riemen unter seinen wild rollenden Augen packten. Ian strich ihm beruhigend über den Hals und spürte die Hitze und das Zittern unter dem Fell, doch erst, als er sich die Hinterbeine ansah, begriff er, warum das arme Tier so verängstigt war. Der viel zu eng um die Gelenke der Hinterhand geschlungene Strick erschien ihm zunächst wie eine stümperhaft angebrachte Fußfessel, doch das wirre Knäuel aus Hanfschnur am Waldboden, zwischen Brombeerranken und Totholz, erzählte eine andere Geschichte. Die Hinterhufe des Pferdes hatten sich in den Schlingen verfangen, und seine verzweifelten Versuche, sich zu befreien, hatten sie nur noch fester zugezogen.

»Was machen wir jetzt?«, rief Olyver. »Er ist noch viel zu panisch. Wenn wir den Strick kappen, geht er uns durch.«

»Nicht, wenn du unsere Tiere holen gehst. Er wird sich

schneller beruhigen, wenn er seine Artgenossen um sich hat.«

»Er schlägt dir den Schädel ein, wenn er noch mal steigt. Thaddeus hat ihn nicht umsonst Killer genannt.«

»Hast du einen besseren Vorschlag?«

»Nein.«

»Na dann los.«

Ian konnte nichts weiter tun, als ruhig auf das Tier einzureden und ihm immer wieder über den nassen Hals zu streichen, stets bereit, sofort zurückzuspringen, falls Killer noch einmal ein fruchtloses Aufbäumen versuchen sollte. Sein Blick wurde von einem Kummet angezogen, das etwa zehn Schritt hinter Killer auf dem Waldboden lag. Im Leder war das Wappen von Develish so ausgebleicht, dass es kaum noch sichtbar war, doch Ian erkannte das Kummet als eines von jenen, mit denen sie zu Hause die Ponys vor den Pflug spannten. Jetzt wusste er, warum Thaddeus zu dem Anwesen zurückgekehrt war. Er war Geschirr und Zaumzeug holen gegangen, um das Korn mit Pferd und Wagen aus ihrem Lager zu schaffen. Ian hätte nach Thaddeus gerufen, wenn er nicht befürchtet hätte, damit das Pferd aufzuschrecken. Und was konnten Rufe schon ausrichten? Thaddeus war kein Feigling oder Schwächling. Was immer ihm zugestoßen war, er hätte gewiss versucht, Killers Fährte zu folgen, sobald der Tag anbrach.

Das Pferd musste den Strick wohl eine Weile mitgeschleppt haben, sagte sich Ian, denn die Spur aus geknickten Zweigen und zerstampften Blättern zog sich weiter hin, als das Auge reichte. Das wäre Thaddeus doch sicher nicht entgangen? Ebenso wenig wie das Wiehern und das Hufestampfen, das sie gehört hatten?

Wenn er es denn hätte hören können …

Olyver schien auf den gleichen Gedanken gekommen zu sein. »Es muss irgendwas Schlimmes passiert sein«, sagte er, als er mit den beiden anderen Pferden herankam.

Ian nickte. »Was machen wir jetzt? Killer wirkt schon etwas ruhiger, aber er wird uns nicht an seine Beine fassen lassen. Er wird ausschlagen, sobald wir ihn losschneiden.«

»Haben wir eine Wahl?«

»Nein.«

Olyver grinste. »Dann probier's mal. Wenigstens rollt er nicht mehr mit den Augen.« Er band die beiden Pferde an einen Baum und trat vor, um Ians Platz an Killers Kopf einzunehmen. »Wir brauchen einen Anker, damit er nicht wegrennt. Wenn du ein Stück Strick von dem Knäuel da am Boden abschneidest, kann ich es als Halterung um den Stamm hinter mir binden.«

Es dauerte wesentlich länger als erhofft. Ein Schwert war ein schlechter Ersatz für ein Messer, wenn man Fasern durchtrennen musste, die so eng um Haut und Knochen gewunden waren, dass sie nicht nachgaben. Ian war sich der verstreichenden Zeit bewusst, noch bewusster aber war er sich Killers stampfender Hufe. Die ganze Zeit über hoffte er, die Wolken würden aufreißen, der Regen würde nachlassen, die Sonne würde mehr Licht in den Wald schicken. Aber nein. Wenn sich überhaupt etwas änderte, so verschlechterten sich die Sichtverhältnisse sogar noch, und damit auch die Chancen, Thaddeus zu finden. Kaum war der letzte Hanfstrang zersäbelt, rollte Ian sich flugs zur Seite und schützte seinen Kopf mit den Armen, als Killer mit tanzenden Hufen von ihm wegsprang.

Olyver stemmte einen Fuß gegen den Baumstamm, um besseren Halt zu gewinnen, als das Pferd sich loszureißen versuchte. »Ich verlier ihn«, rief er, »er ist zu stark!«

Stöhnend rappelte Ian sich auf und schnappte sich das Strickende hinter Olyver, wand es sich um die Faust und grub die Fersen in den Boden. »Wenn wir Thaddeus tot vorfinden, schlitz ich dem Biest eigenhändig die Kehle auf«, knurrte er mit zusammengebissenen Zähnen.

»Beschrei es nicht«, warnte sein Bruder, während sie das Pferd nach und nach zu sich heranzogen. Als das Seil schließlich genug Spiel hatte, band er es um den Baum und ließ sich erschöpft am Stamm hinabsinken. »Er hat mich eben fast zu Tode erschreckt. Ich dachte, der Leibhaftige erhebt sich vor uns.«

Ian hob sein Schwert vom Boden auf. »Ich auch«, gab er zu. »Na ja, vielleicht ist diese Finsternis tatsächlich die Hölle ... und wir wissen es bloß nicht.«

»Tot bin ich jedenfalls nicht, dafür tut mir alles viel zu weh.«

Ian folgte der Spur des Stricks, den Killer auf dem Waldboden hinter sich hergezogen hatte. »Hier liegt noch mehr Pferdegeschirr«, rief er. »Noch ein Kummet und eine Menge Spuren.«

Olyver richtete sich auf und bückte sich nach dem Bündel Pfeile, das er zuvor vor Schreck hatte fallen lassen. Er teilte das Bündel und reichte eine Hälfte Ian, als er ihn eingeholt hatte.

Nach ungefähr hundertfünfzig Yards trafen sie auf weitere Spuren, an denen sich leicht erkennen ließ, dass Thaddeus den eingerollten Strick über dem Sattelknauf getragen haben musste. Als er aus dem Sattel gefallen war, musste der Strick sich entrollt und mit Killers Beinen verheddert haben, worauf das Tier in wilder Panik durchgegangen war und Strick und Geschirr hinter sich hergezogen hatte.

Nach weiteren hundertfünfzig Yards verblasste die Spur

allmählich, und die Zwillinge wussten, wenn Thaddeus sich nicht an ihrem Ende befand, gäbe es kaum noch Chancen, ihn zu finden. Killer hätte auch eine ganze Meile mit dem Strick am Sattelknauf rennen können, in jedwede Richtung, und keiner der Jungen verstand sich darauf, einer Spur ohne deutliche Wegmarken zu folgen.

»Wohin jetzt?«, fragte Ian, während er sich nach geknickten Zweigen umsah. »Glaubst du, wir haben die Spur irgendwo verfehlt?«

Olyver schüttelte den Kopf. »Wir sollten zurück auf die Landstraße gehen und schauen, an welcher Stelle Killer in den Wald durchgegangen ist. Thaddeus wird auf jeden Fall eher dort sein als hier.«

Ian fand an dieser Logik nichts auszusetzen, doch irgendetwas – vielleicht war es sein Instinkt? – wollte ihn nicht aufgeben lassen. Er zog sein Schwert und hieb ein Stück Rinde vom nächsten Baum ab. »Von jetzt an markieren wir jeden fünften Baum«, sagte er. »Zähl mit. Ich geb mich erst geschlagen, wenn wir bei hundert sind.«

Olyver hatte die Fünfzig noch nicht erreicht, als die Abstände zwischen den Bäumen größer wurden und ein wenig mehr Helligkeit durchdrang. Entweder waren sie kurz davor, die Landstraße zu erreichen, oder sie näherten sich einer Lichtung. Er sah Ian haltmachen und mit einer Handbewegung andeuten, dass er still sein sollte. »Hast du das gehört?«, wisperte er seinem Bruder zu. »Es klang wie ein Lachen.«

Olyver nickte, schob sein Schwert in den Gürtel und zückte den Bogen. Sie hatten es nicht nötig, sich gegenseitig Anweisungen zu geben. Sie wussten, dass es nicht Thaddeus war, den sie gehört hatten, und glaubten nicht, dass purer Zufall irgendwelche Fremden so nah an die Stelle führte, wo sie Killer gefunden hatten.

Ausnahmsweise kam der Regen ihnen zugute, indem er das Knacken der Zweige übertönte, während sie langsam vorwärtsschlichen. Als sie schließlich bei einer Lichtung ankamen, breitete Olyver die Arme aus, zum Zeichen, dass sie sich trennen sollten, um den Platz von verschiedenen Seiten her anzusteuern. Ian nickte zustimmend. Einzeln waren sie beweglicher und fanden eher Deckung hinter den immer spärlicher werdenden Bäumen; doch mit einem Kreiseln der Finger zwischen seinen und Olyvers Augen bedeutete er ihm, dass sie Sichtkontakt halten sollten.

Ian erkannte den Wagen in der Mitte der Lichtung, sobald er nah genug herangekommen war, um Milord of Bournes Wappen auf der Tür zu erkennen. Von Milord oder seinen Soldaten war nichts zu sehen, dafür war Thaddeus umso sichtbarer. Splitternackt lag er im Gras vor dem Wagen ausgestreckt, Hand- und Fußgelenke an Pfähle gefesselt. Aus seinen geschlossenen Augen und seiner Reglosigkeit schloss Ian entsetzt, dass er tot war. Kein lebendiger Mensch konnte so still daliegen, während der eisige Regen wie mit Nadeln auf seine bloße Haut niederprasselte.

Zwanzig Schritt entfernt dachte Olyver das Gleiche. Vergebens suchte er nach einem Funken Leben in der wie erstarrt daliegenden Gestalt, und mit loderndem Zorn im Herzen gelobte er, Milord of Bourne zu töten. Von seinem Standort aus konnte er auf der anderen Seite der Lichtung Pferde mit Fußfesseln sehen, doch als er der Baumlinie mit den Augen folgte, erkannte er, dass es gar keine Lichtung war, sondern vielmehr eine Art Straße. Die Spuren von Milord of Bournes Wagenrädern zogen sich von Osten her deutlich sichtbar durchs Gras.

Er versuchte, an den Pferden vorbei zwischen den Bäumen hindurchzuspähen, überzeugt, dass Bournes Männer sich im Wald versteckt halten mussten, doch falls sie dort waren, konnte er sie nicht ausmachen, und so kam er auf den Gedanken, mitten auf die Lichtung zu laufen und Thaddeus loszuschneiden. Vielleicht hatte Ian gespürt, was er dachte, denn er schüttelte den Kopf und hob die Hand, um seinen Bruder zur Geduld zu mahnen. Die Szene hatte ganz den Anschein einer Falle. Und doch fragte er sich, wen Milord eigentlich erwartete. Soldaten aus Develish?

Er zermarterte sich das Hirn und rang um einen Plan, als ein zweites Lachen aus der Richtung des Wagens kam, gefolgt von dem Grunzen einer Männerstimme. Dann wurde das lederne Verdeck zurückgeschlagen, damit jemand aussteigen konnte. Ian erkannte den Hauptmann, der seinem Trupp einen Monat zuvor befohlen hatte, das Bauerndorf von Develish abzubrennen. Er trug den pelzgefütterten Mantel, den Thaddeus aus der Gerberei in Holcombe entwendet hatte, und ging auf den niedergestreckten Leibeigenen zu. Brutal trat er ihm in die Rippen.

»Milord wird langsam ungeduldig«, knurrte er. »Erklär den Brief von Lady Anne. Was ist das für eine Freiheit, von der sie spricht? Trägst du eine Botschaft des Aufstands zu den übrigen Bauern von Dorset? Hat dein Verrat an Gott und dem König diese Pest über uns gebracht?« Er nickte zu dem Pferdegeschirr hin, das in der Nähe der Kutsche lag. »Was hattest du damit vor? Wessen Wagen wolltest du stehlen? Antworte!«

Für Ian wirkte der Mann betrunken, als er zu einem weiteren Tritt ausholte, ins Taumeln geriet und sein Ziel verfehlte. Ihr Freund zeigte noch immer keine Regung, nicht einmal das kleinste Zucken, aus dem zu ersehen gewesen wäre, dass er die Tritte des Hauptmanns spürte oder sich auch nur seiner Anwesenheit bewusst war.

»Deine Weigerung zu sprechen macht Milord nur umso misstrauischer. Er wittert Hexerei dahinter. Was für eine Kreatur bist du überhaupt, mit deiner Riesengröße und der dunklen Haut? Hast du gedacht, du wirst nicht als der Leibeigene erkannt, der neben der Lady stand und frech gelogen hat, dass Develish an der Pest zugrunde geht?« Er schlug den Mantel zurück und holte seinen Schwengel aus der Hose. »Der Regen scheint dir ja nichts auszumachen. Mal sehen, wie es dir gefällt, wieder mal als Pisspott herzuhalten.«

Die Bogen der Jungen fuhren gleichzeitig in die Höhe, doch keiner von ihnen kam dazu, einen Pfeil abzuschießen, bevor Thaddeus die Hände vom Boden losriss, seinen Peiniger bei den Beinen packte und zu Fall brachte. Blitzschnell setzte er sich auf und griff nach dem Pflock, an dem sein rechter Knöchel festgebunden war, packte ihn mit beiden Händen und rüttelte daran, um ihn aus dem Boden zu lösen.

Auf der anderen Seite der Lichtung sah Ian eine Gestalt zwischen den Bäumen hervorkommen. Ohne zu zögern, richtete er den Pfeil auf das Herz des Mannes und ließ ihn fliegen. Ein Triumphgefühl überkam ihn, als der Pfeil gerade flog, und er hielt nur kurz inne, um den Mann fallen zu sehen, bevor er einen weiteren Pfeil einlegte und mit Genugtuung registrierte, dass auch Olyvers Pfeil getroffen hatte. Flüchtig sah er zu dem sich am Boden windenden Soldaten zu seiner Rechten hin, hob dann den Blick und ließ ihn suchend über den Waldsaum schweifen. Zehn Bewaffnete hatte Milord of Bourne in seinem Gefolge gehabt, als er Develish niederbrennen kam, dazu einen Reiter auf einem der Zugpferde.

Aber wo waren sie?

Er hörte das Schnalzen der Bogensehne, als sein Bruder einen zweiten Pfeil abschoss, doch Olyver musste sein Ziel verfehlt haben, denn aus dem Augenwinkel erspähte Ian eine Bewegung, wandte den Kopf und sah eine vermummte Gestalt mit gezogenem Schwert auf Thaddeus zurennen. Er holte tief Luft, um sich zu beruhigen, dann schoss er seinen Pfeil ab und beobachtete erleichtert, wie der Mann, von der angespitzten Weidenrute am Schenkel getroffen, zu Boden ging.

Er sah Thaddeus gerade noch seinen linken Fuß von der Fessel befreien, doch dann überstürzten sich die Ereignisse. Ein Pfeil, von einem Langbogen abgeschossen, schlug dicht neben ihrem Freund ein, und angesichts seiner Wehrlosigkeit stießen die Jungen Warnrufe aus. Damit gaben sie ihren Standort preis und gerieten selbst unter Beschuss. Da ihnen nichts anderes übrig blieb, als hinter den Baumstämmen in Deckung zu gehen, während über ihnen die Pfeile durchs Laub pfiffen, konnten sie sich das weitere Geschehen nur noch über das Gehör erschließen.

Beide glaubten, die fürchterlichen, lang gezogenen Schreie, die durch die Luft schallten, kämen von Thaddeus. Sie ermahnten sich selbst, ihm augenblicklich zu Hilfe zu eilen – auf die Lichtung zu rennen, sich zu ergeben, zu betteln, zu flehen –, aber sie waren starr vor Angst. Sie stellten sich ihre eigenen Qualen vor, wenn sie das gleiche Schicksal erlitten wie Thaddeus, und wollten sich lieber durch Flucht in Sicherheit bringen. Aber wie? Plötzlich wurde Ian gewahr, dass der Pfeilregen aufgehört hatte, und als er aufblickte, sah er einen Mann durchs Unterholz näher kommen, den Bogen schussbereit vor der Brust, furchtsam nach allen Seiten spähend.

Er war im selben Alter wie Ians Vater und stolperte fast über den Jungen, bevor er ihn sah. Ungläubig starrte er den mageren Hänfling an, der da am Boden kauerte, die Knie ans Kinn gezogen, um eine möglichst kleine Zielscheibe abzugeben. »Aber du bist ja noch ein Kind«, sagte er auf Französisch und ließ die Waffe sinken. »Bist du verrückt, dass du es wagst, Milord of Bournes Truppe anzugreifen?«

Ian zuckte die Schultern und streckte die Beine aus, um seinen Bogen zu spannen, lehnte sich dann zurück, um ihn anzuheben. Der Soldat beobachtete fassungslos, wie der straff gespannte Bogen zwischen den Blättern auftauchte, und hatte gerade noch Zeit, sich dafür zu verfluchen, dass er seine Wachsamkeit aufgegeben hatte, als ihn von schräg unten her ein Pfeil in die Brust traf. Er spürte einen schmerzhaften Schlag, als der Schaft ihm durch die Rippen fuhr und in der Lunge stecken blieb, und mit plötzlicher Mattigkeit versuchte er, seinen eigenen Bogen zur Gegenwehr anzuheben. Es war ein Fehler gewesen, diesen Jungen für ein Kind zu halten, dachte er noch, als ein zweiter Pfeil ihn ins Herz traf.

Ian hatte keine Ahnung, wie lange er dasaß und auf den Gefallenen niederblickte. Eine Minute? Eine Stunde? Sie waren sich zu nah. Ian konnte den Schweiß an den Kleidern des Mannes riechen und die grauen Stoppeln an seinem Kinn sehen. Es hätte ebenso gut einer der Hauptbauern von Develish sein können, der dort lag. Der Lärm der Schreie auf der Lichtung gellte ihm in den Ohren, überwältigte ihn mit Trauer und Schuldgefühlen; aufstöhnend beugte er sich zur Seite und erbrach sich auf den Waldboden. Er hatte in allem versagt, dachte er, während er sich schwankend aufrichtete und sich zwang, endlich zu ergründen, was mit Thaddeus geschehen war.

Er konnte ihn nicht sehen. Zwei Männer wanden sich am Boden und hielten sich brüllend die Bäuche, aber keiner von ihnen war Thaddeus. Ian sah, wie ihr Blut, vom Regen verdünnt, sich in rosa Lachen über das Gras ausbreitete.

Einer trug Thaddeus' pelzgefütterten Mantel, der andere war der Soldat mit dem Pfeil im Schenkel. Zu ihrer Rechten lag die Leiche des Mannes, den Olyver getötet hatte. Ein Funke Hoffnung glomm in Ians Brust auf. War Thaddeus entkommen? Er spähte zur Linken nach seinem Bruder, und der Funke loderte zu einer freudigen Flamme empor, als er Olyver durch die Bäume auf ihn zurennen sah.

»Warum zum Teufel hast du dich nicht gezeigt, als die Langbögen nicht mehr geschossen haben?«, fragte er wütend. »Was sollte der Quatsch mit dem Sichtkontakt, wenn du dir dann nicht mal die Mühe machst, zu mir rüberzuschauen? Ich dachte, du bist tot.« Er folgte Ians Blick zu dem niedergestreckten Körper des angegrauten Söldners hin. »Heilige Muttergottes!«

»Er hätte mich töten können, wenn er gewollt hätte. Er hat die Waffe sinken lassen, weil er mich für ein Kind hielt.«

»Mach dir nichts draus«, sagte Olyver. »Keiner von denen hat auch nur ein Quäntchen Mitleid. Du hast ja gesehen, was sie mit Thaddeus gemacht haben. Ich dachte, er ist es, der da so brüllt.«

»Ich auch.« Ian blickte sich in der Runde um. »Aber wo ist er überhaupt?«

»Wenn er noch bei Trost ist, ist er abgehauen.«

»Vielleicht sollten wir dasselbe tun.«

Aber keiner von ihnen bewegte sich, außer um neue Pfeile einzuspannen. Sie waren beide überzeugt, dass Thaddeus nicht weglaufen würde. Ian sah das Blut der Verwundeten immer noch fließen und fragte sich, wie Thaddeus sie so hatte zurichten können, bis ihm die Pflöcke einfielen, die ihn am Boden festgehalten hatten. Sie hatten noch an seinen Handgelenken gehangen, als er sie herausriss, und sie hatten scharfe Spitzen. Es wäre eine wirksame Rache, sie den Feinden in die Bäuche zu rammen. Die Qual wäre unermesslich, und der Tod ließe auf sich warten.

»Der Soldat, den du am Schenkel getroffen hast, der hatte ein Schwert«, murmelte Olyver, »aber es ist nicht mehr da. Sicher hat Thaddeus es mitgenommen. Meinst du, er ist den anderen hinterher? Fünf sind erledigt, dann müssen noch sechs übrig sein.«

Ian war sicher, dass sein Bruder recht hatte. »Vielleicht haben sie deshalb aufgehört, auf uns zu schießen«, meinte er. »Vielleicht haben sie sich in den Wald zurückgezogen, damit er sie nicht sehen kann. Der hier hatte irrsinnige Angst, als er durch die Bäume geschlichen kam, aber nicht vor mir.« Er überlegte. »Vielleicht sollten wir sie noch mal ein bisschen aufmischen – dann hat Thaddeus bessere Chancen.«

»Aber wie?«

»Indem wir den Wagen attackieren. Die Gardesoldaten werden sich nicht länger versteckt halten, wenn ihr Herr und Meister in Gefahr ist.« Ein Funke vorweggenommenen Triumphs blitzte in Ians Augen auf. »Keiner der Kerle wird auf uns schießen, aus Angst, ihren Herrn zu treffen. So können wir sie doch alle zwingen, sich zu ergeben.«

Olyver grinste schief. »Du hast 'ne Menge Fantasie, Bruder. Jetzt ist er schon dein Gefangener, obwohl du noch gar nicht weißt, wie du es anstellen sollst.«

Ian schätzte die Entfernung zwischen ihnen und dem Wagen ab. »Es können nicht mehr als dreißig Schritt sein«, sagte er. »Ich wette, ich schaff's, die Strecke zu rennen und dem alten Teufel mein Schwert an den Hals zu setzen, bevor einer von den Bogenschützen mich erwischen kann.« Er legte seinen Bogen nieder, streifte die Joppe und die zweite Tunika ab, um mehr Bewegungsfreiheit zu haben. Doch als Olyver sich anschickte, das Gleiche zu tun, schüttelte er den

Kopf. »Wir können nicht beide gehen. Du bist ein besserer Schütze als ich. Einer muss die Soldaten umlegen, wenn sie über die Lichtung kommen. Zähl laut mit, während sie fallen.«

»Sieh zu, dass du im Zickzack läufst«, warnte Olyver seinen Bruder. »Sonst kriegst du gleich einen Pfeil ins Herz, wenn ein Schütze hinter der Fensterklappe im Wagen lauert.« Er sah zu, wie Ian sein Schwert aufhob. »Ich werde dich nicht sterben lassen«, sagte er mit plötzlicher Gefühlsaufwallung und packte Ian bei den Schultern. »Ich bin heute nicht in der Stimmung, einen Bruder zu verlieren.«

Ian umarmte ihn unbeholfen. »Und ich bin nicht in der Stimmung, dich oder Thaddeus zu verlieren«, sagte er. »Mit Gottes Hilfe werden wir hier alle drei wieder lebendig herauskommen.«

DREI

Olyver vertraute mehr auf sein Bauchgefühl als auf Gott. Er war so sicher, dass die Gefahr aus dem Inneren des Wagens drohte, dass er seinen Pfeil auf das Verdeck gerichtet hielt und ihn abschoss, sobald der Vorhang sich bewegte. Ian, der im Bogen darauf zulief, sah einen Mann nach hinten sacken und den Vorhang dabei mit dem Arm zurückreißen. Im Stillen segnete er seinen Bruder, als er auf die hölzerne Stufe sprang und sich hineinschwang.

Der Raum drinnen war beengt, und er hatte nicht damit gerechnet, dass Milord of Bourne eine Waffe haben würde. Er spürte den Stich einer Klinge an der Wange, bevor er von der Wucht seines Schwungs auf den alten Mann in der Wagenecke katapultiert wurde. Alles in ihm schauderte vor den fahlen Augen zurück, die in die seinen blickten. Wenn Angst in ihnen lag, so konnte Ian sie nicht erkennen. Milord schien zu glauben, dass allein sein hochmütiges Starren bereits Unterwürfigkeit erzwingen konnte.

Und wie um ihm recht zu geben, rückte Ian hastig von ihm ab und strauchelte über die Ballen und Fässer am Boden, wo der Verwundete ächzend über einer Truhe hing. Er spürte, wie ihm das Blut aus der Stichverletzung übers Gesicht rann, und gewahrte ein knurrendes Schoßhündchen zu Milords Füßen. Die erste Lektion im Schwertkampf, die sein Vater ihm erteilt hatte, war, niemals zu zögern, und dieser Ratschlag war ihm von Nutzen, als Milord mit dem Arm ein wenig von der Wagenecke abrückte. Ian schwang seine Klinge in einem blitzschnellen Rückhandbogen und ließ sie durch den hermelinbesetzten Umhang bis in die Schulter des Alten dringen.

Milords Dolch klirrte zu Boden, während er vor Schmerz aufstöhnte, doch Ian hatte den Blick schon auf den verwundeten Söldner gerichtet. Olyvers Pfeil hatte sich in seine Flanke gebohrt, und Ian sah zu, wie der Mann mit beiden Händen nach dem Schaft griff und ihn sich aus dem Körper zog. Mit mehr Bedauern, als er bei dem Schwerthieb gegen Milord empfunden hatte – denn dieser da war einer, der sein Vater hätte sein können –, sprang er auf und versenkte seine Klinge im Hals des Mannes. Gyles hatte ihn gelehrt, dass solch ein Hieb sofort tödlich war, aber er hatte seinen Sohn nicht auf das warme Blut vorbereitet, das aus der Wunde spritzte, sobald er die Klinge herauszog.

Fast wurde ihm übel, als er den Toten unter den Achseln fasste und ihn über die Schwelle der Wagentür hievte, ehe er herumfuhr und Milord of Bourne die Spitze seines Schwerts an die Kehle setzte. Nur der Hund zeigte Kampfgeist, bleckte die Zähne und kläffte wütend, bis Ian ihm einen Tritt versetzte und das Kläffen in klägliches Jaulen überging. Das Blut des toten Soldaten war überall. Auf Ian, auf den Wänden der Kutsche, auf Milords Gesicht und Kleidern, und diesmal flackerte nackte Angst in den gnadenlosen Augen. »Für dich ist ein Platz in der Hölle reserviert«, wisperte der Alte auf Französisch. »Du versündigst dich gegen Gottes Gesetz durch das, was du da tust.«

Ian stützte sich mit dem Knie auf einem der Fässer ab, um sich Halt zu geben. Nie im Leben hatte er mit einem Lord gesprochen, nicht einmal mit Sir Richard of Develish, und er musste sich beruhigen, ehe er es wagte. Kribbelnde Erregung durchlief ihn, Bourne gefangen genommen zu haben, aber es war schwer, die Lehren der Kirche zu vergessen, dass Männer wie dieser hier ihn mit Leib und Seele besaßen. Nur das Trommeln des Regens auf dem ledernen Wagendach und das Winseln des Hundes waren noch zu hören. Selbst die Schreie der Männer in der Lichtung draußen waren verstummt.

Er fuhr sich mit der Zunge über die Lippen und schmeckte Blut, aber ob es sein eigenes oder das des toten Gardesoldaten war, wusste er nicht. »Ihr solltet die Hölle mehr fürchten als ich«, antwortete er auf Englisch. »Eure Grausamkeit lässt Euch Satan anheimfallen. Seine Verworfenheit steht Euch ins Gesicht geschrieben.«

»Du Mörder wagst es, mich einen Sünder zu heißen?«

»Ich bin kein Mörder. Ihr habt den Angriff selbst herausgefordert, als Ihr Euren Männern befohlen habt, einen Unschuldigen gefangen zu nehmen.«

»Dein Freund ist ein gemeiner Dieb. Kein Leibeigener trägt solche Kleidung oder reitet so ein prächtiges Ross. Meine Wachen haben ihn sogleich als den Lügner aus Develish erkannt. Wenige sind so hochgewachsen und dunkel wie er.«

Über das Trommeln des Regens hinweg hörte Ian von draußen einen Triumphschrei. Es war Olyvers Stimme. »Sieben!«

»Hört Ihr das?« Er beugte sich vor, um die Klinge noch fester an Milords runzlige Kehle zu drücken, roch seinen fauligen Atem und sah seine Hände zittern. »Ihr habt nur noch vier Männer übrig. Was wird aus Eurem Hochmut, wenn keiner mehr da ist?«

»Ich bin in Gottes Hand.«

»Ebenso wie ich.«

»O nein. Du verdammst dich durch deine Taten.«

Ein Lächeln huschte über das Gesicht des Jungen, als er die Spitze seines Schwerts auf den Hermelinkragen des Alten setzte. »Ihr seid nichts ohne diesen Zierrat. Selbst der niederste Sklave würde Euch auslachen, wenn Ihr nackt vor ihm stündet und behaupten würdet, von Gott auserwählt zu sein.« Er streckte den Arm aus und lupfte den Umhang, unter dem ein loses, goldbesticktes Gewand zum Vorschein kam. »Ihr seid wie andere Männer beschaffen. Ihr blutet genauso leicht. Was macht Euch dann so besonders, außer Eure Prachtgewänder?«

Bournes fahle Augen funkelten zornig. »Ich trage das Siegel des Königs und befinde mich in seinem Auftrag hier. Falls seine Truppen mich hier tot vorfinden, wenn die Gefahr vorüber ist, werden sie jeden Lebenden im Umkreis von zwanzig Meilen aufgreifen und ihn mit glühenden Eisen befragen. Du wirst ihre Pein auf dem Gewissen haben, wenn dir die Gedärme rausgerissen werden und man dir auf dem Rad alle Knochen im Leibe bricht.«

Sprach er die Wahrheit? Ian versuchte sich zu erinnern, ob Milord sich schon als Gesandter des Königs ausgegeben hatte, als er nach Develish gekommen war. Die Vorstellung ängstigte ihn. Was, wenn er und Olyver sich in Thaddeus geirrt hatten? Was, wenn Thaddeus wusste, dass Bourne ein Gesandter des Königs war, und deshalb das Weite gesucht hatte? Er konnte ja nicht abstreiten, dass er ein Dieb war. Sie alle waren Diebe. Und Mörder obendrein, wenn die Männer, die Ian und Olyver getötet hatten, im Auftrag des Königs unterwegs gewesen waren.

Ein Lächeln umspielte Milords dünne Lippen, als er Ians Klinge mit einem knotigen Finger beiseiteschob. »Siehst du, jetzt schlotterst du vor Angst. Du hast wohl begriffen, welch ein Verbrechen du begehst, indem du dich erdreistest, jemanden herauszufordern, der so weit über dir steht.«

Der Mann hatte recht. Ian fühlte, wie der Mut ihn verließ. All die Entschlossenheit, die ihn wie auf Flügeln getragen hatte, schien plötzlich verpufft, und er fragte sich verzweifelt, was er nun machen sollte. Sein Hirn, ausgelaugt durch Schlaflosigkeit und den ständigen Kampf mit den Elementen, fand keine Antwort mehr. Nur eins war ihm klar: Wenn er Milord am Leben ließ, hatten er und Olyver ihr Leben auf jeden Fall verwirkt; wenn er ihn tötete, würden sie vielleicht davonkommen.

Hätte er die Tat ausgeführt? Er wusste es nicht. Er schreckte davor zurück, einen Unbewaffneten umzubringen, denn das würde ihn endgültig zum Mörder machen. Aber hatte er überhaupt eine Wahl? Vor Hilflosigkeit und Erschöpfung traten ihm die Tränen in die Augen, als von draußen auf einmal Thaddeus' Stimme ertönte.

»Ich bin es, der Euch herausfordert, Milord. Die Verbrechen, die Ihr an den unschuldigen Menschen von Dorset begangen habt, werden nicht ungestraft bleiben.«

Eine gewaltige Faust griff an Ian vorbei nach dem Kragen um den Hals des Alten und zerrte ihn aus der Kutsche. Es fiel kein Wort, während Thaddeus die Schnüre von seinen Handgelenken schnitt und sie benutzte, um seinem Gefangenen die Hände zu binden. Seine Sorge galt allein Ian. »Bist du unversehrt, mein Freund?«

»Ich glaub schon«, nickte der Junge und sprang vom Wagen. Über Thaddeus' Schulter sah er Olyver zwischen den Bäumen auftauchen und auf sie zurennen. »Was ist mit dir?« Jeder Zoll an Thaddeus' Leib war mit Striemen, Kratzern und blauen Flecken bedeckt. »Wir haben gesehen, wie der

Kerl dich getreten hat.« Gebannt starrte er auf das blut-befleckte Schwert in Thaddeus' Hand.

»Nicht weiter schlimm. In dem verdammten Wald gibt's mehr Brombeerranken als Bäume. Macht der Schnitt in deinem Gesicht dir Ärger?«

»Noch nicht.«

Thaddeus rammte sein Schwert in den nassen Boden, damit es aufrecht stand, und bückte sich, um den juwelen-besetzten Verschluss an Milords Umhang aufzuhaken und den Mantel unter ihm wegzuziehen. »Der wird mir endlich ein bisschen Wärme spenden. Der Alte ist ein mickriger Giftzwerg, aber wenigstens hat sein Mantel genug Stoff.«

»Wo sind denn deine Sachen?«

»Gestohlen von diesem Räuber und seinen Spießgesellen. Ich werde sie schon wiederkriegen, wenn ich die Leichen fleddere.«

Olyver kam herbei, während Thaddeus sich den Umhang überwarf und den Verschluss eine Handbreit tiefer anbrachte, um seinen breiten Schultern Raum zu geben. »Nie werde ich diesen Tag vergessen noch den Dank, den ich euch schulde«, versprach er den Jungen.

»Wir sind aber noch nicht in Sicherheit«, mahnte Olyver. »Meiner Schätzung nach müssen sich noch vier von denen im Wald verstecken. Sie werden uns nicht beschießen, wenn wir Milord of Bourne als Gefangenen mitführen, also werden wir ihn wohl oder übel mitnehmen müssen, wenn wir mit dem Leben davonkommen wollen.«

Thaddeus zog sein Schwert aus der Erde, setzte dem Alten die Spitze der Klinge an die Wange und sah zu, wie der Regen Blut und Schlamm die graue Haut hinabspülte. Beide Brüder zuckten vor dem hasserfüllten Blick in den fahlen Augen zurück. »Damit macht ihr ihm nur Hoffnung, davonzukommen«, sagte er. »Nur diese beiden armen Teufel leben noch.« Er nickte zu den Männern hin, die so lange geschrien hatten.

»Ich bin mir nicht sicher, dass ich jeden tödlich getroffen habe«, gestand Olyver.

»Ich auch nicht«, sagte Ian. »Sie sind umgefallen, aber vielleicht sind sie nur verwundet.«

Thaddeus warf einen Blick über die Lichtung. »Wie habt ihr hergefunden? Seid ihr geritten?« Sie nickten. »Und wo habt ihr die Pferde gelassen?«

»Genau da, wo wir Killer gefunden haben. Eine halbe Meile tief im Wald drinnen.«

Ein flüchtiges Lächeln hob Thaddeus' Mundwinkel. »Ist er verletzt? Er hat sich noch mehr als ich gegen die Gefangennahme gewehrt.«

Ian, der es ebenso wenig erwarten konnte wie Olyver, endlich Fersengeld zu geben, versicherte Thaddeus, Killer sei verschreckt, aber unversehrt, und flehte ihn an, sich zu beeilen. »Wir haben Stricke und Zaumzeug gefunden, die du aus Develish mitgebracht hast, also hält uns hier jetzt nichts mehr«, drängte er. »Machen wir, dass wir wegkommen.«

Olyver nickte. »Unser Glück wird nicht ewig währen. Wir werden in Erklärungsnot kommen, wenn hier zufällig jemand auf uns stößt.«

Thaddeus schüttelte den Kopf. »Ich habe mit Milord of Bourne noch ein Hühnchen zu rupfen. Holt unsere Pferde und alles Geschirr, das ihr finden könnt, und bringt sie zum Waldsaum, dann haltet euch verborgen, bis ihr mich rufen hört. Was ich hier vorhabe, braucht euch nichts anzugehen.«

Ian warf einen besorgten Blick auf den Alten. »Er hat gesagt, er ist ein Gesandter des Königs. Es wird Ärger geben, falls er stirbt.«

»Bloß für ihn«, entgegnete Thaddeus, bevor er ihnen noch einmal einschärfte, sich nur um ihre eigenen Belange zu kümmern. »Sorgt ihr euch um euer Gewissen und überlasst mir die Sorge um meins«, sagte er. »Ihr habt heute nichts getan, was euch vor Gottes Richterstuhl geführt hätte. Einen Mann in der Schlacht zu töten ist kein Verbrechen.«

Seine Worte waren ebenso an Milord wie an Ian und Olyver gerichtet, und die Angst in Bournes Gesicht erfüllte ihn mit grimmiger Genugtuung. So, wie der Alte sich da am Boden krümmte, erwartete er in den nächsten Sekunden den Tod.

Fünf Meilen weiter nördlich, im Kontor des Verwalters in Develish, schrieb Lady Anne bei Kerzenlicht in ihr Hauptbuch. Unaufhörlich rauschte der Regen, ließ den Bach Devil's Brook und den Burggraben über die Ufer treten. Sie notierte, dass die Väter von Thaddeus' jungen Gefährten nun Schafgehege und einen Unterstand außerhalb der Einfriedung bauten, während der Rest des Gesindes sich angstvoll in der großen Halle zusammendrängte. Die Nachricht, dass Thaddeus in der Nacht vorbeigekommen war, um zu melden, dass er und die Jungen jede Menge Vorräte gefunden hatten, war erst ein Grund zur Freude gewesen, bis das Gerücht aufkam, er habe gesagt, diese unnatürliche Finsternis sei der Anbruch des Schwarzen Todes.

Gyles Startout, der Einzige, der mit Thaddeus gesprochen hatte, tat sein Bestes, um die Ängste einzudämmen, aber sein elf Jahre alter Neffe Robert hatte damit wesentlich mehr Erfolg. Lady Anne hielt im Schreiben inne, um zuzuhören, wie der Junge mit seiner Fistelstimme den Leuten Lacher entlockte, indem er unbefangen ausplauderte, wie die alten Augen seines Onkels ein Pferd am Zügel für eine

Horde Banditen gehalten hatten. So boshaft er die Geschichte auch ausschmückte, zweifelten doch nur wenige daran, dass es tatsächlich Thaddeus gewesen war, der Pferdegeschirr, Zaumzeug und Stricke holen gekommen war, um einen Wagen voller Korn von Athelhelm nach Develish zu schaffen.

Lady Anne hatte viele Gründe, die Gewitztheit des Jungen zu loben, nicht zuletzt wegen seines sachlichen Vorschlags, Eleanor solle aus ihrem Kerker entlassen werden, wenn der Regen allzu heftig wurde. Im ganzen Anwesen gab es keine Hütte, die einem Sturm hätte standhalten können; es waren nur behelfsmäßige Zufluchtsstätten, in aller Eile zusammengeschustert, als die ersten Nachrichten von der Pest nach Develish gelangten und beschlossen wurde, die Bauern aus dem Dorf innerhalb des Burggrabens zu verlegen. Dort waren nun zweihundert Menschen auf engstem Raum zusammengepfercht und mussten in der Mehrzahl dicht an dicht in der Halle schlafen, und keiner hatte sich dagegen ausgesprochen, dass Eleanor unter Lady Annes Obhut gestellt wurde. Besser, das Biest war ganz für sich allein in einer Kammer weggesperrt, als dass es seinen Irrsinn unter den Leuten austoben konnte.

Robert hatte bereitwillig die Aufgabe übernommen, in der Halle von einem zum anderen zu gehen und Miladys Anweisung zu verbreiten, keiner dürfe ihre Kemenate betreten, während Eleanor sich darin aufhielt. Lady Anne fragte ihn, wie viel er auf seinem Posten von dem gehört habe, was Thaddeus erzählt hatte, und als er antwortete: »Alles«, schärfte sie ihm ein, all dies für sich zu behalten. Gerede von Ödnis, Tod und Verderben sei nicht dazu angetan, den Leuten die Angst zu nehmen, erklärte sie, und es würde keinen Frieden mehr geben, wenn alle anfingen, vor jedem Schatten zu erschrecken, weil sie glaubten, Ratten und Flöhe würden die Seuche auslösen.

Aber was, hatte Robert gefragt, wenn Thaddeus recht hatte? Sollte Develish seine Warnung nicht ernst nehmen? Statt einer Antwort hatte Lady Anne ihm nur geraten, auf den Schutz des Burggrabens zu vertrauen. Wasser hinderte Ratten ebenso wie andere Eindringlinge daran, auf das Anwesen zu gelangen. Hatte es sie denn bisher nicht stets beschützt?

Als das Gelächter in der Halle abflaute, beugte sie sich wieder über ihre Aufzeichnungen. Es war ein offizieller Bericht, den sie der Nachwelt zu hinterlassen gedachte. Anfangs hatte sie ihn noch als Geschichte ihrer Leute angelegt, in der Hoffnung, ihre Namen würden weiterleben, nachdem alle an der Pest gestorben wären, doch inzwischen war er zu einer Chronik des Überlebens geworden. Sie tunkte die Feder in die Tinte und notierte Thaddeus' Theorie zur Ausbreitungsweise der Pest, um am Ende noch ihre eigene Sicht der Dinge anzufügen.

Wenn wir in Develish irgendetwas bewiesen haben, dann gewiss, dass Isolierung am besten gegen die Seuche schützt. Und da hat uns der Burggraben geholfen. Nur Gyles Startout hat ihn überquert, seit wir die Brücke verbrannten und uns von der Welt jenseits unserer Mauern abschotteten. Ich hieß ihn vierzehn Tage auf der anderen Seite ausharren, um sicherzugehen, dass er gesund war, bevor er wieder eingelassen wurde; und als die Zeit für seine Rückkehr reif war, bestand Thaddeus darauf, dass er nackt herüberschwamm, um unseren Leuten zu beweisen, dass er frei von Beulen und schwarzem Blut war. Aber ich frage mich, ob das Ablegen seiner

Kleider nicht ebenso wichtig war wie die Quarantäne. Flöhe ziehen die Wärme von Gewändern der plötzlichen Kälte von nackter Haut vor.

Mehr und mehr frage ich mich, ob Thaddeus nicht die Antwort darauf gefunden hat, wie ein gesunder Mensch die Seuche an sich tragen kann. Und doch ist es eine seltsame Ironie des Schicksals, dass der Urheber dieses nachhaltigen Schutzes ausgerechnet der Mann ist, den ich geheiratet habe. Sir Richards Verlangen, von Besuchern bewundert zu werden, ließ ihn den Leuten befehlen, den Graben auszuheben, anstatt ihre Felder zu bestellen, und obwohl die Plackerei sie viel Kraft kostete, könnte es sein, dass sie seiner Großmannssucht letztendlich ihr Leben verdanken.

Ein Luftzug kündigte ihr an, dass die Tür aufgegangen war, und sie fühlte, wer ihr Besucher war, ohne den Kopf heben zu müssen. Nur ein Mann in Develish fühlte sich berechtigt, ohne Einladung oder zwingenden Grund bei ihr einzutreten. Manchmal fragte sie sich, ob er wohl glaubte, mit seiner Zudringlichkeit ihr Herz zu erweichen. Wenn ja, dann irrte er sich gewaltig. »Braucht Ihr mich, Master de Courtesmain?«

Der Franzose verbeugte sich mit betonter Beflissenheit. »Bitte um Vergebung, Milady. Ich war mir Eurer Anwesenheit hier nicht bewusst. Ich nahm an, Ihr wärt bei Lady Eleanor. Sie war Eurer Fürsorge sehr bedürftig, als John Trueblood sie Euch heute Abend überantwortete.«

»Wenigstens konnte sie sich trockene Kleider anziehen. Dieses Glück haben nicht alle. Die Männer, die an der Mauer Wache hielten und jetzt dort draußen Schafgehege bauen, sind seit Stunden durchnässt bis auf die Knochen.«

Ärgerlich, weil sie ihn nicht ansah, erlaubte Hugh de Courtesmain sich eine milde Rüge. »Bauern halten Unbehagen besser aus als die Tochter eines Edelmanns, Milady.«

Lady Anne legte die Feder hin und hob die Augen. »Ihr habt mich etwas gelehrt, das ich nicht wusste, Master de Courtesmain«, entgegnete sie trocken. »Es war offenbar ein Irrtum zu glauben, Isabella habe Schmerz empfunden, als Lady Eleanor ihr die Schnürnadel in die Brust stach. Welche Eigenschaft ermöglicht es den Leibeigenen, Unbehagen weniger stark zu empfinden als Sir Richards Tochter? Klärt mich auf. Haben sie eine dickere Haut?«

Hugh de Courtesmain verwünschte sich dafür, dass er der Frau wieder einmal Anlass geboten hatte, sich über ihn zu mokieren. Mit ihr zu sprechen war, wie auf rohen Eiern zu gehen. Er war geschult, hartherzigen Herren zu dienen, die den Platz von Leibeigenen kannten, nicht leichtgläubigen Witwen, die sie als Ebenbürtige behandelten. »Ich habe mich wohl falsch ausgedrückt, Milady. Ich hätte sagen sollen, sie sind Unbehagen eher gewohnt als Lady Eleanor.«

Sie nickte. »Da sind wir uns einig. Aber Elend gewohnt zu sein macht es nicht erträglicher. Wenn Ihr das nicht glaubt, dann setzt mit dem Floß über den Burggraben und helft unseren Leuten, die Schafgehege zu bauen.«

»Ich bin nicht in der Zimmererkunst ausgebildet, Milady.«

Sie lächelte leicht. »Nein, Sir, aber ich glaube, sogar ich könnte bei Bedarf einen Pfosten festhalten.« Sie musterte ihn einen Moment. »Für einen gebildeten Mann begreift Ihr reichlich langsam, dass die Welt sich verändert, Master de Courtesmain. Es wird kaum noch Bedarf an Verwaltern geben, wenn die Pest ganz England seiner Bauern beraubt hat. Die Fähigkeit, Hütten zimmern und Nahrung anbauen zu können, wird weitaus nützlicher sein als die Fähigkeit, zu lesen und zu schreiben, wenn Unterschlupf gebraucht wird und hungrige Mäuler gestopft werden müssen.«

Hugh nahm an, sie wollte ihm ihre Absicht kundtun, ihn aus seinem Amt zu entlassen, nun, da sie wusste, dass Thurkell mit heiler Haut zurückgekommen war. Er beäugte sie mit Bitterkeit. Schließlich war es doch nicht seine Schuld, dass ihr Gemahl ihn zum Verwalter berufen hatte noch dass er die Machtverhältnisse in Develish falsch eingeschätzt hatte. »Ich habe Besseres verdient, Milady. Hättet Ihr mir das gleiche Vertrauen geschenkt wie Thurkell, hätte ich Euch besser dienen können. So viele Wochen schon versuche ich, Euch meine Loyalität zu beweisen. Ist es, weil ich Normanne bin, dass Ihr mir einfach nicht trauen wollt?«

Sie schüttelte den Kopf. »Es ist, weil Euer Geist beschränkt ist, Master de Courtesmain. Alles, was ich sage, bezieht Ihr allein auf Euch selbst, statt auf den größeren Zusammenhang zu schauen. Ich wollte Euch nur raten, Euch mehr Fertigkeiten anzueignen, solange Ihr die Chance dazu habt. Ein Mann mit vielen Talenten findet mehr Möglichkeiten, erfolgreich zu sein, wenn die Pest erst vorüber ist.«

»Vielleicht teile ich Eure Vorstellungen von der Zukunft nicht, Milady. Sollte ich deswegen zu tadeln sein? Gott gab mir das Geschenk der Intelligenz, und ich glaube, das wird mir immer von Nutzen sein, egal, was uns noch erwartet.«

Lady Anne hielt seinem Blick einen Moment stand, ehe sie sich wieder über ihre Arbeit beugte. »Ich hoffe für Euch, Ihr mögt recht haben, Sir. Gott konnte doch sicher nicht so boshaft gewesen sein, dasselbe Geschenk auch Leibeigenen zu machen ... oder schlimmer noch, Bastarden und Frauen.«

VIER

Der Treiberpfad oberhalb von Athelhelm

Als der Leibeigene aus Develish keine unmittelbare Absicht erkennen ließ, ihm den Garaus zu machen, rappelte Milord of Bourne sich zu einer sitzenden Haltung auf und lehnte sich an eins der Wagenräder. Sein gestromter Schoßhund kroch unter dem Wagen hervor und leckte ihm übers Gesicht. Während das Tierchen sich auf seinem Schoß zusammenrollte und der Regen sie beide durchnässte, musterte er Thaddeus furchtsam unter halb geschlossenen Lidern.

Der Kerl war kein Mensch, sagte er sich. Nichts konnte ihm etwas anhaben, weder Schmerz noch Kälte noch Schlafmangel. Nur eine Kreatur des Teufels vermochte solche Schläge einzustecken und immer noch die Kraft zu finden, sich loszureißen, um gestandene Männer zur Strecke zu bringen. Allein seine Riesenstatur wies ihn als widernatürlich aus. Nicht ein Wort war über seine Lippen gekommen, und doch hatte er wie durch Zauberei zwei Zwillingsbrüder an seine Seite gerufen. Es kam selten vor, dass solche Geschwister ihr erstes Jahr überlebten, da leibeigene Mütter meist nicht genug Milch hatten, um zwei hungrige Säuglinge satt zu bekommen. Aber dieses Brüderpaar aus Develish hatte fast schon das Erwachsenenalter erreicht. Wie war das möglich, außer durch heidnische Praktiken und schwarze Magie?

Bourne sah mit steinerner Miene zu, wie Thaddeus den Sterbenden die Kehlen durchschnitt, doch er zuckte alarmiert zusammen, als er die Leichen ihrer Kleider entledigte. Zu welchem Zweck, war unverkennbar: um die nackten Toten den Aasfressern zu überlassen. Wenn die Knochen gefunden wurden, würde man ihnen nicht ansehen können, auf welche Art sie ihr Leben verloren hatten, wer sie waren oder welchem Herrn sie gedient hatten. Es lief ihm kalt über den Rücken, als er sich an die Worte des Jungen erinnerte, der in seinen Wagen eingebrochen war.

Ihr seid nichts ohne diesen Zierrat. Selbst der niederste Sklave würde Euch auslachen, wenn Ihr nackt vor ihm stündet und behaupten würdet, von Gott auserwählt zu sein.

Thaddeus wirkte noch furchterregender, als er sich die Kleider übergeworfen hatte, die man ihm zuvor abgenommen hatte. Alle waren blutbesudelt, selbst die Stiefel, am schlimmsten jedoch der pelzverbrämte Mantel, der mit dem Blut des Hauptmanns durchtränkt war. In Bournes wirrer Einbildung sah der Riese aus wie ein Krieger, der den Tod mit Gleichmut an sich trug. Wenn er überhaupt ein Gewissen hatte, würde es sich von dem Mord an einem schwachen, unbewaffneten Edelmann sicher nicht berühren lassen.

Thaddeus ließ Bournes Umhang in dessen Schoß fallen und warf die restlichen Kleider in den Wagen. Das Zaumzeug, das er bei seiner Gefangennahme über der Schulter getragen hatte, warf er hinterher, ebenso wie die Schwerter, Bögen und Pfeile der gefallenen Soldaten. Als letzten Akt der Entwürdigung schleppte er die Toten ins Waldgelände zu beiden Seiten des Treiberpfads, ehe er mit der Livree und den Waffen der letzten vier, die er getötet hatte, und denen des angegrauten Söldners, der durch Ians Hand das Leben verloren hatte, zurückkam.

Überzeugt, dass sein letztes Stündlein geschlagen hatte, fand Milord die Sprache wieder. »Wirst du mich mit ebensolcher Verachtung behandeln?«, fragte er auf Französisch.

Thaddeus blickte auf ihn hinab. »Meine Verachtung ist Euch gewiss«, entgegnete er in derselben Sprache. »Was fürchtet Ihr sonst noch?«

»Dass du mich unbestattet lässt.«

»Welchen Unterschied würde eine Handvoll Erde machen? Ihr werdet Futter für Würmer, ob Ihr nun auf der Erde liegt oder darunter.«

»Nur der Teufel würde so sprechen. Ist es das, was du bist?«

Ein leichtes Lächeln umspielte Thaddeus' Lippen. »Glaubt es ruhig, Milord. Glaubt ruhig, dass Eure Verbrechen Euch eingeholt haben und Satan gekommen ist, Euch dafür zahlen zu lassen.« Er sah zu, wie der Alte sich nervös die Lippen leckte. »Ihr scheint nicht viel Vertrauen in die Reliquie zu haben, die Ihr um den Hals tragt. Warum nicht? Ihr habt Euren Männern doch eingeredet, sie würde sie vor allem bewahren, sogar vor der Pest.«

»Woher weißt du das?«

»Euer Hauptmann hat es ausgeplaudert, als er mich bepisst hat. Er glaubte, ein Holzsplitter vom Kreuz Christi würde Hexerei und Dämonen abwehren. Im Sterben muss er sich gefragt haben, warum Ihr ihn angelogen habt.«

»Dein Spott beweist, dass du des Teufels bist.«

»Glaubt, was Ihr wollt«, sagte Thaddeus. Er deutete zum Hohlweg hin. »Ist das ein Treiberpfad? Seid Ihr dort entlang von Holcombe hergekommen?« Als er keine Antwort erhielt, drehte er sich um und ging auf die Pferde der Söldner zu, die am Wegrand angebunden waren.

»Lauf nicht weg!«, schrie Bourne in plötzlicher Panik, überzeugt, am Leben zu bleiben, solange er den Kerl am Reden hielt. »Du interessierst mich. Ich möchte noch länger mit dir sprechen.«

»Dann sprecht«, sagte Thaddeus. »Eure Stimme ist nicht so schwach, dass ich Euch nicht hören würde. Euer betrunkenes Gelalle mit Eurem Hauptmann gestern Abend habe ich auch mit anhören müssen.« Er blieb stehen und sah sich um. »Fangt damit an, weshalb Ihr Euch überhaupt hier herumtreibt, wo doch alle vernünftigen Menschen längst nach Norden geflüchtet sind.«

Bourne schwadronierte augenblicklich wieder vom Auftrag des Königs und Gottes Gebot an alle Gerechten, das Böse auszumerzen. Dorseteshire habe die Pest über England gebracht, und Milord habe die Aufgabe, die Menschen dort zur Rechenschaft zu ziehen. Unbeeindruckt führte Thaddeus die Pferde der Soldaten paarweise zur Kutsche und schirrte sie an der Haltestange auf der Rückseite an, um dann die kräftigen Zugpferde vor die Kutsche zu führen und mit Fußfesseln zu versehen, bis er so weit wäre, sie anzuspannen. Bournes Fragen überhörte er geflissentlich.

»Aber du bestehst darauf, dass *ich* mich erkläre«, knurrte Bourne.

»Ich bestehe auf gar nichts.« Thaddeus beugte sich unter das lederne Wagendach und zog eine der Truhen zu sich heran. »Wenn Ihr sprechen wollt, bitte sehr. Wenn nicht, dann eben nicht.« Er musterte das Vorhängeschloss der Truhe und bückte sich, um Milords Gewand am Hals ein Stück herabzuziehen. Eine dünne Glasphiole, von goldenem Gitterwerk umschlossen, hing an einer Goldkette um den dürren Hals, darunter ein eiserner Schlüssel an einem Lederband. »Eure Reliquie könnt Ihr behalten«, sagte er und nahm dem Alten das Lederband ab. »Holzsplitter kann man in jeder Tischlerwerkstatt auflesen.«

»Du lästerst das heilige Kreuz.«

»Ich stelle Euren Verstand infrage. Wer immer Euch den Holzsplitter angedreht hat, muss Gott gedankt haben, dass Er ihm so einen Narren geschickt hat.«

Thaddeus drehte den Schlüssel im Schloss der Truhe und klappte den Deckel auf. Gefaltete Pergamente und ein kleiner Schreibkasten mit Gänsefeder und Tintenfass lagen auf einem Schatz aus Goldmünzen. Er erkannte Lady Annes Handschrift auf einem der Pergamente, deren Siegel erbrochen war, und faltete es auf.

»Wo steht hier etwas von Verrat oder Aufstand?«, fragte er und hielt Milord das Blatt hin.

»Was deine Herrin da schreibt, richtet sich gegen die gottgegebene Ordnung der Dinge. Es kann keine Freiheit für Leibeigene geben.«

»Die Pest wird uns befreien. Die Überlebenden werden sehr gefragt sein, wenn es sonst keinen mehr gibt, der die Felder bestellt. Die Herren und ihre Haushalte werden verhungern, wenn sie keine Landarbeiter mit dem Versprechen auf Entlohnung auf ihre Anwesen locken können.«

»Du teilst ihr Ketzertum.«

»Ich teile ihre vernünftigen Ansichten, wie alle Leibeigenen von Develish. Es sind verblendete Narren, die dem Glauben anhängen, die Welt würde unverändert bleiben, wenn die Pest vorbei ist.«

Die Lippen des Alten wurden noch schmaler. »Nur eine Hexe könnte ihre Leute so lange am Leben erhalten haben.«

»Oder eine Heilige. Ihr solltet Gott für Seine Gnade preisen, anstatt ständig Satan zu bemühen.«

»Jetzt lästerst du deinen Schöpfer. Fürchtest du denn nicht Seinen Zorn?«

»Nein. Es kann nur eine Wahrheit geben, wenn die Pest von Gott gesandt ist. Daran zu sterben ist die Strafe für Schlechtigkeit, verschont zu werden ist die Belohnung für Tugend. Nachdem Develish verschont geblieben ist, was braucht Ihr denn noch für Beweise, dass Milady dem Himmel lieb ist?«

Ein kurzes Schweigen trat ein. »Das glaubst du?«

»Ich glaube, was ich sehe und weiß – dass es Böse unter den Lebenden gibt und Gute unter den Toten.« Thaddeus griff nach dem nächsten Pergamentbogen. »Wenn Ihr der Gesandte des Königs seid, dann führt Ihr seine Vollmacht mit. Welcher von diesen Bögen trägt seine Unterschrift? Ich werde jedes Siegel brechen, wenn es sein muss.«

Bournes Augen wurden schmal vor Zorn. »Aus welchem Grund, außer um Schaden anzurichten? Dir können sie doch nichts bedeuten.«

Thaddeus ignorierte ihn. Er knackte das Wachs und überflog das Dokument, ging dann zum nächsten über. »Hätten diese Schreiben überhaupt je den König erreicht?«

Solange er keine Antwort erhielt, brach er Siegel um Siegel und las die Briefe. Alle waren auf Französisch an Seine Allergnädigste Majestät adressiert, und alle trugen die Namen von Frauen, mit dem Titel ihrer Anwesen versehen. *Lady Mary of Steynsford … Lady Paulann of Herringstone … Lady Bernadine of Chetel … Lady Katherine of Wolueston …* Die Handschrift aber war immer dieselbe, als hätte jede Frau ihre Gedanken derselben Person diktiert, und es stand außer Frage, dass diese Person Bourne war. Aus jedem einzelnen Wort sprach Verzweiflung. Alle berichteten vom Tod ihrer Ehegatten und von ihrer Unfähigkeit, die Anwesen allein zu bewirtschaften. Manche sagten, ihre Verwalter seien gestorben, andere klagten, sie seien geflohen, als die Pest zwischen den Leibeigenen zu wüten begann.

Eure Majestät … Habt Erbarmen … Mein Gemahl ist tot und sein Verwalter fort … Ich habe niemanden, mir mit Rat und Tat zur Seite zu stehen … Ihr lasst uns mittellos zurück, indem Ihr uns Gold abverlangt … Die Pest tobt über das Land … Wir können unsere Ernte nicht einbringen … die Bauern sterben auf den Feldern … Eure Untertanen werden verhungern, ohne Geld, um neue Vorräte zu kaufen … Habt Erbarmen … Habt Erbarmen …

Thaddeus erinnerte sich, wie oft Lady Anne ihm erzählt hatte, dass sie mit ihrer Bildung eine Ausnahme darstellte. Die einzigen Talente, die Frauen ihrer Klasse üblicherweise besaßen, waren die für Stickereien und das Herumscheuchen von Dienstboten. »Ich frage mich, weshalb Ihr Euch überhaupt die Mühe gemacht habt, so akkurat zu notieren, was diese armen Frauen diktierten«, murmelte er. »Hattet Ihr denn keine Angst, Euch durch Eure eigene Hand zu verdammen?« Er zog ein angegilbtes Pergament hervor, dessen Siegel schon erbrochen war. »Der König sendet seinen huldvollen Gruß«, las er vor, »und erteilt Bourne die Vollmacht, in Seinem Namen Steuern in Wiltshire einzuziehen.« Er fuhr mit dem Finger über die Kerben im Pergament. »Das Schreiben ist alt, lange vor dem Ausbruch der Seuche verfasst.«

Milord versuchte, die Schnüre um seine Handgelenke zu lockern, von neuer Angst gepeinigt; er hatte sich geirrt, jemanden, der so flüssig lesen konnte, für einen Sklaven zu halten. »Was ist dein Name und Stand?«, fragte er. »Du scheinst ein wenig Schulbildung zu besitzen.«

»Gewiss mehr als Ihr, Milord.«

»Möge Gott dich für deine Dreistigkeit niederstrecken!«

»Und Euch für Eure. Weiß der König, dass Ihr seinen Namen missbraucht, um die Leute in Dorseteshire auszurauben, obwohl Eure Liegenschaften sich in der benachbarten Grafschaft Wiltshire befinden?« Thaddeus hielt das Pergament in den Wasserstrahl, der vom Wagendach herabrann, und sah zu, wie die Tinte zu zerlaufen begann. »Die Liegenschaften in dieser Gegend sind die Lehnsgüter von Milord of Blandeforde. Habt Ihr auch von ihm die Erlaubnis erhalten, Steuern einzuziehen?«

»Du redest von Dingen, die du nicht verstehst.«

Thaddeus klappte die Kiste zu, schloss sie wieder ab und hängte sich das Lederband um den Hals. »Ihr hättet diese Briefe nicht aufheben sollen, Milord. Sie bezeugen nur allzu deutlich Euren Verrat. Wenn es Eure Hand war, die sie schrieb, seid Ihr doppelt verdammt, als Lügner und als Dieb. Nur der niederträchtigste aller Unmenschen würde einer Frau die Hoffnung auf die Gnade des Königs vorgaukeln, während er sie ausraubt.« Er schob die Truhe beiseite und schwang sich in den Wagen.

»Du bist ganz genauso ein Dieb«, krächzte Milord erbost. »Du hast doch die Absicht, das Gold zu stehlen, stimmt's?«

Thaddeus ignorierte ihn. »Ihr habt Euch immer Anwesen ausgesucht, wo nur noch Witwen und Dienstboten übrig waren, denn Ihr wusstet, eine bewaffnete Reitertruppe würde sie so ängstigen, dass sie Euch ihre Reichtümer ausliefern. Lady Anne hat Euch eine Niederlage beigebracht, aber das hat sonst wohl kaum jemand gewagt.« Er fand das Geschirr für die Zugpferde unter dem Sitz und beförderte es auf den

Boden. »Wie viel schlimmer sind Eure Verbrechen verglichen mit den kümmerlichen Sünden der Bauern von Dorseteshire, die an der Pest verreckt sind? Ihr hättet Euch längst zu ihnen gesellen sollen ... und doch sind stattdessen die anderen, die, die Ihr ausgeraubt habt, dem Tode anheimgefallen.« Mit einem Bündel Zaumzeug in der Hand sprang Thaddeus aus der Kutsche. »Seid Ihr darum noch unter uns? Um sicherzugehen, dass sie alle sterben? Wenn keiner überlebt, werden Milord of Blandeforde und der König nie von Euren Raubzügen erfahren.«

Bourne wandte den Kopf ab.

»Als Ihr zum ersten Mal durch Develish kamt, wart Ihr noch auf der Flucht vor der Pest. Wie weit nach Norden seid Ihr gekommen? Was habt Ihr dort vorgefunden? Sind andere Grafschaften ebenfalls befallen?« Als Thaddeus keine Antwort erhielt, setzte er seine Ferse auf den Knöchel des Gefangenen. »Ihr habt keinen Wert für mich, außer in dem, was Ihr wisst. Ich breche Euch alle Knochen im Leib, wenn Ihr weiter schweigt.« Langsam verstärkte er den Druck seines Fußes. »Und verschwendet keine Zeit mit Gerede von Gottes Vergeltung. Sonst lernt Ihr meine kennen.«

Vielleicht hatte Bourne das Bedürfnis, seine Geschichte loszuwerden, denn kaum hatte er zu reden begonnen, brauchte er keinerlei Ansporn mehr. Er hatte sich bei Vettern im Westen der Grafschaft aufgehalten, als ein Bote mit der Nachricht eintraf, dass eine tödliche Seuche durch das Land fegte. Er konnte sich nicht entscheiden, ob er heimreisen sollte, bis eine Magd starb und er die faulige Farbe ihres Gesichts sah. Die Rückreise zu seinem eigenen Anwesen in Wiltshire, sechzig Meilen nordöstlich, würde lang und gefährlich werden, doch sie schien ihm unumgänglich. Es war ihm klar, dass Dorseteshire verloren war; Reisende und

Bettelmönche warnten mit zunehmender Dringlichkeit, man sei nirgends mehr sicher. Von Melcombe im Süden bis Shafbury im Norden waren alle befallen; Klöster und Herrenhäuser fielen der Seuche ebenso leicht zum Opfer wie die kleinsten Dörfer.

Immer wieder flocht Bourne die Worte »ich habe gesündigt« ein, als hoffte er, seinen Peiniger mit dieser Reueformel milde zu stimmen. Er entschuldigte seine Taten mit Schwäche. Ein todgeweihtes Anwesen zu sehen und von der verzweifelten Hausherrin zu hören, die Truhen ihres Gemahls enthielten noch Goldreserven, sei eine zu starke Versuchung gewesen. Der Tod stand jedem ins Gesicht geschrieben, und da Milord glaubte, nur die Gottlosen würden bestraft, schien es ihm ein weitaus schlimmeres Verbrechen, all das schöne Geld nutzlos verkommen zu lassen.

»Das Angebot der Gastfreundschaft haben wir stets ausgeschlagen«, sagte er, »und es vorgezogen, unter freiem Himmel zu nächtigen. Wir vertrauten auf Gottes Schutz.«

»Habt Ihr je Eure eigenen Liegenschaften wiedergesehen?«

Milord nickte. »Sie sind genauso verwüstet und verödet wie alles, was wir hier sahen. Kaum drei von zehn meiner Leute hatten überlebt. Meine dumme Frau hatte angeordnet, dass den Kranken geholfen werden müsse, und so hat sie der Seuche Tür und Tor geöffnet und sich selbst angesteckt. Sie war so töricht wie alle Weiber.«

»Gab es keinen Verwalter, der sie beraten hätte?«

»Ja, aber er war nicht weniger töricht als sie. Sie hörten auf den Priester, der Rettung durch Barmherzigkeit predigte, und jetzt sind sie alle tot.«

Thaddeus wunderte sich, dass der alte Heuchler solche Offenherzigkeit an den Tag legte, doch es interessierte ihn mehr, weshalb er wieder nach Dorseteshire zurückgekehrt war. »Wäre es nicht weiser gewesen, nach Norden zu ziehen, weiter weg von der Pest?«

»Sie hatte uns schon überholt. An der Abtei hörten wir, dass sie Oxford erreicht hatte. Das ganze Land schlottert vor Angst. Im Osten ist London der Seuche anheimgefallen, im Westen Bristol. Der Abt nannte es einen Sturm der Verwüstung, der durch das Land fegt, und so schien es vernünftiger, den Rückzug anzutreten, als vor dem Sturm herzurennen.« Die fahlen Augen des alten Mannes musterten Thaddeus. »Deine gute Verfassung lässt darauf schließen, dass ich recht hatte. Ist die Gefahr hier in der Gegend vorüber?«

Thaddeus schüttelte den Kopf. »Ihr verdankt Euer Leben der Lebensweise unter freiem Himmel und nicht der launenhaften Natur der Seuche.« Er nahm das Zaumzeug und ging zu den Zugpferden. »Eure Rettung war dieser Wagen mit diesen Pferden. Hättet Ihr zu Fuß durch die befallenen Dörfer ziehen müssen – oder hätte Euer Gewissen es Euch erlaubt, die Gastfreundschaft einer Frau anzunehmen, bevor Ihr sie ihres Goldes beraubtet –, dann wärt Ihr jetzt tot.«

»Warum?«

»Wir haben in Woodoak Überlebende gefunden, die sagen, die Pest kommt von den Ratten, und das könnte stimmen. Auf dem Anwesen ist keiner mehr gestorben, seit die Menschen ihre Häuser verließen und begannen, unter freiem Himmel zu leben.« Er legte das Zaumzeug auf den Boden, um die Riemen zu entwirren.

»Warum weigerst du dich, Gottes Hand darin zu sehen?«

»Weil gute Menschen wie Eure Gemahlin tot sind, Ihr und ich dagegen nicht«, entgegnete Thaddeus und legte das Kummet über den Hals der Pferde.

Milord sah zu, wie er die Riemen am Kummet befestigte, sodann die Tiere zwischen die Deichseln führte und anschirrte. »Hast du immer noch vor, mich zu töten, obwohl ich deine Fragen beantwortet habe?«

Thaddeus bückte sich, um den Pferden die Fußfesseln abzunehmen. Er nahm das Leitpferd am Zügel und schnalzte mit der Zunge, um es anzutreiben. Er fürchtete, die Räder würden im sumpfigen Untergrund stecken bleiben, aber sie bewegten sich leicht genug vorwärts, und nach ein paar Yards ließ er das Gespann wieder halten. Milord war ins Gras gefallen und schrie aus Angst vor den tanzenden Hufen der Pferde hinten am Wagen.

Thaddeus zog ihn hervor und lehnte ihn wieder gegen das Rad. »Wozu sollte ich Euch das Leben nehmen?« Er hockte sich vor den Alten hin und sah ihm in die Augen. »Ihr stellt keine Bedrohung für uns dar. Mein junger Freund hatte ganz recht, als er sagte, dass Ihr nichts ohne Eure Aufmachung seid. Wer würde Euch als einen Lord erkennen, wenn Ihr keine Garde oder Diener habt, es zu bezeugen?« Er besann sich kurz. »Ich nehme Euren Wagen und die Pferde, weil sie ein Geschenk des Himmels sind – sie retten mich davor, meinen eigenen Karren durch ein Flussbett schleppen zu müssen –, aber Euer Leben nehme ich Euch nicht. Es hat keinen Wert für mich. Ich sage nicht, dass es mir nicht gefallen würde, mir Eure Liegenschaften in Wiltshire anzueignen und mich als Milord of Bourne auszugeben« – ein Funken Belustigung blitzte in seinen Augen auf –, »aber selbst wenn nur eine Handvoll Eurer Leute überlebt, würden sie mich als Hochstapler entlarven.«

Milord zuckte entsetzt hoch. »Ist das die Freiheit, von der deine Herrin in ihrem Brief sprach?«, keuchte er. »Der Diebstahl eines heiligen Geburtsrechts?«

»Warum nicht? Haltet Ihr den Aufstieg in höhere Sphären für weniger verlockend als das Gold der Witwen? Die

Pest macht uns alle gleich. Ein gewitzter Leibeigener kann jede Chance ergreifen, die sich ihm bietet.«

Bourne ächzte schockiert, und Thaddeus fragte sich, ob er tatsächlich unfähig war, sich eine Welt vorzustellen, in der seine altgewohnten Regeln nichts mehr galten.

»Du wirst nie als Edelmann durchgehen«, protestierte der Alte, wohl wissend, dass er irrte. Wenn je ein Leibeigener das Zeug hatte, sein Los zu ändern, dann dieser.

»Das ist bereits geschehen.« Thaddeus sah zu, wie das gestromte Hündchen durchs Gras kroch, um wieder seinen Platz auf dem Schoß seines Herrn einzunehmen. »Ihr dürft Euren Hund zur Gesellschaft behalten, und ich lasse Euch Eure Kleider und die freie Verfügung über Eure Hände und Füße ... was mehr ist, als Ihr mir gelassen habt.«

»Ich werde sterben ohne Nahrung und Obdach. Du machst dich genauso des Mordes schuldig, wenn du mich hilflos zurücklässt. Mein Tod wird dir ewig auf der Seele lasten.«

Thaddeus lächelte. »Bildet Euch bloß nichts ein, Milord. Ich werde Euch so schnell und leicht vergessen, wie Ihr mich vergessen haben würdet.«

Bourne senkte den Blick. »Ich hatte nie die Absicht, dich zu töten«, murmelte er. »Hättest du meine Fragen beantwortet, dann hätte ich deine Freilassung befohlen.«

Thaddeus richtete sich auf. Die Mühe, seine steifen und geprellten Muskeln zu strecken, war ihm anzusehen. »Bevor oder nachdem Ihr Eure brutalen Söldner mit mir als Geisel nach Develish abkommandiert hättet?« Er langte in den Wagen nach seinem Schwert.

Bournes Mund wurde trocken vor Angst. »Solch einen Plan hat es nie gegeben.«

»Ich habe Euch selbst davon sprechen hören. Ihr habt zu Eurem Hauptmann gesagt, es würde den Männern die

Langeweile vertreiben, sich über die Hexen herzumachen. Lady Annes Brief ließ Zuneigung zu mir erkennen, also habt Ihr nicht daran gezweifelt, dass sie sich und alle Mädchen von Develish im Gegenzug für mein Leben anbieten würde.«

»Das war bloß im Scherz gesprochen. Ich versuchte, ihn mit einer dieser üblichen Soldatenfantasien aufzuheitern.«

Thaddeus fuhr mit dem Finger über die Klinge, um ihre Schärfe zu prüfen. »Das ist Euch gelungen. Ihm gefiel der Gedanke, Lady Anne als Gefäß für seinen normannischen Dreck herzunehmen. Wenn ich mich recht entsinne, versprach er, sie für Euch einzureiten.«

Bourne schloss die Augen. »Deine Herrin war niemals in Gefahr. Ich hätte es nicht zugelassen.«

»Sie wäre vor ihren Leuten gestorben, weil sie sich zwischen sie und Eure Männer gestellt hätte. Anders als Ihr, nimmt sie ihren Treueid ernst.« Thaddeus legte die Klinge an den Hals des Alten. »Erklärt mir doch noch mal, warum mein junger Freund sich strafbar machte, indem er es wagte, Euch herauszufordern. Ich habe den Grund vergessen.«

Der andere zögerte lange. »Du kennst ihn gut genug. Der Stand eines jeden ist durch seine Geburt vorgegeben. Man kann nicht ändern, was Gott bestimmt hat.« Ein zitternder Seufzer entrang sich seiner Brust. »Was willst du von mir? Reue für die Privilegien, die meine Geburt mir verlieh?«

Thaddeus lächelte schwach. »Ich bin nicht Euer Beichtvater, aber wenn ich es wäre, würde ich eine ehrlichere Reue von Euch fordern.« Er senkte das Schwert und legte dem Alten die Hand in den Nacken, um seinen Kopf nach vorn zu beugen. »Eure Sünde war es, Eure Privilegien zu missbrauchen, nicht, sie von Geburt an zu besitzen.« Er war überrascht, wie heftig sein Gefangener sich gegen die ihn niederdrückende Hand zur Wehr setzte.

»Kennst du keine Gnade?«, schrie Bourne, während er sich krümmte und wand, um der Klinge zu entkommen. »Lass mich wenigstens erst meinen Frieden mit Gott machen, bevor du die Klinge schwingst.«

»Ich bin ein Mann aus Develish«, entgegnete Thaddeus. »Mein Wort ist für mich bindend.« Er durchtrennte die nassen Stricke an den Handgelenken seines Gefangenen. »Mehr Gnade könnt Ihr von mir nicht erwarten. In zwei bis drei Tagen werde ich hier mit Eurem Wagen voller Korn wieder vorbeikommen. Wenn Ihr dann noch am Leben und frei von der Pest seid, werde ich mir Eure reumütigen Bitten anhören.«

Nachdem ihm der eine Tod erspart geblieben war, bemühte sich Milord, auch dem anderen zu entkommen. »So lange kann ich nicht durchhalten«, klagte er. »Die Kälte und Nässe gehen mir jetzt schon durch Mark und Bein.«

»Mir ebenso … und zwar durch Eure Schuld.« Thaddeus zog Bourne hoch und spürte angewidert, wie der Alte bebte. Mit einem irritierten Seufzer griff er durch die Fensterklappe des Kutschverdecks und holte Tuniken, und Hosen unter den Wappenröcken hervor. »Die Kleider der Toten werden Euch warm halten.« Er warf sie Bourne vor die Füße. »Die inneren Schichten werden trocken bleiben, wenn Ihr den Umhang darüber tragt.«

Über den Kopf des Alten hinweg sah er die Zwillinge mit Killer und den beiden anderen Pferden zwischen den Bäumen auftauchen. Die Jungen erbleichten, als sie Milord auf den Beinen sahen und das Schwert in Thaddeus' Hand, voller Angst, einen kaltblütigen Mord mit ansehen zu müssen. Um sie zu beruhigen, warf Thaddeus das Schwert in den Wagen.

»Es steht Euch auch frei, zu Fuß nach Develish zu gehen«, sagte er, während er den Umhang aufhob und ihn dem Alten reichte. »Wenn Ihr zügig ausschreitet, solltet Ihr vor Anbruch der Nacht dort ankommen. Seid Ihr bereit, eine Frau um Gnade zu bitten, der Ihr übel mitspielen wolltet, so wird Lady Anne Euch Suppe und warme Kleidung mit dem Floß zukommen lassen und Euch gestatten, den Unterstand zu benutzen, der jenseits des Burggrabens errichtet wird. Unternehmt keinen Versuch, das Wasser zu überqueren, und seid ehrlich, wenn Ihr Eure Anwesenheit dort erklärt. Milady wird Euch keine Lügen glauben.«

Er hob die Hand und rief den Jungen zu, er sei bereit zum Aufbruch, und Milord folgte seinem Blick mit so verdatterter Miene, als dämmerte es ihm erst jetzt, in welcher Lage er sich befand. »Wirst du es tun?«, fragte er.

»Was?«

»Mich hier sterben lassen.«

»Ich bin nicht Euer Hüter, Milord. Was Ihr zu tun gedenkt, wenn wir fort sind, ist Eure Sache. Wenn Euch der Wille zum Leben fehlt, kann Euch niemand helfen.«

Zitternde Finger packten ihn am Ärmel. »Es ist erst wenige Tage her, dass meine Bogenschützen Develish beschossen haben. Milady wird mich erkennen und mir keine Gnade erweisen.«

»Dann sterbt eben hier«, entgegnete Thaddeus und riss sich los. »Man wird Euch nicht erkennen, wenn man Eure Knochen findet, denn keiner weiß, dass es die Euren sind. Der Name Bourne wird ebenso ausgelöscht sein wie der eines jeden armen Bauern, der an der Pest gestorben ist.«

Er nahm die Zügel der Zugpferde auf und winkte den Jungen, sich mit Killer hinter dem Wagen einzureihen. Da er noch nie eine Kutsche gelenkt hatte, zog er es vor, die Pferde am Zaum zu führen, anstatt das Gespann vom Sattel aus anzutreiben. Hätte er die Zuversicht gehabt, dass die Räder nicht im durchweichten Boden stecken bleiben würden, wäre er mit dem Wagen umgekehrt und hätte den Treiberpfad nach Holcombe eingeschlagen, aber die Vernunft sagte ihm, dass der Weg über die befestigte Landstraße sicherer war. Er schüttelte den Kopf, als Milord versuchte, sich auf die Trittstufe der anrollenden Kutsche zu schwingen.

»Zwingt mich nicht, Euch ein weiteres Mal dort rauszuholen«, warnte er. »Nächstes Mal breche ich Euch über mein Knie, und dann wird Euer Tod noch qualvoller sein. Geht nach Develish und sagt, Thaddeus Thurkell schickt Euch. Lady Anne und ihre Leute werden weniger hart über Euch richten als Gott.«

Der dreizehnte Tag im September 1348

Heute Nachmittag ist etwas Merkwürdiges geschehen. Gyles Startout rief mich zum Burggraben, mit der Nachricht, dass eine vermummte Gestalt sich zu Fuß vom Dorf her nähere. Der Reisende ist von Süden gekommen, und er bewegt sich nur schleppend vorwärts. Ich habe Milord of Bourne erkannt, sobald er nah genug herangekommen war, dass ich sein Gesicht sehen konnte, aber er wirkt geradezu unscheinbar seit dem letzten Mal, dass wir ihn hier sahen. Es fehlt ihm an Präsenz in seinen unförmigen Bauernhosen, es fehlen ihm seine Kutsche und sein Tross, um ihm Statur zu verleihen.

Unwillkürlich hatte ich Mitleid mit ihm, als ich sah, wie ihm vor Kälte die Zähne klapperten. Seine Kleider waren so durchnässt vom immer noch unablässig fallenden Regen, dass sich sein knochiges Gestell durch die vielen Schichten Stoff abzeichnete. Eine Menge Leute liefen zusammen, um ihn zu beobachten, und ich glaube, mein Mitleid wurde von den meisten geteilt, denn keiner lachte, ihn so elendig heruntergekommen zu sehen. Er trug einen kleinen Schoßhund im Arm, den er zärtlich an die Brust drückte, als sorgte er sich mehr um das Wohlergehen des Tiers als um sein eigenes.

Ob nun aus Angst oder vor Kälte, er brachte kein Wort heraus. Zitternd stand er am anderen Ufer des Burggrabens, den Blick gesenkt, die Rechte flehend ausgestreckt. Der Arm schien ihm Schmerzen zu bereiten, denn er war nicht in der Lage, die Geste beizubehalten, ohne das Gesicht zu einer Grimasse zu verziehen.

Ich konnte nicht erkennen, ob die Ursache seiner Schmerzen sich unter dem Riss in seinem Umhang befand oder ob es die Striemen an seinen Handgelenken waren, die darauf schließen ließen, dass er gefesselt gewesen war. Er war barhäuptig, und zwischen seinen dünnen weißen Haarsträhnen klebten Krusten von getrocknetem Blut, die so sehr mit den Haaren verfilzt waren, dass der Regen sie nicht hatte auswaschen können. Sonst war aber keine Wunde an seiner Kopfhaut zu sehen.

Er gab eine traurige, ja tragische Figur ab, und sogar Gyles schien gerührt von dem Anblick. Ich schickte Jenny Buckler eine Tunika, Hosen und Sir Richards schweren wollenen Mantel holen und bat Clara Trueblood, mir eine Schüssel heiße Suppe und einen Topf Salbe zu bringen. Inzwischen setzte ich Milord davon in Kenntnis, dass wir ihm die Sachen mit dem Floß hinüberschicken würden, welches er jedoch nicht betreten dürfe, sonst würde meine Garde ihn erschießen.

Falls er vorgehabt hatte, meine Anweisung zu missachten, überlegte er es sich anders, als er die Entschlossenheit in den Mienen meiner Hauptbauern sah. Während John Trueblood und Adam Catchpole das Floß mit Staken und Seilen in Bewegung setzten, hoben Gyles Startout und James Buckler ihre Bögen und zielten mit den Pfeilen auf Milords Brust. Der Alte schien mir so verschreckt, dass ich schon fürchtete, er würde vor Angst sterben, bevor er sich mit der Suppe und den trockenen Kleidern wärmen konnte.

Ich gestattete ihm, die Hütte zu benutzen, die wir als Unterstand für Thaddeus und seine Gefährten gebaut haben, aber er ist selbst zu den simpelsten Handgriffen unfähig. Obwohl wir trockene Späne, Feuerholz und Zunderbüchse dagelassen hatten, gelang es ihm nicht, ein Feuer zu entfachen. John Trueblood wisperte mir zu, wir sollten dankbar dafür sein, denn sonst hätte Milord es bestimmt geschafft, die gesamte Hütte in Brand zu setzen. Gleichwohl zwang mich die Notlage des Alten, auch noch kostbare Schaffelle hinüberzuschicken, damit er wieder Farbe ins Gesicht bekam.

Als er seine Stimme wiedergefunden hatte, dankte er mir aus dem Unterstand heraus für meine Barmherzigkeit. Ich antwortete, er könne ruhig allen in Develish Dankbarkeit zollen, denn das wollene Zeug, das er am Leibe trug, und das Essen, das er zu sich nahm, gehörte ebenso meinen Leuten wie mir. Er kam meiner Aufforderung mit einer Demut nach, die kaum aufrichtig sein konnte, musste es ihn doch über alle Maßen wurmen, sich vor Bauern zu verbeugen. Dann fragte ich ihn, wie es komme, dass er ohne seinen Tross von Gardesoldaten unterwegs sei, und er entgegnete, Thaddeus Thurkell habe ihn gesandt, ihm Nahrung und Unterkunft versprochen, solange er nicht versuche, den Burggraben zu überqueren.

Milord ist es nicht gewohnt, dass man seine Behauptungen anzweifelt. Er hoffte wohl, wir würden glauben, Thaddeus habe ihn hilflos herumirrend aufgegriffen und Mitleid mit ihm gehabt. Nur widerstrebend antwortete er auf meine Frage, wer ihn gefesselt habe und woher die Blutkrusten auf seinem Kopf stammten.

Nur wenige halten die Geschichte für glaubhaft, die Milord uns da auftischte; wir müssen warten, bis Thaddeus zurückkehrt, um die Wahrheit zu erfahren. Milord möchte uns glauben machen, dass Thaddeus und die Zwillinge ihn und seine Männer im Schutz der Dunkelheit überfielen. Doch da Thaddeus allein reiste und Develish erst drei Stunden vor Tagesanbruch verließ, kommt mir das mehr als unwahrscheinlich vor. Wo und wann sollte er die Startout-Zwillinge denn getroffen haben, um solch eine Attacke vor Tagesanbruch zu planen und durchzuführen?

Milord sagte, sie beabsichtigten, seinen Pferdewagen zu stehlen, doch als ich ihn fragte, warum Thaddeus sich und seine

Gefährten unnötig in Gefahr bringen sollte für etwas, das er bereits besaß — nämlich Pferde und einen Wagen in Holcombe —, wusste er keine Antwort. Auch konnte er mir keinen Grund dafür nennen, warum Thaddeus ausgerechnet ihn am Leben lassen, aber elf wehrlose Männer im Schlaf hätte ermorden sollen.

Was auch immer die Wahrheit sein mag, Gyles freut es jedenfalls, dass seine Söhne an Thaddeus' Seite kämpften — was sie sicher getan haben, da Bourne Zwillinge erwähnte —, obwohl John Trueblood, Adam Catchpole und James Buckler sich nun um Edmund, Peter und Joshua sorgen. Wenn sie am Leben sind, weshalb waren sie dann nicht bei Ian und Olyver?

Wir hüten uns davor, Milord irgendetwas zu glauben. Hätte er bei seiner Ankunft nicht angegeben, dass es Thaddeus war, der ihn schickte, dann hätten wir seine ganze Geschichte als das Geschwätz eines Greises abgetan, oder schlimmer noch, als absichtliche Täuschung, die uns glauben machen sollte, dass uns von seinen Söldnern keine Gefahr mehr droht.

Er hat behauptet, frei von der Pest zu sein, und versprochen, uns zu warnen, falls er anfängt, sich unwohl zu fühlen. Ob er es tut oder nicht, ist im Grunde belanglos; Gyles, der die Krankheit besser kennt als jeder andere, wird die Anzeichen zu deuten wissen, bevor Milord sich ihrer überhaupt bewusst wird. Wenn er in der Hütte stirbt, werden wir sie mit Pfeilen in Brand stecken, sobald der Regen endet.

Ich bete, dass dieses Ende schon bald eintreten möge, denn ich fürchte, Thaddeus war übermäßig zuversichtlich in seinem Glauben, er und seine Gefährten würden dieses Unwetter so ohne Weiteres überstehen. Kälte und Nässe können ebenso gnadenlos töten wie die Pest.

FÜNF

Develish, Dorseteshire

Eleanor beobachtete Milord of Bournes Ankunft von Lady Annes Kemenate aus. Sie erinnerte sich an sein Gesicht vom ersten Mal her, als er nach Develish gekommen war, aber sonst war er kaum mehr wiederzuerkennen. Er wirkte geschrumpft und hinfällig, alles andere als herrschaftlich, und meist hielt er in flehender Manier die Hände gefaltet. Hätte Lady Anne ihn nicht höflich mit seinem Titel angesprochen und ihm die einzige Gastfreundschaft angeboten, die sie ihm gewähren konnte, hätte es eher den Anschein gehabt, dass er ein Mann von geringer Bedeutung sei.

Eine halbe Stunde später stand sie noch immer am Fenster, als Lady Anne eintrat. »Er sollte Euch dafür verfluchen, dass Ihr ihm keinen Einlass gewährt«, murrte Eleanor, ohne ihre starre, unnachgiebige Haltung zu verändern. »Es ist eine Schande, wie wenig Kampfgeist er zeigt.«

Lady Anne trat neben sie und sah zu, wie Bourne in der dämmrigen Hütte kauerte, ein Häuflein Elend, in Schaffelle gehüllt, mit seinem kleinen Hund auf dem Schoß. »Hast du denn kein Mitleid mit ihm, Eleanor?«

»Warum sollte ich?«

»Er ist allein und fürchtet sich. Seine Garde ist verschwunden, und als einziger Trost bleibt ihm nur noch sein Hündchen.«

»Freut es Euch, dass Thaddeus Thurkell die Männer getötet hat?«

»Wenn er es wirklich getan hat, so wird er einen guten Grund dafür gehabt haben.«

Eleanor fuhr herum, die Augen voller Tränen. »Denselben Grund, aus dem ich Sir Richards Kind töten soll? Um etwas Lästiges loszuwerden?«

Seufzend fasste Lady Anne nach ihrer Hand. »Nicht ich habe das zu entscheiden, Eleanor. Ich habe dir die Mittel an die Hand gegeben, doch ob du dich ihrer bedienst, wird dir überlassen bleiben.«

Das Mädchen zuckte zurück, als würde Lady Annes Berührung ihr Schmerzen bereiten. »Ihr werdet mich verurteilen, ganz gleich, was ich tue«, sagte sie bitter. »Thaddeus Thurkell verzeiht Ihr alles, aber niemals mir oder meinem Vater.«

Wieder ergriff Lady Anne Eleanors Hand und streichelte sie sanft. »Du hast kein Unrecht begangen, Tochter, also habe ich auch keinen Grund, dich zu verurteilen. Ich bin es, die dich um Vergebung bitten sollte.«

Eleanor liefen die Tränen über die Wangen. »Warum?«

»Dafür, dass ich als Mutter versagt habe. Ich hätte mich mehr darum bemühen sollen, deine Liebe zu gewinnen, anstatt dich bei deinem Vater Trost suchen zu lassen. Du wärst jetzt nicht in diesem unglücklichen Zustand, wenn es dir möglich gewesen wäre, mir zu vertrauen. Meinst du, du könntest mir jetzt vertrauen? Bitte glaube mir, ich habe dich immer als meine Tochter betrachtet und habe wahrhaftig nur dein Bestes im Sinn.«

Vielleicht konnte Eleanor den Schmerz tatsächlich nicht

ertragen, denn sie riss sich los, als stünde ihre Hand in Flammen. Ihrem verzweifelten Schluchzen war die Reue anzumerken, die sie quälte – ob sie jedoch dem galt, was hätte sein können, oder aber dem, was ihr jetzt bevorstand, wusste Lady Anne nicht zu ergründen.

Schmerz hatte auch großen Einfluss auf die Entscheidungen gehabt, die Edmund, Joshua und Peter an jenem Tag getroffen hatten. Als sie sich mit dem Problem zurückgelassen fanden, wie sie die Kornfässer in einem Unterstand trocken halten sollten, in dem das Wasser vom Dach leckte und vom Boden heraufsickerte, hatten sie sich dazu entschlossen, sie dorthin zurückzubringen, wo Thaddeus sie gefunden hatte: zum Wirtshaus von Holcombe. Doch da Thaddeus der Einzige war, der die Kraft hatte, so ein Zentnerfass allein zu stemmen, war die Arbeit mühsam und langwierig.

Peter, der arbeitsscheueste von den dreien, nahm jede Gelegenheit wahr, Joshua dafür zu beschimpfen, dass er ihn am Vortag nicht in seinem Drängen Thaddeus gegenüber unterstützt hatte, die Fässer dort zu lassen, wo sie waren. Es war schwer genug gewesen, die verdammten Dinger bei Sonnenschein herumzuwuchten; aber jetzt, mitten in diesem Unwetter, schien es geradezu unmöglich. Dennoch fügte er sich in die Mühsal, nachdem Joshua ihn daran erinnerte, dass es im Wirtshaus einen Kamin gab und genug Möbel, um ein Feuer tagelang am Brennen zu halten. Verglichen mit ihrem triefenden Lager, das wohl bald vom Hochwasser des Pedle überschwemmt werden würde, erschien das Wirtshaus wie ein Palast.

Der Wagen hatte sich als vollkommen nutzlos erwiesen, denn er war im durchweichten Boden stecken geblieben, noch ehe sie ein einziges Fass aufgeladen hatten, und so waren sie gezwungen, alles mit der Kraft ihrer Arme zu machen. Um das Gewicht zu verteilen, hatte Edmund eine dreieckige Unterlage aus Haselruten angefertigt, die jeder von ihnen an einer Ecke halten konnte, dennoch schafften sie immer nur ein Fass auf einmal, und das Wirtshaus lag gut zweitausend Schritt von ihrem Lager entfernt. Sie würden mehr als vierundzwanzig Meilen laufen müssen, um das Werk zu vollenden, schätzte Peter, zwölf mit der Last, zwölf ohne; aber Joshua sagte, es müsse nun mal sein, also hatte es keinen Zweck, sich zu beklagen. Auf jedem Gang nahmen sie etwas von all dem Zeug mit, das sie in der Gerberei gestohlen hatten, und breiteten die Sachen zum Trocknen über den Tischen und Schemeln der Wirtsstube aus.

Als sie das letzte Fass auf dem Dielenboden absetzten, kündigte Peter seine Absicht an, ein Feuer anzuzünden und die Reste von dem Schaf zu schmoren, das Thaddeus vor zwei Tagen geschlachtet hatte. Doch Joshua schüttelte den Kopf. »Wir müssen zurück zum Lager. Die anderen wissen sonst doch gar nicht, wo sie uns finden können.«

Edmund stimmte ihm zu. »In zwei Stunden wird es stockdunkel sein. Wenn sie nicht schon zurück sind, werden wir sie suchen gehen müssen.« Er nahm ein Schwert von einem der Tische und schob es sich in den Gürtel. »Du hast dasselbe Versprechen abgegeben wie wir«, erinnerte er Peter angesichts dessen betretener Miene. »Muss ich mich erst mit dir schlagen, damit du es hältst?«

Widerwillig zog Peter sich eine zweite Tunika über. »Reine Energieverschwendung«, murrte er, während er zur Tür ging. »In diesem Halbdunkel werden wir sowieso nichts finden.«

Er bereute seine Worte zutiefst, als sie das Lager erreichten und Ians Pony gewahrten, das mit hängendem Kopf zwischen den Bäumen stand. Der Junge lag bewusstlos unter dem Schutzdach, zusammengekrümmt, leichenblass, mit bläulichen Lippen und einem verkrusteten Riss quer über der Wange. Sosehr Joshua ihn auch schütteln mochte, er vermochte ihn nicht zu wecken. Doch er schien zu atmen, und ein schwacher Puls klopfte an seinem Handgelenk.

»Was ist denn mit ihm los?«, wollte Edmund wissen. »Hat er zu viel Blut verloren?«

»Er ist halb erfroren«, sagte Peter, ließ sich auf den Boden sinken und zog Ian eng an sich. »Wir müssen ihn wärmen. Einer von euch muss sich hier neben ihn knien und sich fest an ihn drücken.«

Joshua gehorchte bereitwillig, aber Edmund schüttelte den Kopf. »Wir täten wohl besser daran, ihn zum Wirtshaus zu tragen.«

»Keine Zeit«, entgegnete Peter. »Wenn Ian in diesem Zustand ist, geht es Olyver sicher noch schlechter. So ein tiefer Schlaf verheißt nichts Gutes. Mein Großvater ist daraus nie wieder erwacht, in dem Winter, als der Schnee in Develish drei Fuß hoch lag.«

Während er sich Peters Bemühungen ansah, wieder Farbe in Ians Wangen zu bringen, fragte sich Edmund, was ihn wohl so widerborstig gemacht hatte. Man wusste nie, welchen Aufgaben Peter sich entzieht und welche er an sich reißen würde. Scheinbar unempfindlich gegen die Nässe des Bodens und den Regen, der unablässig durchs Strohdach tropfte, setzte er all seine Kraft daran, seinem Freund beizustehen; er wies Joshua an, warme Luft in Ians Nacken zu hauchen, während er das Gleiche mit dessen Händen tat, und Edmund bat er, dem Jungen Arme und Beine zu reiben, um den trägen Blutfluss anzuregen. Als Ians Augenlider endlich leicht zu flattern begannen, kniff Peter ihn in die Ohrläppchen und ahmte dabei Gyles Startouts brummige Stimme nach.

»Höchste Zeit aufzuwachen, mein Junge. Wir müssen deinen Bruder finden. Die Tränen deiner Mutter werden nie versiegen, wenn Olyver stirbt. Sag mir, wo er ist, damit wir ihn holen können …«

Ein Wispern entrang sich Ians Kehle. »Auf der Straße.«

»Wo denn auf der Straße?«

»Oberhalb Athelhelm … zu viel Schlamm.«

Peter drängte ihn, mehr zu sagen, doch Ian lallte nur noch und war nicht mehr zu verstehen.

Edmund richtete sich auf. »Das reicht auch so«, meinte er. »Joshua und ich machen uns auf durch den Wald und können nur hoffen, dass die Hunde die Fährte aufnehmen, wenn wir an die Straße kommen. Wie siehts mit Ian aus? Meinst du, du kommst alleine mit ihm zurecht?«

Peter nickte. »Wenn ich ihn nicht so weit wach bekomme, dass er zum Wirtshaus gehen kann, lege ich ihn einfach übers Pony.« Mit einer Kopfbewegung deutete er zum Waldrand hin, wo die anderen Pferde in Fußfesseln grasten. »Nimm lieber noch ein Pferd mit, falls ihr das Gleiche mit Olyver machen müsst.«

Der Rat war gut gemeint, ohne Zaumzeug aber nicht durchführbar. Auch war es nicht mehr möglich, ein Pferd den Saumpfad nach Athelhelm entlangzuführen. Der Fluss war bereits über die Ufer getreten. Edmund suchte ein paar Kreidesteine zwischen den Kieseln heraus und gab Joshua einige davon. Nach einem prüfenden Blick in die Richtung, in der er die Sonne vermutete, tauchte er ins Unterholz, in der Hoffnung, auf diesem Weg zur Straße zu gelangen.

»Mach Kreuze auf die Rückseite von jedem Baum, an

dem wir vorbeikommen«, wies er seinen Freund an. »Wenn wir dann zurückschauen, sehen wir, ob wir in gerader Linie vorankommen. Sonst gehen wir womöglich im Kreis.«

Vom Moment ihres Aufbruchs an redeten sie nicht mehr viel. Edmund blickte sich immer wieder um, um sicherzugehen, dass sie auf dem rechten Weg waren, aber da er nicht viel Vertrauen in seine Schätzung des Sonnenstands hatte, fürchtete er, dass sie sich nach Norden anstatt nach Nordwesten bewegten. Seine Besorgnis wuchs, als das Licht immer schwächer wurde und die Kreidekreuze an den Bäumen kaum noch zu erkennen waren.

Joshua spürte seine Furcht. »Nur nicht den Mut verlieren«, rief er. »Ich hab die Schritte gezählt. Bisher sind es dreitausend gewesen, und das macht noch keine zwei Meilen, die wir mindestens zurückzulegen haben … eher mehr sogar, da wir oberhalb von Athelhelm herauskommen werden. Ängstigen können wir uns immer noch, wenn wir über sechstausend hinter uns haben.«

Von da an zählte er die Schritte laut mit. Edmund fand es beruhigend, auch wenn er bezweifelte, dass Joshua die ersten dreitausend tatsächlich gezählt hatte. Er war noch nicht bei fünftausend angelangt, als die überspülte Straße vor ihnen auftauchte.

Ian öffnete die Augen und sah Peter vor einem lodernden Kaminfeuer knien und in einem Kessel rühren. Vage erinnerte er sich, dass er das Lager erreicht und verlassen vorgefunden hatte; wie er in dieses Gebäude gelangt war, konnte er sich jedoch nicht erklären. Vor Erschöpfung wäre er gleich wieder in den Schlaf zurückgesunken, wenn Peter sich nicht im gleichen Moment nach ihm umgedreht hätte.

»O nein, das kommt gar nicht infrage!«, sagte der Junge

streng, rutschte auf den Knien zu ihm hin und hakte ihn unter, um ihn hochzuziehen. »Du bleibst jetzt wach. Du musst dringend was essen; danach kannst du so lange schlafen, wie du willst.« Er stopfte ihm ein Bündel Binsen in den Rücken, ehe er zum Kessel zurückkehrte und etwas von dem Hammeleintopf in einen Napf schöpfte.

»Wo sind die anderen?«

Peter hockte sich neben ihn und schob ihm einen Löffel Schmorfleisch in den Mund. »Nach Olyver suchen. Du warst lange genug wach, um uns sagen zu können, wo du ihn zurückgelassen hast. Was ist passiert? Wie kommst du zu dem Schnitt in der Backe?«

Aber Ian hatte nichts anderes im Sinn, als die Geschichte von Milord of Bournes Wagen zu erzählen und von Thaddeus' verbissenen Anstrengungen zu berichten, ihn in Bewegung zu halten. »Eine halbe Meile oberhalb von Athelhelm wurde die Straße unpassierbar. Devil's Brook war über die Ufer getreten, und die Räder blieben in tiefen Furchen voller Schlamm und Geröll stecken. Ich sagte Thaddeus, wir sollten lieber aufgeben und zum Lager zurückkehren, doch er wollte nichts davon hören.«

»Warum nicht?«

»Er meinte, wir seien nicht so weit gekommen, um den Wagen nun einfach an der Straße stehen zu lassen. Er brachte die Pferde dazu, ihn noch ein Stück weiterzuziehen, indem er ihn vorne anhob und rückwärts ging, aber ich schwöre bei Gott, ich hatte noch nie im Leben solche Angst. Er denkt, er kann alles schaffen … aber das kann er nicht. Sein Gesicht wurde ganz grau vor Anstrengung. Ich dachte, er würde jeden Moment tot zusammenbrechen.«

Peter hielt Ian einen weiteren Löffel Fleisch hin. »Er muss immer gewinnen. Wahrscheinlich kommt es daher, dass er sein ganzes Leben lang als Bastard beschimpft wurde. Den Titel würde ich auch nicht auf mir sitzen lassen, wenn ich Thaddeus wäre.«

»Aber uns braucht er doch nichts zu beweisen.«

»Wir sind auch nicht diejenigen, die er beeindrucken möchte.«

»Wen dann?«

Peter fand die Frage töricht. »Lady Anne natürlich. Er wird sich das Kreuz brechen, um Vorräte nach Develish zu schaffen, wenn er ihr das nun einmal versprochen hat. War es deine Idee, Hilfe zu holen, oder seine?«

»Meine. Ich dachte, wenn wir uns zu sechst hinter die Räder stemmen, können wir mehr erreichen. Er wird nicht erbaut sein, bloß Joshua und Edmund auftauchen zu sehen.«

»Er wird ganz schön froh sein, überhaupt jemand zu sehen, wenn er in einem ähnlichen Zustand ist wie du, als wir dich gefunden haben«, entgegnete Peter unverblümt. »Wo hast du ihn zurückgelassen?«

»Am Straßenrand. Olyver wollte ihn noch irgendwie in den Wagen bugsieren, aber ich weiß nicht, ob er's geschafft hat. Sie werden doch durchkommen, oder?«

Peter nickte beruhigend, obwohl er Zweifel hatte. Es bestand ein großer Unterschied zwischen der halben Stunde, die er gebraucht hatte, um Ians schlaffen Körper auf das Pony zu hieven und zum Wirtshaus zu bringen, und der weit längeren Zeit, die Edmund und Joshua benötigen würden, um das Gleiche für Thaddeus und Olyver zu tun.

Falls sie sie überhaupt fanden.

Edmund blickte sich nach allen Seiten um, aber die Straße war leer. »Wir müssen uns trennen. Ich gehe in Richtung Athelhelm, und du gehst in Richtung Develish. Wenn ich

Olyver nicht finde, bevor ich das Dorf erreiche, mache ich kehrt und folge dir.«

»Und wenn du ihn findest?«

»Dann rufe ich. Die Meute wird mich hören, selbst wenn du's nicht kannst.«

Joshua deutete auf die Hunde, die gespannt mit bebenden Hinterläufen dastanden, die Schnauzen nach links gerichtet. »Die spüren jetzt schon irgendwas. Am besten, wir gehen beide nach Athelhelm.«

Edmund stimmte ihm zu. »Und wir müssen uns beeilen«, sagte er und trabte los. »Das Tageslicht ist schon bald weg.«

Bis zur ersten Kurve war es eine Viertelmeile, und die Meute erreichte sie ein gutes Stück vor den Jungen. Ohne jegliches Bellen oder Jaulen zu vernehmen, das sie hätte alarmieren können, die Köpfe gegen den peitschenden Regen gesenkt, folgten Edmund und Joshua ihnen blind und fanden sich unvermittelt zwischen den Pferden an der Rückseite von Bournes Wagen wieder. Beide dachten dasselbe, als sie vor den stampfenden Hufen der erschrocken auskeilenden Tiere zurücksprangen: Wo ein Wagen war, waren Söldner nicht weit.

Mit klopfendem Herzen zog Edmund das Schwert aus dem Gürtel, bereit, sofort loszustürmen, doch Joshua hielt ihn am Arm fest. »Die Hunde sind nicht nervös«, flüsterte er. »Schau mal, die Dogge. Sie erkennt jemand im Wagen.«

Edmund sah zu, wie das Tier den Wagenschlag beschnüffelte und sich dann schwanzwedelnd auf die Hinterbeine stellte. »Olyver?«

»Wohl eher Thaddeus. Der Hund hat einen Narren an ihm gefressen. Ich glaube, Olyver ist da drüben.« Joshua deutete die Straße hinauf, wo der Rest der Meute sich um irgendetwas unter dem Laubdach der Bäume drängte. »Ich sehe einen Arm.«

Edmund fluchte leise. Sein Instinkt sagte ihm, dass es sich womöglich um eine Falle handeln konnte; dennoch hob er sein Schwert und tat einen unsicheren Schritt nach vorn. Er brachte kaum ein Krächzen hervor, als er an die Rückseite des Wagens trat und diejenigen, die sich dort drinnen aufhalten mochten, aufforderte, sich zu zeigen. Mit dem Schwertknauf klopfte er gegen das Verdeck, um ihnen Angst zu machen, aber die einzige Reaktion kam von der Dogge, die aufgeregt jaulte, bevor sie sich wieder auf dem Boden niederließ.

Edmund stellte sich neben den Wagenschlag und hob den Vorhang mit der Schwertspitze an. Da nichts passierte, holte er tief Luft und spähte durch die Öffnung. Zu seiner Linken lagen Kleider, Stiefel, Wappenröcke und Waffen über Fässer und Truhen gehäuft. Zu seiner Rechten lag Thaddeus, zusammengekrümmt, die Knie an die Brust gezogen und die Füße unter der Bank verkeilt. Außer ihm war niemand im Wagen.

Thaddeus' wächserne Blässe und das Blut auf seinen nassen Kleidern ließen darauf schließen, dass er tot war. Ängstlich langte Edmund unter die Manschette des pelzgefütterten Mantels, um seinen Puls zu fühlen. Seine Finger stießen auf rohes Fleisch an der Stelle, wo Thaddeus sich gegen seine Fesseln gestemmt hatte, und er zuckte zusammen, als ein Ächzen aus dem Mund des Riesen ertönte und sich blitzschnell eine Hand wie ein Schraubstock um seine Kehle schloss.

»Wer bist du?«, wisperte Thaddeus mit rauer Stimme.

Edmund warf einen flehenden Blick zu Joshua hin, während er versuchte, sich dem Klammergriff zu entwinden.

»Edmund Trueblood, Sohn von John und Clara«, keuchte er. »Joshua Buckler ist bei mir. Wir sind gekommen, um dir beizustehen, Thaddeus. Du wirst erfrieren, wenn du nicht auf die Beine kommst. Tu, was wir sagen, und wir bringen dich in Sicherheit.«

Da Thaddeus nicht antwortete, kletterte Joshua neben Edmund auf die Trittstufe und langte in den Wagen hinein, um Thaddeus' Finger aufzubiegen. Er schlug den gleichen barschen Ton an, wie Peter es zuvor bei Ian getan hatte. »Wach auf!«, befahl er. »Du musst stark sein. Olyver liegt am Wegrand, und er bedarf der Wärme noch dringender als du. Wir können euch nicht beide retten, wenn du dir nicht selbst hilfst. Du bist zu schwer für uns, wir können dich nicht aus dem Wagen heben. Wenn wir dir ein Pferd bringen, musst du dich alleine raufziehen. Verstehst du das?«

Thaddeus öffnete die Augen einen kleinen Spaltbreit, und Joshua war erleichtert, Wiedererkennen in ihnen wahrzunehmen. »Was ist mit Ian?«

»Er ist in Sicherheit«, antwortete Edmund. »Er hat uns gesagt, wo wir dich finden können. Wir hatten Soldaten erwartet, als wir den Wagen gesehen haben. Müssen wir sie noch fürchten?«

»Nur wenn die Toten laufen können.«

Vielleicht war es ein Glück, dass seine Beine von Krämpfen geschüttelt wurden, als Joshua und Edmund es geschafft hatten, Thaddeus in eine sitzende Stellung zu bringen. Er fluchte gotterbärmlich, aber der Schmerz brachte seine Lebensgeister zurück. Er nahm einen Schlüssel, den er um den Hals trug, und schloss die Truhe neben ihm auf. Das Gold sei ihm schnurzegal, brummelte er vor sich hin, aber die Briefe, die müsse er haben. Einen verwahrte er in seiner Tunika, die anderen gab er Joshua, damit er sie in Killers Satteltasche packte. Dann schickte er Edmund, Olyver zu helfen, und wies ihn an, Bournes Pferde laufen zu lassen. Sie würden schon nicht so weit fortwandern, dass man sie nicht wieder einfangen könnte.

Edmund vergewisserte sich, dass Olyver nicht noch schlimmer aussah als Ian; über die Kälte seines Handgelenks und das Fehlen eines Pulsschlags machte er sich im Moment lieber keine Gedanken. Er kniete an der Seite seines Freundes und sah den unablässigen Regen auf das reglose Gesicht fallen, dann hievte er sich Olyver, vor Anstrengung ächzend, über die Schulter und stand schwankend auf. »Ist Thaddeus aufgesessen?«, rief er zu Joshua hinüber. »Hast du Olyvers Pony da?«

Als er auf beide Fragen ein Ja zur Antwort erhielt, trug er den reglosen Körper durch den Schlamm der Straße und legte ihn mit dem Gesicht nach unten über den Sattel, bevor er in den Wagen kletterte, um Wappenröcke und einen Strick zu holen. »Die werden ihn warm halten«, sagte er, drapierte die Wappenröcke über den Rücken des Jungen und band sie mit dem Strick fest, den er unter dem Bauch des Ponys durchführte. »Er wird wieder zu sich kommen, wenn wir ihn erst mal vor dem Kamin im Wirtshaus haben.«

Joshua hörte das Zittern in Edmunds Stimme und wusste, dass er log. »Wir sollten uns Richtung Athelhelm wenden«, antwortete er sanft. »Von da aus wird die Route durch den Wald kürzer sein. Solange wir den Fluss zu unserer Rechten haben, können wir den Weg nach Holcombe nicht verfehlen.«

Sie verließen die Straße, nachdem sie die Kurve oberhalb von Athelhelm umrundet hatten; zu unheimlich war ihnen die turbulente Szene, die sich ihnen dort bot. Ein reißender

Strom aus Schlamm und Steinen wälzte sich mitten durch die Reste der Gemäuer, und keiner von ihnen hatte den Mut, mehr als einen Blick auf die schemenhaften Formen zu richten, die von den Fluten mitgerissen wurden.

Unter den Bäumen kamen sie nur im Gänsemarsch voran, Joshua mit Killer vorneweg. Ab und zu schloss Edmund zu dem Pferd auf und streckte den Arm aus, um Thaddeus im Sattel zu halten. Er schöpfte Zuversicht daraus, dass Thaddeus auf sein Stupsen reagierte, zeigte es doch, dass er gegen den Schlaf ankämpfte, anstatt ihm nachzugeben.

Im Wald war es so finster, dass Joshua den Hunden erlaubte, einen Weg zu finden. Sie schienen zu begreifen, dass es eine Trasse sein musste, die breit genug für die Pferde war, denn er wurde nur selten von hängenden Zweigen gestreift. Jedes Mal hielt er sie hoch, um Thaddeus auf Killer durchzulassen, bevor er Edmund zurief, das Gleiche für Olyvers Pony zu tun. Sie sprachen nur das Nötigste, da das Rauschen des Flusses ihre Worte übertönte, doch beide vergossen ungeniert Tränen der Erleichterung, als die Meute sie unbeirrbar bis zu dem Wiesengrund brachte, der nach Holcombe führte.

Während sie diesem Weg folgten, fragte sich Joshua, ob es das Schnauben ihrer angebundenen Pferde war, das die Hunde angelockt hatte. Als sie sich dem Lager näherten, preschte eine der Doggen kläffend voraus, und plötzlich war die ganze Umgebung voller Lärm. Das aufgeregte Krähen eines Hahns, das zufriedene Grunzen eines Schweins, das süße Flöten eines Rotkehlchens.

Edmunds Gesicht verzog sich zu einem müden Lächeln, als Peter aus dem Dunkel auftauchte, die Hände um den Mund gelegt.

»Ich schwöre bei Gott, ich war noch nie so froh, jemand

zu sehen«, lachte er, als Peter, begnadeter Vogelstimmen-imitator, der er war, Daumen und Zeigefinger zwischen die Lippen steckte und das Zwitschern des Rotkehlchens sich in das Tirilieren einer Schwalbe verwandelte, die in den blauen Sommerhimmel aufstieg.

Die Wirtsstube erschien ihnen geradezu wie ein Glutofen nach dem Wetter draußen. Peter hatte einen Haufen aus zerbrochenen Schemeln im Kamin aufgeschichtet und fügte noch weitere hinzu, als Edmund und Joshua Olyver herein-brachten und ihn vor dem Kamin ablegten. Ian schlief fried-lich in wenigen Schritten Entfernung, und seine Gesichts-farbe stand in auffälligem Kontrast zur Leichenblässe seines Bruders.

»Ich konnte ihn nicht allein da draußen liegen lassen«, sagte Edmund mit gebrochener Stimme. »Wir müssen uns doch noch von ihm verabschieden, besonders Ian. Er hätte es mir nicht verziehen, wenn ich ihn nicht zurückgebracht hätte.«

Peter drückte die Finger auf Olyvers Handgelenk, und ebenso wie Edmund zuvor fühlte er nichts. Milady hatte jedem Leibeigenen in Develish beigebracht, wie man einen schwachen von einem starken Puls unterscheiden konnte, aber bei Peters Großvater hatte sie auch am Hals den Puls gefühlt. Er versuchte das Gleiche bei Olyver und fragte sich, ob er sich das schwache, unregelmäßige Pochen unter sei-nen Fingerspitzen nur einbildete. Mit plötzlicher Entschlos-senheit befahl er den anderen, sich draußen um Thaddeus zu kümmern, während er Olyver auszog und ihm trockene Sachen überstreifte. Lady Anne hatte sich so sehr bemüht, seinen Großvater wiederzubeleben, und es hatte Peter das Herz gebrochen, als sie es nicht vermocht hatte – der Alte war sein bester Freund gewesen –, doch ihr Scheitern war keine Ausrede dafür, sich bei Olyver nicht ebenso viel Mühe zu geben.

Er zog den Jungen näher ans Feuer und drückte ihn fest an sich, genau wie er es mit Ian getan hatte. Als Joshua und Edmund einen entkräfteten Thaddeus hereinschleppten, der sich schwer auf ihre Schultern stützte, wies er sie an, ihn dicht ans Feuer zu setzen und ihm ebenfalls trockene Kleider zu bringen. Aber Thaddeus gestattete ihnen nur, ihm den Mantel abzunehmen. Selbst im Halbschlaf bewachte er noch das Pergament, das er an der Brust trug, damit kein anderer Lady Annes Worte lesen konnte. Er wurde ein wenig wacher, als das Feuer ihm das Blut wärmte, aber nicht genug, um sprechen zu können. Er sah Ian am Boden liegen und Olyver leichenblass in Peters Armen, doch ihm fehlte die Kraft, in irgendeiner Form einzugreifen.

Der einzig Tatkräftige war Peter. Während Edmund und Joshua für ihren toten Freund beteten, rieb und knetete er Olyvers entblößte Haut. Ab und zu wurde der Hauch einer Rötung unter seinen Fingern sichtbar, und genau das, erklärte er seinen Freunden, hatte Milady auch bei seinem Großvater zu bewirken gesucht. »Ich glaube, es bedeutet, dass das Blut immer noch durch seine Adern fließt.«

Er bat sie, seinen Platz einzunehmen, damit er Thaddeus zu essen geben konnte. »Strengt euch genauso an wie ich«, sagte er, während er noch einen Napf mit Hammelfleisch füllte. »Großpapa sah noch viel schlimmer aus, aber Milady hat trotzdem gedacht, sie könnte ihn genug aufwärmen, um ihn zu retten.« Er kniete sich neben Thaddeus und begann, ihn mit klein geschnittenem Fleisch und Brühe zu füttern. »Wenn ein Körper Wärme verliert, muss er nicht nur von außen, sondern auch von innen gewärmt werden. Das hat

Milady ganz klar verordnet. Wenn Olyver die Augen aufschlägt, müssen wir ihn zwingen, etwas zu sich zu nehmen, ob er will oder nicht.«

Die Methode hatte bei Ian gewirkt, und bei Thaddeus schien sie gleichfalls anzuschlagen. Joshua und Edmund erschraken, als der Riese auf einmal am ganzen Körper erschauderte. Peter sagte, Ian habe genauso reagiert. Man schauderte nur vor Kälte, wenn man wirklich merkte, dass man fror.

Olyver jedoch zitterte nicht; falls er überhaupt atmete, waren seine Atemzüge zu flach, um seine Brust zu heben. Als Edmund dies bemerkte, kniete er sich neben Joshua an Olyvers Seite. »Ich hab mal gesehen, wie Lady Anne ein Neugeborenes zum Leben erweckt hat«, erklärte er. »Es war ein kleines Mädchen. Es lag reglos da, und Milady hat ihr warme Luft in den Mund gehaucht.«

»Was für ein kleines Mädchen?«, wollte Edmund wissen.

»Meine Schwester. Ich hab Milady gefragt, woher sie das konnte, und sie sagte, es stünde in der Heiligen Schrift, dass Gott den Menschen aus dem Staub der Erde schuf und ihm Leben einhauchte. Als ich Pater Anselm erzählte, was sie getan hatte, sagte er, nur ein Teufel würde so etwas tun. Glaubst du, dass er recht hatte?«

Edmund schüttelte den Kopf. »Deine Schwester hätte nicht gelebt, wenn Gott es nicht gewollt hätte.« Er schob Olyver den Arm unter die Schultern, und die kleine Erhebung brachte seine Kehle dazu, sich ein wenig zu wölben, und seine Lippen, sich zu öffnen. »Das ist ein Zeichen«, sagte er. »Wenn Lady Anne dir gezeigt hat, wie es geht, solltest du es probieren. Es kann keine Sünde sein, einen Freund retten zu wollen.«

Die Szene, die sich in einer Ecke von Lady Annes Kemenate in Develish abspielte, war wesentlich düsterer, als ein Absud aus Engelwurz, Wermut und Flohkraut das Ungeborene Eleanors Schoß entriss. Die Bauchkrämpfe und das Blut, das zwischen ihren Schenkeln hervorquoll, hätten sie aus vollem Halse kreischen lassen, wenn Lady Anne ihr nicht den Mund zugehalten hätte, aus Angst, das ganze Haus aufzuwecken. Dem Mädchen wurde allenthalben so sehr misstraut, dass jegliches Geschrei die Leute gleich auf den Gedanken gebracht hätte, jemandem sei Gewalt durch ihre Hand angetan worden. Ohne Zögern hätte man die Tür aufgebrochen, und jede Hoffnung, die inzestuöse Schwangerschaft geheim zu halten, wäre zunichtegemacht worden.

Eleanor lag auf einem Stapel Leintücher, die das Blut aufsaugten, und Tränen des Schmerzes liefen ihr über die Wangen. Es gab nichts, was Lady Anne hätte sagen können, um sie zu trösten. Sie konnte nur von Zeit zu Zeit die Leintücher wechseln und Eleanors Schmerzen mit Birkenöl und einem Liniment aus Weidenrinde lindern. Hätte sie geglaubt, es würde Eleanor helfen, wenn sie ihr versicherte, dass alles nach Plan lief, so hätte sie es getan; aber das Mädchen bedurfte keiner Erinnerung daran, dass ihre Entscheidung, den Sud zu trinken, gerade ein keimendes Leben auslöschte.

Lady Anne erwartete keine Dankbarkeit für ihre Rolle in dieser tragischen Geschichte. Und so überraschte und rührte es sie, dass Eleanor ihr unter Tränen dankte, dass sie sie nicht allein mit ihrer Fehlgeburt zurückgelassen hatte. Lady Anne hatte eher einen Wutausbruch erwartet oder Anschuldigungen, dass sie das Ungeborene ermordet habe, und tatsächlich hätte sie dies auch für die gerechte Strafe gehalten, denn sie hatte sich Vorwürfe gemacht, seit sie am Vorabend von Eleanors Zustand erfahren hatte. Ihre Mägde hatte sie vor der Geilheit ihres Gatten bewahrt, aber nicht daran gedacht, auch seine Tochter zu beschützen. Selbst in ihren schlimmsten Schreckensvisionen hatte sie sich nicht vorstellen können, dass Sir Richard so niederträchtig wäre, sich zu seinem eigenen Kind zu legen.

Als der Blutfluss nachließ, holte Lady Anne eine Schüssel Wasser und wusch ihre Tochter, kleidete sie in ein Nachthemd und half ihr wieder ins Bett. Sie flößte ihr Kamille und Baldrian ein, die ihr beim Einschlafen helfen sollten, dann kümmerte sie sich darum, die Spuren der Abtreibung zu beseitigen. Sie legte eins ihrer Schultertücher auf den Boden, häufte die blutigen Leintücher darauf und verknotete das Tuch zu einem festen Bündel. Als sie das Fenster öffnete, das auf den Burggraben hinausging, und das Bündel ins schnell dahinfließende Wasser warf, konnte sie nur beten, dass es lange genug an der Oberfläche treiben würde, um vom Devil's Brook davongetragen zu werden. Zu viele der Bäuerinnen würden die Tücher wiedererkennen und Fragen stellen, falls sie sich in Sichtweite des Hauses am Ufer verfingen.

Einen Moment noch blieb sie am Fenster stehen und ließ sich das Gesicht vom Regen benetzen. Eleanor würde noch einige Tage lang bluten, aber die Mägde würden es für ihren natürlichen Zyklus halten. Mit der Zeit, so hoffte Lady Anne, würde Eleanor vielleicht das Gleiche denken, denn ihr Leben wäre glücklicher, würde sie in der Lage sein zu vergessen, was ihr wirklich passiert war. Sobald das Wetter sich besserte, würde sie wieder in ihr Gefängnis gebracht, um ihre Strafe für die Quälereien an Isabella abzubüßen – fünfzehn Tage in einer Hütte am Kirchpfad, neben der von John Trueblood. Und in ihrer Abwesenheit würden die Jungen, denen sie die Schuld an ihrer Schwangerschaft hatte geben wollen, unter allgemeinem Applaus mit zweihundert Schafen aus Afpedle zurückkehren.

War es falsch, auf solch eine Lösung zu hoffen? Lady Anne wusste, dass die Kirche sie verdammen würde, wenn sie jemals beichtete, was sie in dieser Nacht getan hatte, aber würde Gott sie auch verdammen? War er so versessen auf jedes ohne Sinn und Verstand gezeugte Leben, dass unschuldige Jungen der Vergewaltigung angeklagt werden mussten, nur um die Schlechtigkeit ihres Herrn zu vertuschen? War Sir Richards Verderbtheit so verzeihlich, dass seine Tochter als Mutter und Schwester seines Kindes herhalten musste?

Mit einem Seufzer schloss sie das Fenster und zog einen Schemel an Eleanors Bett. Sie wollte Gott eigentlich nicht unnötig mit Flehen behelligen, da sie es für ihre Pflicht hielt, ihre Probleme selbst zu lösen, doch in den letzten vierundzwanzig Stunden hatte sie unentwegt gebetet. Für Eleanor. Für Develish. Für Thaddeus. Um Regen. Wäre es vermessen, noch ein weiteres Gebet hinzuzufügen? Sie legte die Hand auf Eleanors und beugte das Haupt.

In nomine Patris et Filii et Spiritus Sancti, möge sich etwas Gutes aus dieser schrecklich traurigen Nacht ergeben.

Die erste Woche im Oktober, 1348

Thaddeus und seine Gefährten sind seit sieben Tagen wieder bei uns. Die Jungen kamen als Erste zurück, mit 200 Schafen aus Afpedle. Sie waren durch den Fluss Pedle aufgehalten worden, der über die Ufer getreten war, und hatten warten müssen, bis das Wasser zurückging, ehe sie die Furt bei Athelhelm überqueren konnten. Sie blieben lange genug, um die Schafe einzuhegen, ihre Familien zu begrüßen und kurz mit Milord of Bourne zu sprechen, dann machten sie sich nochmals auf den Weg. Zwei Tage später kamen sie mit Thaddeus wieder und brachten Milords Wagen, angefüllt mit Korn und Mehl, dazu etliche Pferde, eine Meute Jagdhunde, edle Kleider, Waffen, Geschmeide und zwei schwarze Katzen in Weidenkäfigen.

Thaddeus hat Milord die Benutzung der Hütte gewährt und 20 Schritt weiter eine zweite für sich und seine Gefährten errichtet. Sie haben die Zeit genutzt, um zu ernten, was nach der Regenflut noch von den Bohnen und Wicken übrig war, und die Schafe für die Überfahrt mit dem Floß festzubinden. 20 von den Tieren sind geschlachtet und eingepökelt worden, 30 sind in den Gehegen hinter dem Friedhof, 50 im Obstgarten, und 100 grasen auf dem Weideland jenseits des Burggrabens.

Jeden Abend machen die Jungen ein Feuer nahe bei Milords Hütte und unterhalten uns alle mit Berichten von ihren Abenteuern. Die jungen Mädchen schmelzen dahin, wenn sie von ihren Heldentaten hören, und merken offenbar nicht, dass die Geschichten bei jedem Erzählen abenteuerlicher werden! Edmund

Trueblood wollte uns weismachen, er habe Ratten herumlaufen sehen, die so groß waren wie Füchse. Peter Catchpole behauptete, eigenhändig Mauern eingerissen zu haben, und Joshua Buckler gab damit an, dass seine Hunde so blutrünstig seien, dass sie eine ganze Armee in die Flucht schlagen könnten.

Die einzige Geschichte, die wir noch nicht gehört haben, ist die, auf welche Weise Thaddeus und die Startout-Brüder Milord of Bournes Söldnergarde besiegt haben. Die Details sind nur mir und meinen Hauptbauern aufgedeckt worden, nachdem Gyles bei Nacht den Burggraben durchquert hatte, um sich im Geheimen mit Thaddeus zu besprechen. Doch Thaddeus hat uns gebeten, es für uns zu behalten. Er hält es für günstiger, Milord den Rest seiner Würde bewahren zu lassen, statt den vollen Umfang seiner Verruchtheit und Grausamkeit aufzudecken.

Eine seltsame Kameradschaft ist zwischen den beiden entsprungen, trotz der Umstände ihres Zusammentreffens. Es mag etwas mit der Schatzkiste zu tun haben, die Thaddeus aus dem Wagen holte und Milord zurückgab, zusammen mit einem Schlüssel, den er an einer Schnur um den Hals trug. Keiner von beiden befürchtet, der andere könnte die Pest in sich tragen. Während die Jungen uns ihre Geschichten auftischen, sitzt Thaddeus bei Milord und teilt ein Mahl mit ihm. Wovon sie sprechen, weiß niemand, aber Bourne wirkt weniger angstvoll, seit Thaddeus dazugekommen ist.

SECHS

*A*ls von den Feldern her ein leiser Pfiff ertönte, ließ Clara Trueblood ihre Blendlaterne zweimal aufblitzen, um zu signalisieren, dass sie wartete. Sie stand an der Außentür der Küche und hörte ein leises Plätschern, als ein Körper in den Burggraben glitt und zu schwimmen begann. Bisher hatte die Tür nur dem Zweck gedient, Wasser zum Waschen der Töpfe und Pfannen zu holen, manchmal auch zum Löschen von Feuern, wenn achtlose Mägde Glut aus dem Herd verstreuten, aber auf Lady Annes Anordnung hin sollte die Tür nun auch als Hintereingang genutzt werden.

Clara besaß so viel Autorität, dass sie in ihrem eigenen Revier tun und lassen konnte, was sie wollte; und wenn es ihr gefiel, abends die Tür zur Halle zu verriegeln, um zur Abwechslung einmal ihre Ruhe zu haben, dann wurde das nicht hinterfragt. Hinter ihr auf dem langen Arbeitstisch brannte eine Kerze, die den Raum in warmes Dämmerlicht tauchte, und Claras breite Schultern bebten vor verhaltenem Lachen, als Thaddeus sich nackt und tropfend aus dem Wassergraben und über die Türschwelle hievte.

»Milady fällt in Ohnmacht, wenn sie dich so sieht«, sagte sie, nahm eine wollene Decke vom Tisch und wickelte sie ihm um, wobei sie die Enden fest verknotete, damit sie ihm nicht herunterrutschte. »Hättest du nicht wenigstens Hemd und Hose anbehalten können?«

Thaddeus' dunkles Gesicht verzog sich zu einem breiten Grinsen. »Dann hätte Bourne sich gleich gefragt, weshalb ich nasse Sachen anhabe, wenn es Tag wird. Hat Gyles dich denn nicht gebeten, mir trockene Kleidung bereitzulegen?«

»Doch, doch«, sagte Clara und machte sich an einer Truhe in der Ecke zu schaffen. »Ihr beide werdet mich noch zur Wäschemagd degradieren, bevor das hier alles vorüber ist.« Sie reichte ihm einen losen Überwurf und die weitesten Beinkleider, die sie finden konnte. »Du kannst von Glück sagen, wenn sie dir passen. Ich könnte schwören, du bist schon wieder gewachsen, seit ich dich das letzte Mal sah.«

Dankbar nahm er die Sachen entgegen, zog sich den Kittel über den Kopf und die Hosen unter der Decke an. »Du bist eine wahre Freundin, Clara.«

Sie schmunzelte. »Wenn ich es ertragen kann, dass Gyles mir mit seinem verhutzelten Knochengestell den Küchenboden volltropft, dann kann ich's mir von dir wohl erst recht gefallen lassen. Das gäbe ja ein endloses Gerede, wenn nackte Männer hier dauernd über den Hof laufen würden.« Sie langte hoch, um ihm den Kittel erst am Hals zuzuknöpfen und dann auch an den Handgelenken. »Wir müssen deine Narben und Wundmale verdecken. Wenn Milady ihrer ansichtig wird, verschwendet sie das bisschen Zeit, das du hast, nur mit dem Auftragen von Salben und Tinkturen.«

»Freut sie sich, mich zu treffen, Clara? Ich hatte sie darum gebeten, denn ich muss ihr viel erzählen, bevor sie Bourne die Erlaubnis erteilt, über den Burggraben zu kommen. Aber sie hat gar nicht geantwortet. Ich dachte, ich würde vielleicht eine Nachricht bei den Vorräten auf dem Floß vorfinden.«

Clara schnalzte ungeduldig mit der Zunge. »Das wäre ein gefundenes Fressen für die Klatschmäuler. Jede Küchenmagd würde neugierig spekulieren, was wohl auf dem Zettel steht. Und Bourne ebenso, sobald er auf der anderen Seite anlangt. Hat Gyles dir nicht gesagt, dass meine Laterne dir ihre Bereitschaft signalisieren würde?«

»Hat er.«

»Na also, dann kannst du doch beruhigt sein. Sie hatte die letzten Wochen nur Master de Courtesmain zur Gesellschaft, und er ödet sie schrecklich an.« Clara nahm Thaddeus die Decke ab und griff nach einem Tuch, um ihm Haar und Bart zu trocknen.

Sie kannte Thaddeus schon sein ganzes Leben lang, doch er war ihr immer ein Rätsel geblieben. Wie viele ihrer Nachbarn war sie oftmals eingeschritten, um Wills Brutalität dem Jungen gegenüber zu zügeln, aber er hatte sich nie dankbar gezeigt, wenn man ihm eine Tracht Prügel ersparte. Manchmal dachte Clara sogar, ihm seien die Schläge gerade recht, um ihn immer wieder daran zu erinnern, den Mann, der den Stock schwang, zu hassen. Andrerseits, sagte sie sich, hätte es die reine Ahnungslosigkeit sein können, die ihn so stumm machte: Woher sollte er auch wissen, wie man sich bedankte. Er hatte es in seiner Familie nie gelernt.

Schweigen lag ihm mehr als reden. Clara erinnerte sich an den Tag, da er Will endlich den Stock aus der Hand gewunden hatte. Alle hatten erwartet, dass er sich fürchterlich rächen würde, stattdessen hatte er sich nur wortlos umgedreht und den Prügel in die bewaldeten Hügel über Develish getragen. Er wurde nie wieder gesehen, obwohl Will noch ewig lange danach suchte, wie getratscht wurde.

Clara hatte keine Schwierigkeiten, diesen Zwischenfall zu verstehen, nachdem Lady Anne Thaddeus zu ihrem Verwalter ernannt hatte. Wenn irgendjemand einem misshandelten Kind beibringen konnte, dass schwelender Hass destruktiv war, dann sicher Milady. Manche hatten Thaddeus die Beförderung geneidet, behaupteten, Milady habe ihn unfair bevorzugt, doch Clara, die das Geheimnis von Eleanors Geburt kannte, wusste genau, warum er auserwählt worden war. Es entsprach nicht Lady Annes Wesen, die Not eines unehelichen Kindes zu ignorieren, während sie ein anderes beschützte, obwohl sie Glück hatte, dass der Junge, dem zu helfen sie sich verpflichtet fühlte, gerade Thaddeus war.

Selbst mit sechs Jahren, als Will ihn zur Arbeit aufs Feld schickte, war seine Intelligenz schon offensichtlich. Ganz gleich, welche Aufgabe man ihm übertrug, er begriff schnell, was zu tun war, und er machte seine Sache gut. Auch war er der Einzige in Develish, der Miladys heimliche Unterstützung nie verraten hätte, indem er mit seinem Wissen angab, denn damit hätte er sich gleich wieder Schläge eingehandelt. Doch während Clara ihm das Wasser aus den Haaren rubbelte und spürte, wie er sich unwillkürlich gegen die Nähe sperrte, fragte sie sich, ob er oder Lady Anne sich je zu ihren Gefühlen würden bekennen können. Sie waren sich so ähnlich in ihrer Zurückhaltung, dass keiner vom anderen tiefe Zuneigung erwarten würde.

Mit plötzlicher Zärtlichkeit strich sie ihm über die raue Wange, bevor sie sich abwandte, um das Tuch auszuwringen. »Glaubst du, Milady ist nicht genauso gespannt darauf wie wir, deine Geschichte zu hören? Unsere Jungs hören wir jeden Abend von ihren Abenteuern erzählen, aber auf deine Schilderung warten wir noch.«

»Mir fehlt ihre Gabe der Ausschmückung, Clara.«

»Mag sein, trotzdem würde ich gerne wissen, welche Magie du angewandt hast, um sie zu Männern zu machen. Ich erkenne in ihnen kaum noch die ewig murrenden Streithähne, als die sie vor einem Monat mit dir losgezogen sind.«

Thaddeus trat näher an das wohlig glimmende Herdfeuer. Um eine ehrliche Antwort zu geben, hätte er sagen müssen, dass er die Jungen nur Eleanors üblem Einfluss hatte entziehen wollen. Es gab aber noch eine andere Wahrheit. »Ich wollte, dass sie sich mutig zeigen, und das haben sie getan.«

Sie lächelte. »Du nicht auch, Thaddeus? Wenn es stimmt, was die Jungen sagen, dann bist du in Woodoak als Lord aufgetreten, um Frauen und Mädchen vor Vergewaltigung zu schützen. Hast du gewusst, dass es Hochverrat ist, sich einen Rang anzumaßen, der einem nicht zukommt? Hattest du keine Angst, dass man dir auf die Schliche kommt?«

Er schüttelte den Kopf. »Immerhin ritt ich Sir Richards Streitross und hielt ein Schwert in der Hand.«

»Na, um Milady zu überzeugen, wirst du weder Ross noch Schwert brauchen. Unsere Jungs haben ihr erzählt, wie glaubwürdig du als Lord aufgetreten bist, und sie ist froh, dass ihre Schulung nicht umsonst gewesen ist.«

Vorsichtig schlich Clara sich an schlafenden Gestalten vorbei zum Kontor des Verwalters. Sie hob den Riegel und schlüpfte hinein. »Seid Ihr bereit, Milady?«, wisperte sie. »Wir müssen im Dunkeln gehen. Wenn Ihr meine Hand nehmt, kann ich Euch führen.« Sie sah die gleiche schüchterne Zögerlichkeit wie bei Thaddeus in Lady Annes Miene, und mit einem aufmunternden Lächeln zog sie ihre geliebte Herrin vom Sitz hoch und strich ihr die weichen braunen Locken aus der Stirn. »Vertraut Eurem Herzen, meine Liebe. Es hat Euch noch nie fehlgeleitet.«

Von der anderen Seite der Halle aus sah Hugh de Courtesmain Lady Anne in die Küche kommen. Das Glimmen des Kerzenlichts unter der Tür zum Kontor hatte ihn die Treppe hinabgelockt. Er hatte sich gleich gedacht, dass es Milady sein musste, die dort in ihrem geheimen Tagebuch schrieb. Bisher hatte er sie noch nie dabei ertappt, obwohl er immer den Verdacht gehegt hatte, dass sie ein Tagebuch führte. Im Schatten darauf zu lauern, dass sie mit dem Buch in der Hand herauskam, hätte ihm zumindest bestätigt, dass sie es in ihrer Kemenate versteckt hielt.

Zu gern wollte er wissen, welche Geheimnisse es enthielt, vor allem, warum Thaddeus Thurkell die Bauernbengel aus dem Anwesen entfernt hatte. Hugh hatte Lady Annes Erklärung nie geglaubt, die sie als Helden dargestellt hatte. Ihr Aufbruch war zu schnell nach dem Tod von Thurkells Bruder erfolgt, und Hugh war überzeugt, dass beide Ereignisse zusammenhingen. Ebenso wenig bezweifelte er, dass Lady Eleanor auf irgendeine Weise darin verwickelt war, denn in den darauffolgenden Wochen waren ihre Wutanfälle immer unbeherrschbarer geworden. Vor allem aber war es Lady Annes so seltsam veränderte Haltung dem Mädchen gegenüber, die seine Neugier anstachelte. Nachdem sie Lady Eleanor schon so gut wie entfremdet gewesen war, hatte sie sich ihr nun wieder mehr denn je angenähert. Aber warum?

Als Clara Trueblood die Küchentür öffnete, um Lady Anne eintreten zu lassen, sah Hugh eine hohe Gestalt auf sie zukommen, um sie zu begrüßen. Auch ohne Kerzenlicht hätte er Thurkell sofort erkannt. Kein anderer hätte Milady zu einem heimlichen Stelldichein in tiefster Nacht verlocken können, und in Hughs Brust brannte die Eifersucht, als sein verhasster Rivale auf ein Knie niedersank und einen Kuss auf jede ihrer Handflächen drückte. Während die Tür langsam wieder zuschwang, wandte Hugh sich ab. Er konnte es einfach nicht mit ansehen, wie Lady Anne das Gesicht des anderen zärtlich mit den Händen umschloss. Solche

Bitternis erfüllte Hughs Herz, dass er nur noch daran dachte, sie als die Hure anzuprangern, die sie war.

Seine Augen hatten sich jetzt an die Dunkelheit in der Halle gewöhnt; er sah, wie Clara Trueblood einen Schemel vor den Eingang stellte und sich darauf niederließ. Er war bereit, so lange wie nötig zu warten, um sich ins Kontor zu schleichen, doch bereits nach einer Viertelstunde schien die Frau einzunicken. Arbeit und Schlaf waren alles, was die Leibeigenen kannten, und Clara Trueblood war ihrer Herrin eine schlechte Tugendwächterin.

So angestrengt er auch suchte, fand Hugh jedoch keinerlei Schriftstück, das einem privaten Tagebuch ähnelte. Offenbar war Milady nur mit der Neuverteilung der Schlafplätze beschäftigt gewesen, für die Zeit, da Bourne Einlass in das Herrenhaus finden würde. Milord sollte Sir Richards Gemach erhalten, und Hugh und die Männer, die bisher dort schliefen, sollten in die Halle zu den Frauen, Kindern und Graubärten verlegt werden. Unerwähnt blieb, wo Thurkell sein Haupt betten würde.

Clara erwachte davon, dass ihr jemand über den Kopf strich. Sie schlug die Augen auf und sah Eleanor vor ihr stehen, barfuß und im Hemde. Überzeugt, dass sie nur gekommen war, um Ärger zu machen, erhob Clara sich schnell und packte das Mädchen bei den Händen. »Hier habt Ihr nichts zu suchen, Lady Eleanor«, wisperte sie. »Kehrt zurück in die Kemenate Eurer Mutter. Milady wird nicht erfreut sein, wenn Ihr die Mägde stört.«

Eleanor blickte starr vor sich hin, ohne zu antworten, und machte keine Miene, sich aus Claras Griff zu befreien. Ja, sie schien ganz zufrieden, so festgehalten zu werden. Ein Lächeln umspielte ihre Mundwinkel, als erinnerte sie sich an die Kinderzeit, da diese Frau ihre Amme gewesen war. Clara verstand, dass das Mädchen schlafwandelte, und lockerte ihren Griff, um sie nicht aufzuwecken. Wie verstört Eleanor doch sein musste, dachte sie. Bei Tag versuchte sie, Miladys Zuwendung durch haltlose Wutanfälle zu gewinnen; bei Nacht drängte es sie, durch das Haus zu wandeln, um nach ihr zu suchen. Sonderbar, selbst im Schlaf hatte sie gewusst, dass Milady nicht in ihrem Bett lag.

Aber was tun? Sie dalassen oder nach oben zurückbringen? Clara entschied sich für Letzteres. Man konnte nie wissen, wie Eleanor reagieren würde, wenn sie aufwachte. Die Hand im Rücken des Mädchens, führte sie Eleanor vorsichtig zu den steinernen Stufen der Treppe und legte ihr den Arm um die Taille, um ihr hinaufzuhelfen. Es kam nicht selten vor, dass Leibeigene schlafwandelten. Der Drang zu arbeiten war ihnen so tief eingepflanzt, dass manche im Dunkeln von ihrem Lager aufstanden und sich mit geschlossenen Augen zu den Feldern aufmachten. Die meisten kamen von selbst zurück, manche brauchten Begleitung, aber Clara konnte sich nicht erinnern, dass sich je einer so willig hätte führen lassen wie Eleanor.

So vorsichtig sie konnte, ging sie mit Eleanor im Arm den Korridor entlang und drückte lautlos die Klinke an Miladys Tür hinunter. Schwer zu sagen, wer überraschter war, als sie die Tür aufschob und Hugh de Courtesmain dabei ertappte, wie er die Truhe durchwühlte. Mit entgeisterter Miene starrte er sie an, und Clara dankte Milady im Stillen für ihre weise Voraussicht, Kerzen auf dem Fensterbrett brennen zu lassen, bis Thaddeus und die Jungen sich als frei von der Pest erwiesen und den Burggraben überqueren konnten. Ohne den Kerzenschein hätte sie Hughs Anwesenheit nicht bemerkt.

Sie zog Eleanor an sich. »Was ist dies für ein Frevel, Sir?«

Er ließ den Deckel der Truhe sinken. »Was ich hier tue, geht dich nichts an. Du überschreitest deine Grenzen, wenn du Miladys Verwalter befragst.«

Er versuchte, sich an ihr vorbeizudrängen, doch sie hielt ihm stand, und eines leichteren Auswegs gewahr, ergriff er Eleanor bei den Schultern, um sie beiseitezuschieben. Das Mädchen erwachte schlagartig. Ihre starren, glasigen Augen wurden plötzlich sehend. Fauchend vor Empörung, ihn in der Kemenate ihrer Mutter vorzufinden, attackierte sie de Courtesmain mit unbändiger Wut, schlug und trat auf ihn ein, bis er sich in die hinterste Ecke des Raums flüchtete.

Mit zitterndem Finger deutete er auf Eleanor. »Sie ist noch wahnsinniger denn je zuvor. Halte sie fest, bevor sie mich umbringt«, forderte er Clara auf.

Clara verschränkte trotzig die Arme. »Ich sehe keinen Wahnsinn, Sir. Sie tut nur, was jede Tochter tun würde, die einen Mann in der Kemenate ihrer Mutter entdeckt. Ist es Eure Gewohnheit, in Miladys Abwesenheit ihre Gewänder zu inspizieren?«

»Ich habe nach Dokumenten gesucht.«

»Auf wessen Geheiß?«

»Ich brauche kein Geheiß. Ich bin der Verwalter von Develish.«

»Aber nicht mehr lange«, entgegnete Clara, zog Eleanor wieder an ihre Seite und wies de Courtesmain die Tür. »Raus mit Euch, Sir. Ihr werdet Develish nie so gut und ehrlich dienen, wie es Milady und Thaddeus Thurkell tun.«

Eleanor klammerte sich an Clara und raunte Rätselhaftes von Blut und Schuld. Was immer sie quälte, es erfüllte sie anscheinend mit Reue. Clara zweifelte nicht daran, dass die Schuld, von der sie sprach, die ihre war. *Mea culpa, mea culpa,* wisperte sie immer wieder vor sich hin. Unsicher, wie ihr zu helfen sei, führte Clara sie zu Lady Annes Bett und legte sich neben sie. Bald schon war Eleanor wieder eingeschlafen, aber es war ein flacher, unruhiger Schlaf, und sobald Clara versuchte, sich von ihr zu lösen, begann sie zu winseln.

So schien es das Beste, bei ihr zu bleiben. Der Morgen konnte nicht mehr fern sein, und Lady Anne wusste, dass sie die Küche verlassen haben musste, bevor die ersten Sonnenstrahlen die Mägde in der Halle weckten. Besser, Milady fand Clara nicht mehr auf ihrem Wachtposten vor, als dass Eleanor noch einmal nach ihr suchen ginge. Sie würde Thaddeus genauso attackieren wie de Courtesmain, wenn sie glaubte, der sanfte Riese habe sich ins Herz ihrer Mutter geschlichen. »Dreckiger Dieb« war noch die mildeste der Beschimpfungen, mit denen sie de Courtesmain bedacht hatte, und Clara fragte sich, was für Dokumente er wohl gesucht haben mochte. Gewiss hätte er sie dazu verwendet, Milady zu kontrollieren. Sein ganzer Ehrgeiz war darauf ausgerichtet, dass sie auf ihn hörte statt auf die Leibeigenen.

Sie deutete entschuldigend auf das Mädchen neben ihr, als Lady Anne eine Viertelstunde später hereinkam. »Ich hatte keine andere Wahl, als zu bleiben, Milady. Ich habe Eleanor schlafwandelnd vorgefunden und fürchtete, sie würde es wieder tun, ließe ich sie allein.«

Vorsichtig versuchte sie, das Mädchen von sich zu schieben, doch Lady Anne zog einen Schemel heran und bat sie zu bleiben, wo sie war. »Sie wird nicht aufwachen, solange du sie im Arm hältst. Ich erlaube ihr, bei mir im Bett zu schlafen, und sie wird nur unruhig, wenn ich mich an den Tisch setze, um in mein Tagebuch zu schreiben.«

»War es vielleicht das, was Master de Courtesmain gesucht hat, Milady? Ich habe ihn dabei ertappt, wie er Eure Truhe durchwühlte.« Clara schilderte, was sie gesehen hatte, als sie die Tür öffnete. »Ich nehme an, er wusste, dass Ihr abwesend wart, und hat sich hereingeschlichen, als er Lady Eleanor herauskommen sah. Die Schuld stand ihm ins Gesicht geschrieben.«

»Er fürchtet Thaddeus' Rückkehr. Er bezweifelt, dass er seine Stellung als Verwalter behalten wird.«

»Die sollte er auch nicht behalten, Milady.«

Lady Anne schüttelte den Kopf. »Er wird weniger Ärger machen, wenn er auf dem Posten bleibt. Schwach, wie er ist, würde er es nicht verwinden, von Bourne für einen Knecht gehalten zu werden.« Nachdenklich ruhte ihr Blick auf Eleanor. »Hat er sie aufgeweckt?«

Clara nickte. »Und das ist ihm schlecht bekommen.« Lächelnd berichtete sie, was geschehen war. »Ihr hättet Euch keine pflichteifrigere Tochter wünschen können, Milady. Sie beschimpfte ihn, Euch aber pries sie in den höchsten Tönen, und das Lob hat ihn gewundert, glaube ich.« Sie zögerte kurz. »Mich auch, wenn ich ehrlich bin. Ich kann mich nicht erinnern, wann sie das letzte Mal etwas Gutes über Euch gesagt hat.«

Falls sie hoffte, Lady Anne würde ihr eine Erklärung liefern, wurde sie enttäuscht. Miladys Miene war undurchdringlich, ihre Antwort wohlbedacht. »Ich bin die einzige Konstante in ihrem Leben«, sagte sie. »Ihren Vater hat sie verloren, und sie weiß nicht, wem sie sonst noch vertrauen kann. Ihre größte Angst ist es wohl, mich auch noch zu verlieren.«

»Sie schien mir mehr von Schuld als von Verlustangst geplagt, Milady. Bevor sie einschlief, redete sie nur von Blut. Es ergab keinen Sinn, aber ihre Reue klang echt. Immer und immer wieder murmelte sie: *mea culpa.*«

Lady Anne stützte die Ellbogen auf das Fußende des

Bettes und das Kinn in die Hände. Wie tröstlich es doch wäre, sich Clara anzuvertrauen und die Last mit einer anderen Frau zu teilen. Wenn irgendjemand den Tumult der Gefühle verstehen konnte, den das Mädchen gerade durchmachte, war es sicherlich Clara, die so viele Frauen Fehl- und Totgeburten hatte durchleiden sehen. Aber wenn sie alles offenbarte, würde Eleanors allmählich wachsendes Vertrauen gleich wieder in sich zusammenbrechen.

»Ich habe sie zu sehr sich selbst überlassen, als ihr Vater starb, Clara. So vieles hat sich so schnell für sie verändert, und ich habe nicht bedacht, wie ihr das zusetzen würde. Jetzt fühlt sie sich schuldig, weil sie ihre Wut an Isabella ausgelassen und mich von sich gestoßen hat. Sie bereut es. Indem ich sie bei mir behalte, will ich ihr zeigen, dass meine Liebe sich nicht so leicht verprellen lässt.«

Clara fragte sich, ob das wirklich die ganze Wahrheit war. »Mag sein, Milady«, entgegnete sie, »aber sie wird Euch zu ihrer Gefangenen machen, wenn Ihr ihr erlaubt, so abhängig von Euch zu werden. Ihr braucht einen Mann in Eurem Bett, kein verstörtes Kind, dessen Gefühle ständig zwischen Liebe und Hass schwanken.«

Ein Funken Spottlust glomm in Lady Annes Augen auf. »Du schockierst mich, Clara. Möchtest du etwa, dass eure Lehnsherrin einen Leibeigenen zum Bettschatz nimmt und damit jede Chance auf eine Zukunft für Develish zunichtemacht?«

Clara lächelte. »Ich möchte einen Mann für Euch, der Euch liebt, Milady.«

»Das wünsche ich mir auch, meine Gute, aber ein Liebhaber hätte mehr Sinn und Zweck, wenn es ein reicher Edelmann wäre, der Blandeforde genehm wäre und der es verdienstvoll fände, seine Leibeigenen zu befreien.«

»Gibt es einen solchen Mann denn, Milady?«

»Noch nicht, aber mit Milord of Bournes Hilfe vielleicht doch.« Sie lächelte über Claras verblüffte Miene. »Wenn er sich an die Abmachung hält, die Thaddeus mit ihm getroffen hat, haben wir eine Chance, unsere Freiheit auf rechtmäßige Weise zu gewinnen.«

»Was für eine Abmachung?«, fragte Clara misstrauisch. »Ich würde lieber in Knechtschaft verbleiben, als Euch diesen widerlichen Alten heiraten sehen. Keiner hat die Freiheit mehr verdient als Ihr.«

Lady Anne drückte ihr dankbar die Hand. »Vertrau auf Thaddeus«, sagte sie. »Er hat nicht jede Nacht mit dem Teufel gespeist, um ihm die Schlüssel von Develish auszuhändigen. Ich habe allerdings eine Bitte, die dir vielleicht nicht gefallen wird.«

»Fragt nur, Milady.«

»Wir müssen unseren Groll gegen Bourne vergessen und ihm nichts als Respekt erweisen, wenn er über den Burggraben kommt. Wirst du diese Parole bitte unter unseren Leuten verbreiten? Thaddeus hat ihn überzeugt, dass er nichts von gebildeten Knechten zu befürchten hat, und er wird sich selbst davon überzeugen können, wenn er zuvorkommend behandelt wird.«

Am nächsten Tag gab Clara die Parole aus und sagte, es sei Miladys Wunsch; im Stillen aber wunderte sie sich, was das für eine Abmachung war, die Bourne glauben ließ, all seine Sünden seien ihm vergeben. Viele sträubten sich dagegen, dem Normannen Respekt zu erweisen, der ihre Hütten niedergebrannt und ihr Gutshaus angegriffen hatte, aber Gyles setzte sich mit seiner ganzen Autorität für diese Forderung ein. Es würde ihnen nichts einbringen, sagte er, wenn sie

Bourne Grund gäben, sie zu fürchten. Wenn die Zeit käme, dass Milord sie wieder verließe, wäre es besser, er ginge als Freund, nicht als Feind. Es würde Milady und ihren Leuten nur schaden, wenn er Develish bei Blandeforde anschwärzte.

Dieses Argument wurde akzeptiert, und so wurde dem Alten ein freundlicherer Empfang zuteil, als er sich je erhofft hätte. Er wartete, bis Thaddeus und seine Gefährten ihre vierzehn Tage Quarantäne abgesessen hatten, um dann mit ihnen ins Anwesen einzuziehen, und die Mütter waren so glücklich, ihre Söhne endlich wieder ans Herz drücken zu können, dass er sich in all die Wiedersehensfreude mit eingeschlossen zu fühlen schien. Es half, dass Thaddeus seine Gefährten angewiesen hatte, ihn ihren Familien vorzustellen, bevor sie sich von ihren Müttern umarmen ließen, und Lady Annes Hauptbauern und ihre Frauen waren gern bereit, den anderen mit gutem Beispiel voranzugehen.

Als Clara an der Reihe war, versank sie in einem tiefen Knicks und sagte, sie hoffe, Milord freue sich auf das Festmahl, das Milady zur Feier seiner Ankunft ausgerichtet hatte. Er versicherte, dass dem so sei, und bedeutete ihr mit huldvoller Geste, sich zu erheben, und Clara fragte sich, ob er wirklich so eingebildet war zu glauben, dass es *seine* Ankunft war, die Milady zu feiern gedachte. Auch Lady Annes Angebot, das Gemach ihres Gemahls zu beziehen, nahm er als sein selbstverständliches Recht an, ebenso wie die edlen Kleider aus Sir Richards Truhen, die er anstelle seines zerschlissenen Bauernlinnens anlegte.

In einem Gewand, das ihrer Stellung gemäß war – aus rostroter Seide mit weich fallenden Röcken und goldenem Gürtel –, ließ Lady Anne ihm den Vortritt, in Anerkennung seines höheren Standes. Im Haus bat sie Master de Courtesmain, Milord zu seinem Gemach zu geleiten und ihm in allem behilflich zu sein. Gyles raunte Thaddeus zu, er halte es für bedenklich, dem Franzosen solch freien Zugang zu Bourne zu gewähren. Wer wusste, was für Gift er dem Alten einflüstern würde?

Thaddeus legte Gyles beruhigend die Hand auf den Arm. »Milady weiß, was sie tut, mein Freund. De Courtesmain wird immer einen Weg finden, mit Bourne zu sprechen – vermutlich in der Kirche, mit Pater Anselms Segen –, und Bourne würde ihm noch mehr Aufmerksamkeit widmen, wenn de Courtesmain behauptete, man hielte ihn von ihm fern.«

»Er wird nichts Gutes über uns zu sagen haben, Thaddeus.«

»Gewiss, aber Bourne ist weder blind noch töricht. Er wird bald erkennen, dass alles, was ich ihm über Develish erzählt habe, die reine Wahrheit ist. De Courtesmain wird sich keinen Gefallen damit tun, wenn er versucht, ihn vom Gegenteil zu überzeugen.«

Und schon bald sollte sich diese Prophezeiung als wahr erweisen. Sosehr der Franzose sich auch bemühte, den Alten zu umgarnen, schien es Bourne mehr zu Lady Anne und ihren Leuten hinzuziehen. Oftmals saß er in der Halle und sah Isabella beim Unterricht zu; mit großem Behagen hörte er die Kinder aus den englischen Übersetzungen vorlesen, die Lady Anne von den Parabeln angefertigt hatte. Jeden Tag äußerte er sein Erstaunen darüber, dass Zehnjährige schon so flüssig zu lesen imstande waren wie er selbst.

Thaddeus' Begleitern war der überschwängliche Empfang, den man ihnen bereitete, eher peinlich. Die jungen Mädchen himmelten sie an und konnten gar nicht genug von ihren Geschichten bekommen, doch die Jungen blieben lieber unter sich und ließen sich nicht auf das schamlose

Geflirte der Mädchen ein. Wie Clara sagte, war Thaddeus'
Einfluss auf die Jungen so stark, dass sie, ebenso wie er
selbst, mit ihrer höflichen Gleichgültigkeit jedes Herz brachen. Zu Lady Annes heimlicher Erleichterung zeigten sie
keinerlei Interesse an Eleanor, schienen gänzlich erfüllt von
ihrem Ehrgeiz, sich eine Zukunft außerhalb von Develish
aufzubauen.

Eleanor für ihren Teil zog es vor, ihnen aus dem Weg zu
gehen. Sie verbrachte ihre Tage in Lady Annes Kemenate
und erschien nur des Abends, um für ein, zwei Stunden bei
ihrer Mutter und Milord of Bourne zu sitzen. Ihr Betragen
war jederzeit manierlich, ihre Zuneigung zu Lady Anne offensichtlich, vielleicht, weil Milady es nie versäumte, sie als
ihre Tochter zu bezeichnen. Manche fanden, sie habe dem
Mädchen zu schnell die bitteren Hasstiraden verziehen; andere meinten, Eleanors seltsame Verbundenheit mit Robert
Startout habe eine besänftigende Wirkung auf ihr Tempera-
ment ausgeübt. Wenige verstanden, warum der Elfjährige
bei dem Gerichtsverfahren wegen der Misshandlungen an
Isabella zu Eleanors Gunsten ausgesagt hatte, aber es war
nicht zu übersehen, dass sie ihn mehr beachtete als alle
anderen.

Fast jeden Tag besuchte er sie in Lady Annes Kemenate,
und zusammen spielten sie mit den Katzen, die Thaddeus
aus Holcombe mitgebracht hatte. Auf Miladys Bitte hin
hatte Thaddeus sie Eleanor geschenkt, und unter Roberts
Anleitung lernte sie, die Tiere zu lieben, anstatt sie zu fürchten. Pater Anselm nannte sie Teufelsbrut, aber Eleanor fand
Trost darin, sie zu füttern und zu umhegen. Und mit dieser
ersten kleinen Rebellion gegen den Priester schien ihre ego-
zentrische Sicht der Welt, in der ihr Platz durch Geburts-
recht vorbestimmt war, langsam der Einsicht zu weichen,

dass das irdische Leben nicht so unverständlich war, wie ihr Vater und die Kirche es ihr weisgemacht hatten.

Thaddeus und seine Gefährten bauten sich eine Hütte im Obstgarten, schliefen aber lieber unter freiem Himmel, wie es ihnen inzwischen zur Gewohnheit geworden war. Thaddeus zeigte kein Interesse daran, seinen Posten als Verwalter wiederzuerlangen, begegnete de Courtesmain stets mit ausgesuchter Höflichkeit, zog sich aber dessen Zorn zu, da er jeden Morgen eine Stunde mit Lady Anne im Kontor verbrachte. Vor lauter Verärgerung, von diesen Besprechungen ausgeschlossen zu sein, trat de Courtesmain vor der verriegelten Tür von einem Fuß auf den anderen und machte sich dadurch zum Gespött unter den Knechten. Statt dankbar zu sein, dass Milady ihn nicht seines Amtes enthoben hatte, war er ihr gram, weil sie den Rat eines leibeigenen Bastards dem seinen vorzog.

Sein Ärger wurde noch weiter angestachelt durch Lady Annes Erlaubnis, Joshuas Hunde frei herumlaufen zu lassen. Als sie die Bauernfamilien innerhalb des Burggrabens aufnahm, hatte sie befohlen, die Dorfköter umzubringen, um die Nahrungsvorräte für die Menschen aufzusparen. Nun aber pflichtete sie demütig Joshuas Ansicht bei, dass es eine Fehlentscheidung gewesen war, denn die Dorfköter hätten die Mauern genauso zuverlässig bewacht, wie seine Jagdhunde es jetzt taten. Allerdings hatte Hughs Ärger mehr mit seiner Angst vor Hunden zu tun als mit Miladys Selbsterniedrigung, einem Knecht gegenüber zuzugeben, sich geirrt zu haben.

Nicht, dass Thurkells Gefährten sich wie ungehobelte Knechte benahmen. Im Gegenteil, sie waren höflich, hörten zu, wenn andere sprachen, und zeigten sich allen gegenüber rücksichtsvoll. Clara war nicht die Einzige, die ihren Sohn kaum wiedererkannte, wenn er sich erbot, Arbeiten zu erledigen, die er vor einem Monat noch für unter seiner Würde gehalten hätte. James Buckler, der es bisher gewohnt gewesen war, Joshua für seine Nichtsnutzigkeit zu schelten, konnte nur noch staunen, wie gut sein Sohn die Meute im Griff hatte und mit welcher Selbstsicherheit er sich als Thaddeus' Hundeführer präsentierte. Auch Peter Catchpole, vormals ausschließlich für seine Faulheit bekannt, verblüffte seine Eltern und alle anderen durch seinen Eifer, die Arzneikunde von Lady Anne zu erlernen. Das Gerücht machte die Runde, dass er Olyver Startout vom Tode auferweckt habe, indem er ihm warme Luft in den Mund blies, und die meisten hielten es allein deshalb für wahr, weil Pater Anselm solche Praktiken ausdrücklich als ketzerisch verteufelt hatte.

De Courtesmain wollte von Isabella Startout wissen, ob tatsächlich etwas an der Geschichte dran sei. »Ich bezweifle nicht, dass du deine Brüder und deren Freunde bei dieser Schwindelei unterstützt«, sagte er zornig. »Aber zu welchem Zweck? Versucht Thurkell, sich zum Herrn aufzuschwingen, indem er sich die Gunst der Gutgläubigen durch Lügen und Geistergeschichten erschleicht?«

Isabella ließ den Kopf hängen. »Alle halten treu und fest zu Lady Anne, Master de Courtesmain. Niemand in Develish wünscht sich einen anderen Lehnsherrn als sie.«

»Außer Thurkell. Er macht ja keinen Hehl aus seinen Ambitionen.«

Isabella zog sich still zurück, und ihre Antwort war so leise, dass er nicht sicher war, ob er recht gehört hatte. »Aber die Euren sind noch viel deutlicher, Sir.«

Tag des heiligen Andreas, letzte Woche
im November 1348

Es ist ausgemacht. Am ersten Januar 1349 werden Thaddeus Thurkell, Ian und Olyver Startout, Edmund Trueblood, Peter Catchpole und Joshua Buckler Milord of Bourne zu seinem Gut in Wiltshire begleiten. Sie werden einen Monat bei ihm verweilen, um sein Besitztum zu sichern, seine überlebenden Leibeigenen auf sein Anwesen zu geleiten und seine Geschäfte in Ordnung zu bringen.

Als Gegenleistung für diese Dienste — und in Anbetracht dessen, dass er durch die in meiner Verwahrung befindlichen Briefe kompromittiert ist, die er im Namen der Edelfrauen von Dorseteshire geschrieben hat — erklärte Milord sich bereit, ein Schriftstück aufzusetzen, versehen mit seinem Namenszug und Siegel, das den Träger desselben als Milord of Athelstan ausweist. Er wird Athelstans Ehrenhaftigkeit und Bonität darin eigens hervorheben. Milord ist willens, sich für diese Täuschung zu verwenden, warnte Thaddeus jedoch, dass die Urkunde keinen Schutz darstellt, sollte er der Hochstapelei verdächtigt werden. Thaddeus muss die ganze Zeit über den Edelmann spielen, um eine Enttarnung zu vermeiden.

Ich habe Athelstan gewählt, weil der Titel in meiner Familie vorhanden war, bis mein Großvater mütterlicherseits ohne männlichen Nachkommen starb. Sein Siegelring kam auf mich, und ich habe ihn all die Jahre aufbewahrt, zusammen mit seinem Wappen und Stammbaum. Dieser geht zurück bis auf Godwin of

Wessex, Vater von King Harold, der William of Normandy im Kampf unterlag. Mag sein, dass Thaddeus eher Gefahr läuft, entlarvt zu werden, wenn er sich auf königliches angelsächsisches Geblüt beruft, aber Milord of Bourne geht vom Gegenteil aus. Wenige Normannen kennen sich mit angelsächsischen Stammbäumen aus, obwohl die meisten mit ihrem eigenen vertraut sind.

Ich habe Thaddeus alles gelehrt, was ich von der Geschichte meiner Familie weiß, und habe dem Stammbaum eine neue Linie hinzugefügt, die ihn als Abkömmling eines erfundenen jüngeren Bruders meines Großvaters ausgibt, der diese Welt vor über einem halben Jahrhundert verlassen hat. Ich habe ihm geraten, im Zweifelsfall auf eine spanisch-maurische Herkunft seiner Großmutter zu verweisen, denn dies wird seine dunkle Hautfarbe erklären.

Meine Hauptbauern, deren Söhne ihn begleiten werden, machen sich Sorgen, der Schwindel könnte auffliegen, aber Thaddeus hat sie davon überzeugt, dass es sich lohnt, das Risiko einzugehen. Alles riskieren heißt alles gewinnen können. Dennoch fühle ich die Verantwortung schwer auf mir lasten, zumal alle mir glauben, dass Landbesitz billig zu haben sein wird, wenn die Pest erst vorüber ist. Gott allein weiß, ob Eleanors Mitgift noch dort ist, wo Gyles sie auf seiner Heimreise mit Sir Richard versteckt hat. Und Gott allein weiß, ob ein in Knechtschaft Geborener als Edelmann durchgehen kann, um das Anwesen seiner Wahl zu erwerben.

Weihnachten 1348

An diesen Tag werde ich immer als den glücklichsten meines Lebens zurückdenken. Zum ersten Mal konnten die Leute von Develish Christi Geburt alle miteinander als Gleichgestellte feiern.

Pater Anselm rief uns früh zur Messe, sodass die lang ersehnten Spiele schon mittags beginnen konnten. Wir alle lachten, als Väter und Söhne um die Lorbeerkränze wetteiferten, die sie mehr durch Schummeln als durch ehrlichen Kampf zu erringen trachteten. Danach schmausten wir gebratenes Lamm und warmes Brot, während die Kinder sangen. Wie süß ihre Stimmen klingen, und wie vorzüglich Isabella sie unterwiesen hat. Milord of Bourne bewundert Isabella sehr und bemerkte, sie würde eine bessere Gemahlin für einen Edelmann abgeben als die meisten Frauen, die für diese Rolle geboren wurden.

Thaddeus und seine Gefährten stolzierten in den Kleidern herum, die meine Näherinnen und ich ihnen aus den Sachen aus Holcombe geschneidert hatten. Thaddeus wirkte vom Scheitel bis zur Sohle wie ein Lord, und die Jungen – die jeden Tag kräftiger zu werden scheinen – machten eine gute Figur als seine Gardesoldaten. Zum Spaß luden sie uns alle zu einem lustigen Tanz ein. Weder Thaddeus noch ich wussten, welche Schritte wir machen sollten, da es uns an jeglicher tänzerischen Fertigkeit mangelt, aber Adam Catchpoles Getrommel auf dem straff gespannten Ziegenfell war so mitreißend, dass ich gar nicht anders konnte, als Thaddeus' Hand zu ergreifen. Es ist meine größte Freude, dass mein treuer Freund in den Wochen, die er außerhalb von Develish verbrachte, seine Schüchternheit überwunden zu haben scheint.

Es kann nichts Unrechtes daran sein, solche Freude zu empfinden, so grimmig Master de Courtesmain auch die Stirn darüber runzelte, uns lächeln zu sehen!

Der erste Tag im Januar 1349

So viele unserer Hoffnungen begleiten nun den Tross, der heute im Morgengrauen aufbrach.

Milord of Bourne dankte mir für die Gastfreundschaft, die ihm in Develish entgegengebracht wurde, und schenkte mir die Pferde und die Ausrüstung seiner toten Soldaten als Gegengabe für meine Großzügigkeit.

Es belustigt mich, dass er mir immer noch nicht in die Augen blicken kann, wenn er mit mir spricht. Thaddeus meint, er sei beschämt durch meine Weigerung, einen Teil des gestohlenen Goldes von ihm anzunehmen, aber ich halte es für wahrscheinlicher, dass er mich immer noch im Verdacht hat, schwarze Magie zu betreiben.

Die Frauen sind den Männern so lange schon unterlegen, dass es jemand wie ihm Angst macht, ein Weiblein wie mich über ein ganzes Landgut bestimmen zu sehen.

Vielleicht traut er mir auch einfach nicht und fürchtet, ich könnte seine Briefe gegen ihn verwenden.

Ich habe Master de Courtesmain gestattet, ihn zu begleiten, um ihm in Wiltshire als Verwalter zu dienen. Bourne hat einen Schriftführer nötiger als ich, und Develish wird von de Courtesmains Abwesenheit profitieren, da er nur darauf aus zu sein scheint, Unfrieden zu stiften. Pater Anselm wird ihn vermissen, denn de Courtesmain ist sein einziger Vertrauter, doch ich kann mir nicht vorstellen, dass er außer ihm sonst jemandem fehlen könnte.

Der Winter hat sich inzwischen hier eingenistet, und ich hoffe, er wird uns noch für einige Monate erhalten bleiben. Falls Thaddeus recht damit hat, dass Ratten und Flöhe die Pest verbreiten, wird die Reise weniger gefährlich sein, wenn der Boden gefroren ist.

Ungeziefer und Parasiten mögen Eis und Schnee genauso wenig wie wir.

Der Not und Angst des Jahres 1348 sage ich leichten Herzens Ade und bete inständig, dass meinen Leuten, Dorseteshire und England 1349 ein besseres Schicksal beschieden sein möge.

1349

SIEBEN

Bourne, Wiltshire

*H*ugh de Courtesmain verbarg seinen Ärger hinter einem schmallippigen Lächeln, während er zusah, wie Thaddeus Thurkell sich von den Knechten verabschiedete, die sich um ihn geschart hatten. Es war der fünfte Februar und höchste Zeit, dass der Leibeigene und seine Begleiter das Feld räumten, um Bournes Güter endlich ihrem rechtmäßigen Verwalter zu überlassen. Doch es erbitterte Hugh, den Aufbruch des verhassten Riesen zu beobachten. Man hätte meinen können, dieser Thurkell sei ein Gott, so, wie er geradezu angebetet wurde. Selbst nach einem Monat, in dem er sich nicht anders verhalten hatte als die Knechte, die ihm so eifrig die Hände küssten, stellte keiner von Bournes Leuten infrage, dass er Milord of Athelstan sei.

Seine Größe, sein Auftreten, seine Kleidung, seine gewählte Ausdrucksweise, ob auf Englisch oder Französisch, wiesen ihn als Person von Stand aus, und in Hughs Herzen nagte der Neid, weil er wusste, dass er selbst nicht fähig war, eine solche Rolle zu spielen. Es juckte ihn mächtig, die Hochstapelei aufzudecken, obwohl diese Dummköpfe hier den Hurenbastard auch dann nicht anders ansehen würden. Die Vorstellung, dass einer, der niedriger war als sie selbst, sich derart über seine Stellung im Leben erheben konnte, würde sie wohl eher begeistern statt empören. Es war einzig und allein Hugh, der sich herabgewürdigt fühlte, weil er den Kopf vor einem Hochstapler beugen musste. Nur zu gern hätte er Thurkell in diesen Wochen auffliegen lassen, wäre ihm nicht Bournes Zorn gewiss, wenn das Geheimnis der niederen Geburt seines Schützlings bekannt geworden wäre. Hugh hatte zu viel Mühe darauf verwandt, sich bei Bourne beliebt zu machen, um seine Stellung jetzt aus kleinlicher Gekränktheit aufs Spiel zu setzen.

Er tröstete sich damit, dass die Zeit, in der er von Thurkell in den Schatten gestellt wurde, endlich vorbei war. Ein paar Minuten noch, dann würden der Bastard und seine fünf Begleiter fort sein, und die einzigen Befehle, die diese Knechte hier von da an zu befolgen hätten, würden die von Hugh de Courtesmain sein. Aus dem Augenwinkel erspähte er die knöcherne Gestalt Milord of Bournes auf der Steintreppe, die zu den oberen Gemächern führte, und mit Befriedigung registrierte er die sorgenvolle Miene, mit welcher der Alte die Abschiedsszene verfolgte. Konnte es sein, dass Bourne endlich begriffen hatte, wie gefährlich es war, einem englischen Leibeigenen solch eine Machtstellung einzuräumen?

Keiner, der den Saal von Bourne betrat, konnte daran zweifeln, dass der Gutsherr sich Frankreich verbunden fühlte. Milord hatte seinen Reichtum dafür verwendet, die Wände und Böden mit den feinsten Teppichen und elegantesten französischen Möbeln auszustatten, und der Anblick hatte Hughs Herz erwärmt, als er zum ersten Mal dort eingetreten war. Selbst während seiner Lehrjahre in der Normandie hatte er nie ein derart prächtiges Haus besucht. Es gab Wandteppiche aus Arras, Schränke und Tische aus dem Limousin, Stühle aus der bretonischen Provinz und einen geschnitzten Eichenthron aus Reims. Im Vergleich dazu war

Develish karg und ärmlich, und Hugh war überzeugt, dass Thurkell den Wert dieser Dinge nicht zu schätzen wusste, bis er ihn Ian Startout zuraunen hörte, er verstehe nun, weshalb Milord es für nötig gehalten hatte, die Witwen in Dorseteshire auszuplündern. Milord gegenüber war er diplomatischer und bemerkte lediglich, Knechte könnten ebenso gut an einem französischen wie an einem englischen Tisch satt werden.

Ob aus Scham, als Dieb entlarvt worden zu sein, oder aus der Einsicht heraus, dass eine gute Behandlung seiner Leute gute Ergebnisse zeitigen würde, hatte Milord of Bourne Thurkell die Erlaubnis erteilt, die Gepflogenheiten von Develish auf seinem Anwesen einzuführen. Aber wozu nur, hatte Hugh sich gefragt, als er das Trüppchen schmutziger, unterernährter Feldarbeiter sah, die sich innerhalb einer Stunde nach der Rückkehr ihres Herrn in der Eingangshalle versammelten. Wozu diesen geduckten Schattengestalten etwas beibringen? Einst mehr als sechshundert an der Zahl, waren nur noch hundertzwanzig von ihnen übrig, und keiner sah aus, als könnte er irgendwelche ertragreiche Arbeit leisten. Die Pest hatte ihre Familien zerstört und den letzten Rest ihres Lebensmuts geraubt.

Bei ihrem Anblick wäre Hugh am liebsten davongelaufen, denn er war sicher, dass sie die Pest in sich trugen, aber Thurkell, der sie draußen schon angesprochen hatte, glaubte ihnen, dass bereits ein Monat vergangen sei, seit zuletzt jemand gestorben war. Er hatte auch die Dienstboten im Haus befragt, und sie hatten dies alle bestätigt. Da Lady Anne nur auf zwei Wochen Isolation bestand, damit jemand sich als frei von der Pest erwies, hatte er Bourne davon überzeugt, dass ein Zeitraum von vier Wochen lang genug sei, um seinen Leuten zu glauben, dass auch sie von der Seuche verschont geblieben waren. Und er zweifelte nicht daran, dass dieser Segen der Winterkälte zu verdanken war.

Milords lange Abwesenheit, verbunden mit dem Tod der meisten seiner Leute, hatte die Leibeigenen über Monate sich selbst überlassen. Während Hugh sie sogleich an die Arbeit gescheucht hätte, um ihnen das Faulenzen auszutreiben, wies Thurkell die übrig gebliebenen Mägde an, Essen für sie zuzubereiten. Er und seine Gefährten halfen dabei, indem sie fünf Schafe schlachteten und Korn mahlten, um Mehl für Brot zu gewinnen, und die Leibeigenen schienen starr vor Staunen, einen Lord und seine Gardesoldaten mit Arbeiten beschäftigt zu sehen, die für gewöhnlich den Knechten vorbehalten waren. Ein Raunen der Verwunderung ging durch die Schar in der Halle.

Es war ein erstes Aufflackern von Leben, als bräuchte es nur etwas Ungewöhnliches, um diese Leute aufzuwecken; fraglich war allerdings, was sie von den Anweisungen hielten, die Thurkell ihnen erteilte, sobald ihre Bäuche gefüllt waren. Die meisten standen mit gesenktem Blick da, als er die Arbeiten aufzählte, die es zu erledigen galt. Das Dorf musste niedergebrannt werden, um das Ungeziefer im Stroh zu vernichten, und neue Hütten mussten an anderer Stelle errichtet werden. Ihre Gewohnheit, sich vor ihren Hütten und im Wald zu erleichtern, würden sie aufgeben müssen. Stattdessen müssten Latrinen in einiger Entfernung von den neuen Hütten ausgehoben werden, wo man den Unrat vergraben würde, um keine Aasfresser anzulocken. Große Bedeutung würde von nun an der Reinlichkeit von Körpern und Kleidern beigemessen. Die Frauen würden eine gemeinschaftliche Wäscherei betreiben und feinzinkige Kämme herstellen, um Läuse und Flöhe von allen Köpfen zu klauben, auch ihren eigenen.

Athelstan räumte ein, dass diese Neuerungen seltsam wirken mochten, doch er beschwor die Leute, mit gutem Willen ans Werk zu gehen. Bis zur Frühjahrsaussaat waren es noch mehr als zwei Monate, Zeit genug, den Bau der Hütten zu beenden und sich an die neuen Regeln zu gewöhnen, bis man wieder auf die Felder hinausmusste. Milord of Bourne sicherte jedermann Nahrung und Unterkunft zu und ein Aussetzen der Prügelstrafe bis auf die schwersten Vergehen.

Letztere Neuerung ließ viele ungläubig aufblicken, aber nur einer wagte es, seine Zweifel zu äußern. Ein vielleicht vierzigjähriger Mann, die Arme schützend um die Schultern seiner Kinder gelegt, stand mitten in der Menge und riet den Umstehenden, alles zu hinterfragen, was sie da zu hören bekamen. Hugh hätte solche Dreistigkeit augenblicklich geahndet, doch Thurkell wusste den Mut des Mannes zu schätzen, trat vor, um ihm die Hand zu schütteln, und machte ihn somit zu seinem Verbündeten.

Ärgerte Hugh sich nun, dass er unrecht gehabt hatte und Thurkell recht? Nicht so sehr, wie es ihn erbitterte, mit ansehen zu müssen, wie Robin Pikeman in den folgenden Wochen immer selbstsicherer wurde. Der Knecht würde wohl nie lesen und schreiben lernen, aber Thurkells Protektion und Pikemans eigene Kenntnis des Anwesens sicherten ihm das geneigte Ohr seines Herrn. Seine Furcht vor Bourne war nicht zu übersehen, aber mit der Unterstützung von Thurkell fand er seine Stimme und wusste sehr genau darzulegen, welchen Schwierigkeiten Milord durch den Verlust so vieler seiner Bauern gegenüberstand – nicht zuletzt der Unzulänglichkeit von hundertzwanzig Leuten, um Ländereien zu bestellen, die sechshundert benötigt hatten, um ausreichend Ertrag zu liefern, bevor die Pest gekommen war.

Er sprach auch noch von anderen Dingen, die eigentlich Aufgabe des Verwalters gewesen wären. Die Neuverteilung der Felder, die nach der Auslöschung ganzer Familien brachlagen. Der Unterhalt verwaister Söhne, die noch zu jung zum Arbeiten und dennoch Erben der Parzellen waren, die ihren Vätern zustanden. Der Schutz verwaister Töchter. Die Anerkennung der Rechte Älterer auf einen Anteil der Feldfrüchte ihrer Familien, auch wenn andere bestimmt wurden, deren Felder zu bestellen. Die Unmöglichkeit, überzählige Nutztiere zu verkaufen, da es keine Märkte mehr gab und die Treiber und Händler zu verängstigt waren, um weiterhin über Land zu ziehen.

Pikeman bezifferte Milords Schafe und Rinder auf über zweitausend Stück und gab zu bedenken, dass eine Vielzahl von ihnen geschlachtet werden müsste, bevor die Lämmer und Kälber im Frühjahr das ohnehin karge Weideland noch mehr belasten würden. Wo die Pest die Menschen dahinraffte, ließ sie das Vieh gedeihen, und Milord würde seine Herden an den Hungertod verlieren, wenn er seine Böckchen und Stierkälber am Leben ließe.

Bourne musterte die hagere Statur des Leibeigenen und fragte, warum er die Tiere denn nicht selbst geschlachtet und gegessen habe, und Pikeman verwies auf die Edikte mit den Strafen für Diebstahl, die Milord selbst erlassen hatte. Eine Handvoll Korn zu verstecken, wenn die Abgaben fällig waren, brachte zwanzig Hiebe. Eine Forelle aus dem Bach zu kitzeln vierzig. Ein Schaf von der Weide zu stehlen oder ein Reh aus dem Wald die Todesstrafe.

Vielleicht empfand der Alte Scham ob seiner eigenen Missetaten, denn er befahl, die überzähligen männlichen Tiere zu schlachten und als Vorrat für seine Leute einzupökeln, bevor man sich mit dem Problem der mangelnden

Arbeitskräfte befasste. Milord of Athelstan hatte vorgeschlagen, die überlebenden Bauern von den umliegenden Lehnsgütern herzubringen, um sie in Bourne anzusiedeln. Ob Pikeman bei dieser Maßnahme Schwierigkeiten voraussehe? Würden die Bauern von Bourne Fremde aufnehmen, um die zu ersetzen, die an der Pest gestorben waren?

Pikeman entgegnete, Milords Leute würden tun, was ihnen befohlen wurde, ob es ihnen passte oder nicht. Doch von Thurkell ermutigt, einen ehrlichen Ratschlag abzugeben, sprach er sich dafür aus, die Hauptbauern eines jeden Guts als Erste nach Bourne zu bringen. »Sie werden die Anzahl und die Namen derer kennen, die noch am Leben sind, die Größe ihrer gegenwärtigen Parzellen und die Rechte, die jeder Familie zugesichert wurden, Sire. Wenn sie sich überzeugt haben, dass das Ackerland in Bourne fair verteilt wird, werden sie diese Botschaft in ihren Dörfern verbreiten.«

»Und Milords eigene Leute?«, fragte Thaddeus. »Was werden sie von den Neuankömmlingen halten?«

Pikeman zögerte, offenbar unsicher, wie kühn er sein durfte. »Den Anteil an Ackerland für jede Familie um ein Drittel zu erhöhen würde die Lage gewiss entspannen, Sire. Wer mehr Nahrungsmittel anbauen kann, hat weniger Angst zu verhungern, und die Abgaben wiegen dann nicht so schwer. Wenn die anderen Güter auch so viele Leute eingebüßt haben wie wir, ist mehr als genug Land übrig, um großzügig damit umzugehen.« Er verbeugte sich vor Bourne. »Seid versichert, dass Eure Leute ihr Bestes getan haben, um Euren Grund und Boden zu bestellen, Sire. Wir haben unseren Treueid eingehalten, auch ohne Anweisung, denn wir wollten nicht, dass Ihr bei Eurer Rückkehr Eure eigenen Felder brachliegend vorfindet.«

Hugh fand, der Kerl übertrieb es mit der Dreistigkeit,

jetzt auch noch zu behaupten, sie hätten ihre Arbeit aus Loyalität getan anstatt aus Angst vor der Peitsche, aber Milord akzeptierte die Lüge nicht nur, sondern nahm sie zum Anlass, Belohnungen zu verteilen. Er wies Hugh an, die Neuverteilung der Bauernparzellen vorzubereiten, ernannte Pikeman zum Vorarbeiter beim Bau der neuen Hütten und Latrinen und betreute Thurkell mit der Aufgabe, fähige Männer auf den drei Nachbargütern aufzutreiben. Diese lagen alle an der Straße nach Sarum, das weiteste in dreißig Meilen Entfernung, und Thurkell bat darum, Milords Wagen nehmen zu dürfen, um die Bauern aus ihren Dörfern herzubringen.

Wenigstens hier zeigte Milord sich zögerlich. »Ist das wirklich nötig? Führt solche Vorzugsbehandlung nicht dazu, dass sie sich für etwas Besseres halten als meine eigenen Leute?«

Thurkell deutete auf Pikeman. »Sie werden nicht stärker oder wohlgenährter sein als dieser Mann hier, Sire. Selbst ein Pferd zu reiten kostet Kraft, wenn der Körper nicht an den Sattel gewöhnt ist. Diese Leute dreißig Meilen laufen lassen hieße sie umbringen, bevor sie überhaupt ankommen.«

Pikeman fand den Mut, ungefragt seine Meinung zu sagen. »Sie werden eher beklommen als stolz sein, in Eurem Wagen zu fahren, Sire. Ganz gleich, welchen Grund man ihnen für diese Reise nennt, sie werden auf Euren Zorn gefasst sein, wenn sie hier eintreffen.«

»Warum?«

»Weil sie die Pest über Eure Güter gebracht haben, Sire. Der Priester sagte, es sei Gottes gerechte Strafe für ihre Sündhaftigkeit.«

»So lehrt es die Kirche.«

»Und doch war meine Frau ein besserer Mensch als ich, Sire, und meine Kinder waren vollkommen unschuldig. Ich hätte vor ihnen dahingerafft werden sollen, und sicherlich noch vor dem Priester.«

Als Bourne schwieg, antwortete Thurkell an seiner statt. »Es war nicht durch Gottes Wille, dass deine Familie gestorben ist, Robin. Es war einfach eine unglückselige Fügung. In Develish, wo dein Herr im Herbst Zuflucht fand, ist keiner der Pest anheimgefallen. Sie haben die Seuche ferngehalten, indem sie die Methoden anwandten, die ich dich und deine Leute zu befolgen bat. Wenn ihr euch von Ungeziefer und Parasiten befreit, habt ihr gute Chancen zu überleben.«

Pikeman musterte ihn zweifelnd. »Früher ist doch auch niemand an so was gestorben. Wieso denn jetzt auf einmal?«

»Das kann ich dir nicht sagen, mein Freund. Mein Wissen über die Seuche ist leider sehr lückenhaft. Ich weiß nur, was ich gesehen und gehört habe. Ihr müsst selbst entscheiden, ob der Rat, den ich euch gebe, etwas taugt.«

Thurkell kleidete seine Erklärung in Worte, die ein Bauer verstehen würde, und verfälschte nur die Details, die mit seiner Herkunft zu tun hatten. Als Vetter von Lady Anne of Develish, fabulierte er, habe er sich auf ihrem Anwesen befunden, als die erste Kunde von der Pest zu ihnen gedrungen sei. Er beschrieb die Maßnahmen, die Lady Anne ergriffen hatte, um ihre Leute zu schützen, und erzählte von dem Ausflug, den er mit seinen Getreuen auf der Suche nach Korn und Vieh unternommen hatte, um die schwindenden Vorräte von Develish aufzufüllen, als es Herbst wurde.

Hugh hatte die Geschichte bereits vor drei Monaten vernommen, als er und die Hauptbauern von Develish zur Kirche beordert worden waren, nachdem Lady Anne Milord of Bourne, Thurkell und seinen Begleitern gestattet hatte, den Burggraben zu überqueren. Milord und Lady Anne hatten in den Kirchenbänken Platz genommen, und die hohe Gestalt Thaddeus Thurkells stand am Fenster, den Blick in die Ferne jenseits des Burggrabens gerichtet. Nach seiner langen Abwesenheit wirkte er noch imposanter, und wie immer ärgerte es Hugh, zu ihm aufblicken zu müssen. Gott hatte ihm übel mitgespielt, als Er ihn einen Kopf kürzer als diesen englischen Bastard geschaffen hatte.

Auf Lady Annes Aufforderung hin hatte Thurkell von seiner Reise erzählt und seinen Zuhörern dabei nichts erspart. Er hatte eine Landschaft geschildert, die fast menschenleer war. Offenbar hatten Adlige und Freie, die kommen und gehen konnten, wie sie wollten, sich gen Norden abgesetzt, um der Pest zu entkommen, während mutigere Leibeigene, die bereit waren, sich auf Gedeih und Verderb durchzuschlagen, die Gelegenheit nutzten, um zu flüchten. Doch die Größe der Massengräber in den verlassenen Dörfern bezeugte, wie viele es nicht geschafft hatten. Er verwarf jegliche Vermutung, dass die Seuche von Wind oder Wasser übertragen würde, da er und die Jugendlichen, die mit ihm losgezogen waren, gesund blieben; ebenso widersprach er respektvoll Lady Annes Annahme, dass die Befallenen die Infektion über ihren Atem oder ihre Berührung an andere weitergaben.

Wäre die Krankheit auf Melcombe beschränkt geblieben, wo sie zuerst ausgebrochen war, hätte Thurkell Lady Anne wohl beigepflichtet, aber die Geschwindigkeit, mit der sich die Pest verbreitet hatte, ließ ihn bezweifeln, dass befallene

Reisende diejenigen waren, die sie weitertrugen. Überlebende berichteten von den Schmerzen, die den Kranken zusetzten, sobald das Fieber ausbrach. Schwärende Beulen bildeten sich innerhalb von Stunden, und der Tod erfolgte drei bis vier Tage später. Nicht einmal die robustesten und entschlossensten Männer konnten weit genug von Melcombe fortgelangt sein, um ganz Dorseteshire in kaum zehn Wochen zu verwüsten.

Auf dem Gutshof von Woodoak, wo er und seine Gefährten noch Lebende angetroffen hatten, fragte Thurkell sie, wie sie der Pest entkommen seien. Keiner von ihnen hatte Tugend als Grund angeführt; und ihr geliebter Priester war einer der Ersten, die gestorben waren. Stattdessen gaben sie den Ratten die Schuld und beriefen sich auf eine weise Frau – ebenso bewandert in der Arzneikunde wie Lady Anne –, die sich nach dem Tod des Priesters für die Pflege der Kranken aufgeopfert hatte. Zum Lohn war sie selbst an der Pest gestorben, doch die übrigen Leibeigenen hatten ihren Rat befolgt, und seitdem war keiner mehr erkrankt. Brennt eure Hütten nieder, um die Ratten zu vertreiben, hatte sie ihnen geraten. Taucht euren ganzen Körper in Wasser ein, um euch von dem Schmutz auf eurer Haut zu befreien. Schlaft im Freien und macht jeden Abend ein Feuer, um euch das Ungeziefer vom Leibe zu halten.

Thurkell hätte diesen Warnungen weniger Glauben geschenkt, wären die Ratten auf den Gutshöfen, die er und seine Gefährten besuchten, nicht so zahlreich gewesen. Die Biester vermehrten sich rasend schnell, wo die Bauern verschwunden waren und jede Menge Korn auf ungemähten Feldern oder in Säcken in verlassenen Hütten zu finden war. Und auf die Frage, wie sie die Pest denn nun auf Menschen übertrugen, berichtete er, was er von den Leuten aus

Woodoak erfahren hatte. Die Kranken hatten nämlich über schreckliches Jucken geklagt, bevor die Beulen am Hals aufgetreten waren, und alle, auch die Überlebenden, hatten davon gesprochen, wie es sie vor den Toten und Sterbenden schauderte.

Einige Tage später, während seine Begleiter die Schafe nach Develish brachten, war Thurkell noch einmal allein nach Woodoak zurückgekehrt. Diesmal hatte er nur nach dem Jucken gefragt. Was mochte es hervorgerufen haben? Alle sprachen von Flohbissen. Eine Frau berichtete, wie ihre kleine Tochter sich so lange gekratzt hatte, bis sich schmerzhafte Beulen an ihrem Hals bildeten. Die Frau war Flöhe gewohnt und konnte sich nicht erklären, warum diese Beulen so schrecklich vereitert waren, doch auch ihr Mann und ihr Sohn, die beide das Gleiche erlitten, waren schon bald nach ihrer Tochter verstorben.

Von Milord of Bourne aufgefordert zu erklären, ob es denn nun Ratten oder Flöhe seien, welche die Pest auf Menschen übertrugen, hatte Thurkell Gründe für beides hervorgebracht. Er kannte keine Krankheit, die von Tieren auf Menschen überging, aber neben einem räudigen Hund zu stehen brachte einem garantiert Flohbisse ein. Und das Gleiche passierte, wenn Menschen ihre Unterkunft mit Ratten teilten. Als Kind hatte er einmal eine tote Ratte auf seinem Strohsack gefunden, und ringsum hatte es nur so vor flüchtenden Flöhen gewimmelt, als er sie am Schwanz hochhob. Damit das Ungeziefer sich nicht ausbreitete, hatte seine Mutter einen brennenden Span aus dem Feuer gezogen und den Strohsack damit angezündet. Alle Bauern von Develish hatten Ähnliches erlebt, bis Lady Anne sie lehrte, ihre Wohnstätten von Parasiten zu befreien.

Er kam auf die Frage zurück, wie die Pest sich so schnell

in Dorseteshire hatte ausbreiten können. Wenn es nicht die Sündhaftigkeit war, die den Tod brachte, und die Kranken zu schwach zum Reisen waren, dann mussten es die Gesunden sein, welche die Krankheit einschleppten. Aber wie? Eine Ratte im Mantelsack konnte man gewiss nicht übersehen, Flöhe hingegen sehr wohl.

Milord of Bourne hatte sich Thurkells Überlegungen schon angehört, als sie jenseits des Burggrabens hatten ausharren müssen, dennoch ließ er sich nicht von seiner Meinung abbringen, dass die Pest eine Strafe Gottes sei. Nichts anderes ergab einen Sinn für ihn, und er bat Lady Anne, ihm gefälligst zu erklären, wie ein einzelner Floh ein ganzes Dorf infizieren könne. Sie antwortete sehr gefasst, dass es ja nicht nur einer wäre. Flöhe müssten sich vermehren wie jedes andere Lebewesen, denn Gott habe keinen Grund gehabt, sie anders zu erschaffen. Wenn Ratten sich besonders stark an Orten vermehrten, wo es viel Korn gab, dann würden die Flöhe, die auf den Ratten lebten, sich gleichfalls vermehren. Lady Anne wusste sich allerdings nicht zu erklären, warum sie auf einmal tödlich für Menschen geworden waren; ebenso wenig konnte sie begründen, weshalb manche Blatternkrankheit milde verlief und manch andere tödlich, obwohl sie aus Erfahrung wusste, dass dem so war.

Lady Anne fuhr fort, von der ungeheuren Geschwindigkeit zu sprechen, mit der die Pest Melcombe erobert hatte. Es hatte Gerüchte von einer tödlichen Seuche in Frankreich gegeben, schon lange bevor ihr Gemahl verstorben war, und es war nur logisch, dass sie per Schiff übers Meer gekommen sein musste. Wären sterbende Seeleute die Ursache für die Ansteckung gewesen, hätten sie wenig Kontakt mit den Leuten an Land gehabt; aber Ratten, die Flöhe trugen, konnten mit Leichtigkeit in den Kanälen und Kellern von

Melcombe verschwinden, wo ganze Kolonien ihrer Artgenossen lebten. Das Gleiche galt für jede Stadt, jedes Dorf, in dem der Abfall überall herumlag und Nahrungsmittel nicht weggeschlossen wurden.

»Seid Ihr so von Gottes Hass auf uns Menschen überzeugt, dass Ihr Euch keinen anderen Erreger für die Krankheit vorstellen könnt?«, fragte Lady Anne. »Ihr seid doch nicht blind für die Tatsache, dass der Burggraben uns in Develish vor der Rattenplage *und* der Seuche bewahrt hat?«

»Vertraut Ihr immer nur dem, was Euch Eure Augen sagen, Milady?«

»Jawohl, Sire. Spricht irgendetwas dagegen?«

»Gottes Wahrheiten sind ebenso oft unsichtbar wie sichtbar.«

»So will es die Kirche«, sagte sie, »aber in den *Sprüchen* steht geschrieben: *Das hörende Ohr und das sehende Auge, Gott machte sie beide.* Und wozu sollte Er uns so wunderbare Gaben gewähren, wenn Er nicht wollte, dass wir dem vertrauen, was sie offenbaren?«

»Es ist hoffärtig, sich einzubilden, den Willen Gottes zu kennen, Milady.«

»Wohl wahr«, sagte sie leichthin. »Die Bischöfe haben eine schwere Verantwortung auf sich genommen, als sie verkündeten, die Sünde sei die Ursache für die Pest. Ich trauere um den braven Priester von Woodoak, der sein Leben in furchtbarer Seelenqual ausgehaucht haben muss und sich nicht erklären konnte, wo er denn fehlgegangen war.«

Hugh fühlte sich jedes Mal vom Gifthauch der Ketzerei gestreift, wenn Lady Anne die Autorität der Kirche infrage stellte. Den gleichen Anflug von Grauen verspürte er, als er hörte, wie Thurkell Robin Pikeman versicherte, seine Familie habe sich nicht versündigt. Es spielte keine Rolle, dass er seine Ansichten vernünftig zu begründen wusste. Hugh war in dem festen Glauben erzogen worden, dass die Bibel nur von der Geistlichkeit gelesen und ausgelegt werden konnte; einen Ungläubigen die Lehren der Kirche ungestraft verwerfen zu hören bedeutete, sich mit seiner Gotteslästerei gemein machen.

Er hatte lange mit sich gerungen, um endlich einzuräumen, dass eine englische Andersdenkende auch einmal recht haben könnte, aber es ließ sich nun einmal nicht leugnen, dass Lady Annes Methode, ihre Leute zu schützen, erfolgreich war. Während die Menschen in Develish – allesamt Sünder bis ins Mark – noch lebten, bezeugten die Register von Bourne, dass acht Zehntel der Leibeigenen ums Leben gekommen waren.

Es brauchte nicht viel, um Robin Pikeman davon zu überzeugen, dass die Todesfälle in seiner Familie nichts mit Schuld und Sühne zu tun hatten. Er machte sich sogar Thurkells Ansicht zu eigen, dass Flöhe die Ursache für die Krankheit waren, und beschrieb, wie sein ältester Sohn, der als Erster gestorben war, die ganze Zeit über heftigen Juckreiz geklagt hatte, bevor das Fieber ihn niederstreckte. Doch er hegte wenig Zuversicht, dass andere ihm da beipflichten würden.

»Die meisten hier sind überzeugt, dass Gott alle Menschen sterben lassen will, Sire, und sich die Schlechtesten bis zuletzt aufspart. Die Jungen haben noch Hoffnung, und vielleicht werden sie Euch sogar glauben, dass gründliches Waschen gegen die Pest hilft, aber die Älteren haben alle Hoffnung aufgegeben. Sie erwarten den Tod im Glauben, es sei ihre Strafe, den Verlust ihrer Lieben zu erdulden, bevor sie selbst an die Reihe kommen.«

Diese düstere Vorhersage rührte eine Saite in Hugh, denn er hatte zeit seines Lebens Gottes Zorn gefürchtet, aber Thurkell wollte nichts davon hören. Und Bourne ebenso wenig, wie es schien. Mit Milords Zustimmung und Ermutigung machte Thurkell es sich zur Aufgabe, den Überlebenden das Vertrauen in die Zukunft wiederzugeben. Am folgenden Tag halfen er und seine Begleiter Pikeman dabei, das erste Haus auf dem Grundstück aufzubauen, das für das neue Dorf vorgesehen war. Bis zum Einbruch der Nacht hatten sie es fertig, und eine neugierige Zuschauermenge scharte sich um sie, als Thurkell von Pikeman wissen wollte, wer denn nun dort wohnen sollte. Der Bauer beriet sich mit seinen Genossen, und alle einigten sich auf eine Frau, die sich um verwaiste Mädchen kümmerte.

Tags darauf machten sie sich an den Bau eines zweiten Hauses, und ob es nun der Anblick eines Edelmanns mit aufgekrempelten Hemdsärmeln war oder die neu gewonnene Kraft durch die gemeinschaftlichen Mahlzeiten, jedenfalls fühlten zwanzig Männer sich angespornt, bei der Unternehmung mitzumachen, und bald schon wurde an mehreren Häusern gewerkelt. Hugh, der das Ganze aus der Ferne verfolgte, fragte sich, was für einen Aufruhr Thurkell da nun wieder anzettelte, denn er kannte den Mann gut genug, um zu wissen, dass er nicht im Sinne von Gottes Gesellschaftsordnung zu sprechen pflegte. Lady Anne hatte ihn zu gründlich in dem profanen Glauben geschult, dass der Zufall der Geburt der einzige Unterschied zwischen einem Edelmann und einem Sklaven sei.

Noch mehr Aufruhr witterte er eine Woche später, als Thurkell von einer zwei Tage währenden Reise zurückkehrte, mit einem halben Dutzend Graubärten, die gemütlich in Milord of Bournes Wagen heranschaukelten. Anders als Pikeman vorhergesagt hatte, zeigten die Alten keinerlei Furcht vor Bestrafung, und Hugh war sich sicher, dass Thurkell und seine Gefährten sie unterwegs darin unterwiesen hatten, wie sie sich zu verhalten hätten. Sie begrüßten ihren Lehnsherrn würdevoll und zählten Namen und Alter derjenigen auf, die auf den Lehnsgütern noch am Leben waren. Hugh trug die Namen in sein Hauptbuch ein, und als alle gezählt waren, betrug die Anzahl der Leibeigenen, die von gut dreitausend übrig waren, noch fünfhundertdrei, von denen fünfzig noch zu jung zum Arbeiten waren.

Die Männer konnten nicht sagen, ob ihre eigenen Herren – Lehnsmänner von Bourne – tot oder am Leben waren. Jeder war fluchtartig mit seinem Haushalt aufgebrochen, als die Nachricht eintraf, dass die Seuche von Dorseteshire auf Wiltshire übergegriffen hatte. Zwei waren gen Westen abgewandert, einer gen Norden, und seitdem hatte man nichts mehr von ihnen vernommen. Einer der Verwalter war gestorben, zwei waren geflohen, und alle drei Priester waren tot. Büttel gab es keine. So war die Verantwortung für die Gutshöfe den Leibeigenen zugefallen, und sie hatten ihr Bestes gegeben, um Ländereien, Vieh und Besitztum ihres Herrn zu erhalten.

Nachdem sie von Pikeman durch das Anwesen geführt worden waren und sich eingehend mit ihm beraten hatten, bekundeten die Dorfältesten ihre Bereitschaft, ihre Leute nach Bourne zu bringen, um dort zu leben und zu arbeiten, sofern es zu den gleichen Bedingungen geschah, die Milord seinen eigenen Bauern zubilligte. Hugh sah ungläubig zu, wie Bourne eine von Thurkell aufgesetzte Urkunde unterzeichnete, die ihnen nicht nur mehr Ackerland zusicherte, sondern auch das Recht auf Bildung, Behandlung von Krankheiten und alle sieben Tage eine Fleischmahlzeit. Die Welt war aus den Fugen, wenn Leute niederen Standes, durch den Treueid zum Frondienst verpflichtet, auf einmal Lohn für ihre Arbeit erwarten durften.

Über die nächsten zwei Wochen wurden Massen erschöpfter Menschen und Tiere von Thurkell und seinen Gefährten nach Bourne gebracht. Diejenigen, die zu alt oder zu jung zum Laufen waren, fuhren zusammen mit den Hühnerkäfigen auf Ochsenkarren, während die Arbeitsfähigen die Schafe, Schweine und Rinder von ihren Gutshöfen vor sich hertrieben. In Milords geschlossenem Wagen befanden sich die Goldreserven, Waffen und feinen Gewänder, die von seinen Vasallen in der Hast ihres Aufbruchs zurückgelassen worden waren. Bei der Ankunft des ersten Konvoys bemerkte Milord an Hugh gewandt, Thurkell sehe aus wie Moses, der die Israeliten ins Gelobte Land führte, und Hugh nickte säuerlich, so treffend war der Vergleich. »Unser gesegneter Retter«, raunte es immer wieder in der ermatteten Menge, wenn Thurkell sie ausruhen und die Speisen genießen hieß, die ihnen gebracht wurden.

Ins Hier und Jetzt zurückversetzt vom Schluchzen der Mägde, die Athelstans Abreise beweinten, hob Hugh erneut die Augen zur schattenhaften Gestalt des Alten, der halb verborgen hinter einem Pfeiler stand, um die Szenen in der Halle zu beobachten. Begriff Bourne jetzt endlich, dass der Knecht weniger Moses als Judas war? Es war gemeiner Verrat, einen Edelmann davon zu überzeugen, er könne sich die Treue seiner Leute durch Freundlichkeit erhalten, nur um deren Dankbarkeit für sich selbst zu beanspruchen.

Eine junge Magd klammerte sich verzweifelt an Thurkells Hand und flehte ihn an, bei ihnen zu bleiben. Er hatte sie unter den noch vorhandenen Bediensteten gefunden, eine schüchterne, ängstliche Waise von zwölf Jahren, die, wie es hieß, des Lesens und Schreibens kundig war. Sie hatte es von einem Priester gelernt, wagte aber nicht, es zuzugeben, bis Thurkell sie für ihre Klugheit lobte und Milord of Bourne empfahl, sie zur Lehrerin für die Kinder zu ernennen. Sieben Tage saß er an ihrer Seite und wies sie in ihre neue Aufgabe ein, und sie hatte unter seiner Anleitung an Zuversicht gewonnen. Nun aber schluchzte sie zum Gotterbarmen, denn sie konnte sich nicht vorstellen, dass Milord of Bournes Wohlwollen weiter andauern würde, wenn ihr Beschützer erst fort wäre.

Die gleiche Furcht war in jeder Miene zu lesen.

Edmund Trueblood wandte sich im Sattel um und schaute ein letztes Mal auf das Anwesen zurück, bevor eine Straßenkehre es den Blicken entzog. Die ausgebrannten Reste des alten Dorfs lagen wie eine hässliche Narbe auf dem Land, aber die neuen Häuser, fünfhundert Schritt weiter westlich, standen frisch und proper da, wie zum Beweis, dass das Leben weiterging. »Glaubst du, Milord hat genug für seine Leute übrig, um fortzuführen, was du begonnen hast?«, fragte er Thaddeus.

»Kommt drauf an, was du unter übrighaben verstehst. Der Wert ihrer Arbeit ist ihm immerhin bewusst.«

»Sie werden sich aus dem Staub machen, wenn er sein Versprechen nicht hält«, meinte Peter Catchpole. »Ich musste mehr Fragen über das Weiterkommen auf den Straßen beantworten als über das Vergraben von Unrat oder das Vernichten von Ungeziefer. Es gibt keinen Burschen in Bourne, der noch nicht daran gedacht hätte, bei Nacht zu verschwinden, um sein Glück als freier Mann zu versuchen.«

Olyver Startout lenkte sein Pferd um eine tiefe Pfütze. »Und wenn, fällt es auf Thaddeus zurück. Master de Courtesmain wird schon dafür sorgen.«

Peter schnaubte verächtlich. »Dieses mickrige Wiesel! Er kann es nicht verwinden, dass sogar Joshua ihn jetzt schon überragt. Er behauptet, es liegt am Fleischessen. Ich hab gehört, wie er zu Milord sagte, es sei eine schlechte Idee gewesen, die Leibeigenen Hammelfleisch essen zu lassen.«

Joshua grinste. »Und wie hat Milord darauf reagiert?«

»Kühl. Er wies den Verwalter an, die überzähligen Böcke in Augenschein zu nehmen und zu erklären, was man mit ihnen anfangen sollte, wenn sie nicht gegessen würden. Er ist von Master de Courtesmain ebenso wenig angetan wie Lady Anne.«

Edmund sah zu Thaddeus. »Ist das wahr?«

»Im Moment noch … aber de Courtesmain ist kein Dummkopf. Mit der Zeit wird er sich schon bei Bourne einschmeicheln. Ich nehme an, sie werden den Alten die Schuld daran geben, dass die Ernte nicht zu Milords Zufriedenheit ausgefallen ist, bevor sie mich für die Abtrünnigen verantwortlich machen.«

»Hast du sie gewarnt?«

Thaddeus' dunkle Augen funkelten schalkhaft. »Das war gar nicht nötig. Sie haben sich ihr ganzes Leben lang unter Verwaltern wie de Courtesmain abgeplagt. Ich habe ihm einen Brief hinterlassen, in dem ich ihm rate, sich die Leute zu Verbündeten zu machen, aber er wird sich nicht daran halten. Lieber hält er die Bauern für zu dumm, um seine Achtung zu verdienen. Er wird es ihrer Faulheit und Nichtsnutzigkeit zuschreiben, wenn sie weniger Ertrag einbringen, als er erwartet hat.«

»Und wenn Milord ihm glaubt?«

»Das wird er nicht. Er weiß sehr wohl, was sein Grund und Boden hergeben kann.«

»Du solltest ihm nicht so vertrauen«, murrte Peter. »Er achtet seine Leibeigenen ebenso wenig wie de Courtesmain. Ich hab es in seinen Augen gesehen. Er erträgt es nicht, in ihrer Nähe zu sein.«

»Mag sein, aber er ist bereit, sie zu tolerieren, solange seine Gier befriedigt wird. Er hat mit den Alten abgemacht, dass er den Leuten den Profit aus dem Überschuss abtritt, falls sie alle gemeinsam den Ertrag seiner Felder um ein Fünftel im Verhältnis zu den Vorjahren steigern können. Es gibt keinen besseren Anreiz, um die Männer zur Arbeit anzuspornen. Ob zu Recht oder nicht, glauben sie alle, dass sie ein Fünftel leicht übertreffen werden.«

»De Courtesmain wird dich noch mehr hassen, wenn du recht behältst«, sagte Olyver. »Hast du ihm erzählt, dass wir Eleanors Mitgift finden wollen?«

Thaddeus schüttelte den Kopf. »Das geht ihn nichts an. Ich hab ihn in dem Glauben belassen, dass wir nach Develish zurückkehren und unterwegs in jedem verlassenen Gutshof zusammenraffen, was wir nur können. Das hat ihm gefallen.«

»Wieso?«

»Er will mich lieber als gemeinen Dieb sehen denn als Knecht, dem es gelungen ist, sich als Edelmann auszugeben. Es erbitterte ihn mehr, als er ertragen konnte, sich vor mir verbeugen zu müssen.«

»Dann hast du deinen Brief hoffentlich nicht mit Athelstan unterschrieben«, entgegnete Olyver, »sonst wird er ihn gleich an die Schweine verfüttert haben.«

Thaddeus lachte. »Nein, hab ich nicht. Ich wollte ihm ja

helfen, nicht ihn provozieren. Er muss der Zukunft ins Auge sehen und aufhören, der Vergangenheit nachzutrauern.« Er nickte zur Straße hin, die vor ihnen lag. »Und das gilt auch für euch. Egal, wie viele junge Mägde in Bourne eure Herzen erobert haben, von jetzt an tun wir alles, was wir tun, für Develish.«

(THADDEUS THURKELLS BRIEF
AN HUGH DE COURTESMAIN)

Geehrter Sir,
ich schreibe Euch in der Hoffnung, dass Ihr einen Vorteil
für Euch selbst darin erkennen könnt, die Versprechen
einzuhalten, die Milord of Bourne seinen Leuten
gegeben hat. Er ist empfänglicher für die Ideen, denen er
in Develish begegnete, als Euch bewusst sein mag, und
Euch gegen sie auszusprechen könnte ihn dazu bringen,
an Euch zu zweifeln. Er begreift sehr wohl, dass die
Zukunft seiner Güter vom guten Willen der Leibeigenen
abhängt, die seine Felder bestellen, und so sucht er nach
Mitteln und Wegen, sie in ihrer Treue zu bestärken,
nicht, sie zu schwächen.

Er ist überzeugt, dass die Welt anders aussehen wird,
wenn die Pest einst vorbeigeht, und ich rate Euch,
selbst einmal darüber nachzudenken. Ich habe mehr-
mals versucht, Euch darauf anzusprechen, aber Euer
Widerstand dagegen, die Leute für ihre Arbeit zu
entlohnen, lässt vermuten, dass Ihr glaubt, Gehorsam
lasse sich nur mit der Peitsche durchsetzen. Doch wenn
Ihr dies glaubt, dann irrt Ihr. In Develish ist seit über
einem Jahrzehnt keine Peitsche mehr geschwungen
worden. Stattdessen gewährt Lady Anne ihren
Leuten einen Anteil an dem Gewinn ihrer Arbeit,
wodurch die Rendite pro Kopf Jahr für Jahr deutlich
höher gestiegen ist als alles, was Bourne hier zustande
gebracht hat.

Vor der Pest ließ sich der Wohlstand eines Edelmanns daran ermessen, wie viele Leibeigene er besaß. Je größer deren Anzahl, desto gewinnträchtiger sein Grund und Boden. Doch selbst wenn er nun vier Güter zu einem zusammenfasst, mangelt es Milord immer noch an genügend Fronarbeitern, um Bourne wieder profitabel zu machen. Das Gleiche wird für jeden Gutsherrn in Wiltshire gelten, weil keiner die Maßnahmen ergriffen hat, die Lady Anne einführte, um ihre Leute zu schützen. Ich möchte Euch bitten, Euch einmal zu fragen, wie dieser Mangel behoben werden kann, außer dadurch, dass die Gutsherrn die Leibeigenen ihrer Nachbarn mit dem Versprechen weglocken, sie zu entlohnen und von ihrem Treueid zu entbinden. Sollte das geschehen, wird Milord of Bourne sich auf Euch verlassen, ihm seine Leute in Treue zu erhalten, und Euer Erfolg wird Euch seine Dankbarkeit einbringen.

Das Umdenken hat bereits begonnen. Robin Pikeman berichtet mir, dass er und seine Nachbarn es wagen, an eine Zukunft zu glauben, seit Milord ihnen seine Zusicherungen machte, und ihr Vertrauen zu ihm wird weiter zunehmen, je mehr sie an Kraft und Gesundheit gewinnen. Ihr mögt mir nicht darin zustimmen, dass die dunklen Zeiten der Leibeigenschaft fast vorbei sind, Master de Courtesmain, aber Ihr werdet wohl einräumen, dass jeder Gutsbesitzer, ebenso wie Milord of Bourne, fähige Kräfte brauchen kann, die sich freiwillig bereit erklären, gegen einen geringen Betrag gute Arbeit zu leisten. Und wer wollte dies hinterfragen, wenn Felder bestellt und Ernten eingebracht werden müssen.

Ich beschwöre Euch ernstlich, Eure Zweifel und Euer Misstrauen gegen die englischen Bauern abzulegen und

Verbündete unter den Dorfältesten zu suchen. Keiner
von ihnen ist Euer Feind, wenn Ihr ihn nicht dazu
macht. Robin Pikeman findet bei allen Gehör und wird
Euch ein ehrlicher Berater sein, wenn es darum geht, wie
Milords Leute dazu gebracht werden können, ihr Bestes
zu geben. Robins Familie ist in Bourne begraben, und er
hat sich der vielen Jungen angenommen, die durch die
Pest zu Waisen geworden sind. Er und die Jungen
werden keinen Grund haben, Bourne zu verlassen,
wenn die Versprechen, die man ihnen gemacht hat,
nicht gebrochen werden.

Unsere Wege werden sich wohl nicht mehr kreuzen,
Master de Courtesmain, da unsere Loyalitäten in
verschiedene Richtungen gehen, aber bitte nehmt
meine aufrichtige Hoffnung entgegen, dass Ihr in den
kommenden Wochen, Monaten und Jahren das Glück
auf Eurer Seite haben möget.

Euer gehorsamer Diener,
Thaddeus Thurkell

FEBRUAR 1349

ACHT

Pedle Hinton

Zwei Tage lang ritten sie gen Südwesten, schliefen nachts im Wald und machten sich wieder auf den Weg, sobald die Sonne aufging. Seit Wochen schon war es bitterkalt, aber ein Wechsel der Windrichtung in der zweiten Nacht kündigte zusätzlich Schnee an. Am Vormittag des dritten Tages zitterten sie unter einem eisigen Ostwind, der ihnen den Atem nahm und in die Haut biss. Die Jungen zogen sich ihre Kapuzen tief ins Gesicht und äugten immer wieder besorgt zum Himmel, wo sich bleierne Wolken türmten. Thaddeus straffte die Zügel des Packponys, das er mitführte, und drängte seine Begleiter zur Eile. Sie würden ihre Pferde nicht mehr um Furchen und Pfützen herumlenken können, wenn die Straße erst schneebedeckt war.

Seine Zweifel, ob sie sich wirklich auf der richtigen Straße befanden, behielt er für sich. Es war eine Sache, sich eine Reihe von Wegmarken zu merken, die ihm vor mehr als einem Monat von Gyles Startout in Develish beschrieben worden waren, und eine ganz andere, sie jetzt wiederzuerkennen. Er war zuversichtlich, dass sie die Straße von Shafbury nach Sherborne entlanggeritten waren, weil die Meilensteine am Weg dies bezeugten, aber er fürchtete inzwischen, die falsche Kreuzung gewählt zu haben, um südwärts nach Pedle Hinton abzubiegen. *Du erkennst es an einer Eiche in der nordöstlichen Ecke,* hatte Gyles gesagt. *Sie ist so breit wie hoch und wirft so tiefen Schatten, dass in zwanzig Schritten Umkreis nichts unter ihr wächst.*

Aber war Thaddeus recht gegangen in der Annahme, dass der verbrannte und zerborstene Stamm eines ehemals riesigen Baums die Wegmarke war, von der Gyles gesprochen hatte? Es war viel Zeit vergangen, seit Gyles in Sir Richards Gefolge dort entlanggeritten war, und ein Blitz hätte selbst die mächtigste Eiche inzwischen zerstört haben können. Abgesehen von dem Baum gab es auf dem Weg kaum etwas zu erkennen. Wenn es je Meilensteine gegeben hatte, so waren sie inzwischen längst vom Blattwerk überwuchert.

Ian schloss zu ihm auf, als Thaddeus vor einer flachen Furt die Pferde zügelte. »Wir müssen bald unser Lager aufschlagen«, sagte er und zeigte zum Himmel. »Es kann jeden Moment zu schneien anfangen.«

Thaddeus nickte.

Ian blickte in das Waldstück zur Linken. »Wäre das hier nicht ein guter Platz? Nah am Wasser und nicht einsehbar.«

Thaddeus ignorierte ihn und spähte den Hang vor ihnen hinauf. »Dein Vater erwähnte eine Furt im Tal vor Pedle Hinton. Er sagte, die Straße würde auf der anderen Seite des Flusses eine Kurve nach Südwesten machen.«

Ian folgte seinem Blick. »Wir haben schon einige Furten überquert, und die Straße ist immer weiter nach Süden oder Südwesten verlaufen.«

»Mhm.« Thaddeus drehte sich im Sattel um und musterte die nahende Wolkenfront. »Wir haben noch eine Stunde. Wenn wir über den Hügel sind, schlagen wir das Lager auf.«

»Es wird schwerer werden, wenn wir zu lange warten«, warnte Ian.

»Dann beeil dich«, sagte Thaddeus und schnalzte mit der Zunge, um Killer wieder anzutreiben. »Wir brauchen trockene Zweige, wenn wir heute Abend ein Feuer haben wollen.«

Der Schneefall begann auf halbem Wege den Hügel hinauf, weiche Flocken, die schmolzen, sobald sie sich auf die Kapuzen und Wollmäntel legten. Schon bald fühlten die Jungen das eisige Wasser durch den Stoff bis auf die Haut dringen und sahen mit wachsendem Unbehagen, wie ein feiner weißer Schleier sich über Straße und Büsche breitete. Joshua, der mit seiner elendig durch die Nässe patschenden Hundemeute die Nachhut bildete, murrte vor sich hin, die armen Viecher würden noch erfrieren, wenn sie nicht bald irgendwo unterkriechen könnten.

Thaddeus, fünfzig Schritt voraus, hielt auf der Hügelkuppe an, beugte sich im Sattel vor und spähte durch den Schneeschauer ins Tal hinab. Gyles hatte gesagt, er werde Pedle Hinton an der Lage und Beschaffenheit des Herrenhauses erkennen. In einer Biege des Flusses Pedle gelegen, habe das Gebäude die Form eines Kreuzes, mit einem Vorbau an der einen Seite, einer Küche und Käserei an der anderen und einer Kirche, die dahinter hervorluge. Das Dorf liege zur Rechten der Straße, mit einem Jagdforst im Osten und weiten Flächen Ackerland im Westen.

Bedächtig kratzte Thaddeus sich den Bart, während er wartete, dass seine Begleiter ihn einholten. Das Flockengewirbel war beinah undurchdringlich, doch ihm war, als könne er in einigen Tausend Schritt Entfernung den Umriss eines großen Gemäuers ausmachen. Er deutete ins Tal, als Ian und Edmund herankamen. »Was seht ihr?«

Ian kniff die Augen zusammen. »Nicht viel«, gab er zu. »Frag Edmund. Der kann am besten in die Ferne sehen.«

Edmund wölbte die Hände über den Augen wie ein Visier und musterte das Tal durch die Finger. »Da ist ein Fluss hinter dem Waldrand ganz im Süden. Ich sehe eine Lücke, wo die Straße hinüberführt, zur Linken eines verfallenen Gutshauses. Die Mauern stehen noch, aber das Dach ist halb eingestürzt. Dahinter ist eine Kirche.«

»Welche Form hat das Haus?«

»Lang und schmal, mit Anbauten zu beiden Seiten.«

»Wie ein Kreuz?«

»Ja. Rechts davon liegen Felder, aber ich kann nicht erkennen, was davon Wiesen oder Äcker sind. Neben der Straße gibt es auch noch die Reste eines Dorfs, und hundert Schritt weiter eine Art Grabhügel.« Er ließ die Hände sinken. »Er ist riesig. Wenn da überhaupt noch jemand am Leben ist, dann ist es der arme Teufel, der die Toten verscharrt hat.«

Es war ihnen längst aufgefallen, dass ein typisches Merkmal all jener Anwesen der Erdwall war, der auf ein Massengrab schließen ließ. »Die Pest war bereits in Pedle Hinton, bevor Sir Richard dorthin kam«, sagte Thaddeus. »Gyles berichtete, dass in der Woche zuvor schon vierzig Leute gestorben waren.« Er ahmte Edmunds Trick mit den Fingern nach. »Ich frage mich, was das Dach zum Einsturz gebracht hat.«

»Feuer«, sagte Ian. »Vielleicht ist der Totengräber durchgedreht und hat alles in Brand gesteckt, auch das Dorf. Abbrennen scheint ja die einzige Möglichkeit zu sein, einen Ort von der Seuche zu reinigen.«

Inzwischen hatten sich auch die drei anderen zu ihnen gesellt. »Sind wir jetzt da?«, fragte Peter hoffnungsvoll. »Sieht es diesmal richtig aus?«

Thaddeus nickte. »Scheint ganz so.« Er nahm die Zügel auf. »Wir werden es genau wissen, wenn wir den Fluss überquert haben. Eine Viertelmeile dahinter müsste es eine Wegspur im Wald geben, die breit genug für Sir Richards Wagen war.«

Joshua warf einen Blick auf die zitternden Hunde. »Was, wenn wir den Weg finden, aber nicht den Wagen?«

»Sorg dich lieber drum, was ist, wenn wir ihn finden«, sagte Thaddeus mitleidslos. »Als Sir Richard ihn stehen ließ, waren fünf Leichen darin. Ich bezweifle, dass jemand die inzwischen entfernt hat.«

Der Schnee fiel ohne Unterlass, während sie sich zum Fluss vorkämpften, doch falls Thaddeus den beißenden Wind durch seine nassen Kleider spürte, ließ er sich nichts anmerken. Die Jungen berieten sich flüsternd, wie man ihn dazu bringen könnte, noch vor dem Fluss irgendwo Zuflucht zu suchen, aber keiner sprach den Gedanken laut aus. Sie wussten alle, wie seine Antwort lauten würde. *Macht, was ihr wollt, ich bin nicht euer Hüter.* Und dann würde er einfach im Schneesturm verschwinden.

Er hatte sie oft genug gewarnt, sie sollten sich seinen Entscheidungen fügen oder aber zurückbleiben, doch selbst Ian, sein treuester Anhänger, bezweifelte, dass es sinnvoll war, den Weg fortzusetzen. Ziel ihrer Reise war es, eine Truhe Gold zurückzuholen – Lady Eleanors nicht gezahlte Mitgift –, die der Vater der Zwillinge sieben Monate zuvor im Wald bei Pedle Hinton zurückgelassen hatte. Er hatte Thaddeus den Weg dorthin beschrieben, aber keiner von ihnen glaubte, dass sie das Gold noch dort finden würden. Ein halbes Jahr war eine lange Zeit, um eine Truhe voller Münzen ungeschützt auf dem Waldboden stehen zu lassen.

Das meiste, was Ian von jener schicksalhaften Heimreise mit Sir Richard wusste, hatte er von seiner Mutter gehört. Sie hatte seine Fragen beantwortet, unter der Bedingung, dass er ihr versprach, seinen Vater damit in Ruhe zu lassen. Besser, es vergessen zu dürfen, sagte sie, als all das Entsetzliche in Albträumen noch einmal durchmachen zu müssen. Und doch waren es seltsam unsinnige Seelenqualen. Aus Gründen, die Ian nicht begriff, bildete sein Vater sich ein, er hätte mit seinen Gefährten sterben müssen, und so fuhr er oftmals mit einem Schrei aus dem Schlaf hoch, gegen Gottes Ungerechtigkeit aufbegehrend. Zuweilen murmelte er Gebete für jene Männer, die Sir Richard auf dem Waldweg, fiebernd, aber noch am Leben, im Wagen zurückgelassen hatte.

Sir Richard hatte keine Ehre im Leib gehabt. Er hatte seine Leute mit der gleichen Rücksichtslosigkeit im Stich gelassen, mit der er die Pest in Pedle Hinton eingeschleppt hatte. Er hatte sich ein Nachtlager sichern wollen, fürchtete aber, vor verschlossenen Türen zu stehen, wenn der Verdacht aufkäme, er wäre mit der Pest in Berührung gekommen. Inzwischen waren nur noch drei aus seinem Tross bei Kräften – sein Gardehauptmann, sein Büttel und Gyles –, und er befahl ihnen zu sagen, sie kämen geradewegs aus Develish, wo alle gesund seien. Seinem Gastgeber täuschte er Wohlbefinden vor und tat so, als sei das Fieberrot seiner Wangen einem Übermaß an Bier geschuldet. Als er hörte, dass vierzig von Milords Bauern bereits tot waren, hatte er schamlos gefordert, den Rest auszusperren, damit sie die Krankheit nicht auf seinen Gast übertrügen.

Martha sagte, es sei nur recht und billig, dass Gott einen so korrupten Mann zum Tode verurteilt habe. Nicht genug damit, dass er mit der Seuche im Leib nach Pedle Hinton kam, hatte er Gyles auch noch befohlen, den Wagen, die sterbenden Soldaten und die Ersatzpferde nach Develish zu bringen, unter Androhung der Peitsche, falls er dabei versagte. Für den Gardehauptmann und den Büttel, die am nächsten Morgen ebenso fieberten wie ihr Herr, fand Martha mildere Worte. Kaum noch fähig, ihren Herrn im Sattel zu stützen, hatten sie Gyles um Verzeihung gebeten, dass sie ihn allein mit einer so unlösbaren Aufgabe zurückließen. Es gab keine Möglichkeit, einen schwer beladenen Wagen ohne Hilfe auf einem engen Waldweg zu wenden.

Gyles hätte es auch nicht getan, wenn er dazu in der Lage gewesen wäre; lieber ließe er sich für seinen Ungehorsam auspeitschen, als die tödliche Seuche nach Develish zu tragen. Er berichtete Martha von seiner Erleichterung, als er die fünf Soldaten tot vorgefunden hatte, denn es war leichter, sich von Leichen abzuwenden, als die Männer in der stinkenden Hölle leiden zu sehen, zu der das Gefährt geworden war. Der Gestank der Eitergeschwüre und des fauligen Blutes, noch verschlimmert durch die Hitze, hatte Schmeißfliegen angelockt, und die Pferde, die ringsum in ihren Fußfesseln standen, wurden fast verrückt vor Stichen und Bissen. Er hatte die Tiere freigelassen, damit sie Weidegrund und Wasser finden konnten. Es gab keine bessere Entschuldigung dafür, dass es ihm nicht gelungen war, den pestverseuchten Wagen nach Develish zu bringen, als das Fehlen von Zugtieren.

Alles in ihm wehrte sich dagegen, zwischen die steif werdenden Leichen zu steigen, um Lady Eleanors Mitgift herauszuholen, doch es widerstrebte ihm noch mehr, Dieben zu gestatten, sich auf Develishs Kosten zu bereichern. So gut er konnte, verlieh er den Toten einen Rest Würde, indem er ihnen die Augen schloss und die Hände faltete, und schöpfte ein wenig Trost aus der Friedlichkeit ihrer Gesichter. Wäre die Truhe leichter und weniger sperrig gewesen, hätte er versucht, sie über dem Sattel nach Hause zu schaffen, doch er mochte sie ebenso wenig auf der Straße zur Schau stellen wie sie im Wagen lassen. Überzeugt, dass er selbst auch noch der Pest zum Opfer fallen müsste, entschloss er sich, sie im Wald zu verbergen, in der Hoffnung, lange genug zu leben, um Lady Anne den Ort des Verstecks mitzuteilen; denn er wusste, sie würde das Vermögen von Develish ihren Leuten anstatt sich selbst zugutekommen lassen.

Martha glaubte, dass es diese Uneigennützigkeit war, die Gott bewogen hatte, Gyles zu verschonen. Aus dem gleichen Grund glaubte sie, dass Gott das Gold vor Dieben verborgen gehalten haben würde. Thaddeus, der nur selten Gottes Hand in irgendetwas sah, pflichtete ihr darin nicht bei, und doch verfolgte er unbeirrt seinen Weg, als spürte er weder Nässe noch Kälte. Seine Hartnäckigkeit ergab Sinn, als sie den Fluss erreichten. Zu beiden Seiten drückte die Schneelast die Uferpflanzen ins Wasser, wodurch der Wasserlauf schmaler wurde und die Strömung schneller über die flachen Steine rauschte, die ins Flussbett eingelassen waren, um Wagenrädern einen festen Untergrund zu bieten. Die Furt sah jetzt schon gefährlich aus und würde bis zum Morgen wohl unpassierbar geworden sein.

Thaddeus stieg ab, um vor seinen Pferden durch den eisigen Strom zu waten. Seine Gefährten wies er an, es ihm gleichzutun. »Ihr werdet nicht weit kommen, wenn euer Tier auf den Steinen ausrutscht«, sagte er, während er die Stiefel auszog. »Besser ein paar Minuten Unbehagen als ein Pferd mit einem Beinbruch.«

»Ein paar *Minuten?*«, entgegnete Ian sarkastisch, glitt aus dem Sattel und zerrte ebenfalls an seinen Stiefeln. »Das Unbehagen dauert schon *Stunden.*«

»Aber nicht mehr lange. Der Weg, den wir suchen, ist gleich vor uns zur Linken.«

»Vorausgesetzt, dass dies hier Pedle Hinton ist.«

»Das natürlich vorausgesetzt«, sagte Thaddeus gleichmütig, während er mit bloßen Füßen nach einem sicheren Halt tastete.

Sie fanden Sir Richards Wagen etwa zweihundert Schritt tief im Wald, halb im Unterholz verborgen, ein Stück ab vom Weg. Thaddeus hielt zwanzig Yards davor an und winkte den anderen, es ihm gleichzutun. Er war ebenso verwundert wie die Jungen, den Wagen dort zu sehen. Weshalb hatten die Bauern von Pedle Hinton ihn sich nicht längst geholt? Er bestand aus solidem Eichenholz, das für eine Menge Schemel reichen würde.

»Ob die toten Soldaten sie wohl abgeschreckt haben?«, fragte Edmund.

Thaddeus schüttelte den Kopf. »Sie hatten schon vierzig von ihren Leuten beerdigt, und alle in demselben Zustand. Warum sich dann vor weiteren fünf grausen? Nein, es sieht eher so aus, als wäre der Wagen nie aufgefunden worden.«

Olyver blickte die Wegspur entlang zurück. »Es ist nicht so weit bis zum Gutshof. Frauen und Kinder hätten beim Holzsammeln darauf stoßen müssen.«

»Wenn sie dazu in der Lage waren«, entgegnete Thaddeus nachdenklich. »Vielleicht war das Dorf schlimmer befallen, als Gyles sehen konnte. Die Kranken hätten nicht mehr die Kraft gehabt, eine halbe Meile zu laufen.«

Prüfend blickte er in das Waldstück zur Linken, das größtenteils aus Eschen und Eichen bestand. Auch wenn die Bäume kahl waren, boten ihre dichten Kronen ausreichend Schutz vor dem Schneefall. Er deutete auf eine hohe, ausladende Eiche, unter der es noch trockenen Boden gab. »Da schlagen wir unser Lager auf.« Thaddeus ließ sich von Killers

Rücken gleiten und hob die ledernen Satteltaschen ab, die in Develish für ihn angefertigt worden waren. Er verstaute sie im Schutz eines Haselstrauchs, löste den Bauchriemen und nahm dem Tier Sattel und Zaumzeug ab. »Ihr habt Sachen zum Wechseln in euren eigenen Taschen«, sagte er zu den Jungen, während er einen Haltestrick über den Pferdehals streifte und sich daranmachte, das Packpony von seiner Last zu befreien. »Zieht das nasse Zeug aus und was Trockenes an, bevor ihr Feuerholz suchen geht. Wenn ihr euch ordentlich beeilt, wird euch dabei schon warm werden.«

Olyver legte seinen Sattel neben dem von Thaddeus ab und vertauschte die Zügel mit einem Führstrick. »Was wirst du in der Zeit machen?«

Thaddeus wartete, bis alle Tiere abgesattelt waren, und griff sich die Führstricke. »Ich gehe mal diese armen Viecher füttern und tränken. Südlich vom Fluss gibt es Wiesen, da werde ich sie grasen lassen.«

Sie blickten ihm nach, als er sich mit den Pferden entfernte.

»Spürt er denn keine Kälte?«, wunderte sich Edmund.

»Er verdrängt sie aus seinen Gedanken«, antwortete Ian. »Er sagt, man kann alles aushalten, wenn man vergisst, was einen quält, und sich nur noch um das kümmert, was zu tun ist.«

Sie probierten die Methode beim Holzsammeln aus, aber die versprochene Erwärmung wollte sich nicht einstellen. Der Winterfrost hatte den Waldboden durchdrungen, und nichts war trocken genug, um Feuer zu fangen, nicht einmal Blätter. Die Zwillinge begannen, die feuchte Rinde von toten Ästen abzuschälen, um an das weniger vollgesogene Innenholz zu kommen, aber Edmund meinte, sie hätten mehr Erfolg, wenn sie im Wagen nachschauten. Sir Richard war niemals ohne Kleidertruhen, Brandyfässer und Jutesäcke voller Zuckerwerk gereist. All diese Behälter würden knochentrocken sein, wenn sie noch da wären.

Ian fand an dieser Logik nichts auszusetzen. Die Räder hatten den Wagenboden vor der Bodennässe bewahrt, und das lederne Verdeck hatte verhindert, dass Regen oder Schnee eindrangen. Und doch … »Hast du vergessen, was da sonst noch drin ist und wie sie umgekommen sind?«

»Inzwischen sind es ja nur noch Gerippe.«

»Mit Flöhen in den Kleidern.«

»Ganz zu schweigen von Ratten«, murmelte Olyver. »Da könnte eine ganze Kolonie sich an Sir Richards Naschwerk gütlich tun.«

Edmund suchte sich einen sechs Fuß langen Ast aus dem Feuerholz und schnitzte ihn zu einem spitzen Stock. »Es kann nichts schaden, einen Blick hineinzuwerfen, wenn wir genug Abstand wahren. Die meisten Bolzen, die das Dach auf dem Rahmen halten, scheinen durchgefault zu sein.«

Er näherte sich der Breitseite des Wagens und rammte das spitze Ende des Stocks gegen einen holzgeschnitzten Bolzen, der links von der Türöffnung herausstand. Er diente dem Zweck, das Verdeck am Rahmen zu befestigen, und zugleich als Aufhänger für die Schlaufe, mit der die Fensterklappe geschlossen wurde. Edmund erinnerte sich, wie sein Vater damals gesagt hatte, Sir Richard würde es noch bereuen, keine englische Eiche für seine wappengeschmückten Holzdübel gewählt zu haben, und dennoch war er überrascht, wie wenig Schläge es brauchte, um ihn zu zerbrechen.

Kurz darauf war Ian mit einem eigenen Stock an seiner Seite, und zusammen zerschlugen sie genug von den Bolzen, um das Verdeck anheben zu können. Als das Gefährt noch in ständiger Benutzung war, hatte man die Wachsschicht, die das Leder steif hielt, regelmäßig erneuert, doch nachdem es mehr als ein halbes Jahr den Elementen ausgesetzt gewesen war, ließ das Material sich mühelos biegen. Gemeinsam hakten Edmund und Ian ihre Stöcke unter die Ränder und schlugen die Plane über den hölzernen Reifen zurück, die ihr als Stütze dienten.

»Heilige Muttergottes!«, entfuhr es Peter, als er das Gewirr aus halb zerkauten Knochen und zerfetzten Livreen am Boden sah. »Was ist denn mit denen passiert?«

»Aasfresser«, sagte Edmund und zeigte auf eine breite aufgesplitterte Lücke am Fuß der gegenüberliegenden Wagenseite. »Vermutlich Dachse ... es sind die Einzigen, die stark genug sind, sich durch Holz zu scharren.« Er wandte sich dem Stapel von Kästen und Fässern am vorderen Ende zu und hob den Stock, um auf das Fässchen zuoberst zu deuten. »Das sieht nach Brandy aus. Kann man damit Feuer entfachen?«

»Bestimmt«, meinte Joshua. »Man kann Brandy anzünden. Meine Mutter hat das mal in der Küche gesehen.«

»Wir müssen es da irgendwie rausangeln«, sagte Olyver, trat den Haufen Feuerholz auseinander und suchte sich einen Knüppel mit einer kräftigen Astgabel heraus. Er verkeilte den Ast hinter dem Fass und katapultierte es hervor, aber die Leichtigkeit, mit der es auf den Boden federte, sagte ihnen, dass es leer war. Joshua sagte, es sei vielleicht besser so, denn seine Mutter hatte die Brandyflammen als blau flackernd und unnatürlich beschrieben. Er nahm Olyver den Ast ab und angelte sich eine lumpenumwickelte Fackel, die er zwanzig Schritt weit vom Wagen wegschleuderte.

»Was meint ihr?«, fragte er die anderen, während er zu der Fackel ging und sich darüberbeugte. »Kann man sie anfassen? Seht ihr irgendwelche Flöhe? Wird sie brennen?«

»Sieht ganz so aus.« Ian nickte. »An den Lumpen klebt noch Harz.« Mit plötzlicher Entschlossenheit bückte er sich, hob die Fackel auf und wies Olyver an, das Fässchen zur Eiche zu rollen. »Was soll's? Wir erfrieren eher, als dass wir uns die Pest einfangen, wenn wir kein Feuer machen können.«

Thaddeus kam mit einem toten Schaf über den Schultern zurück; es stammte aus einer Herde auf der Weide, wo er die Pferde gelassen hatte. Er bot einen seltsamen Anblick mit seinem weit schwingenden Mantel, weiß vom Schnee, und den dunklen Brauen und Barthaaren, in denen gefrorene Flocken glitzerten. Als er am Wagen vorbeikam, hielt er kurz inne, um hineinzusehen. Er stemmte das Schaf von den Schultern, legte es auf dem Boden ab und schälte sich aus den durchweichten Kleidern, nicht ohne spöttisch zu bemerken, dass mehr Rauch als Wärme aus dem mickrigen Feuerchen der Jungen aufsteige.

»Das Holz ist schuld«, gab Ian zurück, während er geduldig die nasse Rinde von einem Ast kratzte.

»Wir täten besser daran, den Wagen zu verbrennen, aber keiner von uns mag etwas essen, das über den Knochen von Toten geröstet wurde«, sagte Edmund.

»Was wir brauchen, sind die Truhen und Fässer«, meinte Olyver, »aber wir kriegen sie nicht über den Rand gehievt, ohne hineinzusteigen, und das traut sich keiner von uns. Kann ja sein, dass da drin noch immer die Pest lauert.«

»Hm.« Thaddeus kniete sich hin, um eins der Bündel von dem Packpony zu öffnen. Er holte ein Beil und ein aufgerolltes Seil hervor. »Es wird einfacher werden, wenn man eine Seite abschlägt.«

Statt auf die Mitte der Planken einzuhacken, schlug er lieber in die Fugen, die das Seitenteil mit der Vorder- und

Rückklappe verbanden; aber die Kälte und die Müdigkeit ließen ihn sein Ziel öfter verfehlen als treffen. Edmund nahm ihm das Beil ab. »Du bist nicht aus Eisen«, knurrte er. »Wärm dich, so gut es geht, am Feuer und sieh uns zu.«

Da ihnen nun schon gestattet war, etwas kaputt zu machen, legten die Jungen einen geharnischten Zerstörungswillen an den Tag. Als das Seitenbrett an beiden Enden locker genug war, führten sie das Seil dahinter durch und nutzten ihre gesammelten Kräfte, um es aus den Verbindungsstücken zu reißen, die es am Wagenboden hielten. Dann warfen sie Seilschlaufen über die Truhen und Fässer, die hinter dem Kutschbock gestapelt waren, und zerrten sie heraus. Die drei Fässer, alle mit einem Spund versehen, hatten irgendwann einmal Wein oder Bier enthalten. Während er sie mit Olyvers gegabeltem Ast zum Feuer hinrollte, meinte Peter, er könne nur hoffen, die Soldaten hätten sie leer getrunken. Dem Tod ins Auge zu sehen sei leichter, wenn der Verstand benebelt sei.

Noch immer darauf bedacht, nichts anzufassen, benutzte Edmund die Beilklinge, um die Eisenklammern aufzustemmen, die die Deckel der Truhen geschlossen hielten. Manche, die Dörrfleisch oder Zuckerwerk enthalten hatten, wie man am staubigen Bodensatz erkennen konnte, waren leer, andere mit Kleidung vollgepackt, die einst Sir Richard gehört hatte. Überzeugt, dass sie flohverseucht waren, angelten Ian und Olyver die Hemden, Hosen und Mäntel mit den Stockspitzen heraus und schleuderten sie nach hinten in den Wagen, bevor sie die Truhen vor sich herschoben.

Joshua kickte das feuchte Holz von den Glutresten des Brandyfässchens weg und zündete die Fackel an. Er bedeutete Peter, eins der Fässer in die Glut zu rollen, und hielt die Fackel an die Dauben, damit sie schneller Feuer fingen.

»Komm gleich mit dem nächsten, wenn das hier brennt«, wies er Peter an. »Sobald die Flammen hochschlagen, können wir auch das feuchte Holz dazutun. Das Feuer soll schließlich die ganze Nacht halten und nicht in einer Stunde runterbrennen.«

»Eher sieben Nächte«, verbesserte Thaddeus, während er Bauch und Brust des Schafs, das er an den Hinterbeinen am Ast einer Eiche aufgehängt hatte, mit seiner Klinge aufschlitzte. »Das letzte Mal, dass wir so viel Schnee hatten, schneite es drei Tage lang ununterbrochen, und der Schnee blieb eine Woche lang liegen. Ich glaube kaum, dass wir morgen bis nach Develish kommen werden.«

»So lange können wir aber kein Feuer am Brennen halten«, sagte Peter.

Thaddeus nickte. »Wir suchen morgen Zuflucht in der Kirche oder im Herrenhaus.« Er packte den oberen linken Rand des Fells und durchtrennte mit der Handkante die Membran zwischen Haut und Fleisch, um das Fell anschließend mit einem Ruck abzuziehen. »Aber unsere erste Aufgabe bei Tagesanbruch wird es sein, nach dem Gold zu suchen.«

Ian vollführte die gleichen Handgriffe wie Thaddeus an der rechten Seite des Kadavers. »Wie denn?«, fragte er.

»Euer Vater hat eine Steinpyramide auf der anderen Seite des Wegs errichtet. Wir beginnen vierhundert Schritt weit südlich davon mit der Suche.«

»Ich hab keine Steinpyramide gesehen.«

Thaddeus schmunzelte. »Sie ist kaum einen Fuß hoch. Dein Vater hatte nicht mit Schnee gerechnet. Auf dem Weg hierher konnte ich sie gerade noch erkennen, aber auf dem Rückweg von der Pferdeweide schon nicht mehr. Wir hätten sie nie gefunden, wenn der Wagen nicht da gewesen wäre.«

Ian zog den Rest des Schaffells ab und hockte sich hin, um die Wirbel und Sehnen am Hals durchzutrennen. »Oder wenn du uns nicht gezwungen hättest weiterzureiten.«

»Das auch.«

Peter wuchtete ein weiteres Fass ins Feuer. »Und das alles für nichts und wieder nichts, wenn das Gold gestohlen wurde.«

»Hoffen wir, dass dem nicht so ist.« Thaddeus nahm Ian das Fell ab und legte es mit der Hautseite nach oben neben den Kadaver, bevor er den Schafsbauch aufschnitt und die noch warmen Gedärme herabfallen ließ. »Ich will das Fell wiederhaben, wenn deine Hunde gefüttert sind«, wandte er sich an Joshua. »Dann hab ich was Trockenes zum Sitzen, während das Schaf brät.«

Joshua kniete sich hin, um Leber, Herz und Lunge herauszuschneiden. »Und was ist mit uns?«

»Holt euch selbst eins«, entgegnete Thaddeus mitleidslos. »Auf der Wiese stehen noch eine Menge Schafe.«

Sie gaben sich mit den Seitenplanken des Wagens zufrieden, die sie gegenüber von Thaddeus ans Feuer zogen. Eine Weile debattierten sie, ob nicht doch noch Flöhe in den Ritzen säßen, bis Thaddeus ihnen versicherte, sie hätten nie ein halbes Jahr überleben können. Flöhe nährten sich von Tieren und Menschen, sagte er, nicht von Holz. Wäre es anders, dann hätten sie sich schon an Milord of Bournes Mobiliar mit der Pest angesteckt.

Es wurde immer kälter, je weiter die Nacht voranschritt, doch obwohl sie sich die Bäuche mit halb garem Schaffleisch vollgeschlagen hatten, fand keiner von ihnen Schlaf. Das Heulen des Windes ließ nach, aber der Schnee fiel weiter in unheimlicher Stille, und das Feuer ließ sich immer schwerer in Gang halten. Im Morgengrauen war das Knäuel aus Livreen im Wagen von einem reinweißen Leichentuch überzogen, und eine zwei Fuß hohe Schneewehe verdeckte die Wegspur dahinter. Peter spähte ängstlich hinauf zu der durchsichtigen Schneedecke, die auf ihrer Eiche lastete, und sagte, es werde wohl nicht mehr lange dauern, bis die Äste unter ihrem Gewicht nachgaben.

Thaddeus nickte. Er war schon dabei, Packtaschen, Sättel und Zaumzeug am Baumstamm aufzuschichten. »Wir werden die Pferde brauchen, um all das hier zu tragen«, sagte er. »Wir kommen es holen, wenn das Wetter sich ein wenig gebessert hat.« Die nassen Kleider vom Tag zuvor waren steifgefroren, doch Thaddeus wies die Jungen an, die Eiskristalle herauszuklopfen und sie über die Sachen zu ziehen, die sie am Leibe trugen. »Mit etwas Glück wird die Innenschicht warm bleiben, bis wir das Gutshaus erreichen. Nehmt eure Waffen und Werkzeuge mit, alles andere lasst hier.«

Falls die Jungen dachten, es sei ihm hauptsächlich um eine neue Zuflucht zu tun, sahen sie sich schon bald enttäuscht. Thaddeus stampfte die restliche Glut des Lagerfeuers aus und malte dann mit der Schwertspitze Linien in die Asche. »Gyles hat sich nach der Sonne gerichtet«, erklärte er. »Nach Süden, vierhundert Schritt ... nach Osten, fünfhundert Schritt ... und wieder nach Süden, tausend Schritt. Bei jeder Richtungsänderung legte er einen Steinkreis unter einem Baum an.« Er malte Kringel um die Stellen, wo seine Linien jeweils im rechten Winkel abbogen. »Hier, und hier ... und noch einen dort hinten.« Er tippte mit der Schwertspitze auf den letzten Kringel. »Wir müssen diese Kreise finden, sonst haben wir keine Chance, die Truhe ausfindig zu machen.«

»Warum sollte das so schwierig sein?«, fragte Edmund.

»Ohne Sonne wissen wir nicht, wo es nach Süden geht«,

sagte Thaddeus und zog noch eine Linie, die von der ersten abwich. »Wenn wir nach Westen abkommen ... so, hier ... könnten wir den ganzen Tag damit verschwenden, nach dem ersten Steinkreis zu suchen.«

»Wäre es nicht vernünftiger, wir suchen sie erst, wenn wir zurückkehren, um das Gepäck zu holen?«, schlug Olyver vor. »Wird die Sonne nicht hervorkommen, wenn Tauwetter einsetzt?«

»Wahrscheinlich wird der Schnee in Regen übergehen und den Boden mit einer Eisschicht überziehen«, sagte Peter. »Das passierte nämlich, als Großvater starb.«

»Hast du einen Plan?«, fragte Ian Thaddeus.

Thaddeus nickte. »Wir wissen, Süden liegt hinter der Steinpyramide deines Vaters.« Er tippte mit der Schwertspitze auf den Punkt, der die Pyramide darstellte, und zog sechs Linien, die sternförmig davon abgingen. »Edmund ist genauso groß wie Gyles. Wenn er einer der Linien folgt und vierhundert Schritt zählt und wir anderen uns im Radius von ihm wegbewegen, stehen die Chancen gut, dass der erste Steinkreis irgendwo zwischen uns sechsen liegt, wenn er uns zuruft anzuhalten. Ich nehme die äußerste Linie gen Westen und arbeite mich dann ostwärts voran. Ihr anderen bleibt stehen, bis ich euch erreiche.«

Die Aufgabe war leichter ausgedacht als ausgeführt. Thaddeus bestand darauf, unter jedem Baum auf zwanzig Schritt beidseits der sternförmigen Linien nachzuschauen, auf denen die Jungen sich entlangbewegten; und wie sie sich schon denken konnten, fand er die Steine erst auf dem letzten Stück, das sie absuchten. Sie waren besser sichtbar als erwartet, ein breiter Ring aus hellem Feuerstein, der sich von der dunklen Erde zwischen dem gewundenen Wurzelwerk einer Esche abhob. Im Stillen segnete Thaddeus Gyles für seinen praktischen Verstand. Es war sicher kein Zufall, dass er eine Stelle gewählt hatte, die vor verwehten Blättern geschützt war.

»Du hättest mich von dieser Seite her entgegenkommen lassen sollen«, sagte Ian, der die am weitesten östlich verlaufende Linie eingeschlagen hatte und vor Langeweile und Kälte hemmungslos fluchte, als er sich endlich wieder in Bewegung setzen durfte. »Dann hätten wir ihn eher gefunden.«

»Nun, da wir wissen, wonach wir suchen, kannst du das gerne tun«, sagte Thaddeus. Er stand seitlich zum Baum, zeigte mit dem linken Arm in die Richtung, in der er den Wagen vermutete, und mit dem rechten im Neunzig-Grad-Winkel ostwärts. »Edmund, folge dieser Linie fünfhundert Schritt lang, und die anderen machen das Gleiche wie bisher. Und du werd nicht nachlässig beim Suchen«, warnte er Ian. »Wir werden es dir nicht danken, wenn wir zur Steinpyramide deines Vaters zurückkehren und von vorn beginnen müssen.«

Ob es nun Zufall war oder aber Edmunds Genauigkeit beim Abschätzen der Richtung zu verdanken, fanden sich der zweite und dritte Steinkreis in etwa dreißig Schritt Entfernung von dem Punkt, wo er stehen geblieben war. Wie er es denn geschafft habe, so eine gerade Linie zu laufen, fragte Thaddeus. Er wisse es nicht, sagte Edmund. Er peile ganz einfach die geradeste Route durch die Bäume an, um sicher zu sein, die abgemessene Strecke zu gehen.

Olyver meinte, sein Vater hätte dasselbe getan. »Er hat unserer Mutter erzählt, die Truhe wog eine Tonne … und er hätte nicht schlecht geflucht, wenn er mit so einer Last auf der Schulter dauernd gegen Bäume gerumpelt wäre.«

Thaddeus' dunkles Gesicht verzog sich zu einem Lächeln.

»Geflucht haben wird er auf jeden Fall, Bäume hin oder her. Die Truhe ist aus drei Zoll dicken Eichenbrettern gezimmert und enthält vierhundert Goldtaler. Es brauchte zwei Mann, um sie in den Wagen zu heben.«

»*Vierhundert?*«, staunte Peter. »Kein Wunder, dass du so versessen darauf bist, sie wieder aufzutreiben.«

»Und Gyles, sie zu verstecken, da all die Taler durch den Schweiß der Bauern von Develish angehäuft wurden. Für die letzten fünfhundert Schritt schwärmen wir dann sternförmig aus, wie vorhin. Wir sind nicht so weit gekommen, um am Ende leer auszugehen.« Er wandte sich an Ian. »Wir suchen nach einem umgefallenen Baum. Dein Vater hat die Truhe dort unter den Stamm geschoben, an der Stelle, wo er mit den ausgerissenen Wurzeln einen natürlichen Bogen bildet. Vor sieben Monaten war der Baum schon durch und durch verfault und mag seither auseinandergebrochen sein, also schaut besser unter jedem Totholz von ansehnlicher Größe nach, auf das ihr unterwegs stoßt.«

Während Ian pflichtschuldig jeden Holzklotz umdrehte, horchte er gespannt auf Freudenschreie vom anderen Ende des Suchtrupps. Als diese ausblieben, fragte er sich, was Thaddeus wohl machen würde, wenn sie das Gold nicht fänden. Noch schützten die Baumkronen sie vor dem Schnee, doch wo hohe, schlanke Birken anstelle von Eschen und Eichen standen, fielen die Flocken ungehindert durch das dünne Astwerk, und der Boden darunter war tief verschneit. Langsam fürchtete er, der Weg zum Gutshaus könnte schon unpassierbar sein. Joshua äußerte sich ähnlich besorgt, als Ian ihm das Signal gab, sich der Suche anzuschließen; seine Hunde würden vor Erschöpfung zusammenbrechen, murrte er, wenn Thaddeus von ihnen erwartete, dass sie drei Fuß hohe Schneewehen durchpflügten.

Als sie Peter erreichten, hüpfte er armeschwingend auf und ab, im vergeblichen Bemühen, sich warm zu halten. »Ihr habt ja ewig gebraucht«, murrte er und deutete hinter sich. »Da drüben, dreißig Schritt entfernt, liegt ein Baum mit Wurzeln dran. Er ist ziemlich tief unterm Schnee begraben, aber es lohnt einen Blick. Vielleicht wurden die Schritte deines Vaters kürzer, als er müde wurde.«

Ian nahm seinen Bogen, Köcher und Pfeile und lehnte sie mit den Spitzen zusammen, um eine Pyramide an der von Peter bezeichneten Stelle zu bilden, die sie auf die Art später wiederfinden würden. »Ich dreh dir den Hals um, wenn du recht hast«, knurrte er. »Wir wären schon auf halbem Wege zum Gutshaus, wenn du eine Markierung dagelassen und selbst nachgeschaut hättest.«

Trotzdem drückte er Peter einen herzhaften Kuss auf die Wange, als ein bisschen Scharren durch verschneite Blätter eine geschnitzte Eichentruhe zutage förderte, deren Schloss noch intakt war.

Vier Meilen ostwärts betrachtete Eleanor den Schneefall durch das Fenster im Kontor des Verwalters. In den Armen hielt sie eine ihrer Katzen so zärtlich wie ein Baby, küsste sie auf den Kopf und rieb ihre Wange an dem weichen Fell. Wie immer ließ das wohlige Schnurren, mit dem ihre Liebe erwidert wurde, ihr Gesicht in einem glücklichen Lächeln erstrahlen.

Sie konnte sich kaum noch erinnern, wann es zum letzten Mal in Develish geschneit hatte, und sie war bezaubert von der Schönheit der verwandelten Landschaft. So weit das Auge reichte, war alles weiß, und die unansehnlichen Reste des abgebrannten Dorfes waren von einem reinen weichen Mantel umhüllt. Sie machte Lady Anne auf eine Gruppe von

Männern jenseits des Burggrabens aufmerksam, die in Drei-erreihen über die Weide liefen.

»Was tun die da?«

Lady Anne erhob sich von ihrem Schreibpult, um neben Eleanor zu treten. »Einen Trampelpfad zu den Schafen anlegen.« Sie deutete auf die Ecke, wo die Herde sich am Reisigzaun zusammendrängte. »Siehst du, wie sie allmählich zugeschneit werden? Wir müssen sie umstellen, sonst ersticken sie unter der Schneelast.«

»Wieso bewegen sie sich denn nicht von selbst?«

»Sie glauben sich in Sicherheit. Es liegt in ihrer Natur, als Herde zusammenzubleiben.«

»Und wo bringen die Männer sie hin?«

Lady Anne drehte sie in die Richtung, wo Gyles Startout, John Trueblood und James Buckler gerade den Schafstall vergrößerten, in dem Milord of Bourne Zuflucht gefunden hatte. »Sie haben das Holz von den Hütten im Obstgarten genommen, um einen weiteren Stall zu bauen.«

»Und wo werden die Bauern schlafen?«

»Im Haus. Niemand kann draußen überleben, solange dieser Kälteeinbruch andauert.«

Mit unerwarteter Zärtlichkeit schlang Eleanor den Arm um Lady Annes Taille. »Ihr macht Euch sicher Sorgen um Thaddeus«, sagte sie sanft. »Nach dem, was Ihr mir sagtet, müsste er Bourne vor einer Woche verlassen haben, aber seine Heimreise scheint sich übermäßig hinzuziehen.«

»Seine Arbeit in Bourne wird ihn aufgehalten haben.«

»Hoffen wir, dass Ihr recht habt, Mama. Robert ist schrecklich besorgt um ihn. Er meint, Thaddeus und seine Begleiter werden erfrieren, wenn sie im Schnee feststecken, ohne sich an einem Feuer wärmen zu können.«

Diesmal war sich Lady Anne sicher, dass Eleanors Besorgnis aufrichtig war. Ihre sanfte Umarmung schien freundlich gemeint. »Robert macht sich unnötig Sorgen«, antwortete sie mit einem leisen Lachen, um ihre eigenen Ängste zu überspielen. »Thaddeus ist doch fast so eine Art Wolf ... und die kommen bei diesem Wetter gut zurecht.«

NEUN

*D*ass der große Saal von Pedle Hinton vom Feuer zerstört worden war, erkannte man an den rußgeschwärzten Wänden und den verkohlten Balken, die einst ein hölzernes Dach getragen hatten. Die schweren Eichentüren des Portals standen weit offen, und eine makellose Schneedecke lag wie ein Daunenbett auf dem Dielenboden. Hie und da deuteten Wellen in der Decke auf etwas darunter Begrabenes hin, aber Thaddeus ignorierte das abergläubische Gemurmel seiner Begleiter, während er hindurchstapfte zur südlichen Seite des Hauses, an der das Dach noch erhalten war.

Steinstufen in der hinteren Ecke führten zu den oberen Gemächern, die von einer Galerie abgingen, und zwei Türen in der tragenden Wand darunter zu den unteren Räumen. Er suchte nach Fußabdrücken im Schnee, konnte aber keine entdecken. Wenn hier noch Menschen lebten, hatten sie ihre Schlafquartiere während der letzten Stunden nicht verlassen. Er rief einen Gruß ins Leere. »Milord of Athelstan mit fünf Mann von seiner Garde erbitten Gastfreundschaft von Milord of Pedle Hinton. Wir sind frei von der Pest, bräuchten aber Schutz vor dem Schneesturm. Kann mich hier irgendjemand hören?«

Vielleicht war es nur ein Echo, doch er meinte, eine Antwort gehört zu haben. Er stand da und horchte, die Hand am Schwert, das an seiner Seite hing. Ian und Olyver taten es ihm gleich und winkten Joshua, seine Hunde vorzuschicken. Edmund und Peter, die mit der Truhe voller Gold die Nachhut bildeten, setzten ihre Last zwischen sich ab und spannten die Bögen.

»Versuch's noch mal«, sagte Joshua. »Die Meute wird uns schon zeigen, ob du Antwort erhältst.«

Die Hunde reagierten bereits, bevor Thaddeus die Worte ausgesprochen hatte. Sie rannten auf die Treppe zu und hetzten die Stufen hinauf, um oben auf der Galerie jaulend an den Türen zu schnüffeln. Joshua machte Anstalten, ihnen zu folgen, doch Thaddeus hielt ihn am Arm fest. »Ruf sie zurück«, sagte er. »Wer auch immer da oben sein mag, muss ja glauben, die Höllenhunde sind los.«

Joshua stieß einen durchdringenden Pfiff aus. »Was hast du vor?«

»Ich will versuchen, unsere Gastgeber herauszulocken. Wenn sie aus Pedle Hinton sind, haben sie mehr Recht als wir, sich hier aufzuhalten, und wenn nicht«, Thaddeus zog das Schwert, »müssen wir ein zeitweiliges Aufenthaltsrecht aushandeln.« Er winkte die anderen Jungen herbei und deutete auf die Türen unter der Galerie am Ende des Saals. »Seht nach, ob diese Räume da leer sind, aber lasst zuerst die Hunde rein.«

Auf leisen Sohlen stieg er die Treppe hoch und sah sich auf der Galerie um. Vier Kammern gingen davon ab, aber nichts ließ erkennen, ob sich jemand darin aufhielt, denn in der hauchdünnen Schneeschicht am Boden waren lediglich Pfotenabdrücke zu sehen. Er schlich zur ersten Tür, legte das Ohr ans Holz und wartete, während vor dem Raum darunter Joshuas warnende Rufe erklangen, gefolgt vom Kreischen rostiger Türangeln, als Ian sich gewaltsam Einlass verschaffte. In der plötzlichen Stille hörte er ein Kind wimmern und zischelnde Frauenstimmen, die zur Ruhe mahnten. Er schlich weiter zu den nächsten Türen und horchte einige Minuten lang an jeder einzelnen. Von unten waren die Satzfetzen der Jungen deutlich zu hören, doch aus den Räumen kam keine Antwort. Er stellte sich an die rechte Seite der ersten Tür und klopfte mit dem Schwertknauf ans Holz.

»Ich bin Milord of Athelstan, Vetter eurer Nachbarin Lady Anne of Develish und Schwager von Sir Richard, ihrem verstorbenen Gemahl. Seid versichert, dass meine Männer und ich euch nichts Böses wollen. Wenn einer unter euch sich von seinen Besuchen her an Sir Richard erinnert oder irgendetwas von Develish weiß, so fragt mich nur, auf dass ich die Wahrhaftigkeit meiner Rede beweisen kann.«

Nach einigem Gewisper ließ sich die zittrige Stimme eines älteren Mannes vernehmen. »Sir Richard war krank, als er letztes Mal hier war. Ist er an der Pest gestorben?«

»Ja. Drei Tage, nachdem er Pedle Hinton verließ. Lady Anne fürchtete, er habe die Pest bei euch eingeschleppt, aber Gyles Startout, der mit ihm geritten war, sagte uns, ihr hättet in der Woche zuvor schon vierzig von euren Leuten begraben.«

»Ich kenne Gyles. Geht es ihm gut?«

»Ja, so wie allen in Develish. Nur Sir Richard und seine normannische Garde sind dahin. Gyles' Zwillingssöhne, Ian und Olyver, gehören zu meinem Gefolge. Zwei von den Stimmen, die ihr da unten hört, sind ihre.« Er hielt inne und wartete auf eine Antwort, doch es kam keine. »Wie viele seid ihr? Wir werden euch beistehen, wenn wir können.«

»Wir kommen ganz gut allein zurecht, Milord. Kümmert Euch um Eure Belange und überlasst uns die unseren.«

Nach einer kurzen gewisperten Auseinandersetzung erhob sich eine Frauenstimme. »Wir sind achtzehn, Sire. Ein Älterer, sieben Frauen und zehn Kinder. Wir leben in diesem Raum, seit Banditen das Dorf niederbrannten und ein böser Wind uns brennendes Stroh auf das Hallendach geweht hat. Wir dachten schon, das ganze Haus würde abbrennen, aber Gott war uns gnädig und hat uns diesen Teil als Zuflucht gelassen.«

»Wann war das?«

»Das kann ich Euch nicht sagen, Sire, denn wir haben den Überblick über die Zahl der Sonnenaufgänge verloren. Ich denke, vor drei Wochen oder mehr. Wir wärmen uns gegenseitig, aber wir werden von Tag zu Tag schwächer.«

»Wann ist denn der letzte eurer Nachbarn an der Pest gestorben?«

»Vor Weihnachten, Sire. Wir sind die Einzigen, die noch übrig sind, obwohl wir nicht wissen, warum Gott uns verschont hat. Wir bedürfen dringend des Beistands.«

Thaddeus schloss kurz die Augen. Er wusste nur zu gut, was er vorfinden würde, wenn er die Tür öffnete, denn er hatte den nahen Hungertod in den eingefallenen Gesichtern der Bauern von Woodoak und Bourne noch vor Augen. Er streckte die Hand nach der Klinke aus. »Darf ich eintreten, Mistress? In Lady Annes Ermessen ist ein Mensch, der zwei Wochen lang gesund geblieben ist, frei von der Pest. Wäre sie hier, würde sie euch sagen, dass es Zeit ist, ins Leben zurückzukehren.«

Solche Leute waren nicht zu begreifen, dachte Ian, während er eine Frau aus Thaddeus' Armen entgegennahm und sie die Stufen hinab in den größten der unteren Räume trug, wo Edmund Feuer gemacht hatte. Sie hatte so wenig Fleisch auf den Knochen, dass sie so leicht wog wie ein Kind, und nur der Schmutz auf ihrem Gesicht verlieh ihr ein wenig Farbe. Vorsichtig setzte er sie auf dem Boden ab, aus Sorge, sie zu zerbrechen, und sie dankte ihm unter Tränen. Er lächelte und sprach ein paar tröstliche Worte, doch in Wahrheit lehnte sein Verstand sich gegen ihre Dummheit auf. Wie konnte man sich dem Hungertod überlassen, wenn es so viele Schafe auf den nahe gelegenen Wiesen gab?

Kaum hundert Schritt vor der Haustür hatten er, Olyver und Thaddeus zwei Böckchen gefangen und geschlachtet, und Joshua hatte eine Möglichkeit gefunden, sie in der Küche zu garen, deren Tür er mit der Schulter aufgerammt hatte. Vom Dach war nicht mehr viel übrig, aber auf Regalen längs der Wände stapelten sich gusseiserne Kessel, Zinnteller und Tonkrüge. Ein mächtiger Eichentisch, wie durch ein Wunder unversehrt, prangte mitten im Raum. Sobald er ihn vom Schnee befreit hatte, zerlegte Joshua die Lämmer darauf. Edmund und Peter, die sich für ihr Feuer schon an Möbelstücken bedient hatten, gruben einen riesigen Holzstoß neben der hinteren Küchentür aus und trugen die Scheite hinein, um sie zu trocknen.

Der Erste, der in Thaddeus' starken Armen hinabgetragen wurde, war ein runzliger Graubart gewesen, der es für sein gutes Recht hielt, dass man ihm Ehrerbietung erwies. Er ließ sich auf einem Binsenbündel nieder und deutete jedes Mal mit herrischer Geste vor sich auf den Boden, wenn Thaddeus, Ian oder Olyver eine weitere gespenstische Gestalt heranbrachten; offenbar bildete er sich ein, Frauen und Kinder müssten stets unterhalb von ihm sitzen. Er schien eher alarmiert als dankbar, das Mobiliar seines Herrn zu Feuerholz zerhackt zu sehen.

»Das wird uns noch leidtun«, warnte er die Frauen, als Ian ein Stuhlbein ins Feuer warf, um Joshuas Kessel mit grob geschnetzeltem Lammfleisch am Simmern zu halten. »Zusätzlich zum Diebstahl machen sie sich auch noch der mutwilligen Zerstörung fremden Eigentums schuldig.«

Olyver kam und setzte ein kaum noch atmendes Kleinkind auf den Schoß der Frau, die Ian soeben hereingebracht hatte. Er hatte ebenso wenig Verständnis für die Torheit dieser Leute wie sein Bruder. »Wessen Strafe fürchtet Ihr denn?«, fragte er den Alten. »Wenn es Gottes Strafe ist, könnt Ihr der Sünde entraten, indem Ihr mir erlaubt, Euch ohne Essen in die Kammer dort oben zurückzubringen.«

»Die Verstöße sind nun einmal geschehen, und ihr habt uns daran beteiligt, ob wir es wollten oder nicht. Uns jetzt davon zu entfernen macht keinen Unterschied.«

Olyver lachte auf. »Ihr zieht Euch ja schlau aus der Affaire, Sir. Meint Ihr, Gott weiß nicht, wer die wahren Schuldigen sind? Warum sollte Er die Unschuldigen bestrafen, wenn Milord of Athelstan und seine Männer willens und fähig sind, die Schuld selbst zu tragen?«

Thaddeus hielt am Fuß der Treppe inne. In seinen Armen trug er die Letzte der Geretteten, eine Frau von etwa dreißig Jahren, mit tief eingesunkenen Augen und fast durchsichtiger Haut. Sie war es, die durch die Tür mit ihm gesprochen hatte, und sie hatte auch darauf bestanden, dass der Alte zuerst hinuntergebracht wurde, um in seiner Abwesenheit den Frauen und Kindern einzuschärfen, nur noch auf Milord of Athelstan zu hören. Zusammen lauschten sie dem Wortwechsel zwischen den Zwillingen und dem Alten.

»Euer Vater ist mir wohlbekannt«, sagte der Alte streng. »Er würde euer Benehmen nicht gutheißen.«

»Da irrt Ihr Euch«, entgegnete Ian und kniete sich hin, um die kalte, blasse Wange des Kindes zu streicheln. »Gyles Startout würde lieber eine Ewigkeit in der Hölle schmoren, als so ein Kleinchen verschmachten zu lassen … wie auch seine Söhne, wenn das unsere Strafe sein soll.«

»Dann seid auf Gottes Urteil gefasst, wenn ihr vor Ihm erscheint.«

»Das werden wir gerne tun, wenn der Kleine hier überlebt.«

»Wird er nicht. Seine einzige Rettung war die Freiheit von der Sünde. Nun wird Gott uns alle für eure Missetaten strafen. Geschwüre werden an unseren Hälsen aufschwellen und unsere Leiber schwarz werden – und ihr werdet unser Leiden auf dem Gewissen haben, zusammen mit dem Rest eurer Verbrechen.«

Ein junges Mädchen fing an zu weinen.

»Ihr müsst mich dort reinbringen, Sire«, bat die Frau in Thaddeus' Armen und zupfte ihn drängend am Hemd. »Sie werden vom Feuer wegkriechen und nichts essen, wenn er so weitermacht. Er hat eine unheimliche Macht über sie.«

»Ihr aber scheint bereit, ihm die Stirn zu bieten. Hättet Ihr das nicht früher tun können?«

»Nicht ganz allein, Sire. Er ist mein Vater.«

Thaddeus brauchte keine weitere Erklärung. In einer Gesellschaft, die von Männern beherrscht wurde, lernten Frauen früh, sich unterzuordnen. »Wie ist Euer Name, Mistress?«

»Alice Bartram, Sire.«

»Und der Eures Vaters?«

»Harold Talbot, Sire. Er ist überzeugt, dass Gott uns alle tot sehen will. Wenn Ihr es besser wisst und Worte habt, ihn umzustimmen, dann bitte ich Euch, es zu versuchen.«

Mit einem Nicken trug Thaddeus sie in den Raum und setzte sie zwischen die Frauen und Kinder. Vor dem Alten ließ er sich auf ein Knie nieder. »Warum versagt Ihr Euch

Nahrung und Wärme, Master Talbot? Ist die Sünde der Selbsttötung nicht größer als die des Diebstahls?«

»Wenn Gott will, dass ich lebe, werde ich leben.«

»Er hat Euch vor der Pest errettet und diese siebzehn Frauen und Kinder unter Euren Schutz gestellt. Was braucht Ihr denn noch mehr Beweise, dass er Euch als seinen Diener auf Erden behalten will?«

»Wir dienen ihm am besten, indem wir seine Gebote befolgen. Unser Leben durch Diebstahl und mutwillige Zerstörung zu verlängern wird Strafe nach sich ziehen. Wir werden nach unserer Lebensweise bemessen, nicht nach der Spanne unserer Jahre.«

Thaddeus musste an seinen Stiefvater denken, dem auch nie mehr auszureden war, was er sich einmal in den Kopf gesetzt hatte. »Da seid Ihr uns gegenüber allerdings im Vorteil«, sagte er leichthin. »Wir könnten uns alle noch ein halbes Jahrhundert der Lebensfreude wünschen, bevor wir zur Rechenschaft gezogen werden.«

Harolds Augen glitzerten zornig. »Je älter wir sind, desto härter werden wir auf die Probe gestellt«, knurrte er. »Unschuldige Wesen wie jenes da« – er deutete mit einer wegwerfenden Geste auf das Kind – »haben ihren Platz im Himmel sicher. Alte Männer wie ich müssen sich ihr Seelenheil durch Entsagung und Leiden verdienen.«

Ein sardonisches Lächeln umspielte kurz Thaddeus' Mundwinkel. Es war eine schamlose Tyrannei, die Schwäche zu ihrem eigenen Vorteil ausbeutete. »Ich bezweifle, dass die absichtliche Vernachlässigung von Kindern einem das Seelenheil einbringt, Sir.« Er wandte sich den Frauen zu. »Ohne Priester, um euch anzuleiten, müsst ihr selbst entscheiden, was Gott von euch erwartet. Wenn ihr wirklich glaubt, ihr werdet härter dafür verurteilt, dass ihr ein Schaf stehlt, als dafür, dass ihr ein Kind verhungern lasst, dann bleibt weiter untätig; glaubt ihr das *nicht,* so müsst ihr handeln.«

Als Ian sah, wie die Frauen die Augen senkten, fürchtete er schon, Thaddeus sei zu weit gegangen. Selbst Männer brauchten Mut, um sich einem Älteren entgegenzustellen, und in den erloschenen Mienen vor ihm war nicht der geringste Funke Widerstand zu erkennen.

Es verging ein Moment, bevor Alice den Kopf hob. Sie blickte Thaddeus an. »Wir trauern um unsere Familien und sehnen uns danach, sie wiederzusehen, Milord. Alle sind sie der Pest zum Opfer gefallen, aber mein Vater versichert uns, dass die Jüngsten und am wenigsten Verdorbenen im Himmel auf uns warten. Er beschwört uns, reinen Herzens zu bleiben, damit wir zu ihnen gelangen. Es macht uns den Tod willkommener zu glauben, dass wir unsere Neugeborenen wieder an die Brust drücken dürfen.«

Thaddeus staunte. Jetzt wusste er, wie der Alte Macht über die Frauen gewonnen hatte – die Trauer um verlorene Kinder verging niemals –, doch wie er diesen Klammergriff lösen sollte, wusste er nicht. Sie zu ermutigen, lieber das Leben wertzuschätzen, das sie hatten, anstatt sich nach einem ungewissen Himmel zu sehnen, hätte bedeutet, ihnen alle Hoffnung zu nehmen. Fragend sah er zu Ian und Olyver hinüber, ob ihnen nicht etwas einfiel.

»Unser Vater, Gyles Startout, würde Euch sagen, dass Eure ganze Familie auf Euch wartet, Mistress«, sagte Ian. »Er nahm sterbenden Soldaten die Beichte ab, weil kein Priester da war, der es hätte tun können, und er hat nur Gutes in ihnen gefunden. Er glaubt nicht, dass Gott ihnen solches Leiden schickte, um sie zur Hölle fahren zu lassen.«

Der Alte regte sich. »Sie wurden für die Sünden der ganzen Menschheit gestraft, wie meine Enkelkinder. So war es auch, als die Sintflut über die Erde kam und alles Leben auslöschte. Gott sah, dass Seine Geschöpfe böse und verdorben waren, und Er bereute, sie geschaffen zu haben. Allein Noah, ein Mann ohne Fehl und Tadel, wurde errettet.«

Tränen nässten Alices Wimpern. Wieder sah sie zu Thaddeus auf. »Das sagte uns unser Priester, bevor er seinen letzten Atemzug tat, Sire. Er dachte, es würde uns trösten zu wissen, dass unsere Familien für die Sünden anderer büßten, nicht für ihre eigenen.«

»Wann ist er denn gestorben, Mistress?«

»Etwa sechs Wochen, nachdem die Pest ausbrach, Sire.«

»Hat er den Kranken beigestanden?«

»Ohne Unterlass. Wir haben seinen Tod tief betrauert.«

Thaddeus nickte. »Die gleiche Geschichte hören wir überall. Gottes Diener sterben bald.« Er nahm ihre Hand in die seine. »Warum, glaubt Ihr wohl, ist das so?«

Er fühlte ihre Finger beben, als ob die Berührung ihr unbehaglich sei. »Damit sie nicht so lange leiden, Sire. Am schlimmsten ist es, die anderen furchtbare Schmerzen erdulden zu sehen und ihnen nicht helfen zu können.«

»Das zu glauben heißt auch glauben, dass die Qualen unseres Erlösers am Kreuz weniger schlimm waren als der Schmerz seiner Mutter, sie mit ansehen zu müssen. Ist das nicht Ketzerei, Mistress?«

Alice sah unsicher zu ihrem Vater hin. »Wir versuchen nur, uns zu erklären, warum ein guter Mensch so bald sterben musste, Milord.«

Thaddeus ergriff ihre andere Hand, um sie zu ermutigen, nur ihn anzusehen. »In Develish, wo Lady Anne ihre Leute beschützt, indem sie Fremden den Einlass verwehrt, bis sie sich als frei von der Pest erweisen, sind alle bis zum heutigen Tage am Leben. Hier, wo keine solchen Maßnahmen ergriffen wurden, sind nur noch achtzehn von euch übrig. Euer Priester ist gestorben, weil er sein Gelübde ernst nahm. Er widmete sich unermüdlich denen, die ihn brauchten, und durch die Nähe zu ihnen steckte er sich bei ihnen an.«

Sie zögerte so lange mit einer Antwort, dass ihr Vater an ihrer Stelle das Wort ergriff. »Er spricht die Worte des Teufels. Du wirst der Hölle nicht entkommen, wenn du auf ihn hörst, Tochter.«

Alice fuhr sich mit der Zunge über die rissigen Lippen. »Ich habe meinen Mann gepflegt, Sire, und alle meine Kinder, aber sie sind gestorben, und ich bin am Leben. Wie kann das sein, wenn die Krankheit durch Nähe übertragen wird?«

Ian hielt den Atem an und betete, dass Thaddeus nicht von Ratten oder Flöhen anfangen würde. In Bourne hatten ihm nur wenige geglaubt, und sie hatten seine Reinlichkeitsregeln nur befolgt, weil sie für ihre Folgsamkeit mit Essen belohnt wurden. Von dieser Frau, die ihrem Vater und der Kirche so ergeben war, Verständnis für eine vollkommen neue Denkweise zu erwarten hieße, sie zu verlieren.

»Genau so, wie Ihr Euch nicht jeden Katarrh von Eurem Ehemann eingefangen habt oder die Krankheiten von Euren Kindern. Nicht jeder steckt sich an.« Thaddeus nickte Ian und Olyver zu. »Der Vater dieser Zwillinge hat Sir Richard und zwei seiner Gardesoldaten gepflegt, als sie im Sterben lagen, und ist immer noch gesund, obwohl er nicht glaubt, dass Gott ihn dazu ausersehen hat. Er kennt seine Schwächen zu gut, um sich des Überlebens für würdiger zu halten als jene, die gestorben sind.«

»Aber bestimmt Gott nicht über unser aller Leben, Milord? Wie sonst, außer durch Seine Gnade, wurde ich vor der Pest verschont?«

Ein Lächeln erleuchtete Thaddeus' Augen. »Wenn ich das wüsste, Mistress, könnten wir für immer frei davon sein.« Er schwieg einen Moment. »Ich habe wenig Antworten, doch ich möchte Euch daran erinnern, dass Jesus uns nur zwei Gebote gab: *Liebe Gott, deinen Herrn, von ganzem Herzen und deinen Nächsten wie dich selbst.*« Er ließ ihre Hände los und fasste den Kleinen sanft unterm Kinn. »Dieses ist unser Nächster. Wenn wir ihn aufgeben, geben wir Gott auf.«

Es dauerte noch zwei Tage, bis der Schneefall schließlich nachließ. Unterdessen war die Kirche zu einem Stall für die Pferde geworden und der große Saal zu einem Gehege für so viele Schafe, wie Thaddeus und seine Gefährten durch den Schnee zu treiben vermocht hatten. Und alle brauchten Futter. Am ersten Morgen, als der Himmel wieder klar war, stießen Edmund, Joshua, Peter und die Zwillinge auf eine Scheune voller Heu am Rand der Weide. Mit hölzernen Schaufeln aus einem Schuppen neben dem Gutshaus räumten sie die Schneewehen vor dem Scheunentor beiseite.

Ein paar Minuten lang verschnaufend, standen sie da und blickten auf die drinnen gestapelten Ballen und die beiden Heugabeln, die links und rechts neben dem Tor steckten. Die Interesselosigkeit der Meute zeigte, dass es in der Scheune nichts zu finden gab, aber Joshua meinte, Hunde reagierten auch auf Bewegung, nicht nur auf Geruch. Wenn Ratten sich im Heu eingenistet hätten, kämen sie hervor, sobald die Ballen abgeräumt würden. Flöhe ebenfalls.

Edmund, der sich stets am meisten vor einer Begegnung mit Ratten fürchtete, stöhnte angeekelt auf, bevor er eine Heugabel zur Hand nahm und in einen der Ballen stach. »Hetz deine Mistviecher jetzt aber auf alles, was sich rührt, sonst dreh ich ihnen eigenhändig den Hals um«, warnte er Joshua, während er das Heubündel hinter sich auf den Schnee warf. »Ich will verdammt sein, wenn ich mir die Pest hole, nur um die Bauern von Pedle Hinton am Leben zu halten.«

Dafür legt er sich aber mächtig ins Zeug, dachte Ian belustigt, als er sah, wie entschlossen sein Freund sich vorarbeitete. Ob er an die Frauen und Kinder dachte, für die er die Schafe mit Heu versorgen wollte? Edmund war zum Liebling der Frauen avanciert, nachdem er den entkräfteten Kleinen mit viel Geduld dazu gebracht hatte, die Augen aufzuschlagen und etwas zu essen, und es stand außer Frage, dass er ihr Lob genoss. Sie meinten, seine Miene und Stimme müssten wohl der des Kindsvaters ähneln, denn der Junge sprach mehr auf ihn an als auf jeden anderen, und er aß nur, wenn Edmund ihn auf dem Schoß hielt und ihn von seinem Teller fütterte.

Thaddeus fragte nach dem Namen des Kindes und wie alt es sei, aber keine der Frauen konnte es beantworten. Eines Novembermorgens hatte man den Jungen im Dorf umherirrend gefunden, doch niemand wusste, wie es ihn dorthin verschlagen hatte. Seiner Größe nach schätzte man ihn auf zwei bis drei Jahre, aber er konnte ihnen nicht sagen, wie er hieß. Vor der Pest hatte es in Pedle Hinton an die fünfhundert Bauern gegeben, und die Kleinkinder waren kaum voneinander zu unterscheiden, gab es in vielen Familien doch reichlich Nachwuchs, von dem die Hälfte innerhalb der ersten Jahre starb. Alice meinte, er könnte einer der Blounts sein, deren letzte Angehörige in der Woche gestorben war, bevor der Kleine aufgefunden wurde, doch die anderen Frauen bezweifelten es. Er hatte nichts von John Blount, und sie konnten sich nicht erinnern, Jeanne in den letzten paar

Jahren mit einem vorgebundenen Säugling auf dem Feld gesehen zu haben.

Aus Neugier suchte Thaddeus am nächsten Morgen in der Kirche nach dem Kirchenbuch, sobald sie dort die Pferde versorgt hatten. Er fand es in der Priesterkammer, unter der mit Blut und Eiter besudelten Stola des Toten, die er mit der Schwertspitze zu Boden warf, ebenso wie das darauf liegende Holzkreuz. Reuig neigte er das Haupt vor dem Altar, sowohl dafür, dass sie das Haus Gottes in einen Stall verwandelt hatten, als auch für den Affront gegen das Kruzifix. Er befleißigte sich keiner Ketzerei gegen Jesus Christus, nur gegen die Kirche, die sich anmaßte, in Seinem Namen zu sprechen.

An jenem Nachmittag, beim Licht des Feuers, ging er der Familiengeschichte der Blounts im Kirchenbuch nach. Das letzte Kind, das John und Jeanne bekamen, war ein Sohn im Winter 1346 gewesen, aber sein früher Tod war sechs Monate später eingetragen worden. In den elf Jahren zuvor hatte Jeanne neun Kinder zur Welt gebracht, von denen nur drei lange genug überlebt hatten, um schließlich an der Pest zugrunde zu gehen. Der Priester hatte ihre Todestage vermerkt, bevor er selbst dahingerafft wurde.

Da Söhne mehr galten als Töchter, fand Thaddeus es schwer zu glauben, dass ein kleiner Junge von flüchtenden Bauern zurückgelassen worden sein könnte, und er kämmte das Kirchenbuch nach jedem Jungen durch, der zwischen dem Sommer 1346 und dem Frühjahr 1347 geboren war. Acht waren in ihrem ersten Lebensjahr gestorben, also blieben sechzehn übrig, deren Schicksal ungewiss war. Er las ihre Namen und die Namen ihrer Eltern laut vor. In den meisten Fällen, wenn die Felder oder die Hütten benachbart waren, konnte die eine oder andere der Frauen mit Sicherheit sagen, dass die ganze Familie verstorben war, auch die Säuglinge. Aber das Schicksal von vier unter ihnen blieb ungewiss.

»Ich habe gehört, dass Tom Halfpenny mit seiner Frau und seinem Sohn geflüchtet ist«, sagte Alice. »Sie waren jung und mutiger als wir.«

»Jacob Cooper ist ebenfalls auf und davon, nachdem seine Tochter gestorben war«, ließ eine andere sich vernehmen. »Er und Molly hatten sich geschworen, keins ihrer Kinder mehr leiden zu lassen, und am nächsten Morgen waren sie weg.«

Harold Talbot, ein wenig milder geworden, nachdem er etwas Warmes im Bauch hatte, nickte. »Meiner Schätzung nach sind gut vier Dutzend von den Jüngeren fortgegangen«, sagte er. »Sie versprachen, ihre Familien nachzuholen, wenn sie irgendwo Zuflucht gefunden hätten, aber keiner ist jemals wiedergekommen. Möglich, dass dieses Kind eins von den ihren ist.«

Thaddeus fuhr mit dem Finger die Seite hinab. »Dann bleiben nur noch zwei. William Fulcher und Godfrey Lovell.«

Edmund hob die Hand. »Mein Großvater hieß Godfrey Trueblood und meine Großmutter Meg Lovell. Das kann doch kein Zufall sein, oder?«

Thaddeus schlug einige Seiten zurück, um die Geburtsdaten von Godfrey Lovells Eltern und Großeltern zu finden. Immer wieder sah er Familiennamen, die er aus Develish kannte, und er fragte sich, wie viele Töchter aus dem Anwesen wohl nach Pedle Hinton geheiratet hatten. Die Geschichten so vieler Familien waren in diesen nüchternen Vermerken von Geburten, Eheschließungen und Sterbefällen aufgehoben, und doch war es alles vergebens, wenn es keinen mehr gab, sie zu lesen. Mit geduldigem Aufspüren von Querverweisen gelang es ihm, Godfrey Lovells Stammbaum bis zur Geburt seines Großvaters Robert Lovell zu verfolgen, und drei Seiten zurückblätternd, stieß er auch auf den Namen von Roberts älterer Schwester Meg.

Er lachte zufrieden auf. »Ich kann's dir erst mit Sicherheit sagen, wenn ich im Kirchenbuch von Develish nachgeschaut habe«, sagte er zu Edmund. »Aber es sieht ganz danach aus, als sei deine Großmutter die Schwester des Großvaters von diesem kleinen Kerl hier gewesen. Sie muss wohl als junge Braut nach Develish gezogen sein.« Er las die Eintragungen beider Geburten vor. »Godfrey Lovell ist dein Vetter.«

Alice blickte von der Galerie hinab, als die jungen Kerle aus Milord of Athelstans Gefolge die Heuballen in losen Bündeln zwischen der Herde verteilten. Sie schienen sich sehr sicher in dem zu sein, was sie taten. Peter Catchpole legte ein lahmes Mutterschaf auf den Rücken und nahm sein Messer, um ihm einen Stein aus dem Huf zu pulen, während die Zwillinge von Schaf zu Schaf gingen und ihnen mit den Fingern über die Köpfe und um die Ohren strichen, um Zecken aufzuspüren. Durch die offene Küchentür sah sie Joshua und Edmund Milord of Pedle Hintons wappengeschmückte Pisspötte mit Schnee füllen und über dicke Kerzen halten, um die eisigen Kristalle zu Wasser zu schmelzen. Im Stillen betete sie, ihr Vater möge nicht sehen, wie sie die kostbaren Behältnisse in den Saal trugen, um die Tiere zu tränken.

Als sie die Jungen zum ersten Mal erblickt hatte, hatte sie nicht daran gezweifelt, dass sie von höherem Stande waren. Zwar schienen sie ihr weit jünger als die Gardesoldaten, die sie bisher gesehen hatte, doch ihre Ausdrucksweise, Waffen und Livreen, auch wenn sie arg mitgenommen waren, gaben ihnen das Auftreten von Freien. Nun aber, da Alice sie in Arbeitskitteln die Tiere versorgen sah, mit mehr Sachverstand, als je ein Soldat in Pedle Hinton bewiesen hatte, war sie sich nicht mehr so sicher. Ihr Vater hielt sie jedenfalls für Bauern und hatte ihr mehrfach zugeraunt, dass Gyles Startout von ebenso niederem Stande war wie er.

Sie wandte sich nach Thaddeus um, der in Milord of Pedle Hintons Gemach die Pergamentrollen im Regal durchsah. Die meisten legte er gleich zurück, nachdem er sie überflogen hatte, andere legte er auf den Boden zu seinen Füßen. Als er ihren Blick auf sich spürte, sah er lächelnd auf. »Was bedrückt dich, Alice?«

Sie errötete vor Verlegenheit. Wie ungehobelt wäre es von ihr, diesen Mann auszufragen, dessen Anwesenheit ihnen so viel Kraft und Hoffnung gegeben hatte. Und doch fürchtete sie sich. »Ihr dürft mich nicht für undankbar halten, Sire. Vor zwei Tagen konnte ich mich noch kaum auf den Beinen halten, und ich weinte darüber, den kleinen Godfrey vor meinen Augen dahinschwinden zu sehen, als keine Backpflaumen mehr übrig waren. Es hat mich mit tiefer Freude erfüllt, als ich ihn heut Morgen lachen hörte.« Ängstlich musterte sie seine Miene.

»Sag mir ruhig, was du auf dem Herzen hast, Alice. Die Wahrheit wird mich nicht kränken.«

Sie holte tief Luft. »Mein Vater sagt, Gyles Startout sei von ebenso niederem Stande wie wir und das könne bei seinen Söhnen nicht anders sein. Nahrung von ihnen zu empfangen wird uns nicht als Entschuldigung dienen, wenn ein neuer Lord des Weges kommt.«

Thaddeus versuchte, ihre Worte zu deuten, so gut er

konnte. »Du meinst, es wäre besser zu sagen, ihr habt Nahrung von einem Edelmann empfangen?«

»Wir sind gehalten, die Gebote derer zu befolgen, die über uns stehen, Sire.«

Er zwinkerte ihr belustigt zu. »Du machst Fortschritte, Alice. Als wir uns kennenlernten, hast du Gott gefürchtet; jetzt sorgst du dich um die eingebildete Ankunft eines Mannes, den es gar nicht gibt.« Er nickte zu dem abgebrannten Dach hin. »Welcher Lord wäre so töricht, Erbschaftssteuer für ein Anwesen ohne Knechte zu zahlen? Wer wird dieses Haus herrichten und das Dorf wieder aufbauen? Wer wird die Felder bestellen und das Korn einbringen?«

Alice schüttelte verwundert den Kopf. Solche Gedanken waren ihr noch nie gekommen.

»Kein Landbesitzer in England wird Knechte für seine Ländereien haben, wenn die Pest erst vorbei ist«, fuhr Thaddeus fort und bückte sich nach den Rollen am Boden. »Dieser Brief hier wurde Milord of Pedle Hinton von einem Vetter aus der Normandie geschickt.« Er entrollte das Pergament. »Er ist auf Weihnachten 1347 datiert – ein halbes Jahr, bevor die Pest in Melcombe ausbrach –, und er berichtet von Städten und Dörfern in Frankreich und Italien, die von einer todbringenden Seuche verwüstet wurden. Auf seinen eigenen Gütern hatte dieser Mann bereits ein Drittel seiner Leibeigenen verloren und befürchtete, noch ein weiteres Drittel vor dem Sommer zu verlieren. Er schließt mit den Worten, wenn dieses einträfe, brächte es ihn an den Bettelstab.«

Er sah, wie Alices Miene von Staunen und Schrecken zu Ärger wechselte. »Wir dachten, allein Dorseteshire hätte gesündigt«, sagte sie. »Milord of Pedle Hinton beschimpfte uns, wir hätten Gottes Zorn über das Land gebracht, und der Priester wies uns an, ihn um Vergebung zu bitten, bevor wir Gottes Gnade erflehten. Keiner von ihnen sagte uns, dass die Normandie ebenfalls befallen war.«

»Hätte es denn einen Unterschied gemacht?«

»Aber gewiss, Sire. Wir waren starr vor Angst bei dem Gedanken, dass wir allein mit unserem Leiden waren. Mein armer Mann starb, ohne zu wissen, welche Schlechtigkeiten Dorseteshire denn begangen haben sollte.« Mit dem Handrücken wischte sie sich eine Träne ab. »Unser Herr war grausam, uns so zu schelten. Wenn er wusste, dass Frankreich auch von der Seuche heimgesucht worden war, hätte er Pläne machen sollen, uns zu beschützen, wie Milady of Develish es tat.«

»Ich bezweifle, dass er Lady Annes Mut besaß, Alice. Es braucht Kraft und Entschlossenheit, sich mit der Kirche anzulegen. Hätte Milady geglaubt, was seine Gnaden, der Bischof, ihr einreden wollte, wäre die Geschichte in Develish ganz anders verlaufen.«

»Und warum hat sie ihm nicht geglaubt, Sire?«

Thaddeus antwortete ehrlich. »Sie wurde von Nonnen erzogen, die sie lehrten, den Worten Jesu zu folgen. Darum ist sie die freundlichste und fürsorglichste Herrin. Da sie keinen Fehl in ihren Leuten sieht, ist sie davon überzeugt, dass Gott es auch nicht tut, und so ist sie bemüht, sie vor allem Unheil zu schützen, weil ihr Glaube sie dazu verpflichtet.«

»Folgen ihre Leibeigenen den Worten Jesu, Sire?«

»Sie bemühen sich, Alice.«

»Dann muss das der Grund sein, weshalb Gott sie verschont hat, Sire. Sie sind tugendhafter als wir Übrigen.«

Thaddeus lachte, während er die Pergamentrolle fallen ließ und eine andere aus dem Regal zog. »Ich setze große

Hoffnungen in dich, Alice«, neckte er sie. »Eben noch hast du dich davor gescheut, Nahrung von Dieben aus Develish anzunehmen, und jetzt erhebst du sie in den Rang von Heiligen. Wahrscheinlich wirst du bald selber stehlen, wenn du einen guten Grund dafür zu haben glaubst.«

Der letzte Tag im Februar 1349

*T*haddeus ist mit noch viel mehr geplünderten Schafen zu-rückgekehrt. Er lässt sie auf der Gemeindewiese grasen, wo der Schnee inzwischen weggetaut ist.

Er und seine Begleiter überraschten uns damit, dass sie auf dem Fußweg, von Pedle Hinton kommend, aus dem Wald auf-tauchten. Seit Tagen hatten wir die Landstraße nach Norden und Süden abgesucht, aber dass sie den Treiberpfad nehmen würden, hatten wir nicht erwartet. Sie trieben die Herde vor sich her, wobei Joshuas Hunde Schäferdienste leisteten, indem sie die Nachzügler antrieben. Wir hörten das klagende Blöken der Tiere, bevor wir ihrer ansichtig wurden. Gyles rief mich ans Fenster, als die langen Reihen der Schafe zwischen den Bäumen hervorka-men, gefolgt von einer bunt zusammengewürfelten Menge von Frauen und Kindern hoch zu Pferd und Thaddeus und seinen Begleitern zu Fuß.

Als Erster erschien Edmund Trueblood, mit einem kleinen Jungen auf den Schultern, sein Pferd am Zügel führend, auf dem drei junge Mädchen saßen. Die Startout-Zwillinge, Peter Catchpole und Joshua Buckler kamen hinterdrein, jeder mit zwei bis drei zerbrechlich wirkenden Passagieren im Sattel, während Thaddeus die Nachhut bildete, ein schwer belade-nes Packpony am Zügel führend, an der anderen Hand seinen Rappen mit einem Graubart und einer Frau auf dem Rücken. Alles in allem zählte ich 18 weitere Seelen und fragte Gyles, wo sie wohl herkommen mochten. Aus Pedle Hinton, nahm er an, denn er erkannte den Alten, der den Namen Harold Talbot führt.

Und so war es auch. Thaddeus rief uns von jenseits des Burggrabens zu, wie es um sie bestellt sei, und mit der Zustimmung meiner Leute erteilte ich ihnen die Erlaubnis, in Develish zu bleiben, sobald sie ihre zwei Wochen Quarantäne abgesessen hätten. Thaddeus glaubt, manche von ihnen seien mit Bauern von unserem Anwesen verwandt, und er hat mir ihre Namen aufgeschrieben, damit ich es in unseren Kirchenbüchern überprüfen kann. John und Clara Trueblood jedenfalls sind überzeugt, dass Edmunds Schützling zu ihrer Familie gehört, denn er sieht genauso aus wie Edmund im gleichen Alter. Sie haben sich verpflichtet, das Kind als ihr eigenes großzuziehen, und ich zweifle nicht daran, dass andere Familien ebenso großzügig sein werden.

Thaddeus und seine Männer (denn sie sind jetzt schon zu erwachsen, um Jungen genannt zu werden) haben eine Hälfte des offenen Stalls freigeräumt und Felle zwischen den Pfosten aufgehängt, um den Bauern Schutz zu gewähren. Unsere Schafe sind noch in der anderen Hälfte untergebracht und werden bei Nacht zusätzliche Wärme spenden. Es ist zwar keine sehr einladende Unterkunft, aber die zweiwöchige Quarantäne hat sich bisher stets bewährt. Thaddeus und seine Männer werden in der Hütte schlafen, die sie für Bourne gebaut hatten.

Ich habe ihnen saubere Kleidung und warme Brühe auf dem Floß hinübergeschickt, und im Gegenzug ließ Thaddeus uns die Goldkassette und eine Truhe voller Pergamentrollen aus Pedle Hinton zukommen. In einem Brief, den er obenauf legte, wies er mich auf die Warnungen hin, die Pedle Hinton in Bezug auf das Fortschreiten der Pest aus Frankreich erhalten, aber nicht ernst genommen hatte. Er bat mich, ein Schreiben vom August 1348 besonders aufmerksam zu lesen. Er hatte es mit ungebrochenem

Siegel gefunden, was darauf hindeutete, dass Milord und sein Verwalter es nie zur Kenntnis genommen hatten, da sie vor seinem Eintreffen bereits nicht mehr am Leben gewesen waren.

Der Brief war von einem französischen Mönch verfasst, der es auf sich genommen hatte, Milord of Pedle Hinton davon zu unterrichten, dass sein Vetter, ein normannischer Bischof, nach Tagen entsetzlichen Leidens sein Leben gelassen hatte. Ich notiere hier den zweiten Absatz, um mich selbst daran zu erinnern, dass die Regeln, die wir befolgen, weise sind:

»Auf dem Sterbebett beschworen mich Seine Gnaden, seiner Familie einzuschärfen, dass sie sich gegen die Pest schützen solle. Es war seine größte Angst, dass keiner überleben würde und ein stolzes Geschlecht für immer ausgelöscht wäre. Seid versichert, dass Ihr nichts Unrechtes tut, wenn Ihr den Leidenden Eure Tür verschließt, da Seine Heiligkeit, Papst Clemens von Avignon, all jenen Ablass gewährt hat, die eines qualvollen Todes sterben. Solche Milde wird diejenigen, die Ihr von Eurer Schwelle weist, der ewigen Seligkeit teilhaftig werden lassen. Dennoch war es der Wunsch Ihrer Gnaden, dass Ihr dem Leben erhalten bleiben möget, und er bat darum, dass Ihr täglich für seine Seele betet, die Nähe zu Kranken meidet und Euch dem Dienst Gottes verpflichtet.«

Es gibt viel aus den Worten dieses unbekannten Bischofs herauszulesen, nicht zuletzt seine verspätete Erkenntnis, dass es möglich sein könnte, die Pest zu überleben. Ich frage mich, warum er nicht früher darauf kam und warum Seine Heiligkeit es für menschenfreundlicher hielt, Ablass von Sünden zu gewähren — was wohl ohnehin nur einigen wenigen französischen Geistlichen bekannt sein dürfte —, als Rat zu erteilen, wie die Krankheit zu vermeiden wäre.

Der vierte Tag im März 1349, Mitternacht

Thaddeus und seine Gefährten werden uns im Morgengrauen wieder verlassen, und ich bin traurig, dass ich nur eine einzige Gelegenheit hatte, mit meinem sanften Riesen zu sprechen. Clara überließ uns zu nächtlicher Stunde ihre Küche, als alle bereits schliefen, doch unsere Begegnung war bittersüß, weil viel zu kurz und von sachlichen Belangen bestimmt. Und sooft wir zärtliche Worte austauschten, hatten sie zugleich etwas Warnendes.

Thaddeus sorgt sich, dass Harold Talbot Unfrieden säen wird, wenn ich ihn in die Einfriedung lasse, und er bittet mich, seiner Tochter, Alice Bartram, im Umgang mit ihm beizustehen. Der Alte ist nicht mehr ganz bei sich und auf die Sünden anderer versessen, die er so vehement anklagt, dass sogar Thaddeus' Gefährten vor ihm zurückschrecken.

Ich meinerseits mache mir Sorgen, dass Milord of Blandefordes Vogt unseren Athelstan als Hochstapler beschuldigen könnte. Thaddeus beabsichtigt, im April nach Blandeforde zu reisen, und ich habe jetzt schon Angst um ihn und seine Begleiter. Der Vogt heißt Jacques d'Amiens, und ich habe nie einen Mann getroffen, der ein solcher Schlaufuchs ist und sich so gut mit den Lehnsgütern seines Herrn auskennt. Seit ich in Develish lebe, ist er einige Male gekommen, um die Eintreibung der Steuern zu überwachen, und ich fürchte, er könnte meinen lieben Freund dort bei der Fronarbeit im Burggraben gesehen haben. Wenn ja, wird er ihn wiedererkennen und als Leibeigenen entlarven. Thaddeus' Erscheinung ist einfach zu auffällig, um unbemerkt zu bleiben.

Thaddeus gibt wenig auf diese Befürchtungen, denn er ist sich nicht bewusst, in welchem Maße er die Blicke auf sich zieht mit seiner hohen Gestalt, seinem dunklen Teint und seinen edlen

Zügen. Ich habe ihn angefleht, den Vogt unbedingt zu meiden, aber er will nichts davon hören. Er sagt, mit Recht, dass er unseren Leuten keine Zukunft sichern kann, ohne mit der Person zu sprechen, die Milord of Blandefordes gesamte Güter verwaltet.

Thaddeus hat einen langen Bericht über all das verfasst, was in Bourne geschah, und mich gebeten, ihn unseren Leuten vorzulesen, wenn er und seine Gefährten fort sind. Wie es scheint, haben die Jungen die Lust am Geschichtenerzählen verloren, nachdem sie letztes Mal erfahren haben, dass man ihnen immer noch mehr abverlangt. Ich frage mich, ob sie endlich begreifen, warum es Gyles so sehr widerstrebte, von seiner letzten Reise mit Sir Richard zu erzählen. Manche Dinge behält man besser für sich.

Thaddeus und seine Begleiter werden zuerst nach Dorchester und Melcombe reiten, um herauszufinden, wie viele Menschen noch in diesen Städten leben. Von dort aus werden sie gen Westen ziehen, um die verlassenen Anwesen auf dem Weg in Augenschein zu nehmen, und dann gen Osten zu demselben Zweck. Sie haben vor, in der zweiten Aprilwoche in Blandeforde einzutreffen, und Thaddeus hofft, die neueste Kunde von der Lage der Dinge in Süd-Dorseteshire, zusammen mit den Nachrichten von Frankreich und Italien aus den Briefen, die er in Pedle Hinton fand, wird ihnen zugutekommen, wenn sie dort vorstellig werden.

Heute Abend überbrachte das Floß ihnen ihre frisch gewaschenen Waffenröcke nebst der Hälfte der Goldtaler aus Eleanors Mitgift. Unsere Kürschner haben eigens sechs Packtaschen angefertigt, damit das Gewicht der Münzen gleichmäßig unter sechs Reitern aufgeteilt werden kann. Die Taschen sind so schmal, dass die Münzen in mehreren Stapeln darin aufgeschichtet stehen, und sie sollten unter den dicken Satteltaschen gar nicht auffallen. Ich bete darum, denn es wäre eine Tragödie, wenn Banditen glauben, etwas entdeckt zu haben, was sich zu stehlen lohnt.

Thaddeus ist so wild entschlossen, sich als meiner würdig zu erweisen, indem er ein eigenes Anwesen erwirbt, dass er es fertig-bringen würde, dieses Gold mit seinem Leben zu verteidigen.

ZEHN

Develish, Dorseteshire

Clara Trueblood hatte im Laufe der Jahre schon viel in ihrer Küche gesehen, aber noch nie einen zerzausten Alten, der eine junge Magd zu Boden stieß und ihr die Röcke hochschlug, um ihr mit einem Kochlöffel den nackten Hintern zu versohlen. Sie stürzte durch die erschrockene Dienerschar und packte Harold Talbot am Handgelenk. »Was soll denn das?«, fuhr sie ihn an.

Nun richtete er seine Wut auf sie. »Du wagst es, Hand an einen Älteren zu legen?«

»Das tue ich allerdings. Ihr habt hier nichts zu sagen, Master Talbot. Mit welchem Recht züchtigt Ihr eine meiner Küchenmägde?«

»Mit Gottes Recht. Sie hat sich übler Nachrede gegen eine Respektsperson schuldig gemacht.«

Clara bedeutete dem Mädchen mit einem Nicken, dass es aufstehen durfte. Es war Thaddeus' Halbschwester, noch keine elf Jahre alt. »Stimmt das, May? Hast du schlecht von Lady Anne geredet?«

Das Mädchen schüttelte den Kopf.

»Von wem dann?«

Sie wand sich verschämt. »Pater Anselm ... aber ich hab nur gesagt, was alle sagen.«

»Nämlich?«

»Keiner will seine Kammer putzen, weil er wie ein Schwein lebt.«

Clara wandte das Gesicht ab, damit Harold Talbot das Grinsen nicht sah, das um ihre Mundwinkel zuckte. Sie hörte ständig Beschwerden über den Dreck, in dem der versoffene Priester hauste, und »Schwein« war noch das zahmste der Schimpfwörter, mit denen man ihn titulierte. Manchmal, wenn sie freundlich gestimmt war, überließ sie die Aufsicht über die Küche jemand anderem und nahm das Putzen seiner Kammer auf sich, nur um den jüngeren Mägden eine Verschnaufpause zu gönnen. Es war schlimm genug, den Pisspott voller Samenschlieren auszuleeren, aber schlimmer noch, den grapschenden Pfoten des alten Ekels ausgesetzt zu sein. Sie hatte den Verdacht, dass Harold Talbot aus dem gleichen Holz geschnitzt war, so erpicht, wie er darauf gewesen war, der kleinen May zum Zwecke der Prügel die Röcke zu lupfen.

Sie leistete seinen Versuchen, sich loszureißen, Widerstand. »Beruhigt Euch, Sir. Das ist meine Küche, und Ihr seid hier nicht eingeladen.«

Der Alte versetzte ihr eine Ohrfeige. »Wo bleibt dein Respekt? Ich lasse mir nichts von Weibern befehlen.«

Clara, größer und stärker als er, schnappte sich sein anderes Handgelenk und verdrehte ihm die Arme hinter dem Rücken. »Ihr seid hier in Develish, Sir, wo andere Sitten herrschen als in Pedle Hinton.« Sie sah zu der dreizehnjährigen Isabella Startout hin, die an der Tür zum großen Saal stand. »Tu mir den Gefallen und hol Milady, Isabella. Sie wird besser wissen als ich, was in diesem Fall Recht und Unrecht ist. Bitte erklär ihr aber zuvor, was hier los ist. Ich möchte nicht, dass sie unvorbereitet auf diese unschöne Szene trifft.«

Isabella nickte, zum Zeichen, dass sie verstanden hatte, und eilte hinaus. Nach wenigen Minuten kehrte sie mit Lady Anne zurück, und Clara war erleichtert, dass ihre Herrin sich nicht darüber zu wundern schien, dass sie Harold Talbot im Klammergriff hielt. Mit ruhiger Stimme wandte sie sich an ihn, doch ihre Worte waren für alle Anwesenden bestimmt.

»Kennt Ihr mich, Sir? Wir trafen uns vor zwei Tagen, als ich Euch als Euer neuer Lehnsherr in Develish begrüßte.«

Der Alte spuckte auf den Boden. »Mein Herr ist schon vor Monaten gestorben. Seine Gemahlin ebenfalls.«

»In der Tat. Pedle Hinton hat grausam unter der Pest gelitten. Nur Ihr und eine Handvoll Frauen und Kinder seid noch übrig von den Hunderten, die einst dort lebten.«

Er starrte in die Gesichter um ihn her. »Ich sehe viele allein schon in diesem Raum.«

»Aber sie alle sind Euch fremd, Master Talbot, denn dies hier ist Develish und nicht Pedle Hinton. Erlaubt Ihr mir, Euch zu Eurer Tochter zu bringen, damit sie Euch noch einmal erklären kann, warum Ihr hier seid? Ich glaube, die Müdigkeit hat Euch die Reise vergessen lassen, die Ihr unternommen habt, um zu uns zu gelangen.«

Er runzelte verwirrt die Stirn. »Meine Töchter habe ich verloren.«

»Nicht alle, Sir. Eine lebt noch. Alice ist ihr Name. Ihr werdet sie erkennen, wenn Ihr sie seht.«

Er nickte verdutzt, und Lady Anne bedeutete Clara mit einer Handbewegung, ihn loszulassen. Sie tat es, hielt sich aber bereit, ihn gleich wieder zu packen, sollte er die Hand gegen ihre Herrin erheben. Sie kannte sich mit der Wut aus, die aus der Verwirrung des Alters erwuchs, denn ihre Großmutter hatte an der gleichen Geistesschwäche gelitten.

»Soll ich mitkommen, Milady?«, fragte sie.

»Ich glaube, das schaffen wir schon allein.« Lady Anne legte eine stützende Hand unter Harolds Ellbogen. »Es sind nur wenige Schritte bis zum Saal, wo Alice uns erwartet. Es wäre sehr freundlich, Master Talbot eine Schale Kamillentee mit Baldrian zu bereiten. Mir scheint, er bedarf der Ruhe.«

»Isabella wird Euch den Tee sogleich bringen, Milady.«

Clara sah ihnen nach, bis sie aus der Tür waren, und nahm dann einen Topf mit getrockneten Kamillenblüten und ein Fläschchen Baldriantinktur von einem hohen Regalbrett an der Wand hinter ihr. »Du brauchst keine Angst zu haben«, sagte sie zu May Thurkell, während sie ein paar Blüten in eine Tonschale löffelte und eine Kelle kochendes Wasser aus dem Kessel darüberschüttete. »Milady hat nichts an dir auszusetzen.«

»Seid Ihr sicher, Mistress Trueblood?«, fragte das Mädchen unter Tränen. »Ich fand, sie war freundlicher zu Master Talbot als zu mir.«

»Er ist alt und ein bisschen wirr im Kopf. Sie wollte ihn beruhigen, nicht noch weiter in Rage bringen.« Clara goss den Absud in eine zweite Schale und gab die Tinktur dazu. »Der ärgert uns heute nimmermehr, denn dieser Tee wird ihn schläfrig machen. Aber morgen gehst du ihm besser aus dem Weg.« Sie winkte Isabella herbei. »Du auch«, sagte sie und reichte ihr die Teeschale. »Er ist nicht so verwirrt, dass er sich nicht an eure hübschen Gesichter erinnern würde.«

Isabella wusste, dass Clara recht hatte, als sie sah, wie der Alte sie angrinste, sobald sie den Saal betrat. Seine Tochter stand neben ihm, und er wirkte weniger verstört als zuvor in der Küche. Gerade erzählte er Lady Anne, er sei in Pedle Hinton ein wichtiger Mann gewesen.

Lächelnd nahm Milady Isabella die Teeschale ab. »Wir müssen Euch ein passendes Quartier zur Verfügung stellen, Sir. Es ist nicht angemessen für einen Dorfältesten, zusammen mit den Kindern und Mägden im Saal zu schlafen.«

»In Pedle Hinton hatte ich ein schönes Haus.«

»Und das sollt Ihr in Develish wieder haben. Wie ich von Alice weiß, seid Ihr ein gottesfürchtiger Mann, und zufällig haben wir noch ein Quartier am Kirchenpfad frei. Dort werdet Ihr einen meiner wichtigsten Berater zum Nachbarn haben und jederzeit die Beichte ablegen können, wann immer es Euch genehm ist.« Sie wandte sich an Isabella. »Möchtest du deine Mutter bitten, dir beim Herrichten der Hütte zu helfen, Kind? Master Talbot wird auf einem frisch aufgeschütteten Binsenbett noch besser schlafen. Eine Handvoll von jeder der Rollen in meiner Kemenate sollte reichen.«

»Tz, tz«, machte Martha Startout kopfschüttelnd, während sie und Isabella den Staub aus der Hütte fegten und frisches Stroh auf dem Boden auslegten. »Den Frauen wird es aber nicht gefallen, dass ihre Matratzen für so einen geilen Alten ausgedünnt wurden.«

»Sie würden sich noch mehr beklagen, wenn er sich mitten in der Nacht an ihren Töchtern vergreift«, sagte Isabella.

Martha strich den Strohsack glatt und richtete sich auf. »Thaddeus hätte ihn nicht herbringen sollen. Keine der Frauen aus Pedle Hinton kann ihn im Zaum halten – schon gar nicht Alice, die jedes Mal zusammenzuckt, wenn er in ihre Nähe kommt.«

»Das ist nicht ihre Schuld, Mama. Sie hat mir so einiges erzählt, da kann ich nur froh sein, dass ich nicht in Pedle Hinton geboren bin. Es klingt nach einem grausamen Ort.«

»Wieso das?«

»Mädchen und Frauen wurden wie Sklaven behandelt. Alles, was Alice je gelernt hat, ist, vor Männern zu kuschen.«

»In Develish war es nicht anders, bevor Milady herkam.«

»Das macht es noch lange nicht richtig, Mama.«

»Das sage ich auch nicht, aber Mitleid wird ihnen nicht helfen. Das Beste, was mich Lady Anne gelehrt hat, ist, meine Meinung zu sagen. Sie war nur ein Jahr älter als du, als sie Sir Richard heiratete, aber sie hat sich immer geweigert, vor einem Mann klein beizugeben.« Ein Lächeln blitzte in ihren Augen auf. »Sie hat deinen Vater auf eine Weise gerügt, wie ich es nie gewagt hätte, obwohl er mehr als doppelt so alt war wie sie.«

Isabella blickte neugierig auf. »Was hatte er denn getan?«

»Essen gefordert, nach achtzehn Stunden Schwerarbeit auf den Feldern.«

»Und das war falsch?«

Martha lachte. »Fand Milady jedenfalls. Sie zeigte auf den Kessel Fleisch, den sie zubereitet hatte, und wies ihn an, sich selbst zu bedienen. Nur der Selbstsüchtigste und Rücksichtsloseste aller Männer, sagte sie, würde die Mutter neugeborener Zwillinge wie eine Sklavin herumscheuchen.« Sie schüttelte den Kopf. »Es war gerade einen Monat her, dass die Jungen zur Welt gekommen waren, und deine Schwester Abigail war noch keine zwei Jahre alt. Ich hatte kaum genug Milch, um ein Baby zu stillen, geschweige denn zwei, und ohne Lady Annes Hilfe hätte ich es nicht geschafft. Sie kam jeden Tag und kümmerte sich um die Kinder, während ich in der Küche arbeitete, und sie brachte sogar andere stillende Frauen dazu, mir am Ende ihres langen Arbeitstages noch als Ammen auszuhelfen.« Sie streichelte Isabella die

Wange. »Und das Beste war, dass sie mir während ihrer Anwesenheit an jenem Abend zeigte, dass dein Vater gar kein solcher Unhold war.«

Isabella konnte sich nicht vorstellen, dass ihre Mutter Gyles je in so üblem Licht gesehen hatte. »Wie das?«

»Er bat sie, ihm zu sagen, was er noch tun könne, um das Wohlergehen seiner Frau und Kinder zu sichern, und sie war sich seiner Stellung so bewusst, dass sie draußen mit ihm sprechen wollte, damit alle es hören konnten.« Sie sah das Unverständnis ihrer Tochter. »Er war ein Mann«, erklärte sie. »Er hatte die Pflicht, seinem Treueid Folge zu leisten, Feldfrüchte zu säen und zu ernten und seiner Familie nach Sitte und Gesetz vorzustehen. Einen der Zwillinge zu versorgen, während ich den anderen an der Brust hatte, oder das Essen zu kochen, um mir Zeit zum Schlafen zu lassen, waren Aufgaben, die den Frauen vorbehalten waren. Milady zog viel Kritik auf sich, weil sie einen stolzen Mann genötigt hatte, sich zu erniedrigen, aber sie befreite Gyles von jeglichem Vorwurf.«

»Fühlte Vater sich denn erniedrigt?«

Martha schüttelte den Kopf. »Er fand es vernünftig, dass ein Mann sich ebenso sorgsam um Frau und Kinder kümmern sollte wie um die Nutztiere seines Herrn. Deine Brüder waren die ersten Zwillinge in Develish, die älter als sechs Monate wurden, und seither hat Gyles Milady stets in den höchsten Tönen gepriesen.« Sie deutete zur Tür. »Wir sollten lieber gehen. Es ist für niemanden von Vorteil, wenn Master Talbot im Haus einschläft.«

Isabella folgte ihr. »Es ist ein Glück für Develish, dass Milady ihre Sicht der Dinge an Vater weitergab«, bemerkte sie nachdenklich. »Wenn sie einen Mann wie Master Talbot gerügt hätte, hätte er die Bauern gegen sie aufgehetzt.«

»Das könnte er immer noch«, entgegnete Martha säuerlich. »Er wird sich kaum in der Hütte halten lassen, wenn sie John Trueblood nicht befiehlt, die Tür zu verriegeln.«

Pater Anselm machte sich nicht die Mühe, sein Misstrauen zu verbergen, als Lady Anne die Kirchentür schloss und zu ihm an den Altar trat, wo er die Kerzen für die Vesperandacht anzündete. Es gab zu viel Ungemach zwischen ihnen, als dass sie ihn aus reiner Freundlichkeit aufgesucht hätte. Er quittierte ihre Anwesenheit mit einem knappen Kopfnicken. »Milady.«

»Pater«, antwortete sie höflich.

Er wartete, dass sie den Grund ihres Besuchs zur Sprache brachte, aber wie immer reizte sie ihn durch Schweigen. »Kann ich Euch mit irgendetwas dienen?«, fragte er schließlich.

»In dieser Hoffnung bin ich hergekommen, Sir.« Sie sah zu, wie er den Kienspan an einen Kerzendocht hielt, doch seine Hand zitterte so sehr, dass er ihn immer wieder verfehlte. Sie nahm ihm den Span ab und hielt die Flamme selbst an den Docht. »Clara sagt mir, dass Euch der Met ausgegangen ist. Stimmt das?«

Er antwortete nicht.

»Wir haben noch einen reichlichen Vorrat an Wein im Haus, der seit Sir Richards Tod unberührt geblieben ist. Ich werde Euch welchen bringen lassen. Das Zittern war bei meinem Gemahl immer am schlimmsten, wenn er sich des Trinkens enthalten musste, weil der Wagen mit dem Nachschub verzögert eintraf.« Sie entzündete die übrigen Kerzen und blies den Kienspan aus.

Notgedrungen schluckte der Priester seinen Stolz herunter. »Milady ist sehr freundlich.«

Sie lächelte kühl. »Dankt mir lieber noch nicht, Pater, bevor Ihr meine Bitte an Euch vernommen habt.«

Er verwünschte sich im Stillen, dass er in die Falle getappt war. »Hängt der Wein von meiner Zustimmung ab, Milady?«

Sie schüttelte den Kopf. »Den gebe ich Euch ebenso bereitwillig, wie ich Euch früher Tinkturen gegen Eure Rückenschmerzen gab. Ich habe nicht den Wunsch, Euch leiden zu sehen. Unsere Dispute betrafen Gewissensfragen, nicht die Medizin.«

Pater Anselm hatte seine Zweifel, ob man Ketzerei so leicht abtun konnte, doch er akzeptierte gern, dass Wein Medizin sei. »Wie ich Sir Richard gegenüber oftmals erwähnte, in der Heilkunde habt Ihr mir viel voraus.«

Lady Anne lachte. »Euch dafür zu danken hatte ich wenig Grund. Mein Gemahl fand jeden Tag ein neues Zipperlein, das er mir dringend vorführen musste. Wäre er nicht so leicht bereit gewesen, gefärbtes Wasser als Arznei einzunehmen, hätte ich ihn ermutigt, Euch mit noch viel mehr Bitten um Beichte und Absolution auf die Nerven zu fallen.«

Der Priester schnaubte ärgerlich. »Und ich hätte ihm beides gerne angeboten, wie es meine Pflicht gebietet«, blaffte er. »Ihr werdet hoffentlich nicht abstreiten, dass ich in Dingen des Glaubens und der kirchlichen Rituale das Sagen habe.«

»Gewiss nicht, Sir. Mit Eurem Wissen um klerikale Prozeduren steht Ihr allein.«

Seltsamerweise schienen ihre Worte ihn zu betrüben. Er wandte sich zum Altar und schlug mit fahrigen Gesten ein Kreuz. »Das will Thurkell uns glauben machen. Ich bete stündlich, dass er unrecht haben möge.«

Lady Anne brauchte einen Moment, um zu begreifen, was er meinte, und sie streckte instinktiv eine tröstende Hand aus. »Vergebt mir«, sagte sie. »Ich hätte mich längst fragen sollen, wie Thaddeus' Schilderung von sterbenden Priestern und Mönchen auf Euch wirken mag. Ihr seid so sehr ein Teil der Gemeinschaft von Develish, dass ich immer vergesse, wie sehr Euch das größere Netz der Kirche umfangen hält. Es muss Euch überaus betroffen haben, vom Tod Eurer Amtsbrüder zu hören.«

Er schien froh, ihre Hand halten zu können. »Ich bin eher verängstigt als betroffen, Milady.«

Sie musterte ihn überrascht, weil er ihre Finger so fest umklammerte. »Was fürchtet Ihr denn?«

»Dass ich der einzige Priester sein könnte, der überlebt hat. Ich bin zu schwach, um so viel Verantwortung allein zu schultern.«

Lady Anne wunderte sich, dass ihr selbst so eine düstere Vision der Zukunft noch nie in den Sinn gekommen war. Sie konnte sich vorstellen, wie einsam und isoliert er sich fühlen musste, denn so fühlte sie sich selbst. Sie suchte nach einer Antwort, die ihn trösten könnte. »Gott prüft uns nie so hart, dass wir versagen, Pater. Vielleicht ist es Sein Wille, Euch – und jeden, der die Pest überlebt – zum Zeugen für die zu machen, die gestorben sind. Ihre Namen werden in Vergessenheit geraten, wenn wir nicht mehr Zeugnis über sie ablegen.«

Ihre Worte schienen ihn nur noch mehr aufzuwühlen. »Ich habe nichts zu bezeugen«, schrie er und riss sich los, um in fiebriger Hast ein weiteres zittriges Kreuz zu schlagen. »Ihr habt ja alle Leidenden von Eurer Türschwelle gewiesen … selbst Euren eigenen Gemahl.«

»Aber ist das nicht eher etwas, das es zu feiern gilt?«,

fragte Lady Anne perplex. »Ich wünschte, alle Gutshöfe hätten das Gleiche getan. So viele Leben wurden unnötig geopfert, aus purer Gedankenlosigkeit.«

Der Priester stemmte zornig die Arme in die Seiten. »Ihr habt nicht zu entscheiden, welcher Tod nötig ist und welcher nicht. Ihr erhebt Euch selbst über Gott, indem Ihr so etwas behauptet.«

Lady Anne schüttelte müde den Kopf. »Das war nicht meine Absicht«, entgegnete sie ruhig. »Wenn ich Euch gekränkt habe, so tut es mir aufrichtig leid.«

»Ihr kränkt nicht mich, sondern Gott, Euren Herrn.«

»Dann bitte ich Ihn noch demütiger um Vergebung als Euch. Er behütet uns mit mehr Wohlwollen, als wir verdienen. Könnt Ihr wenigstens davon Zeugnis ablegen?«

Der Alte mahlte zornig mit den Zähnen. »Kann ich nicht. Gott hat sich von diesem Ort abgewandt, seit Ihr herkamt. Master de Courtesmain sah das genauso wie ich.« Speichel sammelte sich in seinen Mundwinkeln. »Ihr habt Eure Leute angestiftet, jedes einzelne Gebot zu brechen, und sie sind so sehr von Eurer Gottlosigkeit angesteckt, dass keiner es mehr für nötig hält, die Beichte abzulegen. Wollt Ihr etwa, dass ich davon Zeugnis ablege? Oder schlimmer noch, dass ich bezeuge, wie Euer Galan, ein Knecht, der sich als Edelmann ausgibt, ein Testament stiehlt und Dämonen in Gestalt von Katzen unter uns loslässt?«

Lady Anne wandte sich ab, nicht länger willens, sich in eine Streiterei hineinziehen zu lassen. »Ihr müsst die Wahrheit so darstellen, wie sie Euch erscheint, Pater«, sagte sie. »So geht es uns schließlich allen. Ich werde Euch demnächst den Wein zukommen lassen, doch Ihr tätet gut daran, ihn Euch einzuteilen. Der Vorrat ist begrenzt.«

Er blickte der zierlichen Gestalt nach, wie sie im Schatten

jenseits des Kerzenlichts verschwand. »Ihr hattet noch eine Bitte an mich.«

Sie blieb stehen. »Ist nicht weiter wichtig. Ihr habt mir bereits geantwortet, als Ihr von Eurem Wissen um Riten und Rituale spracht.«

Er hörte, wie der Türriegel angehoben wurde und Lady Anne ruhig zu den Leuten draußen sprach. Sie musste ihnen wohl die Erlaubnis zum Eintreten gegeben haben, denn auf ihre Worte folgte gedämpftes Füßescharren auf dem mit Spreu bestreuten Boden. Er erkannte die Gesichter der Knechte aus Pedle Hinton, die er über den Burggraben hinweg beobachtet hatte, und runzelte verblüfft die Stirn. »Was macht ihr denn hier?«, fragte er.

»Wir kommen zur Vesperandacht, Pater«, sagte Alice Bartram. »Sechs Monate ist es her, seit wir zuletzt einem Gottesdienst beiwohnten.«

»Oder überhaupt einen Priester gesehen haben«, sagte eine andere, fiel auf die Knie und fasste nach seinen Händen. »Wir bitten Euch dringlich, uns die Beichte abzunehmen.«

Harold Talbot trat aus ihrer Mitte und musterte Pater Anselm. »Ich kenne den Menschen nicht«, sagte er, an seine Tochter gewandt. »Wo ist Pater Jean?«

»Er ist an der Pest gestorben und in Pedle Hinton begraben«, sagte Alice. »Jetzt sind wir in Develish, und dies ist der hiesige Priester.« Sie streckte bittend die Hände nach Pater Anselm aus. »Er wird Trost finden, wenn Ihr die Psalmen singt, Pater. Bitte tut uns den Gefallen – und lasst Euch nicht stören, wenn er dazwischenredet. Er ist ein wenig übermütig, nachdem er den ganzen Tag geruht hat, aber er meint es nicht böse.«

Böse. In Pater Anselms Ohren klang es wie eine Verdammung, und er fragte sich, ob er unrecht gehabt hatte, Lady

Annes Absichten zu misstrauen. »Warum habt ihr draußen gewartet?«

»Milady sagte, es sei Eure Gewohnheit, die Vesperandacht zum Zwiegespräch mit Gott zu nutzen. Sie wollte sich erst versichern, dass Ihr bereit wärt, uns einzulassen. Mein Vater kennt alle Psalmen auswendig, er hat sie von Pater Jean gelernt. Gerne wird er Euch beim Psalmodieren zur Seite stehen, wenn Ihr erlaubt.«

Pater Anselm wich zum Altar zurück, um Halt daran zu suchen. Betrunken erinnerte er sich manchmal noch an die Gesänge der Vesperandacht, in nüchternem Zustand aber waren sie ihm vollkommen entfallen. Mit zitternder Hand strich er über den Altar, als könnte ein Wunder ihm plötzlich Bibel und Katechismus zur Hand geben, denn er hatte keine Ahnung, wo sie abgeblieben waren. Dann fühlte er den Stoff eines Umhangs sanft über seinen Arm streifen.

»Ihr würdet Master Talbot einen großen Gefallen tun, wenn Ihr ihm erlaubt, Euch als Ministrant zur Seite zu stehen, Pater«, sagte Lady Anne. »Er bittet um Verständnis für Fehler, da er in der Sprache der Kirche weniger bewandert ist als Ihr.« Unter dem Schutz ihres Mantels zog sie ihre eigene Bibel aus der Kitteltasche und ließ sie verstohlen auf den Altar gleiten. »Er würde gern mit dem 109. Psalm beginnen.« Sie schlug das Buch an einer vorgemerkten Stelle auf und las laut auf Latein: »*Gott, mein Ruhm, schweige nicht! Denn sie haben ihr gottloses und falsches Maul wider mich aufgetan und reden wider mich mit falscher Zunge.*«

Hinter ihnen übernahm der Alte in derselben Sprache: »*Und sie reden giftig wider mich allenthalben und streiten wider mich ohne Ursache. Dafür, dass ich sie liebe, sind sie wider mich; ich aber bete. Sie beweisen mir Böses um Gutes und Hass um Liebe. Setze Gottlose über ihn; und der Satan müsse sitzen zu seiner Rechten. Wenn er gerichtet wird, müsse er verdammt ausgehen, und sein Gebet müsse Sünde sein. Seiner Tage müssen wenige werden, und sein Amt müsse ein anderer empfangen. Seine Kinder müssen Waisen werden und sein Weib eine Witwe. Seine Kinder müssen in der Irre gehen und betteln und suchen, als die verdorben sind.«*

Als Pater Anselm nicht antwortete, legte Lady Anne einen Finger neben die Zeile, um ihm zu zeigen, wo sie waren. *»Und niemand müsse ihm Gutes tun, und niemand erbarme sich seiner Waisen«,* las er mit zittriger Stimme. *»Seine Nachkommen müssen ausgerottet werden. Seiner Vater Missetat müsse gedacht werden vor dem Herrn, und seiner Mutter Sünde müsse nicht ausgetilgt werden. Der Herr müsse sie nimmer aus den Augen lassen, und ihr Gedächtnis müsse ausgerottet werden auf Erden …«*

Er verhaspelte sich, stockte, und in der Stille, die darauf folgte, holte Harold Luft, um wieder einzusetzen. Seufzend wandte Pater Anselm sich zu ihm um. »Verstehst du überhaupt, was du da sagst, mein Sohn? Hat euer Priester in Pedle Hinton euch diese Worte je ins Englische übertragen?«

»Das tat er.«

»Und schöpfst du Trost aus ihnen?«

Harold beäugte den Pater misstrauisch. »Wie alle wahrhaft Betenden. Wir gefährden unsere Seelen, wenn wir die Gottesfurcht vergessen. Gott ist gar schrecklich in seinem Zorn gegen jene, die unrecht tun.«

Diesmal zögerte Pater Anselm so lange, dass Lady Anne bereits anfing, seine Nüchternheit zu bedauern. Hätte sie ihm eine Stunde vor der Vesperandacht in weiser Voraussicht einen Krug Wein bringen lassen, würde er Harold nun als Ausbund der Tugend sehen und den 109. Psalm ohne Bedenken herunterleiern. Sie nahm die Bibel vom Altar und trat vor, um an seiner statt zu lesen, doch er hielt sie mit erstaunlich festem Griff zurück.

»Es gibt keine Furcht vor Gott in Develish und keinen Platz für diesen Psalm in unserer Kirche«, erklärte er. »Der Herr segnet uns mit Liebe und Güte, und wir tun unser Bestes, es Ihm zu vergelten, indem wir miteinander teilen, was wir haben. Milady ermutigt ihre Leute zu der Hoffnung, dass alle verschont werden, ob gottesfürchtig oder nicht, denn wir wollen nicht, dass irgendjemand Tod und Verderben erleidet. Wart ihr in Pedle Hinton denn so von Feinden umzingelt, dass ihr euch mit diesen bitteren Worten des Hasses an ihre Qualen zu erinnern trachtet?«

»Das ist Gottes Wille. Es sind Seine Worte.«

Pater Anselm schüttelte den Kopf. »Es sind die Worte eines Mannes, voll von Feindseligkeit gegen die, die sich ihm entgegenstellen. Rezitierst du uns diese Worte, weil auch du Feindseligkeit im Herzen trägst?«

Harolds Augen funkelten. »Die Bibel ist das Wort Gottes. Was seid Ihr für ein Priester, das nicht zu wissen?«

»Ein armseliger, mein Sohn, denn ich habe keine Ahnung, wie Gott dieses Mannes Rachedurst gestillt hat. Glaubte Pater Jean etwa, dass Zorn und Groll belohnt würden? Ich für meinen Teil weiß nur, dass Gott Seinen Sohn gesandt hat, unsere Sünden auf sich zu nehmen und uns zu lehren, einander zu vergeben – und nichts könnte dieser Botschaft der Nächstenliebe ferner sein als die Forderung nach unversöhnlicher Rache in diesem Psalm.«

Harold schien so verblüfft von der Frage, dass Alice an seiner Stelle antwortete. »Der Bischof verkündete, dass die Pest eine Strafe für die Gottlosigkeit sei, Sir, und Milord of Pedle Hinton befahl Pater Jean, diesen Psalm bei jeder Vesperandacht zu Gehör zu bringen, als Warnung, dass alles

darin Vorhergesagte eintreffen würde, wenn wir unsere Gebete vergäßen und vom Tugendpfad abwichen. Wir hielten
es für richtig, bis wir nach Develish kamen.« Sie sah scheu
zu Lady Anne hin. »Jetzt wissen wir nicht mehr, was wir
glauben sollen, außer, dass die Leute hier mit ihrer Herrin
gesegnet sind.«

Vielleicht war Pater Anselm ebenso verwirrt wie Harold,
denn er sank vor dem Altar auf die Knie und vergrub das
Gesicht in den Händen.

OSTERN 1349

ELF

Blandeforde, Dorseteshire

Thaddeus saß auf Killers Rücken und blickte vom Kamm eines kleinen Hügels hinab auf Blandeforde. Gyles hatte diesen Ort als einen geschäftigen Marktflecken beschrieben, der seine Bedeutung der günstigen Lage an einer Brücke über den Stout verdankte. Doch obwohl die Ansiedlung größer war als die meisten, die Thaddeus und seine Begleiter besucht hatten, wirkte sie nicht wesentlich belebter. Eine Handvoll Leute waren an der einen oder anderen Ecke auszumachen, aber es waren nicht so viele, dass es nach einem florierenden Gemeinwesen aussah. Wie immer war Thaddeus betroffen von der Lethargie der Menschen. Selbst die, die irgendeine Absicht zu verfolgen schienen, bewegten sich schleppend, als hätten sie sich längst damit abgefunden, dass der Kampf ums Überleben die Mühe nicht lohnte.

Ian zog die Zügel an, als sein Pferd, gelangweilt durch das lange Verharren, seitwärts ausscherte. »Glaubst du, sie wissen, dass morgen ein Festtag ist?«, fragte er. »Vielleicht hat es all ihre Priester dahingerafft, und sie denken, wir sind noch in der Fastenzeit?«

Thaddeus schüttelte den Kopf. »Es gibt in England niemand, der nicht wüsste, dass Ostern auf den Sonntag nach dem ersten Frühlingsvollmond fällt. Letzte Woche war der Himmel klar, da konnten sie den Mond scheinen sehen, genau wie wir.«

Der zunehmende Mond war ihr Aufbruchsignal gewesen, nordwärts zu reiten, denn Thaddeus hoffte, ihr Eintreffen würde inmitten der Feierlichkeiten nicht so auffallen. Ostern war ein Tag der Umzüge und Festgelage nach sechs langen Fastenwochen, und er hatte erwartet, die Vorbereitungen in Blandeforde in vollem Gange zu finden. In Develish wurden am Samstagabend die Lämmer geschlachtet und die letzten Verzierungen auf die Festgewänder gestickt. Hier aber war keine Spur von solcher Emsigkeit zu entdecken.

»Sie werden wie die Überlebenden in Melcombe sein«, sagte Peter. »Da haben wir auch niemanden gefunden, der einen Grund zum Feiern sah.«

»Und auch sonst nirgendwo«, setzte Joshua hinzu. »Sie warten alle nur noch auf den Tod.«

Thaddeus konnte diesen Eindruck nur bestätigen. Einen Monat lang waren sie die Küste entlanggeritten, um herauszufinden, wie es um den Landstrich bestellt war; doch sie hätten ihre Reise auch schon in Melcombe beenden können, wenn sie gewusst hätten, dass sie überall auf die gleiche dumpfe Niedergeschlagenheit stoßen würden. Nachts hatten sie abseits des Hafens campiert, bei Tag waren sie durch die Straßen geritten, um so viel in Erfahrung zu bringen, wie sie nur konnten. Aber das war schwer. Die Pest hatte die Stadt dermaßen überwältigt, dass keiner zu sagen vermochte, wie viele Menschen gestorben waren. Selbst als sie an einen der Stadtväter verwiesen wurden, einen einflussreichen Mann, zeigte der sich ebenso unwissend wie die Bettler in der Gosse. Viele waren geflohen, als die Pest ausbrach, sodass niemand Auskunft geben konnte, wer gestorben war und wer überlebt hatte.

Von Melcombe aus hatten sie sich entlang der Küste nach Lyme Regis begeben, durch verödete oder kaum bewohnte Ländereien. Thaddeus sprach jeden an, den er traf, bot Rat und Beistand an, doch er hatte keine Antworten auf die drei Fragen, die ihm am häufigsten gestellt wurden: *Straft Gott uns, indem Er uns am Leben lässt? Wird unser Lehnsherr je wiederkehren? Weiß der König von unserer Not?* Alles, was er mit Sicherheit berichten konnte, war, dass Dorseteshire wie leer gefegt war, ob nun durch Flucht oder Tod.

Als sie die Landstraße entlang nach Dorchester gelangten – einst die blühendste Handelsstadt im südlichen Dorseteshire –, fanden sie die Läden und Tavernen verlassen und die Türen mit Kreuzen beschmiert. Nur hie und da ließ ein Schatten am Fenster darauf schließen, dass dort noch jemand lebte. Thaddeus wäre gleich nordwärts nach Blandeforde weitergezogen, hätte das Meer ihn nicht so sehr in Bann geschlagen. Seinen Begleitern sagte er, er wolle versuchen herauszufinden, ob es noch einen anderen Hafen im Osten gab, doch er schien keine Eile damit zu haben. Sooft er nur konnte, zog er den felsigen Pfad am Rande der Klippen dem geraden Weg über die Landstraße vor.

Die Jungen beklagten sich nicht. Man konnte sich wahrhaft frei fühlen, wenn man auf einer Klippe stand und über den Ozean blickte. An manchen Tagen war das Wasser trüb und grau, doch an sonnigen Nachmittagen spiegelte es die Bläue des Firmaments, und man konnte kaum sagen, wo das Wasser endete und der Himmel begann. Am liebsten schlugen sie ihr Lager an Kieselstränden auf, wo kleine Flüsse die Felsen durchschnitten hatten, um sich ins Meer zu ergießen. Das Treibholz ließ sich leicht verfeuern, und das sanfte

Rauschen der auslaufenden Brandung wiegte sie in einen tiefen, erholsamen Schlaf.

Sie gewöhnten sich an das Kreischen der Möwen, aber nie an die gigantische Zahl und Größe der Vögel. Riesig wie Geier, herrschten sie über die Küste und beäugten die Reisenden aus fahlen Augen. Thaddeus dachte, sie ernährten sich von Fischen, aber Joshua sagte, er habe ein Dutzend von ihnen auch schon an einem Schafskadaver picken sehen. Nur Peter mochte die Möwen und ahmte ihre Rufe mit derselben Leichtigkeit nach, mit der er Amseln und Lerchen imitierte.

Sie freuten sich, als sie einen Streifen goldenen Sandes entdeckten, der in einer weiten, mit baumbestandenen Inselchen gesprenkelten Bucht mündete. Weil der Zugang vom Meer aus schmal war – ein Einschnitt von einer Viertelmeile zwischen zwei Landzungen –, war das Wasser hier so still wie ein See, und die Jungen staunten über so viel Schönheit. Wie eintönig Develish ihnen dagegen schien. Ein halbes Dutzend Segelschiffe lagen in der Mitte der Bucht vor Anker, aber alle wirkten so verlassen wie die umgekippten Fischerboote am Ufer. Mit seinen Adleraugen erspähte Edmund eine Ansiedlung auf der anderen Seite, doch Thaddeus nahm an, sie wäre wohl nur über die Landstraße zu erreichen. Um die Wasserläufe in der Bucht herum war der Boden zu sumpfig, als dass die Pferde sich gefahrlos am Ufer entlang hätten bewegen können.

Gerne gab er nach, als seine Begleiter ihn baten, die Nacht am Strand verbringen zu dürfen, denn er war ebenso bezaubert wie sie von dem weichen Sand und der schneeweißen Gischt der sanft auslaufenden Wellen. Sie suchten nach einem geschützten Platz zwischen den Bäumen, die entlang der Landzunge standen. Thaddeus zog die Stiefel aus und führte Killer durch die flachen Wellen. Wie hypnotisiert von dem Sog des Sandes zwischen seinen Zehen, wenn das Wasser zurückfloss, bemerkte er das hinter ihm auf das Ufer zudriftende Fischerboot erst, als Ian einen Warnruf ausstieß.

Er drehte sich um und gewahrte einen Graubart und einen Jungen, die mit ihren Rudern versuchten, das Boot wieder in tieferes Gewässer zu manövrieren. Er rief ihnen einen Gruß zu, fragte, wohin sie wollten, und der Graubart zeigte auf die Öffnung der Bucht und sagte, die Strömung habe sie abgetrieben. Das Boot war für einen müden Alten und seinen Enkel zu schwer geworden, nachdem sie mit viel Mühe Netze voller Fische hineingewuchtet hatten. Ohne einen Gedanken daran, ob die beiden vielleicht Flöhe haben könnten, entledigte Thaddeus sich seines Mantels, ließ Killer laufen und watete auf sie zu. Er stemmte die Schulter gegen die Planken des Bugs, und als das Boot sich zu drehen begann, schob er es am Heck in tieferes Wasser und rief nach einem Seil.

»Das Wasser ist flach genug, dass ich euch bis zur Landspitze ziehen kann, aber von da aus müsst ihr es selbst schaffen.«

Der Graubart bezweifelte nicht, dass sein edel gewandeter Retter ein Mann von Stand sei, und dankte ihm untertänig, versprach ihm einen Schwung Makrelen für seine Mühe. Er gäbe sich ebenso gern mit Nachrichten zufrieden, entgegnete Thaddeus, und der gesprächige Alte ließ sich nicht zweimal bitten. Thaddeus erfuhr, dass die Ansiedlung am anderen Ende der Bucht Poole hieß und dass es noch eine weitere westlich davon mit Namen Warham gab, zwischen den Mündungen der Flüsse Pedle und Frome gelegen. Mehr als die Hälfte der Bewohner dieser Städtchen waren gestorben oder geflohen, und das Fischen war mühsamer geworden, nachdem nur noch die Schwächsten da waren, um sich mit den Booten und den Netzen abzuplagen.

»Der Junge und ich haben's heute gut getroffen, aber der Fang wäre zu Möwenfutter geworden, wenn die Flut uns hätte stranden lassen. Gott war gnädig, uns einen so kräftigen Mann zu schicken, der uns wieder flottmachen konnte. Habt Ihr denn keine Angst vor dem Ertrinken, Sire?«

Thaddeus lachte, während ihm die Wellen um die Brust schäumten. »Noch nicht, mein Freund. Erzähl mir von diesen Fischen, die du gefangen hast. Schmecken sie so gut wie Flussfische?«

»Besser. Das Salzwasser macht sie aromatischer.«

»Und sie heißen Makrelen?«

»Jawohl.«

»Und diese fetten Vögel sind Möwen? Die habe ich auch noch nie zuvor angetroffen.«

Der Graubart fand das schwer zu glauben. »Ihr habt den Anschein eines Ausländers, Sire. Wie kamt Ihr denn hierher, wenn nicht übers Meer?«

Thaddeus nahm sich auf der Stelle vor, seine Worte vorsichtiger zu wählen, wenn er mit dem Vogt von Blandeforde sprach. »Ich kam bereits als Kind hierher und kann mich nicht an die Reise erinnern«, log er. »Und seitdem lebe ich im Norden.« Er ließ das Seil durch die Finger gleiten, damit das Boot weiter vom Ufer wegdriften konnte, als sie der Spitze der Landzunge näher kamen. »Kommen denn viele Ausländer in diese Bucht?«

»Früher schon, aber seit September haben wir keine mehr gesehen. Man sagt, ganz Europa sei dahingerafft worden.«

»Nicht ganz. Es wird noch welche wie dich geben, die überlebt haben. Sie werden wieder in See stechen, sobald die Seuche vorüber ist.«

Die Antwort war ein hohles Lachen. »Es gibt nur noch wenige hier, die das glauben, Sire. Wenn wir nicht heute sterben, dann morgen. Wie kommt Ihr darauf, dass es anders sein könnte?«

»Gesunder Menschenverstand. Wann ist in Poole zuletzt jemand daran gestorben?«

»Ich habe seit Weihnachten von keinen Sterbefällen mehr gehört.«

»Dann, so Gott will, haben die Städte entlang der Küste schon das Ende der Seuche erreicht, denn in Melcombe und Lyme Regis haben sie uns das Gleiche erzählt.« Thaddeus blieb stehen. »Jetzt musst du aber langsam das Seil übernehmen und zum Ruder greifen, mein Freund. Weiter kann ich euch nicht mehr schleppen.«

»Einen Moment noch, Milord. Der Junge packt die Fische in einen Sack und wird sie Euch zuwerfen, wenn Ihr das Seil loslasst.« Der Alte musterte Thaddeus mit bedächtigem Blick. »Ihr scheint zuversichtlicher als die meisten, dass Ihr die Seuche überleben werdet, Sire. Wie schützt Ihr Euch davor?«

Thaddeus erinnerte sich an Ians Warnung, nicht von Ratten und Flöhen anzufangen. Es war ja gut und schön, den Leuten neue Hoffnung zu geben, aber man sollte sich dabei nicht zum Gespött machen. »Ich komme aus einem Land, wo man Wert auf Sauberkeit legt«, sagte er stattdessen. »Wir vergraben unseren Unrat und dulden kein Ungeziefer in unserem Haus oder an unserem Leib. Diese Bräuche halten uns gesund.«

»Wo soll das sein, Sire? In einem der Mohrenländer von Afrika? Wir haben früher schon Schiffe von dort gesehen, und die Seeleute sind alle so stattlich und dunkel wie Ihr, Sire. Sie sind freundlicher und höflicher als die meisten, und sauberer auch. Oft habe ich gesehen, wie sie sich die Nase vor dem englischen Gestank zuhielten.«

Afrika ... »Kennst du die Namen dieser fernen Länder?«

»Nur Ägypten.«

»Weil Leute von dort zu Besuch hier waren oder weil euer Priester euch von Moses erzählt hat?«

»Beides. Ihre Schiffe kommen aus einer Stadt namens Alexandria. Sie soll unbeschreiblich prachtvoll sein.«

Thaddeus nickte dem Jungen zu, der den fest umschnürten Sack mit dem Fisch hochhielt. Er wickelte das Seil auf und warf es dem Graubart zu, bevor er das Bündel auffing. »Bleibt gesund«, sagte er und hob die Hand zum Abschied.

Der Alte schmunzelte. »Wenn Ihr aus Afrika wärt, würdet Ihr es so machen«, sagte er, neigte den Kopf und tippte mit den Fingern an die Stirn.

Thaddeus ahmte die Geste nach. »Dank für den Fisch.«

Der Alte nahm das Ruder auf. »Und Euch für Eure Hilfe, Sire. Gott sei Dank werden wir heute Abend alle reichlich zu essen haben.«

Thaddeus ging zum Strand zurück und sah zu, wie der Graubart und sein junger Begleiter in die Bucht hinausschipperten, bevor er sich am Ufer entlang zu Ian begab, der Killer festhielt. Die Zähne klapperten ihm vor Kälte, als er sich aus den tropfenden Kleidern schälte und trockene aus der Satteltasche zog, aber seine Augen blitzten vergnügt.

»Was hat der Fischer gesagt, dass du so gute Laune hast?«

»Er hat mir etwas erzählt, das ich nicht wusste.« Thaddeus kleidete sich fertig an und kniete sich hin, um das Bündel aufzuschnüren. »Die hier heißen Makrelen«, sagte er, als zwölf silbrig blaue Fische zum Vorschein kamen. »Das wird mal eine angenehme Abwechslung vom ewigen Hammelfleisch.«

Schafe waren überall zu finden. Wo sie auch hinkamen, gab es Weideland, das sich vom Frost des Winters erholt hatte, und Mutterschafe, die Osterlämmer warfen. Doch inzwischen freuten sich nur noch die Hunde, wenn wieder ein Kadaver ausgeweidet wurde. Obwohl Thaddeus' einstmals schmächtige Begleiter dank reichlicher Fleischportionen kräftig zugelegt hatten, mäkelten sie endlos über die Eintönigkeit ihrer Kost. Bevor sie sich aber nach einem langen Tag im Sattel mit zwei Makrelen pro Nase abspeisen ließen, wurde der Hammel, den Joshua über der Kruppe seines Pferdes getragen hatte, doch noch in einen nahrhaften Eintopf verwandelt.

Sie machten ein Feuer aus Treibholz und abgebrochenen Ästen und sahen zu, wie die Sonne blutrot unterging und einen feurigen Streifen übers Meer sandte. Die Makrelen wurden auf einem Gitter aus biegsamen grünen Zweigen geröstet, und der Duft ihrer Blasen werfenden Haut war unwiderstehlich, ebenso wie das zarte, fette Fischfleisch, das sie schließlich von den Gräten klaubten. Ian leckte sich genüsslich die Finger ab.

»Was hat der Graubart dir noch erzählt?«, fragte er Thaddeus. »Es wird wohl nicht nur der Name des Fisches gewesen sein.«

Thaddeus überlegte, wie viel er von sich und den Fragen, die ihn immer gequält hatten, preisgeben sollte. »Er hat mir etwas von meinem Erzeuger erzählt. Den habe ich mir nie so recht vorstellen können.«

»Und wie stellst du ihn dir jetzt vor?«

»Als sauberen, höflichen, dunkelhäutigen Mann aus einem Land in Afrika ... vielleicht sogar aus einer Stadt namens Alexandria, in Ägypten.« Er lachte auf. »Ich hab keine Ahnung, wo Afrika ist, aber ein Vater von dort klingt für mich viel besser als ›fahrender Zigeuner‹.«

»Es wird ein bedeutender Mann gewesen sein, wer auch immer er war«, sagte Joshua. »Du bist zu klug, um einen Dummkopf zum Erzeuger zu haben.«

Peter nickte. »Ich schätze mal, er war ein reicher Händler, der nach England fuhr, um Seide und Teppiche zu verkaufen.«

»Oder ein Lord«, warf Edmund ein. »Wieso sich mit weniger zufriedengeben, wenn man mehr haben kann?«

Thaddeus schüttelte den Kopf. »Es ist nur ein Trost für mich, nichts, worüber man unnötig Worte verlieren müsste«, warnte er. »Wenn ich als Athelstan durchgehen soll, habe ich den Titel von meinem Vater und das Maurenblut von meiner Mutter. Denkt daran in Blandeforde, und erwähnt bloß niemals Eva. Es wird uns allen schlecht ergehen, wenn meine Hochstapelei aufgedeckt wird.«

Ian erinnerte sich an diese Worte, als sie auf die Stadt hinabblickten. Die Aussicht, dort einzutreffen, war erst nur eine vage Vorstellung gewesen, leicht zu verdrängen, während sie gemütlich an der Küste entlangritten; und so hatte er nie überlegt, ob er eigentlich dazu bereit war. Mochte Thaddeus auch zuversichtlich sein, was die Begegnung mit dem Vogt betraf, so galt das jedoch weit weniger für seine Begleiter. Vor einem Fischer als Gardesoldat durchzugehen war etwas ganz anderes, als die Täuschung vor Milord of Blandefordes Verwalter aufrechtzuerhalten. Zumal sie gar nicht verstanden, warum es nötig war. Was hoffte Thaddeus denn von dem Vogt zu erfahren, das er nicht auch von den Leuten in der Stadt hätte erfragen können?

Olyver, der die Gedanken seines Bruders erriet, wandte sich im Sattel um. »Wieso müssen wir da eigentlich unbedingt hin?«, fragte er Thaddeus. »Es liegt doch auf der Hand, dass wir auch dort nichts Neues erfahren werden.«

»Ich glaube nicht, dass sie uns überhaupt einlassen«, sagte Edmund und deutete auf das hintere Ende der Brücke. »Ich sehe ein paar Männer in Livree, die nach Wächtern aussehen. Bestimmt sind die da aufgestellt, um alle abzuweisen, die aus dieser Richtung kommen.«

Thaddeus nickte. Auch er hatte die Männer gesehen. »Aber vielleicht können wir sie zu unserem Vorteil nutzen«, sagte er nachdenklich.

»Wie denn?«

»Indem wir sie überreden, den Vogt zu uns zu bringen. Hier draußen wird er weniger beängstigend wirken als drinnen im Herrenhaus.«

»Was willst du denn überhaupt von ihm?«, fragte Peter. »Und sag jetzt nicht Nachrichten, denn das ist die Ausrede, mit der du jedem kommst.«

Thaddeus hielt es nur für fair, ehrlich zu antworten, da seine Begleiter die Folgen ebenso zu spüren bekommen würden wie er selbst, falls er Pech hatte. »Ich will seine Zustimmung zu Athelstans Kauf von Pedle Hinton, für zweihundert Taler. Wenn der Vogt kein Dummkopf ist, wird er die Chance auf der Stelle ergreifen, die Goldreserven seines Herrn im Austausch gegen ein verfallenes Anwesen aufzufüllen.«

»Ist das dein Ernst?«

»Voll und ganz.«

»Welchen Nutzen bringt es denn für Develish, noch ein Gut zu erwerben? Du hast doch immer gesagt, unsere Zukunft läge in einer Stadt, wo wir als Freie unseren Lebensunterhalt verdienen können.«

»Aber nicht auf legale Weise. Würdet ihr nicht lieber erst eure Freiheit in Develish gewinnen und euch dann die Zukunft erwählen, die ihr wollt?« Er lächelte über Peters verblüffte Miene. »Milady und ich haben vor, Develish in ein Anwesen wie Holcombe zu verwandeln, wo jedermann frei ist, seinen Lebensunterhalt zu bestreiten, wie er kann. Seine Pacht zahlt er in Münzen, die er durch sein Handwerk einnimmt, und ein bestimmter Teil davon wird als Steuer an Blandeforde entrichtet.«

»Und was hat Pedle Hinton damit zu tun?«, fragte Edmund.

»Milady meint, wenn Athelstan die Pacht eines heruntergekommenen Anwesens zugesprochen bekommt und es schafft, die fälligen Steuern zur festgesetzten Zeit zu entrichten, dann wird Blandeforde seinem Antrag, Develish mit Pedle Hinton zu verbinden, eher stattgeben. Wenn beide Anwesen dann unter Athelstans Leitung vereint sind, werden alle Leibeigenen das Recht haben, sich aus der Knechtschaft freizukaufen – sofern sie das Geld dafür aufbringen.«

Olyver grinste. »Und deshalb haben wir in den letzten Wochen das Gold toter Männer zusammengestohlen?«

»Jawohl.«

»Weiß Milady das?«

Thaddeus schüttelte den Kopf. »Sie ist zu anständig, um zu tun, was Bourne getan hat. Zum Glück für euch und eure Familien bin ich es nicht.«

»Und warum sich nicht einfach für Develish bewerben?«, fragte Joshua.

»Weil es in Blandeforde gewesen ist, dass Bourne Gerüchte gehört hat, in Develish seien alle noch am Leben. Wenn der Vogt diesen Gerüchten nachgegangen ist, dann weiß er gewiss auch davon. Und er wird sich hüten, irgendjemandem den Pachttitel für ein ertragreiches Anwesen zuzusprechen, schon gar nicht einem dahergelaufenen Edelmann, dessen Stammbaum ein Verwandtschaftsverhältnis zu Sir Richards Witwe aufweist. Ich möchte sein Misstrauen schließlich zerstreuen, nicht anfachen.«

Peter stöhnte. »Das klappt doch nie. Er wird uns sofort als Hochstapler entlarven.«

»Nur wenn ihr nicht selbstbewusst genug auftretet. Spielt die Rolle eines Soldaten, dann werdet ihr auch für einen gehalten. Selbst ein Vogt glaubt, was seine Augen ihm sagen.«

»Weshalb hast du uns all das nicht schon früher erklärt?«, fragte Ian.

»Ganz einfach, weil ihr mich die letzten Wochen dann andauernd mit euren Zweifeln genervt hättet.« Thaddeus deutete auf ein lang gezogenes steinernes Gebäude, das inmitten von Wiesen in der westlichen Biegung des Flusses stand, gut fünfhundert Schritt von der nächsten Behausung entfernt. »Ist das dort ein Gutshaus oder ein Kloster?«, fragte er Edmund.

»Was ist der Unterschied?«

»Hat es einen Glockenturm?«

Edmund schüttelte den Kopf. »Dahinter ist eine Kirche, die hat einen Turm, aber nicht das Haus selbst.«

»Glaubst du, dass Milord of Blandeforde darin wohnt?«, fragte Ian.

»Wenn er daheim ist.« Thaddeus ließ den Blick über die Stadt schweifen. »Sonst gibt es hier kein Gebäude, das herrschaftlich genug wäre für einen so vermögenden Mann.« Er zog die Zügel an und stieß mit den Fersen leicht in Killers Flanken, um ihn in Richtung Straße zu wenden. »Na, mal sehen, ob die Wächter uns durchlassen.«

Im Schritt begaben sie sich den Hang hinab ins Tal, Joshua und seine Hunde an Thaddeus' Seite, die anderen paarweise hinter ihnen. Das weiß-goldene Wappen von Athelstan, das Lady Anne und ihre Näherinnen auf Killers Satteldecke und auf die roten Wappenröcke der Jungen gestickt hatten, blinkte gut sichtbar im Licht der Nachmittagssonne, aber die Männer am nördlichen Ende der Brücke verzogen keine Miene. Sie kannten jedes Wappen in meilenweitem Umkreis, aber dieses hier war ihnen fremd.

Thaddeus brachte Killer zum Stehen, als sie die gepflasterte Brücke zur Hälfte überquert hatten, und stützte sich auf den Sattelknauf, um die fünf Männer zu mustern, die den Ausgang bewachten. Er gab eine imposante Figur ab auf seinem Rappen, mit den sieben großen Hunden an seiner Seite. »Ich komme, um mit Blandeforde zu sprechen«, rief er auf Französisch. »Lord Bourne of Wiltshire sagte, ich würde hier mit offenen Armen aufgenommen. Hatte er unrecht?«

Der Hauptmann antwortete in derselben Sprache. »Wiltshire liegt im Norden. Warum kommt Ihr von Süden her?«

»Acht Wochen ist es her, seit ich in Bourne war. Seitdem bin ich durch Dorseteshire gereist, um herauszufinden, ob es stimmt, dass alle im Süden dahingerafft wurden.«

»Und was habt Ihr gefunden?«

»Nichts, was ich mit Euch teilen würde. Ist Euer Herr anwesend?«

»Er ist letzten Sommer auf seine Güter im Westen verreist. An diesem Ort hier vertritt ihn der Vogt.«

»Ist er ebenso unhöflich wie die Männer, die er befehligt?«

»Wir stehen hier, damit keine Fremden über die Brücke kommen. Es besteht kein Anlass, ein Willkommen vorzutäuschen, das es nicht gibt.«

Thaddeus blickte nach links und wies auf ein Wäldchen, das eine halbe Meile westlich hinter Brachland lag. »Dort werden meine Männer und ich unser Nachtlager aufschlagen. Ihr könnt dem Vogt bestellen, dass Athelstan Nachrichten von Blandefordes Vasallengütern hat. Falls er sie hören will, muss er uns aufsuchen, bevor das Licht schwindet. Ab Einbruch der Dunkelheit übernehme ich keine Verantwortung mehr für meine Hunde.«

Er wendete Killer und wies Ian an, sie über das Brachland zu führen. Der Wächter rief ihm nach, er habe es nicht an Respekt mangeln lassen wollen. Die Stadt habe allerhand Gesindel gesehen, das Zuflucht suchte und die Pest einschleppte. Hätte er gewusst, dass er mit Milord of Athelstan sprach, hätte er einen Läufer geschickt, den Vogt zu holen. Wenn Milord warten wolle, würde er dies jetzt tun. Die Sonne würde in zwei Stunden untergehen, da wäre es besser, sich gleich an der Brücke zu besprechen. Thaddeus ignorierte ihn.

»Wieso hast du nicht geantwortet?«, fragte Joshua, als sie die Pflastersteine hinter sich gelassen hatten.

»Weil das die Position klarmacht. Der Vogt hat dem Lord zu dienen, nicht der Lord dem Vogt.«

»Er hat erst Interesse gezeigt, als der Name Athelstan fiel.«

Thaddeus nickte. »Ist mir auch aufgefallen.«

»Glaubst du, der Vogt begibt sich zu uns ins Lager?«

»Nicht in eigener Person, aber ich wette, er ist neugierig genug, um Spione zu schicken.«

Sie kamen, als das weiche graue Dämmerlicht die Farbe aus dem Gras und den Bäumen gesogen hatte und das Feuer hell in der zunehmenden Düsternis loderte. Die Hunde hörten sie lange vor Thaddeus und seinen Begleitern, sprangen knurrend auf und richteten ihre Schnauzen zu der Baumreihe hin, die das Brachland zwischen dem Lager und der Straße säumte. Mit einem aufmunternden Lächeln, wohl wissend, dass seine Stimme in der Stille der Nacht gut zu hören sein würde, befahl Thaddeus seinen Männern, ihre Waffen bereitzuhalten.

»Aber lass auch die Hunde hier, bis wir wissen, wer diese Besucher sind, Buckler. Der Vogt wird es uns nicht danken, wenn seine Gesandten aus Versehen für Strauchdiebe gehalten und zerfetzt werden.«

Er selbst blieb, wo er war, gemütlich hingestreckt auf einem Farnbett, den Rücken an den Sattel gelehnt. Auf dem Schoß hielt er ein schmales Holzkästchen, eigens für ihn von John Trueblood geschreinert, das in geschlossenem Zustand Pergament und Schreibmaterial enthielt und geöffnet als Pult diente. Wie schon seit einer Stunde schrieb er weiter in aller Ruhe auf das Pergament vor ihm, tunkte immer wieder den Federkiel ins Tintenfass an seiner Seite und zeichnete Buchstabe um Buchstabe im Lichte des Feuers.

»Drei Männer kommen gerade aus dem Wald, Sire«, rief Ian. »Sie sind noch fünfzig Schritt entfernt, aber sie tragen keine Livree. Was befehlt Ihr?«

»Haltet eure Bögen bereit, bis sie sich zu erkennen geben. Keiner, der es gut meint, kriecht durch die Bäume, wenn er sich einfach durch offenes Gelände nähern könnte.«

»Sie halten die Hände hoch, um zu zeigen, dass sie unbewaffnet sind, Sire.«

»Frag nach ihrem Namen und Amt bei Milord of Blandeforde. Ich lasse keine Bartscherer, Köche oder Pisspottleerer zu mir vor.«

»Wir sind Joseph Spend von der Gilde der Wagner, Paul Cooper von der Gilde der Küfner und Andrew Tench von der Gilde der Wollhändler«, ließ sich eine Stimme vernehmen. »Wir kommen auf Geheiß von Milord of Blandefordes Vogt.«

Thaddeus ließ den Federkiel im Tintenfass stecken, hob den Kopf und sah die Männer an. »Geht zehn Schritt von den Bäumen weg und dreißig auf mich zu«, wies er sie an. »Meine Garde wird sich vor euch aufbauen, während meine Hunde den Wald nach anderen absuchen, die sich vielleicht noch versteckt halten.« Er nickte Joshua zu. »Warte, bis sie ihre Plätze eingenommen haben, und dann lass die Hunde los.«

Die Männer taten sichtlich zitternd ein paar Schritte, ehe eine Schattengestalt zwischen den Bäumen hervortrat. Der Mann vollführte eine kleine Verbeugung. »Ich bin Jacques d'Amiens, Vogt von Milord of Blandeforde, Sire«, sagte er auf Französisch. »Es gibt keine anderen. Diese drei Männer und ich kamen allein.«

Thaddeus musterte den Vogt mit Interesse. Er war so, wie Lady Anne ihn beschrieben hatte, von mittlerem Wuchs und mittlerer Leibesfülle, doch von dem Feuermal, einem weinroten Fleck über der Nase und der rechten Wange, den Lady Anne als sein auffälligstes Erkennungszeichen beschrieben hatte, war nichts zu sehen. Wer auch immer dieser Mann war, er war nicht der, für den er sich ausgab.

Dennoch nickte Thaddeus ihm wohlwollend zu, bevor er laut und deutlich zu Joshua sagte, seine Anweisungen bezüglich der Hunde blieben weiterhin bestehen. »Ihr müsst mir mein misstrauisches Wesen verzeihen, Master d'Amiens«, sagte er, gleichfalls auf Französisch, »aber es ist schon etwas ungewöhnlich für einen Normannen, sich von unbewaffneten Engländern begleiten zu lassen, wenn er ebenso gut die Wächter von der Brücke hätte mitbringen können. Ihr habt immer noch Zeit, sie hierherzubefehlen. Meine Männer und ich wollen ihnen nichts Böses, aber das Gleiche kann ich nicht von meinen Bluthunden sagen.«

Was auch immer er für ein Kommando von sich gab, es war zu leise, als dass Thaddeus es hätte hören können, doch prompt traten vier Bewaffnete hinter ihm zwischen den Bäumen hervor. »Wir leben in schwierigen Zeiten, Milord. Jeder ist gut beraten, sich vor Fremden in Acht zu nehmen.«

»In der Tat.« Thaddeus drehte sich um und sah die Gildemeister zögernd herankommen. »Die armen Kerle sterben ja fast vor Angst«, murmelte er. »Sind sie aus freiem Willen hier oder unter Zwang?«

»Es sind die Hunde, die sie ängstigen, Milord.«

Thaddeus befahl Joshua, die Meute zwanzig Schritt weiter auf das Brachland mitzunehmen, bevor er die Gildemeister näherwinkte. »Besser, wir behalten das Feuer zwischen uns«, sagte er. »Ihr seht nicht danach aus, als ob ihr die Pest hättet, aber ich würde lieber nicht mein Leben darauf verwetten.«

»Beschützt Euch denn nicht Gott, Milord?«

»Zweifellos, aber ich tue mein Bestes, Ihn dabei zu unterstützen.« Er zeigte auf einen Stapel Satteltaschen. »Zieht Euch drei von denen her, wenn Ihr Euch setzen wollt. Könnt Ihr Französisch verstehen, oder zieht Ihr es vor, dass wir Englisch sprechen?«

Wie es schien, brauchten sie erst die Erlaubnis des falschen Vogts, um sich zu setzen und eine Präferenz für das Englische zu äußern. Thaddeus fragte sich, wer der Mann war und was er damit bezweckte, diese Leute mitzubringen. Ihre Angst ließ nicht nach, obwohl die Hunde nicht mehr in der Nähe waren, und Thaddeus spürte, sie hatten einen Auftrag erhalten, den sie nicht ausführen mochten. Der falsche Vogt stand abseits mit seinen Wächtern und sah kommentarlos zu, wie Ian sich mit seinen Gefährten hinter Thaddeus aufstellte. Keiner hielt Waffen in den Händen, doch Ian nahm mit stiller Befriedigung wahr, wie unbehaglich die zwei jungen Wachsoldaten dreinschauten.

Thaddeus änderte seine Haltung nicht, setzte sich nur ein wenig gerader hin, indem er sich den Sattel tiefer in den Rücken schob. Er forderte die Gildemeister auf, ihre Namen zu wiederholen und von ihren Familien zu berichten, und äußerte Mitgefühl, als sie die Zahl ihrer Toten nannten.

»Unsere Gilden sind ebenso schwer betroffen, Milord«, sagte Joseph Spend. »Ich bin einer von nur zwei Wagnern, die noch übrig sind, und Master Cooper und Master Tench sind der einzige Küfer und der einzige Wollhändler, die es noch in Blandeforde gibt.«

»Wie viele sind gegangen, bevor die Pest kam?«

»Das wissen wir nicht, Sire. Die Stadt war so voller Leute, die nach Norden flohen, dass niemand sagen kann, wie viele von den Unsrigen mit ihnen gezogen sind. Haben sie sich wohl retten können? Ist der Norden mehr von Gott gesegnet als der Süden?«

»Nichts von dem, was ich auf meinen Reisen sah, weist darauf hin. Wiltshire ist ebenso schwer geschlagen wie Dorseteshire, und schon im letzten September hörten wir, die Seuche habe Oxford erreicht. Ich fürchte, ganz England wird ihr noch vor Jahresende zum Opfer fallen.«

»Gibt es auch gute Nachrichten, Milord?«

»Vielleicht ein paar erste Lichtblicke.« Thaddeus zog ein Pergament aus einem kleinen Stapel an seiner Seite und hielt es hoch. »Hier sind die Städte und Dörfer entlang der Küste von Dorseteshire vermerkt, wo meine Männer und ich noch Leute am Leben fanden. In jedem der Orte wurde uns versichert, dass seit Weihnachten keiner mehr gestorben sei. Gilt das auch für Blandeforde?«

Ein kurzes Schweigen trat ein, bis der Küfner das Wort ergriff. »Das letzte Begräbnis liegt acht Wochen zurück, Sire. Können wir das als gutes Zeichen werten?«

Thaddeus fragte sich, warum der Mann ihm kaum in die Augen schauen konnte. »Ich wüsste nicht, warum nicht, Master Cooper. Eine ganze Saison ohne Tod in diesen Gemeinden, die als erste befallen wurden, legt doch nahe, dass die Seuche sich erschöpft haben könnte. Es ist sicher ein Grund zum Feiern, dass es hier auch so zu sein scheint.«

Der falsche Vogt rührte sich. »Ihr sprecht, als sei die Pest nichts anderes als die Pocken oder die Grippe, Milord. Glaubt Ihr das tatsächlich?«

Thaddeus sah, wie Andrew Tench, der Wollhändler, ganz leicht den Kopf schüttelte. Thaddeus deutete es als Warnung, auch wenn er nicht wusste, weshalb sich ein freier Handwerker aus Blandeforde mit einem Fremden verbünden sollte, gegen den Mann, der ihn hergebracht hatte.

»Es gibt keinerlei Ähnlichkeit zwischen der Pest und den Pocken, Master d'Amiens«, antwortete er. »Die Pest erzeugt schwärende Beulen, die innerhalb von drei Tagen töten, die Pocken rufen nur einen hässlichen Ausschlag hervor, der nach zwei Wochen von allein vergeht. Habt Ihr die Befallenen denn nicht selbst gesehen?«

»Bitte um Vergebung, Sire. Ich hätte mich klarer ausdrücken sollen. Wir hier in Blandeforde leben in Unwissenheit, und alles, was Ihr uns über die Pest mitteilen könnt, ist uns natürlich sehr willkommen. Wenn man sie als eine Infektion bezeichnet, die zwangsläufig vorbeigehen wird, erscheint sie fast wie eine gewöhnliche Krankheit, wie die Pocken, zum Beispiel. Was hat Euch denn zu dieser Sicht der Dinge bewogen?«

Thaddeus war immer dafür, sein Wissen zu teilen, um es zu mehren, doch er brauchte gar nicht erst das Erschrecken in Tenchs Miene zu sehen, um eine ehrliche Antwort zu vermeiden. »Ihr fragt, ob ich Gottes Wille kenne, Sir, aber von Seinen Plänen für uns weiß ich nicht mehr als Ihr. Ich ziehe Trost aus der Tatsache, dass innerhalb der letzten vier Monate in Melcombe niemand mehr gestorben ist, aber warum das so ist, weiß ich nicht zu sagen. Nur die Priester wissen, weshalb manche es eher zu leben verdient haben als andere.«

»Habt Ihr Euch mit der Geistlichkeit von Melcombe beraten?«

»Es gab ja keine mehr. Einer der Stadtväter sagte uns, der Letzte, der starb, sei ein Franziskanermönch gewesen, der bis in den Herbst die Kranken pflegte und dann selbst der Seuche zum Opfer fiel. Und so war es überall, wo wir hinkamen.«

»Hier verhält es sich ebenso. Alle Priester in der Stadt sind gestorben, und viele Leute fragen sich, warum – so auch diese drei wackeren Handwerker. Sie kamen in der Hoffnung, dass Ihr ihnen vielleicht Antworten liefern könntet, Milord.«

Thaddeus rieb sich bedächtig den Bart. »Kann Euer eigener Priester ihnen nicht Beistand leisten? Ich nehme an, er lebt noch, da Ihr nur die in der Stadt erwähntet?«

»Seine Pflichten halten ihn auf dem Anwesen fest.«

Thaddeus lächelte. »Dann befindet Ihr und Milord of Blandeforde Euch in einer glücklicheren Lage als die Leute in der Stadt.« Er sah zu Tench hin. »Geht es Milords Dienerschaft denn besser als Euch und Euren Nachbarn?«

»Das nehmen wir an, Sire, aber wir haben schon lange keinen mehr vom Gesinde gesehen. Nur vier von ihnen sollen gestorben sein, seit die Pest über uns kam.«

Thaddeus machte große Augen. »Vier von wie vielen?«

»Mehr als hundert, Sire. Pater Aristide nimmt allen die Beichte ab und zelebriert die Andacht zu jeder Stunde des

Tages, sodass das Haus durch Gebet und Absolution geheiligt ist. In der Stadt wird allgemein angenommen, dass aus diesem Grund so wenige dort umgekommen sind.«

Aber du und deine Freunde nehmt das nicht an, sagte sich Thaddeus im Stillen. »Tatsachen müssen erklärt werden, bevor die Leute sie glauben können. Wer war es eigentlich, der Euch von Pater Aristides Reinigungsritualen berichtete?«

»Es war eine junge Magd, Sire. Sie war in die Stadt geschickt worden, um ihre Eltern aufzusuchen, und war untröstlich, dass sie gestorben waren. Sie selbst trug schon die ersten Zeichen der Krankheit an sich und starb fünf Tage später, verzweifelt, für sündhafter zu gelten als der Rest der Dienerschaft.«

Thaddeus beugte sich vor und starrte ins Feuer. Der falsche Vogt konnte die Mienen der Gildemeister nicht sehen, weil sie ihm den Rücken zuwandten, doch Thaddeus musste an sich halten, um ihren brennenden Blicken nicht mit dem kleinsten Nicken zu begegnen; hätte er ihnen gezeigt, dass er vollkommen verstand, was sie anzudeuten versuchten, hätte er es dem falschen Vogt ebenfalls offenbart. Es waren zu viele konfliktreiche Spannungen im Spiel, und Thaddeus begriff nicht viel davon. War d'Amiens gestorben, und dieser Mann hatte sich seinen Posten erschlichen? Dienten die Wächter auf der Brücke noch einem anderen Zweck als dem, die Pest auszusperren?

Sicher war er sich nur, dass der falsche Vogt ihn dazu anzustacheln versuchte, die Haltung der Kirche in Bezug auf die Pest in Zweifel zu ziehen. Aber warum? Welchen Grund konnte er haben, einen Lord, den er nie getroffen hatte, der Abtrünnigkeit zu verdächtigen? Und warum Athelstan einer Ketzerei beschuldigen, der er offenbar selbst anhing? Es gab doch nur eine Erklärung für den Bericht der Magd: dass Milord of Blandefordes Haushalt sich vom Rest der Stadt isoliert hatte und jeden ausstieß, der Anzeichen von Fieber aufwies, während man nach außen hin vorgab, durch Gebet und Absolution geschützt zu sein.

Thaddeus nahm einen Zweig von dem Haufen Feuerholz neben ihm und schob ihn in die Glut. »Aus Frankreich kommt die Nachricht, Papst Clemens gewähre jedem, der an der Pest stirbt, den Ablass seiner Sünden«, sagte er, an die Gildemeister gewandt. »Hätte die junge Magd das gewusst, wäre sie nicht in solche Verzweiflung um sich und ihre Familie versunken.« Er hob den Kopf. »Verhindert die Schließung der Brücke, dass solche Nachrichten Euch erreichen?«, fragte er Spend.

Spend schüttelte den Kopf. »Es gab hier seit Monaten keine Boten mehr, Milord. An den Wächtern liegt es nicht.«

»Wie lange sind sie schon dort postiert?«

»Erst seit einigen Tagen, Sire. Der Vogt will verhindern, dass Diebe in die Stadt kommen, während die Osterfeierlichkeiten stattfinden. Die Langfinger haben leichtes Spiel, wenn alle durch die Umzüge abgelenkt sind.«

Thaddeus schmunzelte. »Da habt Ihr ja allen Grund, ihm dankbar zu sein. Nur die Pest ist noch weniger willkommen als ein Dieb.«

ZWÖLF

*I*an hätte Thaddeus jedes Mal segnen mögen, wenn er wieder eine Frage wohlüberlegt beantwortet hatte, aber nun, da er den Unterton von Gereiztheit in der Stimme seines Freundes hörte, begann er zu fürchten, dass er allmählich die Geduld verlor. Im Stillen flehte er ihn an, die Beherrschung zu wahren. Es lag zu viel Feindseligkeit in der Luft, und Ian, der keinen Grund hatte, den Vogt für einen Schwindler zu halten, verstand noch weniger als Thaddeus, warum das so war.

Vielleicht hatte Thaddeus Ians stilles Flehen vernommen, denn er nahm den Federkiel und kritzelte den Namenszug von Athelstan auf den unteren Rand des Pergaments, ehe er den Kopf hob und den falschen Vogt ansah. »Hier habe ich fein säuberlich vermerkt, was meine Männer und ich auf all jenen Anwesen vorfanden, die wir für Lehnsgüter von Milord of Blandeforde halten, Master d'Amiens. Manche sind verlassen und verfallen. Manche sind noch von wenigen Leibeigenen und Dienerschaft bewohnt, die Gott bislang verschont hat. Diese Leute sind ohne Herrschaft, weil ihre Lords, Priester und Gutsverwalter gestorben oder geflohen sind.« Er zog den Zweig aus dem Feuer und benutzte dessen rot glühende Spitze, um Siegelwachs zu schmelzen, das er unter seinen Namenszug tropfen ließ, bevor er seinen Ring in die weiche Masse drückte. »Wenn Blandeforde zurückkehrt, dann bringt ihm besser schonend bei, dass dieses Jahr keine Steuerabgaben hereinkommen werden. Kehrt er nicht zurück, müsst Ihr selbst dem König Rechenschaft ablegen.«

Der Mann wirkte belustigt. »Ihr erwartet, dass ich Euch das einfach so abnehme, Milord? Ihr und ich sind uns fremd. Welche Versicherungen könnt Ihr mir geben, dass Ihr die Wahrheit sprecht?«

Thaddeus rollte das Pergament zusammen und befestigte die Kante mit einem weiteren Siegel. »Keine. Ihr habt die Wahl, ob Ihr mir glauben wollt oder nicht. Ich habe es mir nur zur Aufgabe gemacht weiterzugeben, was ich in Erfahrung brachte. Morgen reiten wir weiter nach Sarum, um Seiner Gnaden dem Fürstbischof den gleichen Dienst zu erweisen. Er ist vielleicht gar nicht darüber unterrichtet, wie viele von seinen Geistlichen gestorben sind und dass die Zehnten nicht entrichtet werden können.«

Ein kurzes Zögern vonseiten seines Gegenübers. »Seine Gnaden erwarten Euch?«

Thaddeus schüttelte den Kopf. »Nicht mehr als Ihr.«

»Und wieso sollte er Euch eine Audienz gewähren?«

»Aus dem gleichen Grunde, weshalb Ihr es für ratsam hieltet, mit mir zu sprechen, Master d'Amiens. Ich bin der Bote, der denen Kunde bringt, die sie hören wollen.«

»Auf wessen Geheiß handelt Ihr?«

Thaddeus lächelte. »Auf Gottes Geheiß … wie wir alle.« Er warf die Pergamentrolle über das Feuer hinweg Andrew Tench zu und lehnte sich wieder an den Sattel. »Seid so gut, dieses Schreiben dem Vogt auszuhändigen, wenn Ihr geht, Master Tench«, murmelte er und schloss die Augen. »Ich nehme an, die Unterredung ist beendet.«

Sofort sprangen die Gildemeister auf, doch der falsche

Vogt ballte ärgerlich die Fäuste. »Ich habe noch Fragen, Sire.«

»Das glaube ich Euch gern, Master d'Amiens«, kam die träge Erwiderung. »Jeder, den wir treffen, hat Fragen. Stellt sie Eurem Priester. Gewiss kann er sie besser beantworten als ich.« Thaddeus machte eine abwinkende Geste. »Nehmt den Weg über die Lichtung. Meine Leute können Euch im offenen Gelände vor der Meute schützen, aber nicht, wenn Ihr zwischen den Bäumen verborgen seid.«

Ian, der begriffen hatte, dass diese Worte ebenso an ihn gerichtet waren wie an d'Amiens, rief Buckler zu, dass die Besucher nun unter Eskorte abzogen. »Milord befiehlt, die Hunde festzuhalten, bis wir an euch vorbei sind. Dann lass sie los, um den Wald zu durchsuchen.« Er umrundete das Feuer und winkte dem Vogt und seinen Wächtern, sich zu den Gildemeistern zu gesellen. »Meine Männer und ich werden Euch die ersten zweihundert Schritt geleiten, Sir. Ich rate Euch zur Eile, auf dass Ihr die Brücke erreicht, bevor das Licht schwindet.«

Edmund, Peter und Olyver gesellten sich zu ihm, und zusammen führten sie die acht Männer vom Feuer fort. Thaddeus blieb, wo er war, und stellte sich schlafend, doch unter scheinbar geschlossenen Lidern spähte er nach Anzeichen von Bewegung im dunklen Wald. Es mochte reine Einbildung sein, doch es schien ihm, als hätte er eine leichte Verschiebung der Schatten zwischen den Bäumen bemerkt. Aber gingen sie, oder kamen sie?

Gemächlich erhob er sich, streckte sich zu voller Höhe, bevor er sich bückte, um die Fackel neben dem Stapel Pergamente aufzuheben. Er hörte Joshua mit den Hunden herankommen, während er den harzgetränkten Hanfwickel ins Feuer hielt. »Wir folgen der Meute, Buckler. Der

Vogt hat mehr Männer dabei, als er zugab. Ich will wissen, warum.«

Joshua musterte ihn zweifelnd. »Ich kann mir nicht vorstellen, dass der Vogt uns anlügen würde, Milord.«

»Er hat nichts anderes getan, seit er hierherkam.« Thaddeus hob die Fackel mit der Linken und zog mit der Rechten das Schwert. »Kommt«, sagte er. »Lasst uns nachschauen, was die Hunde im Wald zutage fördern.«

Joshua konnte sich nicht erklären, was Thaddeus dort zu finden erwartete, doch falls er hoffte, irgendwelche Leute mit seinen Worten hervorzulocken, wurde er enttäuscht. Nichts rührte sich. Joshua sah zu, wie Thaddeus zwischen den Bäumen hindurchpirschte, die Fackel langsam hin und her schwenkend, bis der Lichtstrahl auf einen ausgetretenen Pfad fiel, der von Ost nach West verlief. Er nickte zustimmend, als Thaddeus mit dem Schwert darauf zeigte. Auf leisen Sohlen führte er die Meute über Blättermulch zu dem Pfad und kniete sich hin, um die Nase seines besten Jagdhunds zur Landstraße hin auszurichten.

Das Tier trabte zielstrebig los, und die anderen Hunde schlossen sich ihm an, während Joshua grummelte, dass sie wahrscheinlich nur einer Wildfährte folgten. Doch Thaddeus schüttelte den Kopf. Im Licht der Fackel konnte er sehen, dass die Glockenblumen zu beiden Seiten des Pfades niedergetrampelt waren. Er winkte Joshua, mit ihm Schritt zu halten, und eilte mit hochgereckter Fackel den Hunden hinterdrein.

Sie waren schon fast an der Straße angelangt, als plötzlich wüstes Gebell die Luft zerriss. Joshua versuchte, Thaddeus am Rockzipfel zu packen, um ihn zur Vorsicht zu mahnen, aber der schwarzhaarige Hüne war schon außer Reichweite. Ohne den Schritt auch nur eine Sekunde zu verlangsamen, trat Thaddeus auf die Straße hinaus. Seine Miene ließ nicht die geringste Furcht davor erkennen, was ihn dort erwarten mochte.

Nach zweihundert Schritt hieß Ian seine Gefährten anhalten und ließ die acht Männer ihren Weg nach Blandeforde allein fortsetzen. »Möge Gott Euch schützen, meine Herren«, sagte er auf Französisch. »Wir wünschen Eurer Stadt ein frohes Osterfest und beten, dass es Euch in den kommenden Monaten wohlergehen möge.«

Der falsche Vogt lachte trocken. »Euer Lord hat Euch gut erzogen. *Zu* gut. Ich habe noch keinen normannischen Soldaten getroffen, der sich so elegant auszudrücken weiß. Ist Euer Zwillingsbruder ebenso wortgewandt?«

Ian hielt seinem Blick einen Moment lang stand, bevor er sich auf Englisch an die Gildemeister wandte. »Geht mit Gott, Sirs. Wir warten hier, bis Ihr sicher über den Fluss gelangt seid.«

Peter, Edmund und Olyver bauten sich neben ihm auf und standen schweigend da, während die Gruppe sich entfernte. Inzwischen war es so dämmrig, dass die acht bald von der Dunkelheit verschluckt wurden. »Vielleicht hätten wir sie bis zur Brücke begleiten sollen«, murmelte Edmund. »Nichts hindert sie daran, über die Landstraße zurückzukommen.«

»Das werden sie sowieso tun, wenn sie es vorhaben«, wandte Peter ein. »Sie über die Brücke gehen zu sehen wird das nicht verhindern. Sie warten einfach ein, zwei Stunden, und dann kommen sie wieder angeschlichen.«

Olyver stand mit verschränkten Armen da und versuchte, den hellen Schaffellkragen an Andrew Tenchs Umhang zu erspähen, aber selbst der war mittlerweile nicht mehr auszumachen. »Was hat der Vogt zu dir gesagt?«, fragte er Ian. »Ich hatte das Gefühl, es ging dir gegen den Strich.«

»Er sprach von meinem Zwilling.«

»Na und?«

»Woher wusste er, dass ich einen Zwilling habe? Es fing schon an zu dämmern, als sie ankamen, und wir beide sehen uns jetzt weniger ähnlich denn je. Er hätte uns für Brüder halten können, aber nie für Zwillinge.«

Nachdenklich kratzte Olyver sich die Bartstoppeln. Von Kind auf hatten er und sein Bruder stets versucht, sich in ihrem Aussehen zu unterscheiden. Seit sie mit Thaddeus ritten, wetteiferten sie in ihrem Streben nach Unterschiedlichkeit, sehr zur Belustigung ihrer Gefährten. Je länger Ians Haare wurden, desto kürzer schnitt Olyver seine, um dem Kahlkopf seines Vaters zu ähneln. Je mehr Olyver sich den Bart mit Holzkohle nachdunkelte, desto schärfer schliff Ian sein Messer, um sich das Gesicht glatt zu schaben. Bei Tag und aus der Nähe könnte ein Fremder wohl die gleiche Form und Farbe ihrer Augen erkennen. Aber bei Nacht? Und auf zehn Schritt Entfernung?

»Er hat's wohl geraten«, überlegte er. »Wer könnte es ihm denn gesagt haben? Die Einzigen, die von uns wissen, befinden sich in Develish.«

»Du vergisst Bourne«, murmelte Peter. »Auf seinem Anwesen gab es keinen, der nicht wusste, dass ihr Zwillinge seid. Die Mädchen wollten euch immer nebeneinanderstehen sehen, weil sie noch nie erwachsene Zwillinge gesehen hatten.« Er sah sich unwillkürlich um. »Es kann nicht weit von hier sein. Ich erinnere mich, dass der Alte in Melcombe sagte, Blandeforde sei nur einen halben Tagesritt von der Grenze zu Wiltshire entfernt.«

Ian hätte geantwortet, dass es Milord selbst war, der sich

am meisten über ihre Zwillingsschaft gewundert hatte, doch er wurde von fernem Hundebellen abgelenkt. Es schien von der Straße her zu kommen, und er wandte sich danach um. Auf einmal schlug das Gebell in Gewinsel um, und mit einer schrecklichen Vorahnung zog er sein Schwert und fing an zu rennen.

Joshua hielt sich zwischen den Bäumen verborgen, wie gelähmt vor Angst und Unentschlossenheit, als er sah, dass da noch andere Lichter als das von Thaddeus waren. Es wurden sogar immer mehr, und die Hunde winselten und duckten sich, als ihnen die brennenden Fackeln gegen die Schnauzen gestoßen wurden. Es sah aus, als ob es plötzlich von Soldaten nur so wimmelte. Ein halbes Dutzend davon stand quer über der Straße, um ihnen den Fluchtweg nach Süden abzuschneiden, und ein weiteres Dutzend säumte die Wegränder zu beiden Seiten. Alle hatten die Schwerter gezogen und hielten sie auf Thaddeus gerichtet, der ihnen so sorglos in die Falle getappt war.

Falls der Hüne sich der Gefahr bewusst war, ließ er es sich nicht anmerken. Er schob sein Schwert in die Scheide, kniete sich kurz hin, um die Fackel im Straßenstaub zu löschen, und rief die Hunde dann mit einem Fingerschnippen zu sich. Während er ihnen über die Schnauzen strich, um sie zu beruhigen, spähte er zu der verhüllten Gestalt hin, die in etwa fünfzehn Schritt Entfernung mitten auf der Straße stand. Joshua folgte seinem Blick und erschauerte vor Schreck, als der Mann die Kapuze zurückschob und ein entstellendes Feuermal über Nase und Wange offenbarte. Die restliche Haut war so bleich, dass der Fleck dagegen fast schwarz wirkte, und Joshuas erster Gedanke war, dass er von der Pest befallen sein musste.

Thaddeus nickte ihm zu. »Gott zum Gruß, Master d'Amiens«, sagte er auf Französisch.

»Sir.«

Mit einem Lächeln richtete Thaddeus sich auf und deutete auf die Soldaten. »Wem verdanke ich diese Ehrengarde?«

»Euch selbst. Ich hätte gedacht, Ihr würdet nicht so dumm sein, mich zu verfolgen.«

»Zu viel der Ehre, Master d'Amiens. So scharfsichtig bin ich nicht, dass ich erkannt hätte, wen ich da verfolgte. Ich hielt Euch für einen Dieb.« Er tippte sich mit dem Finger an die Wange. »Ich habe Euch nur an Eurem Feuermal erkannt.«

»Wer hat Euch davon erzählt?«

»Milord of Bourne. Er kam vor ein paar Monaten durch Blandeforde.«

D'Amiens zuckte gleichgültig die Schultern. »Wir hatten hier schon hundert Lords, die unsere Stadt als Poststation genutzt haben. Was zeichnet Bourne aus, dass ich mich an ihn erinnern sollte?«

»Gar nichts«, entgegnete Thaddeus schmunzelnd. »In Joppe und Kniebundhose gekleidet, könnte er leicht für einen Knecht durchgehen. Wenige haben den Vor- und Nachteil zugleich, so leicht erkennbar zu sein wie Ihr, Master d'Amiens.«

Die Lippen des Mannes verzogen sich zu einem dünnen Lächeln. »Oder auch Ihr selbst, Master Thurkell. Wir stechen beide durch unsere ungewöhnliche Hautfarbe hervor.«

Entsetzt duckte Joshua sich noch tiefer in die Schatten. Vor diesem Moment hatte er sich gefürchtet, seit Thaddeus in Woodoak eingeritten war und eine Handvoll Leibeigener im Glauben gelassen hatte, dass er ein Lord sei. Damit hatte Thaddeus jedes Gesetz gebrochen und sich des Hochverrats schuldig gemacht. Joshua verfluchte ihn dafür, dass er geglaubt hatte, Lady Annes erfundener Stammbaum und Milord of Bournes Empfehlungsschreiben könnten ihn tatsächlich schützen. Zitternd vor Angst sah er zu, wie der Vogt Thurkell anwies, vorzutreten und die Waffe abzulegen.

Thaddeus antwortete mit einem Lachen. »Seit wann haltet Ihr Euch für ebenbürtig mit Eurer Herrschaft, Master d'Amiens?«

»Ihr seid keine Herrschaft. Ihr seid nur ein Knecht, der sich für einen Lord ausgibt.«

»Dann zeigt mir die Anklageschrift, die mich dessen beschuldigt. Ich hätte gern gewusst, wer sie unterschrieben hat und welche Stellung er bekleidet. Ihr könnt der Gesetze nicht so unkundig sein, dass Ihr Athelstan auf eigene Faust festnehmen würdet.« Er schüttelte spöttisch den Kopf, als d'Amiens nicht antwortete. »Ihr seid ein Narr, Sir. Dass Ihr für Euren abwesenden Herrn einsteht, gibt Euch nicht das Recht, ohne gebührende Ermächtigung zu agieren.« Er blickte zu den Soldaten hin. »Wer von Euch ist der Hauptmann?«

»Ich, Sir«, sagte einer der Männer und trat vor.

»Dann begleitet mich zurück zu meinem Lager, bevor Master d'Amiens' Vermessenheit Euch und Eure Männer zu weiterer Aufwiegelung verleitet. Eure Pflicht Eurem Herrn gegenüber ist es, Recht und Gesetz des Königs aufrechtzuerhalten, nicht, es aufgrund der verqueren Fantasien eines ehrgeizigen Vogtes zu verraten.«

Ohne sich zu vergewissern, ob der Hauptmann ihm gehorchen würde, ging er auf die zwei Soldaten zu, die den Waldweg versperrten, und befahl ihnen, die Waffen zu senken und beiseitezutreten. Sie taten es, doch ob aus Furcht vor einem Manne, der sie so hoch überragte, oder weil der Hauptmann kurz genickt hatte, konnte Joshua nicht erkennen. Erleichtert sah er, wie die Hunde prompt auf Thaddeus' Fingerschnippen reagierten, aber er wagte es nicht, aus dem Versteck hervorzukommen, als der Hauptmann mit einer Fackel hinterherkam. War es besser oder schlechter, dass diese Leute glaubten, Thaddeus sei allein?

Seine Unentschlossenheit führte dazu, dass er d'Amiens' gemurmelte Anweisungen an die zwei Soldaten in seiner Nähe mitbekam.

»Findet den Gast des Priesters und bringt ihn zu mir. Er ist ein elender Wicht, aber ich bin mir sicher, dass er die Wahrheit spricht.«

Ian, der die Lichtung auf schnellstem Wege durchquert hatte, um zur Landstraße zu gelangen, sah ein Licht durch die Baumstämme schimmern. Abrupt blieb er stehen, sank auf ein Knie und hielt sich den Mund zu, um sein Keuchen etwas zu dämpfen. Hinter ihm tat Edmund es ihm gleich.

An der flirrenden Art, wie die Lichter sich bewegten, konnten sie erkennen, dass es Fackeln sein mussten, aber nicht, wie weit sie entfernt waren. Ian zählte acht, Edmund zehn, und beide konnten sich denken, dass die Straße nur so wimmelte von Bewaffneten. Sie mussten herausbekommen, ob Thaddeus und Joshua sich unter ihnen befanden. Ian deutete in Richtung Waldsaum und senkte dann die flache Hand, um Edmund zu bedeuten, sich geduckt zu halten. Doch kaum hatte er das Signal zum Lospirschen gegeben, als sie Getrappel auf der Straße hörten. Beide ließen sie sich zu Boden fallen und drückten sich ins Gras, und durch halb geschlossene Lider sahen sie zwei Wächter in Livree, der vordere mit einer Fackel, in Richtung der Brücke vorbeirennen.

Ian drehte den Kopf nach links, um ihnen nachzuschauen, Edmund blickte nach rechts, wo er meinte, ein Licht im Wald gesehen zu haben.

Nach ein paar Sekunden erspähte er es erneut. Es war nur eine einzelne Fackel, deren Träger nicht zu erkennen war, doch er hätte wetten können, dass es mit Soldaten zu tun hatte. Er robbte auf den Ellbogen zu Ian hin. »Irgendwer ist da unterwegs zu unserem Lager«, raunte er ihm zu. »Vielleicht mehrere. Wenn sie bewaffnet sind, sollten wir zurück, um Peter und Olyver bei der Verteidigung zu helfen.«

»Wo sind sie denn?«

»Hinter dir zu deiner Rechten.« Edmund richtete sich halb auf und zeigte ihm die Richtung. »Da hinten«, flüsterte er. »Siehst du die Fackel?«

Ian nickte. »Sie sind uns zu weit voraus. Wir werden das Lager nicht vor ihnen erreichen.«

»Dann lass uns eine Abkürzung durch die Bäume nehmen und ihnen nachgehen. Sie werden keinen Angriff von hinten erwarten.«

Leise fluchend rappelte Ian sich auf. »Wusste ich's doch, dass es keine gute Idee war herzukommen.«

Joshua dachte das Gleiche, während er hinter Thaddeus und dessen Begleitern durch die Bäume schlüpfte. Der Hauptmann hatte weitere drei Soldaten angewiesen, ihnen zu folgen, und keiner von ihnen hatte das Schwert wieder eingesteckt. Joshua hielt sich dicht genug bei ihnen, dass er die Umrisse der Baumstämme im Licht der Fackel zu erkennen vermochte, aber nicht so dicht, dass die Hunde ihn hätten wittern können. Während die Meute Thaddeus auf den Fersen blieb, wahrten die Soldaten Abstand, doch Joshua zitterte bei dem Gedanken, was geschehen könnte, falls die Hunde ihm abhandenkämen. Er schien blind zu sein für die Gefahr, in der er sich befand, und plauderte unbeschwert, scheinbar ohne die geringste Sorge um seine Sicherheit.

Da es im Wald keinen Wind gab, der Thaddeus' Worte hätte davontragen können, konnte Joshua sie mühelos verstehen. Er fragte die Soldaten nach ihren Namen, wo sie herkämen und wie lange sie schon in Milord of Blandefordes Diensten stünden, und als er keine Antwort erhielt, blickte er über die Schulter, um sich direkt an den Hauptmann zu wenden, in ausgesucht wohlwollendem Tonfall.

»Ihr macht Euch sicher Sorgen um Eure Familie in Frankreich, Captain. Ich habe viele Söldner getroffen, die vergebens auf Nachrichten hoffen. Alle fürchten, dass sie in England sterben werden, ohne je vom Schicksal ihrer Lieben daheim zu erfahren. Ist es ein Eheweib oder eine Mutter, die einen Platz in Eurem Herzen innehat?«

Vielleicht war es die Verblüffung darüber, dass dieser Mann Verständnis für die Ängste eines anderen hatte, die den Hauptmann zum Antworten bewog. »Eine Mutter und zwei Schwestern, Sire. Ich habe seit über einem Jahr nichts von ihnen gehört.«

»Ich fühle mit Euch, mein Freund, aber wie es so schön heißt, wo Leben ist, ist auch Hoffnung. Haltet fest am Glauben, dass Gott Eure Frauen ebenso behütet wie Euch selbst.«

»Das versuche ich ja, Sire – wir alle versuchen es –, aber es ist nicht leicht.«

»Wenigstens habt ihr Glück mit eurem Priester. Sein Verständnis von Gott scheint dem seiner Brüder in der Stadt überlegen, da er noch am Leben ist und sie tot sind.«

»Die Priester in der Stadt haben ihre Zeit damit zugebracht, den Kranken beizustehen, Sire. Pater Aristide widmet sich ausschließlich dem Gebet und der Beichte. Auf die Weise hält er den Haushalt am Leben.«

»Und dafür gebührt ihm hohes Lob. Es ist eine schwere Last, jeden Tag Hunderten die Beichte abzunehmen und dann auch noch die Zeit für die stündlichen Offizien zu finden.«

»Ich bezweifle, dass dies irgendjemandem möglich wäre, Sire. Wir versammeln uns jeden Morgen im Saal, damit Pater Aristide uns eine Generalabsolution erteilen kann. Seine Heiligkeit der Papst hat letzten Herbst bekannt gegeben, dass die Sünden auch ohne Beichte vergeben werden können.«

Thaddeus verlangsamte den Schritt. »Waren die städtischen Priester eigentlich schon tot, als dieser Erlass bekannt wurde? Ich frage mich, warum sie den Kranken beistanden, wenn sie wussten, dass es nur eine Generalabsolution brauchte, um die Pest in Schach zu halten.«

»In der Stadt gibt es mehr Sünde als in Milords Haushalt, Sire. Es wird geklaut und gehurt, was das Zeug hält, und die Kaufleute verehren den Mammon mehr als Gott. Ein Priester kann nur die beschützen, die reinen Herzens sind.«

Joshua betete ernstlich darum, dass Thaddeus nicht darauf eingehen würde. Die Lehren der Kirche vor Waffentragenden anzuzweifeln wäre purer Wahnsinn.

»In der Tat. Manche Übertretungen erfordern tiefere Buße, als ein Segen gewähren kann. War die kleine Magd, die aus dem Haus gejagt wurde, eine Diebin oder eine Hure? Ihre Verworfenheit muss ja enorm gewesen sein, um solch eine Strafe zu verdienen.«

Nach langer Pause antwortete der Hauptmann: »Die Strafe kam von Gott, Sire.«

»Wie das?«

»Er hat ihr die Pest geschickt.«

»Wie alt war sie denn?«

»Ein Kind noch. Vielleicht zehn oder elf.«

»Habt Ihr sie gekannt?«

»Sie kam mit den Frauen, die uns jeden Abend Essen in die Baracken brachten. Wir nannten sie Spätzchen, weil sie so schüchtern war, aber da hatten wir uns getäuscht. Satan hat viele Listen, um die Männer vom rechten Pfad wegzulocken.«

Thaddeus blieb abrupt stehen und drehte sich nach dem Hauptmann um. »Dann muss sie ja sehr sündhaft gewesen sein«, sagte er so sarkastisch, dass Joshua sich wunderte, weshalb die Soldaten es offensichtlich nicht bemerkten. »Zu welchen Sünden hat sie euch denn verführt? Hat ihre Schüchternheit euch dazu verleitet, sie flachzulegen?«

Die drei Soldaten sammelten sich um ihren Hauptmann, und einer hob das Schwert. Dessen Spitze war nur noch eine Handbreit von Thaddeus' Kehle entfernt. »Wenn Ihr nichts als ein Knecht seid, wie der Vogt behauptet, dann zieh ich Euch dafür das Fell ab. Es gibt hier keinen, der die Magd angerührt hätte. Ihr verleumdet sie, wenn Ihr uns verleumdet.«

Thaddeus reagierte so schnell, dass er sich mit der behandschuhten Hand das Schwert geschnappt und übers Knie gebrochen hatte, bevor der andere überhaupt gemerkt hatte, dass es nicht mehr da war. »Euer Ärger ist fehl am Platz«, sagte er und warf die Bruchstücke ins Unterholz. »Werft es Eurem Hauptmann vor, dass er behauptet, sie sei eine Beute des Satans geworden, bevor Ihr mir vorwerft, dass ich frage, auf welche Weise Satan sich manifestiert hat.«

»Er wiederholt nur, was der Priester sagte, als er ihre Vertreibung befahl.«

»Und wer wurde damit beauftragt?«

»Wir.«

»Hat sie sich widersetzt?«

Der Mann schüttelte den Kopf. »Sie hat sich in ihre Verdammung gefügt.«

Thaddeus blickte verächtlich. »Dann steht wenigstens zu Euren Schuldgefühlen«, sagte er kalt, »und seid den Dieben und Hurenböcken dankbar, die ihr in der Stadt Zuflucht gewährten. Sie starb elendiglich, weil sie glaubte, sie sei zu sündhaft, um leben zu dürfen, aber wenigstens erfuhr sie am Ende noch Mitgefühl.« Er wandte sich zum Hauptmann um. »Haltet Eure Männer künftig besser im Zaum. Dem nächsten, der mich bedroht, zerbreche ich nicht nur das Schwert.«

»Philippe hat sich durch Eure Worte herausgefordert gefühlt, Sire. Er hatte ein Herz für unser Spätzchen, das ihn an seine Schwester erinnerte.« Der Hauptmann bedeutete den anderen beiden Soldaten mit einer Handbewegung, ihre Schwerter einzustecken. »Warum sagt Ihr, wir hätten Glück mit unserem Priester, um uns dann so hart zu verurteilen, weil wir seinem Befehl Folge leisteten?«

»Ich urteile nicht über Eure Folgsamkeit. Ihr und der Rest des Haushalts bleibt ja am Leben, indem Ihr seinen Anweisungen folgt, nicht wahr? Was mich ärgert, ist nur, dass Ihr bereit seid, ihm so blind Glauben zu schenken.«

»Ich verstehe nicht, Sire.«

Schulterzuckend machte Thaddeus sich wieder auf den Weg. »Es ist ein Vergehen gegen Gott, eine unschuldige Zehnjährige als Kreatur Satans zu bezeichnen.«

Ian schlang Joshua den Arm um die Brust und drückte ihm die Hand auf den Mund, damit er nicht aufschrie. Ihre Wege hatten sie fünfzig Schritt vor dem Lager zusammengeführt, und Joshua, der gespannt Thaddeus' gefährlich freimütigen Worten lauschte, hatte Ian und Edmund nicht herankommen sehen. Er hörte auf zu zappeln, als er Ians Stimme an seinem Ohr vernahm. »Haben sie Thaddeus gefangen genommen?«

»Noch nicht«, wisperte er, als Ian die Hand wegnahm. »Er versucht, sie auf seine Seite zu ziehen.«

»Und wie?«

»Auf die schlimmstmögliche Weise. Er versucht ihnen klarzumachen, dass ihr Priester ein Lügner und Betrüger ist.«

Olyver und Peter legten Pfeile ein, hoben die Bögen und visierten entlang der Schäfte. Sie standen vor dem Feuer, die linken Schultern zum Wald hin gewandt, die rechten Fäuste dicht an den Wangen. Sie verzogen die Bögen nur ein klein wenig weiter nach links, als die Stimmen zwischen den Bäumen die Richtung zu ändern schienen.

Thaddeus war der Erste, der aus dem Wald hervortrat, und er nickte anerkennend, als er die Jungen so in Bereitschaft sah. Er warf einen Blick in die Runde, sagte aber nichts, als er Ian, Edmund und Joshua nicht erblickte. Mit ein paar schnellen Schritten trat er neben Olyver, schnippte mit den Fingern, um die Meute um sie zu versammeln, und hob grüßend die Hand zum Hauptmann und den drei Soldaten hin, die am Waldsaum stehen geblieben waren.

»Ich danke Euch für das sichere Geleit, Captain, und wünsche Euch und Euren Männern alles Gute.«

»Der Vogt erwartet, dass wir bei Euch bleiben, Sire. Wollt Ihr Euren Wächtern befehlen, die Waffen zu senken?«

Thaddeus schüttelte den Kopf. »Der Vogt ist Euer Vorgesetzter, nicht meiner, mein Freund. Hier hat er keine Befehlsgewalt. Ihr könnt aus freiem Willen allein abziehen, oder ich lasse Euch von meinen Männern begleiten.«

»Wir sind vier, und sie sind nur zwei, Sire. Die Chancen stehen nicht zu Euren Gunsten.«

Ians Stimme ließ sich hinter ihnen vernehmen. »Da befindet Ihr Euch im Irrtum, Sir. Die Chancen standen immer zu Milords Gunsten. Hätte er uns ein Zeichen gegeben, hätten wir Euch schon im Wald gefällt.«

Thaddeus hörte sich an, was Joshua und Ian zu berichten hatten, während er sich hinkniete und die Pergamente, Tinte und Federkiel in sein Reisepult räumte, doch er wusste auch so, dass es an der Zeit war, sich davonzumachen. Von dem Moment an, als die Wächter an der Brücke auf den Namen Athelstan reagiert hatten, ahnte er bereits, dass er sein Glück auf die Probe stellte, aber mit Sicherheit wusste er es, seit die Gildemeister sich ihr Unbehagen hatten anmerken lassen.

Er wollte keine Zeit damit verschwenden zu ergründen, wer sie verraten hatte, und schüttelte den Kopf, als Peter fragte, ob er das Feuer ausstampfen sollte. »Im Gegenteil, wir bauen es auf. Der Vogt wird es von der Straße aus leuchten sehen, und je länger es brennt, desto mehr Vorsprung bekommen wir.«

»Aber in welche Richtung denn?«, fragte Olyver. »Wir können uns im Dunkeln doch nicht durch den Wald schlagen – und selbst wenn, wissen wir nicht, wo wir rauskommen. Was, wenn der Vogt eine Meile weiter südlich noch eine Straßensperre aufgestellt hat? Dann rumpeln wir da direkt rein.«

Thaddeus nickte. Mit der Brücke im Norden und der Straße im Osten und Süden blieb ihnen nur die Möglichkeit, nach Westen auszuweichen. Aber im dunklen Wald konnte es leicht passieren, dass sie aus Versehen südwärts abdrifteten. Er rief sich die Kurve des Flusses ins Gedächtnis, die er sich am Nachmittag angesehen hatte. Wenn er sich recht entsann, verlief der Fluss von der Brücke aus über fünfhundert Schritt gen Westen, bevor er schließlich nach Norden bog.

»Wir bewegen uns dicht am Waldsaum bis zum Fluss«, sagte er, »und dann immer weiter am Ufer entlang. Wenn wir dem Flusslauf folgen, müssen wir schließlich wieder an eine Straße kommen. Die Brücke kann ja nicht die einzige Überquerung sein.«

»Aber das könnte meilenweit entfernt sein«, sagte Edmund.

»Allerdings.« Thaddeus nickte. »Und außerdem werden wir zu Fuß gehen. Wir müssen leise sein. Nehmt eure Pferde am Führstrick und packt Zügel und Steigbügel in die Satteltaschen. Die Nacht ist so still, dass uns schon das Klirren des Zaumzeugs verraten kann.«

»Aber wer soll uns denn hören?«, fragte Joshua.

»Jeder, der schlau genug ist, sich auszurechnen, in welche Richtung wir uns davonmachen.« Seufzend richtete Thaddeus sich auf. »Ich habe euch in eine Falle geführt, und das tut mir leid. Wenn wir Glück haben, wird die Glut des Feuers den Vogt glauben machen, dass wir noch da sind; wenn nicht, wird er Männer schicken, die sich mit den Waldpfaden auskennen, um uns irgendwo am Flussufer den Weg abzuschneiden.« Er blickte von einem ängstlichen Gesicht zum anderen. »Wenn das passiert, dann versprecht mir, dass ihr mich allein damit fertigwerden lasst.«

»Keiner von uns kann das versprechen«, sagte Ian.

»Das könnt ihr wohl, denn wir halten das Schicksal von

Develish in Händen, nicht nur unser eigenes.« Thaddeus streckte die Hand aus. »Versprecht es mir jetzt in die Hand. Wenn ihr frei bleibt, habt ihr eine bessere Chance, mir zu helfen, als wenn ich gezwungen bin, mit anzusehen, wie jeder von euch auf dem Rad gebrochen wird.«

Ostersonntag 1349

Harold Talbot hatte heute wieder einen Wutanfall. Diesmal galt sein Zorn unserem feierlichen Umzug, den Pater Anselm von der Kirche aus anführte, durch den Gemüsegarten und den Obstgarten bis in den großen Saal zum Osterbankett. Vor der Pest verbrachten die Frauen und Mädchen Wochen damit, sich und ihren Familien den Feststaat zu Ehren von Christi Auferstehung zu nähen, aber da der Stoff nun knapp ist, begnügten sie sich damit, alte Kleider mit bunten Bändern, Litzen und Schärpen zu verschönern. Die Kinder hüpften, um ihre Bänder flattern zu lassen, und der Anblick stimmte alle vergnügt, außer Harold.

Nie habe ich einen Menschen kennengelernt, der so versessen darauf ist, alles immer nur schwarz zu sehen. Wenn es nach ihm ginge, würden alle in Develish härene Büßergewänder tragen und sich mit Flagellantenpeitschen geißeln, um sich für die Kreuzigung Christi zu strafen, anstatt sich gemeinsam an seiner Auferstehung zu freuen. Alice meint, seine Wutanfälle haben sich verschlimmert, seit das Alter ihm den Geist verwirrt hat, doch ehrlich gesagt glaube ich, er ist immer schon solch ein Wüterich gewesen. Zu den seltenen Gelegenheiten, wenn sein Geist einmal klar ist, zeigt er sich als ein Mann von wachem Verstand, und ich habe den Eindruck, seine Verdrossenheit wäre weniger ausgeprägt, wenn er eine Ausbildung erhalten hätte.

Wie immer hat Eva Thurkell es vermocht, ihn zu besänftigen. Keiner weiß, warum er so bereitwillig auf ihre Stimme und ihre

Berührung reagiert, aber sie erntet jedes Mal unsere Bewunderung, wenn es ihr wieder gelungen ist, ihn zu beruhigen. Alice meint, Evas blonde Hübschheit erinnere ihn an seine jüngste Tochter, doch ich frage mich, ob es nicht eher daran lag, dass Eva ihrem Gatten Einhalt gebot, als Will versuchte, Harold dafür zu bestrafen, dass er der kleinen May den Rock hochgeschlagen hat. Was immer der Grund sein mag, es gefällt mir, dass Eva dadurch an Selbstbewusstsein gewonnen hat, dass sie etwas tun konnte, was sonst keinem gelang.

Ich war mehr als überrascht, als ich sie gestern mit Isabellas Hilfe ihren Namen auf eine Schiefertafel krakeln sah. Die Aufgabe behagte ihr so sehr, dass sie übers ganze Gesicht strahlte, und anders als sonst verschwand ihr Lächeln nicht gleich, als sie meiner gewärtig wurde. Sie sagt, sie möchte die Namen aller ihrer Kinder schreiben können, bis Thaddeus zurückkehrt. Vielleicht hatte sie sich bisher immer gegen das Erwerben neuer Fertigkeiten gewehrt, weil sie fürchtete, verspottet zu werden, falls sie versagte.

Sie fragte, ob ich glaubte, dass Thaddeus und seine Begleiter in Sicherheit seien, und ich sagte, dessen sei ich gewiss. Aber das war keine ehrliche Antwort. In der letzten Woche haben Träume von Jacques d'Amiens mir den Schlaf geraubt. Vielleicht ist es nur, weil Thaddeus sagte, er würde zum Osterfest in Blandeforde eintreffen, doch meine unguten Vorahnungen lassen mir keine Ruhe.

DREIZEHN

Develish, Dorseteshire

Gyles hatte allen Grund, die Osterfeierlichkeiten zu segnen, als er das Floß aus seiner Verankerung löste und es an langen Seilen zur Mitte des Burggrabens driften ließ. Auf Lady Annes Geheiß hatte der Tag der unbeschwerten Lustbarkeiten mit verdünntem Wein für alle geendet, sobald die Sonne unterging; und nun, gegen Mitternacht, schliefen die Leute in Develish tief und fest, bis auf die Männer, die an der Mauer Wache hielten.

Unter dem Schutzwall, der die Einfriedung umgab, war der Uferstreifen schmal, doch selbst im kargen Licht des wolkenverhangenen Mondes war Gyles trittfest genug, um das Gleichgewicht halten zu können. Das Floß trieb mit der Strömung, die vom Devil's Brook kam, es erforderte wenig Mühe, es zu bewegen. Er vernahm Adam Catchpoles gewisperten Gruß, als er den westlichen Wachtposten passierte, und fünfhundert Schritt weiter fühlte er die Hand seines Bruders Alleyn auf der Schulter, der ihm bedeutete, dass er den südlichen Posten hinter der Kirche erreicht hatte.

Weder er noch Alleyn sagten etwas, um Pater Anselm nicht auf sie aufmerksam zu machen. Dieser Teil des Burggrabens war von dem Anwesen aus am wenigsten einsehbar, aber sie wollten den jähzornigen Priester nicht zum Zeugen ihrer Unternehmung machen. Gyles grub die Fersen in das feuchte Ufergras und zog an den Tauen, um das Floß einzuholen, während sich die Seilenden um seine Füße wanden. Er hörte einen dumpfen Aufprall, als John Trueblood sich über die Mauer schwang und neben ihm auf dem Boden landete, und kurz darauf das Rascheln eines gerafften Leinenkittels, als Alleyn Lady Anne über die Brüstung hob und in Johns wartende Arme hinabließ.

Schweigend nahm Gyles die schwere Ledertasche, die sein Bruder ihm herüberreichte. Er stellte sie auf dem Floß ab und half John und Milady an Bord, bevor er die Taue durch die Hände gleiten ließ, um das Gefährt ans jenseitige Ufer zu befördern. Er sah zu, wie eine Schattengestalt hinter einem Erlengehölz hervortrat und die Taurolle auffing, die John hinüberwarf, und bestätigend die Hand hob, als Edmund sich umwandte, um mit einem Winken zu signalisieren, dass das Floß sicher an einem Erlenstamm vertäut war. Gyles verzieh John die ungestüme Umarmung, mit der er seinen Sohn an die Brust drückte, kaum dass er an Land gesprungen war – er hätte das Gleiche getan, wenn einer seiner Zwillinge zurückgekehrt wäre –, doch er betete inständig, Edmund möge frei von der Pest sein.

Der Junge hatte sich James Buckler zu erkennen gegeben, als die Sonne den Zenit schon des Längeren überschritten hatte. James, der an der Südmauer Wache hielt, hatte zu dem Waldstück hingesehen, das an den gerodeten Grund im Süden angrenzte, als er aus dem Augenwinkel eine Bewegung zwischen den vertrockneten Wickenstauden auf einem Feld in etwa fünfzig Schritt Entfernung wahrnahm. Er hielt es zuerst nur für einen Fuchs, bis er aufmerksamer zwischen die schwankenden Pflanzen spähte und sah, dass es ein Mann war – ein Mann, der flach auf der Erde lag, Hemd und Hose von der gleichen Farbe wie das trockene Gestrüpp, sodass man ihn kaum hätte erkennen können, wenn er nicht den Kopf gehoben hätte. Als er sicher war, dass James ihn entdeckt hatte, legte er den Finger an die Lippen und richtete sich auf. Fraglich, was James mehr überraschte – dass der ›Mann‹ der fünfzehnjährige Edmund Trueblood war oder dass er es geschafft hatte, sich über eine Viertelmeile offenes Land zu bewegen, ohne entdeckt zu werden.

James brauchte keine weitere Veranlassung, um sich über die Mauer zu schwingen und die Uferböschung hinabzuschlittern. Dass Edmund allein war, konnte nur bedeuten, dass er Nachrichten zu übermitteln hatte, und je weniger Leute sie mitbekamen, desto besser. Er winkte dem Jungen, sich vorsichtig dem jenseitigen Ufer zu nähern. Das Ostermahl war noch nicht zu Ende, aber manche, die schon gesättigt waren, würden einen Verdauungsspaziergang am Burggraben vielleicht dem Gedränge im Saal vorziehen. Edmund, dem sehr wohl bewusst schien, wie sein unerwartetes Auftauchen auf die Leute von Develish wirken würde, ging neben einem Erlengehölz in Deckung und spähte wachsam nach allen Seiten. Er sprach in kurzen, klaren Sätzen, um sicherzugehen, dass er verstanden wurde.

Thaddeus war vorige Nacht außerhalb von Blandeforde durch den Vogt, Master d'Amiens, gefangen genommen worden. Seine Gefährten waren entkommen, indem sie dem River Stour folgten, und hatten in sicherer Entfernung von Blandeforde ihr Lager aufgeschlagen. Edmund war bei Tagesanbruch gen Süden geritten, um sich mit Lady Anne zu beraten. Sie war die Einzige, die klug genug war, um einen Plan auszuhecken, wie sie Thaddeus helfen könnten. Falls Edmund morgen Mittag noch nicht zurück war, würden sie handeln, wie sie es für richtig hielten. Ob Lady Anne zum Burggraben kommen könne, um mit Edmund zu sprechen? Es wäre besser, wenn sie erst nach Einbruch der Dunkelheit käme. Bis dahin würde er hier bei den Erlen warten.

Trotz der düsteren Botschaft war James von Bewunderung für Edmunds Mut und Schläue erfüllt. Der Junge musste geritten sein wie der Teufel, um so bald schon in Develish zu sein, doch anstatt die Leute zu erschrecken, hatte er sich lieber die Zeit genommen, einen Umweg zu machen, um sich dem einzigen Wachtposten zu nähern, der vom Haus aus nicht zu sehen war. Nicht viele wären zu solcher Besonnenheit fähig gewesen. Er bedeutete Edmund mit einer Handbewegung, sich zwischen den Bäumen auszuruhen, dann kletterte er zurück über die Mauer und machte sich auf die Suche nach Gyles. Gemeinsam gingen sie Lady Anne holen.

Sie fanden sie im Kontor des Verwalters, wo sie sich ein wenig Ruhe gönnte, während der Saal aufgeräumt wurde, um Platz fürs Kegelspiel und Hufeisenwerfen zu schaffen. Lady Anne schrieb in ihr Tagebuch und blickte lächelnd auf, als Gyles und James hereinkamen, doch das Lächeln erstarb auf ihren Lippen, als sie hörte, was die Männer ihr zu sagen hatten. Dennoch waren sie erstaunt, wie gefasst sie die Hiobsbotschaft aufnahm und fast besorgter um Edmund schien als um Thaddeus. War der Junge verängstigt? Wirkte er ausgehungert? Sollte sie besser gleich mit ihm sprechen?

James schüttelte den Kopf, beschrieb Edmunds Verfassung als ruhig und beherrscht. »Er macht Thaddeus alle Ehre, Milady. Er wird warten, solange es nötig ist, um Euren Rat zu hören – obwohl er sicher froh sein wird, etwas zu essen zu kriegen, wenn wir es ihm irgendwie zukommen lassen können.«

Lady Anne senkte den Blick auf das Pergament vor ihr. »Hat er gesagt, warum die Täuschung fehlgeschlagen ist?«

»Nein, Milady. Nur was ich Euch schon berichtet habe. Soll ich ihm ausrichten, dass Ihr mit ihm sprechen werdet?«

Sie zögerte ein paar lange Sekunden. »Ich habe schon befürchtet, dass es so weit kommen würde, und habe hundert Pläne gemacht, wie ich mich in einem solchen Fall verhalten sollte. Aber nie im Leben hätte ich erwartet, innerhalb von Stunden schon zu erfahren, dass Thaddeus gefangen genommen wurde.« Sie wandte sich Gyles zu. »Könnte man das Floß zum Südposten an der Mauer driften lassen, sobald es dunkel ist?«

»Es gibt nichts, was dagegen spricht, Milady. Was habt Ihr vor?«

Die geisterhaften Gestalten auf der anderen Seite des Burggrabens wurden schnell von der Dunkelheit verschluckt, während sie sich auf die Felder hinausbewegten, und mit einem Seufzer wickelte Gyles sich die Taue um den Leib und kauerte sich am Ufer nieder, auf eine lange Wache gefasst. Hin und wieder hörte er Stiefelsohlen über Steine scharren, wenn sein Bruder das Standbein wechselte, sonst aber war nichts zu hören als das sanfte Plätschern des Wassers im Ufergras.

Wer hätte behaupten können, dass Lady Annes Entscheidung falsch war? Sicher nicht er. Er konnte sich nicht erinnern, irgendeine ihrer Ideen jemals verfehlt oder töricht gefunden zu haben. Seine Ratsbrüder hatten ihn gedrängt, seinen Einfluss geltend zu machen, damit Milady es sich noch einmal überlegte, denn alle wussten, dass sie mit dem Herzen entschied und nicht mit dem Kopf. Doch Gyles hatte abgelehnt. Er konnte ihnen nicht zustimmen, dass man

Thaddeus' Leben ruhig zum Wohle aller opfern dürfe; auch seine Söhne und deren Freunde würden dies niemals zulassen. Dennoch hatte er den anderen Vätern gegenüber keine Einwände erhoben.

Eher als erwartet hörte er John leise vom anderen Ufer herüberrufen. »Mach dich bereit, Gyles. Ich habe hier schon die Verankerung gelöst.«

Gyles erhob sich und zog an den durchnässten Tauen, um das Floß wieder herüberzuholen. »Tut mir sehr leid, mein Freund«, sagte er aufrichtig, während er die Hand ausstreckte, um dem anderen an Land zu helfen.

John zuckte betrübt die Schultern. »Du hattest recht und ich unrecht. Keiner von beiden wollte Vernunft annehmen.«

»Hat Milady wenigstens ihr Versprechen eingelöst, die Jungen nach Hause zu beordern?«

»Das hat sie, und energischer, als ich gedacht hätte. Edmund schien ganz verblüfft, dass sie so einen Befehl überhaupt äußerte. Er sei gekommen, um Rat zu holen, nicht, um die Order zu erhalten, seinen Anführer im Stich zu lassen, sagte er.«

»Und was hat Milady darauf geantwortet?«

»Sie bat ihn, sich meine Argumente anzuhören und dann ihre, aber Edmund sagte, er und seine Freunde würden lieber dasselbe Schicksal wie Thaddeus erleiden, als die Rolle von Verrätern zu spielen.«

»Eine noble Haltung, John.«

»Mag sein, aber du weißt so gut wie ich, dass Lady Anne sich ihr Urteil durch ihre Gefühle für Thaddeus vernebelt.«

Gyles händigte ihm eins der Taue aus. »Ich brauche deine Hilfe, um das Floß wieder an seinen angestammten Platz an der Nordmauer zurückzuschleppen. Diesmal geht's gegen den Strom.«

John musterte ihn verdrießlich. »Wieso ist ihre Torheit dir so gleichgültig? Es gibt keine Zukunft für Develish ohne sie.«

Gyles packte sich das durchnässte Hanfseil auf die Schulter und stemmte sich in das Schlepptau. »Sie wird ohnehin für uns verloren sein, wenn Thaddeus sie verrät. Was er tun wird. Kein Mensch ist stark genug zu schweigen, während ihm Arme und Beine auf dem Rad gebrochen werden. Beten wir, dass Milady Blandeforde erreichen möge, bevor das passiert. Sonst wird ganz Develish der Verdammnis anheimfallen.«

Edmund geleitete Lady Anne über die Felder bis zu der Lichtung am Devil's Brook, wo er die Pferde hatte grasen lassen. Um ihr über das unebene Gelände zu helfen, hielt er seinen rechten Unterarm abgewinkelt, damit sie sich darauf stützen konnte, während er mit der Linken ihre schwere Ledertasche trug. Er sprach nur, um sie vor Stolperstellen zu warnen, da er zu schüchtern war, um sonst irgendeine Meinung von sich zu geben, und sie war froh um sein Schweigen, denn es erlaubte ihr, ihr Augenmerk einzig darauf zu richten, wohin sie im Dunkeln die Füße setzte. Sie wollte nicht, dass der arme Junge es schon bereute, sie mitgenommen zu haben, bevor sie überhaupt aufgebrochen waren.

Als die Pferde, die in Fußfesseln auf der Wiese standen, sie beim Herankommen anwieherten, entschuldigte er sich, dass er ihr nur Killer zum Reiten anbieten konnte. »Die Zwillinge dachten, Ihr würdet ihrem Vater vielleicht erlauben, uns zu helfen, Milady. Wenn wir gedacht hätten, dass Ihr selbst mitkommt, hätte ich eins der Ponys hergebracht.«

Sie lächelte. »Ich bin dir dankbar für deine Voraussicht, überhaupt ein Reittier dabeizuhaben, Edmund. Ich sage nicht, dass du mich nicht wirst führen müssen oder dass ich nicht ganz fürchterlich über Wundheit jammern werde, noch bevor wir Blandeforde erreichen, aber ich bin sicher, Killer wird mir die Reise weniger beschwerlich machen, als wenn ich hätte zu Fuß gehen müssen.«

»Ich kann Euch in den Sattel heben, damit Ihr seitlich sitzen könnt, Milady. Wenn Ihr Euch am Sattelknauf festhaltet, werdet Ihr Killers Gang angenehm wiegend finden.«

Sie schüttelte den Kopf. »Wir müssen schneller vorankommen, Edmund, zumindest, wenn es Tag wird. Ich werde rittlings aufsteigen.«

»Wisst Ihr denn, wie, Milady?«

»Mein Vater hat es mir als Kind beigebracht.«

Sie wies ihn an, die Ledertasche abzustellen, und kniete sich hin, um sie aufzuschnüren. »Ich habe dir etwas zu essen mitgebracht. James Buckler meint, du musst schon seit Tagesanbruch unterwegs gewesen sein.« Sie reichte ihm ein Päckchen Brot und kaltes Fleisch, das vom Osterbankett übrig war. »Es war sehr rücksichtsvoll von dir, den Umweg durchs Tal zu nehmen und von Süden heranzukommen, Edmund. Ein unbedachterer Mann hätte Angst und Panik gesät, indem er geradewegs vom Dorf her über die Straße gekommen wäre.«

Wäre es nicht so dunkel gewesen, hätte sie gesehen, dass ihr Kompliment den Jungen vor Freude hatte erröten lassen. »Es hätte Thaddeus nicht geholfen, Panik zu verbreiten, Milady«, knurrte er, während er die Zähne ins Fleisch schlug. »Er forderte uns auf, einen kühlen Kopf zu bewahren, bevor er uns befahl, ihn zu verlassen.«

»Wann war das?«

»Gegen Mitternacht, Milady.« Er beschrieb die Ereignisse, die zu Thaddeus' Gefangennahme geführt hatten, sowie das Versprechen, sich nicht selbst fangen zu lassen, das sie ihm gegeben hatten. »Er drückte mir Killers Zügel in die Hand, als Joshuas Hunde unruhig wurden. Kurz darauf sahen wir Fackeln am Flussufer auf uns zukommen. Thaddeus schickte uns in den Wald und ging den Wachen allein entgegen.«

Lady Anne legte einige gefaltete Kleidungsstücke auf den Boden. »Hast du gesehen, wie sie ihn gefangen nahmen?«

Edmund nickte. »Sie haben ihn genauso eingekreist, wie sie es auf der Straße taten. Er gab ihnen sein Schwert, und der Hauptmann fragte, wo seine Leute seien. Seine Antwort war: Mit den Pferden im Lager, um den Vogt abzulenken, während er am Fluss entlang flüchtete.«

Sie zog eine Schärpe aus der Tasche. »Und das haben sie ihm geglaubt?«

»Scheint so. Keiner ist im Wald nach uns suchen gekommen, obwohl sie gewusst haben müssen, dass er log, als sie später das Lager durchkämmten.«

»Und was ist dann passiert?«

»Die Wachen haben Thaddeus auf demselben Weg mitgenommen, den sie gekommen waren, und wir sind weiter dem Flusslauf gefolgt. Nach ungefähr fünf Stunden haben wir eine Furt erreicht. Dort haben wir bis Tagesanbruch gewartet, und ich bin dann los, sobald es hell genug war, um die Straße zu sehen.«

Lady Anne packte alles wieder in die Tasche, bis auf die Schärpe und ein gefaltetes Kleidungsstück. »Wusstest du, wo du warst?«

»Erst als ich den ersten Meilenstein sah, Milady. Der sagte mir, dass ich mich auf der Straße von Shafbury nach Dorchester befand – derselben, an der auch Develish liegt. Ich konnte mein Glück kaum fassen. Glaubt Ihr, es bedeutet, dass Gott Thaddeus nicht sterben lassen will?«

Lächelnd richtete Lady Anne sich auf. »Ganz gewiss. Drehst du dich jetzt bitte um, damit ich diese Hosen anziehen und den Saum meines Kittels hochbinden kann? Wir kommen besser voran, wenn ich nicht durch Röcke behindert bin.«

Zuversichtlich, dass es dunkel genug war, um vom Haus aus nicht gesehen zu werden, geleitete Edmund Lady Anne durch den Bach und über das Weideland zur Straße gen Norden. Er zog es vor, zu Fuß zu gehen und beide Pferde am Zaum zu führen, und sie begriff, dass sie Vorsicht walten lassen mussten, solange der Mond verborgen blieb. Er war froh zu sehen, dass sie gut im Sattel saß, sobald er die Steigbügel angepasst hatte, obwohl er weiterhin Zweifel hegte, ob es klug gewesen war, sie überhaupt mitzunehmen.

Seine Gefährten erwarteten, Gyles Startout zu sehen, und er wusste, sie würden mehr als verblüfft sein, wenn sie stattdessen mit Milady vorliebnehmen mussten. Edmund hatte seine Enttäuschung gut zu verbergen gewusst, doch sie schwoll und wuchs in seinem Herzen, während er Lady Anne voranging. Was nutzte ihnen eine Frau, wenn sie einen erfahrenen Kämpfer gebraucht hätten? Wie viel Zeit würden sie verschwenden, indem sie ihr aufwarteten? Wie unwohl würden sie sich ihretwegen fühlen, wenn sie merkte, wie rau und hart es war, im Freien zu leben, und wie ungehobelt die Männer sich benahmen, wenn sie unter sich waren?

Seine Enttäuschung schlug in Ärger um, als er sich bewusst wurde, dass man ihm die Verantwortung für sie aufgebürdet hatte, ob es ihm passte oder nicht. Er hätte an seinen Vater appellieren sollen, aber John war ja nur darauf aus gewesen, ihm einzuschärfen, dass er seine Gefährten heil nach Hause bringen sollte. Er hatte seinem Sohn endlos von Vernunft und Verpflichtung gegenüber Develish gepredigt, und so war Edmund gar nicht dazu gekommen, ihm zu sagen, dass er und seine Freunde Gyles wollten, nicht Lady Anne.

Vielleicht erriet Lady Anne seinen inneren Konflikt, denn sobald sie über den Hügelkamm am Ende des Tals von Develish gelangt waren, fragte sie: »Hat Thaddeus einen Vorschlag gemacht, wie ihr ihn retten könntet, Edmund?«

»Nein, Milady, aber wir haben unsere eigenen Pläne geschmiedet, während wir auf das Tageslicht warteten.«

»Kühne Pläne, nehme ich an.«

»Kühn genug, Milady.«

Es war ihr anzuhören, dass sie lächelte. »Das hatten eure Väter schon befürchtet. Sie wissen, wie mutig ihr seid. Thaddeus ebenfalls. Sag, wie hat er euch eigentlich dazu gebracht, ihn zu verlassen, wo ihr doch sicher alle an seiner Seite bleiben wolltet?«

»Er meinte, wir hätten eine bessere Chance, ihm zu helfen, wenn wir frei wären, Milady. Obwohl er sich wohl eher darum sorgte, was der Vogt uns antun könnte.«

»Aus gutem Grund«, gab sie zurück. »Es gibt keinen schnelleren Weg, einen Mann zum Reden zu bringen, als seine Freunde vor seinen Augen der Folter zu unterziehen.«

»Wir hätten uns so leicht nichts entlocken lassen, Milady ... und Thaddeus ebenso wenig.«

»Das weiß ich.«

Er wartete, ob sie noch etwas hinzufügen würde, und als sie es nicht tat, fragte er in schrofferem Ton, als ihm zukam: »Was für Pläne habt *Ihr* für seine Rettung, Milady?«

»Nur einen, Edmund. Heute noch in Blandeforde Einlass zu finden und zu fordern, dass er für die Verbrechen, die er begangen haben soll, vor Gericht gestellt wird.«

Sie kamen schneller voran, sobald die Sonne über den Horizont gestiegen war. Da er die Straße nun besser sehen konnte, bestieg Edmund sein eigenes Ross und führte Killer in scharfem Trab. Er rief Lady Anne zu, sich zu entspannen und sich mit gleichmäßigem Auf und Ab im Sattel der schnelleren Gangart anzupassen, doch als sie bis auf eine Viertelmeile an die Furt herangekommen waren, ließ ihre verkrampfte Miene erkennen, dass der Ritt ihr schon sehr unbequem gewesen war. Edmund ließ die Pferde in Schritt fallen.

»Wir sind fast da, Milady. Braucht Ihr etwas Zeit, um Euch zu erholen?«

Sie rang sich ein kleines Lächeln ab. »Werden deine Freunde mich weniger zu schätzen wissen, wenn ich zu Fuß ankomme?«

»Ich fürchte, ja, Milady. Sie hoffen, den Vater der Zwillinge zu sehen.«

»Dann muss ich versuchen, die Rolle der erfahrenen Reiterin zu spielen. Wärst du so freundlich, mir die Zügel auszuhändigen, Edmund? Aber bleib bitte an meiner Seite, damit Killer mir nicht durchgeht. Ich würde eine überaus unwürdige Figur abgeben, wenn er mich am Wegesrand abwirft.«

Edmund konnte nur ihre Tapferkeit bewundern, als sie die Furt erreichten und seine Gefährten aus dem Wald kamen, um sie zu begrüßen. Er erinnerte sich gut an seine Blasen und Prellungen, nachdem er zum ersten Mal eine weite Strecke geritten war, und er staunte, wie leicht Milady sich über ihre Beschwernisse hinwegzusetzen vermochte. Sie ließ sich von ihm beim Absteigen helfen und stützte sich dankbar auf seinen Arm, als er sie zu der Stelle führte, wo die Jungen ihr Lager aufgeschlagen hatten; doch weder stolperte sie, noch zeigte sie sich entmutigt angesichts der verzweifelten Mienen, die ihr entgegenblickten.

Die Sonne stand noch keine Stunde am Himmel, als die friedliche Stille von Develish von schrillen Schreien zerrissen wurde. In der Küche griff Clara Trueblood sich vor Schreck an die Kehle. »Gott sei uns gnädig!«, rief sie. »Was, um Himmels willen, war das?«

»Wahrscheinlich Harold Talbot, der's mal wieder zu weit treibt«, meinte eine der Mägde.

Clara sah sich nach Eva Thurkell um. »Komm«, sagte sie und scheuchte sie durch die Tür zum Saal. »Du bist die Einzige, die zwischen ihm und dem plötzlichen Tod steht. Ich erwürge den alten Drecksack mit eigenen Händen, wenn wir ihn dabei erwischen, wie er sich an einem Kind vergreift.«

Aber um welch ein Drama auch immer es sich handeln mochte, es spielte sich anderswo ab, denn die Leute im Saal blickten sie nur verwundert an. Die meisten waren gerade dabei, ihre Strohsäcke zusammenzurollen, um sie an den Wänden zu stapeln, und alle hatten innegehalten und den Schreien gelauscht. Manche bekreuzigten sich, aus Angst, der Teufel sei nah, andere sahen fragend zur Treppe hin, die nach oben führte.

Ihre Vermutung erwies sich als wahr, denn nun wurde von oben gegen die Decke gepoltert. Clara packte Eva bei der Hand und bahnte sich einen Weg durch die Menge, wobei sie die Mütter mit den Kindern nach draußen schickte und die Männer anwies, ihr die Treppe hinauf zu folgen. Sie hatte keine Ahnung, was das Getöse dort oben bedeuten mochte, aber es klang nach Gewalttätigkeit und schien aus Lady Annes Kemenate zu kommen. Zuerst dachte sie, Harold Talbot habe endgültig den Verstand verloren und Eleanor angegriffen; oder war es am Ende Eleanor, die ihre Wut an Milady ausließ? Jedenfalls zweifelte sie nicht daran, dass es sich um Mord und Totschlag handeln musste.

Sie war mit Eva schon fast am oberen Ende der Treppe angelangt, als das Gepolter plötzlich abbrach und Totenstille sich über den Saal senkte. Sie vernahmen rennende Schritte im oberen Flur, und selbst Claras wackeres Herz erbebte bei dem Gedanken, wer dort wohl auftauchen mochte. Keiner erwartete, Isabella Startout zu sehen.

Sie schrie erleichtert auf, als sie Clara erblickte. »Oh, Mistress Trueblood, Lady Eleanor braucht dringend Hilfe, und ich weiß nicht, was ich für sie tun kann. Ich fürchte, sie stirbt.«

»Ist Lady Anne bei ihr?«

Isabella schüttelte den Kopf. »Sie muss in der Kirche sein, aber es dauert zu lange, bis sie hier sein kann.« Sie kam die Treppe herab und zog an Claras freier Hand. »Bitte beeilt Euch. Lady Eleanor wird sicher sterben, wenn wir nichts tun.«

Clara hielt nur kurz inne, um einen der Männer auf die Suche nach Lady Anne zu schicken, dann eilte sie mit Eva und Isabella in die Kemenate. Dort fanden sie Eleanor blass und reglos am Boden liegend, blutigen Schaum vor dem Mund. Sonst war niemand im Raum.

Clara kniete sich hin und legte die Hand auf die Brust des Mädchens. »Sie atmet noch«, sagte sie, »und ich kann ihren Herzschlag fühlen. Woher kommt dieses Blut, dieser Schaum da? Hast du sie geschlagen, Isabella? Wir haben Schreie gehört, und dann ein furchtbares Gepolter.«

»Ich kann nichts dafür, Mistress Trueblood. Ich war in der Spinnstube, als ich die Schreie hörte, und ich hatte Angst, es sei Milady. Ich bin zur Tür geschlichen und hab sie aufgestoßen, aber das Einzige, was ich gesehen hab, war Lady Eleanor, die sich am Boden wand und mit dem Kopf und den Fersen auf die Dielen schlug. Sie ist so bleich. Was können wir für sie tun?«

Eva Thurkell kniete sich an Eleanors andere Seite und wischte ihr mit dem Kittelsaum den blutigen Schaum vom Mund. »Nichts«, sagte sie. »Sie hat sich nur auf die Zunge gebissen, und die Blässe kommt von ihrer Ohnmacht. Sie wird bald wieder zu sich kommen. Auf meinem früheren Gutshof gab es einen Jungen, der das gleiche Leiden hatte.«

»Und wo kam es her?«

»Der Priester sagte, es sei Hitze im Hirn. Er war so ein leicht erregbares Kind – wollte immer tanzen und spielen, und dann plötzlich wieder Wut und Tränen. Sich am Boden gewälzt und gezuckt hat er meistens, wenn er seinen Willen nicht bekam. Und danach hat er tief geschlafen. Das wird Lady Eleanor sicher auch tun.«

»Konnte er sprechen, wenn er aus der Ohnmacht erwachte?«

Eva nickte. »Es war, als ob es nie passiert wäre. Seht ihr? Lady Eleanors Lider fangen schon an zu flattern. Bestimmt wird sie uns gleich fragen, weshalb sie am Boden liegt und was wir hier machen.«

Clara antwortete, so gut sie konnte, als Eleanor genau dies tat. »Ihr seid in Ohnmacht gefallen, Milady. Isabella hat uns hergerufen, um Euch beizustehen. Ich habe nach Eurer Mutter geschickt. Sie wird gleich bei uns sein.«

Eleanor starrte sie verwirrt an. »Wo ist sie?«

»In der Kirche, Milady.«

»Liegt sie in ihrem Sarg?«

Clara stutzte. »Natürlich nicht. Wie kommt Ihr denn auf so etwas?«

Eleanor drehte sich schläfrig auf die Seite. »Ihr Seidenkleid ist weg«, murmelte sie. »Ich dachte, sie ist gestorben ...«

Als ihre Stimme verebbte, drehte Clara sich stirnrunzelnd nach Isabella um. »Was meint sie damit?«

Isabella war ebenso ratlos, bis sie die Truhe in der Ecke offen stehen sah. Sie ging hinüber und warf einen Blick hinein. »Leer«, sagte sie.

Clara bedeutete Eva, Eleanors Beine anzuheben, während sie das Mädchen unter den Achseln packte. »Was hast du denn da drin zu finden gehofft?«

Mit besorgter Miene sah Isabella zu, wie sie den leblosen Körper zum Bett trugen. »Das bestickte blaue Gewand, das Lady Anne sich zur Hochzeit genäht hatte. Es ist ihr feinstes. Lady Eleanor hat sie oft überreden wollen, es zu tragen, aber sie hat immer abgelehnt. Sie sagte, es wäre schade, es zu verschleißen, bevor es gebraucht wird.«

»Du sprichst in Rätseln«, entgegnete Clara barsch, während sie Eleanor ein Federkissen unter den Kopf schob. »Was hat ein fehlendes Gewand denn mit dem Tod zu tun?«

Isabella rang die Hände. »Alles«, sagte sie. »Milady hat Lady Eleanor gesagt, sie bewahrt es für ihr Begräbnis auf.«

Eleanor beobachtete Isabella schon seit einigen Minuten unter halb geschlossenen Lidern. Sie dachte, es sei Lady Anne, die da auf dem Hocker vor dem Stickrahmen saß und kleine Knotenstiche in ein Lilienmuster setzte, denn die

Magd saß als Silhouette vor der hellen Frühlingssonne, die durch die Gitterfenster schien. Die weichen braunen Locken fielen ihr ins Gesicht, während sie sich über ihre Arbeit beugte, genau wie Lady Anne es immer tat, und Eleanor fühlte sich unendlich erleichtert, dass ihre Angst unbegründet gewesen war.

Sie konnte sich noch daran erinnern, wie sie aufschrie, als sie ihre Mutter für tot gehalten hatte, aber nun war ihr klar, dass sie sich geirrt haben musste. Es gab einen anderen Grund dafür, dass Lady Annes Sachen fehlten und ihr Bett unberührt war. Eleanor wusste nicht, wie sie selbst in dieses Bett gekommen war oder wann Lady Anne in die Kemenate zurückgekehrt war, doch sie empfand ihre Nähe als tröstlich. Der Gedanke, sie verloren zu haben, war nicht auszuhalten gewesen.

Sie musste noch für so vieles bei Lady Anne um Vergebung bitten, aber die Angst hatte sie stumm gemacht, denn sie fürchtete, einen Vorwurf in Lady Annes Augen zu sehen, wenn sie von Dingen sprach, die man besser vergaß. Am meisten schämte sich Eleanor, dass sie den Lügen ihres Vaters über Milady Glauben geschenkt hatte. Robert sagte, es sei nicht ihre Schuld – Sir Richard habe ihr für seine eigenen Zwecke den Verstand verdreht –, doch Eleanor wusste, dass der Junge nur ihr Gewissen beruhigen wollte. Robert würde sich nie dem Urteil anderer anschließen, ohne es zu hinterfragen. Er bewies es Tag für Tag durch seine unverbrüchliche Freundschaft zu ihr, obwohl er immer wieder zu hören bekam, er solle die Augen aufmachen und bedenken, der Apfel falle nicht weit vom Stamm. Eleanor sei Sir Richards Tochter, und alle Erziehung könne nichts gegen ihr tief verderbtes Wesen ausrichten.

Eleanor schöpfte Trost aus Roberts verächtlicher Zurückweisung dieser Behauptungen. Selbst die Schwachköpfe, die so redeten, waren fähig, aus ihren Fehlern zu lernen, und dasselbe galt für Eleanor. Hatte sie nicht schon mit seiner und Lady Annes Hilfe Lesen und Schreiben gelernt? Vor Sir Richards Tod hatte sie geglaubt, das alles sei unter ihrer Würde; nun gab sie sich Mühe, so geübt darin zu werden wie Robert. Und die Katzen? Ihr Vater hätte sie sofort ersäufen lassen, Eleanor aber zog es vor, sie zu lieben und zu hätscheln. Zeigte das nicht schon, dass sie mehr nach Lady Anne kam? Alles, was Eleanor brauchte, war der Mut, ihre Mutter zu umarmen und darauf zu vertrauen, dass nichts von dem, was sie ihr beichtete, mit Missbilligung aufgenommen würde.

Fast wäre sie wieder eingeschlafen, hätte Isabella sich nicht umgedreht, um nach ihr zu sehen. Diesmal war keine Verwechslung möglich, und Eleanors Augen weiteten sich vor Schreck. Aus Angst vor neuem Geschrei stand Isabella von ihrem Schemel auf und kniete sich neben ihr Bett. »Bitte versucht, Euch zu beruhigen, Lady Eleanor. Ihr werdet wieder in Ohnmacht fallen, wenn Ihr Euch so aufregt.« Sie nahm ein Tuch aus der Waschschüssel, wrang es aus und drückte Eleanor das feuchte Leinen auf die Stirn. »Eure Zunge tut Euch vielleicht weh, weil Ihr draufgebissen habt, aber wenn Ihr Euch aufsetzen könnt, habe ich Medizin gegen den Schmerz.«

Eleanor verstand überhaupt nichts, bis sie versuchte, eine Antwort zu geben. Ihre verletzte Zunge rieb gegen die Zähne, und es tat so weh, dass sie in Tränen ausbrach. Seufzend legte Isabella das Tuch in die Schüssel zurück und griff Eleanor unter die Arme, um sie hochzuziehen. Sie schüttelte das Kissen auf und stopfte ihr die Decke um die Beine.

»Die Medizin ist bloß Salz, Lady Eleanor. Ich werde es in einen Wasserkrug geben, und Ihr müsst das Salzwasser so lange wie möglich im Mund behalten, bevor Ihr es ausspuckt. Wenn Ihr es runterschluckt, wird Euch übel. Versteht Ihr?« Auf Eleanors Nicken hin löffelte sie Salz aus einem Kästchen auf dem Nachttisch und rührte es in warmes Wasser, um Eleanor den Krug dann an die Lippen zu halten. »Je länger Ihr es im Mund behaltet, desto schneller werdet Ihr hinterher wieder sprechen können«, sagte sie und setzte ihr einen Steingutnapf zum Ausspucken auf den Schoß. »Wenn Ihr bereit seid, könnt Ihr mir gern so viele Fragen stellen, wie Ihr wollt. Ich werde sie Euch beantworten, so gut ich kann.«

Eleanor tat, wie ihr geheißen, doch es brauchte drei Mundvoll Salzwasser, bis der Schmerz so weit betäubt war, dass sie sprechen konnte. Die ganze Zeit spürte sie Isabellas Kraft und staunte, wie sehr das Mädchen sich in einem halben Jahr entwickelt hatte. Verschwunden war die schüchterne kleine Magd, die Eleanors Tobsuchtsanfälle hatte ausbaden müssen, seit sie acht Jahre alt war. An ihrer Stelle stand eine gelassene und selbstsichere junge Frau, die sich so gut wie Lady Anne darauf zu verstehen schien, Leiden zu lindern. Ihr Liebreiz war bemerkenswert, und doch empfand Eleanor weder Neid noch Eifersucht, sondern nichts als tiefe Reue darüber, Isabella immer so schlecht behandelt zu haben.

Sie spuckte den Rest Salzwasser in den Napf. »Du solltest nicht mit mir allein sein«, brachte sie hervor. »Lady Anne hat mich schwören lassen, immer zehn Schritte Abstand zwischen uns zu halten.«

»Das habt Ihr ja getan, Milady. Ich bin freiwillig hier, und das werde ich Eurer Mutter auch sagen, wenn sie fragt.«

»Siehst du sie immer noch als meine Mutter?«

»Ich wüsste nicht, warum ich das nicht tun sollte, Milady. Sie hat Euch immer als ihre Tochter geliebt und auch so behandelt.« Isabella nahm Eleanor den Napf ab und stellte ihn auf den Nachttisch. »Würde es Euch besser gefallen, wenn ich sie Euren Vormund nenne?«

Eleanor schüttelte den Kopf. »Ich will sie nicht noch einmal verleugnen.« Sie sah auf ihre Hände hinab. »Ich erinnere mich, dass ich Angst hatte, als ich merkte, dass ihr Kleid nicht mehr in der Truhe war ... und auch ihr Kamm und ihr Handspiegel ... aber sonst kann ich mich an nichts erinnern. Warum habe ich mir auf die Zunge gebissen? Und wer hat mich zu Bett gebracht?«

Isabella zog den Schemel heran und beschrieb ihr den Anfall, den sie durchgemacht hatte. »Eva Thurkell meint, es ist nichts Schlimmes, Milady. Es war nur eine Ohnmacht. Sie sagt, die Angst um Eure Mutter hat Euer Hirn überhitzt.«

»Aber du sagtest doch, ich hätte mich auf dem Boden herumgewälzt.«

»Ein Junge auf Mistress Thurkells früherem Gutshof hat das genauso gemacht, deswegen weiß sie so gut Bescheid. Und er hat sich jedes Mal wieder davon erholt.«

»Wie oft ist ihm das denn passiert?«

»Ganz selten«, schwindelte Isabella, »und nur, wenn er sich übermäßig aufgeregt hat. Er war noch sehr jung und tobte gern herum.«

»Ich erinnere mich, dass ich geschrien habe.«

Isabella nickte. »Das war wohl der Grund, Milady.«

Als Eleanor nicht antwortete, fragte sich Isabella, ob sie die Ausrede wohl glaubte oder sich überlegte, wem sie die Schuld an ihrem Zustand geben könnte. Tatsächlich war die

Erklärung ja nicht sehr glaubhaft. Isabella konnte gar nicht zählen, wie oft Eleanor früher vor Wut gekreischt hatte, ohne in Ohnmacht zu fallen.

Eleanor ergriff Isabellas Hand und hob sie an die Wange. »Ich hatte Angst«, flüsterte sie. »Meine Mutter widmet mir morgens immer eine Stunde, um mit mir Lesen zu üben, doch als ich bei Tagesanbruch erwachte, war sie nicht da. Ich horchte auf die Geräusche der Leute, die im Haus aufstanden, weil ich dachte, sie sei fortgerufen worden, aber sie kam nicht zurück. Also beschloss ich, unser Buch allein zu lesen, um ihr zu zeigen, welche Fortschritte ich schon gemacht habe. Es ist die Chronik von Develish, an der sie gerade schreibt. Sie bringt sie abends immer mit in die Kemenate und legt sie neben ihr Kopfkissen – aber ich fand sie nicht, und ihr Kissen sah unberührt aus.«

»Und das war es, was Euch so ängstigte, Milady?«

»Ja, aber schlimmer noch, alle ihre persönlichen Sachen fehlten. Ihr Waschlappen, ihr Kamm, selbst der kleine Tiegel mit Rouge, das sie immer auflegte, wenn mein Vater Gäste hatte. Richtig Angst bekam ich aber, als ich die Truhe geöffnet habe, in der sie ihr Brautgewand mit den Tanzschuhen aufbewahrt. Ich fürchte mich so sehr davor, dass sie stirbt, denn ich hab doch nur noch sie auf der Welt.«

Isabellas mitfühlendes Herz war angerührt. Sie verstand jetzt, warum Eleanor dachte, Lady Anne sei aus dem Leben geschieden. Alles, was sie erwähnt hatte, ließ auf eine Vorbereitung für den Tod schließen. Ein Lappen, um den Leib zu waschen. Ein Kamm, um das Haar um das Gesicht zu drapieren. Rouge, um der toten Haut Farbe zu verleihen. Ein festliches Gewand, um sich für das Begräbnis einzukleiden.

Sie barg Eleanors Hände in den ihren, um sie zu wärmen. »Sie ist nicht tot, Milady. Sie reitet mit Edmund Trueblood nach Blandeforde, in der Hoffnung, Thaddeus Thurkell aus der Gefangenschaft zu befreien. Falls es ihr nicht gelingt, wird er wahrscheinlich als Hochstapler gehängt werden.«

VIERZEHN

Blandeforde, Dorseteshire

*T*haddeus wachte auf, als der erste Anflug von Morgengrauen die Finsternis aus seiner Zelle zu vertreiben suchte. Er blickte sich nach der Lichtquelle um und gewahrte einen schießschartenartigen Schlitz in der Mauer zu seiner Rechten. Er vermutete, dass er in einem Lagerraum für Bier eingesperrt war, denn es roch stark nach fermentierter Gerste und Hefe, obwohl er am Abend zuvor im Fackelschein seiner Wächter keine Fässer gesehen hatte. Der Raum war bis auf eine schmale Bank an der einen Wand leer, und als die Tür ins Schloss fiel und ihn in Finsternis tauchte, hatte er sich auf der Bank ausgestreckt, denn das harte Holz war ihm allemal lieber als das Stroh am Boden, in dem sicherlich Ratten hausten.

Während der ersten Nacht hatten sie ihn in eine winzige Zelle in den Soldatenbaracken gesteckt. An die Wand gekettet, hatte er sich nur auf den Boden kauern können. Insofern war die Bank wirklich eine Verbesserung. Die Fesseln trug er immer noch an den Handgelenken, doch da sie nirgends angekettet waren, konnte er das Unbehagen besser ertragen. Es hatte keine Erklärung dafür gegeben, warum man ihn verlegt hatte, aber wahrscheinlich hatte die zunehmende Freundlichkeit der Wächter auch etwas damit zu tun.

Der Vogt hätte sich einen besseren Tag zum Einkerkern eines Verbrechers wünschen können als ausgerechnet Ostersonntag, denn am Gedenktag zu Christi Auferstehung hatte die Kirche das Austeilen von Strafe verboten. Es war eine Zeit der guten Gaben, und in diesem Geiste hatten Thaddeus' Wächter ihn in den Hauptraum der Baracken geführt und ihm Brot und Wasser und die Nutzung ihres Pisspotts gewährt. Es war ihm nicht schwergefallen, mit ihnen ins Gespräch zu kommen. Mit seiner Unbeschwertheit, seiner geläufigen Beherrschung ihrer Sprache und ehrlichen Dankbarkeit für ihre Milde gewann er ihr Zutrauen. Er hörte sich ihre Geschichten an und erzählte selbst auch welche – über seine Abstammung von Godwin of Wessex, die Verehelichung seines Großvaters mit einer maurischen Prinzessin und seine Erziehung in Spanien –, und noch am selben Abend fragten sich viele, ob der Vogt wirklich recht daran getan hatte, ihn festzusetzen. Hätte er mehr Zeit gehabt, hätte er den Hauptmann wohl dazu bringen können, ihm die Fesseln abzunehmen, doch seine abrupte Verlegung ins Haus hatte die Vertraulichkeit beendet.

Der Schlaf auf der hölzernen Bank war erholsam gewesen. Als Kind hatte er nachts oft wach gelegen und sich Sorgen gemacht, aber während er heranwuchs, hatte er die Sinnlosigkeit solcher Energieverschwendung begriffen. Will Thurkells Prügel tat nicht weniger weh, wenn man sie sich vorher schon ausmalte. Die Fähigkeit, seine Gedanken auszublenden, war nicht leicht zu erlernen gewesen, doch seit er über sie verfügte, hatte sie sich stets bewährt. Selbst der Schmerz wurde erträglich, wenn der Geist in der Lage war, sich vom Körper zu lösen.

Was aber nicht hieß, dass er nicht eine ganze Weile über Hugh de Courtesmain nachgedacht hätte. Der Franzose hatte sich im Saal befunden, als Thaddeus am vorigen Abend durch das imposante Portal gebracht worden war. Die Aura der Osterfestlichkeiten hing noch in der Luft – Gerüche von Lammbraten, Bier und Wein –, aber vom Hauspersonal war niemand mehr zu sehen gewesen. Jacques d'Amiens hatte allein am Kopf der langen Tafel gesessen, und der grelle Fleck über Nase und Wange wurde noch hervorgehoben durch das Licht der Fackeln in den Wandleuchtern. Mit müßigen Fingern zupfte er an einer Girlande aus Frühlingsblumen, die vor ihm auf dem Tisch lag.

Er hatte Thaddeus mit einer höhnischen Verbeugung begrüßt und de Courtesmain hinter einem Pfeiler hervorgewinkt. Der Franzose wirkte so entsetzt, dem Mann entgegentreten zu müssen, den er angeschwärzt hatte, dass er Thaddeus fast leidtat. Es war eine Sache, einen Feind in seiner Abwesenheit zu verraten, aber eine ganz andere, es ihm ins Gesicht zu sagen. Er selbst blieb ganz gelassen, als de Courtesmain nochmals bestätigte, sein Name sei Thurkell; tatsächlich war er erleichtert, dass sein Verräter der doppelzüngige Franzose war und nicht Bourne. Es wäre sehr viel schwerer gewesen, einen Lord als Lügner abzustempeln, besonders einen, für den er eine gewisse Sympathie entwickelt hatte. Ein gedungener Verwalter, der unfähig schien, sich auf seinem Posten zu halten, war dagegen ein Leichtgewicht.

Während das Licht draußen zunahm, stand Thaddeus von der Bank auf und trat ans Fenster. Zwar schränkte die Enge des Schlitzes sein Blickfeld ein, doch er erkannte, dass er sich an der Nordseite des Hauses befand, da er die Dächer der Stadt in der Ferne sehen konnte. Er hatte eine klare Vorstellung von der Lage des Gebäudes, nachdem er es zwei Tage zuvor eingehend vom Hügelkamm aus studiert hatte, und so wusste er, dass das Portal auf einen Vorplatz an der

Südseite hinausging. Wenn er fliehen wollte, wäre dies die einfachste Route, aber der Gedanke war absurd, und er ließ ihn gleich wieder fallen. Er hatte die Wächter in der Baracke gezählt und wusste, dass d'Amiens mindestens fünfzig Soldaten auf dem Anwesen postiert hatte; ihnen allen entkommen zu wollen wäre ein fruchtloses Unterfangen.

Die Luft war erfüllt vom morgendlichen Vogelkonzert, und Thaddeus' Blick wurde von einer Gruppe Sperlinge angezogen, die im Gras unterhalb des Fensters nach Samen pickten. Man konnte sie nicht auseinanderhalten, und er fragte sich, was es mit dem menschlichen Antlitz auf sich hatte, dass jedes einzelne so leicht wiederzuerkennen war. Alle hatten Augen, Nasen, Münder und Haare, und die Anordnung dieser Züge änderte sich nie, doch niemand würde einen seiner Bekannten je für einen anderen halten.

Würde man ihm glauben, wenn er leugnete, Hugh de Courtesmain jemals getroffen zu haben?

Allein Edmund, der Zeit gehabt hatte, darüber nachzudenken, hörte sich Lady Annes Rettungsplan für Thaddeus mit einiger Begeisterung an. Die anderen ließen verzagt den Kopf hängen und fragten nur, wie denn ihr Eindringen in die Höhle des Löwen zu irgendetwas anderem als ihrer und Lady Annes Gefangennahme führen sollte. Sie vertraue zu sehr auf Master d'Amiens Bereitschaft, sich an das Gesetz zu halten, und vor allem auf ihre Überzeugung, dass Thaddeus niemals zugeben würde, er habe sich den Titel Athelstan widerrechtlich angemaßt.

Lady Anne saß mit gekreuzten Beinen auf einem Farnbett und teilte sich die kalten Überreste des Hammeleintopfs mit Edmund, wobei sie geduldig den Einwänden der Jungen lauschte. Sie alle hielten ihr vor, dass sie ihre eigene Sicherheit aufs Spiel setzte, wenn sie als Thaddeus' Fürsprecherin auftrat und ein rechtmäßiges Gerichtsverfahren forderte.

Ian Startout sprach für seine Gefährten. »Ihr werdet mit ihm zusammen als Meineidige verurteilt werden, Milady, und das wird er nicht wollen. Er hat viel zu viel Achtung vor Euch, als dass er Euch dasselbe wie er erleiden sehen wollte.«

Die gleichen Argumente hatte sie auch schon von den Vätern der Jungen gehört. »Ich kann nur des Meineids beschuldigt werden, wenn er leugnet, Athelstan zu sein, bevor wir dort eintreffen«, sagte sie leichthin. »Habt ihr so wenig Zutrauen zu ihm, dass ihr glaubt, er würde das tun?«

»Wenn er glaubt, es wird Develish helfen, dann tut er das, Milady.«

Sie setzte den Teller ab. »Dann brauchen wir uns keine Sorgen zu machen, denn er weiß, dass es nichts hilft. Jeder Leibeigene auf dem Anwesen wird bestraft, wenn der Vogt zu der Ansicht kommt, dass sie von dem Betrug gewusst haben.«

»Und Ihr allen voran, Milady.«

Sie schüttelte den Kopf. »Master d'Amiens' Befehlsgewalt erstreckt sich nur auf die Leibeigenen und Pächter auf den Gütern seiner Lordschaft. Jemanden von niederer Geburt mag er in Blandefordes Abwesenheit eines Verbrechens überführen, aber nicht eine Person von adligem Geblüt.« Sie ließ ihren sanften Blick von einer ängstlichen Miene zur anderen wandern. »Thaddeus kennt sich mit dem Gesetz so gut aus wie Master d'Amiens. Solange er auf sein Recht besteht, von seinesgleichen abgeurteilt zu werden, kann der Vogt nichts gegen ihn unternehmen.«

»Aber was, wenn es Milord of Bourne ist, der ihn beschuldigt?«

Lady Anne beugte sich vor, um die Ledertasche zu öffnen, die Edmund vor sie auf den Boden gestellt hatte. »Dann wird er wünschen, er hätte den Mund gehalten«, sagte sie und zeigte ihnen die Briefe der Witwen aus Dorset. »Ich werde ihn nicht verschonen, wenn er das Versprechen gebrochen hat, das er mir in Develish gab.«

Thaddeus' Kerker war der letzte Raum am Ende eines langen Korridors. Die fünf Wächter, die ihn hinausgeleiteten, versperrten ihm den Blick in die anderen Räume, an denen sie vorbeikamen, doch er nahm an, dass sie als Lager genutzt wurden wie der seine. Vor ihnen lag die Küche. Die Tür stand einen Spalt weit offen, und Thaddeus hörte das Klappern von Töpfen und Geschirr, bevor er nach rechts durch einen Bogen in den großen Saal geführt wurde. Der Raum war menschenleer. Falls er den Dienstboten als Schlafstätte diente, so waren sie längst aufgestanden und hatten ihr Bettzeug außer Sichtweite verstaut.

Thaddeus fragte sich schon, ob er ihren Blicken entzogen werden sollte, als die Wächter ihn zum Portal hinaus ins Freie brachten. In Develish hätte im Saal und auf dem Vorplatz rege Geschäftigkeit geherrscht, hier aber tat sich nichts. Das Haus und das Gelände ringsum wirkten verlassen; vielleicht war es Absicht, sagte er sich, dass er seit seiner Ankunft hier nichts als normannische Soldaten zu sehen bekommen hatte. Aber warum? Was hatte der Vogt denn von seinen englischen Bediensteten zu befürchten? Und warum hatte er so lange gebraucht, um zu entscheiden, was er mit ihm machen sollte? Nach dem Stand der Sonne, die den Schatten der Bäume über den Vorplatz warf, schätzte er die Zeit auf etwa vier Stunden nach Tagesanbruch.

Vom Portal aus wandten sie sich nach rechts, und der Hauptmann bedeutete ihm barsch, sich im Abwassergraben zu erleichtern, der sich von der westlichen Ecke des Hauses bis zum Fluss erstreckte. Thaddeus verzog betont angeekelt das Gesicht, obwohl er sich gut erinnerte, schon zweimal über diesen Graben geführt worden zu sein. Seine Nase hatte ihm davon kundgetan, auch wenn es finstere Nacht gewesen war. »Ist Sauberkeit an diesem gottverlassenen Ort denn so unbekannt, dass Ihr einem Gast zumutet, sich die Stiefel mit anderer Leute Unrat zu besudeln?«

»Ihr habt die Wahl, Sire, entweder das oder gar nichts. Seid froh um die Gelegenheit. Ihr werdet Prügel vom Priester beziehen, wenn Ihr Euch in seiner Kirche in die Hose pinkelt.«

Thaddeus hatte den Turm bereits wahrgenommen, der etwa zweihundert Schritt weiter westlich zwischen den Bäumen aufragte. In der Nähe befand sich ein weiteres Gebäude, wohl die Baracke, in der er den vorigen Tag verbracht hatte. Am liebsten wäre er dorthin zurückgekehrt, denn die Gesellschaft des Priesters wäre sicherlich weniger angenehm als die der Soldaten. »Er sollte sich lieber um den Schmutz sorgen, den ihr alle ihm ständig über den Boden trampelt. Gott verlangt mehr von den Menschen, als dass sie sich wie Schweine benehmen.« Er nickte zu einem Brettersteg hin, der eine Brücke über den Graben bildete. »Ist das der Weg, den wir einschlagen?«

»Jawohl.«

»Dann erlaubt mir, kurz darauf zu pausieren, um mein Geschäft zu verrichten. Ich habe zu viel Respekt vor meinem Schöpfer, als dass ich den Gestank dieser Örtlichkeit in sein Haus tragen würde.«

Schwer zu sagen, was die jungen Wachsoldaten von ihm hielten. Er war einen Kopf größer als sie, und obwohl kaum älter, wirkte er mit seinem dichten schwarzen Bart eher wie dreißig statt zwanzig. Den Gedanken, ihn festzuhalten, hatten sie gleich aufgegeben, nachdem er die Finger des Hauptmanns unsanft von seinem Arm geklaubt hatte. Er sei bereit, sie freiwillig zu begleiten, sagte er, allein schon, um herauszufinden, warum er die ganze Nacht in einem stinkenden Lagerraum festgehalten worden war, doch er habe einen Widerwillen dagegen, angefasst zu werden. Die schmerzverzerrte Miene des Hauptmanns, als seine Finger in einer riesigen Faust zusammengequetscht wurden, hatte die anderen bewogen, vorsichtshalber Abstand zu halten.

»Eurem Lord und eurem Priester mangelt es an Erziehung«, murmelte er, während er sich die Hose zuknöpfte, von der Brücke stieg und seine Ketten wieder aufhob. »Es ist der Brauch von Tieren, ihren Lebensraum auf diese Weise zu verschmutzen. Solch törichtes Verhalten würde ich eher in der Stadt erwarten, wo wenig Platz ist, aber nicht auf einem so weitläufigen Anwesen wie diesem.«

Einer der Soldaten musterte ihn neugierig. »Wie sollte man es denn sonst machen?«

»Schon die Bibel sagt uns, wir sollen unseren Unrat vergraben.« Thaddeus deutete auf das Grasland um sie her. »An einem einzigen Tag könnten ein Dutzend Männer eine Grube ausheben, die groß genug wäre, um die Jauche des ganzen Haushalts über ein Jahr aufzunehmen. Offene Abwassergräben ziehen Ungeziefer an. Gefällt euch etwa die Vorstellung, dass eure Nahrungsmittel von Ratten verunreinigt werden, die den Kot anderer Menschen an ihrem Fell tragen?«

Der Soldat zuckte die Schultern. »So viele sehen wir hier gar nicht. Der Vogt verabscheut sie und lässt ihre Nester zerstören. Es heißt, er habe als Kind mal Ratten in seinem Bett gefunden und sie seither gefürchtet. Mäuse auch.«

»Sein Instinkt gereicht ihm zum Vorteil«, versetzte Thaddeus milde. »Ihr wärt weise, seinem Vorbild zu folgen.« Er blickte den Abwasserkanal entlang zum Fluss hin. »Er sollte sich ebenso sehr vor verseuchtem Wasser fürchten. In Abwasser zu baden ist schlimmer, als gar nicht zu baden.«

»Wir baden nicht.«

Thaddeus schmunzelte. »Der Gestank von saurem Schweiß, der von euren Kleidern ausgeht, könnte einen Ochsen fällen.« Er setzte seinen Weg fort. »Kommt. Ich bin gespannt darauf, euren Priester kennenzulernen. Es kann nur ein unchristliches Wesen sein, das ein schüchternes kleines Spätzchen zur Hölle verdammt, nur weil es das Unglück hatte, an der Pest zu erkranken.«

Die Kirche war doppelt so groß wie die von Develish, und es brauchte einen Moment, bis Thaddeus sich genug an die Düsternis gewöhnt hatte, um die Gestalt eines Mannes vor dem unbeleuchteten Altar erkennen zu können. Er trug eine lange schwarze Kutte, deren Kapuze er sich tief in die Stirn gezogen hatte, und schien sich mit einer Zunderbüchse abzumühen. Das ungeduldige Klicken von Feuerstein auf Stahl hallte durch die Apsis. Er wandte sich halb um, als er Schritte näher kommen hörte.

»Kennt Ihr Euch mit Zunderbüchsen aus, Thurkell? Ich scheine heute Morgen keinen Funken zustande zu bringen.«

Die Stimme war die des falschen Vogts, und seine Frage ein so durchsichtiger Trick, dass er Thaddeus belustigt hätte, wäre er bei diesem Mummenschanz nur ein Zuschauer gewesen. So aber sah er sich angelegentlich in der Kirche um und zeigte mehr Interesse an den Wandfresken als an dem Mann vor dem Altar. Jetzt verstand er, warum die Gildemeister vor zwei Tagen so unruhig gewesen waren. Es war schon mutig von ihnen, sich vor einem Priester zu äußern, der die Stadtbevölkerung in Bausch und Bogen als Unzucht-treibende und Diebsgesindel verurteilte, und noch mutiger, Thaddeus vor ihm zu warnen.

Der Hauptmann trat vor ihn. »Pater Aristide richtet das Wort an Euch, Sire«, sagte er.

Thaddeus runzelte die Stirn. »Ach ja? Das verwirrt mich aber. Bedeuten Namen denn nichts in Blandeforde? Ist das nicht der Mann, der sich mir als Jacques d'Amiens vorstellte? Hat er mich da angelogen, oder lügt Ihr jetzt?« Da er keine Antwort bekam, hob er eine von der Eisenschelle beschwerte Hand, um auf das Bildnis eines in bauschige Seide gehüllten heiligen Christophorus zu deuten, der das Christuskind auf der Schulter durch einen Fluss trug. »Ist dies das Antlitz von Lord Blandeforde? Ich sehe den Schatten eines älteren Bildes dahinter, also muss die Figur erst in jüngerer Zeit gemalt worden sein. Sieht sie ihm ähnlich?«

»Jawohl, Sire.«

»Wie eigenartig. Ich selbst würde eher zögern, meine Selbstherrlichkeit so offen auszustellen.« Er wandte sich zu dem Priester um. »Ich bin gekommen, um Erklärungen zu erhalten. Beginnt damit, weshalb ich in Fesseln hier in die Kirche gebracht wurde.«

»Ihr kennt den Grund.«

»Ich kenne ihn nicht, es sei denn, Blandeforde behandelt alle seine Gäste auf diese Weise. Ist er denn verrückt, dass er sich für einen reich gewandeten Heiligen hält, während er von Besuchern Buße verlangt?«

»Es ist Gott, der Buße von Euch verlangt.«

»Mag sein, doch nur er kennt das Maß.«

Der Priester starrte ihn schweigend an, bevor er den Hauptmann anwies, seine Männer nach draußen zu führen. Als die Tür ins Schloss gefallen war, schlug er die Kapuze zurück und bedeutete Thaddeus, sich dem Altar zu nähern. »Lassen wir es genug sein mit der Verstellung«, sagte er ermunternd. »Ihr entgeht den Prüfungen nicht, die Euch bevorstehen. Der Vogt ist entschlossen, an Euch ein Exempel zu statuieren. Er befürchtet Rebellion auf seiner Lordschaft Vasallengütern, wenn jeder Knecht auf einmal glaubt, den Edelmann spielen zu können.«

Thaddeus nahm die Zunderbüchse vom Altar. »Falls Ihr von Eurer Verstellung als Priester sprecht, stimme ich zu«, sagte er, schlug einen Funken aus dem Feuerstein und blies auf den Zündstoff, um eine Flamme anzufachen. »Meiner Schätzung nach habt Ihr die Stunde der Terz um sechzig Minuten verfehlt.« Er hielt einen Kienspan an die Flamme.

»Ihr seid töricht, so zu spotten. Seid dankbar für diese Gelegenheit, Euch von Euren Sünden zu reinigen, solange Ihr noch sprechen könnt.«

Thaddeus steckte eine Kerze nach der anderen an. »Wer bietet mir diese Gelegenheit?«

»Ich.«

Thaddeus löschte den brennenden Span mit den Fingern und musterte sein Gegenüber durch den aufsteigenden Rauch. »Jeder Betrüger kann die Roben eines Priesters anlegen. Wer bürgt für Euch? Gewiss nicht die Gildemeister, die Euch neulich Abend noch als den Vogt bezeichneten.«

»Vor fünf Minuten habt Ihr den Hauptmann mich beim Namen nennen hören.«

»Ich habe nicht mehr Grund, ihm zu glauben als Euch. Warum sollte Gott Pater Aristide verschont haben, wenn jeder andere Priester in Blandeforde gestorben ist? Was verleiht ihm diese Heiligkeit? Erfüllt er sein Gelübde, den Sterbenden beizustehen, mit größerer Aufrichtigkeit als seinesgleichen?«

Er war überrascht, wie leicht der Priester sich provozieren ließ, als er Aristide vor Zorn rot anlaufen sah. Oder war es Scham? Was auch immer, Thaddeus fühlte sich durch diese Gefühlsaufwallung ermutigt, denn zweifellos war der Priester mit der Aufgabe betraut, ihm ein Geständnis zu entlocken. Mit einem Mann, der sich nicht aus der Ruhe bringen ließ, wäre schwieriger umzugehen als mit einem, der nach jedem Köder schnappte. Aber wozu, fragte er sich, war ein Geständnis überhaupt vonnöten, wenn Hugh de Courtesmains Bezichtigungen Glauben geschenkt wurde?

»Ihr beschuldigt Blandeforde der Selbstherrlichkeit, aber Eure ist viel schlimmer«, knurrte Aristide. »Der Stolz wird Euer Verderben sein. Ihr glaubt, Ihr könnt ungestraft tun und reden, was Ihr wollt, doch Eure Verbrechen sind so zahlreich, dass Gott an Euch Vergeltung üben wird – wenn nicht in diesem Leben, dann gewiss im nächsten.«

Thaddeus wandte den Blick zum Südfenster des Chorraums. Durch die Scheiben konnte er den Friedhof sehen und dahinter den Fluss. Wie groß wären wohl seine Chancen, die Wächter abzuschütteln und ans jenseitige Ufer zu schwimmen? Da hier keiner badete, hatten sie sicher auch nicht gelernt, wie man sich über Wasser hielt, aber er wusste, im hinderlichen Gewand eines Lords und mit den schweren Handschellen würde es ihm auch nicht besser ergehen. »Welche Verbrechen soll ich denn begangen haben?«, fragte er.

»Mord ... Diebstahl ... Hochstapelei ... Ketzerei. Ihr habt Euch mit Satan verbündet, als Ihr die Hoheit der Kirche geleugnet habt.«

Thaddeus lachte unwillkürlich auf. »Dann ist es mir ein Rätsel, wie ich Gottes Vergeltung so lange entgehen konnte.« Er sah sich um, als der Priester nicht antwortete. »Welche Verbrechen hat die kleine Magd begangen, um sich seinen

Zorn zuzuziehen? Die Soldaten nannten sie Spätzchen, wegen ihrer Schüchternheit, aber ich kann mir nicht vorstellen, dass ein schüchternes, unwissendes Kind sich der Ketzerei schuldig gemacht haben soll.«

»Sie hielt sich selbst für verdorben, als die Anzeichen der Pest an ihrem Hals erschienen.«

Die Wachen hatten eine andere Geschichte erzählt, aber Thaddeus ließ dem Priester die Unwahrheit durchgehen. »Hat Pater Aristide ihr Trost und Absolution geboten? Aus ihrer Beichte muss er doch gewusst haben, dass sie sich völlig falsch gesehen hat.«

»Kein Priester kann über den Wert eines Menschen entscheiden. Nur Gott schaut in unsere Herzen.«

»In der Tat … und doch ist es schwer zu verstehen, warum Er in der Geistlichkeit von Blandeforde so wenig Wert fand, dass Er sie mit ihren Schutzbefohlenen sterben ließ. Ist das nicht das Rätsel, das die Gildemeister erklärt haben wollten?« Ein Funken Ironie glomm in Thaddeus' dunklen Augen. »Wie hätte Pater Aristide das beantwortet, wenn er da gewesen wäre?«

Diesmal war die Wut nicht mit Scham zu verwechseln. Der Priester hieb mit der Faust auf den Altar, was die Kerzenflammen zum Flackern brachte. »Du bist ein Sklave … der Bastard einer Hure … Inkubus eines herzlosen Weibes, das die Herrschaft über das Anwesen ihres Gemahls an sich riss, indem sie ihm den Zutritt zu seinem eigenen Haus verwehrte. Und du wagst es, Aristide der Heuchelei zu beschuldigen?«

Heuchelei … eine interessante Wortwahl. »Ich nehme an, der wackere Pater beschuldigt sich selbst«, murmelte Thaddeus und hielt das Holzkreuz auf dem Altar fest, das ins Schwanken geraten war. »Es gibt menschenfreundlichere

Möglichkeiten, die Kranken von den Gesunden zu trennen, als einer unschuldigen Magd einzureden, sie sei zu verdorben, um unter rechtschaffenen Leuten zu leben.«

»Sie ging aus freiem Willen.«

»Das bezweifle ich.« Er wiederholte, was er den Soldaten im Wald schon gesagt hatte. »Eine Zehnjährige hätte sich sogar gefürchtet, bei ihrer Familie Trost zu suchen, nachdem sie gehört hatte, die Stadt sei voller Gesindel. Gott erwies ihr die Gnade, lang genug leben zu dürfen, um zu begreifen, dass sie mit einem Haufen Lügen abgespeist worden war. In fünf Tagen wurde ihr mehr Wohlwollen und Mildtätigkeit von Sündern zuteil, als sie hier je erfahren hat.«

»Du weißt nicht, wovon du redest.«

»Mag sein, aber ihre Geschichte unterscheidet sich nicht von anderen, die ich gehört habe. Glaubt Ihr, Ihr seid der Einzige, der all die meidet, die er im Verdacht hat, an der Pest erkrankt zu sein? Glaubt Ihr, dass die Kranken nicht in Angst und Schrecken sterben, wenn sie elendiglich verlassen worden sind?«

Aristides Miene verfinsterte sich. »Das musst du besser wissen als ich, nachdem ihr euren eigenen Gutsherrn auf so schmähliche Weise habt sterben lassen.«

Thaddeus runzelte die Stirn. »Jetzt wisst *Ihr* aber nicht, wovon Ihr redet. Was fürchtet Ihr denn? Dass Eure Lügen von Absolution und Reinigungsritualen auffliegen?« Er wandte sich wieder zum Fenster, als der Priester nicht antwortete. »Der Vogt hätte auf dem gerodeten Land hinter dem Fluss ein Spital bauen lassen sollen«, sagte er und nickte zu den Bäumen hin. »Von den Leuten in der Stadt hätten viel mehr überleben können, wenn die Kranken außerhalb ihrer Familien und ihrer Nachbarschaft gepflegt worden wären. Es wird Blandeforde nicht gefallen, wenn er bei seiner

Rückkehr feststellt, dass seine zahlenden Pächter tot sind, während sein unproduktiver Haushalt lebt. Was werden ihm hundert Diener nutzen, wenn der König seine Steuern fordert und die Kirche ihren Zehnten?«

»Gott wird es richten.«

»Ich bete, dass Ihr recht habt«, entgegnete Thaddeus trocken, »denn ich bezweifle, dass viele Köche wissen, wie man eine Ackerfurche durch die lehmige Erde treibt.«

Hinter ihm öffnete sich knarrend die Tür der Priesterkammer, gefolgt von Stiefelscharren auf dem binsenbestreuten Kirchenboden. Er vernahm zwei Paar Schritte – das eine herrisch, das andere zaghaft – und erriet sogleich, dass es sich nur um Jacques d'Amiens und Hugh de Courtesmain handeln konnte.

Wenn nun Gericht über ihn gehalten werden sollte, sagte er sich, dann stand es nicht gut um seine Chancen, einer Verurteilung zu entgehen. Wie geschickt auch immer er Hugh de Courtesmain die Worte im Mund verdrehte und welch eine armselige Figur der Franzose als Zeuge auch abgeben mochte, der verbohrte Vogt und der selbstgerechte Priester würden Athelstan auf jeden Fall schuldig sprechen.

Ian erklärte Lady Anne, dass es nur zwei Wege nach Blandeforde gab: entweder am Flussufer entlang oder über die Landstraße von Shafbury nach Dorchester, in der Hoffnung, dass die Kreuzung, die Edmund ein paar Meilen weiter südlich gesehen haben wollte, zur Straße nach Blandeforde führen würde. Da das Flussufer dicht bewaldet war, musste man den Weg zu Fuß zurücklegen, was mehr als fünf Stunden dauern konnte; auf der Landstraße würde es zu Pferd gewiss schneller gehen. Also entschied Lady Anne sich fürs Reiten.

»Wenn wir Zeit hätten, würde ich lieber zu Fuß gehen«, sagte sie mit einem schmerzlichen Lächeln. »Aber da dem nun mal nicht so ist, achtet nicht auf mein Ächzen und Seufzen. Ich hatte ganz vergessen, wie weh es tut, rittlings auf einem Pferd zu sitzen.«

»Man muss sich nicht schämen zu stöhnen, Milady«, sagte Peter. »Wir haben alle mächtig geflucht, als wir zum ersten Mal eine weite Strecke geritten sind.«

Ian blickte zu den Satteltaschen hin, die unter einem Baum gestapelt lagen. »Es wäre vielleicht bequemer für Euch, wenn Ihr quer vor einem von uns sitzend reiten könntet, Milady«, schlug er vor. »Wir können Euch ein Polster aus Thaddeus' Kleidern machen, damit Ihr es weicher habt, und wenn Ihr Euch an der Mähne des Pferdes festhaltet, werdet Ihr nicht zu sehr hin und her rutschen.«

»Ich möchte euch nicht zur Last fallen, Ian.«

»Das tut Ihr auch nicht, Milady«, brummelte er verlegen. »Außerdem wird Thaddeus uns das Fell gerben, wenn er findet, dass wir uns nicht gut genug um Euch gekümmert haben.«

»Ganz zu schweigen davon, dass Ihr zu erschöpft sein werdet, um ihn zu verteidigen, wenn Ihr so zerschunden seid wie wir an dem Tag, als wir Develish verließen«, meinte Peter. Er schlug Edmund auf die Schulter. »Ihr solltet Euch diesen Burschen erwählen. Er ist der Stärkste von uns, außer Thaddeus natürlich.«

Joshua nickte zustimmend. »Und der beste Reiter, Milady. Er wird Euch besser stützen, als wir es können.«

»Und die Furchen im Weg eher sehen«, setzte Olyver hinzu. »Es hatte seinen Grund, dass wir ihn geschickt haben, Euch die Nachricht von Thaddeus' Verhaftung zu überbringen.«

Lady Anne musste tief Luft holen, um die plötzliche Gefühlsaufwallung zu bezwingen, die ihr in die Kehle stieg. Es war ja gut und schön, davon zu träumen, ihren Leuten die Freiheit zu gewähren, aber etwas ganz anderes, die Tauglichkeit dieser Idee anhand von Resultaten unter Beweis zu stellen. Diese fünf hier benahmen sich so mannhaft, dass sie in nichts mehr an die zänkischen Halbstarken erinnerten, die im vorigen Sommer mit Thaddeus aus Develish aufgebrochen waren. »Es wäre sehr freundlich von dir, wenn du dich imstande fühlen würdest, mir diese Gefälligkeit zu erweisen, Edmund.«

Edmund deutete eine Verbeugung an. »Es wird mir ein Vergnügen sein, Milady. Wenn ich nur halb so gewitzt wäre wie Ian, wäre ich von selbst darauf gekommen, bevor wir das Anwesen verließen.«

Lady Anne äußerte Zutrauen zu Ians Sattelpolster, obwohl sie es in Wahrheit mit größter Besorgnis musterte, da es keine Möglichkeit gab, es an Edmunds Sattel zu befestigen. Beide Jungen schienen es jedoch für ausreichend zu halten, eine Satteltasche zu leeren, die andere mit weichen Wollsachen zu füllen und die leere Tasche mit dem Gurt über den Sattel zu legen. Edmund schwang sich auf den Gurt, klopfte das Polster über dem Sattelknauf zurecht und winkte Ian, Milady zu ihm hinaufzuhelfen. Sie war so klein und leicht, dass er sie mühelos auffing und sie seitlich vor sich setzte, die Beine über seinem Schenkel.

»Ihr werdet Euch sicherer fühlen, wenn Ihr die Mähne mit der Rechten packt und Euch mit der Linken hinten an meinen Gürtel klammert«, sagte er und legte sich ihren Arm um die Taille. »So ist Euer Gemahl auch immer mit Lady Eleanor ausgeritten, als sie jünger war.«

»Das hatte ich ganz vergessen«, antwortete sie und ver-

kniff es sich hinzuzufügen: *aber nur in langsamem Schritt.*
Mit Sir Richards Reitkünsten war es nicht weit her gewesen,
sodass er immer fürchtete, selbst vom Pferd zu fallen. Ausnahmsweise konnte Lady Anne es ihm diesmal nachfühlen.
»Was ist mit meiner Tasche?«, fragte sie, um nicht mehr
an die Gefahr zu denken, in hohem Tempo abgeworfen zu
werden.

Ian holte die Goldpacken hinter Edmunds Sattel hervor,
um seinem Pferd die Last zu erleichtern. »Ich binde sie zusammen mit dem hier und mit Thaddeus' Schreibpult auf
Killers Rücken, Milady«, sagte er, trat beiseite und winkte
Edmund zum Aufbruch. »Wir kommen nach, sobald wir
das Lager abgebrochen haben. Warte an der Kreuzung auf
uns, wenn wir euch nicht vorher einholen.«

Hatte es je solch einen Ritt gegeben? Sicher war es sündhaft für eine Frau, in den Armen eines Jünglings, der nur
halb so alt war wie sie, solche Erregung zu empfinden. Noch
sündhafter war es, sich zu wünschen, es wären Thaddeus'
Arme. Und doch fühlte sie sich wie beseligt, als Edmund
sein Ross erst zum Trab und dann zum Galopp ansporne.
Er hielt die Zügel mit einer Hand, während er Lady Anne
mit dem linken Arm schützend an sich drückte, und als sie
allmählich die Angst vor dem Fallen verlor, überließ sie sich
ganz dem Rausch des Dahinjagens.

Ihr fiel ein, was Thaddeus in einem seiner ersten Reise-
berichte geschrieben hatte. Er erwähnte die Mischung aus
Angst und Euphorie auf einem durchgehenden Pferd, mit
einer geifernden Hundemeute auf den Fersen.

Es ist gut, Angst zu haben. In dieser rasenden Viertelstunde
habe ich mich lebendiger gefühlt als in den zwanzig Jahren
zuvor.

Mit einem knappen Nicken nahm Thaddeus Kenntnis von Hugh de Courtesmain und musterte dessen bäuerliche Kleidung. »Ihr wirkt ja ziemlich heruntergekommen seit dem letzten Mal, da ich Euch sah, Sir. Ich dachte, Ihr hättet als Verwalter von Bourne eine Lebensstellung ergattert.«

Hugh bedachte den Priester mit einem triumphierenden Blick, als wollte er sagen, Thurkell habe sich selbst verraten, indem er zugab, ihn zu kennen. »Ihr seid es, der in Handschellen dasteht. Nicht ich.«

»In der Tat. Gott prüft uns alle. Ich bete, dass es Bourne und seinen Leuten gut gehen möge und dass es nicht der Angst vor einer Rückkehr der Seuche geschuldet ist, dass Ihr Euren Posten verlassen habt.«

»Es geht ihnen gut.«

»Das freut mich zu hören. Habt Ihr meinen Rat missachtet, mit Milord zu arbeiten und nicht gegen ihn?«

»Ich konnte überhaupt nicht mit ihm arbeiten. Er fand die Gesellschaft seiner Knechte zuträglicher als die meine und wollte nichts von dem hören, was ich ihm zu sagen hatte.«

Thaddeus' dunkle Augen funkelten belustigt. »Ihr hättet vorsichtiger sein sollen, Master de Courtesmain. Dem Ehrgeiz ist schlecht gedient durch das Verbreiten von Unwahrheiten. Habt Ihr das denn noch immer nicht begriffen?«

D'Amiens schnaubte ungeduldig. »Genug! Es ist Eure Arglist, die hier zur Sprache kommt, nicht die jenes Mannes.« Er trat zum Altar und legte einige Pergamentrollen vor dem Kreuz ab, hob eine davon auf, um sie zu lesen, und reichte sie dann Thaddeus. »Erkennt Ihr diesen Brief? De Courtesmain sagt, Ihr hättet ihn ihm hinterlassen, als Ihr aus Bourne aufgebrochen seid. Er ist mit Thaddeus Thurkell unterzeichnet. Wie das, wo Ihr Euch doch Milord of Athelstan nennt?«

Thaddeus überflog den Brief, um sich kurz zu besinnen. »Stimmt, ja, ich erinnere mich«, sagte er und nickte. »Ich schrieb ihn in freundschaftlicher Absicht, um de Courtesmain zu helfen, seine Stellung zu sichern. Ich bezweifelte, dass er in der Lage wäre, sich Bournes Wohlwollen zu erhalten« – er legte die Pergamentrolle auf den Altar zurück –, »und ich hatte recht.«

»War der Brief mit Thaddeus Thurkell unterzeichnet?«

Thaddeus zuckte die Achseln. »Es ist der Name, unter dem de Courtesmain mich kannte, als er nach Develish kam. Es hat ihn verbittert, von meinem Adelsstand zu erfahren. Ich dachte, er würde Thurkells Ratschläge eher annehmen als Athelstans.«

»Ihr nennt die Verbreitung von Ketzerei und Aufwiegelung ›Ratschläge‹?«

»Ich habe nur wiedergegeben, was Bourne glaubt«, entgegnete Thaddeus. »Und Blandeforde wahrscheinlich auch. Es wird bald keinen Landbesitzer mehr geben, der sich nicht ausrechnet, in welchem Maße die Pest seine Einkünfte geschmälert hat und wie er sich am besten mit den wenigen Bauern arrangieren kann, die ihm noch bleiben. Bourne entschied sich dafür, die seinen auf einem Anwesen zu sammeln und ihnen Lohn für höhere Erträge zu bieten. Wollt Ihr *ihn* etwa der Ketzerei und Aufwiegelung beschuldigen? Er versucht nur, die Ländereien zu erhalten, die der König ihm gegeben hat, ebenso wie die Stellung und Verantwortung, die ihm von Gott verliehen wurden.«

D'Amiens musterte ihn nachdenklich. »Erklärt mir, warum Ihr Euch in Develish unter anderem Namen aufgehalten habt als dem, den Ihr jetzt führt.«

Thaddeus blickte zu dem Priester hin. »Aus dem gleichen Grunde, aus dem dieser Mann sich Jacques d'Amiens nannte, als er zu meinem Lager kam. Es diente meinen Zwecken, für die kurze Zeit, die ich mich dort aufhielt.«

Die Antwort schien d'Amiens zu verwirren. Stirnrunzelnd wandte er sich an Hugh de Courtesmain. »Ihr habt doch gesagt, Thurkell sei in Develish geboren.«

»Geboren, jawohl ... von einer Hure namens Eva. Sie war schon schwanger, als sie in Develish ankam, und versuchte, ihrem frischgebackenen Ehemann das Kind unterzuschieben. Ich hörte das von Lady Eleanor, die keinerlei Grund hatte zu lügen.«

»Und? Was sagt Ihr dazu?«, fragte d'Amiens an Thaddeus gewandt.

»Das ist absurd. De Courtesmain hielt sich noch kürzere Zeit als ich in Develish auf, und er war bei den Leuten überaus verhasst. Jeder dort hatte Grund genug, ihn anzulügen.«

»Nicht Lady Eleanor!«, schrie Hugh. »Sie sah mich als ihren Vertrauten an und bat mich, sie von dem Anwesen wegzubringen, als Sir Richard gestorben war.«

»Nur weil ihre Mutter ihr gesagt hatte, Ihr würdet das sicher ablehnen. Lady Eleanor wollte sehen, wie weit Ihr die Heuchelei treiben würdet. Ihr habt Euer Mäntelchen so oft gewendet, dass man nicht mehr wusste, woran man mit Euch war.«

Hugh warf einen gehetzten Blick auf den Vogt. »Er ist es doch, der alles verdreht, wie es ihm passt. Der Hass Lady Eleanors auf ihre Mutter und die Leibeigenen von Develish war nichts gegen ihren Hass auf diesen« – er zeigte mit zitterndem Finger auf Thaddeus – »*Sklaven.*«

»Ihr überrascht mich«, antwortete d'Amiens trocken. »Wenn Lady Eleanor wie andere junge Frauen ist, dann hätte ich eher das Gegenteil erwartet. Wer auch immer dieser Mann sein mag, er ist äußerlich nicht ohne Reiz.« Er fuhr sich mit dem Daumen über das Feuermal auf seiner Nase, als wollte er seine eigenen Mängel hervorheben. »Aus welchem Grund seid Ihr nach Develish gekommen?«, fragte er Thaddeus.

»Das kann ich Euch nicht sagen. Ich habe ein Gelöbnis abgelegt, niemals darüber zu sprechen.«

»Ihr weckt meine Zweifel, wenn Ihr Euch nicht erklärt.«

»Dann sei es so. Es war ein persönliches Anliegen. Wollt Ihr, dass ich das in mich gesetzte Vertrauen verrate, nur weil einem doppelzüngigen Verwalter sein Ehrgeiz mehr gilt als die Treue zu jenen, in deren Diensten er steht?«

»Wer kann Euch von dem Gelöbnis entbinden?«

»Meine Base, Lady Anne of Develish.«

»Er lügt, er lügt!«, protestierte Hugh. »Es besteht überhaupt kein Verwandtschaftsverhältnis zwischen ihnen. Er hat das Weib nach dem Tod ihres Gatten als seine Hure genommen.«

Seufzend rammte Thaddeus dem Franzosen seinen Ellbogen in die Kehle. »Das nächste Mal, dass du Milady mit deinem Schandmaul beleidigst, reiß ich dir die Eingeweide heraus«, knurrte er und beobachtete in müßiger Neugier, wie de Courtesmain hintenüberfiel und nach Luft rang. »Du hast die Freundlichkeit, die sie dir erwiesen hat, nie verdient.«

FÜNFZEHN

Develish, Dorseteshire

Isabella trat zu ihrem Vater und bat ihn, mit in Lady Annes Kemenate zu kommen und mit Lady Eleanor zu sprechen. »Sie hat großen Kummer, Papa – und alles nur durch meine Schuld. Ich habe ihr von Thaddeus' Verhaftung erzählt, und jetzt befürchtet sie, dass auch noch ihre Mutter zusammen mit ihm verurteilt wird. Ich habe ihr versichert, dass der Vogt des Guts Blandeforde Milady nichts anhaben kann, aber sie glaubt mir nicht. Vielleicht versteht sie es besser, wenn Ihr mit ihr sprecht.«

Gyles, der gerade den Grenzwall inspiziert hatte, schüttelte den Kopf. »Dafür bin ich nicht zuständig, Isabella. Du musst dich an John Trueblood wenden. Wir alle waren uns einig, dass er das Gut in Miladys Abwesenheit führen soll.«

Das Mädchen ergriff seine Hand. »Aber, Papa, Ihr habt mir gesagt, dass er versucht hat, Milady davon abzuhalten fortzugehen. Ich fürchte, dass Lady Eleanors Pein noch schlimmer wird, wenn Master Trueblood bestätigt, dass Milady nicht hätte gehen dürfen.«

Gyles drückte dem Mädchen tröstend die Finger. »Wie aufrichtig ist ihre Sorge denn? Grämt sie sich wirklich um ihre Mutter oder nicht vielleicht mehr um sich selbst?«

»Mir kommt sie echt vor, Papa. Sie hat davon gesprochen, dass Lady Anne einen Brief zurückgelassen hat, aber sie weinte so sehr, dass ich nicht wirklich verstand, was sie sagen wollte. Sie glaubt, dass sie ihre Mutter verbrennen werden, weil Master de Courtesmain im großen Saal war, als sie sie beschuldigte, eine Ketzerin zu sein.«

Gyles gab sich alle Mühe, aus dem wirren Gerede seiner Tochter schlau zu werden. »Komm mit«, sagte er schließlich und zog sie sachte mit sich in Richtung des Herrenhauses. »Wir sprechen gemeinsam mit dem Mädchen. Sie wird sich gewiss davon überzeugen lassen, dass sie sich völlig ohne Not grämt. Nicht de Courtesmain will Milady zur Rede stellen, sondern Milord of Blandefordes Vogt.«

Doch nachdem er Eleanor eine Weile zugehört hatte, war Gyles sich nicht mehr so sicher, ob er mit seiner Annahme wirklich recht hatte. Sie trafen sie in Lady Annes Gemach an, wo sie mit einem Bogen Pergament in den Händen vor dem Fenster stand. Unter Tränen erzählte sie Gyles, dass ihre Mutter diesen Bogen gestern Nachmittag vollgeschrieben hatte. »Sie hat ihn auf die Kleider in meiner Truhe gelegt. Ich habe sie dann gefragt, was das ist und warum sie das Pergament dort hingelegt hat. Sie hat gesagt, dass das ein Brief für mich ist und ich in der Lage sein werde, ihn selbst zu lesen, wenn ich genug Übung habe.«

»Sie hat Isabella auf die gleiche Weise geneckt, Milady«, sagte Gyles sanft. »Das ist ihre Art, ihre Schüler dazu zu bringen, sich beim Lernen des Alphabets mehr Mühe zu geben. Habt Ihr verstanden, was darauf steht?«

Eleanor schüttelte den Kopf. »Da stehen so viele Wörter, die ich noch nie gesehen habe. Aber ich konnte den Namen de Courtesmain auf dem Bogen erkennen.« Sie senkte den Blick auf das Pergament. »Ich glaube, sie hat den Brief deshalb auf diese Weise geschrieben, damit ich erst nach ihrer Abreise erfahre, was da steht.«

Das hielt Gyles sogar für sehr wahrscheinlich und fragte sich, ob Lady Anne gehofft hatte, dass Eleanor jemanden bitten würde, ihr beim Entziffern zu helfen. »Möchtet Ihr Isabella erlauben, Euch den Brief vorzulesen, Milady? Ich werde unterdessen draußen warten. Ihr könnt Euch darauf verlassen, dass sie niemandem von seinem Inhalt erzählen wird, es sei denn, Ihr gestattet es ihr.«

Ängstlich hob Eleanor die Augen. »Was, wenn Mutter mich schimpft?«

»Weswegen denn, Milady?«

»Weil ich Master de Courtesmain so viel verraten habe. Ich habe ihm lauter gemeine Dinge über sie erzählt, und er wird sie sich alle gemerkt haben.«

Gyles schüttelte bedächtig den Kopf. »Das wird sie Euch nicht vorhalten, Lady Eleanor. Sich selbst wird sie vielleicht Vorwürfe machen, weil sie wusste, dass man diesem Kerl nicht trauen kann – aber Euch nie im Leben. Die Worte werden sehr liebevoll sein. Lasst Isabella sie Euch vorlesen.«

Meine liebe Eleanor!
Es bereitet mir Sorgen, dass meine Abreise Dir Angst machen wird. Darum bitte ich Dich: Vertraue unseren Leuten. Sie haben Dich ganz und gar als meine Tochter in ihrem Kreis aufgenommen und werden Dich bis zu meiner Rückkehr beschützen. Du kannst Dich darauf verlassen, dass Du mich wiedersehen wirst, noch bevor diese Woche vorüber ist.

Du hast mich mehrmals nach den Träumen gefragt, die mich in der vergangenen Woche im Schlaf heimgesucht haben. Ich habe Dir keine Antwort gegeben, weil

ich wusste, dass es Dich beunruhigen würde zu erfahren,
was darin geschah. Doch jetzt will ich es Dir sagen. Es
sind Bilder von Milord of Blandefordes Vogt und Hugh
de Courtesmain, die ich sehe. Der Vogt hält Gericht,
während de Courtesmain ganz Develish, alle Männer,
Frauen und Kinder samt und sonders wegen Verrats
und Ketzerei anklagt.

Ich weiß nicht, ob diese Visionen Botschaften Gottes
waren, Eleanor, glaube aber, dass es ein großer Fehler
wäre, sie zu ignorieren, erst recht, seit mich die Kunde
von Thaddeus' Verhaftung erreicht hat. Offenbar wurde
sein Betrug aufgedeckt, noch bevor er einen Fuß auf
den Boden von Blandeforde setzte, und das weist auf
jemanden hin, der einen tiefen Groll sowohl gegen ihn
als auch gegen Develish hegt.

Liebe Tochter, dieser Beschreibung entspricht nur eine
Person: Master de Courtesmain. Verstehst Du jetzt,
warum ich versuchen muss, ihn daran zu hindern,
Thaddeus und unsere Leute zu beschuldigen? Für
niemanden auf dem Gut Develish wird es eine Zukunft
geben – auch für Dich nicht –, wenn alle für Entschei-
dungen bestraft werden, die ich – und zwar ich ganz
allein – getroffen habe.

Sei stark und tapfer und wisse, dass ich Dich liebe.
Deine Dir herzlich zugetane Mutter,
Anne

Am Stand der Sonne gemessen war es noch eine Stunde bis
Mittag, als sich die berittene Gruppe dem Hügel näherte, von
dem aus Thaddeus und seine Gefährten auf Blandeforde
hinabgeschaut hatten. Ian, der an der Spitze ritt, zügelte sein
Pferd, damit die anderen ihn einholen konnten. »Wir sind

fast da, Milady«, meldete er und gab das Signal zum Anhalten. »Wenn wir die Kuppe jenes Hügels dort erreicht haben, können wir die Brücke sehen. Ihr habt gesagt, dass Ihr noch bestimmte Vorbereitungen treffen müsst, bevor wir uns den Leuten zeigen.«

Lady Anne blickte zu dem links von ihnen gelegenen Wald hinüber. »Das kann im Schutz dieser Bäume geschehen, wenn einer von euch so freundlich ist, meine Tasche für mich zu tragen und mir einen Trinkbeutel zu reichen.«

Ian zeigte sich in beidem gefällig, und als er wieder bei seinen Gefährten war, forderte er sie auf, den Staub der Straße aus ihren Livreen und Haaren zu bürsten und sich mit dem Wasser aus ihren Trinkbeuteln das Gesicht zu waschen. »Wenn wir wie Bettler aussehen, können wir Milady nicht helfen.«

»Was macht sie denn gerade?«, erkundigte sich Peter.

»Das wirst du bald sehen.«

Es dauerte eine Viertelstunde, bis Lady Anne wieder aus dem Wald erschien und Ian bat, ihre Tasche zu holen. Als sie die verblüfften Mienen der Jungen bemerkte, konnte sie sich ein Lächeln nicht verkneifen. »Die Wächter auf der Brücke lassen uns doch nicht durch, wenn sie mich für eine Bäuerin halten.«

»Ihr seht aus wie eine Königin!«, rief Joshua ehrfürchtig.

»Danke, Joshua, aber eine richtige Königin würde in einer Kutsche fahren. Hast du eine Idee, wie man mich auf angemessene Weise nach Blandeforde befördern kann? Sosehr ich es genossen habe, zusammen mit Edmund auf einem Pferd zu reiten, ziemt es sich für eine Lehnsherrin wohl kaum, auf dem Schoß eines Soldaten zu sitzen.«

Ian konnte im Näherkommen nur raten, was die Wachmänner auf der Brücke über ihn und seine Gefährten denken mochten. Selbst als Milord of Bourne in Develish gewesen war, hatte sich Lady Anne nicht so prächtig herausgeputzt wie jetzt, da sie im Damensitz auf Killers Sattel thronte. Wer sie in blaue Seide gekleidet sah, Hals und Finger mit Goldreifen geschmückt, musste sich daran erinnert fühlen, wie hoch ihr Rang tatsächlich war. Gleichwohl bereitete es Ian Sorgen, dass all das vielleicht nicht genügen würde, um weiterziehen zu dürfen. Schließlich hatte Thaddeus Zoll für Zoll wie ein Lord ausgesehen und war dennoch abgewiesen worden.

Bergab kamen sie zwangsläufig nur sehr langsam voran, da Lady Annes Sitzhaltung seitwärts im Sattel nur einen bedächtigen Schritt zuließ. Ian und Olyver ritten neben ihr her und lenkten Killer mit Halftern aus dünnem Seil, die sie durch seinen Sperrriemen gezogen hatten. Edmund und Peter folgten dicht hinter ihnen. Die Nachhut bildete Joshua mit den Hunden und den Lastpferden, womit sie alle zusammen den Eindruck erweckten, mehr zu sein, als sie tatsächlich waren. Als sie schließlich die Brücke erreichten, stellte Ian erleichtert fest, dass sämtliche Wachtposten ausschließlich Augen für Lady Anne hatten.

Nur allzu schmerzlich war ihm bewusst, dass auf ihren Röcken die Wappen von Athelstan prangten und nicht die von Develish. Und nicht nur das! Selbst falls heute andere Soldaten die Stellung hielten als vor zwei Tagen, erkannten sie nach allem, was ihre Kameraden ihnen erzählt haben mussten, doch gewiss, dass Lady Annes Begleittross mit dem von Thaddeus identisch war. Es hatte ihn bedrückt, dass er sie womöglich in größte Gefahr brachte, doch als er es Lady Anne gestand, hatte sie ihn gebeten, sich deswegen nicht zu grämen, und ihm versichert, dass ihr noch viel größeres Ungemach drohen würde, wenn sie allein ritte.

Dass sie mit ihrer Vermutung nur allzu richtiglag, fand Ian bestätigt, als sie sich mitten auf der Brücke befanden und er sah, wie die Soldaten Lady Anne schier mit den Augen verschlangen. Einer bildete mit Zeigefinger und Daumen der rechten Hand einen Kreis, in den er mit dem Mittelfinger der Linken rhythmisch hineinstach, während ein anderer sich den Schritt rieb. Vielleicht spürte Lady Anne Ians Zorn, denn sie flüsterte ihm zu, er solle nicht auf diese Männer achten, die sich gut fünfzehn Yards von ihnen entfernt am anderen Ende der Brücke postiert hatten. Dennoch ließ er sich in seiner Empörung zu einer Impulshandlung hinreißen. Leise befahl er Olyver, Killer gut festzuhalten, ehe er seinem Pferd plötzlich die Sporen gab und losgaloppierte. Das geschah so unerwartet, dass die Wachmänner in heller Panik auseinandersprangen und die Reihe sich auflöste, ohne dass ein Schwert gezückt oder ein Bogen angelegt wurde.

Olyver verfolgte, wie sein Zwillingsbruder sein Pferd auf der Straße zum Stehen brachte, während die Soldaten jeder für sich zum Ufer krabbelten. »Normalerweise müsste er jetzt rücklings auf dem Boden liegen«, murmelte er, ehe er Killer mit einem Zungenschnalzen befahl, sich wieder in Bewegung zu setzen. »Nur ein Verrückter jagt sein Pferd in gestrecktem Galopp über Pflastersteine.«

»Oder ein sehr tapferer Mann«, sagte Lady Anne.

Olyver grinste. »Thaddeus würde behaupten, dass das ein und dasselbe ist, Milady.«

Der Vogt nahm ein weiteres Pergament vom Altar und reichte es Thaddeus. »Was ist das, wenn nicht ein zusätzlicher Beweis für Hochstapelei?«

Thaddeus rollte es auf und erkannte auf Anhieb eine Seite aus dem Tauf- und Sterberegister der Gemeindekirche von Develish. Darauf waren die Geburten und Todesfälle im Jahr 1328 verzeichnet. Weit unten entdeckte er seinen eigenen Namen. *Ein Son, Thades, ward Will und Ev Thkell in dieser 2. Wohche des Juno ano domini 1328 gebohren.* Die Handschrift war unbeholfen und die Rechtschreibung fehlerhaft. Thaddeus war bereits klar, dass sie von Pater Anselm stammen musste, denn Lady Anne hatte die Verantwortung für das Gemeinderegister erst mehr als ein Jahrzehnt später übernommen; und zwar nachdem Sir Richard Abigail Startout vergewaltigt hatte. Als der Pfarrer Sir Richards Behauptung übernahm, dass ein kleines Mädchen von noch nicht einmal elf Jahren plötzlich vierzehn und im Verkehr mit Männern erfahren sein sollte, hatte Lady Anne solcher Zorn gepackt, dass sie dem Geistlichen verboten hatte, jemals wieder Eintragungen über Leibeigene vorzunehmen.

Jede Pergamentseite war zwischen den Holzdeckeln mit Lederriemen befestigt, die durch Löcher am linken Rand gezogen worden waren. Dort erkannte Thaddeus geschickt vorgenommene kleine Einschnitte, die es de Courtesmain erlaubt hatten, diese Seite aus dem Buch zu entfernen, ohne dass etwas auffiel. Solch planvolles Vorgehen zeugte von der Absicht das Franzosen, Thaddeus zu enttarnen und mit ihm Lady Anne, und zwar schon zu einem Zeitpunkt, bevor er überhaupt gewusst hatte, dass er Bourne aufsuchen würde. Allerdings war zwischen dem Moment, da Lady Anne ihm die Erlaubnis erteilt hatte, das Gut zu verlassen, und seiner Abreise drei Stunden später keine Zeit gewesen, Dokumente zu entwenden und zwischen seinen Kleidern zu verbergen.

Thaddeus überflog die Schriftrolle. »Warum sollte ein

Verzeichnis von Namen und Daten, das von einer mir unbekannten Hand verfasst wurde, Hochstapelei nahelegen? Die Buchstaben sind derart erbärmlich hingeschmiert worden, und die Worte zeugen von solcher Unkenntnis unserer Sprache, dass ich wage zu vermuten, der Schreiber könnte versucht haben, seine eigene Manier zu verbergen. Woher, sagt Ihr, stammt dieses Machwerk?«

D'Amiens beobachtete, wie Hugh de Courtesmain sich mühsam erhob. »Aus dem Geburts- und Sterbeverzeichnis der Gemeinde Develish, falls diesem Mann Glauben geschenkt werden kann.«

»Ich habe dieses Verzeichnis gesehen. Es ist eine ausführliche Ortsgeschichte, die von Lady Anne geführt wird. Sie wurde in der Kunst des Schreibens von Nonnen unterwiesen und hat es darin zu einer Meisterschaft ohnegleichen gebracht.«

»Es ist ungewöhnlich, dass eine Lady solche Fähigkeiten besitzt.«

»Milady ist eine ungewöhnliche Frau, Master d'Amiens. Doch das müsstet Ihr wissen. Ihr seid ihr schließlich schon einmal begegnet.«

»Ihr schreibt mir zu viel Wissen zu. Ich hatte bisher nie das Vergnügen, mit der Lady zu sprechen. Sie stand immer im Schatten ihres Gemahls, stets bereit, ihm Antworten zuzuflüstern, die mich dann befriedigten.« D'Amiens wandte sich an Hugh. »Erklärt mir, warum das Dokument so fehlerhaft ist.«

»Als Thurkell geboren wurde, war Pater Anselm der Schreiber«, brummte der Franzose. »Lady Anne hat ihn vor ungefähr zehn Jahren dieser Verantwortung enthoben. Der Grund dafür ist mir unbekannt, aber sie ist dem Priester sehr feindselig gesinnt … und er ihr.«

Achselzuckend gab Thaddeus d'Amiens das Pergament zurück. »Anselm muss seine natürliche Lebensspanne reichlich ausgefüllt haben, wenn seine Hand schon vor zwei Jahrzehnten derart zitterte. Als wie alt hat ihn de Courtesmain bezeichnet?«

Hugh starrte ihn voller Hass an. »Ihr kennt den Grund genauso gut wie ich«, knurrte er. »Der Priester ist trunksüchtig. Sein Amt lastet ihm schwer auf den Schultern, weil seine Herrin die Kirche ablehnt und ketzerische Lehren unter ihren Leuten verbreitet.«

Thaddeus grinste belustigt. »Ihr solltet Eure Geschichte üben, bevor Ihr Lady Anne noch größere Niedertracht zuschreibt, Master de Courtesmain. Was immer Pater Anselm geplagt haben mag, als er in die Pfarrei von Develish berufen wurde, Lady Anne kann nicht die Ursache gewesen sein. Er versah sein Amt bereits seit acht Jahren, als Sir Richard sie als seine vierzehnjährige Braut mitbrachte.«

Schweigen breitete sich aus, das schließlich von Pater Aristide gebrochen wurde. »Dieser Mann bietet uns noch andere Dokumente als Beweis dafür an, dass Ihr ein Leibeigener von niederster Herkunft seid. Wollt Ihr sie alle zurückweisen?«

»Was sonst soll ich Eurer Meinung nach tun? Zugeben, dass de Courtesmain die Wahrheit sagt? Räumt zumindest ein, dass ich allein schon aufgrund meines Alters gar nicht dieser Leibeigene mit dem Namen Thurkell sein kann. Ich zähle dreißig Lebensjahre, wohingegen der andere, wenn er denn überhaupt lebt, das einundzwanzigste Jahr noch nicht vollendet hat.«

Der Priester zuckte verlegen mit den Schultern. »De Courtesmain hat weniger Grund zu lügen als Ihr. Das, was er tut, bringt ihm keinerlei Vorteile.«

Ein winziges Lächeln spielte um Thaddeus' Mundwinkel. »Ich bezweifle, dass es klug von Euch ist, ihn so früh zu enttäuschen, Pater. Verrat wirkt verlockender, wenn er mit dreißig Silbermünzen belohnt wird.«

Ian hatte nicht damit gerechnet, dass die Leute aus ihren Häusern strömen würden, um Lady Anne zu sehen. Er war es gewöhnt, durch scheinbar leere Städte zu reiten und nur ab und an einen Blick auf ein Gesicht zu erhaschen, das sich in der offenen Tür oder am Fenster zeigte und ihm so bewies, dass es tatsächlich Überlebende der Pest gab. Hier aber bot sich ihm ein anderes Bild. Zu behaupten, die Straßen von Blandeforde seien gedrängt voll, wäre allerdings eine Übertreibung gewesen, doch immerhin waren es genügend Neugierige, die sich vom Anblick einer edel gewandeten Dame hatten anziehen lassen, sodass man von einer gewissen Menge sprechen konnte.

Für Lady Anne war es das erste Mal, dass ihr die Verzweiflung vor Augen geführt wurde, die die meisten hier darüber empfanden, dass sie noch immer am Leben waren. Die Hungersnot spiegelte sich in den hohlen Augen der Kinder wider, die durch den Tod ihrer Eltern sich selbst überlassen waren. Da schufen auch die jungen Männer keine Abhilfe, die apathisch an den Straßenecken herumstanden und es nicht einmal über sich brachten, miteinander zu sprechen. Was Lady Anne besonders erschreckte, waren die ausdruckslosen Mienen von Witwen, die jetzt allein vor Häusern hockten, die einst mit Lachen gefüllt gewesen waren. Sie beschlich das Gefühl, diese Frauen seien so sehr von ihrem eigenen Kummer durchdrungen, dass sie die Nöte und Beschwernisse anderer gar nicht mehr wahrnahmen. Betroffen fragte sie Ian, warum diese Menschen sich ihrem

Schmerz so hingaben. Ob es ihnen nicht helfen würde, wenn sie die Waisenkinder bei sich aufnähmen?

»Das sollte man meinen«, antwortete der Junge. »Aber wohin wir auch gehen, überall sehen wir dasselbe. Thaddeus sagt, das liegt daran, dass die Priester tot sind und es niemanden gibt, der sie leitet. Wenn Männer keine Antworten haben und – was noch schlimmer ist – glauben, dass die Pest sich am Ende uns alle holen wird, verlieren die Frauen ihre Entschlossenheit. Es ist schwer, Entscheidungen für sich selbst zu treffen, wenn man sein ganzes Leben lang nur immer anderen gehorcht hat.«

Lady Anne richtete den Blick auf eine Ansammlung von Männern, die sich vor einer Kirche gebildet hatte. »Was ist eigentlich aus den drei Zunftbrüdern geworden, die vor zwei Nächten in unserem Lager waren?«, fragte sie. »Gehören sie hier nicht zu den Führern?«

Mit einem Kopfschütteln gab Ian ihr zu verstehen, dass er es nicht wusste.

»Erinnerst du dich an ihre Namen?«

»Derjenige, der am meisten geredet hat, nannte sich Andrew Tench, Milady. Er sagte, dass er Wollhändler sei.«

Lady Anne deutete mit dem Kinn auf die Gruppe vor der Kirche. »Können wir dort anhalten und darum bitten, dass man diesen Andrew Tench zu mir bringt? Es ist doch sicher eine gute Tat, Hoffnung zu bieten, sofern es uns möglich ist.«

Ian behielt für sich, dass Thaddeus schon viele Male dasselbe versucht hatte, nur um daraus zu lernen, dass es tagelangen guten Zuredens bedurfte, bis Hinterbliebene sich dazu bewegen ließen, ihr Leben wieder anzunehmen. Ein Einzelner mochte vielleicht eine Viertelstunde lang Argumenten zugänglich sein, aber bei einer Gruppe von mehr als zwei Personen glückte das nur höchst selten. Ian kam es so vor, als drehten sich die Gedanken der Leute umso beharrlicher um den Tod, je größer die Gruppe war, der sie angehörten. Das schien sogar so weit zu gehen, dass sie sich in ihrer Besessenheit vom Tod geradezu weigerten, freudige Botschaften überhaupt zur Kenntnis zu nehmen.

Darum war er ganz überrascht, als seiner Bitte, Master Tench zu Lady Anne von Develish zu bringen, bereitwillig entsprochen wurde. Sofort wurde ein kleiner Junge losgeschickt, während ein alter Mann auf ein Knie sank. »Von Reisenden, die durch unsere Stadt kamen, haben wir alle möglichen Geschichten über Develish gehört, Milady«, begann er. »Demnach ist das Dorf verlassen, aber viele Männer und Frauen in Bauernkleidern leben hinter dem Wassergraben. Da fragen wir uns, ob ihr Lord sich darum bemüht, seine Leibeigenen vor der Pest zu schützen.«

Als Lady Anne zögerte, antwortete Ian für sie. »Der Lord von Develish ist diese Dame hier. Die Verantwortung für das Gut ihres Gemahls fiel ihr zu, als Sir Richard auf einer Reise starb. Und ja, sie war von Anfang an bestrebt, alle Bewohner ihres Landguts zu schützen – egal ob Adelige, Freie oder Leibeigene.«

»Wäre nur unser eigener Lord auch so großzügig!«

»Ist er denn hier?«, wollte Lady Anne wissen, die sich fragte, ob der Hauptmann von Bournes Söldnern sie im vorangegangenen Herbst getäuscht hatte, als er behauptete, Blandeforde sei zu seinen Ländereien im Westen aufgebrochen.

»Nein, Milady. Er ließ uns im Stich, als die Kunde eintraf, dass die Pest auch unser Gebiet erreicht hat.«

»Wer vertritt ihn?«

»Der Vogt, Master d'Amiens. Und der erhält seine Anweisungen vom Priester.«

Lady Anne bemerkte den Ausdruck von Unbehagen in den Gesichtern der jungen Männer um den Greis herum, als wäre ihnen dessen Ehrlichkeit nicht recht. »Ist der Pfarrer nicht Milord of Blandefordes Beichtvater? Warum hat er auch ihn zurückgelassen?«

Der Graubart machte Anstalten, auf den Boden zu spucken, überlegte es sich aber anders, als ihn einer seiner Gefährten schroff an der Schulter packte. »Pater Aristide würde jede Reise zu einer Strapaze machen, Milady.«

Hinter dem Alten drängte sich nun ein Mann mittleren Alters mit einem Schaffell über den Schultern vor und baute sich vor Lady Anne auf. In einer Hand hielt er einen Bogen. »Ihr habt nach mir gerufen, Milady. Ich bin Euer gehorsamer Diener, Andrew Tench. Wie kann ich Euch gefällig sein?«

Er hatte ein freundliches, wenn auch von Sorgen durchfurchtes Gesicht. Lady Anne neigte wohlwollend das Haupt. »Eigentlich bin ich gekommen, um *Euch* und den Bewohnern Eurer Stadt zu Diensten zu sein, Sir. Ich sehe hungrige Kinder, müßig an den Ecken herumstehende Männer und Frauen, die allein und traurig in den Hauseingängen kauern. Gibt es einen Grund, warum alle sich so verloren und trostlos fühlen?«

»Jeder von uns hat mit ansehen müssen, wie Eltern oder Kinder gestorben sind, Milady.«

»Das tut mir zutiefst leid, Master Tench. Die Pest ist eine grausame Krankheit.« Lady Anne blickte von einem zum anderen. »Wann immer ein weiteres unschuldiges Opfer stirbt, weint Gott vor Schmerzen, wie auch Ihr alle, die Ihr einen grausamen Verlust erlitten habt. Aber ist das ein Grund, den Witwen und Waisenkindern Eurer Nachbarn den Rücken zu kehren?«

Die Männer und Jugendlichen scharrten betreten mit

den Füßen. Der Graubart hob den Kopf. »Master Tench hat ihnen dasselbe vorgehalten wie Ihr, Milady, und auch ich. Aber diese Burschen hier …« Er ließ den Arm über die Gruppe schweifen. »Nun, sie würden wohl lieber über Grundeigentum als über das Wohlergehen von Frauen und Kindern debattieren.«

Tench legte dem Älteren begütigend die Hand auf den Arm. »Viele von uns würden bereitwillig die Bedürftigen in unseren Häusern aufnehmen, Milady – Gott weiß, wie sehr wir uns nach einer Gefährtin sehnen –, doch wir können uns nicht darauf einigen, wie wir dabei vorgehen sollen. Wer einer mit reichem Grund gesegneten Witwe sein Haus anbietet, kann über Nacht seinen Wohlstand verdoppeln, wenn sie einwilligt, ihren Besitz dem seinen hinzuzufügen. Ebenso begehrt sind die verwaisten Söhne erfolgreicher Händler.«

Lady Anne nickte. »Wegen ihres wertvollen Erbes.«

»So ist es, Milady.«

»Das ist ein großes Problem«, bestätigte sie nachdenklich.

»Master Slater« – Tench deutete auf den Graubart – »und ich haben vorgeschlagen, das Los sprechen zu lassen, doch die meisten sind dagegen, weil sie befürchten, den Kürzeren zu ziehen. Auch hält sich nach wie vor die Sorge, dass die Pest immer noch Macht besitzt, und wenige wollen es darauf ankommen lassen. Womöglich haben sie ja Pech und holen sie sich doch noch ins Haus. Es ist erst acht Wochen her, seit das letzte Opfer begraben wurde.«

Das Gleiche hatte Lady Anne auch von Edmund gehört, als sie ihn gebeten hatte, alles zu wiederholen, was er von Thaddeus' Gespräch mit den Zunftgenossen in Erinnerung behalten hatte. »Acht Wochen sind eine lange Zeit, Master

Tench. Hat Euch mein Vetter Athelstan denn nicht gesagt, dass es in den Städten unten im Süden seit Weihnachten keine Toten mehr gegeben hat? So Gott will, können wir hoffen, dass Dorseteshire nun bald von seinen Leiden erlöst ist.«

»Milord ist Euer Vetter, Milady?«, fragte Tench verdattert.

»Das ist er, Sir, und er ist durch das ganze Land gereist, um sich ein Bild von der Lage zu machen und unter den Überlebenden die Kunde zu verbreiten, dass sie nicht allein sind. Ich nehme an, er hat auch Euch Gründe gegeben, an eine von der Pest freie Zukunft zu glauben. Seine Männer haben mir gesagt, dass Ihr vor zwei Nächten mit ihm gesprochen habt.«

Tench starrte sie entsetzt an. »Wir haben unser Bestes getan, um ihn zu warnen, Milady!«

Ihre Augen schienen zu lächeln. »Wovor denn warnen, Master Tench?«

»Vor dem Schicksal, das ihn erwartete, Milady.«

Der Graubart stieß ein ungeduldiges Grunzen aus. »Es hat keinen Zweck, in Rätseln zu sprechen. Milady wäre nicht hier, wenn sie nicht von seiner Gefangennahme wüsste.« Er hob den Kopf, um dem Blick von Lady Anne zu begegnen. »Wenn Ihr Neuigkeiten erfahren wollt, kann ich Euch nur das wenige sagen, was wir wissen. Die Wächter des Vogts haben Euren Vetter vor zwei Nächten in Ketten durch die Stadt geführt, nachdem dreien von unseren Leuten befohlen worden war, so zu tun, als würden sie ihn empfangen. Der Priester hatte ihnen gesagt, er sei ein flüchtiger Leibeigener, der sich als Lord ausgebe und dem sie die Maske vom Gesicht reißen müssten. Er glaubte, ein englischer Bauer würde mit seinesgleichen offener sprechen.«

Lady Anne gab sich überrascht. »Wie merkwürdig! Wie konnte der Priester nur auf so etwas kommen?«

Mit einem bedauernden Kopfschütteln bekundete der Graubart, dass er es selbst nicht wusste.

Sie wandte sich an Tench. »Konnte mein Vetter denn so leicht mit einem Leibeigenen verwechselt werden?«

»Nicht im Geringsten, Milady! Ich bezweifle sogar, jemals einem Adeligen begegnet zu sein, der vornehmer aussah. Pater Aristide hat den Vogt nur benutzt, um Milord wegen angeblicher Ketzerei verhören zu können, aber ich habe von Milord kein einziges ungehöriges Wort vernommen.«

»Aus welchem Grund bezichtigt ihn der Pater dann der Titelanmaßung?«

»Das wissen wir nicht, Milady. Es sei denn, die Beschuldigung wurde von dem Franzosen vorgebracht, der vor etwa zwei Wochen in die Stadt gekommen ist. Er gab sich als Bote aus und verlangte, zu Master d'Amiens gebracht zu werden, aber da es niemandem gestattet ist, sich Milords Haus zu nähern, konnten wir ihm nur die Richtung weisen.«

»Kam er zu Pferde?«

»Nein, Milady, er kam zu Fuß. Hätte er sich nicht als Botschafter ausgewiesen, hätten wir ihn nicht für einen solchen gehalten. Er schreckte vor uns zurück, beschimpfte uns als unrein, ja schmutzig, und sprang bei jedem Schatten vor Schreck in die Luft, weil er glaubte, das seien Ratten.« Der Graubart schnaubte verächtlich. »Eine derart erbärmliche Kreatur habe ich noch nie gesehen! Aber er muss eine gute Geschichte zu erzählen gehabt haben, denn nach dem Gespräch mit ihm hat der Vogt Wächter auf der Brücke aufgestellt.« Der Blick des Alten wanderte zum Fluss hinüber. »Ein Jammer, dass er nicht schon vor ein paar Monaten so klug war, das zu tun. Viele hätten wohl überlebt, wäre die Brücke gleich nach dem Eintreffen der ersten Kunde vom Ausbruch der Pest geschlossen worden.«

Erneut bemerkte Lady Anne Anzeichen von Unruhe in den Gesichtern der Männer, die den Greis umringten. Offenbar befürchteten sie, seine unbeherrschten Worte würden d'Amiens zu Ohren kommen. »War der Botschafter ein Mann von kleiner Statur mit dunklem Haar, schmalem Gesicht ... und ungefähr dreißig Jahre alt?«

»Das trifft zu, Milady.«

Lautlos dankte Lady Anne Gott für ihre prophetischen Träume. »Dann ist alles erklärt«, sagte sie. »Ich kenne diesen Mann. Er verdient kein Vertrauen. Er benutzt Täuschung, um sich Posten zu erschleichen, und ich habe keinen Zweifel daran, dass er dasselbe auch hier vorhat.« Ihr Blick wanderte von einem zum anderen. »Meine Herren, habe ich Master Tenchs Worte richtig verstanden, wenn ich annehme, dass Ihr selbst und der Haushalt Eures Lords wenig miteinander zu tun habt?«

»So ist es, Milady!«, rief ein Mann von hinten. »Der Vogt richtet sich nach dem Priester, um sein Haus frei von Sünden zu halten, und hat den Bürgern aus Angst, sie könnten ihren Frevel einschleppen, den Zutritt verwehrt.«

Andrew Tench deutete hinter sich auf die Kirche, an deren Portal mehrere Pergamente genagelt waren. »Von Zeit zu Zeit kommen Wächter und bringen diese Schriftstücke an, aber sonst sehen wir niemanden.«

»Worum handelt es sich bei diesen Schriftstücken denn?«

»Es sind Erinnerungen daran, wann die Steuern oder der Pachtzins fällig sind, Milady. Am schwersten lastet die Steuer der Stadt auf uns, weil sie unverändert geblieben ist, obwohl wir jetzt viel weniger sind, die sie zahlen müssen. Wir haben versucht, den Vogt darauf aufmerksam zu machen, haben bisher aber keine Antwort erhalten. Er beschränkt seine Fürsorglichkeit auf die Dienerschaft von Milord.«

Das bezweifelte Lady Anne allerdings. Für wesentlich wahrscheinlicher hielt sie, dass d'Amiens' Fürsorglichkeit allein ihm selbst galt, da er bessere Aussichten hatte, die eigene Haut zu retten, wenn er seinen Haushalt frei von der Pest hielt. Das äußerte sie jedoch nicht laut. Stattdessen bat sie darum, die neueste Mitteilung sehen zu dürfen. Sogleich wurde das Pergament vom Kirchenportal gerissen und Master Tench gebracht. Dieser schickte sich bereits an, die Worte vorzulesen, was Lady Anne ihm auch gern gestattet hätte, doch dann witterte Olyver einen Vorteil für sich selbst, wenn es ihm gelang, den Respekt der Leute zu gewinnen. Lächelnd beugte er sich vor, nahm Tench das Pergament aus den Händen und erklärte, Lady Anne würde es lieber selbst lesen wollen.

Sie studierte es, und als sie den Kopf hob, hatte ihr Gesicht einen nachdenklichen Ausdruck. »Habt Ihr Eure Steuern immer in Form von Getreide und sonstigen Nahrungsmitteln gezahlt?«, fragte sie Tench. »Auf Landgütern wird es so gehandhabt, aber ich hätte gedacht, in Städten wären Silbermünzen das übliche Zahlungsmittel.«

»Wir zahlen auf jede Weise, die uns möglich ist, Milady. Manche waren dankbar, dass den Soldaten neulich, als die vierteljährlichen Steuern fällig waren, befohlen wurde, Getreide aus dem Gemeindeladen zu beschlagnahmen, statt Silber einzutreiben.«

»Wir glauben, der Vogt ernährt damit seine eigene Familie«, meinte der Graubart. »Und wenn es wirklich so ist, bestiehlt er uns. Wir bewahren das Getreide auf, um es zu verkaufen, nicht um es zu essen.«

»Es gibt keine Käufer!«, rief der Mann aus der hinteren Reihe. »Und das wisst Ihr auch, Master Slater. Es ist Monate her, seit das letzte Mal Händler aus anderen Orten zu uns kamen. Da ist es besser, wir behalten unser Silber und nicht das Getreide, von dem wir keinen Nutzen haben.«

Der Graubart stieß ein ungeduldiges Grunzen aus. »Es ist Zeit, dass Ihr an die Zukunft denkt, Miller. Ihr werdet eines Besseren belehrt werden, wenn Ihr seht, wie unsere eigenen Vorräte zur Neige gehen. Keiner von uns wird nach Silber gieren, wenn wir nichts mehr zu essen haben.«

Andrew Tench nickte. »Es sind diese Sorgen, über die wir mit dem Vogt sprechen möchten, Milady.«

Lady Anne ließ das Pergament auf ihren Schoß sinken. »Ich werde mich für Euch einsetzen, so gut ich kann«, versprach sie. »Allerdings befürchte ich, dass der Vogt auf mich ebenso wenig hören wird wie auf Euch. Männer, die die Augen vor den Leiden anderer verschließen, halten zumeist auch die Ohren ebenso fest verschlossen.«

Ein Schatten huschte über Tenchs Gesicht. »Werft Ihr uns dasselbe vor, Milady?«

»O ja, Sir, das tue ich. Diese Stadt braucht Führer, aber Ihr vergeudet Eure Zeit mit Gezänk.«

Erneut erhob der Mann im Hintergrund die Stimme. »Das letzte Mitglied unseres Rats ist vor Weihnachten gestorben. Seitdem sind wir ohne Älteste, weil wir uns einfach nicht darüber einigen können, wer bevollmächtigt werden soll.«

»Dann verzweifle ich an Euch, Master Miller«, sagte Lady Anne mit dem Anflug eines Lächelns. »Glaubt Ihr denn, Develish hätte die Pest überleben können, wenn meine Leute genauso kleingeistig gewesen wären wie die Männer von Blandeforde? Es erfordert Mut und Großzügigkeit, um eine Gemeinschaft am Leben zu erhalten. Sind diese Eigenschaften hier denn überhaupt nicht vorhanden?«

»Wir bitten nur um eine gerechte Verteilung der Grundstücke«, antwortete Master Miller verdrossen. »Wenn Ihr einen Weg seht, das zu erreichen, dann sagt es uns bitte.«

Der Mann erinnerte Lady Anne an Will Thurkell, der sich immer als Erster darüber beklagte, dass sein Anteil an den Lebensmitteln kleiner sei als der seines Nachbarn. Doch da die Männer um Miller herum beifällig nickten, wann immer er das Wort ergriff, ahnte sie bereits, dass er durchaus Anhänger hatte. »Erklärt mir, was Ihr unter gerecht versteht, Sir, dann werde ich mein Bestes tun, um Eurem Wunsch zu entsprechen.«

»Wohlhabende Witwen sollten mit armen Männern verheiratet werden und verarmte mit reichen Männern. Auf diese Weise schaffen wir Gleichheit.«

»Und was sagen die Witwen dazu? Ist die Frau, die hart gearbeitet hat, um dabei zu helfen, den Wohlstand ihres verstorbenen Mannes zu mehren, damit einverstanden, dass das ganze Vermögen einem anderen zufallen soll, der zu faul und verschwenderisch ist, um irgendetwas zu sammeln?«

Ihre Worte stießen auf eine finstere Miene. »Beschuldigt Ihr mich der Faulheit?«

»Ich beschuldige Euch überhaupt nicht, denn ich kenne Euch gar nicht. Ich äußere lediglich Zweifel an Eurer Interpretation von Gerechtigkeit. Was ist redlich daran, wenn Frauen und Kinder wie Vieh verschachert werden, nur damit missgünstige Männer sich ihren erfolgreicheren Nachbarn ebenbürtig fühlen können?«

Miller zuckte mit den Schultern. »Ich kann kaum für mein eigenes Auskommen sorgen. Wie könnt Ihr da von mir erwarten, dass ich mit dem wenigen, was ich habe, auch noch andere Mäuler stopfe?«

»Ich erwarte gar nichts von Euch«, erwiderte Lady Anne leichthin. »Wenn das, was Ihr sagt, wahr ist, seid Ihr gar nicht in der Lage, jemand anders in Eurem Haus aufzunehmen. Mein Rat wäre, dass nur diejenigen sich bewerben sollten, die es sich leisten können, großzügig zu sein.«

»Und sich dabei noch mehr bereichern. Das nennt Ihr gerecht?«

»Euch steht es frei, dasselbe zu tun wie jeder andere. In Develish teilen selbst die Männer mit dem geringsten Vermögen das, was sie haben, mit anderen.« Ihr Blick fiel auf den Bauch des Mannes. »Ihr habt einen stattlichen Umfang. Kann es sein, dass Ihr mehr in Euren Schränken verwahrt, als Ihr angebt?« In der Menge breitete sich ein Kichern aus. Lady Anne nahm es nicht weiter zur Kenntnis, sondern wandte sich wieder Tench und dem Graubart zu. »Euer Vorschlag, Lose zu ziehen, erscheint mir gut, aber ich würde Euch eindringlich bitten, die Frauen und Waisen entscheiden zu lassen, um wen sie sich bewerben wollen. Da Gott ihnen die Hand führen wird, kann ihnen niemand die Wahl, die sie treffen, verübeln.«

Kurz trat Stille ein, bis der Graubart sie mit einem herzhaften Lachen beendete. »Ihr habt eine wunderbare Art, Probleme zu lösen, Milady. Jetzt sagt uns nur noch, wie wir unsere Führer wählen sollen. Das wird Euch aber nicht so leichtfallen, dafür verbürge ich mich.«

Lady Anne lachte. »Und *ich* verbürge mich dafür, dass Ihr recht habt, Master Slater. Denn Ihr alle scheint mehr darauf bedacht zu sein, gegeneinander zu kämpfen, als das gemeinsame Wohl voranzubringen.«

»Das ist wohl wahr«, räumte der Alte ein. »Dennoch gibt es in unserer Mitte durchaus Männer, die Eure Gedanken zu schätzen wissen. In einer Viertelstunde habt Ihr mehr kluge Dinge gesagt, als ich seit Monaten gehört habe. Was also würdet Ihr uns raten?«

Lady Anne ließ den Blick über die Gruppe wandern, die auf das Doppelte angewachsen war, seit sie und ihre Gefährten hier haltgemacht hatten. »Wählt einen Mann und erteilt ihm den Auftrag, die anderen Führer selbst zu bestimmen. So gibt es weniger Streit wegen eines einzelnen Namens, als wenn alle mitreden wollen.«

»Viele werden nach einer solchen Vollmacht streben!«, rief Miller.

»Dann lasst bei der Auswahl Klugheit walten. Ich für meinen Teil würde denjenigen bevorzugen, der am meisten am Vogt und am Priester auszusetzen hat, denn das würde meine Zuversicht stärken, dass er sich der Stadt verpflichtet fühlt und nicht dem Herrenhaus.«

»Es gibt nur einen, der Eurer Beschreibung entspricht«, erwiderte Miller. »Ihr würdet Jeremiah Slater auswählen, obwohl er uns für sein Leben gern unsere Fehler vorhält.«

Lady Anne nickte Ian zu, womit sie ihm zu verstehen gab, dass es an der Zeit war aufzubrechen. »Ich würde mich in der Tat für ihn entscheiden«, sagte sie. »Und danach würde ich an Master Slaters Stelle Euch auswählen. Ihr habt einen klaren Verstand und eine laute Stimme, und wenn Ihr bereit seid, das Jammern zu lassen, werdet Ihr ein guter Führer sein. Es gibt noch andere Wege, seinen Wert zu beweisen, als seine Truhen mit dem Gold von Witwen zu füllen.«

»Aber keinen, der so verlockend ist.« Miller starrte sie einen Moment lang eindringlich an. Dann kam plötzlich Bewegung in ihn, als hätte er eine Entscheidung getroffen, und er drängte sich zu Tench und dem Graubart durch. »Kommt mit!«, rief er der Menge zu. »Wenn Milady bereit ist, unsere Anliegen dem Vogt vorzutragen, dann können wir sie doch wenigstens bis zum Tor des Herrenhauses begleiten!«

*Ich, Hugh de Courtesmain, von Lady Anne of Develish
als Verwalter auf dem gleichnamigen Gut eingesetzt,
schwöre bei Unserem Herrn, Jesus Christus, dass jedes
Wort, das hier geschrieben steht, wahr ist. Sollte ich an
der Pest sterben und dieses Pergament gefunden werden,
flehe ich seinen Entdecker an, es Milord of Blandeforde
oder Seinen Gnaden, dem Bischof von Sarum, zu über-
geben und darum zu bitten, dass Gebete für meine
Seele gesprochen werden. Seid versichert, dass Hugh de
Courtesmain jeder Missetat unschuldig ist und von allen
Bewohnern des Guts Develish der einzige ist, der treu zu
Unserer Kirche und dem König steht.*

*Ich verfasse diese Niederschrift ohne Lady Annes
Wissen oder Billigung, denn sie ist es, die verantworten
muss, was hier seit dem Ausbruch der Pest geschehen ist.
Sie begeht täglich neue Ketzereien und steckt die ihr
anbefohlenen Bewohner des Guts damit an, indem sie
Leibeigene dazu anstachelt, ihren Treueid zu brechen
und sich wie Freie zu gebärden. Nicht einmal der
Priester erfüllt seine Pflichten in dem für seinen Stand
erforderlichen Maße, da er sich aus Angst vor dem
um ihn herum schwärenden Bösen in seinem Gemach
verschanzt.*

*Die Steuern des Königs und die Zehntabgaben an die
Kirche sind für eine Horde von Männern und Frauen
von niedriger Geburt verschwendet worden, die sich im
Haus ihres Lords eingenistet haben. Sie behandeln es als
ihr Eigentum und beanspruchen alles, was sich darin*

befindet, für sich. In meiner unglückseligen Lage – wegen Versprechungen, die ich Sir Richard vor seinem Tod gemacht habe, bin ich an Develish gekettet – bin ich zum Schweigen verurteilt, doch die Wahrheit dessen, was meine Feder niederschreibt, kann nicht zum Schweigen gebracht werden.

Der Name ›Develish‹ ist gut gewählt, denn der Ort ist in der Tat des Teufels. Wenn Gott hier sein sollte, so vermag ich Ihn nicht zu sehen.

In Develish lebt ein Erzschurke mit dem Namen Thaddeus Thurkell. Er wurde als Sklave geboren und betreibt schamlos den Umsturz von Gottes gesellschaftlicher Ordnung. Dabei maßt er sich dank der unnatürlichen Gunst, die ihm die Witwe seines Lehnsherrn gewährt, Befugnisse an, die ihm nicht zustehen. Und Lady Anne entwürdigt nicht nur sich selbst, sondern ihren ganzen Stand, indem sie sich zu seiner Hure macht.

Thurkell ist ein gewöhnlicher Dieb und Räuber, der den Gesetzen der Kirche und des Königs abgeschworen hat. Anfang September zog er mit fünf Gefährten durch die Lande, zerstörte willkürlich Dörfer und stahl alles, was nicht niet- und nagelfest war. Es gibt keine Sünde oder Freveltat, die dieser Mann nicht begehen würde, um sich selbst oder jene Frau zu befriedigen, die er seine Herrin nennt. Er hat sich dazu bekannt, ein Dieb, Lügner und – wenn mich nicht alles täuscht – auch ein Mörder zu sein. So unfassbar es ist, aber in allen Dörfern, die er in Brand gesetzt hat, hat er nur Tote zurückgelassen. Doch weder er noch seine Spießgesellen zeigen Anzeichen von Reue. Im Gegenteil, sie rühmen sich ihrer ›Heldentaten‹ und erwarten überall, wo sie hinkommen, die Bewunderung der herbeiströmenden Leute.

Zusammen mit 200 Schafen und einer Wagenladung
Korn hat Thurkell eine normannische Geisel, Milord of
Bourne, nach Develish gebracht. Aufgrund seines Alters
und seiner Gebrechlichkeit ist Milord nicht mehr in
der Lage, sich gegen die Schandtaten zu wehren, die
Thurkell ihm zufügt. Als Gegenleistung dafür, dass er
sein Leben und seine Freiheit behalten darf, hat Milord
eingewilligt, ein Beglaubigungsschreiben zu fälschen, in
dem er den Mann, der es mit sich trägt, als Milord of
Athelstan bezeichnet.

Thurkell und seine Horde planen, Develish am ersten
Tag des Jahres 1349 in Prunkgewändern zu verlassen, die
einst Sir Richard gehörten. Milady macht kein Geheimnis
aus ihrer Zustimmung zum Treiben dieser Kerle, denn
sie und ihre Näherinnen haben sich viele Stunden lang
damit abgemüht, deren Gewänder kunstvoll mit dem
Wappen der Athelstans zu besticken. Es ist deutlich zu
erkennen, was Thurkell im Schilde führt: nämlich sich
als Adligen auszugeben, damit er und seine Spießgesellen
umso leichter die Unglückseligen bestehlen können, die
ihnen in die Hände fallen.

Sämtliche Bewohner von Develish sind Komplizen bei
diesem Betrug – sogar die Kinder. Ihr Ziel ist es, sich der
Fesseln der Knechtschaft zu entledigen, und Thurkell
geht mit ihrem Segen auf seine Raubzüge, verschafft er
ihnen doch die Mittel, ihr gemeinsames Vorhaben
durchzusetzen. Wie ich vermute, beabsichtigt er, sich
das Vertrauen von Lords und freien Männern zu
erschleichen, um sie dann um ihr Gold zu prellen.

Das Wappen und den Titel hat ihm Lady Anne of
Develish verliehen. Diese wiederum behauptet, von
Godwin of Wessex abzustammen, dem Vater des

Usurpators Harold, welcher vom rechtmäßigen König, William of Normandy, in der Schlacht geschlagen wurde. Die niederträchtige Komplizin eines als Sklaven von niederstem Stand geborenen Mannes hat es diesem Verbrecher gestattet, sich als Nachfahre einer Familie von königlichem Geblüt auszugeben. Doch diese Verwandtschaftsbeziehung erlosch, als ihr Großvater mütterlicherseits starb, ohne einen männlichen Erben zu hinterlassen.

Mögen diese meine Worte laut dem ganzen Land verkündet werden, falls ich das Ende der Pestepidemie nicht mehr erlebe.

Der Mann, der sich Athelstan nennt, wurde als Thaddeus Thurkell, Bankert einer Dirne, in Develish geboren, wo er in Knechtschaft und völliger Besitzlosigkeit aufwuchs. Er kann an seinem schnellen Verstand, seiner hohen Gestalt, dem schwarzen Haar, seiner dunklen Haut und am Ketzertum in seinem Herzen erkannt werden. Zwar ist er erst zwanzig Jahre alt, hat aber das Aussehen eines zehn Jahre älteren Mannes. Er ist gebildet und liest und schreibt so flüssig wie ein Skribent.

In nomine Patris et Filii et Spiritus Sancti

SECHZEHN

*D*ie sieben verbliebenen Schriftrollen enthielten de Courtesmains Aufzeichnungen über seinen Aufenthalt in Develish. D'Amiens nahm sie eine nach der anderen vom Altar und gewährte Thaddeus genügend Zeit, sie zu lesen. Und dieser erachtete es für das Klügste, jedes Pergament ausgiebig zu studieren, um den Vogt so lange wie nur möglich hinzuhalten. Da die Schriften von de Courtesmain persönlich verfasst worden waren, hatten sie eigentlich keine Beweiskraft, dennoch wirkten sie durchaus überzeugend. Die wütendste Passage, in der Thaddeus als Dieb und Mörder denunziert wurde, war mit Sicherheit in Develish geschrieben worden, doch ein unterschiedlicher Farbton von Tinte und Papier ließ Thaddeus vermuten, dass die anderen Teile in Bourne verfasst worden waren.

Es war schwer zu beurteilen, welchen Zweck de Courtesmain verfolgt haben mochte, doch der Ton der Aufzeichnungen war derart bitter und rachsüchtig, dass sie sich lasen wie eine weitschweifige Selbstvergewisserung des Verfassers, der einzige gute Mensch inmitten einer Horde von Heiden zu sein. Von einer sorgfältig konstruierten Klageschrift war wenig zu erkennen. De Courtesmain stellte sich selbst durchgehend als aufrichtiges, gottesfürchtiges Unschuldslamm dar, das man gezwungen hatte, ein halbes Jahr lang unter Ketzern zu leben, und rief Gott dazu auf, seine

Unbescholtenheit zu bezeugen, während er Lady Anne und Thurkell in einem fort als Bösewichte brandmarkte. Ja, er beteuerte seine Hingabe an die Kirche so wortreich, dass Thaddeus sich fragte, ob dieser Mann vielleicht mit einem derartigen Wortgetöse versucht hatte, ein winziges Stimmchen in seinem eigenen Kopf zum Schweigen zu bringen, das womöglich zu widersprechen gewagt hatte.

Nun, am Gedächtnis des Franzosen gab es nichts zu bemängeln. Jedes Geheimnis in Develish wurde schonungslos aufgedeckt – von Lady Annes ermunternden Worten an ihre Leibeigenen, sie sollten nach Freiheit streben, bis hin zu Eleanors Offenbarung, dass Milady nicht ihre Mutter war. Und obwohl Thaddeus mit dem Gedanken spielte, das ganze Machwerk als Ergebnis einer übersprudelnden Fantasie abzutun, war ihm klar, dass der Vogt und der Priester ihm nicht glauben würden. Eine derart ausufernde Geschichte konnte niemand erfinden und mit solcher Detailtreue auf Papier bannen.

Kommentarlos gab Thaddeus die letzte Rolle zurück.

»Nun?«, fragte der Vogt. »Ist das alles wahr?«

»So wahr wie die Behauptung Eures Priesters, dass er mit der Austreibung der Sünde die Pest aus dem Haus bannt.«

»Welche andere Wahrheit steht darin?«

»Dass Ihr und er die gleichen Methoden verwendet wie Lady Anne. Als Erstes danach streben, die Pest fernzuhalten, indem Ihr die Tore verriegelt, und dann dazu bereit sein, jeden zu entfernen, der daran erkrankt ist. Milady hätte jeden Leidenden auf die andere Seite des Wassergrabens geschafft und ihn dort persönlich versorgt, wohingegen Ihr und dieser Mann« – er warf einen Blick auf den Priester – »es vorziehen würdet, Eure Kranken wegen Sündhaftigkeit zu verbannen.« Er verzog die Lippen zu einem zynischen Grinsen. »Welche Wahrheit zieht Ihr vor, Master d'Amiens?«

»Das ist keine Frage von Vorlieben. Wenn die Kirche Sündhaftigkeit als die Ursache der Pest bezeichnet, wer bin dann ich, ihr zu widersprechen?« Der Vogt legte die Pergamentrolle zu den anderen auf den Altar. »Sagt mir, inwiefern Master de Courtesmains Aufzeichnungen fehlerhaft sind.«

Thaddeus bedachte den Franzosen mit einem Seitenblick. Seine einzige Hoffnung bestand darin, Zweifel an der Glaubwürdigkeit dieses Mannes zu säen. »In der Darstellung seiner selbst«, begann er mit einem gequälten Seufzer, als widerstrebte es ihm, darüber zu reden. »Hätte er seine vielen Täuschungen erwähnt, würde es Euch schwerfallen, ihm auch nur ein einziges Wort zu glauben.«

»Nennt mir eine davon.«

»Das ständige Wechseln in der Gefolgschaftstreue. Das konnte sich von Tag zu Tag ändern. Es ließ sich kam noch erkennen, wem er sich gerade verpflichtet fühlte. Darum waren die Leute ihm gegenüber immer auf der Hut. Niemand traute ihm.«

In flehendem Ton wandte sich de Courtesmain sogleich an den Vogt. »Die Leute dort waren zerfressen von ihrem Hass gegen die Normannen!«, rief er. »Sir Richard und Lady Eleanor spürten ihre Abneigung ebenso wie ich!«

Thaddeus stieß ein gequältes Lachen aus. »Ihr seid ein undankbarer Bursche. Nach Sir Richards Tod wurde Euch die Gelegenheit gegeben, das Gut zu verlassen. Warum habt Ihr sie nicht wahrgenommen, wenn Develish tatsächlich die Hölle war, als die Ihr es in Euren Aufzeichnungen darstellt?«

»Die Pest war vor den Toren.«

»Ihr wisst, dass das nicht zutrifft. Noch mehrere Wochen danach haben wir Leute gen Norden ziehen sehen. Es stand

Euch frei fortzugehen, wann immer Ihr wolltet. Und dennoch beschreibt Ihr Euch als Gefangenen.« Thaddeus wandte sich zum Vogt um. »Sein Glaube an Miladys Fähigkeit, die Pest fernzuhalten, war stärker als der an Gottes Gnade. Er hat allergrößte Angst davor, dass seine Sünden auf ihn zurückfallen werden.«

»Ist das nicht bei allen Menschen so?«, fragte d'Amiens.

»Das sagt Ihr, Sir. Habt Ihr denn kein Vertrauen in Pater Aristides Reinigungsrituale?« Um Thaddeus' Mundwinkel spielte erneut ein süffisantes Lächeln. »Nun, ich könnte es Euch nicht verdenken. Sein Unvermögen, einen Funken zu schlagen, legt die Vermutung nahe, dass diese Altarkerzen schon lange nicht mehr angezündet worden sind.« Blitzschnell packte er den Priester an der Hand, als dieser versuchte, ihn ins Gesicht zu schlagen. »Ihr und Master de Courtesmain seid zwei vom gleichen Schlag«, murmelte er. »Ihr beide denkt nur daran, das eigene Leben zu retten, ohne Euch um die anderen zu scheren. Befürchtet Ihr, ebenso tief zu sinken wie er, wenn Eure Betrügereien ans Licht kommen?« Erbarmungslos drehte er dem Priester den Arm hinter den Rücken, bis dieser auf die Knie sank. Und als der Vogt Anstalten machte einzugreifen, schüttelte er warnend den Kopf. »Nichts würde mir mehr behagen, als Euch meine Kette um den Hals zu wickeln, Master d'Amiens. Seid versichert, dass de Courtesmain Euch nicht zu Hilfe eilen wird. Vor meinem Zorn hat er noch mehr Angst als vor Eurem. Er weiß, dass ich mit Heuchlern wenig Geduld habe.«

»Zwingt mich nicht, die Wächter zu rufen.«

»Erweist mir diesen Gefallen. Ich habe lieber mit ehrlichen Männern zu tun als mit feigen Lügnern, die ihre Frömmigkeit nur vortäuschen.«

Anscheinend ließ sich d'Amiens nicht minder leicht provozieren als der Pfarrer. »Ihr wärt schon längst in Euer Leichentuch gewickelt worden, wenn ich irgendeine Erinnerung an Euch hätte«, bellte er. »De Courtesmain hat mir erzählt, dass Ihr in Develish über ein Jahrzehnt lang Hilfsarbeiten verrichtet habt, aber ich entsinne mich nicht, Euch dort je gesehen zu haben. Seid dankbar dafür. Anderenfalls hätte ich Euch sofort als Sklaven erkannt und Euch auspeitschen lasen, bis Euch die Haut in Fetzen herabgehangen hätte.«

In gespielter Ungeduld löste Thaddeus den Griff um die Hand des Priesters und stieß ihn von sich. »Ich bin dieses Unsinns müde. Wenn es Euch auf die Wahrheit ankommt, dann unterzieht de Courtesmain doch einer Befragung. Aus bloßer Angst vor Schmerzen wird er jede seiner Behauptungen widerrufen. Schon jetzt kann er kaum noch stehen, so sehr schlottern ihm wegen all seiner Lügen die Knie.«

Jäh nahm die Miene des Vogts einen nachdenklichen Ausdruck an. Schon dachte Thaddeus, seine Finte könnte vielleicht gelingen, doch dann lenkte das Knarren des Kirchenportals den Vogt ab. Mit zu Schlitzen verengten Augen beobachtete er den Hauptmann der Wache, der sich nun durch den Spalt hereinschob. »Was wollt Ihr?«, herrschte er ihn an.

»Lady Anne von Develish steht vor dem Tor. Sie wird von Männern aus der Stadt begleitet und begehrt Einlass. Ich harre Eurer Befehle.«

Langsam breitete sich ein Lächeln über d'Amiens' Gesicht aus. »Wie günstig«, murmelte er. »Gott muss ja ebenso sehr daran gelegen sein wie mir, Euch von Eurem Treueid entbunden zu sehen. Ich frage mich nur: Wird die Geschichte von Milady dieselbe sein wie Eure?«

Als sie sich der Mauer um Milord of Blandefordes Grund bis auf hundert Yards genähert hatten, spürte Ian, wie aufgeregt sein Zwillingsbruder war. *Das war schierer Wahnsinn!* Vom Rücken ihrer Pferde aus konnten sie über das Tor hinwegschauen, und beide Jungen wurden allein von der Größe der Umfriedung eingeschüchtert. Eine Biegung in der langen Auffahrt verbarg den größten Teil des Hauses vor ihren Augen, doch immerhin vermittelten ihnen die gut sichtbare Ostseite und das Dach einen Eindruck von den gewaltigen Ausmaßen des Anwesens.

Ian sah, dass die neben ihm reitende Lady Anne die Zügel mit zitternden Händen hielt. Ihr war also auch mulmig zumute. Flüsternd fragte er sie, ob er den ganzen Reiterzug anhalten sollte. Sie schüttelte den Kopf und erklärte mit trockenem Mund, dass die Männer von Blandeforde ihre Unterstützung zurücknehmen würden, wenn sie Angst zeigte. Ian sah, dass sie recht hatte, denn je näher sie dem Tor kamen, desto langsamer wurde die Menge hinter ihnen. Sogar Master Slater runzelte unsicher die Stirn, als er die auf den Stufen zu beiden Seiten des vergitterten Eingangs postierten Bogenschützen ihre Waffen anlegen und die Pfeile auf sie zielen sah.

Was nun?

Aus dem Augenwinkel verfolgte Ian, wie Olyver einen Holzbecher aus seiner Satteltasche zog und ihn mit Wasser aus dem Trinkschlauch füllte, der an der anderen Seite des Sattels hing.

Dabei nahmen seine Bewegungen so wenig Raum ein, dass man meinen konnte, er wolle nur das Brustblatt seines Pferdes gerade rücken; und als er Lady Anne schweigend den Becher reichte, bemerkte das niemand. Während sie dankbar daran nippte, wandte er sich zu Edmund, Peter und Joshua um und winkte sie nach vorne.

»Milady bittet uns darum, die Vorhut vor den tapferen Bürgern der Stadt zu bilden, um sie besser zu schützen!«, rief er. »Buckler, du nimmst die Hunde und die Lastponys mit und reitest neben mir. Trueblood und Catchpole, ihr begleitet mich auf der anderen Seite. Milady verspricht, all die anderen, die sie zu Fuß begleiten, mit allen ihr zur Verfügung stehenden Mitteln zu schützen.«

Bei nur noch dreißig Schritt Abstand hieß einer der Bogenschützen die Kolonne anhalten. »Bringt Euer Begehr vor!«, forderte er auf Französisch.

Lady Anne wies Ian und Olyver an, sie näher zur Mauer zu begleiten. Dann antwortete sie dem Mann in dessen Sprache mit klarer, fester Stimme: »Mein Begehr ist, mit dem Vogt zu sprechen. Lasst ihn wissen, dass Lady Anne aus Develish am Tor auf ihn wartet.«

»Wegen einer Frau wird er sich nicht herausbequemen. Er ist nur Gott und Milord of Blandeforde verantwortlich.«

»Ist Master d'Amiens tot?«

»Nein. Wie kommt Ihr darauf?«

»Normalerweise entscheiden gewöhnliche Soldaten nicht anstelle des Vogts.«

»Wir haben unsere Befehle.«

»Die habt Ihr allerdings. Sendet trotzdem die Kunde, dass Lady Anne von Develish am Tor auf Master d'Amiens wartet.« Sie deutete auf die Menschenmenge hinter sich. »Seid versichert, dass weder ich noch diese Männer von hier weichen werden, solange ich nicht mit ihm gesprochen habe.«

Es dauerte eine gute Viertelstunde, bis ein Hauptmann in Livree die Treppe zum Sprecher der Bogenschützen hinaufstieg und Milady aufforderte, das Anwesen allein zu betreten. Sie weigerte sich und wiederholte ihre Forderung, dass der Vogt zu ihr kommen müsse. Nach einer weiteren Viertelstunde kehrte der Hauptmann mit neuen Anweisungen zurück. Wenn ihre Begleiter abstiegen und ihre Pferde und Waffen draußen ließen, würde man ihnen gestatten, sie zu begleiten. Erneut lehnte sie ab.

Kopfschüttelnd sagte der Hauptmann: »Ich bitte Euch dringend, Master d'Amiens' Geduld nicht noch länger auf die Probe zu stellen, Milady. Es ist nur dem Rang Eures verstorbenen Gemahls geschuldet, dass er sich überhaupt bereit zeigt, mit Euch zu sprechen.«

Sie bedachte den Mann mit einem winzigen Lächeln. »Mein Begehr ist durchaus vernünftig, Hauptmann. Bevor ich durch das Tor trete, ersuche ich den Vogt, sich mir persönlich vorzustellen, damit ich die Gewissheit habe, dass er lebt und tatsächlich noch die Güter seines Herrn verwaltet.«

»Dafür habt Ihr mein Wort, Milady.«

»Zählt Euer Wort mehr als das der Männer von Blandeforde, Sir? Sie sagen mir, dass sie Master d'Amiens seit Monaten nicht mehr gesehen haben. Schriftstücke, die angeblich von ihm stammen, werden von Soldaten an das Kirchenportal genagelt, und alle Versuche, eine Audienz zu erhalten, stoßen auf Schweigen. Was soll ich davon halten?«

»Was immer Ihr wollt, Milady. Euch sind die Bedingungen genannt worden, unter denen Euch Zutritt gewährt wird. Wenn Ihr sie annehmt, öffne ich das Tor. Ansonsten bleibt es geschlossen.«

Lady Anne neigte den Kopf zu einer spöttischen Verbeugung. »Danke, Sir. Ich glaube, alles gehört zu haben, was ich wissen muss.« Im Reden drehte sie sich zu ihren eigenen Leuten um, sprach aber weiter Französisch, damit der Hauptmann ihre Worte verstand. »Hier werdet ihr keinen Führer antreffen. Darum kehre ich mit euch in die Stadt zurück und reite dann weiter nach Sarum, um Seine Gnaden,

den Bischof, darüber in Kenntnis zu setzen, dass der Vogt tot ist und das Anwesen von normannischen Söldnern gestürmt wurde. Seine Gnaden wird besser wissen als ich, wie er die Kunde Milord of Blandeforde zukommen lassen kann. Bis dahin bitte ich euch dringend, eure Steuern einzubehalten, da die Söldner das Geld gewiss unterschlagen würden.«

Ian hörte vereinzelte Forderungen, sie möge die Ansprache auf Englisch halten, doch Master Slater brachte die Zwischenrufer schnell zum Schweigen. »Wasse sacht, is' für die Franzmänner«, beschwichtigte er sie im Zungenschlag von Dorset. »Sie hat sich von den Kerlen nich' einschüchtern lassen und darauf bestanden, den Vogt zu sehen.«

Nun meldete sich der französische Hauptmann noch einmal zu Wort. Er wirkte nicht sehr misstrauisch, sondern eher besorgt. »Seid Ihr denn nicht wegen Eures Vetters gekommen, Milady? Ich dachte, er wäre der Hauptgrund. Wollt Ihr ihn etwa im Stich lassen?«

Sowohl seine Worte als auch sein Ton überraschten Lady Anne, denn sie verrieten ein gewisses Mitgefühl für Thaddeus. »Mit normannischen Dieben kann ich nicht verhandeln, Sir. Wie gering das Lösegeld, das Ihr für Athelstans Freilassung fordern werdet, auch sein mag, es wird alles übersteigen, was Develish sich leisten kann. Mir bleibt nichts anderes übrig, als mich an den Bischof zu wenden und ihn um Hilfe zu bitten.«

»Milady, Ihr verleumdet mich und meine Männer zu Unrecht. Wir haben nichts von all dem, was hier geschehen ist, verschuldet.«

»Dann bringt Master d'Amiens zum Tor. Ich brauche ihn nur zu sehen, dann sind meine Zweifel zerstreut. Einen wie ihn vergisst man nicht so leicht.«

Dasselbe dachte auch Thaddeus, als er d'Amiens vor Wut über den Hauptmann toben sah. Die gespaltene Natur, die sich im Gesicht des Vogts offenbarte – der violette Fleck, der im Zorn noch markanter wirkte, wenn ihm das Blut ins Gesicht schoss –, schien seinen Charakter widerzuspiegeln. Seine Launen schlugen in Sekundenschnelle von hell zu dunkel um. Jeglicher Triumph angesichts der Meldung, dass Lady Anne vor dem Tor stand, war jetzt wilder Raserei gewichen. Gleichwohl gab es keine vernünftige Erklärung für den Zorn, den er jetzt über dem armen Kerl ausschüttete, der betreten vor ihm stand – es sei denn, er glaubte, seine eigene Autorität würde dadurch gestärkt.

Nun, vielleicht war das tatsächlich der Fall. Die jungen Wachmänner, die den Befehl hatten, Thaddeus in die große Halle zu bringen, hießen ihn im Durchgang anhalten. Sie selbst blieben ebenfalls stehen, die Schultern hochgezogen und die Blicke zu Boden gesenkt, als fürchteten sie, jemand könnte bemerken, dass sie ihrem Hauptmann wohlgesinnt waren. Einen kurzen Moment lang dachte Thaddeus daran, wieder ins Freie hinauszugehen. Da alle abgelenkt waren, könnte er ungehindert den Vorhof überqueren, bis sein Fehlen auffiel. Doch was würde er damit erreichen außer ein kurzes Vergnügen für sich selbst und einen Hagel von Beschimpfungen für seine Wächter. Mehr war für ihn zu gewinnen, wenn er sich ihre Dankbarkeit verdiente, statt ihnen Ärger einzubringen.

D'Amiens schien sich maßlos darüber zu ärgern, dass sein Hauptmann nicht in der Lage zu sein schien, einfache Befehle auszuführen. Was für eine erbärmliche, ängstliche Kreatur der Kerl doch war! Nur ein Feigling ließ sich von einer Frau den Schneid abkaufen. Dabei war Lady Anne eine Witwe ohne jegliche Rechte. Blandefordes Bedingungen mussten immer mehr gelten als die ihren, und sein Vogt hatte die Vollmacht, sie durchzusetzen. Da war es auch ohne jeden Belang, dass sie Bürger der Stadt an ihrer Seite hatte. Konnten seine Soldaten etwa nicht mit Pfeil und Bogen umgehen?

Mit einem lauten Lachen trat Thaddeus in den Saal. »Ihr greift den Falschen an, Master d'Amiens«, sagte er und ließ sich auf denselben geschnitzten Stuhl nieder, den der Vogt zwei Abende zuvor benutzt hatte. »Es ist ja wohl kaum die Schuld Eures Hauptmanns, dass Lady Anne Eure Bedingungen zurückweist.« Er legte seine Ketten auf den Tisch. »Wäre ich weniger durch Eisen behindert, würde ich sie ebenfalls zurückweisen. Ihr habt keinerlei rechtliche Befugnis uns gegenüber.«

Wütend baute sich d'Amiens vor ihm auf. »In Eurem Fall muss sich das noch erweisen. Was sie betrifft, kann sie in Milord of Blandefordes Haus niemals mehr als eine Bittstellerin sein. Sollte er sich dazu entschließen, ihr einen neuen Ehemann zu gewähren, würde sie über die Ehe einen neuen Status gewinnen, aber bis dahin ist sie meinem Richtspruch als Milords Prokurator unterworfen.«

Thaddeus sah ein, dass er wohl oder übel zustimmen musste, zumal er nicht den geringsten Wunsch hatte, Lady Anne in seine eigene Zwangslage hineinzuziehen. Und doch … Allein schon weil er sie in der Nähe wusste, war ihm leicht ums Herz. »Vielleicht seid Ihr doch nicht so kundig, wie Ihr glaubt«, sagte er sanft. »Milady verdankt ihren Rang ihrem Vetter, nicht ihrem toten Gemahl.« Er wandte sich dem Hauptmann zu. »Wie hat sie begründet, dass sie die Bedingungen des Vogts ablehnt?«

Erleichtert antwortete der Soldat: »Sie ersucht Master d'Amiens, sich persönlich vor dem Tor einzufinden und so zu beweisen, dass er noch lebt, Sir. Er verlässt dieses Haus so selten, dass die Bewohner der Stadt ihn für tot halten.«

»Sie lügen aus ihren eigenen Gründen«, entgegnete d'Amiens kalt.

Das bezweifelte Thaddeus allerdings. Es war wohl eher Lady Anne, die bewusst eine Unwahrheit gesagt hatte. »Warum lehnt Ihr diese Bitte ab?«, fragte er. »Ihr mutet der Lady sehr viel zu, wenn Ihr erwartet, dass sie sich in ein bis an die Zähne bewaffnetes Anwesen wagt, ohne zu wissen, was sie dort erwartet.«

»Sie ist doch tapfer. Der Hauptmann hat mir gesagt, dass sie inmitten von fünfzig Männern auf einem Pferd reitet – und weit und breit keine Anstandsdame …« Ein dünnes Lächeln erreichte d'Amiens' Lippen. »Master de Courtesmains Beschuldigungen der Hurerei erscheinen mir immer glaubwürdiger.«

Thaddeus lehnte sich zurück und legte die Füße auf die Bank, die längs des Tischs stand. »Ihr werdet diese Worte noch bedauern«, knurrte er. »Wenn nicht die Männer von Blandeforde Euch für Euer unbedachtes Urteil bezahlen lassen, werde ganz gewiss *ich* das tun.«

Man hörte die Menge draußen ängstlich nach Luft schnappen, als unvermittelt das Tor aufschwang und der Hauptmann sowie Master d'Amiens flankiert von einem Dutzend Bogenschützen mit angelegten Waffen erschienen.

Ian und Olyver wollten schon ihre eigenen Bogen heben, doch Lady Anne unterband das Unterfangen mit ausgestreckten Händen. »Ich kann nicht glauben, dass normannische Soldaten eher darauf begierig sind, englisches Blut zu vergießen, als wir das ihre!«, rief sie auf Französisch und schickte ein Stoßgebet in den Himmel, sie möge das Gebaren des Hauptmanns richtig als verständnisvoll bewertet haben. »Gott hätte uns die Pest nicht überleben lassen, wenn Er beabsichtigt hätte, dass wir uns gegenseitig umbringen.« Sie nickte d'Amiens zu. »Es freut mich, Euch bei bester Gesundheit zu sehen, Sir, doch betrübt es mich zu spüren, dass Ihr es für nötig haltet, uns zu bedrohen. Wir kommen in Frieden, nicht in Feindschaft.«

»Ihr bringt zu viele Männer mit, als dass ich das glauben könnte, Milady.«

Diesmal antwortete Lady Anne auf Englisch. »Aber die meisten davon sind Eure eigenen Leute, Master d'Amiens. Welchen Grund habt Ihr, sie zu fürchten? Keiner von ihnen ist bewaffnet. Sie möchten Euch nur erklären, in welchen Schwierigkeiten sie stecken.«

Ebenfalls auf Englisch erwiderte d'Amiens: »Wir leben in gefährlichen Zeiten, Milady, und nach allem, was ich über Develish gehört habe, wisst Ihr das besser als ich. Mir wurde berichtet, dass Ihr Euer Gut noch erbitterter verteidigt als ich dasjenige von Milord.«

»Aber nie gegen diejenigen, die zu verteidigen ich gelobt habe, Master d'Amiens«, sagte sie auf Französisch. »Die Treueschwüre, die mich an meine Leute binden, sind ebenso heilig wie diejenigen, die sie mir geleistet haben. Würde Milord of Blandeforde etwas anderes sagen? Er ist ein Mann von edler Abstammung und Ehre. Darum kann ich gar nicht glauben, dass er seinen Hauptmann dazu auffordern würde, die Ermordung wehrloser Männer zu befehlen.«

Ihre Worte verunsicherten die Wächter, und in d'Amiens' Augen schwelte Zorn, als er sie anwies, ihre Waffen zu senken. Jetzt wünschte er sich, er hätte Thurkells Beschreibung dieser Frau ernster genommen. In vollem Staat und an der Spitze einer Menschenmenge hatte sie kaum noch etwas mit jener schüchternen Gemahlin gemein, die er gelegentlich in Develish gesehen hatte. »Milord würde sagen, Ihr versucht, Eure Bedeutung mit solchen Bemerkungen auszuschmücken. Ihr maßt Euch unverdiente Macht an, wenn Ihr Eide, die Euer Gemahl leistete und empfing, als die Euren ausgebt.«

Lächelnd wechselte Lady Anne wieder ins Englische. »Glaubt Ihr denn nicht an die Verpflichtung, die Versprechen Eures Lords einzuhalten, Sir?«

»Wir sprechen über Euch, Milady.«

»Dennoch befinden wir beide uns in einer sehr ähnlichen Lage, Sir. Aufgrund des Todes oder der Abwesenheit unserer Lords ist uns eine besondere Verantwortung zugefallen. Ich kann von mir sagen, dass ich mit Gottes Hilfe die richtigen Entscheidungen getroffen habe und mich mit mir im Reinen fühle. Trifft das auch für Euch zu?«

D'Amiens sah sich gezwungen, in derselben Sprache zu antworten, da sie eindeutig zu den Männern hinter ihr gesprochen hatte. »Es war nicht Gott, der Euch befohlen hat, Eurem Gemahl den Zugang zu seinem Gut zu verwehren und seinem rechtmäßigen Aufseher die Macht zu entreißen, Milady«, knurrte er. »Solches Tun ist verräterisch. Milord of Blandeforde wäre strenger mit Euch umgegangen, hätte de Courtesmain die Kunde früher überbracht.«

Es erleichterte Lady Anne, vom Vogt die Bestätigung zu erhalten, dass de Courtesmain ihm all sein Wissen zugetragen hatte. Allerdings wäre ihr noch mehr geholfen gewesen, hätte sie erfahren, dass er um seiner selbst willen gekommen war und nicht in Bournes Namen. »Es stand ihm jederzeit frei, mich zu verlassen, aber vor der Pest hatte er noch größere Angst als vor mir«, entgegnete sie in sanftem Ton. »Verräterisch oder nicht, er zog meinen Schutz den Gefahren vor, die das Reiten auf den Landstraßen mit sich bringt. Was verleiht ihm den Mut, sich ihnen jetzt zu stellen?«

D'Amiens schüttelte den Kopf, als wüsste er es nicht.

»Das Letzte, was ich hörte, war, dass er Bourne als Aufseher diente.«

»Das habt Ihr richtig gehört, Milady.«

»Doch diese Männer« – sie deutete hinter sich – »sagen mir, dass er die Stadt zu Fuß betreten hat. Wie kommt das? War Bournes Großzügigkeit so knapp bemessen, dass er ihm kein Pferd zur Verfügung stellte?«

»Es hat ganz den Anschein.« D'Amiens schüttelte den Kopf, als er Interesse in ihren Augen schimmern sah. »Aber wenn Ihr hofft, das für Eure Zwecke ausschlachten zu können, werdet Ihr enttäuscht sein, Milady. De Courtesmains Meinungsverschiedenheiten mit Bourne sind geringfügig im Vergleich zu den Fehlern, die er Euch und dem Mann zur Last legt, den Ihr Euren Vetter nennt.«

»Daran habe ich nicht den geringsten Zweifel. Je länger er von seinem letzten Gastgeber getrennt ist, desto größer wird sein Groll gegen ihn. In Develish klagte er über Foxcote. In ein, zwei Wochen wird Bourne sein Feind sein. Eigentlich tut er mir leid. Es fällt ihm leichter, anderen die Schuld an seinen Unzulänglichkeiten zu geben, als den Fehler bei sich selbst zu suchen.«

»Ihr werdet nicht mehr so verständnisvoll sein, wenn Ihr seine Beweise zu Gesicht bekommt, Milady. Er hat eine Seite aus dem Taufregister von Develish mitgebracht, um zu belegen, dass er die Wahrheit sagt.«

Lady Anne antwortete mit einem leisen Lachen. »Nur *eine*, Master d'Amiens? Wie wählerisch er bei den Lügen vorgeht, die er verbreiten möchte! Ich nehme an, dass Ihr mir gestatten werdet, ihn darüber zu befragen.«

»Solange Ihr meine Bedingungen akzeptiert. Waffen und Pferde müssen draußen vor dem Tor zurückgelassen werden, und nur Ihr und Eure Männer dürft eintreten. Ich werde keinen törichten Rettungsversuch dulden, wenn de Courtesmains Beschuldigungen bewiesen werden.«

»Und wer wird darüber entscheiden? Ihr?«

»Ich handle in Milord of Blandefordes Abwesenheit als sein Stellvertreter.«

»In Eurer Vorstellung vielleicht, aber nicht in meiner. Gott verlangt, dass ein Lord alle Menschen gerecht behandelt, nicht nur diejenigen, denen er wohlgesinnt ist.« Sie hielt das auf ihrem Schoß liegende Pergament in die Höhe. »Das ist das Schriftstück, das Ihr zum letzten Quartalstag an das Kirchenportal nageln ließt. Erinnert Ihr Euch, wie es begann? Nein? Dann lasst mich Euch helfen. *Unbeschadet der Verluste an Leben wird die Stadt denselben Betrag zahlen wie bisher. Die Strafe für Nichterfüllung dieser Pflicht wird streng sein.* Ihr fahrt dann fort mit einer Erklärung dazu, wie viel das Getreide wiegen muss, das Ihr anstelle von Silber verlangen werdet.« Lady Anne hob den Kopf. »Wie verbucht Ihr solche Zahlungen, Sir? Als Getreide oder Münze?«

Der Vogt runzelte die Stirn. »Ich verstehe nicht, Milady.«

»Ich bin mir sicher, dass Ihr sehr wohl verstanden habt, Master d'Amiens. Blandeforde ist der Kämmerer eines Königs. Wenn der Anteil des Monarchen an den Steuerzahlungen der Stadt in Form von Getreide erfasst wird, werdet Ihr hier auf dem Gut eine Kornkammer haben, um es zu lagern. Gibt es ein solches Gebäude?«

D'Amiens gab keine Antwort, doch aus dem Augenwinkel registrierte Lady Anne, dass der Hauptmann fast unmerklich den Kopf schüttelte.

»Dann werdet Ihr den Anteil in Form von Münzen erfasst haben, nachdem Ihr aus Milords privater Kasse das Getreide für Euren Haushalt gekauft habt. Ich weiß von keinem Gesetz, das solche Geschäfte verbietet, aber sie müssen in jedem Fall belegt werden, damit alle, einschließlich des Königs, sich davon überzeugen können, dass ein gerechter Preis gezahlt und die Steuereinnahmen der Stadt treu und redlich verwendet wurden. Werdet Ihr die Geldkassette anfordern, in der jene Beträge verwahrt sind, und mit ihr das Kassenbuch, das belegt, wie sie verwendet wurden? Wenn alles seine rechte Ordnung hat, werde ich davon überzeugt sein, dass Ihr dazu fähig seid, zwischen einem englischen Edelmann und einem normannischen Aufseher zu unterscheiden.«

Ian bewunderte Lady Anne für das Geschick, mit dem sie es vermied, vage Betrugsvorwürfe auszustoßen, und stattdessen Rechenschaft in einem nachprüfbaren Detail forderte. Er beobachtete, wie sich widersprüchliche Emotionen in d'Amiens' Gesicht abwechselten: Unsicherheit. Fassungslosigkeit. Berechnung. Der Vogt schien mit der Vorstellung zu ringen, dass ihm eine Frau hinsichtlich Intelligenz ebenbürtig sein konnte, und gelangte zu dem törichten Schluss, dass das vollkommen unmöglich war. Mit einem ungeduldigen Kopfschütteln erklärte er: »Mit diesem Unsinn verschwendet Ihr nur meine Zeit. Glaubt Ihr allen Ernstes, Milords Einkünfte nachzuverfolgen sei so leicht, wie Frauenkleider zu zählen?«

»Das will ich um Euretwillen nicht hoffen, Master d'Amiens. Euer Stolz wird fürchterlich darunter leiden, wenn Ihr Euren Platz an eine Kammerzofe verliert.«

Gedämpftes Gelächter perlte durch die Menge, worauf d'Amiens wütend zum Hauptmann herumfuhr und ihm befahl, die Wache angriffsbereit aufzustellen.

Mit einem unwilligen Grunzen zwängte sich Master Slater durch die Lücke zwischen Ians und Joshuas Pferden. »Achtet Ihr die freien Bürger von Blandeforde ebenso gering wie Lady Anne von Develish?«, fragte er. »Unser Geschick bei der Führung unserer Bücher steht dem Euren in nichts nach, denn wir treiben täglich Handel und verzeichnen alle Einnahmen und Ausgaben mit äußerster Sorgfalt. Ihr habt unsere Kassenbücher vor dem Ausbruch der Pest oft genug überprüft – lasst nun uns die Euren durchsehen, Sir. Milady ist nicht allein mit ihren Fragen, was Eure Ehrlichkeit betrifft.«

Später sollte sich Ian oft fragen, was wohl geschehen wäre, hätte der Hauptmann andere Befehle erteilt, als die Menge sich, von Miller dazu ermuntert, hinter Slater scharte. Vielleicht hatte er seinen Männern tatsächlich aus Angst, überrannt zu werden, den Befehl erteilt, Platz zu machen und die Bürger durchzulassen, doch das diskrete Nicken, mit dem er Lady Anne bedachte, erzählte eine ganz andere Geschichte.

Das Knirschen von Pferdehufen auf Kies und das Murmeln einer Vielzahl von Stimmen erreichten die Männer in der großen Halle. Der Priester, der gerade mit de Courtesmain eingetroffen war, erschrak zu Tode, während die Wächter nur neugierig zur Tür schauten. Ihnen schien gar nicht in den Sinn zu kommen, dass eine Menschenmenge eine Bedrohung darstellen konnte. Ganz anders dagegen verhielt sich Aristide. Er erhob sich von seinem Stuhl am anderen Ende des Tischs und hastete auf Thaddeus zu. De Courtesmain trippelte hektisch hinter ihm her.

Thaddeus weidete sich an der Furcht in ihren Gesichtern. »Wer bereitet Euch mehr Angst?«, fragte er den auf ihn zutretenden Aristide. »Die hohe Dame, die von Gott geliebt wird, oder die unbewaffneten Bürger der Stadt, die sie begleiten?«

»Keiner von ihnen ist gereinigt worden. Sie tragen die Saat der Pest in sich.«

Mit einem trägen Lächeln stemmte sich Thaddeus hoch und stellte sich Aristide in den Weg. »Warum bin ich dann hier? Ihr wisst so gut wie ich, dass ich nicht von meinen Sünden reingewaschen worden bin. Lieber beiße ich mir die Zunge ab, als dass ich vor einem Priester wie Euch die Beichte ablege.«

»Aus dem Weg!«

Thaddeus packte seine Kette, hielt sie so hoch, dass sie sich straffte. »Ich werde nicht weichen. Ihr schuldet dem Vogt Eures Lords und seinen Soldaten mehr Treue, als beim ersten Anzeichen von Gefahr wegzulaufen. Sie wollen glauben, dass Gott auf ihrer Seite steht und sich nicht mit einem unterwürfigen Lügner als Gesellschaft in Verstecke verkriecht.«

Abrupt wandte sich Aristide zu den Soldaten um. »Ihr seid für diesen Mann zuständig. Schafft ihn mir aus dem Weg.«

Doch niemand rührte sich von der Stelle. Vielleicht fürchteten sie, einen Ellbogen in die Kehle gerammt zu bekommen, oder erkannten einfach, dass Gehorsam nicht nötig war. Während der Priester sprach, erschien der Hauptmann in der Türöffnung und rief, Pater Aristide möge sich zum Vogt in den Vorhof hinausbegeben. »Master d'Amiens bittet Euch, im Freien eine Messe für die Bewohner der Stadt abzuhalten, Pater. Viele sehnen sich danach, Gottes Wort zu hören und wieder Seine Gegenwart in ihrer Mitte zu spüren.«

Thaddeus ließ die Hände sinken. »Der Vogt ist schlauer, als ich dachte«, lachte er. »Es gibt keinen sichereren Weg, unruhige Geister in den Griff zu bekommen, als sie beten zu lassen. Achtet darauf, dass Ihr Liebe predigt, Pater. Sonst hat der Vogt keinen Grund, Euch zu danken.«

SIEBZEHN

*W*ährend Thaddeus sich die gründlich einstudierte Predigt des Priesters anhörte, kam ihm der Spruch *Die Natur eines Menschen ändert sich nie* in den Sinn. Ein Heuchler blieb ein Heuchler; ein großzügiges Herz blieb großzügig. Und selbst wenn Aristide Gottes Liebe hätte predigen wollen, wäre er nicht dazu in der Lage gewesen, denn er kannte nur eine einzige Methode, seine Autorität zu wahren: den Gläubigen Angst einjagen. Gottes Zorn und Höllenfeuer gingen ihm leichter über die Lippen als Vergebung und Erlösung.

Zu ängstlich, um sich in den Vorhof hinauszuwagen, blieb er im Bogengang stehen und stimmte seine Gebete und Mahnungen unter dessen gewölbter Decke an, was zur Folge hatte, dass seine Stimme zurück in den großen Saal getragen wurde, wo sie von den Wänden widerhallte. De Courtesmain saß mit gesenktem Kopf und zum Gebet gefalteten Händen. Zu seiner Linken befand sich Thaddeus, rechts von ihm standen die Wächter. Alle imitierten de Courtesmains fromme Haltung, nur Thaddeus nicht. Dieser zog es vor, die Gesichter der Leute zu studieren, während die anderen Worten und Sätzen lauschten, die sie schon Hunderte von Malen gehört haben mussten: Sie selbst waren des Bösen und hatten die Pest nach Blandeforde gebracht. Nun war das Jüngste Gericht über sie hereingebrochen. Die einzige Rettung bestand in der Vergebung ihrer Sünden.

Thaddeus' Gedanken wanderten weiter zu dem jungen Soldaten, dessen Schwert er am Samstag zerbrochen hatte und der jetzt am nächsten bei ihm stand. Ihm fiel auf, dass es diesem Burschen mehr als seinen Kameraden zu widerstreben schien, Frömmigkeit vorzutäuschen. War er zu vernünftig, um an das Böse in der Seele des kleinen Spätzchens zu glauben? Und wie verhielt es sich mit de Courtesmain? Wo war *sein* Verstand geblieben? Hatte ihn sein Aufenthalt in Develish tatsächlich so wenig gelehrt, dass er glücklicher war, wenn er weiter daran glaubte, mit der Freisprechung von allen Sünden lasse sich die Pest wirksamer fernhalten als mit dem Erschlagen von Ratten und dem Verriegeln von Toren?

Im Halbdunkel des Bogengangs links von ihm, der zur Küche führte, bemerkte Thaddeus eine Bewegung. Er nahm an, dass es Bedienstete waren, die von ihrem Arbeitsplatz näher heranschlichen, um zu lauschen. Unwillkürlich fragte er sich, wie viele mehr sich um die Fenster drängten und ob Väter, Onkel, Brüder und Vettern in der im Vorhof versammelten Menge zu erkennen waren. Wenn ja, hatte sich irgendjemand von der schrillen Verurteilung von Diebstahl und Fleischeslust als den Zwillingsteufeln überzeugen lassen, die Verderbtheit über die Stadt brachten? Glaubten sie wirklich, dass ihren Leuten jeder Sinn für Anstand und Schicklichkeit abhandengekommen war, sodass sie sich jetzt solchen Lastern hingaben, während um sie herum die Pest tobte?

Vielleicht. Häufig wiederholte Lehren gruben sich den Menschen nur allzu leicht ins Bewusstsein, wenn gleichzeitig andere Gedanken unterdrückt wurden. Thaddeus merkte, dass er insgeheim hoffte, die Männer in der Menge würden

den Pfarrer herausfordern – ein paar mussten sich doch über seine Verunglimpfungen ärgern –, doch falls irgendeiner zu Widerspruch ansetzte, wurden seine Worte gewiss von den Sprechgesängen, die Pfarrer und Gemeinde anstimmten, übertönt. Und er befürchtete, diese Leute würden sich ebenso leicht beeinflussen lassen wie die Diener. Jeder Einzelne mochte wissen, dass er selbst frei von Schuld war, doch da er nicht für andere sprechen konnte, gelang es Aristide am Ende vielleicht doch noch, in der Stadt dieselben Zweifel und Verdächtigungen zu streuen, wie er es im Haus getan hatte.

Der junge Soldat neigte sich näher zu ihm. »Warum schüttelt Ihr den Kopf?«, flüsterte er. »Bezweifelt Ihr, dass das, was der Pater sagt, wahr ist?«

Thaddeus musterte sein Gesicht. »Seine Gewissheit überrascht mich. Meines Wissens hat er in dieser Stadt noch nie jemandem die Beichte abgenommen.«

»Das hat er auch nicht.«

»Dennoch scheint er die Sünden der Leute hier zu kennen. Da frage ich mich, woher wohl.«

»Er muss sie von den Priestern in Blandeforde erfahren haben, bevor sie starben.«

Thaddeus bedachte den Soldaten mit einem dünnen Lächeln. »Indem er selbst eine Sünde beging? Es ist ein schweres Vergehen, das Siegel des Beichtgeheimnisses zu brechen. Er muss befürchtet haben, auf dieselbe Weise zu sterben wie die anderen.«

Der junge Bursche beäugte ihn neugierig. »Aber es muss doch eine Erklärung dafür geben, warum in der Stadt so viele zugrunde gegangen sind.«

»Allerdings. Und warum im Gegensatz dazu im Herrenhaus so viele überlebt haben. Das ist ein schwer zu lösendes Rätsel.«

»Habt Ihr eine Antwort?«

Thaddeus' Blick wanderte zu de Courtesmain. Dieser war zu angespannt, um in ein Gebet versunken zu sein. Jede Sehne seines Körpers war straff, alle seine Sinne auf das gewisperte Gespräch gerichtet, damit ihm auch nicht das geringste Detail entging. Thaddeus sprach nun lauter. »Frag diesen Mann. Er kennt die Wahrheit. Habe ich nicht recht, Master de Courtesmain?«

Der Franzose erschauerte am ganzen Körper. »Ist Gott Euch schon so fremd geworden, dass Ihr es für angemessen haltet, einen Mann während der Messe zu stören?«

Thaddeus lächelte. »Entschuldigt mich vielmals. Ihr habt so vehement darauf beharrt, drinnen zu bleiben, dass ich annahm, Ihr würdet es für unnötig erachten, Euch andächtig zu geben. Ist es Lady Anne, die Ihr zu meiden sucht? Fürchtet Ihr vielleicht, von ihr getadelt zu werden? Wenn dem so ist, sind Eure Sorgen unbegründet. Sie hat nie ungerecht gegen Euch geurteilt.«

»Ihr lügt!«, bellte Hugh de Courtesmain. »Sie hatte mich schon verurteilt, bevor ich in Develish eintraf. Sie wäre niemals bereit, jemanden zu akzeptieren, der aus Foxcote kommt.«

Thaddeus sah, dass die anderen Wächter lauschten. »Das ist nicht wahr. Sie war nur betrübt über das, was Lady Beatrix über Euren Eifer beim Auspeitschen von Leibeigenen geschrieben hatte, ansonsten bildete sie sich kein weiteres Urteil. Es waren Eure verschlagene Art, Eure vielfachen Täuschungen, als Ihr bei ihr in Develish weiltet, die ihr Misstrauen weckten. Ihr begingt den Fehler zu glauben, alle Frauen seien so gemein und ränkesüchtig wie Lady Beatrix, und erkanntet nicht, dass Milady anders ist.«

Allem Anschein nach waren Gebete weniger verlockend

als Selbstrechtfertigungen, denn Hugh ließ nun die Hände auf die Tischplatte sinken. »Sie spielte das schüchterne Mädchen und trug von ihr selbst gefertigte Kleider. Wie konnte da ein Fremder ahnen, dass sie es war, die das Gut führte, und nicht ihr Gemahl?«

»Hättet Ihr Euch anders verhalten, wenn es Euch gesagt worden wäre? Hieltet Ihr es überhaupt für möglich, dass eine Frau Euch in geistiger Hinsicht gewachsen sein würde?«

»Mit allem, was sie tut, verstößt sie gegen Gottes natürliche Ordnung. Jeder sollte wissen, wo sein Platz ist.«

Um Thaddeus' Augen bildeten sich kleine Falten. Er lächelte. »Wisst Ihr denn, wo *Euer* Platz ist, Sir? Ihr wechselt die Personen, denen Ihr Treue schwört, so schnell, dass man Euch kaum folgen kann. Letzten Juni wart Ihr Sir Richard verpflichtet, im Juli dann Lady Anne und spätestens im Januar Milord of Bourne. Muss ich annehmen, dass Ihr jetzt Blandeforde den Treueid geleistet habt? Welchen Preis hat Master d'Amiens als Gegenleistung gefordert? Wird Eure Gefolgschaft jedes Mal billiger, wenn Ihr das Genick vor einem neuen Herrn beugt?«

Hugh ballte die Fäuste. »Gebt Euch selbst die Schuld daran, dass Ihr als Hochstapler enttarnt worden seid, bevor Ihr sie bei mir sucht. Ich sage lediglich die Wahrheit.«

»Mein Freund wird sich darüber freuen«, murmelte Thaddeus und deutete auf den Wächter an seiner Seite. »Er fragt, warum es in der Stadt so viele Tote gegeben hat, aber im Herrenhaus so wenige. Möchtet Ihr ihm die Antwort geben?«

Plötzlich wurde Hugh von solchem Zorn gepackt, dass er beinahe die Beherrschung verloren hätte. »Der Priester hat recht, wenn er Euch den Teufel nennt!«, zischte er. »Ich werde Eure Ketzereien nicht wiederholen. Sie verderben jeden, der sie hört.«

De Courtesmain schien nicht zu bemerken, dass ihr Publikum wuchs. Aus den Schatten hinter ihm tauchten alle möglichen Gestalten auf, Diener, die sich heranschlichen, um über das Credo hinweg, das der Priester nun anstimmte, auch den Worten der Männer zu lauschen. *Crucifixus etiam pro nobis sub Pontio Pilato, passus et sepultus est, et resurrexit tertia die, secundum Scripturas, et ascendit in caelum, sedet ad dexteram Patris.*

Thaddeus bekreuzigte sich. »Was ist ketzerisch an einer Beschreibung dessen, was Lady Anne getan hat, um die Bewohner ihres Landguts vor der Pest zu schützen?«, fragte er in sanftem Ton. »Bezweifelt Ihr, dass Gott Develish gesegnet hat, wenn dort keine einzige Person an dieser Seuche gestorben ist?«

»Ihr beruft Euch auf Gott, wenn es Euch nützt – aber nur dann.«

»Wie alle anderen auch, selbst Pater Aristide, wenn er Böses sieht, das gar nicht existiert.« Thaddeus blickte die Bediensteten an. »Er hat diese Leute gelehrt, Gott zu fürchten, statt sie an Seine Liebe zu erinnern. Sie sollten wissen, dass Er wie sie über jedes verlorene unschuldige Leben weint.«

In die sich nun ausbreitende Stille hinein fragte der junge Wächter mit leiser Stimme: »Wie könnt Ihr wissen, dass die Toten unschuldig waren?«

»Aus demselben Grund wie du, mein Freund. Unsere Sünden sind zahlreicher, als die des kleinen Spätzchens es je sein konnten.«

»Hätte sie überlebt, wenn sie in Develish gewesen wäre?«

»Ich glaube, ja.«

»Warum?«

»Milady ist in der Medizin bewandert und hat ihre Leute gelehrt, dass das beste Mittel gegen eine Krankheit ist, sich erst gar nicht damit anzustecken. Diese Lektion hat sich in Develish als sehr wirksam erwiesen. Die Kranken werden in einem Spital außerhalb des Orts behandelt; und allein schon durch die Trennung der Befallenen von den Gesunden wird verhindert, dass Seuchen sich ausbreiten.« Thaddeus hielt inne, um sich zu vergewissern, dass die Wächter und Dienstboten ihn verstanden. Nun, soweit er das beurteilen konnte, schien das der Fall zu sein. »Als die Kunde von der Pest Develish erreichte, kehrte Milady ihre Methode kurzerhand um, indem sie die Gesunden isolierte. Sie beorderte ihre Leute hinter den Wassergraben und verwehrte allen anderen den Zutritt. So blieb auch die Seuche draußen.«

Confiteor unum baptisma in remissionem peccatorum et expecto resurrectionem mortuorum et vitam venturi saeculi.

»Und alle leben noch?«

»Ja.«

»Hat Master d'Amiens aus demselben Grund die Tore verrammeln lassen und den Stadtbewohnern den Zutritt verwehrt?«

»Ja.«

Weiter hinten regte sich eine Frau. »Einmal habe ich dem Spätzchen in der Nacht über die Mauer geholfen, damit sie ihre Mutter in der Stadt besuchen konnte. So etwas war zwar verboten, aber es brach mir das Herz, die Kleine weinen zu sehen. Sie liebte ihre Mutter so sehr und vermisste sie schrecklich. Muss ich mir jetzt Vorwürfe machen, weil sie gestorben ist? Sie war einfach zu süß und unschuldig, als dass Gott sie hätte bestrafen können.«

Thaddeus blickte die Leute einen nach dem anderen an. »Habt ihr sie auch alle so gesehen?«

Sie nickten.

»Dann glaubt weiter an sie und das Gute in ihr. Ihr sollt

wissen, dass Gott sie liebte, so wie Er euch liebt.« Er wandte sich wieder an die Frau. »Gebt nicht Euch die Schuld. Wenn Ihr davon überzeugt wart, dass das Böse die Ursache der Pest war, dann hattet Ihr keinen Grund anzunehmen, das Spätzchen hätte wegen einer guten Tat sterben können.«

»Viele von uns wollten sie pflegen, als sie von dem Fieber befallen wurde«, meldete sich eine andere zu Wort. »Aber der Priester hat das nicht erlaubt.«

»Sie wurde gezwungen, allein und außerhalb der Gemeinschaft zu liegen«, sagte ein Mann. »Hätte Lady Anne dasselbe getan, wenn jemand in Develish erkrankt wäre?«

»Es hätte keinen Zwang gegeben«, antwortete Thaddeus. »Alle waren sich einig, dass Leidende es freiwillig auf sich nehmen würden, ihre letzten Tage im Spital jenseits des Wassergrabens zu verbringen. Eine andere Möglichkeit, die Gesunden zu schützen, gab es nicht.«

»Wollt Ihr damit sagen, dass unser Priester das Richtige getan hat?«, fragte der Wächter.

Thaddeus blickte zum Tor hinüber. »In einem gewissen Sinne hatte er recht, auch wenn seine Begründung nicht gerade aufrichtig war. Er hatte keinen Anlass, das Mädchen zu schelten. Und auch heute steht es ihm nicht zu, die Bürger der Stadt zu tadeln. Sie haben jedem Leidenden, der nach Blandeforde gekommen ist, Barmherzigkeit und Mitgefühl gezeigt, aber ihre Freundlichkeit ist sie teuer zu stehen gekommen. Alle Trauer, die ihr für das Spätzchen empfindet, ist gering im Vergleich zum Kummer dieser Leute um ihre toten Angehörigen.«

Was immer Thaddeus gehofft hatte, mit seiner Bemerkung zu bewirken, eines hatte er ganz gewiss nicht erwartet: dass Hugh de Courtesmain einen Dolch ziehen und ihm die Klinge in die Schulter rammen würde. Zunächst hielt

Thaddeus den Stich für einen Fausthieb, bis de Courtesmain »Ketzer!« und »Verderber!« brüllend aufsprang und
mit blutbefleckter Klinge auf ihn einstach. Der Angriff war
so wütend und Thaddeus derart überrascht, dass er noch
mehrere Stiche in Arm und Schulter einsteckte, ehe er sich
vor Schmerz laut aufstöhnend aus seinem Stuhl wuchtete.
Um ihn herum herrschten Chaos und Verwirrung. Die
Schreie des Franzosen wurden übertönt von den Rufen der
Soldaten und dem panischen Kreischen der Mägde. Thaddeus indes nahm all den Lärm kaum wahr. Für ihn ging es
nur darum, wie er de Courtesmains nächsten Angriff mit
der linken Hand abwehren konnte.

Es mochte nur eine Sekunde gedauert haben, dass er dem
Franzosen in die Augen starrte, als dieser ihm die Stahlklinge
in die Handfläche rammte, doch die Zeit schien sich auszu-
dehnen. Dann geschah alles rasend schnell. Mit aller Kraft
umklammerte Thaddeus mit der Rechten das Handgelenk
des Franzosen, um zu verhindern, dass er die Klinge wieder
herauszog. Erstaunlicherweise hatte er Zeit, darüber zu sin-
nieren, ob der Tobende wohl von sich aus oder im Namen
des Priesters zugestochen hatte. Wohl für den Priester, sagte
er sich, als de Courtesmain das Messer losließ, um sich selbst
loszureißen, und so den Blick auf ein in das Heft des Dolchs
getriebenes Kreuz freigab, das jetzt mit Blut besudelt war.

Ungerührt sah Thaddeus zu, wie die Wachmänner de
Courtesmain zu Boden rangen, dann setzte er sich wieder
auf seinen Stuhl und stellte die Handkante vorsichtig auf die
Tischplatte. »Wärt Ihr so freundlich, mir eine Schale heißes
Wasser und etwas Salz zu bringen?«, bat er die Frau, die als
Erste gesprochen hatte. »Und dazu in Wasser gekochte Lum-
pen als Verband. Mit etwas Pflege wird die Wunde schneller
heilen.«

Die Frau starrte die vier Zoll lange Klinge an, die noch immer in Thaddeus' Handfläche steckte. Darunter sickerte weiter Blut hervor und bildete eine Lache auf dem Tisch. Ängstlich hob sie die Augen, um seinem Blick zu begegnen. Ganz offensichtlich war sie sich nicht sicher, ob sie die Richtige für eine solche Aufgabe war. Doch was immer sie in seinen Zügen las, schien sie zu überzeugen. »Ich werde Euch helfen«, erklärte sie und winkte drei junge Mägde zu sich. »Egal was der Grund für Eure Wunde und diese Fesseln ist, Ihr sollt nicht denken, der Haushalt von Milord sei weniger wohltätig als seine Stadt.«

Lady Anne hielt sich an Ians Rat und blieb während des gesamten Gottesdienstes im Sattel. Das bedeutete, dass sie sich am hinteren Ende der Menge hielt, nahe der Stelle, wo die Straße in den Vorhof mündete. Wäre sie abgestiegen, wäre sie auf gleicher Höhe gewesen wie all die hier versammelten Bürger. Zwar schien keiner von ihnen Symptome der Pest aufzuweisen, doch man konnte nie wissen, ob irgendjemand vielleicht doch ein Fieber verbarg oder von Flöhen befallen war. Ian hatte weniger Bedenken, was das Betreten des Hauses betraf. Wie Thaddeus hatte er das verbarrikadierte Tor und die Erzählung des Zunftgenossen über die Vertreibung des jungen Mädchens als Zeichen dafür verstanden, dass der Vogt die gleichen Methoden zur Abwehr der Pest einsetzte wie Lady Anne. Gleichwohl hielt er beständig nach Ratten Ausschau.

Lady Anne zeigte unterdessen größeres Interesse am Vogt und am Priester. Scheinbar ins Gebet vertieft, saß sie mit gebeugtem Haupt im Sattel und beobachtete die zwei Männer verstohlen. Beide ließen deutlich erkennen, dass sie mehr über die Pest wussten als der Rest der Bevölkerung – dass man sich damit ansteckte und sie keineswegs eine von Gott auferlegte Strafe war. D'Amiens stand abseits der knienden Menge auf der anderen Seite des Vorhofs. Er war umringt von Wächtern, die bereits auf dem Herweg die Bürger von ihm ferngehalten hatten. Der Priester verharrte stur unter dem Dach des Bogengangs, bereit, sich beim ersten Anzeichen von Ungemach davonzumachen.

Lady Anne fragte sich, ob sie je einen derart überreizten Mann gesehen hatte. Er fand wirklich jeden nur erdenklichen Grund, um möglichst großen Abstand zwischen sich und der Menge zu schaffen. Bei jeder Gelegenheit befahl er der Gemeinde, sich hinzuknien, und gleich zu Beginn hatte er betont, dass es ohne ungesäuertes Brot keine Eucharistie geben würde. Das Einzige, was er anbieten könne, seien die Liturgie und eine Segnung. Er tadelte die Männer wegen ihrer Ungeduld und drängte sie, zu gehen und am nächsten Tag zurückzukehren, wenn die Diener das richtige Abendmahl zubereitet hatten. Doch dann rief ihm Master Slater zu, dass sie nehmen würden, was Pater Aristide ihnen *jetzt* geben könne, statt zu hoffen, dass sie morgen mehr Glück hätten – was alles andere als sicher sei. Die Ironie in seinem Ton verriet allen, dass sie sonst bis zum Jüngsten Gericht würden warten müssen, bis der Priester den Mut aufbrachte, ihnen nahe genug zu kommen, um ihnen die Hostie auf die Zunge zu legen.

Die Predigt löste bei Lady Anne eine ähnliche Reaktion aus wie bei Thaddeus. Obwohl Pater Aristides Englisch immer noch mit einem schweren Akzent behaftet war, erschien sie ihr bis ins Detail einstudiert, als hätte der Priester seit Ausbruch der Pest in Blandeforde jeden Tag dieselbe Ansprache gehalten. Doch anders als Thaddeus sah sie, welche Wirkung seine Tiraden gegen Fleischeslust und Diebstahl auf seine Zuhörer hatten. Sie blickten einander verwundert an, als wollten sie fragen, wie der Mann nur auf solche Vorstellungen gekommen war. Und in einem war sich Lady Anne absolut sicher: Wäre nicht ihr Respekt vor der Heiligen Messe tief in diesen Menschen verwurzelt gewesen, hätte der eine oder andere seiner Skepsis laut Ausdruck verliehen. Jedenfalls ließ die sich bei Master Miller und seinen Anhängern ausbreitende Unruhe deutlich erkennen, dass sie alles andere als erfreut darüber waren, mit Sünden konfrontiert zu werden, die sie nicht begangen hatten.

Am Ende des Glaubensbekenntnisses erhob der Priester die Stimme, um die Gemeinde an seine besondere Macht zu erinnern. »*Ich glaube an die eine, heilige, katholische und apostolische Kirche. Ich bekenne die eine Taufe zur Vergebung der Sünden. Ich erwarte die Auferstehung der Toten und das Leben der kommenden Welt. Amen.*« Danach blieb er schweigend stehen, während die Knienden sich bekreuzigten, um dann mit den Bittgebeten zu beginnen.

Nur Joshua war nahe genug bei der großen Halle, um die Schreie zu hören. Vor Beginn des Gottesdienstes hatte er sein Pferd und die Lastponys zum Anbinden zu einer Stange geführt, die unter dem Fenster rechts neben dem Eingang angebracht war. Er war zu neugierig, um nicht ins Innere zu spähen, während er die Halfter der Tiere um die Stange schlang. So strahlend hell es draußen war, drinnen herrschte Finsternis. Gleichwohl glaubte er, Thaddeus am Ende eines langen Tischs sitzen zu sehen.

Das Halbdunkel und die große Entfernung machten die Züge des Mannes unkenntlich, doch dass er die anderen um ihn herum um Haupteslänge überragte, war nicht zu übersehen. Er schien sich behaglich zu fühlen, sodass Joshua sich verdrießlich fragte, warum er seinetwegen so viel Kraft und Zeit vergeudet hatte, wenn er den Vogt offenbar längst davon überzeugt hatte, dass er Athelstan sei. Joshua versuchte, Thaddeus' Blick mit der Kraft seiner Gedanken in seine Richtung zu lenken, doch die Aufmerksamkeit seines Freundes galt ausschließlich dem im Eingangsbereich postierten Priester.

Da Joshua aufgrund seines Standorts direkt am Fenster den Blicken der Bürger der Stadt ausgesetzt war, fühlte er sich verpflichtet, mehr Frömmigkeit zu zeigen als seine Gefährten hinter ihm. So senkte er den Kopf und schloss die Augen, doch weil er nach zwei angsterfüllten Nächten völlig übermüdet war, ließ ihn der leiernde Tonfall des Priesters auf der Stelle einnicken. Er konnte sich selbst nicht erklären, was ihn weckte – die zunehmende Unruhe unter seinen Hunden vielleicht. Das ganze Rudel hatte sich vor seinem Pferd aufgestellt, die Hinterleibe vor Erregung zitternd, die Schnauzen allesamt starr auf den Eingang gerichtet.

Zuerst dachte er, die Entscheidung des Priesters, sich zum Vorhof zu orientieren, hätte die Tiere aufgeschreckt. Mit wehendem schwarzem Chormantel schritt er auf sie zu, und sein Gesang wurde immer lauter und durchdringender. Wer in seiner Nähe war, hörte nichts als seine Stimme, doch Joshua vernahm deutlich noch ein anderes Geräusch aus dem Inneren des Gebäudes – das Kreischen von Frauen. Aufgeschreckt wandte er sich zum Fenster, doch das von den Glasscheiben abgestrahlte Sonnenlicht blendete ihn. Er nahm an, dass drinnen noch mehr geschrien wurde, musste sich aber aufs Raten verlegen, da eine seiner Doggen sich mit einem Knurren aus tiefster Kehle nach vorne bewegte.

Joshua hatte keine Zeit mehr, Für und Wider zu erwägen. Kurz entschlossen sprang er aus dem Sattel, zückte sein Schwert und rief das Rudel zu sich. Vielleicht verübelte er diesem einen Hund, der sich vorgewagt hatte, seine bedingungslose Liebe zu Thaddeus, aber er war ebenso wenig wie das Tier bereit, tatenlos herumzustehen, wenn sein Freund womöglich in Schwierigkeiten steckte. Im Laufen sah er die um den Vogt herum postierten Soldaten nach ihren Bogen greifen, doch er hatte den Eingang längst erreicht, bevor der Erste einen Pfeil eingespannt hatte.

Drinnen herrschte ein schreckliches Durcheinander, sodass die Hunde wütend bellend hin und her rannten. Joshua sah Frauen und Mädchen in panischer Angst auf die Wände zustieben, während eine Gruppe von Männern in Livree mit einem Gefangenen zu ringen schien. Er glaubte, in dem Mann Hugh de Courtesmain zu erkennen, gab sich aber nicht weiter mit ihm ab, denn sein ganzes Augenmerk galt der gefesselten Gestalt am anderen Ende des langen Tischs. Mit scharfer Stimme befahl er den Hunden, bei Fuß zu gehen, dann schritt er durch den Raum, um sich neben Thaddeus zu postieren. Das Rudel hieß er verharren.

»Eure Dogge spürte, dass Ihr in Gefahr seid, Milord, und anscheinend hatte sie recht.« Er senkte den Blick auf den Dolch, der immer noch in Thaddeus' Hand steckte, und auf das aus den Rissen in seinem Rock sickernde Blut. »Haben die Wächter Euch das angetan?«

»Nein, Buckler. Sie waren überaus höflich zu mir. Du kannst dein Schwert einstecken. Von ihnen droht dir keine Gefahr. Aber du darfst das Rudel auf de Courtesmain hetzen, falls er sich ihnen entzieht.«

Für einen kurzen Moment starrte Joshua den Franzosen an. »Sie würden kurzen Prozess mit ihm machen, Sir. An ihm ist nicht genügend Fleisch, um auch nur einen einzigen Hund zu sättigen, ganz zu schweigen von sieben. Soll ich Euch das Messer aus der Hand ziehen?«

»Noch nicht, mein junger Freund. Sonst verliere ich zu viel Blut. Aber eine freundliche Dienerin hat mir versprochen, Wasser und Verbandszeug zu bringen.«

»Ihr blutet auch noch an anderen Stellen, Milord, und diese Wunden könnten genauso schlimm sein. Wir sollten Euch den Rock ausziehen, damit Lady Anne Euch verarzten kann. Sie ist draußen und wird besser wissen als die Diener, was zu tun ist.«

Ein mattes Lächeln hellte Thaddeus' Miene auf. »Ganz gewiss. Aber selbst sie wird mir zuallererst die Fesseln abnehmen müssen.« Er verfolgte mit den Augen, wie der Hauptmann und mehrere Soldaten mit erhobenen Schwertern in die Halle stürmten. »Leg deine Waffen auf den Tisch und weiche etwas zurück«, murmelte er. »Die Leute sollen sehen, dass du keine Bedrohung darstellst. Es gibt keinen Grund für noch mehr Blutvergießen.«

Warnend legte Lady Anne Ian die Hand auf den Unterarm, als die Hälfte der Männer um den Vogt herum plötzlich Joshua in wilder Jagd nachsetzte. »Bleib ganz ruhig«, wisperte sie. »Jetzt zu kämpfen wäre Wahnsinn. Thaddeus wird Joshua dasselbe sagen.«

»Was, wenn er das gar nicht kann, Milady? Joshua wäre nicht hineingegangen, wenn er nicht gedacht hätte, dass Thaddeus in Gefahr ist. Jetzt stecken beide in Schwierigkeiten.«

»Dann müssen sie einander helfen. Ich werde nicht dulden, dass ihr das Leben der Bürger mit törichten Maßnahmen aufs Spiel setzt. Ich habe einen Eid darauf geleistet, den Frieden zu sichern, und werde ihn nicht brechen.«

Mehr sagte sie nicht, doch Ian spürte, dass sein Bruder innerlich kochte, während das öde Ritual fortgeführt wurde.

Warum hatte sie sich dem Befehl des Vogts, sie sollten ihre Waffen ablegen, überhaupt widersetzt, wenn sie am Ende doch nicht bereit war, sie kämpfen zu lassen? Nun, vielleicht war das seine eigene Frage, denn er war nicht minder verärgert als sein Bruder. Doch er wusste bereits die Antwort darauf. Kein Adeliger würde je von einem Mann Befehle entgegennehmen, der von niedrigerem Rang war. Hätte Lady Anne d'Amiens gehorcht, hätte sie damit anerkannt, dass er rangmäßig über ihr stand, und damit den Respekt der Bürger dieser Stadt verloren.

Aber was war deren Respekt überhaupt wert?, sinnierte Ian, während er verfolgte, wie die Gemeinde pflichtbewusst jeder Aufforderung des Priesters nachkam. Kein einziges ihrer Mitglieder schien sich darüber zu wundern, dass er sich immer weiter auf den Vorhof zurückzog und seine Stimme dabei umso lauter wurde. Für Ian lag es auf der Hand, dass im Inneren des Hauses Lärm ausgebrochen sein musste, den der Geistliche zu kaschieren suchte. Aber was war los? Hatte Thaddeus um Hilfe gerufen? Erwartete Joshua, dass seine Freunde ihm folgten? Ian wusste, dass er sich das Bellen der Hunde nicht eingebildet hatte.

Jetzt sah er den Hauptmann im Eingangsbereich auftauchen. Zu seiner Erleichterung steckte dessen Schwert in der Scheide, und an seiner Livree war nichts in Unordnung. Dennoch wirkte der Mann unbehaglich, als er dem Vogt eine Nachricht ins Ohr wisperte. Was immer es war, es schien d'Amiens zu erzürnen. Mit zu Schlitzen verengten Augen flüsterte er einen Befehl und entließ den Hauptmann mit einem knappen Nicken.

»Bleibt guten Mutes«, seufzte Lady Anne, als der Hauptmann weiter zum westlichen Ende des Gebäudes marschierte. »Wenn jemand im Sterben läge oder schon tot wäre, hätte der Vogt ihn zum Priester hinausbringen lassen. Beide klammern sich zu sehr ans Ritual, als dass sie einem Sterbenden die letzte Salbung verweigern würden.«

»Was, wenn Ihr Euch getäuscht habt?«, murmelte Olyver.

»Besser zwei Tote als fünfzig.«

Auf ihre Weise war Lady Anne nicht minder schonungslos als Thaddeus, dachte Ian und fragte sich, ob sie ebenso kalt reagieren würde, wenn er Zweifel an ihrer Entscheidung äußerte. »Als Athelstans Männer sollten wir an seiner Seite sein. Die Soldaten eines Lords haben einen Eid darauf geleistet, ihn zu schützen.«

»Hast du deinen Eid vor zwei Nächten eingehalten?«

Ian trat unbehaglich von einem Fuß auf den anderen. »Ihr wisst, dass wir das nicht getan haben, Milady. Thaddeus hat es uns verboten.«

»Und er würde es auch jetzt nicht erlauben. Nicht mit Gewalt könnt ihr seine Befreiung erreichen, sondern mit Überzeugungskraft.« Sie deutete mit dem Kinn auf die entfernte Ecke des Hauses. »Der Hauptmann kommt zurück, wie ich sehe. Könnt ihr ausmachen, was er in der Hand hält?«

»Einen Schlüsselbund, Milady.«

»Wie merkwürdig«, murmelte Lady Anne. »Welchem Zweck die Schlüssel wohl dienen mögen, wenn sie außerhalb des Hauses aufbewahrt werden?«

Der Hauptmann zeigte sich erst bereit, näher zu treten, als Joshua und seine Hunde zehn Schritte zurückgewichen waren. »Ich brauche Euer Ehrenwort, Herr«, beschied er Thaddeus. »Erst wenn Ihr es vor Zeugen ablegt, kann der Vogt mir gestatten, Euch von Euren Ketten zu befreien.«

Thaddeus warf einen Blick zur versammelten Dienerschaft hinüber. »Ihr seid die Zeugen des Hauptmanns, dass ich mein Ehrenwort freudig gebe: Ich werde keinen Fluchtversuch unternehmen.« Er richtete sich wieder an den Hauptmann. »Genügt das? Um die Wahrheit zu sagen, ich bin gegenwärtig zu erschöpft, um den Schwur im Stehen zu leisten.«

Mitleidig mit der Zunge schnalzend, sperrte der Hauptmann das Schloss um den Metallriegel auf, der die Fessel um Thaddeus' linke Hand sicherte. »Hoffentlich gebt Ihr meinen Männern keine Schuld, Herr. Sie dachten, dieser Kerl würde Euch ohrfeigen. Den Dolch sahen sie erst später.«

»Ich auch. Achtet bitte darauf, dass Ihr ihn nicht berührt. Ich glaube nicht, dass der Schmerz so leicht zu ertragen sein wird, wenn die Klinge sich bewegt.«

Der Hauptmann nahm den Stahlbügel um die Fessel nun ganz ab, legte sie Thaddeus auf den Schoß und stellte sich dann rechts neben ihn, um auch die andere Fessel zu lösen. »Der Dolch kann nicht ewig in Eurer Hand stecken bleiben«, seufzte er. »Soll ich ihn für Euch herausziehen?«

»Nein danke, mein Freund. Das tue ich lieber selbst, sobald mir die Diener bringen, was nötig ist, um die Wunde zu reinigen und zu verbinden. Ich möchte nur wissen, was sie so lange aufhält …«

Eine Frau trat vor. »Ihr habt um reine, gekochte Lumpen gebeten, Milord.«

»Ist das denn eine so ungewöhnliche Bitte?«

»O ja, Sir. Wir haben keine Vorräte an sauberen Lumpen. Aber Mistress Wilde schrubbt gerade ein abgetragenes Frauenkleid mit Talgseife, das sie dann in Streifen schneiden und auskochen will. Sie bittet um Entschuldigung für die Zeit, die das erfordert.«

»Und ich bitte sie um Vergebung für die Mühen, die ich

ihr bereite.« Thaddeus überlegte kurz. »Steht mein Schlacht-ross draußen, Buckler?«, fragte er.

»Ja, Milord. Es trägt Lady Anne.«

»Dann wird der Hauptmann dir vielleicht gestatten, die hinter dem Sattel angebrachten Päckchen zu holen. Sie enthalten mehrere Leinenhemden, von denen ich weiß, dass sie sauber sind, weil ich sie noch nicht benutzt habe.« Thaddeus grinste über das wissende Lachen, in das die Frauen ausbrachen, als er seine Unterwäsche erwähnte. »Ihr hättet Mitleid mit mir, wenn Ihr wüsstet, welche Falten sich in diesen Leinenhemden beim Reiten unter der Kniehose bilden und wie schmerzhaft sie die Haut reiben.«

»Milord behauptet dasselbe, Herr!«, rief ein Mann. »Auch er weigert sich, sie zu tragen, obwohl Milady ihn anfleht, es so zu halten wie der König und sein Hof.«

»Milady würde noch inständiger flehen, wenn sie seine Reithosen waschen müsste«, ließ sich eine Frau vernehmen.

Jetzt lachten alle Bediensteten, doch ihre Belustigung hatte etwas Wildes, das weniger von Humor zeugte als von der Entladung lange aufgestauter Gefühle. Als die Leute sich gar nicht mehr beruhigen konnten, winkte Thaddeus Joshua zu sich, um sich dann an den Hauptmann zu wenden. »Würdet Ihr meinem Knappen gestatten, mein Gepäck zu holen? Je länger diese Klinge in meiner Hand stecken bleibt, desto schwerer wird es werden, sie herauszuziehen. Und ich brauche einen sauberen Verband, um den Blutfluss zu stillen.«

Der Hauptmann sammelte die Handfesseln und Ketten auf und legte alles auf den Tisch. »Ich werde ihn begleiten müssen, Milord. Der Vogt wird ihm nicht gestatten, allein mit Eurer Base zu sprechen. Man kann nie wissen, was sie tun wird, wenn er ihr erzählt, was hier geschehen ist.«

»Sie wird es sowieso erfahren.«

»Das mag wohl sein, Sire. Doch Master d'Amiens wird nicht dulden, dass sie die Bürger der Stadt aufwiegelt. Sie scheinen sie sehr zu bewundern, und das ist ihm nicht geheuer. Wir leben in merkwürdigen Zeiten. Normalerweise würden solche Leute niemals eine Frau als ihre Führerin akzeptieren.«

ACHTZEHN

*J*oshua behielt für sich, dass er vor dem Ritt zur Stadt Blandeforde hinunter alle Taschen von Killer auf eines der Lastponys umgeladen hatte. Dies mochte womöglich die einzige Gelegenheit sein, Lady Anne von dem Angriff auf Thaddeus zu unterrichten, und er hatte nicht vor, sie ungenutzt verstreichen zu lassen. Doch sein Vorhaben schien jäh zunichtegemacht zu werden, als der Hauptmann bemerkte, dass es weder vor noch hinter Miladys Sattel irgendwelche Lasten gab. Gemeinsam mit Joshua stand der Soldat unter der gewölbten Decke der Terrasse und wartete darauf, dass der Priester sein Gebet beendete. Miladys weite Röcke bedeckten zwar die Lenden ihres Pferdes, sie selbst aber war viel zu klein und zierlich, um das Fehlen der sperrigen Ledertaschen kaschieren zu können. Als der Hauptmann Joshua um eine Erklärung bat, ließ dieser ihn im Flüsterton wissen, Milords Soldaten hätten die Taschen auf ihre eigenen Pferde verteilt, damit Milady komfortabler reiten könne. Er deutete auf Edmund und Peter, die sich fünfzehn Schritt hinter Lady Anne befanden und die Lasten geschleppt hatten.

Das leuchtete dem Hauptmann ein. Sogleich wies er Joshua an, ihm durch die große Halle und den Bogengang in die Küche zu folgen. Dort hielt sich niemand auf, abgesehen von Mistress Wilde und den jungen Mägden, die bei ihrem Eintreten ängstlich in einen unbeholfenen Knicks versanken, nur um gleich danach erleichtert weiterzuschrubben, als niemand ihnen ihre Säumigkeit vorhielt. Schweigend öffnete der Hauptmann die Tür zum Garten und führte Joshua hinaus.

»Wir sind am östlichen Ende des Hauses, und deine Gefährten befinden sich weit hinten in der Menschenmenge. Wenn wir uns ihnen von hier aus nähern, werden die Bewohner der Stadt uns nicht bemerken. Es darf kein Gespräch geben, verstanden? Du hast nur eine Aufgabe: die Päckchen deines Herrn zu bergen.«

Einen Moment lang starrte Joshua zu Boden und überlegte, ob er sich dem Soldaten jetzt oder erst später widersetzen sollte. Dann hob er die Augen und richtete sie unverwandt auf die des Hauptmanns. »Ich verstehe, dass das *Eure* Wünsche sind, Sir, aber Milord hat mir nichts dergleichen befohlen, und seine Autorität ist die einzige, die ich anerkenne.«

Der Ältere seufzte. »Dann kann ich dich die Päckchen nicht holen lassen. Mein Auftrag lautet, Milady von Athelstan fernzuhalten, bis der Vogt Zeit hat, sie zu befragen.«

»Wie kann man mir das bloße Sprechen mit meinen Gefährten als Gehorsamsverweigerung auslegen?«

»Der Vogt erwartet, Milady bei einer Lüge zu ertappen, und wenn er dich mit jemandem aus ihrer Umgebung sprechen sieht, wird er annehmen, dass du eine Botschaft von Athelstan überbringst.«

Zwar gelang es Joshua, seine Neugier zu verbergen, doch seine Gedanken überschlugen sich. »Ich habe keine Kunde zu überbringen, außer dass Milord verwundet worden ist«, sagte er langsam. »Ist das die Botschaft, die Master d'Amiens geheim zu halten hofft?«

»Die Wunden interessieren ihn nicht – nur das, was in

der Kirche gesprochen wird. Als er von Lady Annes Ankunft erfuhr, gab er den Befehl aus, dass jedes Treffen der beiden verhindert werden muss. Das hat mit einem Eid zu tun, den dein Herr einmal Milady gegenüber geleistet hat. Nur sie kann ihn davon entbinden.«

Es gelang Joshua mühelos, Verwirrung vorzutäuschen. »Dann habt Ihr nichts zu befürchten. In solche Geheimnisse werden Soldaten nie eingeweiht. Mir geht es nur darum, die Bitte meines Herrn zu wiederholen, dass kein Blut mehr vergossen werden möge. Was könnte den Vogt daran stören?«

»Nichts, wenn er mit Sicherheit wüsste, was du sagen wirst.«

»Was ist dann so schlimm daran? Ihr könnt ihm danach melden, dass das alles ist, was ich gesagt habe.«

»Er wird mir nicht glauben, es sei denn, Miladys Geschichte lautet anders als die deines Herrn.«

Joshua versuchte, die Entfernung zwischen sich und Edmund abzuschätzen. Zwanzig Schritt? Dreißig? »Wenn Ihr mich beim Überqueren des Vorplatzes abschirmt, wird er mich doch gar nicht bemerken«, argumentierte er. »Und habe ich erst einmal die Pferde erreicht, werde ich zwischen ihnen gut verborgen sein.«

Der Hauptmann stieß ein verächtliches Schnauben aus. »Und wie stellst du dir das vor? Wir sind ungefähr gleich groß, und ich bin nicht von derart breiter Statur, dass ich dich verdecken könnte.«

Joshua warf einen Blick in die Küche. »Hinter vier Frauen mit weiten Röcken könnte ich mich gut verbergen, wenn ich in geduckter Haltung neben ihnen herhusche. Hat Mistress Wilde die Befugnis, Lady Anne ein Stärkungsmittel anzubieten? Das würde jedenfalls die Gastfreundschaft gebieten, wenn jemand so weit geritten ist wie Milady heute.«

»Gerade wird die Messe gelesen.«

»Umso mehr Grund, ein gutes Werk zu verrichten.« Joshua studierte das Gesicht des anderen. »Wenn Ihr schon nicht verstehen könnt, dass Milady nach dieser Tortur erschöpft ist, dann zeigt doch wenigstens Eure Anteilnahme wegen Milords Verwundung. Immerhin hat er betont, dass Eure Soldaten nichts mit seiner Verwundung zu tun hatten und vollkommen unschuldig sind. Das war mehr als anständig von ihm, und zumindest dafür schuldet Ihr ihm Dank.«

Achselzuckend kehrte der Hauptmann in die Küche zurück. »Ihm mag ich Dank schulden, aber nicht dir!«, warnte er. »Im Übrigen tätest du gut daran, deinen Waffenrock auszuziehen. Dann könntest du als Diener in Kittel und Reithose durchgehen.«

Weit hinten in der Menge postiert, hatte Edmund sich nicht verpflichtet gefühlt, Interesse am Gottesdienst zu heucheln. Stattdessen hatte er die Zeit dafür genutzt, sich das Haus und seine Umgebung genauer anzuschauen. Von seinem Standpunkt aus konnte er sowohl die Quartiere der Wächter als auch den Kirchturm gut sehen, und obschon er nicht wusste, welchem Zweck das kleinere Gebäude daneben diente, konnte er es sich zusammenreimen, als der Hauptmann hinübereilte und zwei livrierte Soldaten ihm die Tür öffneten. Nach einem kurzen Gespräch erschien ein weiterer Mann mit einem Schlüsselbund im Türspalt.

Es bedurfte keiner großen Denkleistung, um die Schlüssel mit Einkerkerung in Zusammenhang zu bringen. Edmund fiel eine Episode aus seiner Kindheit wieder ein, als Peters Vater, der Schmied von Develish, eiserne Handfesseln geschmolzen und in Angeln für die Latrinentür umgewandelt hatte. Geschehen war das, nachdem Sir Richard einen Erlass herausgegeben hatte, dass nie wieder Fesseln für die Bestrafung von Leibeigenen verwendet werden sollten. Kaum jemand glaubte, dass Sir Richard gewusst hatte, was seine Unterschrift bedeutete, aber sie alle verfolgten voller Freude, wie die Handschellen einem besseren Zweck zugeführt wurden.

Hätte der Kerkermeister zusätzlich zu den Schlüsseln auch Ketten dabeigehabt, hätte Edmund angenommen, dass sie für Joshua vorgesehen waren, doch die Schlüssel allein legten die Vermutung nahe, dass etwas auf- und nicht zugesperrt werden sollte. Das brachte ihn auf den Gedanken, dass Joshua womöglich irgendwie zusammen mit den Hunden für Thaddeus' Freilassung gesorgt hatte. Dieser lästige Bengel prahlte ja unentwegt damit, dass seine Meute so viel wie eine ganze Armee wert war. So stellte sich Edmund nun vor, wie Joshua vor d'Amiens' angstschlotternden Wächtern wie ein eitler Hahn auf und ab stolzierte, während die Hunde wütend die Zähne fletschten. Unablässig behielt Edmund den Eingang im Auge, damit ihm nicht entging, wenn sich dort jemand zeigte. Außerdem konnte er sich einfach nicht entscheiden, ob er Joshua voller Triumph oder mit eingezogenem Schwanz herauskommen sehen wollte.

Eine Viertelstunde verstrich, bis Edmund aus dem Augenwinkel das Flattern von Frauenröcken registrierte. Er schielte nach rechts und sah eine überaus merkwürdige Prozession von der anderen Seite des Hauses auf sich und Peter zumarschieren. An der Spitze schritt eine matronenhafte Dienerin, die einen silbernen Krug vor sich hertrug; dicht hinter ihr folgten drei junge Mägde, die einige Flaschen und Schüsseln umklammert hielten. Sie kamen so dicht an Peters Pferd vorbei, dass das Tier unruhig wurde, und für einen flüchtigen Moment hatte Edmund den Eindruck, aus der Mitte der

Frauen sei eine Gestalt hinter das Pferd geschlüpft, das Peter nun mit einem Tätscheln beruhigte.

»Schau weiter nach vorne und sag nichts«, wisperte Joshua, um sich im nächsten Moment zwischen Edmund und Peter niederzukauern. »Wenn der Vogt merkt, dass ich hier bin, ist alles vorbei.«

Edmund gehorchte und beobachtete die jungen Mägde, die nun bei den Pferden von Lady Anne und den Zwillingen anlangten. Über die Köpfe der Leute hinweg sah er, dass d'Amiens' Blick auf ihnen ruhte und der Vogt zwar die Stirn runzelte, als Milady ein Stärkungstrunk gereicht wurde, dass er aber keinerlei Anstalten machte, dagegen vorzugehen. Vielleicht fürchtete er eine Reaktion der Stadtbewohner, falls er ihr die Erfrischung verweigerte. Milady akzeptierte diese Geste der Gastfreundschaft mit vollendeter Anmut, worauf die Frauen sie anlächelten und vor ihr knicksten.

»Ich habe mehrere Botschaften«, flüsterte Joshua. »Thaddeus ist verwundet, aber nicht lebensbedrohlich. Es war Master de Courtesmain, der ihn angegriffen hat. Die Wächter scheinen Thaddeus zu mögen – sie haben ihn von den Fesseln befreit. Die Diener hat er auch für sich eingenommen – sie wollen seine Schnittwunden versorgen. Thaddeus hat ihnen gesagt, dass nicht noch mehr Blut vergossen werden soll. Damit ist er in ihrem Ansehen weiter gestiegen. Lady Anne sollte das nutzen, sich aber weiter vor dem Vogt hüten. Er hat vor, sie zu verhören, bevor sie eine Gelegenheit bekommt, mit Thaddeus zu sprechen. Auf diese Weise will er sie bei einer Lüge ertappen. Laut dem Hauptmann geht es um einen Eid, den Thaddeus vor Milady abgelegt haben soll und von dem nur sie ihn entbinden kann. Aber ich denke mir, dass Thaddeus die Geschichte erfunden hat und Milady genauso wenig weiß wie ich, worum es dabei geht.«

Edmund beugte sich vor, um den Nasenriemen seines Pferdes zurechtzurücken. »Weshalb hat der Franzose Thaddeus angegriffen?«

»Das weiß ich nicht. Vielleicht aus Wut darüber, dass die Wächter Thaddeus wie einen Lord behandeln. De Courtesmains Ansehen scheint gesunken zu sein, seit wir ihn zuletzt gesehen haben.«

Edmund bemerkte, dass die Matrone die Mägde wieder um sich sammelte. »Bereite dich vor«, murmelte er. »Die Mägde gehen zurück. Bleib wachsam, mein Freund.«

»Du auch«, hörte er es wispern, bevor Joshuas kauernde Gestalt erneut in einem Wirbel aus raschelnden Röcken verschwand.

Als Edmund Joshua das nächste Mal sah, kam er zusammen mit dem Hauptmann aus dem Durchgang zur Halle. Er trug wieder seine Livree und eilte zu den Lastenponys, um Thaddeus' mit dem Wappen der Familie verzierte Ledertaschen zu holen und danach zurück ins Haus zu hasten. Der Hauptmann folgte ihm, nachdem er auf ein Knie gesunken war und sich bekreuzigt hatte, da der Priester soeben mit der Freisprechung von den Sünden begann.

Deus, Pater misericordiarum, qui per mortem et resurrectionem Filii …

Edmund schob sein Pferd auf dasjenige von Peter zu. »Wie können wir die Lücke zwischen uns und Lady Anne schließen, ohne dass der Vogt Verdacht schöpft?«, murmelte er in Peters Richtung. »Wir müssen ihr die Botschaft noch vor Ende der Messe überbringen. Danach ergibt sich vielleicht keine Gelegenheit mehr.«

Peter nickte. »Ein aufgeschrecktes Pferd sollte keinen Verdacht erregen«, erwiderte er, die fünfzehn Yards lange Strecke abschätzend. Ohne jede Warnung zog er dann den linken Fuß aus dem Steigbügel und rammte Edmunds Pferd den Absatz in die weiche Stelle zwischen Brust und Vorderbein.

Dieser Idiot, dachte Edmund, als sein Pferd zur Seite auswich, statt nach vorne zu springen. Es erforderte sein ganzes Geschick, dem Tier den Kopf nach vorne zu drehen, es auf Ians Hengst zutänzeln zu lassen und dabei so zu tun, als versuchte er, es zu beruhigen.

Das nervöse Klopfen von Hufen steckte Killer an, und Ian beschied Edmund wütend, er solle seinen Gaul sofort unter Kontrolle bringen, bevor Milady abgeworfen wurde. Edmund schien zu gehorchen, zog aber so ungeschickt an den Zügeln, dass sein Tier einen Satz auf dasjenige von Ian zumachte, ehe er es beruhigte und aus dem Sattel sprang. In verrenkter Haltung unter das Maul des Tieres geduckt, verneigte er sich ungelenk vor Lady Anne, wobei er darauf achtete, dass der Vogt ihn nur von hinten sehen konnte. Dann fasste er ihr Pferd am Halfter und ließ die Hand beschwichtigend über seinen Hals bis hinunter zur Schulter gleiten.

»Könnt Ihr mich verstehen, Milady?«, wisperte er.

Die Augen unerbittlich auf die von Hugh de Courtesmain gerichtet, packte Thaddeus den Messerschaft und zog die vier Zoll lange Klinge aus seiner Handfläche. Er brauchte den Hass des anderen als Ansporn, denn er hatte von Anfang an gewusst, dass der Schmerz grauenhaft sein würde. Doch wie grauenhaft – dafür hätte seine Vorstellungskraft niemals gereicht. Die Wunde war offen, und der Schmerz war nur betäubt gewesen, weil die Hand so lange steif und reglos auf der Tischplatte gelegen hatte. Jetzt, da der Stahl durch das bereits gerinnende Blut schnitt, flammte das Leben darin erneut auf. Er konnte spüren, wie ihm mit einem

Schlag das Blut aus den Wangen wich, als sein Körper und Geist mit einem Schock darauf reagierten, dass sein Fleisch zum zweiten Mal aufgeschlitzt wurde. Gleichwohl gab er keinen Laut von sich, legte nur die Waffe auf den Tisch und ballte sofort die Hand um ein zusammengeknäueltes Leinentuch, um den Blutfluss einzudämmen. Unendliche Genugtuung bereitete ihm die Fassungslosigkeit in de Courtesmains Augen. Selbst wenn er sonst nichts erreicht hätte, so hatte er doch zumindest in einem geistigen Wettstreit den weitaus stärkeren Willen bewiesen.

Er gestattete Joshua, den linken Ärmel seines Waffenrocks vorsichtig herunterzustreifen, ihm dann das ganze Stück auszuziehen und schließlich sein besticktes Wams aufzuknöpfen. Darunter kam sein weißes Hemd zum Vorschein. Der blutgetränkte Stoff wies an Oberarm und Schulter sieben Risse auf. Als Joshua ihn drängte, auch den Arm freizumachen, schüttelte Thaddeus den Kopf. »Lass uns warten, bis Mistress Wilde das Verbandzeug bringt. Dank des Wamses und des dicken Mantels sind die Wunden hier kaum mehr als Nadelstiche.« Er tippte mit der rechten Hand auf das Messer. »Habt Ihr das gestohlen, oder wurde es Euch geschenkt?«, fragte er de Courtesmain. »Es hat einen Schaft mit eingraviertem Kreuz.«

Als de Courtesmain stumm blieb, befahl ihm der Hauptmann zu sprechen.

»Ich antworte nicht auf die Fragen eines Sklaven.«

Der Hauptmann deutete mit dem Kinn auf die Fesseln, die auf dem Tisch lagen. »Wenn Ihr Euch weigert, werde ich Euch die hier anlegen. Milord ist nicht der Einzige, der Antworten verlangt. Ihr habt meine Männer in Eure Raserei mit hineingezogen, als Ihr ihren Gefangenen überfallen habt.«

»Sie hätten bedenken sollen, wer er ist, als sie sich mit ihm an einen Tisch setzten. Ein Gefangener sollte seinen Platz kennen. Und das gilt auch für seine Wächter.«

Der Hauptmann musterte ihn nachdenklich. »Für einen Mann, der einen Mordversuch begangen hat, seid Ihr erstaunlich überheblich«, murmelte er und beugte sich vor, um die Handfesseln und Schlüssel über den Tisch zu schieben. »Aber Ihr habt recht, wenn Ihr mich daran erinnert, dass ein Gefangener seinen Platz kennen sollte.« Mit einer Geste bedeutete er dem jungen Wächter, die Fesseln an sich zu nehmen. »Wickele die Kette um einen Pfosten und leg ihm dann die Handschellen an.«

Von draußen wehte die Segnung herein. *Benedicat vos omnipotens Deus, Pater et Filius et Spiritus Sanctus.*

Lady Anne verfolgte, wie die Bürger der Stadt sich erhoben und einander zum Zeichen der Freundschaft die Hand reichten. Wie klug d'Amiens mit der Abhaltung der Messe gehandelt hatte, dachte sie. Nach einer Stunde des Betens auf hartem Boden mochten den Leuten die Knie schmerzen, doch persönliche Animositäten und Kränkungen gerieten im Geist der Vergebung, den die Freisprechung von den Sünden und die Segnung mit sich brachten, in Vergessenheit. Einige Männer hoben den Blick zur Sonne und riefen sich in Erinnerung, was sie noch alles zu erledigen hatten, ehe sie sich anschickten, diesen Ort zu verlassen. Obschon Lady Anne wusste, dass Worte sie vielleicht dazu bewegen mochten zu bleiben, hielt sie es nicht für klug, die weihevolle Stimmung, die sich der Männer bemächtigt hatte, mit ihrer Frauenstimme zu durchbrechen. Der Respekt, den sie ihr in der Stadt erwiesen hatten, würde ihr nicht noch einmal entgegengebracht werden, wenn sie für sich das Recht beanspruchte, an einem Ort zu sprechen, der ihnen – wie kurz auch immer – als Kirche gedient hatte.

Der Priester verstand das wohl, denn er verharrte an seinem Platz, den Kopf im Gebet gesenkt und die Hände um das mit Juwelen geschmückte Kreuz gefaltet, das er an einer Kette um den Hals trug. Lady Anne fragte sich, ob er wohl bei seinem Bischof um Genehmigung nachgesucht hatte, sich mit einem derart protzigen Stück zu schmücken, oder ob er es eigenmächtig anlegte. Wie auch immer, sein andauerndes Zwiegespräch mit Gott bewirkte, dass die andächtige Stimmung der Bürger anhielt und sie den Vorplatz auch jetzt noch als heilige Stätte betrachteten. So wagte es niemand, sich dem Geistlichen zu nähern. Als d'Amiens dessen gewahr wurde, schlug auch er die Augen nieder und presste die gefalteten Hände unter dem gesenkten Kinn aneinander. In feierlicher Stille löste sich die Menge nach und nach an ihren Rändern auf, jeder Widerspruch im Ansatz erstickt, und zog an Lady Anne und Thaddeus' Gefährten vorbei zur Straße.

»Wenn der Rest ebenfalls aufbricht, müssen wir ihnen folgen«, murmelte Lady Anne. »Zu bleiben hieße die Macht des Priesters und damit auch die Autorität des kirchlichen Gesetzes anerkennen. Versteht ihr das?«

»Ja, Milady«, antworteten Ian, Olyver und Edmund wie aus einem Munde.

»Dann haltet euch bereit. Jetzt kommt alles auf den Vogt an. Hoffentlich wird er in seiner Begierde, mit mir zu sprechen, darauf drängen, dass wir bleiben. Mit ihm kann ich bessere Bedingungen aushandeln als mit dem Pfarrer.«

»Und wenn nicht, Milady?«, fragte Ian besorgt. »Wer versorgt dann Thaddeus' Wunden?«

»Er selbst, fürchte ich.«

»Und was wird aus Joshua?«

»Er muss bei Thaddeus bleiben. Aus einer Position der Schwäche heraus wird es keine Verhandlungen über ihre Freilassung geben.«

Rasch bestimmte sie Miller und dessen Anhänger zu den Führern der Männer und bat Ian, ihnen zu folgen. Dieser hielt nur für einen Moment inne, winkte dann Peter zu sich und befahl Edmund, Joshuas Pferd und die Lastenponys zu holen; dann forderte er Olyver mit einem Nicken auf, Killer zu satteln. Die Jungen hatten kaum die Weide erreicht, wo die Tiere grasten, als sich ein junger Soldat vor Lady Anne aufbaute.

»Der Vogt verbietet Euch aufzubrechen, Milady.«

»Hat er meine Gefangennahme befohlen?«

»Ich habe den Befehl zu verhindern, dass Ihr fortgeht.«

»Dann tut es mir leid für dich«, sagte Lady Anne. »Dein Herr wird sicher Verständnis haben, wenn du mit leeren Händen zu ihm zurückkehrst.«

Nervös griff der Wächter nach seinem Schwert, besann sich aber eines Besseren, als Ian den Kopf schüttelte. »Nur ein Narr bricht ohne jeden Grund einen Krieg vom Zaun«, gab Ian zu bedenken, während er mit einem Ohr nach Hufgetrappel lauschte. Einen Moment später tauchten in ihrem Rücken Edmund und Peter mit den Pferden auf. »Sei doch so gut und tritt einen Schritt zur Seite. Du wirst es nicht überleben, wenn acht Pferde über dich hinwegtrampeln.«

Tatsächlich wich der Wächter zurück, womit er für eine Verzögerung sorgte, die es d'Amiens und den anderen Soldaten erlaubte, sich in einer Linie auf dem Fahrweg aufzustellen. Ob Zufall oder Absicht, damit spaltete der Vogt die Bürger in zwei Gruppen, darunter auch Miller und einen Teil seiner Anhänger. Ian, der das sah, fragte sich, ob der

Vogt hoffte, diejenigen einzuschüchtern, die nun wie Lady Anne nicht mehr vor noch zurück konnten. Wenn dem so war, blieb ihm nur noch die Hoffnung, dass Miller, der sich weiter vorne befand, aber die nächste Biegung noch nicht erreicht hatte, zurückblicken und die Situation erfassen würde.

D'Amiens deutete eine kleine Verbeugung an. »Warum der plötzliche Drang, uns zu verlassen, Milady?«, fragte er auf Französisch. »Entsprach die Messe nicht Eurem Geschmack?«

Mit in der stillen Luft weit tragender Stimme antwortete sie auf Englisch. »Von einer Messe kann man ja wohl kaum sprechen, Master d'Amiens. Unser Pfarrer in Develish würde Hilfesuchenden jedenfalls nicht die Eucharistie aus Mangel an ungesäuertem Brot verweigern.«

»Pater Aristide befolgt sehr wohl die Lehren Christi, Milady.«

Sie lächelte. »Dennoch kann ich mich nicht erinnern, dass Jesus uns vorgeschrieben habe, welche Gestalt das Brot beim Abendmahl annehmen muss. In allen vier Testamenten steht das gleiche Wort: ›Und er nahm das Brot, dankte und brach's und gab's ihnen und sprach: Das ist mein Leib, der für euch gegeben wird; das tut zu meinem Gedächtnis.‹ Hat Pater Aristide eine andere Bibel als ich, wenn er glaubt, Hefebrot sei verboten?«

Darauf ließ sich d'Amiens nicht ein. »Ich habe mich nach Eurem plötzlichen Drang, uns zu verlassen, erkundigt, Milady. Schließlich ist es erst zwei Stunden her, seit Ihr Einlass verlangt habt. Was hat sich geändert?«

»Meine Hoffnung, dass Ihr jemals ein ehrlicher Richter sein könnt, Sir. Ihr habt mich glauben lassen, Ihr würdet uns Eure Kassenbücher zur Einsichtnahme vorlegen, doch stattdessen habt Ihr den Priester aufgefordert, die Bürger der

Stadt als Sünder anzuprangern. Aus welchem Grund mag das geschehen sein, außer um von Eurer eigenen Schuld abzulenken?«

D'Amiens entging nicht, dass alle Köpfe zu ihm herumflogen. »Die meisten schienen in der Messe Trost zu finden, Milady«, antwortete er auf Französisch. »Offenbar nehmt nur Ihr Anstoß daran. Kann es sein, dass Ihr in den Worten des Priesters Eure eigenen Sünden wiedererkannt habt?«

Einen Moment lang musterte sie sein Gesicht, dann erwiderte sie auf Englisch, wobei sie die rechte Hand auf die linke Brust presste: »Ich weiß nicht, was Euch zu einer solchen Beschuldigung geführt haben mag, Master d'Amiens, aber ich kann vor Gott, dem Allmächtigen, als meinem Zeugen schwören, dass ich die Sünden der Fleischeslust und des Diebstahls niemals begangen habe. Ich gehe sogar so weit zu bekennen, dass Ihr mich aufs Tiefste kränkt, wenn Ihr solche Verleumdungen gegen mich erhebt.«

Ein Raunen ging durch die Menge. Ian blickte sich um und sah nun Slater vortreten. »Auch ich bin gekränkt«, erklärte dieser, die Handfläche auf die Brust gelegt. »Und auch ich schwöre vor Gott, dem Allmächtigen, dass ich der Sünden, deren der Priester mich bezichtigt, nicht schuldig bin. Meine verstorbene Gemahlin war die einzige Frau, die ich je geliebt habe, und zu Diebstahl war ich noch nie versucht.«

Die Stimmen seiner Gefährten erhoben sich zustimmend, und während immer mehr Männer sich unter Unschuldsbeteuerungen auf die Brust pochten, kamen Miller und seine Anhänger zurückgeeilt. In einem großen Bogen liefen sie an den Soldaten vorbei und stellten sich, ebenfalls die rechte Hand aufs Herz gepresst, neben Slater auf.

»Wenn Fleischeslust und Diebstahl die Pest nach Blandeforde gebracht haben«, donnerte Miller, »dann sind die

Schuldigen hier und nicht in der Stadt zu suchen! Pater Aristide schilt sie zu Unrecht!«

Nun stellte sich auch Andrew Tench zu ihnen. »Unsere Pfarrer kannten unsere Schwächen besser, und sie haben selten Moralpredigten über Todsünden gehalten, auch nicht vor dem Ausbruch der Pest.«

»Sie waren alle gute Menschen«, sagte Slater. »Vor ihrem Tod baten sie uns, weiter dem Pfad der Rechtschaffenheit zu folgen, und das haben wir versucht. Keiner hier würde von sich behaupten, die Geheimnisse eines anderen zu kennen, aber wir alle können voller Dankbarkeit darüber sprechen, wie freundlich und sorgsam unsere Stadt die vielen Leidenden behandelt hat, die in den letzten Monaten bei uns Zuflucht gesucht haben. Wart Ihr und Milord genauso großzügig, Master d'Amiens? Oder der Priester?«

D'Amiens starrte Slater an, als wollte er sich seine Züge einprägen. »Mit solchen Fragen macht Ihr Euch zum Ketzer. Allein Gott weiß, warum das Haus gesegnet ist und die Stadt verdammt.« Er hob die Stimme. »Habe ich nicht recht, Pater Aristide?«

Als keine Antwort folgte, drehten sich alle suchend nach der Gestalt in der schwarzen Kutte um. Doch der Pfarrer war verschwunden. Das schien Slater Mut zu verleihen.

»Was ist daran ketzerisch, wenn man Euch fragt, wie viele Leidende Ihr betreut habt?«, verlangte er von d'Amiens zu wissen. »Wir zweifeln schließlich nicht an Gottes Plänen mit uns, wir möchten lediglich erfahren, warum Ihr Eure Kranken zu uns geschickt habt, statt sie selbst zu pflegen. Wir wissen von vier Personen, die Ihr vertrieben habt, und von keiner, die Ihr hierbehalten und versorgt habt.«

»Niemand wurde vertrieben. Sie sind alle freiwillig gegangen.«

Die Lüge war zu offensichtlich – wie auch das Unbehagen der Soldaten und das sich ausbreitende Schweigen verrieten. Es fiel Lady Anne zu, es zu brechen. Sie hatte von Edmund vom Schicksal der kleinen Magd erfahren. Statt d'Amiens wegen seiner falschen Behauptung herauszufordern, zweifelte sie lieber sein Urteil an.

»Aber hattet Ihr nicht eine Pflicht, sie zurückzuhalten? Ich kann einfach nicht glauben, dass Milord of Blandeforde damit einverstanden gewesen wäre, dieser Stadt noch mehr Leidende zuzumuten, nachdem sie schon so viele aufgenommen hatte.«

D'Amiens beäugte sie voller Abneigung. »Stellt meine Geduld nicht zu sehr auf die Probe«, sagte er auf Französisch. »Ihr macht Euch etwas vor, wenn Ihr glaubt, Ihr könntet diese Männer dazu aufwiegeln, für Euch gegen meine Soldaten zu kämpfen.«

»Es läge mir fern, so etwas von ihnen zu verlangen«, erwiderte sie in derselben Sprache. »Ihr Leben ist mir ein größeres Anliegen als Euch. Ebenso das Eurer Wächter. Ich wünsche niemandem Böses. Selbst Euch nicht.«

Er stieß ein verächtliches Lachen aus. »Vom Rücken eines Pferdes können wir alle tapfere Reden schwingen, Milady. Wenn Menschenleben Euch so viel bedeuten, dann steigt doch ab und stellt Euch zu den Bürgern der Stadt. Eure Gegenwart auf dem Boden ist ihr bester Schutz. Ich werde meinen Soldaten nicht befehlen, gegen Lady Anne of Develish Krieg zu führen.«

»Ihr werdet dieses Versprechen vielleicht noch einmal bedauern, Master d'Amiens.«

Der Vogt schüttelte abfällig den Kopf. »Ihr habt Eure Leute nicht monatelang vor der Pest bewahrt, um jetzt die Närrin zu spielen. Hört auf, diese Meute aufzuhetzen, und ermuntert sie stattdessen lieber, nach Hause zurückzukehren. Ich gebe Euch mein Wort, dass man Euch und Thurkell nach Recht und Gesetz anhören wird.«

Einen Moment lang erwiderte Lady Anne seinen Blick, dann wandte sie sich an Ian. »Sei so freundlich und hilf mir aus dem Sattel«, bat sie ihn auf Englisch. »Mein Vertrauen, dass Master d'Amiens' Soldaten seine erste Zusage einhalten werden, ist größer als meine Zuversicht, dass er seine zweite nicht bricht.«

Ian zögerte. »Seid Ihr sicher, Milady? Ich bezweifle, dass die Männer von Blandeforde von Euch erwarten würden, ihnen als Schild zu dienen.«

Sie nickte entschlossen. »In Develish haben wir eine Frist von vierzehn Tagen angesetzt, innerhalb derer die Leute sich als gesund erweisen mussten. Hier sind jetzt schon acht Wochen ohne neuen Todesfall vergangen. Soll ich etwa diesen ehrenwerten Bürgern weniger Freundschaft erweisen als Milord of Bourne oder den Leibeigenen von Pedle Hinton?«

Ian bugsierte sein Pferd etwas zurück und reichte seine Zügel Peter, dann schwang er sich aus dem Sattel. »Gewiss nicht, Milady«, versicherte er ihr und streckte die Hände nach oben, um sie zu stützen. »Milord of Athelstan würde dasselbe sagen. Möchtet Ihr mir das Privileg gewähren, Euch zu begleiten?«

NEUNZEHN

*A*uf der Kuppe des über Blandeforde thronenden Hügels ließ Gyles Startout seinen kleinen Konvoi anhalten. Zu seiner Rechten ritt sein Bruder Alleyn, zu seiner Linken James Buckler. Sie alle trugen fadenscheinige Waffenröcke mit dem Wappen Sir Richards of Develish. Das waren die einzigen Kleidungsstücke, die sie vielleicht als von geringfügig höherem Rang als Leibeigene ausweisen mochten. Aus der Ferne gesehen, wirkte die Livree durchaus respektabel, doch Gyles hatte keinen Zweifel daran, dass das von Motten zerfressene Gewebe Lachanfälle hervorrufen würde, wenn die Distanz schmolz. Nicht unbedingt größer war seine Hoffnung, dass ihre Pferde, die Lord Bourne einst aus Holcombe gestohlen hatte, mehr Respekt gebieten würden. Ein halbes Jahr auf der Weide hinter dem Wassergraben hatte ihre Mähnen zottelig und ihr glänzendes Fell stumpf werden lassen, sodass sie jetzt mehr Ackergäulen denn Streitrössern glichen.

Wie immer die Männer sich diese Reise vorgestellt hatten, angenehm war sie nicht. Nachdem die Pferde so lange nicht mehr geritten worden waren, reagierten sie störrisch auf das Zaumzeug, und auch die drei Männer litten auf den extrem harten Sätteln, weil die Zeit nicht gereicht hatte, das Leder mit Öl und Talg einzufetten. Da selbst er solches Ungemach empfand, fragte Gyles sich unwillkürlich, wie es bloß Lady Anne als Frau nach Blandeforde hatte schaffen können. Konnte sie überhaupt so weit reiten, wenn sogar er mit seiner großen Erfahrung im Umgang mit Pferden bei jedem Stolpern seines Tiers vor Schmerzen zusammenzuckte? Was seine Freunde James und Alleyn betraf, so waren die einzigen Laute, die sie von sich gaben, kräftige Flüche, und beide stießen einen Seufzer der Erleichterung aus, als endlich die Stadt unter ihnen in Sicht kam.

Dem Stand der Sonne nach schätzte Gyles die Zeit auf eine Stunde nach Mittag, und erneut befielen ihn Zweifel daran, dass Lady Anne vor ihnen eingetroffen sein konnte. Sie mochte acht Stunden vor ihm aufgebrochen sein, aber er und seine Gefährten waren in zügigem Galopp geritten, wohingegen ihr im Damensitz nur ein langsames Schritttempo möglich gewesen war. Wahrscheinlich würden sie bis zur Abenddämmerung warten müssen. Jetzt verfluchte er sich, weil er John nicht dazu gedrängt hatte, seinen Sohn ausführlich zu befragen, statt so viel Zeit damit zu verschwenden, den Jungen wegen falsch verstandener Loyalität zu schelten. Wenn Gyles gewusst hätte, wo Edmund seine Gefährten verlassen hatte, dann hätte er jetzt eine bessere Vorstellung davon gehabt, wo sich Lady Anne zu diesem Zeitpunkt ungefähr befinden musste.

James Buckler stellte sich in den Steigbügeln auf, um sein schmerzendes Gesäß etwas zu entlasten. »Was beunruhigt dich?«, fragte er seinen Freund.

»Dass wir vermutlich vor Lady Anne ankommen. Ich kenne sie seit fünfzehn Jahren, aber ich habe sie noch nie reiten sehen. Sie hat mir gesagt, dass sie es mit Edmunds Hilfe wohl schaffen würde, aber …« Er schüttelte den Kopf.

»Glaubst du, dass sie aufgegeben hat?«

»Das ist gut möglich.«

Alleyn studierte unterdessen den linken Rand der Straße. »Hier haben vor Kurzem Pferde angehalten«, verkündete er. »Seht ihr, wie das Gras zertrampelt ist? Ich denke, sie durften grasen, während ihre Reiter sich Blandeforde von oben anschauten. Und wer könnte das gewesen sein außer Lady Anne und eure Söhne?«

»Die Soldaten des Vogts?«, schlug Gyles vor. »Soviel wir wissen, streifen sie seit Thaddeus' Gefangennahme in der Gegend umher.«

Nachdenkliches Schweigen trat ein, das schließlich von James Buckler gebrochen wurde. »Warum sind wir dann überhaupt hier? Das alles hättest du dir doch denken können, bevor wir Develish verlassen haben.«

»Ich … hatte das Gefühl, es versuchen zu müssen.«

»Um Lady Eleanors willen?«

»Und auch wegen Isabella. Ihre Bitten kamen aus tiefstem Herzen.« Gyles blickte Alleyn an. »Ich habe sogar deinen Robert zum Mitmachen überredet.«

»Der Junge ist auf Abenteuer aus. Wenn du es erlaubt hättest, hätte er meine Stelle eingenommen.«

Gyles schüttelte den Kopf. »Da steckt mehr dahinter. Er hat die Sorge, dass Eleanor sich etwas antut, wenn Lady Anne etwas passiert. Sowohl er als auch Isabella sagen, dass sie sich die Schuld geben wird, wenn Lady Anne wegen Ketzerei eingekerkert wird.«

»Sie sorgen sich mit gutem Grund«, knurrte James. »Das Mädchen hätte wirklich so viel Verstand haben müssen, Milady nicht vor de Courtesmain anzuschwärzen.«

»Aber würdest du wollen, dass sie sich jetzt deswegen umbringt? Robert hat mir versichert, dass sie genau das tun wird, wenn Lady Anne durch ihre Schuld zu Schaden kommt.«

James deutete mit dem Kinn auf den Ledertornister hinter Gyles' Sattel. »Werden die Dokumente, die du dabeihast, das verhindern?«

»Isabella glaubt das – sofern es de Courtesmain ist, der uns verrät, und ich sie Lady Anne zustecken kann, bevor man sie zwingt, seine Fragen zu beantworten.«

»Darum also hast du so viel Aufhebens darum gemacht, ob sie vor oder hinter uns ist.«

Gyles nickte. »Sie muss sie unbedingt zuerst lesen. Sollten ihre Träume sie in die Irre geleitet haben und Bourne derjenige sein, der Thaddeus belastet, werden sie gar nichts mehr nützen.«

James grinste. »Man sollte meinen, dass sie mit dem, was sie tut, nie in die Irre geht.«

»Es gibt immer ein erstes Mal.«

»Aber nicht heute«, murmelte Alleyn und deutete ruckartig auf den rechten Straßenrand. »Dieser Haufen dort kommt mir wie Hundekot vor.« Sein Blick wanderte weiter in Richtung Blandeforde. »Stärke deinen Glauben, mein Bruder – wenn schon nicht den an Lady Anne, dann den an Gott und deine Söhne. Die Jungen haben bestimmt einen Weg gefunden, der ihr die Reise erleichtert, und Gott liebt sie zu sehr, um sie jetzt in die Irre zu führen.«

Die Stadt war wie ausgestorben. Keine Soldaten, die auf den Brücken Wache standen, nichts. Gyles fühlte sich daran erinnert, wie er in den ersten Tagen des Pestausbruchs durch Dorchester geritten war und das Gefühl gehabt hatte, die Straßen lägen unter einem Sargtuch verborgen. Doch davon spürte er hier nichts. Überall machte er Anzeichen von regem Treiben aus, das lediglich im Moment ruhte: angezapfte Bierfässer vor Tavernentüren, der Geruch von frisch gebackenem Brot, Kadaver von Schafen, die man zum Ausbluten von einem Balken herabhängen ließ.

Er kannte Blandeforde gut von früheren Besuchen her, als er noch Sir Richards bewaffnetem Gefolge angehört und seinen Herrn dorthin begleitet hatte. Darum brauchte er jetzt niemanden nach dem Weg zum Herrenhaus zu fragen. Doch je näher sie der Weggabelung kamen, von der aus es weiter zu ihrem Ziel ging, desto eindringlicher beschlich ihn ein unbehagliches Gefühl, dass sie ihrer Auspeitschung entgegenritten – oder Schlimmerem.

In Develish war die Peitsche seit eineinhalb Jahrzehnten verboten, doch Gyles konnte sich noch gut an die Zeiten erinnern, als Sir Richard die Leibeigenen gezwungen hatte, dabei zuzuschauen, wie einer der ihren auf brutalste Weise gezüchtigt wurde. Nach Lady Annes Ankunft war diese Form der Bestrafung bald abgeschafft worden, doch auf den benachbarten Gütern war sie auch weiterhin gängige Praxis geblieben. Zahllose Male hatte Gyles öffentliche Geißelungen als Spektakel verfolgen müssen, während die Lords darauf wetteten, wie viele Schläge ein Leibeigener würde ertragen können. Seine dunkelste Erinnerung war, als er der Erhängung eines jungen Burschen beiwohnen musste, dessen Verbrechen darin bestand, dass er versucht hatte wegzulaufen. Dürr und kleinwüchsig hatte er am Ende eines Seils gehangen und mehr als dreihundert Trommelschläge lang unablässig mit den Beinen gezuckt, bis er endlich sein Leben aushauchte. Den Gewinn aus den Wetten hatte Sir Richard eingestrichen, denn er hatte darauf gesetzt, dass die Schlinge das schmächtige Kerlchen aufgrund seines geringen Gewichts nicht allzu schnell strangulieren würde.

»Wappnet euch«, warnte er James und Alleyn. »Ich kann mir nur einen Grund denken, warum heute Brot gebacken wurde und die Straßen leer sind. Den Bewohnern ist befohlen worden, zu einem öffentlichen Spektakel zu kommen. Hoffentlich will der Vogt nur, dass sie einem Prozess beiwohnen. Allerdings fürchte ich, dass sie als Zeugen zu einer brutalen Bestrafung zitiert worden sind.«

Er führte seine Gefährten zu der Straße, an deren Ende das Herrenhaus stand, und drängte sein Pferd zum Trab. Schon aus einem Abstand von zweihundert Yards konnte er Wachmänner längs der Mauern des Herrenhauses stehen sehen. Doch seine ganze Aufmerksamkeit galt einer sich um den Eingang drängenden Menge aus Frauen und Kindern, die jedes Durchkommen verhinderte. Er nahm an, dass man die Tore ihretwegen geschlossen hatte, und fragte sich, warum wohl. Hatte der Vogt eine Strafe verhängt, die so blutrünstig war, dass nur Männer sie bezeugen sollten? Die bloße Vorstellung entsetzte ihn, und mit einem Stupser in die Flanke trieb er sein Pferd zu einem leichten Galopp. James und Alleyn taten es ihm gleich. Das Klappern von Hufen auf dem Straßenpflaster ließ die Leute herumwirbeln und aus dem Weg hasten. Jetzt, da die Sicht frei war, stellte Gyles erleichtert fest, dass er sich getäuscht hatte. Die Tore standen weit offen; nichts verhinderte ihr Vorankommen außer einer Gruppe von Bürgern mitten auf dem Weg.

Wenn Gyles etwas von seinen Ritten mit Sir Richard gelernt hatte, dann dass normannische Soldaten mit Würfeln geschickter umgingen als mit Waffen. Nachdem sie gemerkt hatten, wie leicht sich die Bewohner von Dorseteshire einschüchtern ließen, nahmen nur wenige die Mühe auf sich, den Umgang mit Waffen zu üben. Es gab keinen Grund, Bogen oder Schwerter zu zücken, wenn ein Streitross oder eine Peitsche ihren Zweck genauso erfüllte. Aus einem Abstand von fünfzig Yards schließlich erkannte er, dass die Wächter an beiden Seiten des Eingangs Jugendliche im Alter seiner Zwillinge waren. Also setzte er alles darauf, dass sie so gut wie nicht darin geübt waren, auf sich bewegende Ziele zu schießen. Mit einem Warnschrei, der ein Grüppchen von Männern gleich hinter dem Tor zum Ausweichen brachte, trieb er sein Tier zum gestreckten Galopp und presste sich eng gegen seinen Hals.

Die Bürger stoben auseinander, während er, dicht gefolgt von James und Alleyn, durch das Tor preschte. Erst als die Kurve vor ihm zu eng wurde, richtete er sich auf und zog fest an den Zügeln. Mehrmals atmete er tief durch, dann wandte er sich an seine Gefährten. »Benehmt euch so würdig, wie ihr könnt«, sagte er, zog seinen Wappenrock zurecht und rückte den über die Schulter gehängten Bogen gerade. »Sobald ihr die Biegung umrundet habt, wird man euch danach beurteilen, wie ihr euch gebt. Haltet euch vor Augen, wie gründlich Thaddeus unsere Söhne geschult hat, dann könnt ihr nichts falsch machen.«

James hielt sich einen Finger an die Lippen. »Da kommt jemand«, murmelte er und deutete mit einer ruckartigen Kopfbewegung nach hinten.

Gyles blickte hinter sich, dann wendete er sein Pferd und wandte sich den sich nähernden Bürgern der Stadt zu. Es war ein knappes Dutzend, dieselben, die beim Tor gewesen waren, als ihre Pferde sie auseinandergetrieben hatten.

»Ich kenne Euer Abzeichen«, sagte einer. »Ich habe es vor drei Jahren für Sir Richard in einen Wandteppich gewoben. Wenn Ihr Milady sucht, findet Ihr sie auf dem Vorplatz.«

»Danke, Sir. Ist sie dort schon lange?«

»So lange, wie die Messe dauerte. Vielleicht eineinhalb Stunden.«

Gyles versuchte, sich anhand dieser Antworten ein möglichst umfassendes Bild zu machen. »Hält Euer Priester die Messe immer im Freien?«

Diesmal antwortete ein anderer. »Er ist der Priester des Vogts, und er hatte nur einen einzigen Grund, draußen zu predigen: Er hat Angst davor, uns zu nahe zu kommen. Aber immerhin hat er uns von unseren Sünden freigesprochen, und das ist ein Geschenk, das wir nun schon seit bald einem halben Jahr nicht mehr genießen durften.« Plötzlich musterte er Gyles neugierig. »Die Soldaten, die Milady begleiten, tragen ein anderes Abzeichen. Wie kommt das?«

»Ihr Lord ist Athelstan, ein Vetter von Lady Anne. Seine Männer waren nach Develish geritten, um ihr von seiner Festnahme zu berichten.«

»Sie hat hier in der Stadt von ihm gesprochen. Anscheinend hat der Vogt einen Fehler begangen.«

»Allerdings«, bestätigte Gyles und pochte auf das Päckchen hinten am Sattel. »Und wir haben hier die Dokumente, die das beweisen.« Er studierte die zu ihm emporgewandten Gesichter. »Seid Ihr zu einem Prozess hierherbefohlen worden, oder wart Ihr nur beim Gottesdienst?«

»Keins von beidem«, antwortete der Erste. »Wir haben uns nur unseren Mitbürgern angeschlossen, als Matthew Miller uns dazu aufrief, Lady Anne zu eskortieren.«

»Sind noch mehr von Euch unterwegs?«

»O ja, viele … Sie sind immer noch auf dem Vorplatz bei Eurer Herrin. Wir wären ja bei ihnen geblieben, aber wir haben Pflichten zu erfüllen.«

»Warum warten die Frauen und Kinder am Tor?«

Der Mann zuckte mit den Schultern. »Seit vielen Monaten ist uns der Zutritt verboten. Wir selbst sind nur deshalb hier, weil Lady Anne so fest entschlossen war, in die Stadt zu kommen.«

Gyles verzog sein wettergegerbtes Gesicht zu einem Grinsen. »Ja, sie hat eine kraftvolle Art. Ich habe keinen Zweifel daran, dass der Vogt seine Erlaubnis längst bereut.« Er zog am linken Zügel, worauf sich sein Pferd wieder in Bewegung setzte. »Gehabt Euch wohl, meine Herren. Möge Gott mit Euch sein.«

Eigentlich hatte er die übliche Antwort »Und mit Euch« erwartet, doch den Männern schien plötzlich nicht mehr der Sinn nach Abschied zu stehen. Als er James und Alleyn in Schrittgeschwindigkeit zur nächsten Biegung führte und zurückblickte, sah er, dass die Gruppe sich entschieden hatte, ihnen zu folgen. Offenbar hatte ihre Neugier doch über die Notwendigkeit zu arbeiten gesiegt.

Thaddeus war dankbar dafür, dass die Bediensteten von der gleichen Neugier beseelt waren wie er selbst. Diejenigen, die am nächsten bei den Fenstern standen, schilderten den anderen, was sie sahen. Ihre Beschreibungen ergaben ein klares Bild von der Schlacht um die Vormacht, die sich Lady Anne und d'Amiens lieferten. Es bereitete Thaddeus keine große Mühe, die jeweiligen Schritte von Milady und dem Vogt zu interpretieren. Schwerer fiel es ihm dagegen, aus Aristides Gebaren schlau zu werden. Eine Magd, die in seine Richtung spähte, meldete, dass er soeben über die Brücke zur Kirche hastete. Das ließ Thaddeus stutzen. Was mochte den Mann ausgerechnet jetzt dorthin führen? Schließlich gab es keinen zwingenden Grund, de Courtesmains Pergamentrollen zu bergen. Sie lagen immer noch von niemandem beachtet auf dem Tisch, seit der Vogt sie dort hingeworfen hatte, um hinauszueilen und Lady Anne zur Rede zu stellen.

Als dann gemeldet wurde, dass drei berittene Männer in Livree, gefolgt von einem Dutzend Bürger, um die Biegung des Fahrwegs gekommen waren, trat der Hauptmann selbst ans Fenster. Offensichtlich kannte er das Wappen von Develish, denn er fragte Thaddeus, ob sie damit rechnen mussten, dass noch mehr von Lady Annes Männern zu ihr stoßen würden. Und warum hatten diese Gefolgsleute sie nicht am Morgen begleitet und es Athelstans Truppen überlassen, sie zu schützen?

»Ich weiß so wenig wie Ihr, was gegenwärtig in Develish geschieht«, erwiderte Thaddeus leichthin und bewegte die verletzte Hand in einer mit warmer Salzlake gefüllten Schüssel, die ihm Mistress Wilde gebracht hatte. »Ihr werdet bessere Antworten erhalten, wenn Ihr hinausgeht und die frisch eingetroffenen Männer direkt fragt.«

»Um das tun zu können, muss ich mich darauf verlassen, dass Ihr Euer Wort haltet, Sir«, entgegnete der Hauptmann mit gerunzelter Stirn. »Euer Hundeführer kennt den Weg zum Küchengarten und dem dahinter liegenden Waldgebiet. Und womöglich warten am Fuß des Fahrwegs noch mehr von Lady Annes Männern.«

»Dann nehmt ihn und die Hunde mit. Allein kann ich den Wächtern und Dienern nicht entkommen.« Thaddeus warf der Matrone, die mit einem Tablett voller ausgekochter Lappen neben ihm stand, einen Blick zu. »Abgesehen davon will ich das auch gar nicht, solange Mistress Wilde so freundlich zu mir ist.«

Joshua neigte den Kopf in einer kleinen Verbeugung. »Ich würde lieber an Eurer Seite bleiben, Milord.«

Thaddeus sah ihm ernst in die Augen. »Du wirst einem besseren Zweck dienen, wenn du dem Hauptmann hilfst, schlau aus der Sprechweise der Leute bei uns in Develish zu werden, Buckler. Ich wette mit dir, dass die Alteingesessenen versuchen werden, die Fremden mit ihrem Dialekt zu verwirren. Mit Master de Courtesmain haben sie das oft genug getan, was auch der Grund dafür ist, warum ihm mein Status solche Rätsel aufgibt.«

Thaddeus war nicht klar, ob Joshua ihn richtig verstanden hatte, bei de Courtesmain dagegen war er sich vollkommen sicher. Die wütende Reaktion des Franzosen wertete er als Sieg. Eine Viertelstunde nun schon musste die Halle seine Darbietung vom unschuldigen Märtyrer über sich ergehen lassen: an einen Pfosten gekettet, sank er auf die Knie, formte mit den Lippen stumme Gebete und rief Gott dazu auf, die Ketzer zu strafen. Doch anscheinend war er zu eitel, um sich Thaddeus' Spitze gegen seine mangelnden Sprachkenntnisse gefallen zu lassen. »Gibt es denn keine Lüge, die du nicht erzählst?«, zischte er auf Französisch. »Deine noble Hure hat ihre Leute zu gut gebildet, um sie grunzen zu lassen wie Schweine. Selbst die Metze, die du Mutter nennst, weiß verständliche Sätze zu bilden.«

Thaddeus betrachtete ihn belustigt. »Achtet darauf, wen Ihr beleidigt, Master de Courtesmain. Die Leute hier in Dorseteshire werden Euch nicht wohlgesinnt sein, wenn Ihr sie Schweine nennt.«

»Das is' wahr!«, stieß Mistress Wilde angewidert hervor. »Ich seh hier allerdings bloß einen grunzenden Eber, und der is 'n Franzosenlümmel. Der Vogt hätt' ihn im Koben festbinden anstatt ihn frei im Herrenhaus rumlaufen lassen sollen, dann hätt' er nich' am Essen von Milord genascht und sein Gift verspritzt.« Unter dem Johlen der Diener starrte sie de Courtesmain in die Augen, bis er den Kopf abwandte. »Deine Seele ist voller Niedertracht«, schloss sie ihren Zornesausbruch auf Französisch. »Gute Menschen werden für immer und ewig vor dir verbergen, was sie von dir denken.«

Gyles ließ seinen Konvoi dreißig Schritt vor der Stelle anhalten, wo sich d'Amiens und seine Wächter quer über der Straße postiert hatten. Zuerst wollte er warten, bis man ihn bemerkte – doch bald erkannte er, dass das womöglich einige Zeit dauern würde. Aller Augenmerk richtete sich ausschließlich auf Lady Anne, die sich zu Fuß auf den Vorplatz begeben hatte, wo eine große Menge von Männern stand. Furchtlos ging sie von einem zum anderen, reichte jedem die Hand und hörte aufmerksam zu, als sie ihr sagten, wie sie hießen und wie viele ihrer Familienmitglieder an der Pest gestorben waren. Begleitet wurde sie von Gyles' Zwillingen Ian und Olyver.

Links von Gyles waren Edmund Trueblood und Peter Catchpole auf einer Wiese, die sich bis zum Flussufer erstreckte, damit beschäftigt, ihren Pferden die Füße zusammenzubinden, damit sie nicht weglaufen konnten. Weiter vorne stolperten an die zehn Wächter aus ihrem Häuschen, zwängten sich in ihre Waffenröcke und strichen sich mit den Fingern das zerzauste Haar glatt. Thaddeus oder Joshua vermochte Gyles nirgends auszumachen.

Die Szene wirkte auf eigenartige Weise friedlich. Seit mehr als einem Jahrzehnt beobachtete er immer wieder, wie Milady Freundlichkeit und Vernunft einsetzte, um den Zorn in den Herzen von Männern einzudämmen, doch jetzt staunte er über den Mut, mit dem sie sich allein inmitten von so vielen Fremden bewegte. Das hätten nur wenige Lords gewagt. Er fühlte sich an einen Spruch aus dem Buch Jesaja erinnert, den Milady gern zitierte: *Da werden die Wölfe bei den Lämmern wohnen und die Panther bei den Böcken lagern. Ein kleiner Knabe wird Kälber und Löwen und Mastvieh miteinander treiben.* Sie meinte, dabei handele es sich um eine Ankündigung Christi, aber war es Blasphemie, wenn man glaubte, dieser Spruch beziehe sich auch auf sie? Sie zeigte in jedem Fall mehr aufrichtige Nächstenliebe, als sie seiner Meinung nach von Geistlichen geübt wurde.

Prompt, als hätte Gyles ihn mit seinen Gedanken heraufbeschworen, erschien hinter dem Wächterhaus die schwarz gewandete Gestalt des Priesters am Waldrand. Er wirkte niedergedrückt, vielleicht von Sorgen, vielleicht aber auch von der Tasche, die er vor sich hertrug. Zugleich brannte in ihm offenbar Zorn über die Pflichtvergessenheit der schlaftrunkenen Soldaten. Wütend versetzte er demjenigen, der ihm am nächsten stand, eine schallende Ohrfeige, als der Mann sich beim Anschnallen seines Schwerts zu viel Zeit ließ.

»Der Pfarrer stellt eine Armee auf«, flüsterte Alleyn.

Gyles nickte. »Ich sehe ihn. Er schickt sich an, das Kommando zu übernehmen, und das gefällt ihnen nicht.«

»Trotzdem gehorchen sie ihm.«

Aber nicht freiwillig, dachte Gyles, der versuchte, den Mann auszumachen, der eigentlich die Verantwortung hätte tragen sollen.

»Rechts von dir«, murmelte James. »Mein Sohn bringt Gesellschaft.«

Während Joshua sich in Begleitung des Hauptmanns vom Küchentrakt her näherte, ließ er sich mit keiner Regung anmerken, ob er jemanden im Konvoi erkannte. Er befahl sein Rudel zu sich und sprach Gyles auf Französisch an. »Ich bin Buckler, der Hundeführer von Milord of Athelstan. Dieser Offizier befehligt das Regiment von Milord of Blandeforde und untersteht dessen Vogt. Aufgrund Eures Wappens nimmt er an, dass Ihr aus Develish stammt, und hat mich gebeten, ihm als Übersetzer zu dienen.« Er vollführte eine kleine Verbeugung vor dem Hauptmann. »Erlaubt Ihr mir, ihnen das mit Worten zu erklären, die sie leichter verstehen werden?«

»Solange du mich nicht betrügst.«

Joshua deutete mit dem Kinn auf die kleine Gruppe der Bürger der Stadt. »Diese Herren werden es Euch sagen, wenn ich Euch hintergehe. Nur Normannen wie Master de Courtesmain fällt es schwer, aus unserer Sprechweise schlau zu werden.« Er wandte sich wieder Gyles zu. »Unser Langer is' recht beliebt bei die Mädels hier, un' der Kerl neb'n mir hat wohl auch was für ihn übrig. Un' unsrer Herrin fressen die in der Stadt aus der Hand. Unsern Vogt aus'm Franzenland kann hier kein Schwein leiden. Der Lange hat die Leute erzählt, dass der Franzmann nich' weiß, wo vorn un' hinten is', wenn wir sprechen, wie uns der Schnabel gewachsen is'. Drum blickt er auch beim Langen nich' durch und weiß rein gar nix über sein' Namen oder Stand. Kapiert?«

Gyles nickte. »Aye. Aber ich muss mit ihr'm Hauptmann reden. Sach ihm, dass ich Welsch kann.«

Joshua wandte sich an seinen Begleiter. »Dieser Mann spricht Französisch und ist bereit, jede Frage zu beantworten, die Ihr ihm stellt.«

Bevor der Hauptmann reagieren konnte, sagte Gyles: »Ich habe den gleichen Rang wie Ihr und bin bereit, Euch jede Auskunft zu geben, die Ihr benötigt. Aber ich glaube, Eure Männer bedürfen Eurer dringender als Ihr meiner.« Er deutete über die Köpfe der Leute hinweg. »Ein Dutzend Männer nähert sich uns mit gezückten Schwertern. Sie scheinen unter dem Befehl eines Priesters zu stehen, der in ihrer Mitte marschiert. Wenn es Euch im Gegensatz zu ihm nicht nach Blut gelüstet, schlage ich vor, dass Ihr ihn von seinem Kommando entbindet.« Begleitet von den unflätigen Flüchen der anderen, wies er mit gespreizter Hand hinter sich. »Hilf ihm, hinter mir aufzusitzen, Buckler. Gemeinsam erreichen wir sie schneller, als wenn er zu Fuß geht.«

Peter, der immer noch damit beschäftigt war, Killers Vorderbeine zusammenzubinden, blickte auf und sah zwischen den Bäumen, die den Fahrweg säumten, ein Pferd im Galopp auftauchen und weiter über die Grasfläche zwischen dem Vorplatz und dem Fluss jagen. Ihm blieb kaum Zeit zu registrieren, dass zwei Gestalten auf seinem Rücken saßen, als es auch schon etwa zwanzig Schritt vor einem Trupp bewaffneter Soldaten stehen blieb. Da er weder wusste, wer die zwei Reiter waren, noch, woher sie gekommen waren, schätzte er sie ebenso als Bedrohung ein wie die Soldaten. Eilig hielt er sich die Hände trichterförmig an die Lippen und erzeugte einen Laut, der wie der Warnruf eines Fuchses klang – ein kurzes, heiseres Quietschen, das durch die Luft gellte. Als Ian zu ihm herüberschaute, streckte Peter die Arme, die Handflächen aneinandergepresst, in die Richtung, in die der andere blicken sollte.

So konnte Ian verfolgen, wie der Hauptmann zu Boden sprang und sich vor den Soldaten mit den gezückten Schwertern aufbaute. Doch was ihn in diesem Moment am meisten interessierte, war Sir Richards Wappen hinten auf dem Waffenrock des Reiters. Die Art und Weise, wie der Mann auf seinem Pferd saß, verriet ihm, dass es sein Vater sein musste. Sein Blick schoss hinüber zu d'Amiens. Unwillkürlich fragte er sich, was der Vogt wohl von Gyles' plötzlichem Auftauchen halten mochte. Doch seine Miene gab keine Regung preis.

»Er ist unschlüssig, was er tun soll«, flüsterte Olyver Ian ins Ohr. »Bestimmt überlegt er, wie viele Develisher noch gekommen sind und ob sein Hauptmann weiterhin treu hinter ihm steht.«

Ian beobachtete, wie der Hauptmann seine Leute von dem Priester fortscheuchte und ihnen wütend befahl, ihre Schwerter wegzustecken und sich an seiner Seite aufzustellen. Es war eine merkwürdige Szene, die noch eigenartiger wirkte, da Lady Anne weiterhin die Bürger der Stadt mit weicher, freundlicher Stimme ansprach, als wäre das Geschehen um sie herum etwas völlig Normales. Dennoch knisterte die Luft förmlich vor Spannung, und jeder der auf dem Vorplatz Versammelten spürte es: Irgendetwas stimmte hier nicht.

Ian sah regungslos zu, wie der Hauptmann seine Männer zurück ins Wächterhaus beorderte und den Priester allein eskortierte. Als sein Vater ihnen folgte, gab er sich gleichgültig. Edmund und Peter, die nun über die Grasfläche zurückkehrten, um sich zu ihm und Olyver zu gesellen, bedachte er nur mit einem winzigen Nicken. Die ganze Zeit studierte er aus dem Augenwinkel d'Amiens, bei dem er sich sicher war, dass er sein Versprechen, Lady Anne of Develish nicht anzugreifen, nicht halten würde.

»Haltet euch fern von der Menge und dreht euch in Richtung des Wegs«, wisperte er seinen Gefährten zu. »Wir müssen unsere Bogen schon angelegt haben, wenn der Vogt seinen Wächtern befiehlt, die ihren vorzubereiten. Der erste Pfeil wird ihm vor die Füße geschossen, beim zweiten zielt ihr auf sein Herz.«

Der Hauptmann verfolgte ungläubig, wie Athelstans Männer den Boden zu Füßen des Vogts mit Pfeilen bedeckten und gleich den nächsten einspannten, während die Soldaten des Vogts noch nach ihren Bogen griffen. Zwei Wächter unternahmen einen halbherzigen Versuch, sich vor ihn zu stellen, doch er befahl sie mit einem wütenden Fluch zurück in die Linie. Ihre erleichterten Mienen ließen ihn kurz aufatmen, doch es ging ihm vor allem darum, den Abschuss von noch mehr Pfeilen zu unterbinden.

Erbost baute er sich vor Ian auf und fauchte: »Was soll dieser Wahnsinn? Hast du vergessen, dass Lady Anne geschworen hat, den Frieden zu wahren?«

»Nein, habe ich nicht«, erwiderte Ian und trat einen Schritt zur Seite, um d'Amiens weiter im Auge behalten zu können. »Aber Ihr müsst Euch mit dem Vogt auseinandersetzen. Er zweifelt sicher an Euren Gründen dafür, dass Ihr dem Priester seine Wächter weggenommen habt, und trachtet jetzt danach zu verhindern, dass Ihr dasselbe mit seinen tut. Er hat Euren Männern befohlen, Euch zu verhaften.«

»Er lügt«, sagte d'Amiens kalt. »Denkt an Euren Eid, Euren Lord zu schützen; begreift endlich, wo die wahre Gefahr lauert! Diese Männer sind Leibeigene aus Develish, die nur deshalb Livree tragen, weil sie verbergen wollen, dass sie nichts als gewöhnliche Diebe und Banditen sind. Jetzt sind sie hier, um die Freilassung jenes Mannes zu erzwingen, der sich Athelstan nennt. Wenn Ihr ihnen dabei helft, leistet Ihr Verbrechern Beistand.«

Einen Moment lang starrte der Hauptmann zu Boden, dann wandte er sich an Lady Anne, die ein paar Schritte hinter Ian stand. »Master d'Amiens hat recht, wenn er mich daran erinnert, dass ich durch meinen Eid dazu verpflichtet bin, meinen Lord zu schützen – oder in dessen Abwesenheit seinen Vogt, der seine Stelle einnimmt. Wenn Frieden Euch etwas bedeutet, dann befehlt diesen Bogenschützen, ihre Waffen zu senken.«

Lady Anne schüttelte bedauernd den Kopf. »Das kann ich

nicht, Sir, denn sie unterstehen Athelstan. Ihr sollt aber wissen, dass ihr Anführer die Wahrheit sagt. Die ursprüngliche Bedrohung ging tatsächlich von Master d'Amiens aus. Ihr braucht nur dafür zu bürgen, dass das nicht wieder geschieht. Wenn beide Seiten ernsthaft Frieden wollen, kann es keinen Konflikt geben.«

Der Hauptmann verzog die Lippen zu einem schiefen Lächeln. »Und wie kann ich Euch eine solche Gewissheit geben, Milady? Als Hauptmann der Soldaten meines Lords bin ich verpflichtet, alle Befehle auszuführen, die mir mein Dienstherr oder sein Stellvertreter erteilt.«

Lady Anne erwiderte sein Lächeln. »Es sei denn, sie sind töricht. Hätten diese Soldaten den Auftrag gehabt, meinen Vetter mit Gewalt zu befreien, hätten sie Master d'Amiens gefangen genommen und seine Befreiung und die ihres Dienstherrn ausgehandelt. Auf beiden Seiten wären die Wächter wohl tot, und in seiner Kehle würde ein Messer stecken.« Sie hielt inne. »Ihr habt Macht über Eure Männer. Ich bitte Euch, sie klug einzusetzen. Athelstans Männer möchten nur, dass ihm gestattet wird, seinen Stand frei von Zwang zu beweisen und das Gehör aufrichtiger Männer zu finden.«

Thaddeus hatte indessen seine Hand selbst versorgt. Dabei hatte er in Salzlake ausgekochte Lumpen zu Bauschen zusammengeknüllt und auf beide Seiten der Wunde gelegt, um dann aus einem Frauenkleid geschnittene lange Stoffstreifen fest um die Handfläche zu wickeln. Als die am Fenster postierten Mägde meldeten, dass der Hauptmann hinter einem Burschen aus Develish auf dessen Pferd gestiegen war und über die Grasfläche preschte, gestattete er Mistress Wilde, die Enden abzubinden und den linken Ärmel abzuschneiden. Anstandshalber verbot er ihr allerdings, ihm das

Hemd vollständig auszuziehen. Ebenso wies er ihren Vorschlag zurück, gemeinsam mit ihr die große Halle zu verlassen, damit sie seine Wunden in Ruhe weiterversorgen könne. Wenn das, was die Mägde berichteten, tatsächlich zutraf, musste er hier in der Nähe seiner Leute bleiben.

Erschrocken sog Mistress Wilde die Luft zwischen den Zähnen ein, als sich die Tupfer beim Abschneiden des Ärmels lösten und sofort wieder Blut floss. Andererseits wusste Thaddeus, dass die Klinge nicht allzu tief eingedrungen war. So bedrängte er Mistress Wilde, die Schnittstellen ebenfalls mit Salzwasser zu säubern und zu verbinden. Als die Prozedur endlich überstanden war, bedankte er sich auf das Herzlichste. Solche Dankbarkeit schien sie nicht gewöhnt zu sein, denn ihre Wangen begannen, feuerrot zu leuchten. Eilig versuchte sie, von sich abzulenken, und fragte, ob es dort, wo er herkam, üblich war, Wunden auf diese Weise zu reinigen.

Als er bejahte, erkundigte sie sich neugierig: »Und wo könnte das sein, Sir?«

Bei seiner Antwort starrte Thaddeus de Courtesmain unverwandt an. »Die Familie meiner Mutter stammte aus einer Stadt in Afrika mit dem Namen Alexandria. Sie war es, die mir beibrachte, wie wertvoll Salz bei der Reinigung von Wunden ist.«

Was für eine dreiste Lüge! Der Franzose kochte vor Wut. Speichel trat ihm auf die Lippen, doch als er eben zu empörtem Widerspruch ansetzte, ertönte vom Fenster her ein Schrei, gefolgt von der Meldung, dass der Vogt den Hauptmann gepackt hatte und drohte, ihn mit seinem Schwert zu erstechen. Die Wächter, die in der Halle geblieben waren, blickten einander einen Moment bestürzt an, um dann die Augen Hilfe suchend auf Thaddeus zu richten.

Seufzend erhob sich der vorgebliche Sir Athelstan, nahm den immer noch auf dem Tisch liegenden Dolch und steckte ihn in seine Rocktasche. »Außerdem lehrte sie mich, dass Männer falsche Entscheidungen treffen, wenn sie Angst haben«, erklärte er. Damit winkte er die Wächter zu sich. »Ich glaube, wir dienen dem Frieden mehr, wenn wir hinausgehen. Der Vogt liegt in Wahrheit mit mir im Streit, nicht mit Eurem Hauptmann.«

Während Thaddeus schon zur Tür strebte, deutete der jüngere Wächter auf den Bogengang. »Wäre der Weg durch die Küche nicht besser, Sir? Wenn wir durch die Vordertür gehen, begegnen wir wahrscheinlich dem Vogt, und der wird sein Möglichstes tun, um Euch aufzuhalten.«

Thaddeus nickte zustimmend. »Gut. Geht voran; ich folge Euch.«

ZWANZIG

*I*an bezweifelte, dass er und seine Gefährten ihre Bogen noch sehr viel länger würden spannen können. Da der Vogt den Hauptmann als lebenden Schild benutzte, zielten sie auf die Wächter, um sie davon abzuhalten, ins Geschehen einzugreifen. Doch allmählich forderte die Anstrengung ihren Tribut. Ian spürte, wie die Kraft seiner Finger mit jeder Sekunde nachließ und seine Oberarme von der Anstrengung zu zittern begannen, zumal er den Bogen auf Schulterhöhe halten musste.

Seit dem Eintreten dieser bedrohlichen Situation hatte sich Stille über den Vorplatz gesenkt, die erst gebrochen wurde, als Joshua und seine Hunde vor den Bäumen auftauchten, die den Fahrweg säumten, und über die Grasfläche liefen. Bei seinen Freunden angekommen, hieß Joshua das Rudel Platz machen und legte einen Pfeil in seinen eigenen Bogen ein. Seine Gegenwart gab Ian neuen Mut, doch nach wie vor zeichnete sich kein Ausweg ab – außer sie ergaben sich. Weder Lady Anne noch die Bürger der Stadt hätten die Tötung der wehrlosen Wächter oder des Hauptmanns geduldet, der sie auf das Anwesen gelassen hatte. Und Joshua spannte seinen Bogen immer weiter. Olyver, der ahnte, was er vorhatte, drängte ihn im Flüsterton, den Pfeil nicht abzuschießen.

»Ich sehe eine Bewegung auf dem Fahrweg«, wisperte er.

Joshua schien auch etwas bemerkt zu haben, denn er stieß ein Pfeifen aus, woraufhin die Hunde sich mit aufgestellten Nackenhaaren und einem aus den Tiefen ihrer Kehlen aufsteigenden Knurren nach vorne bewegten. Da tat es nichts zur Sache, dass das Ganze nur ein Trick war, den sie für ihr Herrchen aufführten, um mit Leckereien belohnt zu werden. Für die Wächter, die diese Hunde nicht kannten, war das Knurren so bedrohlich und ihre Haltung mit eingezogenem Kopf so beängstigend, dass sie die Tiere anstarrten wie das Kaninchen die Schlange. Barsch befahl d'Amiens Ian, seine Hunde zurückzurufen, wenn er nicht schuld am Tod des Hauptmanns sein wolle.

»Ihr seid ja mächtig darauf aus, Unschuldige umzubringen, Sir«, raunte ihm in diesem Moment Alleyn Startout, der sich von hinten genähert hatte, auf Französisch ins Ohr und nutzte das Erschrecken des anderen aus, um seinen Arm mitsamt Schwert fort vom Hauptmann zu stemmen, auf dessen Herz die Spitze gezeigt hatte. Gleich darauf stieß er d'Amiens' Arm ruckartig nach unten und registrierte mit einem zufriedenen Grinsen das Klirren, mit dem die Waffe auf dem Boden aufschlug.

Der Vogt stand zu sehr unter Schock, um sich zu wehren, als nun James Buckler seinen anderen Arm ergriff, der um die Kehle des Hauptmanns geschlungen war, und ihn d'Amiens blitzartig auf den Rücken drehte. Ohne den vor Schmerzen stöhnenden Vogt loszulassen, verbeugte er sich vor dem Hauptmann und sagte in dessen Sprache: »Euer Diener, Sir. Milord of Athelstan wird gleich mit seiner Leibwache und einem Dutzend Bürger der Stadt hier sein. Er hat mich gebeten, Euch zu versichern, dass er auch weiterhin zu seinem Wort steht.«

Es dauerte einen Moment, bis der Hauptmann sich gefasst hatte. Die Hunde hatten sich auf einen Pfiff von Joshua hin auf den Boden gelegt, doch Ian und seine Freunde hielten ihre Bogen weiter schussbereit im Anschlag. »Hat Euer Lord seinen Männern befohlen, sich zurückzuhalten?«

»Solange Ihr Milady die Sicherheit gewährt, um die sie gebeten hat«, sagte Alleyn. »Er glaubt, dass Ihr Konflikte für ebenso sinnlos haltet wie sie.«

»Und ob ich das tue!«, stieß der Hauptmann hervor und bückte sich nach seinem Schwert. »Milord of Blandeforde würde dasselbe sagen, wenn er hier wäre.« Er steckte sein Schwert wieder in die Scheide. »Und du hast mein Wort«, versicherte er Ian. »Daher sei jetzt bitte so freundlich und zolle Miladys Friedensgelübde den ihm gebührenden Respekt.«

»Gerne, Sir.« Sofort ließ Ian seinen Bogen sinken und forderte die anderen auf, es ihm gleichzutun. Mit einem Nicken in Richtung Fahrweg sagte er dann: »Milord nähert sich uns.«

Der Hauptmann drehte sich um und sah sich Thaddeus und seinen eigenen Männern gegenüber, die ihn fast schon erreicht hatten. »Werdet Ihr diesen Männern erlauben, den Vogt freizulassen, Milord?«, bat er. »Ich habe keine Vollmacht, ihn gefangen zu halten. Ihr und Milady aber auch nicht.«

»Fürwahr.« Thaddeus bedeutete James und Alleyn zurückzuweichen. »Ich hoffe doch sehr, dass nur Euer Stolz verletzt wurde, Master d'Amiens.«

»Es war ein Fehler von Euren Männern, mich zu bedrohen.«

»Dasselbe könnte ich über de Courtesmain sagen.«

»Mit Eurer Verletzung hatte ich nichts zu tun.«

»Daran habe ich keinen Zweifel. Es ist der Priester, der

hier die Macht in Händen hält.« Thaddeus zog die Tatwaffe aus seiner Tasche und wog sie bedächtig in seiner bandagierten linken Hand. »Ich glaube, dieser Dolch gehört Aristide. De Courtesmain ließ sich mühelos dazu überreden, ihn in seinem Namen zu schwingen.«

D'Amiens starrte voller Unbehagen auf die blutverschmierte Klinge hinab. »Ihr tut dem Pater unrecht mit Euren Beschuldigungen. Es war eindeutig de Courtesmain, der mit bösem Vorsatz handelte. Er hält Euch für einen unehelich geborenen Leibeigenen aus Develish. Darum hat er Eure dunkle Seite angegriffen, diejenige, die von Sünde zeugt.«

Thaddeus schüttelte belustigt den Kopf, ehe er den Dolch in die Luft warf und elegant mit der rechten Hand auffing. »So fantasiereich sind de Courtesmains Gedanken nicht. Er gehorcht einfach den Befehlen des Priesters, dem es darum geht zu verhindern, dass ich den Mitgliedern des Haushalts erkläre, wie sich die Pest vermeiden lässt. Euer Beichtvater hat die Sorge, dass seine Doppelzüngigkeit ans Licht gebracht wird. Obendrein ist er ein schlechter Menschenkenner. Welche Fehler de Courtesmain auch immer haben mag, er hat einfach nicht den Mut, einen Mord zu begehen – ob mit oder ohne Versprechen der Absolution seiner Sünden.«

D'Amiens schien sich mit einem Mal an etwas zu erinnern. Unvermittelt baute er sich vor dem Hauptmann auf. »Dieser Mann ist ein Gefangener!«, bellte er. »Wie kommt es, dass er diese Waffe an sich genommen hat und nicht Ihr oder einer seiner Wächter?«

»Die Klinge hatte seine Handfläche durchbohrt, Sir. Er wartete eine halbe Stunde lang, bis er sie herausziehen konnte.«

»Warum habt Ihr ihn nicht davon befreit?«

»Das war nicht nötig, Sir. Milord wollte das selbst tun. Außerdem hatte er mir sein Ehrenwort gegeben, dass er mir nicht in den Rücken fallen würde.«

»Sein Stand muss erst noch ermittelt werden.«

Der Hauptmann zuckte mit den Schultern. »Dann ermittelt ihn, Master d'Amiens, und gestattet uns, unser Leben in Frieden fortzusetzen. Ist erst einmal eine Lösung für jede Kümmernis gefunden, wird keine Gewalt nötig sein.«

»Dieser Mann hat die Gewalt verursacht und wird noch mehr provozieren, sobald er als Hochstapler überführt wird.«

»Nicht, solange ich für ihn bürge, Sir.« Der Hauptmann richtete sich kerzengerade auf. »Sorgt Euch eher um Euch selbst, wenn es sich erweist, dass sein Ankläger lügt. Ihr und der Pfarrer habt zu vieles für bare Münze genommen, als Ihr es vorzogt, den Geschichten eines Fremden über Ketzertum und Aufruhr in Develish zu glauben. Milord of Blandeforde hätte handfestere Beweise verlangt, bevor er einen Mann von gleichem Stand verhaftete, der überdies keinerlei Bedrohung für ihn darstellte.«

Der Mann, der die Geschehnisse dieses Tages am aufmerksamsten verfolgte, war Matthew Miller. Von Beruf war er Tischler, doch in letzter Zeit hatte kaum jemand seiner Dienste bedurft. Mangelnde Arbeit hatte ihn träge werden lassen, und seit die Einkünfte ausblieben, war er missgünstig all jenen gegenüber geworden, die in guten Zeiten Geld beiseitegelegt hatten. Doch jetzt war er Zeuge eines Ereignisses geworden, das aus dem Rahmen des Üblichen fiel. Ja, mehr noch, von einer Frau, der er bisher nie begegnet war, hatte er das Gefühl vermittelt bekommen, sein Dasein habe doch noch einen Zweck und er könne an die Zukunft glauben – das alles zusammen hatte seine Lebensgeister in

Höhen schweben lassen, wie sie sie seit Monaten nicht mehr erreicht hatten.

Er hielt sich zugute, einen Betrüger auf den ersten Blick zu erkennen – was möglicherweise daran liegen mochte, dass auch er selbst nicht über das eine oder andere Doppelspiel erhaben war, wenn ein Kunde zu grün hinter den Ohren war, um den wahren Wert seines Erwerbs beurteilen zu können. Wie dem auch sei, er hatte bei keinem der Männer, die mit oder für Lady Anne ritten, den Eindruck, er sei das, als was er sich ausgab. Gleichwohl vermochte er nicht zu bestimmen, in welche Kategorie sie wirklich gehörten. Sie gestatteten sich zu viele Freiheiten, um Bauern oder Söldner zu sein. Tatsächlich stand das schüchterne, zögerliche Auftreten der normannischen Wächter in auffälligem Gegensatz zu der Beherztheit, mit der die Männer aus Dorseteshire den Vogt bedroht und entwaffnet hatten.

Aus dem Augenwinkel sah Miller, wie der berittene Soldat, der den Hauptmann hinter sich hatte aufsitzen lassen und im Galopp übers Gras gebracht hatte, nun den Priester vor dessen Haus in die Enge trieb, während sich direkt vor ihm Athelstan näherte. Andrew Tench hatte gemeint, er habe noch nie einen derart edlen Lord gesehen, und Miller stimmte ihm aus vollem Herzen zu. Allein schon seine Größe hob Athelstan von allen Männern um ihn herum ab, und seine gelassene Art verlieh ihm eine natürliche Autorität. Es schien ihn überhaupt nicht aus der Ruhe zu bringen, von d'Amiens als Bastard und Leibeigener tituliert zu werden. Ebenso wenig hatte er die Fassung verloren, als ihm ein Dolch in die Handfläche gerammt worden war.

Andererseits bezweifelte Miller, dass es zu den Wesensmerkmalen von Lords gehörte, Ungemach und Unverschämtheiten mit stoischer Ruhe zu ertragen. Im Laufe der

Jahre hatte er viele Edelleute durch die Stadt ziehen sehen, doch sie waren ihm keinesfalls wegen bemerkenswerter Geduld in Erinnerung geblieben, sondern im Gegenteil eher wegen wütender Beschwerden und schwer erträglicher Launenhaftigkeit. Der Hauptmann jedenfalls war in seinem Glauben an Athelstans adelige Herkunft durch nichts zu erschüttern. Und hätten das nicht schon seine Worte dem Vogt gegenüber bezeugt, so räumte spätestens der Respekt, den er Athelstan entgegenbrachte, jeden Zweifel aus.

Auch Jeremiah Slater schien überzeugt, obgleich Miller annahm, dass ihn möglicherweise ein paar hastig von Lady Anne geflüsterte Worte beeinflusst haben mochten, als der Vogt dem Hauptmann befahl, Athelstan von Wächtern in die Kirche abführen zu lassen und Milady in sein Kontor zu eskortieren.

Nun konnte der Graubart nicht länger an sich halten. Er trat vor und rief: »Mit Verlaub, Sir, aber es gibt viele auf diesem Vorplatz, die gerne die Gründe dafür erfahren würden, warum dieser Mann jetzt festgenommen wird. Die Herren, die den Pfarrer am Dienstag begleitet haben, fanden nichts an ihm auszusetzen. Welche Schuld seht Ihr bei ihm?«

»Ihr werdet es erfahren, sobald sein Stand geklärt worden ist.«

»Durch wen, Sir? Und auf der Grundlage von wessen Wort? Wir alle sehen das geronnene Blut an seinem Verband und können uns denken, dass er schwer verwundet worden ist. Ist derjenige, der ihn angegriffen hat, derselbe, der ihn der Hochstapelei bezichtigt? Wenn ja, dann hat er das gesetzlich verbürgte Recht, Gerechtigkeit zu fordern. Die Anschuldigungen gegen ihn werden in sich zusammenfallen, wenn ein Geschworenengericht beschließt, dass der Ankläger in mörderischer Absicht gehandelt hat.«

Zustimmendes Gemurmel erhob sich unter den auf dem Vorplatz versammelten Bürgern, und Miller sah, wie d'Amiens die Zornesröte in das sonst eher blasse Gesicht schoss. Was war es wohl, das ihn am meisten in Wallung brachte?, sinnierte Miller. Die Tatsache, dass seine Entscheidungen angezweifelt wurden? Oder der Umstand, dass Menschen, die er so lange hatte links liegen lassen, jetzt auf einmal mit einer einzigen Stimme sprachen? Lady Anne hatte gesagt, es erfordere Mut und Großzügigkeit, um eine Gemeinschaft am Leben zu erhalten, und Miller erkannte, dass Slater beides besaß. Wieder bewies der Graubart mehr Mut als die meisten jüngeren Männer, indem er einmal mehr die Aufmerksamkeit des Vogts auf sich zog.

Miller trat neben ihn und hob entschlossen das Kinn. »Mein Freund weiß, was er sagt, denn er hat am Gericht des Guts als Geschworener gedient«, erklärte er. »Sämtliche hier anwesenden Bürger können ähnliches Wissen für sich in Anspruch nehmen, weil sie verpflichtet sind, an Prozessen teilzunehmen – manche haben das Gericht sogar von der anderen Seite kennengelernt. Und das wisst Ihr auch selbst, Master d'Amiens, denn es ist Eure Pflicht, den Vorsitz zu führen und die Strafen zu bemessen, wenn die Steuern zu spät gezahlt werden.« Er deutete auf Thaddeus. »Dieser Mann hat ein Recht darauf, im Beisein von zwölf unbescholtenen Männern angehört zu werden, damit diese einen gerechten und vernünftigen Richtspruch fällen können.«

»Aber nicht am Gericht des Landguts!«, rief d'Amiens. »Dieses befasst sich nur mit Verstößen gegen Verordnungen des Guts Blandeforde. Ich kann mich gut an Euch erinnern, Miller. Ihr habt sehr oft das Recht gebrochen, aber es handelte sich nie um verspätete Steuerzahlungen, sondern fast immer um falsche Beschreibungen von Gütern.«

Miller lachte. »Wohl kaum ein Rechtsbruch, Sir! Von diesen Prozessen habe ich keinen einzigen verloren. Eine Schüssel ist eine Schüssel, egal ob sie vier Pennys kostet oder einen Viertelpenny. Es ist nicht die Schuld des Händlers, wenn der Käufer ein Narr ist.« Erneut deutete er auf Thaddeus. »Habt Ihr nicht die gleiche Beschuldigung gegen diesen Mann vorgebracht? Eine unzutreffende Beschreibung von Gütern kann nicht falscher sein als die Behauptung eines als Bastard geborenen Leibeigenen, der sich als Lord Athelstan und Vetter von Lady Anne of Develish ausgibt. Warum wollt Ihr ihm das Gericht des Landguts verwehren, nachdem Ihr mir seinen Gebrauch so großzügig zugestanden habt?«

»Es geht auch noch um andere Sachverhalte.«

»Aber keiner davon ist so kompliziert, dass ein Rat aus freien Bürgern nicht darüber entscheiden könnte. Ihr habt unseren Verstand schon einmal beleidigt, Sir. Wollt Ihr das jetzt wieder tun? Wir sind ebenso in der Lage, Argumente zu verstehen, wie wir Kassenbücher lesen können.«

»Was Ihr uns Eurerseits hingegen erst noch beweisen müsst!«, rief Andrew Tench dazwischen. »Die Einberufung des Gutsgerichts sollte Euch Gelegenheit dazu geben.«

Zustimmendes Johlen stieg aus der Menge auf. Unbehaglich trat der Hauptmann von einem Fuß auf den anderen. Womöglich sorgte er sich, der brüchige Frieden könnte drauf und dran sein zu scheitern. Thaddeus legte ihm beruhigend eine Hand auf den Arm, dann wandte er sich an d'Amiens.

»Wir beide wissen, dass meine Festnahme unrechtmäßig war«, sagte er und klang dabei frei von jeder Feindseligkeit. »Und könnte ich meine Kümmernisse vor einem Geschworenenrat aus Herren von gleichem Stand darlegen – wie es mein Recht ist –, würde ich das gerne tun. Ich habe jedenfalls keinen Streit mit den guten Männern von Blandeforde, die über meine Aufrichtigkeit entscheiden werden. Zögert Ihr, das Gericht einzuberufen, weil Ihr Angst habt, selbst Fragen beantworten zu müssen, Master d'Amiens? Oder ist es der Pfarrer, der über solche Angelegenheiten entscheidet?«

D'Amiens runzelte die Stirn, doch ob er verwirrt oder verärgert war, ließ sich nicht erkennen. »Das Gerichtsgebäude steht in der Stadt, und wir haben vor einem halben Jahr erfahren, dass alle dort tätigen Beamten tot sind. Seitdem hat kein Gutsgericht mehr getagt, da von Geschworenen gefällte Urteile, die nicht von Richtern bestätigt werden, null und nichtig sind. Ist das etwa Euer Wunsch, Thurkell? Zeit damit zu verschwenden, Euer Anliegen vor Männern zu betreiben, die keine Befugnis haben, Euch freizusprechen?«

Thaddeus stieß ein amüsiertes Glucksen aus. »Ihr gebt Eure Vollmachten zu schnell aus der Hand, Master d'Amiens.« Er wandte sich an Slater und Miller. »Nun denn, ich bin in Eurer Hand, gute Herren. Gehört Ihr dem Ältestenrat dieser Stadt an? Wenn ja, dann genießt Ihr vermutlich hohes Ansehen und seid in der Lage, Geschworene auszuwählen.«

»Wir gehören ihm in der Tat an, Sir«, antwortete Miller, ohne zu zögern. »Master Slater ist der Oberste unseres Rats, und ich bin ein einfaches Mitglied.«

»Andrew Tench ebenfalls«, erklärte Slater und winkte den Mann zu sich. »Außerdem Roger Wright« – er deutete auf einen Mann, der hinter Thaddeus stand – »und Mark Summerlee.« Er nickte einem Mann rechts von sich zu. »Wir alle wissen über das Gutsgericht Bescheid, Sir. Bei allem Respekt vor Master d'Amiens, er täuscht sich, was die Auswahl der Geschworenen betrifft. Früher war es so, dass die

Kommandanten sie bestimmten – bis Gerüchte aufkamen, günstige Urteile könnten mit Geld gekauft werden. Danach verfügte Milord of Blandeforde, dass die Auswahl durch das Los entschieden werden muss.«

Roger Wright, der Mann hinter Thaddeus, meldete sich zu Wort. »Ihr solltet außerdem wissen, dass das Gericht nicht notwendigerweise in dem Gebäude in der Stadt tagen muss, Master d'Amiens. Ich habe an drei Prozessen in der großen Halle teilgenommen, und mein Vater hat von mehreren Verfahren erzählt, die direkt hier auf dem Vorplatz abgehalten wurden. Euer Vorgänger hielt es für richtig, dass es möglichst vielen Bewohnern des Guts gestattet wird, als Zeugen zu erleben, wie Recht gesprochen wird. Und im Gerichtssaal war nur Platz für vierzig Personen.«

Andrew Tench hob die Hand. »Als Vogt und oberster Richter braucht Ihr uns nur einzubestellen, und schon ist das Gericht einberufen. Euer Hauptmann kann als Büttel dienen und ich als Schriftführer. Ich habe eine schönere Schrift als die meisten hier und brauche nichts als einen Tisch, eine Feder und Pergament, um ein wahrheitsgemäßes Protokoll all dessen anzufertigen, was gesagt wurde. Darüber hinaus ist eine Bibel für die Vereidigung auf die Wahrheit vonnöten. Vor fünf Jahren hat uns Milord of Blandeforde auf diese Weise einbestellt, und niemand hat die Rechtmäßigkeit der Urteile angezweifelt.«

Für einen kurzen Moment presste d'Amiens fest die Augen zu, als wollte er damit die Bürger der Stadt aus seiner Welt aussperren. Dann wandte er sich an Thaddeus. »Kümmern Euch Lady Annes Leute denn überhaupt nicht?«, fragte er. »Eure eigene Haut mögt Ihr auf diese Weise ja vielleicht retten, aber nicht ihre. De Courtesmain verklagt das ganze Landgut wegen verbrecherischen Treibens.«

»Allerdings. Er genießt es offensichtlich, sich seiner von ihm selbst verkündeten Tugend zu rühmen … Genau wie Euer Priester.« Thaddeus drehte den Dolch zwischen den Fingern und steckte ihn schließlich wieder ein. »Die Leibeigenen von Develish werden sich für rein gar nichts zu verantworten haben, wenn de Courtesmains Lügen erst einmal aufgedeckt worden sind. Die Wahrheit wird sie – wie auch mich – von jedem Verdacht befreien.«

»Dann werdet Ihr sicher nichts dagegen haben, wenn ich mir zuallererst anhöre, was Lady Anne zu sagen hat. In einer Stunde werde ich an Ort und Stelle Gericht halten, und bis dahin kann sie bei mir im Kontor bleiben. Die Wartezeit wird es den Dienern erlauben, Bänke und Tische herauszutragen, während die Bürger Lose ziehen.« D'Amiens senkte den Kopf zu einer kleinen Verbeugung in Richtung Lady Anne. »Ist das für Euch annehmbar, Milady?«

Ihre Antwort erfolgte sofort. »Im Grunde ja, Master d'Amiens, aber ich habe eine weite und anstrengende Reise hinter mir und bitte Euch, so freundlich zu sein, mir vorher eine kurze Pause allein mit einer Magd zu gestatten. Darf ich um die Dienste der liebenswürdigen Dame bitten, die mir ein Stärkungsmittel gebracht hat? Wenn ich mich später in Euer Kontor begebe, werde ich zudem eine Anstandsdame benötigen. Zu einer etwas älteren Frau hätte ich diesbezüglich mehr Vertrauen.«

D'Amiens' Lippen zuckten. »Bisher scheint Ihr auch ohne Beschützerin gut zurechtgekommen zu sein, Milady.«

»Ich habe keine gebraucht«, erwiderte Lady Anne leichthin. »Doch außer meinem Gemahl seid Ihr der einzige Mann, der mich jemals unbegleitet in sein Gemach eingeladen hat.«

Der ganze Vorplatz brach in unbändiges Lachen aus. Wütend funkelte d'Amiens die Menge an. »Ich bezog mich auf Eure Reisen allein mit Soldaten, Milady.«

»Gewiss, aber um ritterlichere Begleiter hätte ich gar nicht bitten können. Sie haben von ihrem Lord gelernt, was Achtung und Anstand bedeuten.« Sie wandte sich zu Thaddeus um. »Ich wünschte, wir könnten uns unter glücklicheren Umständen treffen, Vetter, aber seid versichert, ich werde die Einzelheiten Eures Eids erst offenbaren, wenn Ihr Euch dazu geäußert habt.«

Thaddeus beugte sich vor und fasste sich mit den Fingern an die Stirn, um die Erleichterung zu verbergen, die zweifelsohne in seinen Augen aufgeflackert war. Ihm war es ein Rätsel, wie Milady erfahren haben mochte, dass er Bescheid wusste, und er bewunderte die Raffinesse, mit der sie diesen Umstand angedeutet hatte. »Ich habe nichts gesagt, liebe Freundin. Der Eid, den wir einander geleistet haben, war heilig, und nur wir zwei haben das Recht, darüber zu sprechen.« Er hob den Kopf. »Dennoch bitte ich Euch inständig, ihn für Euch zu behalten. Blandefordes Gehilfe hat ebenso wenig wie de Courtesmain ein Recht zu erfahren, aus welchen Gründen ich im letzten Frühling in der Verkleidung eines Bauern unter dem Namen Thurkell nach Develish gekommen bin.«

Wie Thaddeus verstand es auch Lady Anne, sich nichts anmerken zu lassen, wenn ihr jäh ein Licht aufging. »Ist das erst ein Jahr her? Seitdem ist so viel geschehen, dass die Zeit mir viel länger erscheint.« Sie wandte sich wieder d'Amiens zu. »Wollen wir fortfahren? Es würde mir widerstreben, die guten Bürger länger als nötig von ihrer Arbeit abzuhalten.«

Kaum waren sie allein in einer abgeschiedenen Kammer, legte Lady Anne die Hände auf die von Mistress Wilde und blickte ihr forschend in die Augen. Diese Frau, sagte sie sich, musste Verständnis für Thaddeus haben, sonst hätte sie es nicht auf sich genommen, Edmund Joshuas Botschaft auszurichten.

»Hat mein Vetter Euch von mir erzählt, Mistress?«

»Ja, Milady. Und nur Gutes. Unser ganzer Haushalt weiß jetzt, wie achtsam Ihr Eure Leibeigenen behandelt und wie Ihr sie vor der Pest bewahrt habt.«

Alles an dieser Frau erinnerte Lady Anne an Clara Trueblood – ihre kräftige Gestalt, ihr lächelndes, rundwangiges Gesicht, ihre direkte, offene Art –, sodass sie einfach ihrem Instinkt vertraute und sich darauf verließ, dass Mistress Wilde sie nicht an den Vogt verraten würde.

»Ich brauche Eure Hilfe, Mistress Wilde«, begann sie. »Aber wir haben nur kurze Zeit, bis ich mich vom Vogt verhören lassen muss.«

»Was kann ich für Euch tun, Milady?«

»Sagt mir alles, was Ihr über Master de Courtesmain wisst. Was wird im Haushalt über ihn getratscht? Wie und wo verbringt er seine Tage? Sind ihm womöglich Versprechungen gemacht worden – als Gegenleistung dafür, dass er meinen Vetter beschuldigt? Was ist hier heute Morgen geschehen? Warum habe ich ihn im großen Saal an einen Pfosten gekettet gesehen?« Sie stieß ein kleines Lachen aus. »Und all das muss in der kurzen Zeit gesagt werden, die ich dafür benötige, einen Nachttopf zu benutzen und mein Kleid wieder in Ordnung zu bringen.«

Mistress Wilde erwiderte ihr Lachen. »In dieser Hinsicht braucht Ihr Euch keine Sorgen zu machen, Milady. Der Vogt hat einen derart verkniffenen Arsch, dass es bei ihm eine Viertelstunde dauert, einen Kaktus zu setzen. Ich werde ihn daran erinnern, wenn er über Eure Verspätung meckert.«

Sie führte Lady Anne zu einem niedrigen Stuhl mit einem Loch in der Sitzfläche und einem darunter angebrachten Nachttopf. Dann holte sie eine mit Wasser gefüllte Schüssel, eine Handvoll Tücher und eine Haarbürste, die sie auf einen neben dem Toilettenstuhl stehenden Hocker legte. Und während all dieser Verrichtungen erzählte sie Lady Anne alles, was sie über de Courtesmain wusste. Der Pfarrer hatte den Franzosen durch das Tor passieren lassen, als ihm ein Wächter meldete, dass dort ein Bote stand und in einem fort von ketzerischen Praktiken redete, die auf einem der Güter ausgeübt würden, die Milord of Blandeforde einem Vasallen als Lehen überlassen hatte. Eine Magd, die ein Gespräch zwischen dem Pfarrer und dem Vogt belauscht hatte, hatte berichtet, dass die Ketzerei in der vom Gesetz verbotenen Freilassung von Leibeigenen bestand. Der Franzose hatte sieben Tage lang in der Kirche hausen müssen, ehe man ihm ein Gemach im Herrenhaus zur Verfügung stellte. Den Bediensteten gegenüber hatte er sich ausgesprochen misstrauisch gezeigt, und sein Gebaren, mit dem er Wasser zum Waschen und Verpflegung gefordert hatte, war überaus herablassend gewesen.

Am Abend des Karsamstags war ein Bote von der Brücke zum Herrenhaus gekommen und hatte die Ankunft eines gewissen Athelstan gemeldet. Kurz darauf hatten sich der Pfarrer, der Vogt und eine Schar von ungefähr zwanzig Wächtern mit brennenden Fackeln zur Brücke begeben. Der Pfarrer hatte sich die Kleider des Vogts angezogen, während Letzterer sein entstelltes Gesicht unter der Kapuze einer Mönchskutte verbarg.

Was noch alles in dieser Osternacht geschehen war, wusste Mistress Wilde nicht. Da sie oberste Köchin war, oblag es ihr, die Vorbereitungen für das Ostermahl zu treffen, was wichtiger war als aller Klatsch. Doch immerhin war ihr ein Gerücht zu Ohren gekommen, nach dem ein Mann im Wächterhaus gefangen gehalten wurde, dem gleich nach den Feiertagen der Prozess gemacht werden sollte. Laut einer anderen Quelle wurde gemunkelt, man hätte ihn ins Herrenhaus gebracht, damit er die Soldaten nicht mit seinem Gerede verderben konnte. Beide Gerüchte mochten einen wahren Kern haben, da ab Sonntagabend für sämtliche Diener strenges Zugangsverbot zum großen Saal und zum Vorplatz herrschte – offenbar wurde befürchtet, der Gefangene könne mit seinen Lügen die Moral zersetzen.

Das Erste, was Mistress Wilde an jenem Sonntagmorgen hörte, war eine Schimpfkanonade, die der Vogt auf den Hauptmann wegen dessen angeblicher Feigheit vor einer Frau abfeuerte. Dabei schrie er so laut, dass seine Stimme bis in den Küchentrakt gellte, und Mistress Wilde war zu neugierig gewesen, um nicht in den Bogengang zu spähen. Der Kiefer klappte ihr vor Überraschung nach unten, als sie eines großen, stattlichen Mannes ansichtig wurde, der am ganzen Körper mit Ketten gefesselt war, was ihn allerdings nicht daran hinderte, den Vogt wegen dessen unbeherrschter Wortwahl zu tadeln und ihm vorzuhalten, dass es nicht die Schuld des Hauptmanns sei, wenn Lady Anne seine Bedingungen zurückgewiesen hätte.

Mistress Wilde äußerte sich über Thaddeus voller Respekt und beschrieb ihn als besonnen und furchtlos, obwohl ihn der Franzose wütend angefahren habe, als er erklärt hatte, dass Sündhaftigkeit nicht die Ursache der Pest sei. Eigentlich hätte so gut wie keiner von den Bediensteten das geglaubt, da auf dem Landgut wesentlich mehr boshafte und grausame Menschen lebten als die vier, die der Seuche zum

Opfer gefallen waren. Ebenso wenige hielten die Stadt für jenen Sündenpfuhl, als den Pater Aristide sie so gerne beschrieb.

»Die meisten von uns haben – oder hatten – dort Verwandte«, erklärte sie und legte die Bürste beiseite, mit der sie Lady Annes Haare geglättet hatte. »Uns wurde nicht erlaubt, ihr Schicksal in Erfahrung zu bringen oder das Schicksal derer, die der Pfarrer vertrieben hat, aber ich kann einfach nicht glauben, dass auch nur einer von ihnen so böse war, dass Gott seinen Tod gewollt hätte.« Sie hielt inne, um Lady Anne beim Aufstehen zu helfen und sich dann selbst niederzuknien und das Kleid glatt zu streichen.

»Womit erklärt Pater Aristide denn die Tatsache, dass im Herrenhaus so wenige gestorben sind?«

»Damit, dass er täglich mit der Gemeinde Stundengebete spricht und die Freisprechung von den Sünden erteilt, Milady. Auf diese Weise weiht er das Gebiet innerhalb der Mauer und reinigt uns von dem Bösen in uns.«

»Schläft er in der Kirche?«

Mistress Wilde schüttelte den Kopf. »Der Turm ist zu kalt, und außerdem hat er es gern bequem.«

»Hat man Milord of Athelstan von diesen Reinigungsritualen berichtet?«

»Ich glaube, ja, Milady, denn er hat gemeint, Pater Aristide sei bei seiner Erklärung der Gründe, warum das Herrenhaus frei von der Pest geblieben ist, nicht gerade aufrichtig gewesen.« Sie erhob sich mit einem zufriedenen Seufzen. »Ihr seid wunderschön, Milady. Niemand würde glauben, dass Ihr heute so weit gereist seid.«

»Ich wünschte, mein müder Geist ließe sich auch so leicht erfrischen, Mistress Wilde«, erwiderte Lady Anne mit einem traurigen Lächeln. »Denn ich werde einen scharfen Verstand brauchen, wenn ich die Fallstricke vermeiden will, die der Vogt für mich auslegt.«

Die Matrone schmunzelte. »Ihr werdet weniger Sorgen haben als diese Kerle, Milady. Was wissen sie denn schon über uns Frauen? Der Pfarrer kennt nur das, was er im Beichtstuhl hört, und der Vogt nur die Vorwürfe, die er uns wegen unserer angeblichen Verschwendung macht. Jemandem wie Euch sind sie nicht gewachsen.«

Erneut ergriff Lady Anne die Hände der anderen. »Ich habe darum gebeten, dass Ihr mich als Anstandsdame begleitet. Traut Ihr Euch das zu? Ich möchte Euch keine Schwierigkeiten mit Master d'Amiens bereiten, aber Eure Gegenwart würde meine Zuversicht stärken, dass er die Wahrheit sagt. In der Gegenwart eines Haushaltsmitglieds wird er doch gewiss davor zurückschrecken, Lügen zu verbreiten.«

Mistress Wilde drückte ihr fröhlich die Finger. »Für mich wird's keinen Ärger geben, Milady. Dafür braucht er mich viel zu sehr in der Küche.« Unvermittelt blitzte in ihren Augen der Schalk auf. »Und wenn er oder der Pater von der Wahrheit abschweift, gebe ich Euch ein Zeichen. Und zwar werde ich einfach die Handgelenke übereinanderlegen. Es ist höchste Zeit, dass all die Geheimnisse dieses Hauses ans Licht kommen!«

Der Pfarrer stand in einer Ecke des Kontors und der Vogt hinter seinem Pult mit dem Rücken zum Fenster. Die Gesichter beider Männer lagen im Schatten. Lady Anne überlegte gerade, ob das so geplant war, als d'Amiens sie aufforderte, sich zu setzen. Der Hocker, auf den er deutete, war so aufgestellt, dass die Sonne sie zwangsläufig blenden würde. Mit einem freundlichen Lächeln bat sie Mistress Wilde, den Hocker in die Ecke der Fensterwand zu schieben, die nicht vom Pfarrer besetzt war, und entschuldigte sich beim Vogt dafür, dass sie ihn zwang, sich zu ihr umzudrehen.

»Ihr seid es sicher besser als ich gewöhnt, in die Sonne zu schauen, Master d'Amiens«, flötete sie und ließ sich mit einem Nicken in Richtung Aristide nieder. »Womit kann ich Euch nun dienen, meine Herren?«

Der Priester ergriff als Erster das Wort. »Master de Courtesmain hat erschreckende Kunde aus Develish gebracht, Milady. Er spricht von Gottlosigkeit, Diebstahl und Morden, begangen von einem Leibeigenen namens Thurkell, und von Frauen, die behaupten, den Lords ebenbürtig zu sein. Die schlimmste Beschuldigung hat er gegen Euch erhoben, wonach Ihr offen Ketzerei betreibt.«

»Wie sonderbar von ihm.«

»Das sind ernste Vorwürfe, Milady«, mahnte d'Amiens.

»Allerdings«, bestätigte sie in gemessenem Ton. »So ernst wie die Beschuldigungen, die Sir Richard vor ungefähr fünf Jahren gegen Euch erhoben hat, als Euch bei den Steuern für Develish ein Fehler unterlief. Was für ein Glück, dass unser damaliger Verwalter ihn bemerkte, bevor Ihr aufbracht. Sonst wäre Sir Richard gezwungen gewesen, sich in dieser Angelegenheit an Milord of Blandeforde zu wenden.«

»Das war nur ein kleiner Rechenfehler, Milady.«

»Nicht wirklich klein, Sir. Meiner Erinnerung nach nahmt Ihr zwanzig Goldtaler und vergaßt, sie auf der Liste zu erfassen. Sir Richard hätte Euch auspeitschen lassen, hätte ich ihn nicht davon überzeugt, dass das wohl eher ein Irrtum war und keine absichtliche Täuschung. Er war der festen Überzeugung, Ihr hättet das Geld mit Vorbedacht eingesteckt.«

D'Amiens starrte sie hasserfüllt an. So, wie er sie jetzt einschätzte, war er sich sicher, dass sie es gewesen war, die den fehlenden Betrag entdeckt und die Raserei ihres Gemahls geschürt hatte. »Es gab keine Täuschung, Milady.«

»Natürlich nicht. Niemand dachte so schlecht von Euch wie Sir Richard. Ihr tatet mir leid, denn sein unbeherrschtes Gerede hatte offenbar zur Folge, dass wir Euch danach gar nicht mehr persönlich sahen, sondern nur noch Eure Helfer.«

Für einen kurzen Moment trat Stille ein, bis der Priester sie schließlich brach. »Ich sehe keine Ähnlichkeit zwischen de Courtesmains Beschuldigungen und dem falschen Vorwurf, der gegen Jacques d'Amiens erhoben wurde.«

»Das würdet Ihr aber zweifellos, Pater, wenn man Euch ein Verbrechen zur Last legte, das Ihr gar nicht begangen habt. Master d'Amiens war zutiefst verstört, als Sir Richard ihn einen Dieb nannte.«

»Welchen Grund sollte Master de Courtesmain denn haben, sich solche Märchen auszudenken?«

Lady Anne stieß ein leises Lachen aus. »Nun, wie sonst hätte er sich hier Eintritt verschaffen können? Er war ein Fremder, der nichts vorzuweisen hatte. Da war eine fesselnde Geschichte über eines von Blandefordes Vasallengütern doch wirklich der beste Weg, für eine freundliche Aufnahme zu sorgen.« Sie blickte d'Amiens an. »Das größere Rätsel ist vielmehr: Wie konnte es ihm gelingen, Euch davon zu überzeugen, dass er die Pest nicht in sich trug? In Develish bestehen wir darauf, dass Ankömmlinge vierzehn Tage außerhalb jeder Gemeinschaft bleiben, bevor sie den Wassergraben überqueren dürfen.«

»Er wurde eine Woche lang in der Kirche eingesperrt. Der Pater brachte ihm sein Essen und sprach mit ihm durch die Tür.«

»Das muss den Haushalt in Angst versetzt haben.«

»Warum? Niemand hatte Kontakt mit ihm.«

Lady Anne gab sich überrascht. »Wissen Eure Leute denn, dass jede persönliche Begegnung gefährlich ist? Ich dachte, sie seien der Auffassung, die Vergebung ihrer Sünden und Stundengebete würden sie gegen die Krankheit feien. Dass Pater Aristide sieben Tage lang die Kirche schließen und die Reinigungsrituale aussetzen musste, hat sie doch sicher beunruhigt.«

Wütend schnaubte der Pfarrer: »Angesichts der Gottlosigkeit in Develish sind das doch wirklich Kleinigkeiten!« Er deutete auf eine Reihe von Schriftrollen, die auf dem Pult lagen. »Dort könnt Ihr die Einzelheiten nachlesen. Sie wurden von de Courtesmain niedergeschrieben. Euer Pfarrer ist zum Schweigen gebracht worden, Euren Leibeigenen habt Ihr die Freiheit versprochen, und Eure Tochter habt Ihr für außerehelich erklärt, damit Ihr und der Sohn einer ortsbekannten Metze gemeinsam über das Anwesen herrschen könnt.«

»Mir wird ganz schwindelig von Euren Worten, Pater.« Sie musterte den Pfarrer mit ernstem Blick. »Master de Courtesmain hat acht Monate lang unter uns gelebt, und nie hätte ich mir vorstellen können, dass sein Geist derart verwirrt ist! Wenn Ihr Mistress Wilde gestattet, meine Reisetruhe zu holen, kann ich Euch das Hauptbuch des Verwalters von Develish zeigen, das die wahre Geschichte über mein Gut erzählt.«

»Die von Euch und Thurkell geschrieben wurde.«

Lady Anne schüttelte den Kopf. »Daran waren viele Hände beteiligt – die Aufzeichnungen reichen schließlich zwanzig Jahre zurück. Nur die jüngsten stammen von mir, Athelstan und de Courtesmain. Wo Euer Gewährsmann am Werk beteiligt war, werdet Ihr an seiner Handschrift erkennen. Er war eifrig darauf bedacht, seinen Beitrag zum Überleben von Develish zu leisten, solange er bei uns weilte. Darum betrübt es mich sehr, dass er uns jetzt derart schmäht, um Eure Gunst zu gewinnen.« Sie wandte sich an Mistress Wilde. »Seid doch bitte so freundlich und bittet meinen Hauptmann, Euch die Reisetruhe zu geben, in der sich das Hauptbuch befindet. Ihr werdet ihn an seinem sehr kurz geschnittenen Haar und dem Wappen von Develish auf seinem Waffenrock erkennen. Ich habe nicht den geringsten Zweifel daran, dass Master d'Amiens und Pater Aristide bereit sein werden, während Eurer Abwesenheit auf der anderen Seite der Tür zu warten.«

Mistress Wilde ließ den beiden keine Wahl, als ihr zu gehorchen. Resolut trat sie hinter das Pult und schob die Männer mit ihrem breiten Körper einfach vor sich her. Kaum draußen, schob sie den Riegel vor, sicherte ihn mit einem Vorhängeschloss, sank zu einem ehrerbietigen Knicks nieder und eilte zum Portal hinaus auf den Vorplatz. Ihre Gedanken überschlugen sich. Was hatte sie da gerade alles gehört? *Master d'Amiens ein Dieb ... die Stundengebete eine Lüge ... Develish eine gottlose Hölle ...* War irgendetwas davon wahr? Ihr Grübeln hielt sie freilich nicht davon ab, im Laufen nach dem Hauptmann von Miladys Soldaten Ausschau zu halten. Sie entdeckte ihn auf Anhieb. Abseits der Menge stand er mit zwei anderen zusammen, alle mit dem gleichen Wappen auf dem Waffenrock. Mit einer Hand hielt er sein Pferd an den Zügeln.

Die drei waren in ein Gespräch vertieft, brachen es aber sofort ab, als Mistress Wilde herantrat. »Seid Ihr der Hauptmann von Milady?«, fragte sie Gyles.

»Der bin ich, Mistress.«

»Milady lässt Euch bitten, mir die kleine Truhe mit dem Hauptbuch auszuhändigen. Sie möchte es dem Pfarrer und dem Vogt zeigen. Dann werden sie endlich begreifen, dass sie die Wahrheit sagt.«

Gyles spähte zum Fluss hinüber. »Milord of Athelstans Männer passen darauf auf«, sagte er und deutete mit dem Kinn auf Ian und dessen Gefährten, die mit ihren Pferden am Ufer standen. »Ich kann Euch zu Fuß begleiten, aber wenn ich reite, geht es schneller. Was wäre Euch lieber?«

Mistress Wilde lachte. »Schnelligkeit, Sir. Ich bin langsam zu Fuß, und Milady ist vom weiten Weg zu erschöpft, um die Gesellschaft von Master d'Amiens und Pater Aristide länger als unbedingt nötig zu ertragen.«

Gyles schwang sich in den Sattel. »Wenn Ihr das Vertrauen von Milady habt, dann habt Ihr auch das unsere.« Er nickte in Richtung von James und Alleyn. »Berichtet meinen Männern, wie es ihr geht. Es bereitet uns Sorgen, dass sie in diesem Haus niemanden hat, der sie schützt.«

Als Gyles losgeritten war, wandte sich Mistress Wilde an James. »Ihr braucht Euch nicht zu beunruhigen«, versicherte sie ihm. »Milady mag müde sein, aber ihr Geist ist stark. Ich glaube, der Vogt und der Pfarrer fühlen sich wesentlich mehr von ihr bedroht als sie sich von ihnen.«

»Master de Courtesmain ist derjenige, den wir fürchten, Mistress. Anscheinend hat er Milord of Athelstan überfallen. Wir dürfen nicht zulassen, dass das auch Lady Anne geschieht. Wo ist er jetzt? Welche Kunde habt Ihr über ihn? Glaubt man seinen Anschuldigungen?«

Mistress Wilde brauchte keine Erinnerungshilfen, um zu wiederholen, was sie wusste. Bei sich dachte sie, dass Milady ganz recht hatte, wenn sie den Geisteszustand des Franzosen als verwirrt bezeichnete und seine Behauptungen über

Develish als Versuch, sich ein Amt auf dem Gut Blandeforde zu erschleichen. Andererseits lag es auf der Hand, dass der Pfarrer ihm glaubte. Sie fragte die Männer, ob irgendwelche von de Courtesmains Behauptungen zutrafen, und weil sie wie sie selbst den Dialekt von Dorseteshire sprachen, glaubte sie ihnen bereitwillig, als sie verneinten. Der Tag würde ein schlechtes Ende nehmen, wenn es Lady Anne war, die log, und nicht dieser böswillige Franzose.

EINUNDZWANZIG

$\mathcal{A}$ls d'Amiens in sein Kontor trat, überprüfte er als Erstes die Schriftrollen auf dem Pult, ehe er Lady Anne auch nur eines Blickes würdigte. Falls eine davon aufgerollt und gelesen worden war, ließ sich das nicht erkennen. Allerdings sah er den Schalk in ihren Augen aufblitzen, als er den Blick zu ihr hob. Jetzt schalt er sich dafür, dass er die Pergamente nicht rechtzeitig weggeräumt hatte. Während er ausgesperrt gewesen war, hätte die Zeit durchaus gereicht, sie alle zu überfliegen. Es war doch immer dasselbe: Sobald er den Charakter und die Intelligenz seiner Widersacherin unterschätzte, verschaffte er ihr damit einen Vorteil.

Mistress Wilde stellte die Reisetruhe zu Lady Annes Füßen auf den Boden. »Euer Hauptmann sendet Euch seine Grüße, Milady. Er baut darauf, dass alles so ist, wie es sein sollte. Er hat die Sorge, dass das schwere Buch womöglich die losen Schriftrollen zerdrückt haben könnte.«

Lady Anne lächelte sie dankbar an. »Seine Sorgen sind bestimmt unbegründet.« Sie wandte sich an d'Amiens und Aristide. »Meine Herren, könntet Ihr so freundlich sein und Euch umdrehen? In dieser Truhe befinden sich persönliche Kleidungsstücke, die nur Frauen tragen, und es wäre nicht schicklich, wenn Ihr sie zu sehen bekämt. Die Dokumente liegen darunter am Boden. Es wird nur einen kurzen Moment dauern, sie hervorzuholen.«

Die zwei Angesprochenen erwiesen ihr den Gefallen und wandten sich ab. Dennoch achtete Lady Anne beim Hochklappen des Deckels sorgfältig darauf, dass er oben blieb. Der Inhalt sollte nach Möglichkeit verdeckt bleiben. Was sie betraf, brauchten die zwei Männer weder die Reithose zu erspähen, die sie getragen hatte, noch die ›losen Schriftrollen‹, von denen sie gar nichts wusste. Es waren insgesamt zwei, die gleich zuoberst auf dem wollenen Umhang lagen. Sie legte sie sich auf den Schoß, bevor sie das Hauptbuch herauszog und auf den Schriftrollen platzierte. Dann klappte sie die Truhe wieder zu und dankte dem Vogt für seine Geduld.

Sie reichte ihm das Buch. »Auf den ersten Seiten werdet Ihr Sir Richards und meine eigene Abstammungslinie finden, Master d'Amiens. Athelstan ist als Abkömmling in direkter Linie des Bruders meines Großvaters als mein Vetter verzeichnet. Sein Geburtstag wird ebenfalls angegeben. Er wurde ein Jahr vor meinem geboren. Aber Ihr solltet diese Aufzeichnungen besser in Ruhe studieren. Ich werde gern in der Kammer warten, die Mistress Wilde mir besorgt hat.«

»Das wird nicht nötig sein, Milady. Ich werde beim Lesen Fragen stellen wollen, und die könnt Ihr leichter beantworten, wenn Ihr bleibt.« D'Amiens deutete auf die Pergamente in Lady Annes Schoß. »Was ist das?«

Sie rollte das erste auf und erkannte auf Anhieb Pater Anselms zittrige, unbeholfene Schrift. »Dieses wurde von meinem Pater Anselm geschrieben und ist an Seine Gnaden von Sarum gerichtet. Und das hier« – sie öffnete das nächste Pergament und sah, dass unten zwar Eleanors von Kinderhand gemalte Unterschrift prangte, alles andere jedoch von Isabella Startout stammte – »ist von meiner Tochter, Lady Eleanor. Es ist ebenfalls an Seine Gnaden von Sarum gerichtet.«

»Warum ist keines davon versiegelt?«

»Wachs ist kostbar in Develish, Sir. Wir bewahren das wenige, das wir haben, für die Fertigung von Altarkerzen auf.«

Pater Aristide stieß ein ungläubiges Schnauben aus. »Ihr lügt! Ich habe Thurkell vorgestern Abend ein Pergament mit Wachs versiegeln sehen.«

Sie bedachte ihn mit einem winzigen Lächeln. »War das, als Ihr Euch als Vogt ausgabt, Pater? Die Bürger der Stadt haben mir erzählt, dass sie es als sehr lästig empfanden, Euch so viele Lügen über Euch selbst erzählen zu hören.« Sie hielt kurz inne. »Wenn Ihr mit Thurkell Athelstan meint, er hat Develish am ersten Januar zusammen mit Milord of Bourne und Master de Courtesmain verlassen – also vor gut dreieinhalb Monaten. Ich könnte mir vorstellen, dass jedes Wachs, das er benutzt, aus Bourne stammt.«

»Ihr habt auf alles eine Antwort, Milady«, stellte d'Amiens fest.

»Ihr werdet noch mehr im Hauptbuch finden, Sir.«

Wenn auch nicht diejenigen, die du hören willst, dachte sie, als die zwei Männer sich über die Seiten beugten. Darin wurde nicht erwähnt, dass Thaddeus im letzten Frühling als Bauer verkleidet zum Landgut gekommen war, geschweige denn erklärt, warum er so etwas Ungewöhnliches getan hatte. Sie konnte sich zusammenreimen, dass er den ›Schwur‹ ersonnen hatte, damit er es sich ersparen konnte, einen Grund zu nennen; umso kräftiger musste er dann geflucht haben, als er erfuhr, dass die Person, die ihn von seinem Versprechen entbinden konnte, vor dem Tor stand. Und was wurde jetzt aus ihr? Welchen Grund konnte Milady of Develish gehabt haben, ihren Vetter zu bitten, sich ihrem Gemahl und dessen neuem Verwalter gegenüber als Bauer auszugeben?

Jede Geschichte, die Thaddeus und sie erfunden hatten, diente allein dem Zweck, d'Amiens von Athelstans adliger Abstammung zu überzeugen. Kein einziges Mal hatten sie daran gedacht, eine Erklärung dafür zu ersinnen, warum Thaddeus de Courtesmain mit seiner Verkleidung hatte täuschen müssen. Nun, eines leuchtete ihr auf Anhieb ein: Er hatte gar keine andere Wahl gehabt, als zuzugeben, dass er den Franzosen kannte. Das Gegenteil zu behaupten wäre nicht möglich gewesen. Dafür hatte ihn de Courtesmain in seinen Aufzeichnungen einfach zu präzise beschrieben. Jeder hätte in Athelstan auf Anhieb Thurkell erkannt. Dann wiederum war Lady Anne schleierhaft, wie sie sich verhalten sollte, solange sie nicht wusste, was Thaddeus noch alles behauptet hatte. Hatte er vielleicht verlauten lassen, in Develish würden ihn alle für einen Leibeigenen halten? Und warum hätte er sich nach Sir Richards Tod nicht zu erkennen geben sollen?

Sie unterdrückte ein Seufzen und senkte den Blick auf Eleanors Brief. Es war wirklich eine Ironie des Schicksals, dass sie bei ihrem Versuch, Thaddeus gegen den Vorwurf der Amtsanmaßung zu verteidigen, gezwungen war, ihn als jemanden darzustellen, der sehr wohl zur Hochstapelei fähig war, wenn auch in einem anderen Bereich.

Ostermontag 1349

Eure hochverehrte Gnaden,
ich bin Eleanor of Develish, Tochter von Sir Richard
(jetzt verstorben) und seiner Witwe, Lady Anne.
Ich bete zu Gott, dass es Euch gut geht und dieser Brief
Euch erreicht, denn ich bin in größter Sorge und
Kümmernis über den Verbleib und das Schicksal

meiner geliebten Mutter und ihres Vetters, Milord of Athelstan.

Gestern hat uns inmitten der freudigen Feier der Wiederauferstehung Christi die Kunde ereilt, dass Milord of Athelstan in Blandeforde gefangen genommen worden ist. Diese erschreckende Botschaft wurde uns von einem seiner Soldaten überbracht, der von Beschuldigungen der Hochstapelei sprach, die gegen Milord erhoben worden seien. Wer der Kläger war, konnte der Soldat uns nicht sagen, doch Milady weiß nur von einer Person, die dazu fähig ist, solche Vorwürfe gegen ihren Vetter vorzubringen. Dieser Mann heißt Hugh de Courtesmain und hegt einen tiefen Groll gegen Milord of Athelstan.

Verehrter Sir, ich bitte Euch, mir zu glauben, dass Master de Courtesmain kein Vertrauen verdient. Er kam auf Geheiß meines Vaters nach Develish. Mein Vater glaubte, er würde ihm als treuer und fähiger Verwalter dienen. Das erwies sich jedoch als falsch. Als mein Vater an der Pest starb, befiel Master de Courtesmain eine solche Angst um sich selbst, dass er die Führung des Gutes meiner Mutter überließ und sich dazu erniedrigte, scheinbar in den Bauernstand zu treten. Es ging ihm wohl auch darum, sich der Verantwortung zu entziehen.

Es ist Gottes Gnade zu verdanken, dass unser Vetter Athelstan aus Spanien zurückgekehrt war und zu jener Zeit bei uns zu Besuch weilte. Glücklicherweise war er fähig, Lady Anne bei der Führung von Sir Richards Gut beizustehen. Da er viel herumgekommen ist, kennt er die Welt besser als sie. Und weil er mit den verschiedensten Sitten und Gebräuchen vertraut ist und überdies angenehme Manieren hat, gewann er schnell die Herzen der Bevölkerung auf dem Landgut meines Vaters, gerade in diesen schweren Zeiten. Gemeinsam nutzten Lady Anne und er ihr Wissen, um die Pest von Develish fernzuhalten. Doch das löste bei Master de Courtesmain Neid und Missgunst aus, denn nun erkannte er, dass es töricht von ihm gewesen war, übereilt auf seine Stellung zu verzichten.

Lady Anne hat sich nach Blandeforde begeben, um Milord of Athelstans Freilassung zu erbitten, aber ich habe ernste Sorgen um ihre Sicherheit. Wir haben erfahren, dass Milord of Blandeforde letztes Jahr westwärts gereist ist, und ich weiß nicht, wer jetzt an seiner Stelle über seine Güter herrscht. Wer immer das sein mag, ich befürchte, dass Master de Courtesmain dieser Person Unwahrheiten und Verdrehungen in den Kopf gesetzt hat. Und schuld daran bin ich! Ich bin viel zu kindisch für ein vierzehnjähriges Mädchen, und aus Verachtung für seine Feigheit habe ich ihn jeden Tag mit erfundenen Geschichten aufgezogen. Zu meiner Beschämung muss ich gestehen, dass ich jedes Mal über das Gesicht, das er zog, laut gelacht habe, denn weil er von Natur aus eifersüchtig ist, glaubte er mir den aberwitzigsten Unsinn.

Wenn Ihr dazu geneigt seid, bitte ich Euch, einen Boten nach Blandeforde zu entsenden, damit er sich ein Bild von den Geschehnissen dort macht. Ich habe Angst, dass meine unüberlegten Sticheleien gegen einen Mann, der zu feige war, seinen meinem Vater gegenüber geleisteten Eid zu halten, zu einem schrecklichen Irrtum geführt haben. Zutiefst zerknirscht habe ich jede Bußübung abgeleistet, die mir Pater Anselm für meine

Unwahrheiten auferlegt hat, aber nur Ihr habt die
Macht, mich von meinen unbesonnenen Worten zu
erlösen. Milord of Athelstan ist im englischen Recht
nicht bewandert, und da meine Mutter nur eine Frau
ist, wird man ihr vielleicht kein Ohr gewähren.

Darum flehe ich Euch an zu glauben, dass Gott der
Allmächtige Develish zweimal gesegnet hat, als Er das
Anwesen Lady Anne übergab und verfügte, dass Milord
of Athelstan zur Stelle war und ihr helfen konnte.
In tiefster Demut vor Gott und gestärkt durch die Gebete
unseres Priesters, Pater Anselm, haben sie die Leute
meines Vaters geschützt und all jene willkommen
geheißen, die auf der Suche nach Zuflucht von anderen
Gütern zu uns kamen. Milord of Bourne aus Wiltshire
war einer davon und wird bezeugen, dass das, was ich
schreibe, der Wahrheit entspricht.

Eure reuige und demütige Dienerin,
In nomine Patris et Filii et Spiritus Sancti
Eleanor of Develish

Lady Anne erkannte in diesem Brief mehr als nur Isabellas
Hand. Auch all die klugen Ideen und eleganten Formulierungen stammten gewiss von der jungen Dienerin. Vielleicht hatte Isabella auch beim Verfassen von Pater Anselms
Brief geholfen, denn obwohl es sich zweifelsfrei um seine
Handschrift handelte, war ihm so etwas wie Lobbekundungen völlig fremd. Unwillkürlich fragte sie sich, ob Gyles
und Clara so weitsichtig gewesen waren, seine Stimmung
mit Alkohol zu mildern, bevor er sich ans Schreiben machte,
oder ob Gyles – wirksamer noch – damit gedroht hatte,

ihn aus seinem bequemen Quartier im Kirchengebäude zu werfen.

Sie sah zu, wie d'Amiens das Buch durchblätterte, hin und wieder eine Seite las, aber das meiste ignorierte. Damit stand für sie fest: Er suchte nach irgendetwas bezüglich der Verbrechen und Ketzereien, die de Courtesmain nach Daten geordnet in seinen Schriftrollen aufgelistet hatte. Nun, da konnte er so lange suchen, wie er wollte – er würde nichts finden. Denn sie standen in ihrem privaten Tagebuch, das sich in ihrer Kammer am Boden einer Truhe befand. Gleichwohl wusste sie, dass Thaddeus in diesem Hauptbuch sehr wohl erwähnt wurde, oft sogar in ihrer eigenen Handschrift.

Nach einer Viertelstunde blickte d'Amiens auf. »Dieses Buch sagt mir nichts, außer dass in Develish die Tage mit Ödnis gefüllt sind. Die einzigen Seiten, die etwas Abwechslung bieten, sind diejenigen, die sich auf Thaddeus Thurkell beziehen.«

»Sind das die Teile, die von Master de Courtesmain geschrieben wurden?«, fragte Lady Anne ruhig. »Er schneidet seine Feder immer sehr spitz zurecht, sodass seine Schrift überall heraussticht. Ihr werdet sie von seinen Pergamentrollen her kennen.«

»Warum nennt *er* Thurkell nie Athelstan?«

»Weil er ihn unter dem Namen Thurkell kennengelernt hat.« Lady Anne nahm Pater Anselms Brief von ihrem Schoß und reichte ihn d'Amiens. »Dieses Schreiben hier könnte Euch das Verständnis vielleicht erleichtern. Es ist an Seine Gnaden von Sarum gerichtet, aber da es nicht versiegelt ist, sehe ich keinen Grund, warum Ihr es nicht lesen solltet.«

»Das Datum ist das heutige. Wie ist der Brief in Euren Besitz gelangt?«

»Pater Anselm hat ihn dem Hauptmann meiner Garde anvertraut. Sollte mir und Athelstan hier die Gerechtigkeit verwehrt werden, wird er damit nach Sarum reiten.«

Ostermontag 1349

Hochverehrter Sir!
Ich bin Anselm von Develish. Wenn dieser Brief Euch erreicht, bitte ich Euch, für mich zu beten, so wie ich jeden Morgen und Abend für Euch bete. Mit Gottes Segen werden wir beide die Pest überleben.

Dieser Brief wird zusammen mit einem Schreiben von Lady Eleanor of Develish bei Euch eintreffen, welche Euch auf Knien bittet, in Lady Annes Namen einzugreifen, ihrer geliebten Mutter, und auch in dem von Lord Athelstan, ihrem hochgeschätzten Vetter. Weil die Zeit drängt und Lady Eleanor alles ausreichend erklärt hat, werde ich ihre Gründe für ihre Bitte nicht wiederholen. Stattdessen will ich Euch nur mitteilen, dass ich mein Flehen dem ihren hinzufügen möchte. Ich bin beseelt von dem aufrichtigen Glauben, dass Gottes Licht besonders stark auf die zwei Personen scheint, denen zu helfen sie Euch beschwört.

Lady Anne ist eine Adlige von großer Liebe und Güte, die seit dem Tod ihres Gemahls danach strebt, sein Versprechen zu halten und die Leute auf dem Gut zu schützen. Das hat sie voller Demut getan. Nach dem Beispiel des heiligen Franz trägt sie schlichte, selbst gefertigte Kleider und teilt all ihren Besitz mit ihren Leibeigenen, damit diese eines Tages vielleicht besser verstehen können, wie sehr Gott sie liebt. In ihrem wohltätigen Wirken genießt Lady Anne die Unterstützung von

Milord of Athelstan, dessen Gegenwart von Anfang an eine Quelle der Hoffnung und des Glaubens an Gott und an die Zukunft gewesen ist. Auch er eifert dem Wirken des heiligen Franz nach, indem er einen einfachen Namen angenommen hat, ein bescheidenes Leben fern von jedem Prunk führt und sich um seine Mitmenschen kümmert, von welchem Stand sie auch sein mögen.

Es ist ein Grund zur Freude, dass in Develish seit dem Hinscheiden von Sir Richard niemand mehr an der Pest gestorben ist. Gestern, als wir die glorreiche Wiederauferstehung Christi feierten, wurde jede Stimme voller Dankbarkeit zur Lobpreisung unseres Herrn Jesus Christus erhoben. Er hat uns nichts als Liebe gegeben, und wir zahlen sie Ihm tausendfach mit der Fürsorge zurück, die wir einander angedeihen lassen.

Hochverehrter Sir, ich befehle Lady Anne und Milord of Athelstan Eurer Gnade an und bitte Euch, auf Lady Eleanors Flehen zu antworten.

Euer demütiger Diener,
In nomine Patris et Filii et Spiritus Sancti
Anselm

D'Amiens legte den Brief beiseite und begutachtete das Blatt aus dem Geburten- und Sterberegister von Develish. »Die Handschrift ist dieselbe«, sagte er und hielt beide Dokumente Aristide entgegen. »Aber sowohl die Gedanken als auch die richtige Schreibung sind in einem davon besser.«

Aristide nahm das Blatt aus dem Melderegister und reichte es an Lady Anne weiter. »Wie erklärt Ihr Euch das, Milady? Es wurde doch von Eurem Pfarrer verfasst, nicht wahr?«

Sie warf einen Blick darauf und nickte. »Hat Master de Courtesmain uns das gestohlen? Wie unfreundlich von ihm. Er hätte an die Familien denken sollen, die vielleicht eine Erinnerung daran benötigen, wann genau ihre Eltern oder Großeltern gestorben sind.«

»Ich bin mehr an Thaddeus Thurkells Geburt interessiert, Milady.«

Lady Anne las die betreffende Stelle laut vor: »*Ein Son, Thades, ward Will und Ev Thkell in dieser 2. Wohche des Juno ano domini 1328 gebohren.*« Sie ließ das Pergament in ihren Schoß sinken. »Arme Eva. Bevor ich nach Develish kam, war es nur allzu üblich, dass Kinder früh starben. Dachte de Courtesmain nicht auch daran, die Bekanntmachungen der Todesfälle zu studieren? Er hat sich doch sicher gefragt, warum Athelstan so viel älter aussieht als ein vor zwanzig Jahren geborener Leibeigener.«

Einen Moment lang zögerte der Priester, ehe er erneut das Wort ergriff. »Wieso sollte er? Thurkell lebte ja.«

»Mein *Vetter* lebte, Pater. Mehrere Leibeigene boten ihm an, ihm einen Namen zu leihen, aber er entschied sich für ›Thaddeus Thurkell‹, als Eva ihn inständig bat, sich wie ihr Erstgeborener zu nennen. Ich glaube, das gefiel ihr. Sie liebt es, sich ihren verlorenen Sohn so groß und stattlich wie Athelstan vorzustellen.«

»Das ergibt doch keinen Sinn!«, fauchte der Priester. »Warum sollte ein Adliger sich als Leibeigener ausgeben? Es gibt keinen schnelleren Weg, eine Rebellion zu entfachen, als solchen Leuten das Gefühl zu geben, sie seien wichtig.«

»Euer Gemahl hätte so etwas nie und nimmer erlaubt«, knurrte d'Amiens. »Er hasste den Bauernstand zutiefst.«

Lady Anne lächelte. »Er hasste sehr vieles. Und mich am allermeisten.«

Jetzt hatte d'Amiens keine Zweifel mehr: Sie *hatte* die Schriftrollen gelesen. Hätte de Courtesmain nicht offenbart, dass Sir Richard sie nicht ausstehen konnte, hätte sie das gewiss nie zugegeben. »Damit habt Ihr aber Pater Aristides Frage nicht beantwortet, Milady.«

»Seine vielleicht nicht«, bestätigte sie, »aber die Eure. Sir Richard hätte meinen Vetter nicht ins Haus gelassen, wenn er gewusst hätte, wer er ist. Als er mich heiratete, zerschnitt er all meine Verbindungen mit meiner Familie, nur damit er mit mir und meiner Mitgift umgehen konnte, wie es ihm beliebte.«

»Ihr hattet in Eurer Ehe keine Rechte, Milady. Das gilt für fast alle Frauen.«

»Allerdings. Er bezeichnete mich oft als die niedrigste unter seinen Leibeigenen. Es ist ein Glück, dass ich lesen und schreiben kann und dass Verwalter, die freundlicher waren als de Courtesmain, es mir ermöglichten, im Geheimen Briefe zu senden und zu empfangen. Ansonsten wäre meine Lage unerträglich gewesen.«

Der Priester starrte sie entsetzt an. »Ihr habt das Vertrauen Eures Gemahls missbraucht? Ihr wart durch den heiligen Eid bei der Schließung Eurer Ehe daran gebunden, ihm zu gehorchen und Ehre zu erweisen!«

Lady Anne nickte eifrig. »Und gerade deswegen lernte ich, seine Leibeigenen zu verstehen, Pater. Unsere Schicksale waren ähnlich.«

Völlig unerwartet fand sie in Mistress Wilde, die unwillkürlich auflachte, eine Verbündete. »Milady of Blandeforde denkt genauso. Zwischen dir und mir gibt es keinen Unterschied, außer in unserer Kleidung, hat sie mir immer gesagt. Wir beide müssen springen, wenn unser Herr und Meister ruft.«

D'Amiens ignorierte sie. Er durchbohrte Lady Anne schier mit seinem Blick. »Sollen wir Eure Worte etwa so verstehen, dass Ihr Euren Vetter einludet, als Bauer verkleidet nach Develish zu kommen, um so Euren Gemahl zu täuschen, Milady?«

»Nicht so sehr in betrügerischer Absicht – er sollte vielmehr unsichtbar sein. Hätte Sir Richard ihn bemerkt und gezwungen, einen Namen zu nennen, könntet Ihr ihn mit Recht der Täuschung bezichtigen … Aber so weit ist es ja nie gekommen. Sir Richard kannte seine Pferde besser als seine Leute.«

»Develish ist nicht so groß, dass ein Fremder dort nicht auffallen würde, vor allem dann nicht, wenn er so markant ist wie Athelstan. Der Verwalter und sein Büttel müssen ihn doch bemerkt haben. Und warum hätte der Pfarrer angesichts des Betrugs beide Augen zudrücken sollen? Er war es seinem Lord doch schuldig, aufrichtig ihm gegenüber zu sein – so wie im Übrigen auch Ihr.«

Lady Anne nickte. »Und so wäre es auch geschehen, wenn mich Sir Richard gefragt hätte, wer dieser Fremde war. Das gilt auch für den Büttel. Außerdem hatte ich niemanden dazu aufgefordert, Sir Richard anzulügen. Das Einzige, worum ich unsere Leute gebeten hatte, war, Athelstan herzlich aufzunehmen. Daran sah auch niemand etwas Anstößiges, denn alle wussten, dass man ihnen keine Fragen stellen würde. Sir Richard war häufig abwesend. Dass er sich auf dem Gut aufhielt, war eher die Ausnahme. Und Athelstan schlief im Spital, das mein Gemahl nie aufsuchte. Eine Begegnung der beiden war so gut wie ausgeschlossen.«

»Und der Verwalter?«

»Der war drei Monate zuvor gestorben. Wir erwarteten de Courtesmains Ankunft aus Foxcote.«

»Das müsst Ihr uns erklären.«

Lady Anne seufzte. »Ich bezweifle, dass Ihr die Gründe verstehen werdet, Sir. Es übersteigt ja auch Eure Vorstellungskraft, warum Milady of Blandeforde sich mit einer Magd vergleicht.«

»Eine Erklärung lässt sich nicht vermeiden, Milady. Wenn Athelstan der ist, als der er sich ausgibt, bin ich gerne bereit zu akzeptieren, dass Sir Richard keine Unwahrheiten über ihn aufgetischt wurden. Aber de Courtesmain wurde mit Sicherheit belogen. Sowohl schriftlich als auch mündlich hat er bestätigt, dass es sich bei meinem Gefangenen um einen Leibeigenen mit dem Namen Thaddeus Thurkell handelt, der in Develish als Bastard geboren und aufgewachsen ist. Das müsste nach Eurer Logik an den Haaren herbeigezogen sein – es sei denn, das ganze Gut hat sich verschworen, um ihn in die Irre zu führen.«

Lady Anne nahm Eleanors Brief von ihrem Schoß und legte ihn aufs Pult. »Es war meine eigene Tochter, die ihn in die Irre führte, Sir. Nach Sir Richards Tod versuchte de Courtesmain, sich bei ihr einzuschmeicheln – und das trug ihm ihre Verachtung ein. Ihr könnt mir und Athelstan die Schuld dafür geben, dass wir ihn nicht über das Missverständnis aufgeklärt haben, aber Gott ist mein Zeuge, dass de Courtesmain kein einziges Mal fragte, ob der Mann, den er für Thurkell hielt, ein Leibeigener war. Hätte er das getan, hätte ganz Develish mit einem klaren Nein geantwortet.«

Widerstrebend las d'Amiens den zweiten Brief. Dann blickte er stirnrunzelnd auf. »Weshalb sehe ich mir das überhaupt an? Eure Tochter wird schließlich immer Eure Partei ergreifen.«

Lady Anne fragte sich, ob ihm wohl bewusst war, wie viele dieser Mitteilungen er für bare Münze nahm, nachdem de Courtesmain eine ganze Schriftrolle Eleanors Hass gegen ihre Mutter und deren Bloßstellung gewidmet hatte. »Genauso leicht könnte ich Euch fragen, warum Ihr de Courtesmain Glauben schenkt, Master d'Amiens.«

»Das habe ich nie gesagt, Milady, aber er beschuldigt Euch und Thurkell, Euch mit anderen verschworen zu haben, den Leibeigenen von Develish die Freiheit zu bescheren. Erwartet Ihr da von mir, dass ich als Prokurator von Milord of Blandeforde einen solchen Vorwurf ignoriere, wenn alle Männer, Frauen und Kinder auf dem Gut Develish durch den heiligen Treueid ebenso an meinen Lord gebunden sind, wie sie seinem Vasallen, Sir Richard, Treue schuldig waren?«

Sie schüttelte den Kopf. »Das würde ich niemals erwarten. Aber ebenso wenig würde ich glauben, dass Ihr auf eine solche Behauptung hin handeln würdet, ohne zu überprüfen, wie redlich derjenige ist, der sie vorbringt. Verrät de Courtesmains Überfall auf meinen Vetter Euch denn nicht, dass er von tiefer Abneigung gegen ihn zerfressen ist? Lässt Euch das nicht innehalten und überlegen, was ihn angetrieben haben mag – Wahrheit oder Bitterkeit?«

Als d'Amiens ihr die Antwort schuldig blieb, trat Pater Aristide vor und legte ihm eine Hand auf den Arm. »Das lässt sich leicht feststellen, mein Sohn«, sagte er. »Holt de Courtesmain und gestattet ihm, seine Anschuldigungen Milady persönlich vorzutragen. Gott wird uns zeigen, wer von den beiden einen Meineid leistet.«

Mistress Wilde wunderte sich darüber, wie ruhig Lady Anne blieb, als der Vogt mit de Courtesmain zurückkehrte, der inzwischen von seinen Fesseln befreit worden war. Was sie selbst betraf, beunruhigte es sie, sich mit einem solchen Menschen zusammen in einem engen Raum aufhalten zu müssen, ohne dass ihn jemand bewachte. Wenigstens konnte sie sich damit trösten, dass ihm Milord of Athelstan das Messer abgenommen hatte. Doch ihre Erleichterung währte nur kurz, da der Priester im nächsten Augenblick ein großes, mit Juwelen besetztes Kreuz und eine in Silber gebundene Bibel zutage förderte. In den Händen eines Wahnsinnigen war beides massiv genug, um jemandem damit den Schädel zu zertrümmern.

In Gedanken bedrängte sie Milady, dagegen zu protestieren, dass ein derart gefährlicher Mann in ihre unmittelbare Nähe gebracht wurde – doch Lady Anne tat das glatte Gegenteil! Sie begrüßte Master de Courtesmain mit einem anmutigen Nicken und erkundigte sich höflich nach seinem Befinden. »Es betrübt mich, Euch hier zu sehen, Sir. Ich hatte gehofft, in Bourne würdet Ihr Glück und Zufriedenheit finden.«

Wie eigenartig dieser Mann sie anblickte, sinnierte Mistress Wilde. In seinen Augen schien ein schmachtender Ausdruck zu liegen, der sich auf Milady richtete.

»Diese Möglichkeit hat Thurkell zunichtegemacht, Milady«, knurrte de Courtesmain. »Er hat Bourne gegen mich aufgehetzt.«

Lady Anne schüttelte den Kopf. »Er war es doch, der Euch diese Möglichkeit erst eröffnet hat. Bourne war sich nicht sicher, was er von Euch halten sollte – bis Athelstan voll des Lobes über Euch sprach. Wir beide hatten jeden Grund zu erwarten, dass Ihr das Amt bekommen und erfolgreich ausfüllen würdet.«

»Ihr wolltet mich loswerden, Milady.«

»Nicht ich, Sir. Mir wäre es lieber gewesen, Ihr wärt in Develish geblieben. Euer kluger Kopf hat uns in den letzten drei Monaten sehr gefehlt. Unsere Anzahl hat sich mit den hungernden Leibeigenen aus Pedle Hinton stark erhöht, und für so viele Menschen ist unser Dorf zu klein. Es war schwer, einen Schlafplatz für alle zu finden.«

»Habt Ihr von der Kirche Gebrauch gemacht, Milady? Ich habe oft gesagt, dass über vierzig Personen dort behaglich schlafen könnten.«

Sie lächelte. »Daran habe ich mich in der Tat erinnert. Und Pater Anselm war überaus großzügig bei der Bewilligung von Schlafplätzen. Besondere Fürsorge widmet er einem Dorfältesten namens Harold Talbot, dessen Geist mit der Zeit etwas wirr geworden ist. Harold spricht uns alle mit Titeln an, die es auf seinem letzten Gut gab. Ich bin Milady of Pedle Hinton, und Pater Anselm ist jetzt Pater Jean. Wärt Ihr noch bei uns gewesen, hättet Ihr antworten müssen, wenn nach einem Master Marron gerufen wurde. Dieser war laut Harold der beste Verwalter, den es je in Dorseteshire gegeben hat.«

D'Amiens erkannte nur allzu deutlich, was Lady Anne da trieb: Mit Lächeln und zuckersüßen Worten versuchte sie, de Courtesmains Entschlossenheit zu schwächen. »Marron ist seit zehn Jahren unter der Erde«, sagte er kalt. »Er war längst tot, als ich hier Vogt wurde.«

Lady Annes Augen blitzten belustigt auf. »Tatsächlich? Ach, der arme Harold ist wirklich hoffnungslos verwirrt. Er hält seine Tochter für seine Frau, und unsere Küchenmeisterin, die ihn regelmäßig schilt, weil er sich mehr Essen nimmt, als ihm zusteht, verwechselt er mit seiner Mutter – dass sie fünfzehn Jahre jünger ist als er, tut da nichts zur Sache. Aus Angst davor, ihn aufzuregen, lassen wir uns jeden Namen gefallen, mit dem er uns gerade bedenkt. Was sind schon Namen? Da kann ich zur Not auch einmal Milady of Pedle Hinton sein.«

D'Amiens vollführte eine ironische Verbeugung. »Geschickt habt Ihr das angestellt, Milady. Aber verratet uns jetzt doch bitte, warum es nötig war, Athelstans Namen und Stand vor de Courtesmain geheim zu halten.«

Bevor sie antworten konnte, trat der Priester mit Kreuz und Bibel auf sie zu. »Kniet Euch nieder und legt die Hände auf diese Heiligtümer, während Ihr vor dem allmächtigen Gott schwört, dass Ihr nichts als die Wahrheit sagen werdet. Wisset, dass beides vom Heiligen Vater gesegnet und so unfehlbar wie er darin ist, jegliches Sündigen zu erkennen. Gefährdet Euer Seelenheil nicht damit, dass Ihr uns zu täuschen sucht.«

Lady Anne tat, wozu sie aufgefordert wurde, und sprach mit gesenktem Kopf die Worte. Gleichzeitig bat sie Gott stumm um Vergebung. Hätten dieses Kreuz und diese Bibel von Schlichtheit und Demut gezeugt, hätte ihr Gewissen sie vielleicht heftiger gepeinigt, doch weder hinter prächtigen Juwelen und Silber noch in Pater Aristides dünnem, strengem Gesicht vermochte sie die Liebe Christi zu entdecken. Wie auch immer, wenn es tatsächlich eine Todsünde war, einem vaterlosen Kind einen Namen und eine Familie zu geben, auf die es stolz sein konnte, war ihre Seele seit dem Tag verloren, da sie Athelstans Stammbaum erstellt hatte.

Sie nahm wieder auf dem Hocker Platz. »Master de Courtesmain kam nach Develish, als Sir Richard noch am Leben war«, erklärte sie. »Hätte man ihn damals auf Athelstans Stand hingewiesen, hätte er meinen Gemahl davon in Kenntnis gesetzt. Aus Dankbarkeit für die Beförderung vom Büttel in Foxcote zum Verwalter in Develish wurde er zu einem äußerst treuen Diener seines neuen Herrn.«

»Wie es seine Pflicht war«, bemerkte d'Amiens.

»Gewiss, und ich hatte nicht den Wunsch, ihm sein Amt

zu erschweren, indem ich ihn in ein Geheimnis einweihte, von dem er nichts zu wissen brauchte.«

»Was war so schwer an dem Amt?«, fragte d'Amiens.

»Sir Richard beschäftigte ihn einzig und allein zu dem Zweck, die Abgaben der Leibeigenen von Develish zu erhöhen, damit er seinen eigenen Anteil um ein weiteres Zehntel steigern konnte. Ich glaube, das bekümmerte Master de Courtesmain.«

»Das sollte es auch. Milord of Blandeforde lehnt Erpressung zutiefst ab.« D'Amiens warf de Courtesmain einen Blick zu. »Wurde Sir Richard darauf hingewiesen?«

Hugh benetzte sich die Lippen. »Nein, Sir.«

Einen Moment lang musterte d'Amiens den Franzosen, dann wies er den Priester an, ihn wie zuvor schon Lady Anne auf die Bibel schwören zu lassen.

In Mistress Wildes Ohren klang de Courtesmains Eid falsch und unaufrichtig, denn er legte ihn im gleichen selbstgerechten Ton ab, in dem er Athelstans Ketzerei gebrandmarkt hatte. D'Amiens dagegen schien auf seiner Seite zu stehen, da er Lady Anne gleich wieder mit neuen Fragen bedrängte.

»Gab es noch andere Gründe, warum der Befehl Master de Courtesmain hätte bekümmern können?«

Lady Annes sanfte Augen hielten Hughs Blick stand. »Sir Richards Schwester aus Foxcote beschrieb in einem Brief Master de Courtesmains Eifer beim Auspeitschen von Leibeigenen, die nicht in der Lage oder bereit waren, bis zu drei Viertel dessen, was sie anbauten, abzugeben. Da mein Gemahl nicht lesen konnte, musste ich ihm diesen Brief vorlesen, und da sah ich, wie versessen er darauf war, einen solchen Aufseher für sein Gut zu gewinnen. Das weckte mein Misstrauen Master de Courtesmain gegenüber, bevor er überhaupt eingetroffen war. Andererseits erkannte ich nach und nach, dass er sich wegen der widerwärtigen Gepflogenheiten auf dem Gut Foxcote erniedrigt fühlte und nicht danach strebte, sie in Develish zu wiederholen.«

»Ist das wahr, Master de Courtesmain?«

Hugh presste die Augen zu, als erlitte er unsägliche Qualen. »Es bereitete mir Kummer, dass Sir Richard glaubte, ich sei dazu bereit, die grausamen Methoden von Foxcote auch in Develish anzuwenden. Also versuchte ich ihm zu erklären, dass die Hälfte der Ernte eines erfolgreichen Guts immer mehr ist als drei Viertel der Einkünfte eines Anwesens, dessen Bewohner mit Tod und Hunger zu kämpfen haben. Doch er war derart ungebildet, dass diese Hinweise sein Denkvermögen überstiegen.«

»Seid Ihr ein Ketzer, Sir?«

»Keineswegs!«, schrie Hugh, die Augen vor Entsetzen aufgerissen.

»Und doch sind Eure Schriftrollen eine einzige Klageschrift, in der Ihr Milady und Thurkell bezichtigt, in Wort und Tat gegen Gott gelästert zu haben.«

»Ich war nur bestrebt zu erklären, warum Sir Richards Befehle mich beunruhigten. Meine Treue zu ihm stand nie infrage. Über Milady und Thurkell kann das nicht gesagt werden. Sie verweigerten ihm bei seiner Rückkehr aus Bradmayne den Zutritt zum Anwesen.«

»Ihr wart sein Aufseher. Warum habt Ihr Euch nicht über Miladys Befehl hinweggesetzt und ihn persönlich hereingelassen?«

»Weil die Leibeigenen sich gegen mich verschworen hatten. Hätte ich das versucht, hätten sie mich nicht durchgelassen.«

»Nichts hätte Euch daran gehindert, den Wassergraben

488

zu überqueren und Sir Richard mitzuteilen, dass seine Leute sich gegen ihn erhoben hatten. Ihr schreibt, Thurkell hätte allen angeboten, sie könnten das Floß benutzen und hinüberfahren, wenn sie den Zorn ihres Herrn fürchteten. Warum habt Ihr dieses Angebot nicht angenommen, wenn Ihr Sir Richard so treu ergeben wart, wie Ihr behauptet?«

»Thurkell hätte das nicht zugelassen.«

»Ist das wahr, Milady?«

Lady Anne schüttelte den Kopf. »Es stand Master de Courtesmain frei, das Gut zu verlassen, wann immer er es wünschte. Ich stellte ihm in Aussicht, er könne nach Sir Richards Tod nach Foxcote zurückkehren, aber das lehnte er ab. Er zog es vor, in Develish zu bleiben, bis Milord of Bourne ihm anbot, die Aufsicht über seine Landgüter zu führen, die seinen Ansprüchen eher entsprachen, da sie größer und reicher als Develish sind. Ich könnte mir vorstellen, dass er nun, da Bourne ihn hat gehen lassen, darauf hofft, hier einen Posten zu finden.«

Nach diesen Worten trat Stille ein. D'Amiens starrte die zwei nacheinander an und versuchte, ihre Glaubwürdigkeit zu beurteilen. Vielleicht gab das augenfällige Unbehagen des Franzosen angesichts Lady Annes Gegenwart den Ausschlag, denn plötzlich schien er sich zu entscheiden.

»Ihr und Athelstan spracht beide von einem Gelübde, Milady. Wenn Ihr mir die Gründe dafür nennt und ich glaube, sie anerkennen zu können, werde ich dazu neigen, eher Euch als de Courtesmain zu glauben. Er hat nur eine Seite aus einem Register und selbst verfasste Schriftrollen, um seine Geschichte zu stützen. Ihr habt ein Hauptbuch – das stellenweise von ihm geschrieben wurde –, Zeugnisse von Eurem Priester und Eurer Tochter und die deutlich erkennbare Loyalität von acht Mitgliedern Eurer bewaffneten Garde.

Damit ich mir ein besseres Urteil bilden kann, müsst Ihr mir jedoch noch erklären, warum Euer Vetter in Develish als Bauer gelebt hat.«

»Die bewaffneten Gardisten sind ihre Leibeigenen!«, protestierte Hugh. »Ihrem Wort kann man nicht trauen.«

»Aber Eurem sehr wohl, Sir?«, fragte Lady Anne. »Leider entsprach das nicht meinen Erfahrungen, als Ihr in Develish lebtet.« Sie wandte sich an d'Amiens. »Ich habe das Recht, Eure Bitte zurückzuweisen und die Bürger der Stadt zu bitten, ihr Urteil zu fällen. Athelstan hat sich schon bereit erklärt, ihren Spruch zu akzeptieren.«

»Wenn Ihr es so wollt, wird ganz Blandeforde von Euren Angelegenheiten erfahren, Milady.«

Sie lächelte. »Das wird so oder so geschehen. Und ist es erst einmal gelüftet, wird jedes Geheimnis Teil des allgemeinen Klatsches.« Kurz presste sie sich die Finger an die Schläfen, dann legte sie die Hände in den Schoß. »Mein Gemahl war unfähig, Gut Develish zu führen, Master d'Amiens. Das werdet Ihr Euch bei Euren Besuchen zusammengereimt haben, auch wenn Ihr vermutlich nicht erkannt habt, dass ich und nicht etwa sein Verwalter die Person war, die alles regelte. Sir Richard wusste nicht das Geringste über meine Tätigkeiten. Er lebte in dem Glauben, die Verwalter würden die Entscheidungen treffen.«

»Aber es waren Eure?«

Sie nickte. »Größtenteils, allerdings traf ich sie immer mit Zustimmung der Verwalter. Vor de Courtesmain waren es freie Bauern aus England, die es für klug hielten, den Leibeigenen zu helfen, ihre Erträge zu verbessern, indem man ihnen ein gesünderes Leben ermöglichte und sie Arbeitsmethoden lehrte, die mehr Erfolg versprachen.« Sie hielt einen Moment lang inne. »Sir Richard war nie mit seinem

Anteil zufrieden, obwohl der immer höher war als der seiner Nachbarn, die alle mit größeren Anwesen belehnt worden waren. Und immer bedrängte er die Verwalter, seinen Gewinnanteil auf Kosten seiner Leute weiter zu steigern. Sie alle widersetzten sich ihm aus den Gründen, die Master de Courtesmain Euch genannt hat. Doch als ich dann Lady Beatrix' Brief las, fürchtete ich, er hätte zu guter Letzt einen Mann gefunden, der sich ihm gefällig erweisen würde. Das war der Grund, warum ich Athelstan bat, nach Develish zu kommen.«

»Um was zu tun?«

»Um mich vor meinem Gemahl zu schützen, wenn dieser erfuhr, dass ich versuchte, seinen Leibeigenen dabei zu helfen, sich aus der Knechtschaft freizukaufen. Beim Würfeln zu verlieren genügte Sir Richard bereits als Anlass, mich zu schlagen. Hätte er auch noch die Kontrolle über seine Leute verloren, hätte das wohl meinen Tod zur Folge gehabt.«

D'Amiens betrachtete sie nachdenklich. Vielleicht erinnerte er sich an Sir Richards Tobsuchtsanfall wegen der verschwundenen zwanzig Goldtaler. »Das mag alles sein, Milady, doch de Courtesmain beschuldigt Euch weitaus schlimmerer Dinge. Er sagt, Ihr würdet planen, Eure Leibeigenen aus Develish fortzuschaffen und falsche Hinweise zurückzulassen, wonach alle an der Pest gestorben seien. Das solle es ihnen ermöglichen, sich woanders niederzulassen und ihre Freiheit zu gewinnen, ohne dafür zahlen zu müssen. Lügt er?«

Lady Anne deutete ein Achselzucken an. »Wenn es einen solchen Plan gäbe, wäre ich nicht hier. Welchen Sinn hat es, Euch zu sagen, dass in Develish alle überlebt haben, wenn ich Euch eigentlich glauben machen will, wir wären alle tot?«

»Master de Courtesmain erzählt uns eine schaurige Ge-schichte, laut der Ihr Eure Leute dazu aufwiegelt, ihren Treu-eid zu brechen, weshalb Eure Tochter Euch auch als Ketzerin denunziert. Lügt er?«

Sie blickte Hugh an. »Würdet Ihr wollen, dass ich solche grausamen Beschuldigungen gegen *Euch* vorbringe, Sir?«, fragte sie ihn. »Ihr könnt nicht leugnen, dass Ihr versucht habt, in Lady Eleanors Kammer einzudringen, obwohl Ihr wusstet, dass keine Anstandsdame bei ihr war. Nach meiner Erinnerung habt Ihr behauptet, ich hätte meine Autorität verloren, die Leibeigenen hätten die Herrschaft über das Gut übernommen und nur noch Ihr könntet sie vor ihnen schützen. Eure Falschheiten haben ihr große Pein bereitet, Master de Courtesmain.«

»Nun?«, drängte d'Amiens, als de Courtesmain schwieg.

»Sie verdreht alles – genauso wie Thurkell heute Morgen in der Kirche.« De Courtesmain rang verzweifelt die Hände. »Schon lange vor der Pest plante sie, die Leibeigenen zu be-freien. Ich las im Hauptbuch, dass in den zwei Jahren davor mehr als nur Sir Richards Getreide an die reisenden Händ-ler verkauft wurde.«

»Was ist rechtswidrig daran?«, fragte Lady Anne. »Jeder Leibeigene hat das Recht, sich freizukaufen, wenn er genug Gold ansparen kann, um seinen Lord zufriedenzustellen. Sie alle wussten, dass das lange dauern würde, aber jeder be-urteilte für sich selbst, wie viel er benötigen würde, um seine Familie zu ernähren, und verkaufte den Überschuss. Was ist daran verwerflich? Niemand wurde betrogen.«

De Courtesmain richtete einen zitternden Finger auf sie. »Ihr habt es hinter Sir Richards Rücken getan.«

Lady Anne gab vor, belustigt aufzulachen. »Ich habe *alles* hinter seinem Rücken getan, Master de Courtesmain. Hätte ich nicht so gehandelt, hätte er schon vor zehn Jahren einen Mann wie Euch angestellt, und gemeinsam hättet Ihr Develish in die Knie gezwungen.«

»Das ist üble Nachrede, Milady! Ich habe der Erhöhung der Abgaben widersprochen.«

»Aber nur solange er Euch nicht mit Eurer Entlassung drohte. Sir Richard war so erzürnt, dass jeder Euren heftigen Wortwechsel im großen Saal hören konnte. Am Ende musstet Ihr mit lauter Stimme um Verzeihung bitten und versprechen, in Zukunft jeden seiner Befehle getreu durchzusetzen.«

Hugh trat verlegen von einem Fuß auf den anderen. Zu viel von dem, was er zu Sir Richards Lebzeiten gesagt oder getan hatte, konnte bezeugt werden, und nur wenig davon sprach zu seinen Gunsten. »Sir Richard war kein vernünftiger Mann, Milady. Seine Wutanfälle waren furchterregend.«

»Allerdings«, bestätigte sie. »Betrachtet es als einen Segen, dass Ihr nur einen davon erdulden musstet und Ihr durch seinen Tod von Eurem Treu- und Gehorsamseid erlöst wurdet. Nachdem Ihr Euch ihm einmal unterworfen hattet, hättet Ihr Euch gegen seinen Befehl, Milord Blandeforde gefälschte Angaben zu unseren Ernteerträgen vorzulegen, nicht mehr auflehnen können.« Sie hielt seinem bösen Blick stand. »Habt Ihr auch davon in Euren Schriftrollen berichtet, Master de Courtesmain? Oder bewahrt Ihr Euch Eure Feindseligkeit allein für Athelstan auf? Ihr hattet Beweise zuhauf für die Unredlichkeit meines Gemahls, hingegen nicht einen einzigen für die meines Vetters.«

De Courtesmain starrte sie fassungslos an. »Er nannte sich Thaddeus Thurkell und trug die Tracht der Bauern, Milady.«

»Und das empfindet Ihr als Beleidigung?«, fragte sie sanft. »Dass er es Euch gestattete, ihn als unter Eurem Stand zu betrachten? Als Sir Richard noch lebte, habt Ihr mich ja genauso betrachtet; Ihr hieltet meine Vorliebe für selbst gefertigte Kleider für den Ausdruck einer schwachen und ängstlichen Natur. Ich erinnere mich noch gut an Eure Erschütterung, als Ihr herausfandet, wie sehr Ihr Euch getäuscht hattet.«

Beschwörend breitete Hugh die Hände aus. »Ich habe eben geglaubt, was man mir sagte, Milady. Hättet Ihr mich damals in Euer Vertrauen gezogen, als ich auf Eurem Gut eintraf, wäre alles ganz anders gekommen. Habe ich Euch an dem Tag, an dem Sir Richard starb, etwa nicht meine Treue angeboten?«

»Das habt Ihr, Sir.«

»Warum habt Ihr mir dann nicht gesagt, wer Thurkell wirklich ist?«

Lady Anne gestattete sich den Anflug eines wehmütigen Lächelns. »Ihr hattet zu große Angst vor der Pest, um Euch irgendetwas anzuhören, was ich oder Athelstan sagten, Sir. Wenn Ihr uns nicht gerade wegen Böswilligkeit oder Ketzertum anklagtet, habt Ihr über Pusteln am Hals gejammert. Nicht für einen einzigen Tag ist es Euch gelungen, Euer Grauen wenigstens so lange zu vergessen, dass man glauben konnte, Ihr hättet Euch im Griff.«

»Gerade wegen Eurer Furchtlosigkeit wurde meine Angst noch schlimmer!«, rief de Courtesmain. »Ich war in größter Sorge, dass Ihr gar nicht wisst, was Ihr tut.«

Lady Anne seufzte. »Dabei gaben Athelstan und ich uns solche Mühe, es Euch zu erklären. Wir baten Euch sogar um Euren Rat, doch Ihr hattet uns nichts Besseres zu bieten als die Forderung, unsere Leute sollten sich damit beschäftigen, Buße zu tun. An uns allen fandet Ihr etwas auszusetzen ... insbesondere an meinen Leibeigenen. Ihr hieltet mit Eurer

Abneigung gegen sie nie hinterm Berg. Darum lag es mir fern, Euch Gründe für noch mehr Misstrauen zu geben, indem ich Euch offenbarte, dass sie über Athelstan Schweigen wahrten. Abgesehen davon lebte Sir Richard damals noch.«

»Aber Thurkell war es doch, dem ich misstraute, Milady!«, protestierte Hugh. »Ich empfand Euer Vertrauen zu einem Sklaven als unnatürlich und fragte mich, warum Ihr seinen Rat so überaus bereitwillig annahmt. Hättet Ihr mich darüber aufgeklärt, dass er von adliger Geburt ist, hätten sich meine Bedenken in Luft aufgelöst.«

Diesmal war ihr Lachen echt. »Ach, Sir«, sagte sie mit einem amüsierten Glitzern in den Augen, »Ihr seid doch viel zu klug, um Euch selbst so schlecht zu kennen! An Weihnachten habe ich Euch gesagt, wer Athelstan ist, und Ihr brachtet vor Wut kein Wort hervor. Seinen scharfen Verstand und sein gutes Aussehen konntet Ihr ertragen, solange Ihr ihn für einen Sklaven hieltet, aber als Ihr erfuhrt, dass er in jeder Hinsicht über Euch steht, konntet Ihr Eure Eifersucht nicht mehr bezähmen.«

Hughs betretenes Schweigen verriet mehr, als Worte es vermocht hätten.

ZWEIUNDZWANZIG

*A*ls die Geschworenen gewählt, ein Tisch für den Protokollführer Andrew Tench aufgestellt und Bänke für die Zuschauer über den ganzen Vorplatz verteilt worden waren, trat Matthew Miller auf Gyles, Alleyn und James zu. Aus der Nähe entging seinen scharfen Augen nicht, wie abgetragen ihre Livreen und wie zottelig ihre Pferde waren. Auch bemerkte er eine gewisse Ähnlichkeit zwischen einem der Männer und Athelstans Hundeführer. Hatte d'Amiens sie doch zu Recht als Leibeigene auf dem Landgut Develish bezeichnet?, überlegte er. Hatte er sich womöglich auch bei Athelstan nicht getäuscht?

»Ihr solltet beim Hauptmann ein Wörtchen für Miladys Vetter einlegen«, forderte er Gyles auf. »Er steht schon seit über einer Stunde dort drüben, und sein Gesicht kommt mir deutlich blasser vor als am Anfang. Wenn ich mich nicht täusche, hält er nicht mehr lange durch.«

Gyles hatte dieselbe Sorge, aber da Soldaten nur einem einzigen Herrn dienen konnten, waren ihm die Hände gebunden. Er deutete mit dem Kinn in Richtung Fluss. »Ihr müsst seine Männer darauf ansprechen, Sir.«

»Er kippt um, bevor ich sie erreiche.« Miller kratzte sich nachdenklich am Kinn. »Aber ein komischer Adliger ist er schon. Jeder andere wäre längst in Ohnmacht gefallen – allein schon vom Schmerz.«

»Seine Ahnen mütterlicherseits waren Mauren«, sagte Gyles. »Außerhalb von Spanien gibt es keinen wie ihn.«

»Wie ist er dann mit Lady Anne verwandt?«

»Über seinen Großvater. Der und ihrer waren Brüder.«

Konnte das wahr sein?, fragte sich Miller. Nun, vielleicht. Es fiel ihm schwer, sich vorzustellen, dass eine Leibeigene einen solchen Riesen hervorbringen konnte. »Trotzdem ringt er mit sich. Wenn der Vogt nicht bald mit dem Prozess beginnt, wird der Mann nicht mehr in der Lage sein, sich zu verteidigen.«

Ähnliche Bedenken hatte Gyles im Gespräch mit Alleyn bereits geäußert. Sie alle waren beunruhigt, weil Milady so lange beim Vogt festgehalten wurde. Und keinem fiel ein harmloser Grund ein, warum d'Amiens ihren Gewahrsam derart in die Länge ziehen sollte. Doch was konnten sie tun, wenn sie nicht befugt waren, das Haus zu betreten und ihre Entlassung zu fordern? »Was schlagt Ihr vor, Sir? Ich bezweifle, dass Milord bereit sein wird, auf einer Bank Platz zu nehmen, während die Leute, die ihn beschuldigen, höhere Sitzgelegenheiten bekommen.«

»Verlangt, dass Milord of Blandefordes Stuhl herausgebracht wird. Das ist ein massiver Thron voller Schnitzereien, und Euer Mann wird nichts von seiner Würde verlieren, wenn er darauf ruht.«

Euer Mann …? »Eine solche Bitte sollte wohl besser von Euch kommen, Sir. Ihr seid besser mit dem Hauptmann bekannt als ich. Bei Euch wird er ein offeneres Ohr für Sorgen um Milords Wohlergehen haben, als wenn ich sie ihm vortrage.«

Ungeduldig schüttelte Miller den Kopf. »Ihr begeht einen Fehler, wenn Ihr Euch von ihm fernhaltet«, warnte er. »Nichts kommt d'Amiens gelegener als Widersacher, die voneinander getrennt sind. Er hat Milady dort, wo er sie haben will; Milord ist zu schwach, um zu stehen, und Ihr und die anderen dort drüben« – er deutete auf Ian und seine Gefährten, die am Flussufer standen – »seid eine Achtelmeile auseinander. Traut Ihr Eurer Herrin wirklich zu, dass sie diesen Prozess ganz allein gewinnen kann?«

Alleyn starrte zum Eingangsbereich hinüber. »Den Vogt zumindest scheint sie überzeugt zu haben«, murmelte er.

Miller drehte sich um und beobachtete, wie d'Amiens Lady Anne zum Vorplatz eskortierte. Ihre Hand lag leicht auf seinem Unterarm, während sie eine kurze Weile leise miteinander sprachen und Bedienstete drei Lehnstühle heraustrugen. An ihrer anderen Seite wachte mit Argusaugen eine Furcht einflößende Matrone über sie, die nur auf eine Gelegenheit zu warten schien, jeden Mann in die Flucht zu schlagen, der es wagte, sich ihrer adoptierten Herrin auch nur zu nähern. Als die Stühle aufgestellt wurden, vollführte d'Amiens eine übertrieben kunstvolle Verbeugung, bevor er Lady Anne auf den linken half. Danach forderte er den Hauptmann auf, Athelstan nach vorne zu führen.

Miller unterdrückte ein Lachen, als die zwei Männer die offene Fläche überquerten. »Ich würde es nicht glauben, wenn ich es nicht mit eigenen Augen gesehen hätte«, ächzte er, als d'Amiens respektvoll den Kopf vor Athelstan neigte und ihn bat, rechts von ihm Platz zu nehmen. »Ihr auf Develish habt ja mächtig viel Glück mit Eurer Lady, auch wenn ich zu Gott bete, dass es nicht noch mehr Herrinnen wie sie gibt. Auf der Welt herrscht wegen der Pest schon genug Durcheinander, und wenn uns jetzt auch noch die Frauen Befehle geben, gerät endgültig alles aus den Fugen.«

»Oder es kehrt endlich Ruhe ein«, bemerkte James Buckler trocken. »Eure Bevölkerung wäre nicht so dramatisch geschrumpft, wenn Lady Anne in den letzten zwölf Monaten die Geschicke Eurer Stadt gelenkt hätte.«

Millers Vermutung, dass es sich bei den acht Gardesoldaten um Leibeigene aus Develish handelte, wurde von Lady Anne selbst bestätigt, als d'Amiens sich erfreut über den Beweis von Athelstans aristokratischer Herkunft zeigte. Sie erhob sich mithilfe der Matrone, doch obwohl sie sichtlich erschöpft war, stand sie während ihrer gesamten Ansprache aufrecht und unerschütterlich da. Sie sei sich sicher, begann sie, dass die Bewohner der Stadt die Verwirrung um Athelstans Stand besser verstehen würden, wenn sie ihnen erklärte, warum einigen ihrer Leibeigenen die Freiheit geschenkt worden war. Wenn es noch irgendwo Zweifel daran gab, dass auf ihrem Anwesen Ehre und Anstand geübt wurden, wollte sie diese ein für alle Male ausräumen. An dieser Stelle befürchtete Miller schon, nun würde ein Märchen für die Leichtgläubigen folgen, doch dann wurde er schnell eines Besseren belehrt. Mehr noch, ihre schlichten Worte über die Hingabe, mit der ihre Leute sich für sie und füreinander einsetzten, bewegten ihn zutiefst.

All der Putz des Adels habe seine Bedeutung verloren, als die Pest vor den Toren von Develish angekommen sei, erklärte sie. Schöne Gewänder und bestickte Wämser spendeten keinen Schutz, und sowohl sie als auch ihr Vetter hätten es als unrecht empfunden, zwischen sich selbst und den Leibeigenen zu unterscheiden. Wenn Menschen von niederster Geburt bereit seien, alles, was sie besaßen, mit ihren Herren zu teilen, dann stehe es jenen schlecht zu Gesicht, sich von ihnen abzusondern. Aus diesem Grund hätten alle Bewohner von Develish selbst gefertigte Kleider getragen, ihre Mahlzeiten gemeinsam eingenommen und ihre Aufgaben zusammen verrichtet. Nur der Aufseher Sir Richards of Develish, Master de Courtesmain, der wenige Wochen vor dem Ausbruch der Pest eingetroffen sei, habe sich widersetzt, da er anscheinend geglaubt habe, wer mit Leibeigenen Umgang pflege, erniedrige sich selbst.

Als leuchtendes Beispiel führte sie Gyles Startout an, den Hauptmann ihrer Garde. Zu einem Dasein als Leibeigener geboren, sei er vor zehn Jahren von ihrem Gemahl zum Soldaten befördert worden. Er sei es gewesen, der seinen Herrn von dessen verhängnisvoller Reise nach Bradmayne zurückgebracht und Develish frühzeitig vor den Gefahren durch die Pest gewarnt habe. Der einzige Überlebende jenes Unternehmens sei – wie sie und Athelstan – entschlossen gewesen zu verhindern, dass diese Krankheit das Gut erreichte. Deswegen habe er seinen Herrn allein außerhalb des Dorfes versorgt und am Ende beerdigt und sei danach noch vierzehn Tage lang jenseits des Wassergrabens geblieben, bereit, jedes Schicksal anzunehmen, das Gott für ihn vorgesehen hatte.

Während Lady Anne sprach, fanden ihre sanften Augen Gyles, und der mit den Jahren ergraute Leibeigene beugte vor Freude errötend das Knie. Einen kurzen Moment später begegneten sich ihr und Matthew Millers Blick, und ihr liebreizendes Lächeln entwaffnete den Mann auf der Stelle. Auf einmal hatte er keinen Zweifel mehr daran, dass sie die Wahrheit gesagt hatte, als sie davon gesprochen hatte, dass sie und ihr Vetter mit ihren Untergebenen von Gleich zu Gleich verkehrten. In seinem ganzen Leben hatte Miller noch nie ein derart warmes Angenommenwerden gespürt wie jetzt, da sie ihm mit diesem Lächeln ihre Wertschätzung zeigte.

Sie fuhr fort und erzählte davon, wie sich die Straße nach Norden mit Verzweifelten gefüllt hatte, alle auf der Flucht vor der Pest. Ihre Zahl, berichtete sie, sei nicht minder groß gewesen als die der Scharen, die durch Blandeforde gezogen seien. Sie und Athelstan hätten es gerne geduldet, dass die Felder ihrer Güter von den Hungernden geplündert wurden, wollten es aber nicht zulassen, dass Fremde die Pest in ihre Dörfer einschleppten. Zu diesem Zweck hätten Athelstan und Gyles Startout die männlichen Leibeigenen im Gebrauch von Waffen unterwiesen, um sie in die Lage zu versetzen, den Wassergraben zu verteidigen. Dank Gottes Gnade sei das nur ein einziges Mal nötig gewesen.

Eine Stimme begehrte zu wissen, ob sie triumphiert hatten. Lächelnd bejahte Lady Anne. Und das sei noch nicht alles, ergänzte sie. Sie glaube sogar, dass Develish jetzt Bogenschützen habe, die zu den besten von ganz Dorseteshire gehörten, und die tüchtigsten seien die fünf, die bei Athelstan mitritten. Er habe sie als seine Begleiter ausgewählt, als er das Anwesen in dem Bestreben verlassen habe zu erfahren, was in der Welt draußen geschah. Für diese Erkundung habe er fünf mutige Männer benötigt, und es erfülle sie mit Stolz, dass er sie unter ihren Leibeigenen entdeckt habe.

»Warum hatte er keine eigenen Soldaten?«, rief dieselbe Stimme.

»Aus dem Grund, den Ihr schon gehört habt«, antwortete Lady Anne. »Er war als Leibeigener verkleidet nach Develish gekommen. In Begleitung einer Garde hätte man ihn sofort als Adligen erkannt.«

»Warum wollte er das nicht?«, fragte jemand anders.

»Weil mein Gemahl mich nicht mit ihm hätte sprechen lassen, wenn er gewusst hätte, dass er bei uns war.«

Daraufhin entstand fast ein Tumult. Die Fragenden übertönten einander – und Miller war einer der lautesten. Ihm war bang ums Herz. Welche Erklärung konnte Milady wohl geben, die die skeptischen Freien befriedigte? Für sich dachte er, dass Lady Anne diese Ansprache nur hielt, um Thaddeus wissen zu lassen, was sie dem Vogt gesagt hatte. Doch der sich für einen Moment ausbreitende Ausdruck von Beunruhigung im Gesicht ihres Freundes ließ erahnen, dass auch er glaubte, sie sei drauf und dran, sich um Kopf und Kragen zu reden. Allerdings konnten sie nicht ahnen, dass die beherzte Matrone für Milady in die Bresche springen würde.

Mit blitzenden Augen starrte Mistress Wilde die Rufer an, um dann in ihrem heimischen Dialekt eine lautstarke Strafpredigt vom Stapel zu lassen. Es sei besser, dass *sie* die primitive Neugier der Schreihälse befriedige, wetterte sie, als dass man Milady dazu zwinge. Das arme Kindchen hätte bereits genug von ihrem groben Gemahl ertragen müssen. Seien die englischen Männer denn so viel weniger dazu fähig als die Frauen zu verstehen, welchen Schmerz es bedeute, von der eigenen Familie fortgerissen und unter ein normannisches Joch gezwungen zu werden? Da sei es doch wirklich kein Wunder, dass Milady Verständnis für ihre Leibeigenen habe, die von ihrem niederträchtigen Herrn ebenso schlecht behandelt worden seien wie sie. Ob die Männer von Blandeforde sich denn nie gefragt hätten, warum Sir Richard verbrecherisches Gesindel auf sein Gut geholt habe, damit sie dort das Zepter führten? Wenn de Courtesmain meinte, Milord of Athelstan ungestraft eine Klinge in die Hand jagen zu können, sollten sie sich doch bitte schön vor Augen halten, welche Strafen er Miladys Leuten aufgezwungen hätte, falls sie es nicht geschafft hätten, seine Forderungen nach immer höheren Abgaben zu erfüllen. Sie sollten Gott dafür preisen, dass Er ihr solche Güte in die Wiege gelegt habe, mit der sie nun versuche, sie alle zu schützen. Und sie sollten Gott auch dafür preisen, dass Er Athelstan zu Miladys Schutz geschickt habe.

Ihre letzte Bemerkung richtete sie an Jeremiah Slater. »In deinem Leben isses nich' so verrückt zugegang', dassde nich' verstehn kannst, wie schlimm es für 'ne Frau is', wennse von ihr'm Mann geschlagen wird, oder dass die Leibeignen kurz vorm Verhungern sin', wenn ihn' die Ernte weggenomm'n wird.«

»Das versteh ich schon«, verteidigte sich der andere. »Aber was is'n der Grund, warum der Franzmann Milord so sehr hasst?«

Mistress Wilde tippte sich ans Herz. »Eifersucht.«

Als Nächstes berichtete sie den Bürgern, mit welchen Worten de Courtesmain seine Anschuldigungen gegen Athelstan zurückgenommen hatte. »Bei sich selber hat er kein' Fehler geseh'n, aber Milady und ihr'n Leibeignen hat er vorgeworfen, dasse ihn ham glauben lassen, dass Athelstan unter sei'm Stand is'. Da hats nix zur Sache getan, dass ein so ungewöhnlicher Mensch nie und nimmer ein Leibeigner sein kann. Dasse ihn reingelegt ham, hat ihm Herzschmerzen bereitet, weil er glaubt, dass er's nich' verdient hat, derart an der Nase rumgeführt zu werden. Immerhin hat er zugegeben, dass er nach Athelstans Abreise versucht hat, Miladys Tochter und ihre Leute gegen sie aufzuwiegeln, aber nur, um seine Aufgabe als Verwalter zurückzubekomm', weil sie ihm zusteht … sagt er jedenfalls. Er dachte wohl, wenn Athelstan weg is' und es 'nen Aufstand der Leibeignen gibt, wird Milady sich schon wieder auf ihn stützen, was sie seiner Meinung nach von Anfang an hätte tun soll'n.«

Jeremiah grinste sie an. »Isser in sie verliebt?«

»Darauf kannste Gift nehm'.«

»Dann muss er blind für seine Gefühle sein.«

»Nur ohne Verstand«, sagte Mistress Wilde mit einer wegwerfenden Geste. »Trotz allem, was er getan und gesagt hat, isser vor Milady auf die Knie gesunken und hat sie um Vergebung angefleht … und um die Erlaubnis, nach Develish zurückzukehr'n.«

Ian und seine Gefährten befiel auf ihrem Beobachtungsposten ein mulmiges Gefühl, als sie sahen, wie de Courtesmain auf den Vorplatz hinausgezerrt wurde, wo man ihm wegen seines Angriffs auf Thaddeus den Prozess machen würde. Als Nächstes kamen der Vogt und Milady. Die Ehrerbietung, mit der d'Amiens sie ins Freie führte, verriet ihnen bereits, dass sie sich durchgesetzt haben musste, doch nun debattierten sie darüber, ob ihr Sieg wirklich vollkommen auf Kosten des Franzosen gehen sollte.

»Es war dumm von ihm, dass er auf Thaddeus eingestochen hat«, meinte Peter. »Jetzt muss er die Suppe auslöffeln.«

»Außer wenn Thaddeus ihn dazu getrieben hat«, brummte Edmund. »Wenn ihm danach ist, kann er die Leute wirklich zur Weißglut bringen.«

Die gleichen Gedanken gingen auch Gyles durch den Kopf. Er konnte de Courtesmain nicht ausstehen, dessen doppelzüngige Art doch der Grund gewesen war, warum Eleanor Isabella so sehr verletzt hatte. Dennoch wünschte er sich nicht, dass man diesen wehleidigen Jammerlappen auspeitschte. So viele Lügen der Kerl auch ersonnen hatte, noch viel mehr waren über ihn in Umlauf gebracht worden. Alleyn und James verrieten ihr Unbehagen durch betretenes Füßescharren. Gyles war geradezu dankbar, dass Miller sich zu seinen Mitbürgern auf eine der Bänke gesetzt hatte und darum zu weit von ihnen entfernt war, um mitzubekommen, wie elend sie sich fühlten.

In der kläglichen Gestalt, die der kleine Franzose jetzt abgab, hätte Gyles de Courtesmain beinah nicht erkannt. Verschwunden das geölte Haar, das glatt rasierte Gesicht, die adretten Kleider! Jetzt standen ihm die Haare in alle Richtungen ab, ein Bart umwucherte sein Kinn, und zerschlissene Bauernkleider hingen ihm lose um den Leib. Auf seinen Wangen glänzte ein Rinnsal aus Tränen, und mit den gefesselten Händen umklammerte er ein kleines Holzkreuz, als wollte er sich reuig zeigen. Hinter ihm schritt mit unerbittlicher Miene der Priester einher.

In der Luft hing eine Ahnung von Blutdurst, und das Maunzen der Katzen im Rücken der Menge erschien Gyles wie ein übles Omen. Vielleicht stand den Männern hier der Sinn nach Auspeitschen. Zu lange warteten sie nun schon darauf, dass etwas passierte, und sie langweilten sich zu Tode. Wohl zum ersten Mal fühlte Gyles sich von Milady enttäuscht, die regungslos zusah, wie de Courtesmain in der Mitte des Vorplatzes auf die Knie gezwungen wurde. Und wie verhielt sich Thaddeus? Hatte er denn überhaupt kein Mitgefühl?

Anscheinend nicht. Kurz nickte er Lady Anne zu, als wollte er eine zwischen ihnen getroffene Vereinbarung bestätigen, dann erhob er sich träge und bat d'Amiens um Erlaubnis, die Geschworenen anzusprechen. Jetzt, da er eine Viertelstunde lang gesessen hatte, war er nicht mehr so bleich, sondern gab sogar eine recht beeindruckende Gestalt ab, die alle anderen auf dem Vorplatz Wartenden um Haupteslänge überragte. Schweigend blieb er für einen längeren Moment stehen, ehe er den Kopf respektvoll vor den versammelten Männern neigte und sich mit den Fingern an die Stirn fasste, wie er es auch schon Lady Anne gegenüber getan hatte.

»Meine Herren, ich bin Euer demütiger Diener. Sollte sich eine Gelegenheit ergeben, da einer von Euch meiner Hilfe bedarf, braucht Ihr mich nur zu bitten.« Lächelnd nahm er ihre Überraschung zur Kenntnis. »Die Traditionen sind nicht überall die gleichen. Der Maure in mir verlangt, dass ich Güte mit Güte vergelte, und als Gegenleistung für all die Gastfreundschaft, die Ihr mir erwiesen habt, biete ich Euch mit Freude meine Dienste an.« Er hielt inne, um seine Gedanken zu sammeln. »Ich betrachte es als Glück, dass ich nach den Gebräuchen zweier Kulturen erzogen wurde, weil beide mich Weisheit gelehrt haben. Barmherzigkeit zu zeigen ist ein beiden Ländern gemeinsames Merkmal, aber bisher bin ich weder hier noch dort einer Persönlichkeit begegnet, die solchermaßen von Menschenliebe durchdrungen ist wie Lady Anne of Develish.«

Er drehte sich zu ihr um und beugte ein Knie. »Gott zeigte Gnade, als Er zuließ, dass Euer Brief mich erreichte, Base. Im Laufe der Jahre haben wir einander oft geschrieben, aber bis dahin hattet Ihr mich nie um Hilfe gebeten. Ich danke Gott dafür, dass Ihr es schließlich doch getan habt und dass Er mir gestattet hat, vor dem Ausbruch der Pest zu Euch zu reisen. Es war mir eine Ehre, Euch dabei zu unterstützen, Eure Leute gegen diese schreckliche Seuche zu verteidigen. Nach allem, was ich in den letzten Monaten auf meinen Reisen gesehen habe, glaube ich, dass das Schlimmste überstanden ist und wir dank Gottes Gnade wieder beginnen dürfen, von einer Zukunft zu träumen.«

Erneut wandte er sich der Menge zu und trat nach vorne, bis er vor dem immer noch knienden de Courtesmain stand. »Das englische Recht verlangt, dass dieser Mann für das

Verbrechen, das er gegen mich begangen hat, bestraft wird. Gibt es unter den Geschworenen jemanden, der bezweifelt, dass er mich schwer verletzt hat?«

»Nein, keinen, Sir!«, rief der Vormann. »Aber wir werden uns seine Erklärung anhören, wenn er eine hat.«

Nun legte der Priester de Courtesmain die Hand auf den Kopf. »Einen Adligen anzugreifen ist ein Verbrechen«, erklärte er mit lauter Stimme. »Dafür gibt es keine Entschuldigung. Der Gefangene hat sich reuig gezeigt und wird seine Strafe annehmen.«

Um Thaddeus' Mundwinkel spielte ein winziges Lächeln. »Er hielt mich aber doch für einen Leibeigenen, Pater. Sollen wir ihn dafür verurteilen, dass er sich getäuscht hat?«

»Er glaubte, was er glauben wollte.«

»So wie Ihr.« Thaddeus zog den Dolch aus seiner Tasche. »Gehört der hier Euch? Er weist am Schaft das Kreuz Christi auf, auch wenn mir nicht ganz klar ist, wie de Courtesmain an ihn herangekommen ist.«

Aristides Augen verengten sich. »Wollt Ihr, dass ich die Geheimnisse des Beichtstuhls ausplaudere? Ich sage es noch einmal: Der Gefangene hat sich reuig gezeigt und wird seine Strafe annehmen.«

»Dennoch würde ich gern wissen, warum er mich nicht bereits in der Kirche angegriffen hat. Er hatte guten Grund dazu, nachdem ich ihn niedergeschlagen hatte. Hätte er den Dolch nicht zu seiner Verteidigung benutzt, wenn er damals bereits in seinem Besitz gewesen wäre?«

Aristide trat an de Courtesmain vorbei und zischte für alle außer Thaddeus unhörbar: »Lasst ab davon! Eure Lage ist nicht so sicher, dass Ihr einen Priester verhören könnt.«

Auch Thaddeus' Antwort erreichte die Ohren der Bürger nicht. »Ich habe Eure Angst bemerkt, als der Hauptmann die Kunde von Miladys Ankunft überbrachte. Ihr wusstet genau, dass ich Eure Falschheiten offenbaren würde, falls sie mir eine öffentliche Anhörung ermöglichte.« Er warf den Dolch auf den Boden zwischen ihnen. »Ihr werdet ihn vielleicht noch benötigen, wenn die Bewohner von Blandeforde erfahren, wie schamlos Ihr Eure eigene Haut auf ihre Kosten gerettet habt. Sie werden es Euch nicht danken, dass Ihr ihnen ihre angebliche Sündhaftigkeit vorgehalten habt, während die bloße Schließung der Brücke genügt hätte, um zu verhindern, dass ihre Angehörigen sich ansteckten und starben.«

Der Priester starrte Thaddeus mit vor Hass glühenden Augen an. »Ich sehe jetzt, dass alles, was de Courtesmain über Euch behauptet, der Wahrheit entspricht.«

»Und er ist klüger, als ich ihn dargestellt habe. Er hätte die Klinge schon eher und mit mehr Leidenschaft eingesetzt, wenn er wirklich geglaubt hätte, Ihr würdet Euer Versprechen von einem Amt hier halten.« Jäh fasste Thaddeus de Courtesmain unter den Ellbogen, hob ihn hoch und stellte ihn so auf die Füße, dass er über Aristide hinweg zur Menge schaute. »Ich bitte Euch um noch einen Dienst, meine Freunde!«, rief er. »Wie der Priester mir gesagt hat, ist der Geist dieses Mannes so verwirrt, dass er gar nicht begreift, was er getan hat. Erlaubt mir, ihn nach maurischem Recht zu verurteilen. Wisst, dass es ein Verstoß gegen unsere Sitten ist, an den Hilflosen Rache zu üben, ohne ihnen zuerst Gnade anzubieten.«

»Welche Form würde das Urteil annehmen?«, erkundigte sich der Sprecher der Geschworenen.

»Das Gericht muss ihm befehlen, mich mit Diensten zu entschädigen. Bis ich seine Buße für beendet erkläre, wird er weder Rechte noch eine eigene Unterkunft haben.«

»Ihr würdet ihn zu Eurem Sklaven machen?«

»Oder ihn jemand anders anbieten. Die maurische Tradition verlangt, dass Schulden beglichen werden müssen, seien es ehren- oder unehrenhafte, und das Opfer hat das Recht zu bestimmen, wer der Nutznießer der Entschädigung sein soll.«

»Beabsichtigt Ihr, ihn jemandem anzubieten?«

»Nur jemandem, der gütig zu mir war.« Thaddeus blickte Jeremiah Slater an und fasste sich mit den Fingern an die Stirn. »Wollt Ihr ihn anfordern, Sir?«

Der Graubart lachte überrascht auf. »Er wird mir nichts nützen, wenn er den Verstand verloren hat.«

»Und auch sonst niemandem«, kommentierte Miller. »Wahrscheinlich wird er den Mann, der ihn nimmt, umbringen. Ihr solltet auf Euch aufpassen, Milord. Er hat Euch schon einmal angegriffen und wird es sicher wieder tun.«

»Dann hat er sein Leben verwirkt, denn noch einmal werde ich nicht so gnädig sein.« Thaddeus drehte sich zu den Geschworenen um. »Werdet Ihr zulassen, dass maurisches Recht angewandt wird?«

Mehrere Minuten lang flüsterten die Männer miteinander, bis der Sprecher ihm schließlich ihre Zustimmung gab. Darauf antwortete Thaddeus mit der inzwischen vertrauten Geste: Er legte zum Zeichen des Respekts die Finger an die Stirn. Lady Anne, die ihn aufmerksam beobachtete, fragte sich, woher er das wohl haben mochte und wie es ihm nur immer wieder gelang, feindselig gesinnte Menschen zu entwaffnen. Er bekundete seine Ehrerbietung mit solcher Leichtigkeit und Eleganz, dass man meinen konnte, er sei damit aufgewachsen. Dennoch war es ihr ein Rätsel, wie schnell er damit das Vertrauen der Bürger gewonnen hatte. Niemand schien an der Echtheit seiner Geschichte von einer Kindheit unter Mauren oder der Sitten, auf die er sich berief, zu zweifeln.

D'Amiens allerdings witterte eindeutig eine Gefahr darin, dass Athelstans Einfluss so rasant wuchs, ohne dass ihn irgendjemand infrage stellte. Zudem hatte der Mann den Spruch der Geschworenen sofort akzeptiert. Ihm erschien das verdächtig. Er wies Andrew Tench an, ein Urteil zu verfassen, das de Courtesmain ausschließlich in Athelstans Dienste zwang, und befahl dann dem Hauptmann, Milord und dessen Gefangenen zum Flussufer zu begleiten, wo Athelstans Männer warteten.

»Ihr werdet sogleich aufbrechen wollen, Sir«, sagte er und neigte das Haupt. »Ich bedaure, dass ich Euch irrtümlicherweise verhaftet habe, bitte Euch aber, mir zu glauben, dass diese Entscheidung in bester Absicht getroffen wurde. Als Stellvertreter von Milord of Blandeforde bin ich verpflichtet, jede Beschuldigung zu untersuchen, die mir vorgetragen wird.«

Geschickt verbarg Lady Anne ihre Bestürzung, als Thaddeus sich mit vor Verachtung blitzenden Augen vor d'Amiens aufbaute. Schon befürchtete sie, er würde den Bogen überspannen und ihr Entkommen gefährden, nachdem sie bisher geradezu unverschämtes Glück gehabt hatten. Umso verblüffter war sie von seiner Antwort – ebenso wie der Vogt.

»Ihr habt mir zwei Tage meines Lebens gestohlen, Master d'Amiens. Möchtet Ihr Euch anhören, welche Vergütungsbedingungen ich den hochangesehenen Bürgern von Blandeforde vorschlage, oder wollt Ihr mich lieber zum Fluss begleiten und sie im Gehen mit mir erörtern?«

In tiefem Schweigen beobachteten die Menschen auf dem Vorhof, wie die Prozession über die Grasfläche zog. Athelstan ging an der Seite des Vogts, während der Hauptmann de Courtesmain an dessen Ketten führte. Lady Anne, die sich unversehens zurückgelassen fand, faltete die Hände im Schoß und versuchte, die Fassung zu wahren, indem sie konzentriert auf den Boden zu ihren Füßen starrte. Plötzlich herrschte in ihrem Kopf völlige Leere, und ihr fiel überhaupt nichts mehr ein, was sie hätte sagen oder tun können. Nur die kompakte Gestalt der getreuen Mistress Wilde hinter ihr vermittelte ihr ein vages Gefühl von Schutz.

Die Feindseligkeit des Priesters war überdeutlich zu spüren, wobei sie nicht beurteilen konnte, ob sein Zorn ihr oder Thaddeus galt. Wie auch immer, sie war nicht bereit, stillzuhalten und sich, isoliert von der Menge, seiner Gnade auszuliefern. Überdies bezweifelte sie, dass sie die Kraft hatte, sich weiterhin gegen ihn zur Wehr zu setzen. Die schlaflose Nacht und die anstrengende Reise hatten ihr schwer zugesetzt.

Plötzlich donnerten die Absätze von Stiefeln über den Vorplatz. Erschrocken wirbelte sie herum, nur um in den Neuankömmlingen zu ihrer unbeschreiblichen Erleichterung Gyles und Alleyn zu erkennen. Gleichzeitig verbeugten sie sich und bezogen dann links und rechts neben ihrem Stuhl Stellung. Pater Aristide starrten sie nur stumm an.

»Ist das auch einer von diesen geheimnisumwitterten maurischen Gebräuchen?«, fragte dieser Lady Anne auf Französisch. »Die Bedrohung von Priestern?«

Sie musterte ihn neugierig. Lag es an der Ehrerbietung, die Thaddeus ihr bezeugt hatte, dass er jetzt so zornig war? Konnte es sein, dass er sich in seinem Stolz verletzt fühlte, weil ihm keine entgegengebracht worden war? »Ich glaube nicht, dass sie die Absicht hatten, Euch zu verärgern, Pater. Sie befolgen lediglich die alte englische Tradition, nach der der Lehnsherr geschützt werden muss.«

Doch der Priester ließ sich nicht besänftigen. Immer

noch aufgebracht, schüttelte er die Faust. »Ihr seid aber nicht ihr Lehnsherr, Milady! Und Leibeigene haben nicht das Recht, ein Herrenhaus zu betreten. Werdet Ihr sie dazu auffordern, sich zurückzuziehen, oder muss ich das tun?«

Gyles stellte sich zwischen die beiden. »Wenn Ihr uns einen solchen Befehl erteilt, wird er nicht befolgt werden, Pater«, sagte er auf Französisch. »Ich habe nicht die Absicht, Eure Autorität infrage zu stellen, aber ich werde mich darüber hinwegsetzen, wenn ich es für nötig befinde. Es geht mir ausschließlich um Lady Annes Sicherheit.«

Aristide deutete auf die Wachmänner, die sich rings um den Vorplatz postiert hatten. »Diese Soldaten werden Euch in Gewahrsam nehmen, wenn Ihr Widerstand leistet.«

Gyles legte eine Hand auf den Bogen, den er sich diagonal vor die Brust gehängt hatte. »Wenn der Frieden Eures Hauptmanns gebrochen wird, wird sich diese Waffe auf Euren Kopf richten, Sir.«

Jeremiah Slater stemmte sich hoch. Auch er wechselte jetzt in die französische Sprache. »Ihr verursacht Ärger, wo es nicht nötig ist, Pater«, knurrte er. »Ich weiß von keinen Bestimmungen, die Leibeigenen das Betreten von Herrenhäusern verbieten. Gäbe es eine solche Verfügung, hätte der Vogt Mistress Wilde längst Hausverbot erteilt.« Er drehte sich zu seinen Freunden um und verfiel wieder ins Englische. »Ich würde gern Milord of Athelstans Beispiel folgen und eine Vergütung für die Verluste verlangen, die wir erlitten haben. Dieser Brauch kommt mir besser vor als alles, was die Kirche oder das französische Gesetz uns bieten. Was denkt ihr?«

Hätte sie die anschließende hitzige Debatte aus der Ferne verfolgt, hätte es Lady Anne wohl amüsiert, diese Männer dabei zu beobachten, wie sie die Vorzüge frei erfundener maurischer Traditionen mit dem Pfarrer erörterten. So aber musste sie sich den Bürgern widmen, die sie bedrängten, sich ebenso leidenschaftlich für sie einzusetzen, wie sie für die Sache ihrer eigenen Leute gekämpft hatte. Um den Priester nicht noch mehr gegen sich aufzubringen, erinnerte sie sie daran, dass das Gericht noch tagte und sie als geladener Gast keinerlei Einfluss auf seine Entscheidung hatte. Die Männer von Blandeforde mussten in dieser Angelegenheit für sich selbst sprechen.

Nachdem sie viermal vorsichtig abgewogene Antworten auf verschiedene Fragen der aufgeregten Bürger gegeben hatte, mischte Aristide sich ein und beschuldigte sie, die Bevölkerung zum Ketzertum aufzuwiegeln. »Warum ermutigt Ihr diese Männer zu solchem Denken, statt es zu verdammen? Wo ist Euer Verantwortungsgefühl?«

Sie senkte demütig den Kopf. »Vergebt mir, Pater. Ich dachte, was Frauen von sich geben, sei ohne Belang. Aber vielleicht wollt Ihr ja, dass ich als Lehnsherrin antworte, die verpflichtet ist, sich für ihren König und die Kirche einzusetzen?«

Er presste die Lippen zu einem Strich aufeinander. »Nicht wenn Ihr den Ehrgeiz habt, den Spott auf die Spitze zu treiben. Die Mauren sind Heiden und sollten auch als solche bezeichnet werden.«

»Das, was ich über sie weiß, habe ich von Athelstan erfahren, und er ist alles andere als ein Heide. Dennoch werde ich mein Bestes tun, um Euch zur Seite zu stehen.« Sie erhob sich. »Gute Bürger der Stadt, Pater Aristide sieht Ketzertum in Euren Gedanken und fordert Euch dringend auf, davon abzulassen. Ich möchte Euch nur bitten, Vernunft walten zu lassen. Für jeden von Euch ist das Schlimmste in Eurem Leben der Tod Eurer Frauen und Kinder gewesen. Ich höre die

Trauer in Euren Stimmen, wenn Ihr sagt, Ihr wünschtet, Gott hätte statt ihrer Euch zu sich genommen.«

»Wir alle empfinden das so, Milady«, sagte Slater.

»Wie sämtliche Frauen und Männer in Dorseteshire, die ähnlich gelitten haben«, antwortete sie leise. »Ihr seid nicht allein auf Eurer Suche nach einem Verantwortlichen, dem Ihr die Schuld für Euren Kummer geben könnt. Bloß wer sollte das sein? Und was werdet Ihr von ihm fordern? Einen Goldtaler? Zehn? Tausend? Mit welchem Preis bewertet Ihr das Leben Eurer Liebsten?«

»Mit einem höheren, als ein Mann zahlen kann.«

»Doch dann ist das Gerede über eine finanzielle Entschädigung närrisch, nicht wahr? Durch das Zusammensein mit freundlichen Gefährten werden Eure Herzen eher heilen als mithilfe von Taschen voller seelenlosem Gold. Ihr könnt darauf bestehen, dass Master d'Amiens für Euch Witwen als Ersatz für Eure verstorbenen Frauen aussucht, aber könnt Ihr solche Angelegenheiten nicht besser selbst regeln?«

Slater und die meisten anderen stimmten ihr zu, nur Miller ließ sich nicht so leicht beschwichtigen. »Der Vogt hätte uns den gleichen Schutz gewähren müssen wie seinem Haushalt, Milady. Wie kann es richtig sein, dass man Freie sich selbst überlässt, damit sie sterben wie die Fliegen, während die eigenen Bediensteten Hilfe zum Überleben erhalten? Ich für meinen Teil verlange dafür eine Entschädigung.«

»In welcher Gestalt, Master Miller? Mein Vetter hat Euch erklärt, dass es bei den Mauren Brauch ist, Gleiches mit Gleichem zu vergelten. Wollt Ihr, dass Mistress Wilde das Leben genommen wird, weil sie den Befehlen des Vogts gehorchte?«

Seine Lippen verzogen sich zu einem säuerlichen Lächeln. »Ich möchte, dass die verantwortlichen Männer bezahlen.

Und wenn die Vergütungen in gleicher Gestalt geleistet werden sollen … In einer Grube liegen zahllose Tote – darunter die kleine Magd –, die ohne jede Zeremonie dort hineingeschleudert wurden, nachdem unsere letzten Priester gestorben waren.« Er blickte Aristide an. »Sie hätten längst aus dem Loch herausgeholt und ordentlich bestattet werden müssen – unter ihrem Namen, mit einem Eintrag ins Sterberegister und mit den dafür vorgesehenen Riten – alles ausgeführt vom Priester und dem Vogt.«

Aristide ignorierte den Mann und wandte sich an Lady Anne. »Ich kann sein Gerede kaum verstehen«, sagte er auf Französisch. »Ihr müsst für mich antworten.«

Sie war sich ganz sicher, dass er sehr wohl verstanden hatte. Dennoch … »Man würde eine erbärmliche Rache üben, wenn sie auf einen selbst zurückfällt, Master Miller«, sagte sie. »Ich halte es nicht für der Weisheit letzten Schluss, die Toten auszugraben, wenn die Stadt erst seit acht Wochen pestfrei ist.«

»Ihr meint, wir stecken uns von den Leichen an?«

»In Develish würde ich so etwas nicht riskieren.«

»Ich in Blandeforde auch nicht«, sagte Slater mit fester Stimme. »Die Toten werden friedlich genug ruhen, wenn Pater Aristide die Grube und die Erde darum herum weiht. Was ihre Namen betrifft, kann Master d'Amiens sie in seinem Register nachschlagen, sobald unter den Überlebenden eine Volkszählung durchgeführt worden ist.«

Erneut bekundeten die Bürger ihre Zustimmung, was Miller mit einem verächtlichen Grunzen kommentierte. »Ihr findet euch viel zu schnell mit euren Verlusten ab. Wenn wir Schadenersatz wollen, müssen wir ihn einfordern.«

»Dann mach doch einen vernünftigen Vorschlag!«, rief eine Stimme von hinten.

»Vielleicht hat ja Milady einen«, sagte Andrew Tench. »Sie kennt diese Gebräuche besser als wir, weil ihr Vetter sie ihr bestimmt ausführlich erklärt hat.«

Doch mit einem Mal verließen Lady Anne die letzten Reste ihrer Kraft. Mit einer zitternden Hand stützte sie sich auf der Stuhllehne ab. So fiel es Gyles zu, an ihrer Stelle zu antworten. »Ihr solltet Eure Fragen besser an Milord richten«, sagte er und deutete mit dem Kinn auf die Grasfläche hinter dem Vorplatz. »Wenn ich mich nicht täusche, kommen er und Master d'Amiens gerade zurück.«

DREIUNDZWANZIG

James Buckler, der bei den Pferden stand, hätte nicht erst Gyles' starren Blick und die ruckartige Kopfbewegung in Richtung Thaddeus sehen müssen, um erkennen zu können, dass jetzt schnelles Handeln gefragt war. Er hatte die Wortwechsel auf dem Vorplatz verfolgt, und wie sein Freund sah auch er Milady die Erschöpfung an. Allerdings bezweifelte er, dass Thaddeus in einem besseren Zustand und in der Lage war, den Bürgern irgendetwas zu erklären. Aus der scheinbar guten Idee, den Bewohnern von Develish ein schlechtes Gewissen zu ersparen, wurde zusehends ein Mühlstein um ihren Hals.

Mit schnellen, geübten Griffen band er seinem Pferd die Vorderbeine zusammen und schlang ihm die Halfter der anderen Tiere um den Brustgurt, ehe er sich von ihm abwandte und Thaddeus und d'Amiens entgegenging. Fünf Schritte hinter ihnen folgte der Hauptmann, der immer noch die Handfesseln trug, von denen er de Courtesmain befreit hatte. Das Ende der kleinen Prozession bildeten Ian und Edmund. Letzterer führte ein Pony mit sich, um dessen Widerrist er Ledertaschen gehängt hatte. James erkannte sie auf den ersten Blick als diejenigen, die Lady Eleanors Aussteuer enthielten. Lautlos schickte er ein Stoßgebet gen Himmel, das möge ein gutes Omen sein, dann zwang er sich, das Knie vor Thaddeus zu beugen.

Obwohl der Verband um Thaddeus' Hand blutgetränkt und sein Gesicht erneut leichenblass war, verriet das kurze Aufflackern von Humor in seinen Augen, dass er James' Widerstreben gut verstehen konnte. James war es schon schwergefallen, Sir Richard Ehrerbietung zu erweisen; sich jedoch vor einem Mann zu verbeugen, den er seit dessen Geburt als Wechselbalg gekannt hatte, stellte für ihn zweifellos eine noch viel größere Demütigung dar. Thaddeus bedeutete ihm, sich aufzurichten. »Ihr habt eine Botschaft für mich?«

»Milady Anne of Develish erbittet Eure Hilfe, wenn die Angelegenheit mit dem Vogt abgeschlossen ist, Sir. Die Bürger der Stadt haben noch Fragen zu dem maurischen Brauch der Schuldbegleichung. Und da Milady von der Reise und all den heutigen Ereignissen sehr erschöpft ist, glaubt sie, dass Ihr bessere Antworten geben werdet, als sie es vermag.«

Er beobachtete Thaddeus dabei, wie er die linke Hand in die rechte nahm und Daumen und Zeigefinger nahe der verletzten Stelle in den Verband bohrte. War es da ein Wunder, dass die Wunde immer noch blutete, wenn Thaddeus sich auf diese Weise wach hielt? Der Schmerz musste entsetzlich sein, doch seiner Stimme war nichts davon anzuhören, als er den Vogt fragte: »Wie lange wird es dauern, die Schriftsätze für die Übertragung vorzubereiten, Master d'Amiens?«

»Nicht länger als eine Stunde, Milord. Die Formulierungen sind festgelegt, und eigentlich muss nur der Name des Inhabers geändert werden. Solange das Gold das erforderliche Gewicht hat, erwarte ich keine Schwierigkeiten.«

»Das hat es. Meine Männer werden die Taschen ins Haus tragen und Euch beim Wiegen beobachten. Wenn die Dokumente fertig sind, bringt sie bitte zum Vorplatz, damit ich sie unterschreiben kann.« Er lächelte, als er sah, dass d'Amiens zum Widerspruch ansetzte. »Es ist nie klug, einen Groll an sich nagen zu lassen, Sir. Der Zorn der Bürger wird schwerer zu besänftigen sein, wenn Ihr sie zwingt, auf Blandefordes Rückkehr zu warten. Es hat Euch nicht geschadet, dass Ihr seine Schuld bei mir beglichen habt – im Gegenteil: Die meisten würden sogar sagen, dass die zusätzlichen Einkünfte, die in Blandefordes Geldtruhen geflossen sind, Euch einen schönen Profit beschert haben. Warum also fürchtet Ihr eine Einigung mit Euren eigenen Leuten?«

D'Amiens' Augen verweilten auf Matthew Miller. »Es gibt Menschen, die ihren Teil eines Vertrags brechen, sobald er geschlossen wurde.«

»Sicher denken die Leute dasselbe über Euch, Sir. Das ist eine traurige Welt, in der Vertrauen Mangelware ist. Bekümmert es Euch nicht, dass es einer Frau leichter gelingt, sich den Respekt einer Stadt zu verschaffen, als Euch oder dem Priester? Selbst mir mit meinen begrenzten Kenntnissen der englischen Bräuche erscheint das höchst ungewöhnlich. Wie erklärt Ihr Euch das?«

»Ihr habt es selbst gesagt, Sir. Milady ist eine außergewöhnliche Frau.«

»So außergewöhnlich, dass sie bereit ist, jedem der Männer auf dem Vorplatz die Hand zu reichen. Werdet Ihr dasselbe tun, falls ich einen Weg finde, ihr Empfinden, dass ihnen eine Ungerechtigkeit widerfahren ist, zu besänftigen? Wenn Ihr dazu bereit seid, gewinnt Ihr ihr Vertrauen.«

»Milady war tollkühn.«

»Oder klug, weil sie erkannte, dass die Pest überstanden ist, wenn es zwei Monate lang keine Toten mehr gegeben hat. Wenn *sie* glaubt, dass es an der Zeit ist, die Angst hinter sich zu lassen und sich der Zukunft zuzuwenden, solltet Ihr es dann nicht auch so halten?«

D'Amiens blickte Thaddeus verdrießlich hinterher, als dieser weiter zum Vorplatz schritt, dort dem Hauptmann einen Befehl erteilte und Ian und Edmund mit einer Geste aufforderte, ihm zum Herrenhaus zu folgen. Als sie sich entfernten, murmelte er vor sich hin: »Je schneller ihr diese Angelegenheit geregelt habt, desto besser.«

Diese Bemerkung fand auch James' Zustimmung. Er mochte sich dessen nicht bewusst gewesen sein, aber ihn hatte die gleiche Furcht befallen wie seinen Sohn, als Thaddeus sich zum ersten Mal als Adliger ausgegeben hatte. Und immer noch konnte so vieles misslingen, doch Thaddeus schien fest entschlossen, Gottes Geduld weiter herauszufordern. Das Klügste wäre es gewiss gewesen, zusammen mit Milady von hier zu verschwinden, doch stattdessen machte er es sich bequem und unterhielt sich mit den Leuten.

Nun näherte sich der Hauptmann und stellte sich neben James. »Milord versteht es, die Leute zu überzeugen«, sagte er mit einem Seufzen und verfolgte mit zusammengekniffenen Augen, wie Thaddeus Pater Aristide gegenübertrat und sich einmal mehr die Finger an die Stirn presste. »Wenn das so weitergeht, versöhnt er sogar noch den Pfarrer mit den maurischen Gebräuchen.« Er deutete auf das Wächterhaus. »Möchtet Ihr mich begleiten, Sir? Master d'Amiens hat Milord eine Kutsche zur Verfügung gestellt, damit Milady heute Abend sicher heimkehren kann. Der Stall liegt hinter dem Haus, und es stehen drei Wagen zur Auswahl. Ich werde meine Männer anweisen, Euch einen davon für die Fahrt vorzubereiten.«

James spähte skeptisch zur Sonne hinauf. »Heute bleibt es höchstens noch drei Stunden hell.«

»Milord beabsichtigt, mit Fackeln zu reisen«, sagte der Hauptmann mit schelmisch funkelnden Augen. »Nach seinen Erfahrungen in diesem Haus glaubt Milord, dass Lady Anne die Straße weniger beschwerlich finden wird als Master d'Amiens' Gastfreundschaft.«

Als Peter fragte, was sie nun mit de Courtesmain tun sollten, zuckte Olyver nur mit den Schultern. Wie ein Kind schluchzend lag der Franzose in sich zusammengerollt im Gras und brachte nicht ein einziges verständliches Wort hervor.

»Wovor hat er Angst?«, fragte Joshua.

»Vor dem Zorn von Develish?«, riet Olyver.

»Wohl eher davor, auf halbem Weg liegen gelassen zu werden«, brummte Peter. »Wenn Thaddeus entscheidet, ihn zwei Meilen vor Blandeforde abzusetzen, wird er nichts weiter sein als ein mittelloser Vagabund.« Er kniete sich neben de Courtesmain und rüttelte ihn an der Schulter. »Ihr müsst aufhören zu weinen, Sir. Damit blamiert Ihr Euch doch nur.«

Die Antwort war kaum mehr als ein heiseres Wispern. »Ich bin schon blamiert.«

»Das mag ja sein, aber keiner von uns ist ausgeschlafen genug, um jetzt noch viel Geduld aufbringen zu können. Ihr täuscht Euch, wenn Ihr glaubt, Ihr könnt auf diese Weise Miladys oder Athelstans Verständnis gewinnen. Sie werden viel eher Respekt vor Euch empfinden, wenn Ihr Eure Strafe tapfer auf Euch nehmt.«

»Ich bin noch niedriger als ein Leibeigener.«

»Nun ja, Ihr wart feige und wolltet Euch aus dem Staub machen.« Peter packte den Franzosen am Kragen und riss ihn hoch. »Was hältst du davon, wenn ich ihn für eine Weile fortschaffe und vernünftig mit ihm rede?«, wandte er sich an Olyver. »In diesem Zustand sollte Milady sich nicht mit ihm befassen müssen.«

»Wohin willst du?«

»Nur die Straße lang«, sagte Peter und begann, das zweite Lastenpony von Gepäck und Geschirr zu befreien. »Er kann auf diesem Tier sitzen. Das andere wird die Ladung schon tragen können, sobald es das Gold los ist. Wenn ihr mich nicht bis zum Sonnenuntergang erreicht habt – was ihr mit der Kutsche wohl auch kaum schaffen werdet –, schlagt nahe beim Straßenrand das Nachtlager auf. Wahrscheinlich werdet ihr mein Feuer sehen, bevor ich eure Fackeln bemerke.«

Olyver half Peter, die Ladung auf den Boden zu legen. »Während du wartest, kannst du dich ja schon mal nützlich machen«, murmelte er und löste den Knoten, der den Kupferkessel und einen Beutel voller Hammelfleisch sicherte, um dann beides an Peters Sattel zu binden. »Ich werde nicht der Einzige sein, der sich vor Verzweiflung die Kehle aufschlitzt, wenn ich heute Abend nichts zu essen bekomme.«

»Hier, das auch«, sagte Joshua und brachte einen Sack voller Bohnen sowie einen weiteren mit Trockenobst. »Ihr könnt das um den Hals tragen, so wie wir das ja auch tun mussten, Master de Courtesmain.« Damit band er dem Franzosen beides um die Schultern. »Peter wird Eure Gesellschaft nicht recht sein, aber ich bin mir sicher, dass er sich lieber Eure Schimpftiraden anhört, als dass er Euch Milady Ärger bereiten lässt.«

Olyver ging neben dem Pony in die Hocke und verschränkte die Hände ineinander, sodass de Courtesmain sie als Aufstiegshilfe benutzen konnte. »Ihr solltet Euch glücklich schätzen, dass Gott Euch in Seiner Weisheit *uns* auferlegt hat«, sagte er streng. »Hätte Er Euch nach Develish geschickt, wärt Ihr längst tot.«

Die ausschließlich aus Frauen und Kindern bestehende Menge am Tor hatte sich bis auf einige Halbwüchsige aufgelöst, die unbedingt sehen wollten, wer sich da von der Gruppe trennte. Zwei oder drei besonders Neugierige liefen noch ein Stück weit mit Peter und de Courtesmain mit. Geduldig beantwortete Peter ihre Fragen, schüttelte aber angewidert den Kopf, als sie sich enttäuscht darüber zeigten, dass niemand vorhatte, den Mann auszupeitschen.

»Habt ihr etwa *darauf* gewartet?«, rief er entgeistert.

»Sonst gibt es hier ja nichts zu tun.«

Peter schüttelte den Kopf und forderte Hugh auf, sich an der Mähne des Ponys festzuhalten. In flottem Trab führte er ihn zum Ende der Straße, wo sie in einen Feldweg überging. Dort ging es im Schritt weiter. Die Frauen, an denen sie vorbeikamen, blickten sie neugierig an, aber keine brachte den Mut auf, sie anzusprechen. An der Brücke rechnete Peter mit Soldaten. Vorsichtshalber riet er Hugh eindringlich, sich wie ein freier Bauer zu verhalten, wenn er nicht als flüchtiger Verbrecher zum Vogt zurückgebracht werden wollte. Doch dann erwies sich die Brücke als unbesetzt, und sie konnten sie unbehelligt überqueren.

Als es die sanfte Steigung zum Hügel über der Stadt hinaufging, fand Hugh seine Stimme wieder. »Hast du vor, mich umzubringen?«

Peter blickte ihn erstaunt an. »Warum sollte ich?«

»Um Milady zusätzliche Sorgen zu ersparen. Wenn ich tot bin, kann ich das, was ich weiß, nicht ausplaudern.«

»Ihr habt ja schon geplaudert«, erwiderte Peter. »Was würde mir Euer Tod jetzt noch nützen? Der Zeitpunkt, bevor Ihr in Blandeforde Einzug gehalten habt, wäre günstig gewesen. Und ich kann nicht behaupten, dass ich nicht versucht war. Uns allen wäre viel Ärger erspart geblieben, wenn

Euch auf der Straße von Bourne nach Blandeforde etwas zugestoßen wäre.«

»Andere könnten mir glauben.«

»Nicht solange Ihr an Athelstan gebunden seid. Niemand wird Euch anhören, wenn er Euch nicht erlaubt zu sprechen. Seid dankbar, dass er Euch hat leben lassen. Von den Peitschenhieben, die Ihr den Leibeigenen auf Foxcote verabreicht habt, wisst Ihr ja, dass eine solche Strafe Euer Tod gewesen wäre. Bevor Ihr damals nach Develish kamt, hatte uns schon die Kunde erreicht, dass von den Männern, die Ihr ausgepeitscht hattet, fünf gestorben waren. Ihnen war zu viel Haut heruntergerissen worden.«

»Ich tat nur das, was mir befohlen worden war!«

Peter kamen die vielen Gelegenheiten in den Sinn, bei denen Thaddeus ihn und seine Gefährten dafür getadelt hatte, dass sie die Schuld für etwas auf jemand anders geschoben hatten, statt selbst die Verantwortung für ihr Tun zu übernehmen. »Ist das Eure Entschuldigung für jede üble Tat, die Ihr begeht? Ich gehe jede Wette ein, dass Ihr Gott mindestens ebenso oft die Schuld an Eurem Ungemach gebt wie anderen Menschen.«

»Ich fürchte Seinen Zorn zu sehr, um Ihn zu schelten.«

»Dann möchte ich gewiss nicht in Eurer Haut stecken, Master de Courtesmain. Ihr müsst ja jeden Tag mit einer grässlichen Angst kämpfen. Ein zorniger Gott ist schwerer zu besänftigen als ein zorniger Lord.«

»Was weißt du denn schon über das Leben?«, fauchte Hugh gereizt. »Die Leibeigenen von Develish haben doch keine Vorstellung davon, was Zorn oder Angst ist!«

Peter stieß ein belustigtes Glucksen aus. »So wenig wie Ihr, als Ihr in unserer Mitte gelebt habt. War das nicht viel angenehmer als die Lage, in der Ihr jetzt steckt?«

Es dauerte einen langen Moment, bis Hugh hervorbrachte: »Ich ... habe Angst davor, nach Develish zurückzukehren.«

»Weil Ihr ein Verräter oder weil Ihr ein Sklave seid?«

»Beides.« Seine Stimme war nur noch ein fast unhörbares Wispern. »Nach allem, was ich getan habe, werden sie mich mit ihrem Hass und Hohn überschütten. Mein Leben jetzt zu beenden wäre eine gute Tat.«

Peter führte den Älteren weiter über die Hügelkuppe. »Ihr gebt zu früh auf, Master de Courtesmain. Wenn der Vogt Wort hält und Athelstan den Titel des Lords von Pedle Hinton zuspricht, könnt Ihr Euch dort niederlassen und braucht nicht nach Develish zu gehen.« Er sah, wie sich de Courtesmains Miene mit einem Schlag vor Erleichterung aufhellte. »Ihr werdet allerdings nicht so begeistert sein, wenn Ihr es seht«, warnte er ihn. »Das Dorf ist zerstört worden, und das Hausdach ist halb abgebrannt. Vom Holzhacken und Lehmanrühren werdet Ihr Schwielen an den Händen bekommen, bevor Ihr irgendwann wieder zur Feder greifen könnt.«

Den Rest ihres Gesprächs führten sie an einem Lagerfeuer, das Peter zuvor entfacht hatte. Er briet etwas Hammelfleisch, während er immer wieder nach sich nähernden Fackeln Ausschau hielt. Was Hugh betraf, verspürte dieser den unbezwingbaren Drang, Peter sämtliche Sünden zu beichten, die er durch Tat oder Unterlassung begangen hatte, und sein Geständnis war aufrichtiger als alles, was er je einem Priester erzählt hatte. Seine größte Sorge war es, seinen Stand zu verlieren. Doch Peter riet ihm, sich darüber nicht allzu sehr zu grämen. Milady und Athelstan würden niemals einen Menschen versklaven. Viel zu lange hätten sie darum gekämpft, Freiheit für ihre Leute zu gewinnen, als dass sie jetzt auch nur einen Schritt vom Erreichten zurückweichen würden.

»Ihr müsst neue Fähigkeiten erlernen und Euch zusammen mit uns allen für das allgemeine Wohl einsetzen«, erklärte er Hugh. »Wenn es Milady und Athelstan gelingt, Develish und Pedle Hinton in Gemeinschaften von freien Bauern und Händlern umzuwandeln, werdet auch Ihr gemeinsam mit uns einen Nutzen daraus ziehen. Falls Ihr Euch hingegen an Euer einziges Talent klammert, werdet Ihr das Nachsehen haben.«

Dasselbe hatte Lady Anne am Morgen vor dem großen Sturm gesagt. Damals hatte Hugh ihre Gedanken als versponnen abgetan. Jetzt begriff er, dass sie und Peter recht hatten. Länger konnten sie jedoch nicht darüber sprechen, denn in der Dunkelheit waren auf einmal glühende Punkte auszumachen. Auf der Straße näherten sich Fackeln. Bald erkannten sie einen Konvoi. Eindeutig war das Thurkell, der auf seinem schwarzen Schlachtross thronte. Er ritt zwischen den Startout-Zwillingen, die sich jeweils eine Fackel über den Kopf hielten. Joshua und Edmund, die die Flanken bildeten, lenkten ihre Pferde mit den Knien, weil sie die Hände brauchten, um ihre Bogen schussbereit zu halten. Vorneweg jagten die Hunde aufgeregt hin und her, stets damit beschäftigt, mögliche Übeltäter zwischen den Bäumen zu erschnüffeln.

Wären sie Fremde gewesen, hätte Hugh sie für das gehalten, wonach sie aussahen: ein Lord mit seiner Garde. Sich noch länger an die Vorstellung zu klammern, dass es sich um Leibeigene handelte, die weit unter ihm standen, wäre närrisch gewesen. Peter hatte ihn zu Recht gewarnt. Selbst die etwas älteren Männer, die neben Miladys Kutsche herritten, saßen stolz und selbstbewusst in ihren Sätteln. Hugh stieg heiß das Blut in die Wangen, als er sich daran erinnerte, wie verächtlich er sich vor Lady Anne über die Männer geäußert hatte. Keiner von ihnen besäße die Weisheit oder die Fähigkeiten, um ihrem Beraterkreis angehören zu dürfen, hatte er behauptet.

Und jetzt kamen diese Leute auf ihn zu! Panik überflutete ihn. Zugleich schoss ihm ein derart stechender Schmerz durch die Brust, dass er glaubte, er würde auf der Stelle sterben. Ja, er betete sogar zu Gott, Er möge ihn erlösen. Als Toter würde er weder ihren Hohn über sich ergehen lassen noch nach Möglichkeiten suchen müssen, Buße zu tun. Jetzt war es ihm ein einziges Rätsel, dass er nicht zu akzeptieren vermocht hatte, dass die Bildung, aus der er so viel Nutzen gezogen hatte, auch denjenigen zugutekommen konnte, die die Kirche stets als minderwertig betrachtet hatte.

Er wankte, dann spürte er plötzlich, wie Peter ihn am Arm ergriff, und hörte ihn Thurkell einen Gruß zurufen.

»Du bist ein Labsal für wunde Augen!«, rief der andere lachend zurück. »Ich habe gehört, dass du uns ein Festmahl zubereitet hast!« Als das Schlachtross vor den beiden stehen blieb, nickte er Hugh zu. »Ich darf annehmen, Ihr seid wohlauf, Master de Courtesmain?«

Hugh brannten Tränen in den Augen. »Das … dürft Ihr, Sir.«

Thaddeus schwang sich aus dem Sattel. »Freut mich, das zu hören. Ihr wart bei Peter in guten Händen.« Er reichte Ian seine Zügel. »Lass mich mit Milady sprechen. Wenn es ihr nichts ausmacht, die Nacht unter freiem Himmel zu verbringen, schlage ich vor, dass wir hier unser Lager aufschlagen. Was mich betrifft, fehlt mir einfach die Kraft, heute Nacht noch nach Develish weiterzureiten.«

Als das flackernde Licht der Flammen auf die Gesichter der rings um das Feuer Versammelten fiel, musste Hugh an einen anderen Abend denken, als Lady Anne zur Feier des Sieges über Bournes Bogenschützen mit ihren Leuten getanzt hatte. Damals hatte er sie deswegen verurteilt. Er hatte befürchtet, sie würde Lady Eleanor und ihn in Gefahr bringen, wenn sie sich derart erniedrigte und sich auf dieselbe Stufe begab wie ihre Leibeigenen. Personen von niederstem Stand die Freundschaft anzubieten hieß doch, sie zur Rebellion zu ermutigen! Und er hatte befürchtet, er und Lady Eleanor würden als gebürtige Normannen die volle Wucht ihres Hasses zu spüren bekommen.

Jetzt wünschte er, er hätte sich an ihren Rat gehalten und die Nähe dieser Männer gesucht. Keiner von ihnen verweigerte Lady Anne seinen Respekt, nur weil sie sich um ihre Leute kümmerte. Im Gegenteil, die Bewunderung für sie zeigte sich in allem, was die Männer sagten und taten. Als sie aus der Kutsche gestiegen war und Thurkells Hand ergriffen hatte, um sich darauf zu stützen, hatte sie einmal mehr ihr selbst gefertigtes Kleid getragen, und Hugh hatte mit einem Mal eine geradezu absurde Erleichterung darüber empfunden, sie in diesem schlichten Gewand zu sehen, denn so fielen sein eigener Bauernkittel und die Hose zwischen den Livreen von Athelstan und Develish um einiges weniger auf.

Nach Lady Anne war Mistress Wilde aus der Kutsche gestiegen und hatte übers ganze Gesicht gestrahlt, weil Thurkell auch ihr behilflich gewesen war. Ihr Glaube, Athelstan vor sich zu haben, wurde dadurch gestärkt, dass die Männer aus Develish ständig seinen Titel verwendeten, und Hugh stellte fest, dass ihnen das sehr leichtzufallen schien. Wie immer die Wahrheit über seine Geburt aussehen mochte, sie akzeptierten ihn als eine Milady ebenbürtige Führergestalt.

Mistress Wilde wurde allen, die sie nicht kannten, als Lady Annes Anstandsdame für die Dauer der Reise vorgestellt. Doch als die neue Begleiterin aufgeregt davon erzählte, dass sie sogar ein paar Tage in Develish verbringen würde, bevor sie nach Hause zurückkehrte, wurde Hugh klar, dass Lady Anne sie vor allem aus dem Grund mitnahm, um auch noch die letzten Zweifel zu entkräften, die d'Amiens an Thurkells Stand haben mochte. Die Bewohner von Develish waren genauso darauf eingeschworen, den Schwindel aufrechtzuerhalten, wie all die Männer hier, und Mistress Wilde würde den Glauben an Thurkells aristokratische Geburt nach Blandeforde mit zurücknehmen. Anscheinend war sie auch diejenige, die die sauberen Stofffetzen zur Verfügung gestellt hatte, mit denen Thurkells Wunden neu verbunden wurden, und Hugh war Peter dankbar, dass er gerade jetzt eine Aufgabe für ihn hatte.

»Wir machen uns wohl nützlicher, wenn wir Holz sammeln«, sagte er und forderte Edmund mit einer Geste auf, eine Fackel zu bringen. Edmund tat ihm den Gefallen, und nachdem sie sich ein kleines Stück von den anderen entfernt hatten, fragte er ihn, ob Athelstans Plan aufgegangen war.

Der Junge grinste. »Und ob. Als Gegenleistung für einen Treueid, den er Blandeforde geleistet hat, ist Athelstan jetzt Träger mehrerer Urkunden, die ihm bestätigen, dass er als Vasall von Milord of Blandeforde Schutzherr von Pedle Hinton ist.«

»Werden sie Bestand haben?«

»Nichts spricht dagegen. Auf Gold legt d'Amiens mehr Wert als auf ein entvölkertes Gut. Ian hat mir erzählt, er habe Athelstan gleich als Erstes gewarnt, dass er ihm alles wieder wegnimmt, wenn das Gut seiner Steuerpflicht nicht nachkommt.«

»Was hat Milord darauf geantwortet?«

»Er hat d'Amiens geraten, sich um seine eigenen Angelegenheiten zu kümmern. Er solle froh über das Gold sein, weil sich damit die Löcher in Blandefordes derzeitigen Einkünften stopfen ließen. Allerdings würden die Ausfälle immer größer werden, wenn die Bürger der Stadt es mangels Zuversicht nicht wagten, die Märkte wieder zu eröffnen und Handel zu treiben. Dann hat er d'Amiens dazu überredet, sich mit dem Ältestenrat zusammenzusetzen und sich dessen Anregungen anzuhören. Anscheinend will der Rat vorschlagen, Märkte außerhalb der Stadtgrenzen abzuhalten, bis alle sicher sind, dass die Pest überstanden ist.«

»Wird das helfen?«

»Athelstan glaubt zumindest daran. Ihre größte Sorge ist, dass neue Erkrankte durch die Stadt kommen könnten. Darum hat er den Leuten geraten, Abstand zu wahren und das Wechselgeld auf den Boden zu werfen, statt Hände zu berühren. Wenn die Kunden und fahrenden Händler es auch so halten, wird das Vertrauen auf beiden Seiten bald wieder wachsen.«

»Was hat er noch gesagt?«

»Dass er und Milady mit gutem Beispiel vorangehen werden, indem sie ihre überschüssigen Vorräte nach Blandeforde schicken werden, sobald die Märkte wieder offen sind. Wenn Develish und Pedle Hinton damit anfangen, werden andere sicher bald folgen. Die Stadtbewohner haben ihm zugejubelt, und danach hat er gemeint, dass nicht nur sie, sondern auch wir einen Nutzen davon haben werden. D'Amiens wird beruhigt sein, wenn er sieht, dass beide Güter regelmäßig in Blandeforde Handel treiben und ihre Steuern zahlen.«

Peter entging nicht, dass Hugh den Kopf schüttelte. »Ihr seid anderer Meinung, Master de Courtesmain?«

»Wenn es wirklich so viele Tote sind, wie Athelstan sagt, wird es nicht genug hungrige Mäuler geben, die beim Fleischverkauf für einen guten Preis sorgen. Um d'Amiens zu befriedigen, wird er noch eine andere Geldquelle vorweisen müssen.«

»Was schlagt Ihr vor?«

»Dass er die Goldreserven seiner spanischen Landgüter heranschafft, sobald die Schiffe aus dem Ausland wieder in die englischen Häfen gelassen werden. Eine korrekt ausgestellte und vom Kapitän des Schiffs unterschriebene Quittung wird genügen, um d'Amiens davon zu überzeugen, dass das Geschäft tatsächlich abgeschlossen wurde.«

Edmund wechselte einen Blick mit Peter. Keiner der beiden wusste so recht, was de Courtesmain damit sagen wollte. Glaubte er wirklich, dass Athelstan Goldreserven hatte, oder meinte er, dass eine Empfangsbestätigung leicht gefälscht werden konnte? Beiden leuchtete ein, wie leicht sich mit einem selbst fabrizierten Empfangsschein der Reichtum erklären ließe, den sie im letzten Monat bei ihren Plünderungszügen auf den verwaisten Anwesen zusammengetragen hatten. Die größte Beute stammte von Bradmayne. Obwohl er angeblich auf Lady Eleanors Mitgift angewiesen war, hatte Milord of Bradmayne immer noch ein beträchtliches Vermögen in seiner Schatzkammer aufbewahrt. Die Früchte ihrer Mühen lagen in der Nähe von Poole tief im Sand einer Düne direkt an der Küste vergraben. Wenn sie bedachtsam damit umgingen, war Thaddeus' Meinung nach immer noch genug von dem Gold toter Männer vorhanden, um Pedle Hinton wiederaufzubauen und allen Leibeigenen von Develish den Weg in die Freiheit zu weisen. Gleichwohl würde er noch eine Möglichkeit finden müssen, seinen durch Diebstahl erworbenen Reichtum zu erklären. Auf die Idee, Empfangsbestätigungen zu fälschen, war er mit Sicherheit noch nicht gekommen.

»Glaubt Ihr denn, die Schiffe werden schon bald wieder zurückkehren, Master de Courtesmain?«, wollte Edmund wissen.

Später sollte Hugh sich fragen, ob er genau in diesem Moment beschlossen hatte, sich zu ändern, oder ob die Sehnsucht danach schon in dem Augenblick in ihm zu keimen begonnen hatte, da eine Frau die Herrschaft über Develish übernommen hatte. »Milord of Bourne glaubte es«, antwortete er. »Ich hatte schon mehrere Empfangsbestätigungen für ihn ausgestellt, weil ich annahm, dass der Handel über kurz oder lang wiederaufgenommen werden würde. Er hielt es für das Klügste, sein gestohlenes Gold auf mehrere Schiffe zu verteilen, und ich erinnere mich noch an die Namen, die ich ihnen gegeben habe. Wird Athelstan davon erfahren wollen? Es könnte seinen eigenen Geschäften mehr Glaubwürdigkeit verleihen, wenn dieselben Schiffe schon einmal von einem anderen Lord benutzt wurden.«

Peter nickte lächelnd. »Da könnt Ihr wohl sicher sein.«

Aus Furcht, Lady Anne oder Thurkell könnten seinen Blick auffangen, hielt Hugh den Kopf während des Essens gesenkt. Er vertraute nicht darauf, dass Peter in seinem oder ihrem Namen gesprochen hatte. Im Gegenteil, für ihn war es nur eine Frage der Zeit, bis Milady, Thurkell oder alle beide ihn für seine Taten zur Rechenschaft ziehen würden. Und als Thurkell seinen Teller von sich schob und Ian bat, ihm sein kleines Schreibpult zu bringen, packte Hugh die Angst, dass es jetzt so weit war. Thaddeus klappte den Deckel auf, und die Schriftrollen, die Hugh nach Blandeforde mitgenommen hatte, wurden sichtbar. Er reichte Lady Anne die Seite aus dem Geburten- und Sterberegister von Develish. »Das ist Teil der Geschichte Eurer Leute und gehört Euch, Milady.«

Es dauerte einen Moment, bis Lady Anne das Register überflogen hatte, dann beugte sie sich vor und warf das brüchige Pergament ins Feuer. »Nur ein kleiner Teil«, sagte sie. »Und da es nicht möglich ist, es wieder ins Register zu flechten, wird es uns so oder so verloren gehen. Da ist es doch besser, es trägt dazu bei, uns zu wärmen, bevor es wegen Vernachlässigung zu Staub zerfällt.«

Thaddeus beobachtete, wie eine Flamme den Beweis seiner Geburt vernichtete, dann blickte er zu Hugh auf. »Alles andere gehört Euch, Sir. Auch der Brief an Euch in Bourne. Weil Master d'Amiens nicht daran interessiert war, all diese Dokumente zu behalten, habe ich sie herbringen lassen. Möchtet Ihr sie aufbewahren, oder sollen wir dem alles reinigenden Feuer erlauben, sein Werk zu verrichten? Ich schlage vor, wir bauen auf dauerhaften neuen Grundsteinen eine bessere Zukunft. Die alten sind ja im Laufe der Zeit zerbröselt.«

Hugh war zu nervös, um antworten zu können. War er in diese Zukunft womöglich mit eingeschlossen? Oder sprach Thurkell lediglich über die Bewohner von Develish? Wenn der Mann beabsichtigte, ihn beiseitezuschieben, hätte er dann nicht mehr davon, wenn er die Schriftrollen behielt und ihn damit erpresste, so wie Lady Anne gedroht hatte, Bournes Briefe zu verwenden?

»Vielleicht wird die Entscheidung Master de Courtesmain leichterfallen, wenn Ihr zuallererst das Dokument zur Sklaverei verbrennt«, regte Lady Anne mit leiser Stimme an.

»Natürlich.« Thaddeus hielt das Pergament hoch und gab es Peter. »Gestatte es Master de Courtesmain, sich zu vergewissern, dass es das richtige Dokument ist, und es dann den Flammen anzuvertrauen. Blandefordes Siegel dürfte das Ganze beschleunigen.«

Mit zitternden Händen nahm Hugh das Blatt entgegen. Starr den Blick darauf gerichtet, fuhr er sich mit der Zunge über die Lippen und krächzte: »Ich habe Euch schwer verwundet, denn ich war von Niedertracht zerfressen. Welche Sühne gedenkt Ihr von mir zu fordern?«

Mit einem ungeduldigen Seufzen, als wollte ihm einfach nicht in den Kopf, wie Hugh so begriffsstutzig sein konnte, nahm Peter das Pergament wieder an sich und warf es ins Feuer. »Wenn es Euch um Schmerzen geht, werdet Ihr sie früh genug bekommen, sobald Ihr ohne zu klagen eine Arbeit verrichtet, die man Euch beizeiten zuweisen wird«, sagte er streng. »Es war kein Scherz, als ich Euch angekündigt habe, dass Ihr vom Holzhacken solche Schwielen an den Händen bekommen werdet, dass Ihr nicht mehr so bald zur Feder greifen könnt.« Er stand auf und nahm sämtliche Schriftrollen auf Thaddeus' Schreibpult an sich. »Das Einzige, was Athelstan wissen will, ist, ob Ihr Eure Zukunft zusammen mit uns gestalten wollt oder sie lieber allein schmieden möchtet. Nach all den Schwierigkeiten, für die Ihr gesorgt habt, würden nur wenige Euch diese Wahl anbieten, aber Athelstan ist dazu bereit. Wie lautet Eure Entscheidung?«

»Ich möchte dazugehören«, flüsterte Hugh.

Daraufhin schleuderte Peter die Schriftrollen ins Feuer und setzte sich wieder auf seinen Stuhl. Als Willkommensgeste klopfte er dem Franzosen auf die Schulter. »Ihr werdet es Euch wahrscheinlich wieder anders überlegen, wenn Ihr fünf Abende hintereinander Joshuas Eintopf gegessen habt, aber das ist eine Strafe, die wir alle über uns ergehen lassen müssen.«

Als das Lachen sich gelegt hatte, wandte sich das Gespräch der Frage zu, wie sich Develishs Isolation beenden ließe. Thurkell meinte, dass niemand wissen konnte, wie die Lage im übrigen England war, Lady Anne aber seiner Meinung nach nichts zu befürchten hatte, wenn sie den Wassergraben morgen früh überquerte. So schnell, wie Milady zustimmte, war Hugh sofort klar, dass sie ebendiesen Entschluss bereits selbst gefasst hatte. Vielleicht hatte sie nur noch diese Reise nach Blandeforde gebraucht, um eine Bestätigung dafür zu erhalten, was sie und Thurkell von Anfang an geglaubt hatten: dass die Pestepidemie so sicher ein Ende finden würde wie die Pocken oder die Ruhr. Mit einem Mal konnte Hugh überhaupt nicht mehr verstehen, warum er sich so heftig dagegen gewehrt hatte, ihre Argumente anzuerkennen, obwohl sogar Priester wie Aristide Logik und Vernunft gegenüber den Lehren der Kirche vorgezogen hatten.

Lady Anne versprach Mistress Wilde eine schöne Feier, worauf die Matrone sie zunächst verständnislos anstarrte. Offenbar war sie noch nie von einer höheren Dame zu etwas eingeladen worden. Dann aber verzog sich ihr rundes Gesicht zu einem strahlenden Lächeln. Allerdings sah es ganz so aus, als würde Athelstan nicht an dem Fest teilnehmen, denn er erklärte ihnen, wo der Konvoi sich morgen teilen würde. Lady Anne, Mistress Wilde und Miladys Männer sollten die Landstraße nach Develish nehmen, während er mit seiner Garde und Master de Courtesmain nach Pedle Hinton reiten würde. So Gott wollte, würde er Milady und ihre Tochter im Sommer zu einem Besuch einladen können, wenn die Vergissmeinnicht in voller Blüte standen und sein prächtiges neues Gut im Entstehen war.

Hugh spürte Lady Annes Blick auf sich und erwiderte ihn zögernd.

»Freut Ihr Euch darauf, Milord beim Wiederaufbau von Pedle Hinton zu helfen, Master de Courtesmain?«, fragte sie.

Er brachte kein Wort hervor, sondern nickte nur.

Sie lächelte. »Ich werde die Frauen von Develish bitten, bei mir zu bleiben und die Felder zu bestellen, aber die Männer sollen die Hügel überqueren und auf Pedle Hinton mit Hand anlegen. Master Miller und ein paar Bürger der Stadt haben versprochen, aus Blandeforde zu kommen und zu helfen, und Milord hofft, Männer zu gewinnen, die gegen einen guten Lohn arbeiten möchten. Er hat die Absicht, eine Gemeinschaft aus Freien zu gründen, die ihren Verstand und ihre Fähigkeiten dazu benutzen, aus dem eigenen Leben und dem ihrer Frauen und Kinder etwas Besseres zu machen. Wenn es so weit ist, wird er jemanden benötigen, der sich auf Zahlen versteht und Buch über die Einnahmen führt. Wäre Euch eine solche Aufgabe genehm, Master de Courtesmain?«

Um Milady nicht ins Gesicht sehen zu müssen, starrte Hugh auf seine Hände. Jetzt bedauerte er zutiefst, dass er sich damals der Meinung ihres in jeder Hinsicht ungebildeten Gemahls über sie angeschlossen hatte, statt sich sein eigenes Urteil über ihren Charakter zu bilden. »Ich weiß nicht, ob es klug von Milord und Euch wäre, meinem Urteil zu vertrauen, Milady. Schließlich habe ich mich zuvor in allem getäuscht.«

»Nicht in allem«, widersprach sie sanft. »Euer einziger wirklicher Irrtum bestand darin zu glauben, dass Gott die Menschen nach ihrer Geburt beurteilt anstatt nach ihren Taten.«

Als der Stand des Mondes anzeigte, dass es nur noch drei Stunden bis Mitternacht waren, entzündete Gyles Startout am Lagerfeuer eine Fackel und forderte die Männer auf, mit ihm im Wald Farnkraut als Schlafunterlage zu sammeln. Er forderte auch Mistress Wilde auf, sie zu begleiten. Dazu stellte er sie kurzerhand auf die Füße und packte sie am Ellbogen, als sie sich unwillig zeigte, den warmen Platz vor den Flammen zu verlassen. Alleyn eilte seinem Freund zu Hilfe und schob die Frau nicht gerade galant vor sich her in den Wald. Freundlich teilte er ihr mit, dass sie dafür verantwortlich sei, Milady eine Matratze im Fuhrwerk zu bereiten.

Nach etwa hundert Schritten riss sie sich los und starrte erbost in die grinsenden Gesichter um sich herum. »Wenn Ihr Übles im Schilde führt, schreie ich!«, warnte sie die Männer. »Milady wird entsetzt sein, wenn ihre Anstandsdame von Männern ihres Vertrauens misshandelt wird. Und dann wird sie nach Milord schicken, damit er mich rettet.«

Gyles hob beschwichtigend die Hand. »Vergebt mir, Mistress. Unsere Herzen sind rein und unsere Absichten lauter. Es ist viele Wochen her, seit Milord und Milady zuletzt vertraulich miteinander sprechen konnten. Ich glaube, sie werden eine gewisse Zeit allein zu zweit zu schätzen wissen.«

Mit einer verlegenen Geste strich sie sich den Umhang glatt. »Das hättet Ihr mir auch gleich sagen können. Sind sie denn so nahe miteinander verwandt? Ich spüre feste Bande zwischen ihnen.«

»Sie sind nur entfernte Verwandte, aber ihre Freundschaft ist eng. Auf beiden Seiten sind Bewunderung und Achtung vorhanden.«

»Die seit dem Tod ihres Gemahls stärker geworden sind. Daran habe ich keinen Zweifel. Und zu Sir Richards Lebzeiten konnten sie ihre gegenseitige Wertschätzung wohl nicht ausdrücken.«

»Allerdings … und danach hat sich noch keine Gelegenheit ergeben.«

Gyles' verschmitzter Unterton konnte Mistress Wilde nicht entgehen. Verwirrt blickte sie von einem zum anderen. Dann plötzlich blitzten ihre Augen auf: Endlich hatte sie verstanden. »Denkt Ihr da an mehr als Worte zur Bekundung ihrer Wertschätzung? Ein Verlöbnis vielleicht?« Als keiner der Männer antwortete, quoll ein herzhaftes Lachen aus ihrer Kehle. »Dann lauft los, Euer Farnkraut suchen, und lasst Gott Sein Werk verrichten!«, rief sie und scheuchte sie davon. »Wenn je eine Verbindung vom Himmel gesegnet wurde, dann ganz gewiss diese.«

Develish, am Abend des fünfzehnten Tages
im April 1349

*Heute Mittag bereiteten uns unsere Leute einen so begeister-
ten Empfang, dass ich vor Freude weinen musste. Wir waren
noch auf der anderen Seite des Grabens, als bereits ohrenbe-
täubender Jubel losbrach. So dauerte es mehrere Minuten, bis
Gyles verkünden konnte, dass die Zeit der Abschottung vorbei
und Pedle Hinton Athelstan als Lehen zugesprochen worden ist.
Ganz vorne in der Menge stand Eleanor und drückte Isabella
und Robert die Hände so ungezwungen und liebevoll, als wären
sie ihre Geschwister. Ich kann mich nicht erinnern, sie jemals
so glücklich gesehen zu haben. Es war ein himmlisches Gefühl,
als ich vom Floß ans Ufer stieg und sie mir erlaubte, sie als
ihre Mutter zu umarmen; und dann – himmlischer noch –, als
sie mich bat, mich auch von unseren Leibeigenen umarmen zu
lassen.*

*Ich habe versprochen, ihnen von unseren Tagen in Blandeforde
zu erzählen, sobald wir alle uns zum Abendessen versammelt haben. Jetzt glaube ich allerdings nicht mehr, dass das nötig sein
wird. Clara Trueblood hat Mistress Wilde zu sich in die Küche
gebeten, unter dem Vorwand, dass sie für die Zubereitung des
Mahls auf die Hilfe einer erfahrenen Frau angewiesen sei. Und
als Mistress Wilde dann prompt unsere Erlebnisse zum Besten
gab, schnappten die Mägde immer wieder vor Verblüffung so laut
nach Luft, dass man das Echo noch bis in den großen Saal hören
konnte. Kurz und gut, ihre Darstellung war spannender als*

alles, was ich je erzählen könnte. Und wer außer Thaddeus kann denn schon verstehen, dass es von allem, was gestern geschehen ist, für mich das aufregendste Abenteuer war, auf einer verlassenen Landstraße dahinzugaloppieren?

Ich habe keine Angst davor, dass unsere Leute die Wahrheit über Athelstan verraten werden. Sie und ich haben so viele Male darüber gesprochen, und niemand verübelt es Thaddeus, dass er sich einen Adelstitel verschafft hat. Alle vertrauen ihm, zumal es ja auch sein großes Ziel ist, ihre Freiheit zu erreichen und ihnen eine Zukunft in Wohlstand zu sichern — nicht zuletzt Will und Eva. Es ist drei Monate her, dass er ihnen versprochen hat, sie zu unterstützen — Faulheit hin oder her —, solange sie die Mär vom Lord aufrechterhalten. Will kommt seitdem gar nicht mehr aus dem Schwärmen heraus. Er war, wie er mir unlängst sagte, schon immer zuversichtlich, dass der Sohn, den er großgezogen hat, im Leben Erfolg haben und ein Landgut erwerben würde!

Selbst wenn jemandem versehentlich der Name Thaddeus entschlüpft, ist das ohne Belang. Mistress Wilde ist derart verzaubert von Athelstans maurischen Gewohnheiten und seiner Achtsamkeit ihr gegenüber, dass sie ihm aufs Wort glaubt, er hätte die Leute in der Zeit, da er als Leibeigener unter ihnen lebte, dazu ermuntert, ihn Thaddeus zu nennen. Alleyn und James haben indes die Aufgabe übernommen, die Geschichte zu verbreiten, Athelstan sei letzten Frühling als Bauer nach Develish gekommen, und wenn die Leute das Märchen nur oft genug wiederholen, wird Mistress Wilde es d'Amiens gegenüber als verbürgte Tatsache bestätigen. Ich habe keinen Zweifel daran, dass er sie ausführlich verhören wird, denn ein Mann wie er gibt einen einmal geschöpften Verdacht nicht so schnell wieder auf.

Was de Courtesmain dazu gebracht hat, mich auf Knien um Vergebung für seine Fehler und Lügen zu bitten, kann ich nicht beurteilen, aber wir wären nicht so glimpflich davongekommen, hätte er das nicht getan. Eigentlich hatte ich erwartet, dass er uns im Gegenteil noch heftiger beschuldigen würde, nachdem d'Amiens gedroht hatte, ihn auspeitschen zu lassen, und sicher rechnete auch der Priester damit, denn er war sichtlich verärgert, als der Franzose seine Vorwürfe in vollem Umfang zurücknahm. Wie mir Mistress Wilde versichert, ist es dem Eingreifen Gottes zu verdanken, dass de Courtesmain von Gewissensbissen befallen wurde. Ich für meinen Teil halte es für wahrscheinlicher, dass der Franzose darauf aus war, mir ein schlechtes Gewissen einzureden. Wenn dem so war, kann er sich glücklich schätzen, weil Thaddeus meine Gedanken zu lesen vermag und einen überzeugenden Grund gefunden hat, ihn trotz des Angriffs mit dem Dolch zu verschonen.

Ich bete zu Gott, dass de Courtesmain den Verstand hat, seine Feindseligkeit für immer zu begraben und auf Pedle Hinton für Thaddeus zu arbeiten. Gyles meint, ihm wird ohnehin nicht viel anderes übrig bleiben, da es in den nächsten Wochen außer Ian, Olyver, Edmund, Joshua und Peter keine Zuhörer für giftiges Geflüster geben wird. Und von ihnen würde keiner auch nur ein Jota von seiner Treue zu dem Mann abweichen, der sie aus der Knechtschaft in die Freiheit führen wird. Ich habe nicht den geringsten Zweifel daran, dass Gyles recht hat: Seine Söhne und deren Freunde sind ebenso rechtschaffen wie ihre Väter und haben sich von ganzem Herzen dem Weg verschrieben, den Thaddeus für sie gewählt hat.

Der liebe Gyles! Seit meiner Ankunft in Develish ist er der treueste und großzügigste meiner Helfer. Wie mir Mistress Wilde anvertraut hat, habe ich es ihm zu verdanken, dass ich ein paar ungestörte Momente mit Thaddeus verbringen durfte. Und wie kostbar sie waren! Schließlich ist es allzu viele Wochen her, seit mich mein wunderschöner Maure zuletzt in den Armen hielt. Damals konnten wir nur davon träumen, dass irgendwann vielleicht der Tag kommen würde, an dem die Witwe eines Vasallen einen als Sklaven geborenen Bastard heiraten darf, doch jetzt wagen wir allmählich zu hoffen, dass sich dieser Traum tatsächlich erfüllt. Thaddeus hat mir erzählt, dass es ihm leichterfällt, die Rolle des Mauren zu spielen als die des adligen Engländers – aber in Wahrheit ist er in beiden mit solcher Selbstverständlichkeit zu Hause, dass es ganz gewiss Gottes Absicht gewesen sein muss, ihn zu Athelstan werden zu lassen.

Es werden noch ein paar Monate vergehen, bis Pedle Hinton wiederhergestellt und Milord of Athelstan in der Lage ist, Blandeforde um Erlaubnis zu bitten, sein Gut mit Develish zu vereinen. Bis dahin wird es mir wohl möglich sein, Eleanor dabei zu helfen, mit sich ins Reine zu kommen und in ihrem Inneren ruhiger zu werden. Ihr Anfall damals bereitet mir dabei weniger Sorgen als Clara oder Isabella, denn ihr Charakter ist bei Weitem nicht so schwach, wie die zwei glauben. Sie muss lediglich begreifen, dass Liebe sich nicht dadurch verringert, dass sie geteilt wird. Tatsächlich sind die Art und Weise, wie sie die Katzen hegt und pflegt, und das Glück, das ihr die Freundschaft mit Robert beschert, für mich Anzeichen dafür, dass dieser Gedanke langsam in ihr Fuß fasst. Ich wage sogar zu hoffen, dass auch Isabella ihr eines nicht mehr fernen Tages zu einer geliebten Vertrauten wird.

Robert hat mir erzählt, dass er es war, der Pater Anselm dabei geholfen hat, seinen Brief zu verfassen, indem er dafür gesorgt hat, dass der Weinkrug stets gefüllt war. Je mehr der Pater trank, desto klarer wurden laut Robert seine Gedanken und desto schöner seine Handschrift. Den zweiten Teil glaube ich gern, doch beim ersten bin ich mir nicht so sicher. Jenes schöne Lob im Brief kann nur von Robert kommen. Sein großes Ziel ist es jetzt im Übrigen, Händler zu werden. Der Traum vom Soldatendasein ist ausgeträumt. Allerdings habe ich mit seinem Vater eine kleine Wette abgeschlossen, dass er noch weitaus größere Höhen errei-

chen wird. Er hat den gleichen scharfen Verstand und Wissens-
durst wie Thaddeus und Isabella, als sie in seinem Alter waren,
und es wird nicht lange dauern, bis er alles gelernt hat, was ich
ihm beibringen kann.

Ich danke Gott jeden Tag aufs Neue für die Bande der Zuneigung, die uns zusammengehalten und durch die Zeit der Pest
gebracht haben. Als das geliebt und geehrt zu werden, was wir
sind, und nicht als das, was unser Stand über uns sagt, ist gewiss
die Lektion, die der allmächtige Gott uns lehren wollte, als Er
Seinen Sohn entsandte, damit er als Zimmermann unter uns
lebte und nicht als König.

Die Zukunft wird in der Tat herrlich sein, wenn es selbst den
Niedrigsten ermöglicht wird, ihren Wert zu beweisen.

In nomine Patris et Filii et Spiritus Sancti